2000年身患中风后，吴文治先生饱受疾病的折磨，仍顽强坚持用一只手著书立说，先后完成了四部著作，接着又开始了新的征程和规划

1949年7月东吴大学国文系毕业，获文学学士学位

1986年12月应邀在汕头大学韩愈国际学术讨论会上发言

吴文治文存

吴文治 著

凤凰出版社

图书在版编目（CIP）数据

吴文治文存 / 吴文治著. -- 南京 : 凤凰出版社,
2013.9
ISBN 978-7-5506-1870-1

Ⅰ. ①吴… Ⅱ. ①吴… Ⅲ. ①中国文学—古典文学研
究—文集 Ⅳ. ①I206.2-53

中国版本图书馆CIP数据核字(2013)第222849号

封面题签：程毅中
扉页题签：潘志刚

书名	吴文治文存
著者	吴文治
责任编辑	林日波
出版发行	凤凰出版传媒股份有限公司 凤凰出版社(原江苏古籍出版社) 发行部电话025-83223462
出版社地址	南京市中央路165号,邮编:210009
出版社网址	http://www.fhcbs.com
经销	凤凰出版传媒股份有限公司
照排	南京凯建图文制作有限公司
印刷	江苏凤凰通达印刷有限公司 南京市六合区冶山镇,邮编:211523
开本	880×1230毫米 1/32
印张	17.625
字数	474千字
版次	2013年9月第1版 2013年9月第1次印刷
标准书号	ISBN 978-7-5506-1870-1
定价	68.00元

(本书凡印装错误可向承印厂调换,电话:025-57572508)

1987年11月应邀在香港中文大学讲学

在南京大学参加博士论文答辩

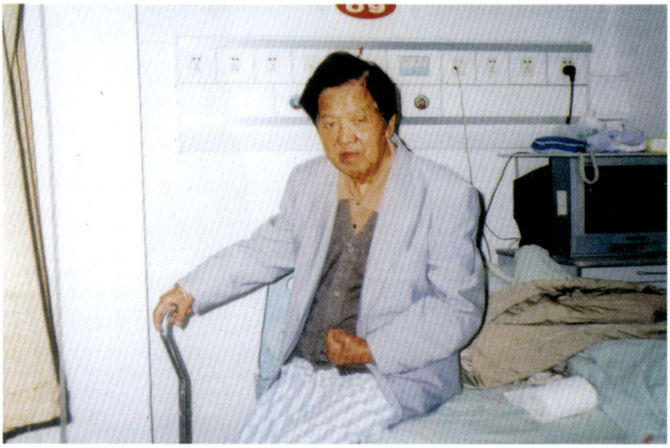

2008年9月病势沉重，高烧入院，这是周明老师在医院探望时的摄影，也是吴文治先生生前留下的最后一张照片

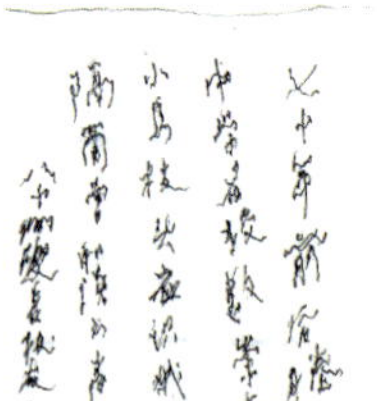

2008年秋在病床上写的小诗：“七十年前后塍镇，中学名校数崇真。小鸟枝头应识我，隔窗曾和读书声。八十四叟老校友吴文治，戊子秋。”

与老友蒋和森同志在一起

与老友谢汉强同志商讨柳学会的工作

1993年与江苏教育学院中文系的师生合影

2005年10月庆祝八十华诞，与江苏教育学院领导及友好同僚欢聚一堂

1995年9月参加中国古代文论国际学术研讨会时的合影

2004年在永州参加永州市社会各界公祭柳宗元的活动

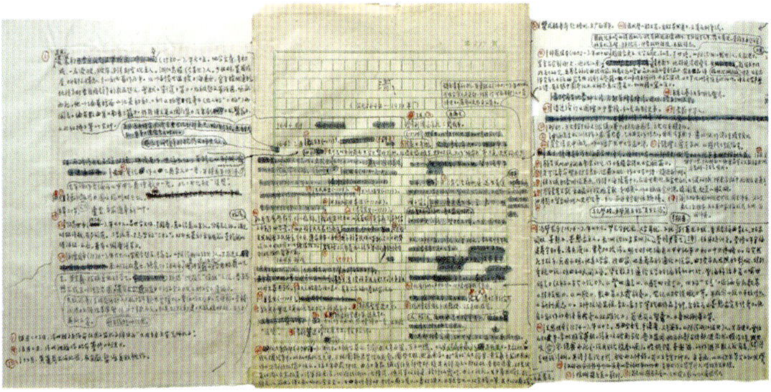

《中国文学史大事年表》手稿

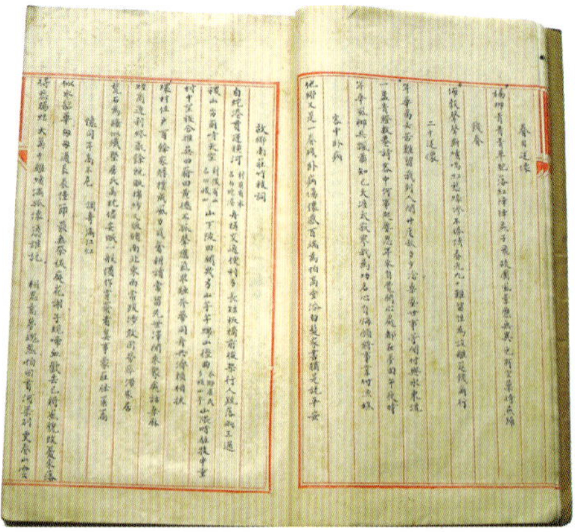

诗词手稿

部分著述书影

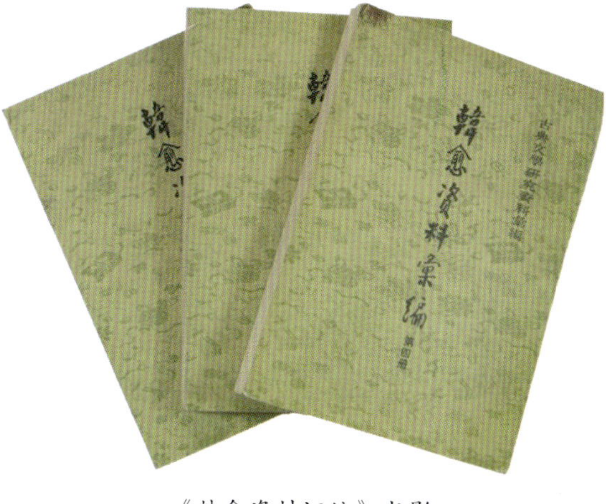

《韩愈资料汇编》书影

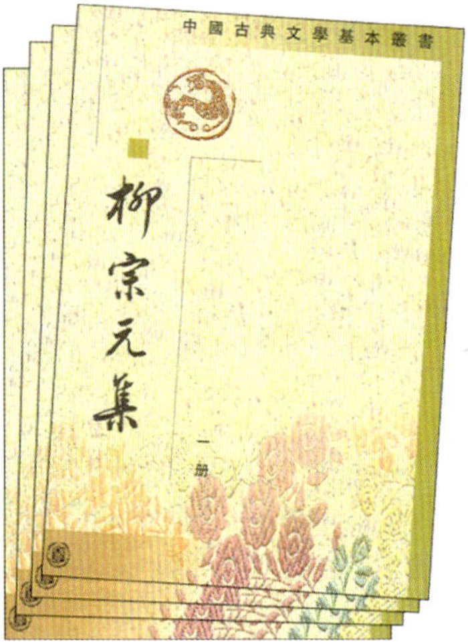

《柳宗元集》书影

《柳宗元资料汇编》书影

目　录

序

霍松林

南京大学文学院拟将已故教授吴文治先生学术专著以外，散见于学术刊物上的学术论文合为一集，交付出版，来函嘱我作序。虽然我因年老力衰，已久谢绝作序之约，但对南京大学文学院之雅嘱，仍愿破例从命。这不仅因为南京大学文学院之雅嘱，唤起我对我学术研究生涯起步之所的眷恋，唤起我对扶我助我踏上学术研究之路的师友们的忆念，还由于吴文治先生是我所敬佩的学术同道。

我和吴文治先生初识于1980年，是在西安芷园举行的全国唐代文学研究学术讨论会上。其实，早在1980年之前，我与吴文治先生已有"神交"。吴文治先生上世纪60年代于中华书局出版的《柳宗元评传》、《古典文学研究资料汇编：柳宗元卷》，以其视域开阔，见解精当，知识淹博，学风笃诚，在当时就给我留下很深的印象。

我和吴文治先生谋面虽晚，我们治学的路数，却有颇多的相似之处：我们都是从研究中国古代文学踏上学术研究之路的；在古代文学研究领域，都对唐代文学情有独钟；于唐代文学研究，吴文治先生会心于韩愈、柳宗元，我最关注白居易。而韩、柳、白既是唐代文学典范，又是中国古代文论中的大家，故而我们在文学研究的同时，又都很关注文学理论。吴文治先生在中国古代文论研究上，造诣颇深。出于教学需要，我在一段时间里，曾经下工夫钻研过文学原理。钻研文学原理时，我是把中国古代文论当作文学原理的中国表述，重点关注的。关注中国古代文论，深化了吴文治先生的韩愈、柳宗元以及中国古代文学研究。对中国古代文论的关注，使我能在昔日强调“舆论一律”的情势下，自律而不“一律”，写出稍有新意的《文艺学概论》。故而，我和吴文治先生初次谋面，就有学术知己之感。

2005年之前是吴文治先生学术研究收获甚丰的黄金季节。1983年，吴文治先生“百尺竿头，更进一步”，推出了集多年心血的四大册《韩愈资料汇编》，先后由大陆中华书局和台湾学海出版社出版，以其淹博精当，获两岸学者的普遍好评。1987年，吴文治先生推出三大册《中国文学史大事年表》，如勘探细密、绘制精确的“地图”，三册在手，中国文学史上的“大判断”、“小结裹”，尽在眼中。尤让我敬服的是，1995年吴文治先生以江苏古籍出版社(今凤凰出版社)为依托，发愿广邀才俊，积年累月，到茫茫书海中披沙拣金，纂修《中国历代诗话全编》。并从1997年起，陆续推出十大册《明诗话全编》、十大册《宋诗话全编》、五大册《辽金元诗话全编》，在尤袤撰《全唐诗话》、何文焕辑《历代诗话》、丁福保辑《历代诗话续编》、《清诗话》、郭绍虞辑《清诗话续编》之后，开出新生面。对建设有中国特色的文艺学，对中国古代文论学科建设，尤其是对中国古代诗歌理论研究，厥功甚伟。捧读一编编沉甸甸的巨帙，欣喜之余，我热盼其大功早日告成。孰料天不遂人愿，吴文治先生竟为此积劳成疾，不得不中断这项大工程。今天看来，不能不说是学术史上的一件憾事。

这部集子里收录的，是吴文治先生学术专著之外散见于学术刊物上的单篇论文。和吴文治先生用力深厚、思致绵密的学术专著相比，这些文字反映出来的，只是吴文治先生学术研究的“速写”或“素描”。绘事中的速写、素描，当然比不得绘事中的大制作。但绘事中的速写、素描，却是画师们捕捉住的最精彩的瞬间。在那里，最能见画师们独立的眼界、独到的体悟、独特的运笔。绘事速写、素描中逼透出的精气神，在绘事大制作中未必都能见得到。从这些文字里，我们分明能看到吴文治先生在学术研究征程上不倦奋进的身影,和他在中国古代文学、古代文论研究领域里留下的一连串扎实的脚印。

这部集子里收录的文字,当初发表后我陆陆续续地拜读过。此次通览,其间的真知灼见,仍如初读时一样新鲜。当然,“文律运周,日新其业”。此次通览,在个别文字的个别地方,也发现些许当初拜读时浑然不觉,今日却有几分“恍若隔世”之感的论文撰写年代的“健全的常识”。不过,正如黑格尔《哲学史讲演录》里说的:“每个时代都有号称‘健全’的常识。”我想,如此这般的“健全的常识”,在今日之时彦的论文中,恐怕也难以避免。从“江山代有才人出”的角度说,即便在个别文字的个别地方有些许论文撰写年代的“健全的常识”,也“不觉前贤畏后生”。

2012年中秋,霍松林序于长安唐音阁

略论韩愈的古文理论

一

韩愈是中唐时代杰出的古文家。早年曾从独孤及、梁肃等古文家学古文；与萧颖士的儿子萧存、李华的从子李观，都是莫逆之交。这说明他和唐代古文运动的先驱者，在学术上是有着较深的渊源关系的。他一方面从他的先驱者那里吸取了思想材料，总结了前人关于古文革新在理论和实践方面的经验；同时，由于当时客观的社会政治条件，使他有可能和柳宗元等古文家一道，把与古文革新相结合的复古思潮推向新的高潮，在不断的社会实践和古文革新的斗争中，丰富和发展古文理论。

韩愈反对齐梁骈俪文风的态度是非常坚决的。他在《荐士》诗中说："齐梁及陈隋，众作等蝉噪。搜春摘花卉，沿袭伤剽盗。"他不顾时人的"惊"、"笑"、"排"，主张作具有独创性的古文[①]。对于自己的文章，"其观于人也，笑之则以为喜，誉之则以为忧"[②]。他坚决向不良文风进行斗争，以争取古文革新的胜利。

文以载道、文道合一，是韩愈古文理论的核心。他接过他的前人早已提出的这种理论，赋予了它崇儒排佛的鲜明的时代色彩，在

---

① 韩愈《韩昌黎集》卷首李汉《韩昌黎集序》。

② 同上卷十六《答李翊书》。

中唐古文运动中起了相当大的号召作用。

韩愈自述他学古文的目的是为了学古道。他在《答李秀才书》中说："愈之所志于古者，不惟其辞之好，好其道焉尔。"在《答陈生书》中又说："愈之志在古道，又甚好其言辞。"他所说的"道"，就是他在《原道》中所宣扬的儒家正统思想；他所说的"辞"，就是他在《答李翊书》中提倡的"三代两汉之书"，他说："思古人而不得见，学古道则欲兼通其辞，通其辞者，本志乎古道者也。"①看来他是以学道为主，通辞为次；以学道为目的，通辞为手段的。

他自述他提倡写古文的目的也是如此。他说："读书以为学，缵言以为文，非以夸多而斗靡也。盖学所以为道，文所以为理耳。苟行事得其宜，出言适其要，虽不吾面，吾将信其富于文学也。"②这就是说，写古文是为了以文载道，"道"是"文"的内容，而"文"是"道"的形式。文字不必华美，只求能"言适其要"即可。

韩愈为道而学文，为道而作文，这么说来，似乎他和宋代的道学家们就没有什么两样。不然。韩愈对"文"与"道"的态度，与道学家们还是有很大区别的。这从宋代道学家和后人对韩愈的评论中就可以清楚地看出这一点。程颐就说："退之晚来为文，所得处甚多。学本是修德，有德然后有言，退之却倒学了。因学文日求所未至，遂有所得。"③在程颐之前，王安石的友人吴孝宗就曾说过："古之人好道而及文，韩退之学文而及道。"④他们都认为韩愈"学文而及道"是"倒学"。这就是说，只有像道学家所主张的那样，求道而忽文，才不是"倒学"。这个区别是很清楚的。也正是因为有这个区别，所以才导致他们在"文"的方面的成就有着巨大的不同。

---

① 韩愈《韩昌黎集》卷二十二《题欧阳生哀辞后》。

② 同上卷二十《送陈秀才彤序》。

③ 程颐《二程遗书》卷十八。

④ 吴曾《能改斋漫录》卷八《韩退之学文而及道》。

元人方回曾说："韩愈氏能言道之用，而未得其要，其学由文而入。"[①]这个说法大体上是正确的。就韩愈在"文"与"道"两方面的成就比较而言，他在"道"的方面的成就是远不如他在"文"的方面的成就的。他所谓的"道"，并没有比"六经"的范围有什么新发展；而他的"文"，则对六朝以来的不良文风，起了摧陷廓清的作用。这一点，推崇韩愈"文起八代之衰"的苏轼是早已看到了的，所以他在《论韩愈》一文中说："韩愈之于圣人之道，盖亦知好其名矣，而未能乐其实。何者？其为论甚高，其待孔子、孟轲甚尊，而拒杨、墨、佛、老甚严……然其论至于理而不精，支离荡佚，往往自叛其说而不知。"[②]苏轼这种看法是有一定道理的。所以从哲学史的角度来看，韩愈的地位并不那么崇高，而在文学史、文学理论批评史上，却有着很高的地位。

二

韩愈的古文理论自成体系，相当系统而详备。我们仅择其要者略加论述。

韩愈把加强作家的自我修养，看作是写作成败的关键。他在《答尉迟生书》中说：

> 夫所谓文者，必有诸其中，是故君子慎其实。实之美恶，其发也不掩。本深而末茂，形大而声宏，行峻而言厉，心醇而气和，昭晰而无疑，优游者有余。体不备不可以为成人，辞不足不可以为成文。

《答李翊书》中又说：

① 方回《桐江集》卷一《南轩集钞序》。

② 苏轼《经进东坡文集事略》卷八。

养其根而俟其实，加其膏而希其光。根之茂者其实遂，膏之沃者其光晔，仁义之人，其言蔼如也。

这两段文字，都说明了作家提高修养的必要性。这是因为文章需要有充实的内容，而文章的内容就直接与作家的修养息息相关。所谓“本深而末茂”，“行峻而言厉”，“心醇而气和”，“昭晰而无疑”，都是说的这个道理。韩愈强调作家修养当以立行为本，立言为表，认为只有“仁义之人”，“其言”才可能“蔼如”。他这种对作家加强修养的必要性的论述，至今仍能给人以启发。

至于如何去提高修养，韩愈是以学习儒家经典为标榜的。他在《答李翊书》中说：

非三代两汉之书不敢观，非圣人之志不敢存，处若忘，行若遗，俨乎其若思，茫乎其若迷。……行之乎仁义之途，游之乎《诗》、《书》之源，无迷其途，无绝其源，终吾身而已矣。

他把精读三代两汉的书籍和实践三代两汉儒家之道，作为自己修养的主要方法，看来态度是相当认真的，以至于到了“处若忘，行若遗，俨乎其若思，茫乎其若迷”的境地。在《进学解》中，韩愈除了叙述他学习的刻苦性，还比较具体地说明了他学习的广泛性。他不仅学习“六经”，而且对《庄》、《骚》也很重视，对扬雄、司马相如的作品也都涉猎。这是他和以前的古文家所明显不同的。清人薛雪称赞“《进学解》一篇，是作文宗旨，学者当于此体会”①。恐怕就在于韩愈在这里跳出了前人的窠臼，现身说法地提倡广泛学习，在古文理论上有了新的突破。

韩愈清楚地知道，作为一个作家，仅仅有“道”的修养是不够的，为了更好地宣扬“道”，还必须有丰富且恰当的“辞”来表达，然

---

① 薛雪《一瓢诗话》。

后才能成“文”。所以他也很强调作家对于文辞的修养。

作家为了宣扬古道，是否需要采用古辞呢？对此，韩愈明确地提出了创新的主张。他在《答刘正夫书》中说：

> 或问：“为文宜何师？”必谨对曰：“宜师古圣贤人。”曰：“古圣贤人所为书具存，辞皆不同，宜何师？”必谨对曰：“师其意，不师其辞。”

这里，韩愈明确表示，在古文写作中，只是以古圣贤的意为师，而并不是以古辞为师。韩愈的这种主张，曾得到过后来很多人的赞赏。明人王鏊就称赞“‘师其意，不师其词’，此最为文之妙诀”。他认为韩愈自己这样做了，所以，“韩师孟，今读韩文，不见其为孟也”；“若拘拘规效，如邯郸之学步，里人之效颦，则陋矣”[①]。王鏊对韩愈这一思想的阐述，颇有见地。

韩愈在《南阳樊绍述墓志铭》中，赞扬樊绍述的文章“必出于己，不袭蹈前人一言一句”。在《铭》词中他说：

> 惟古于词必己出，降而不能乃剽贼。后皆指前公相袭，从汉迄今用一律。寥寥久哉莫觉属，神徂圣伏道绝塞，既极乃通发绍述。文从字顺各识职，有欲求之此其躅。

对这段铭文的理解，学术界是长期存在着分歧的。比如清人王应奎就认为这是韩愈在“反言以讽”。因为樊绍述的文章“诘曲艰涩，殆不可句”，根本谈不上“文从字顺”。他解释“文从字顺各识职，有欲求之此其躅”二句，说昌黎“殆欲学者求之于文从字顺，而不必如绍述之好奇耳”[②]。近代人陈衍就不同意这样的解释，认为铭文确

---

① 王鏊《震泽长语》卷下。

② 王应奎《柳南续笔》卷四《樊绍述古文》。

实是对樊文表示了赞美，因为“樊好奇，韩亦好奇，震樊之奇，不能不赞美之”①。而林纾则认为：“观结句‘有欲求之此其躅’，是教人识字，不是教人仿樊绍述。”②三种理解，从字面上都能解释得通，但陈衍的理解可能更符合客观实际一些。樊绍述的文章是以奇涩著名的。韩愈因反对六朝以来写作中陈言古辞的恶劣文风，对樊绍述虽奇涩而有些独创的作品表示称赞，虽未免有矫枉过正之弊，但也正好反映了他急于要求革新的心情。韩愈自己的有些文章，尤其是他的有些诗歌，如他在《送穷文》中所说的，“不专一能，怪怪奇奇”，大概也与此有关。

韩愈所说的“惟古于词必己出”，既然是说的古人能以自己的词表达自己的意，那么他说的“师其意，不师其辞”，是不是就是提倡以今人之辞去写古人之意呢？

当然不是。韩愈所谓“师其意”，实际上指的是以古代儒家之意作为一种指导思想，而具体的文章内容，和文章之辞一样，也是主张要有独创的。这一点，他在《答李翊书》中有着比较详细的论述。而其中有一条最为著名的理论，这就是“惟陈言之务去”。这个“陈言”，就是包含了文辞与文意两个方面而言的。他要求务去陈言，不仅仅指“词必己出”，不用陈词滥调，而且在思想内容上也必须有自己的创造。所以他主张“养其根而俟其实，加其膏而希其光”，认为“根之茂者其实遂，膏之沃者其光晔”，认为只有“仁义之人”，“其言”才会“蔼如”。韩愈的这一理论，清人刘熙载曾作过很好的解释，他说：

> 昌黎尚陈言务去。所谓陈言者，非必剿袭古人之说以为己有也；只识见议论落于凡近，未能高出一头，深入一境，自“结撰至思”者观之，皆陈言也。③

---

① 陈衍《石遗室论文》卷四。

② 林纾《韩柳文研究法·韩文研究法》。

③ 刘熙载《艺概》卷一《文概》。

薛雪也说：

不去陈言，终无新意。[①]

显然，他们也都认为“陈言”是包括语言形式和思想内容两方面而说的。现在有一些历代文选之类的注释本，把“陈言”注释为“前人用过的陈旧言辞”，这就纯粹是望文生义的皮相之谈了。

韩愈提出“惟陈言之务去”这条写作原则，是针对当时文坛笼罩着的恶劣文风而发的，是韩愈写作实践经验的总结。后来李翱提倡“创意造言，皆不相师”[②]；孙樵主张“道人之所不道，到人之所不到”[③]。明显地可以看出，他们继承了韩愈的这一理论。

三

也许有人会问：韩愈既主张宗经、载道，又主张独创，这是不是个矛盾？

是的。我们就来分析在韩愈思想中所存在的一种矛盾现象。

如前所说，韩愈在古文理论中强调宗经、载道，以儒家思想为依归，他以儒家“道统”的继承人自居，认为孟子之后只有他真正继承了儒家“道统”。其实，他努力维护“道统”，又往往不自觉地破坏了“道统”。比如他在《读墨子》一文中说：

孔子必用墨子，墨子必用孔子，不相用，不足为孔、墨。

墨家思想本为历代儒生们所深恶痛绝，韩愈在《与孟尚书书》中就

① 薛雪《一瓢诗话》。

② 李翱《李文公集》卷六《答朱载言书》。

③ 孙樵《孙可之集》卷二《与王霖秀才书》。

赞扬孟轲辟杨、墨“功不在禹下”；认为“杨、墨行，正道废”；但《读墨子》却又主张把儒、墨学说调和起来，交相为用，这显然是和他维护正统的儒家“道统”的思想相矛盾的。正是因为这样，所以他在这个问题上曾经遭到过不少人的批评和攻击。比如宋人员兴宗就斥责韩愈“墨子不异孔子”、“孔子不异墨子”之说是“无知”①；明人茅坤则认为韩愈“混墨、儒而无辨”，不仅是“汩其文辞”，而且简直是“忘其本”②。倒是朱熹对韩愈这种矛盾现象的解说，说得似乎还比较在理。他说：“韩文公第一义是去学文字，第二义方去穷究道理，所以看得不亲切。”③这个解说，和吴孝宗认为韩愈是“学文而及道”，目的在于学文的说法是一致的。

韩愈思想中这种矛盾现象的产生，我认为与他在崇尚儒学的同时，又能看到社会现实，是有一定的关系的。他以儒学来反对佛、老，而当他看到墨家学说中也有可以裨益世道的学说时，从现实考虑出发，因而也就可以提出儒、墨交相为用的主张。这也说明韩愈尊崇儒家之道，也还是从现实出发的。这种表面的矛盾现象，其实在韩愈身上是统一的（当然他主要还是崇儒）。

韩愈既崇尚儒学，又能看到现实，这与他自己的生活和理想又有一定关系。他在《与凤翔邢尚书书》中就说：“愈也，布衣之士也。生七岁而读书，十三而能文，二十五而擢第于春官，以文名于四方。前古之兴亡，未尝不经于心也；当世之得失，未尝不留于意也，常以天下之安危在边。”这说明韩愈在复古主义的口号下提倡儒家之道，也并非脱离了现实去发他的思古的幽情的。说得更具体一些，他并不是一个抱残守缺躺在儒家经典上的书呆子，而是一个要求对国家对社会有所作为的进取者。否则，他怎能不惜个人的身家性命，上书谏迎佛骨，因而招来那么大的一场灾祸。

---

① 员兴宗《九华集》卷十《柳宗元非国语策》。

② 茅坤《唐宋八大家文钞·韩文》卷十《读墨子》评语。

③ 朱熹《朱子语类》卷一百三十七。

明白了这一点,我们也就可以理解,为什么韩愈在提倡“文以载道”的理论的同时,也能非常强调文学与现实生活的关系。

韩愈在《送孟东野序》中,从自己不得志的感受,提出了“大凡物不得其平则鸣”这一具有现实性和战斗性的理论。他把从古到今许多著名的思想家和文学家都看作是“善鸣”的人物,他不但承认伊尹、周公、孔子、孟子等这些“道统”以内的善鸣人物,而且也承认杨朱、墨翟、老子、庄子等“道统”以外各种不同学派的善鸣人物。显然,他认为一切文辞、一切“道”,都是不同时代现实环境中不平的产物。那么,韩愈所谓的“古文”,实际上就不仅是传道的工具,而且也是鸣不平、反映现实社会生活的工具。韩愈认识到,在黑暗腐败的封建社会里,只有“穷饿其身,思愁其心肠”,遭受压抑排挤的不得意的人们,才有可能通过切身的感受,“自鸣其不幸”,来真实地反映所处的时代,也只有这种具有真情实感的不平之鸣,才能作为那个时代优秀文学的代表。

韩愈的这一理论,在他的《荆潭唱和诗序》中还进一步作了阐发。他说:

> 夫和平之音淡薄,而愁思之声要妙;欢愉之辞难工,而穷苦之言易好也。是故文章之作,恒发于羁旅草野。至若王公贵人,气满志得,非性能而好之,则不暇以为。

在这里,韩愈提出了“文穷而后工”的理论,这与他的“不平则鸣”说是紧相联系着的。他认为生活舒适、“气满志得”的“王公贵人”,由于没有不平的思想感情,当然谈不上会有不平之鸣。即使凭一时喜好而舞文弄墨,也大多只能是些娱宾遣兴之作。只有坎坷不平的“羁旅草野”之士,才有可能写出富有真情实感的动人作品。所谓“欢愉之辞难工,而穷苦之言易好”,可说在一定程度上反映了封建时代文学的一个普遍规律。韩愈在《柳子厚墓志铭》中,认为柳宗元在文学上所以能取得那么大的成就,他长期被贬后所过的穷愁潦倒的生活,就起了极其重要的作用。

杜甫在《天末怀李白》中有句诗："文章憎命达。"[①]也是说的一般以文学著名的大家，往往命运困厄，好像好文章的产生，都是憎厌作者命运通达的。

韩愈所以能具有这样的文学思想，与他早年仕途不十分得志有一定的关系。他后来虽曾平步青云，但又迭遭贬谪，几至遭杀戮。所以后来他作《进学解》以解嘲，又作《送穷文》以自谑。他在《送穷文》中列举急于要送走的穷鬼有五个：智穷、学穷、文穷、命穷、交穷。看来，他有一个时期仕途不平，对他产生"不平则鸣"、"文穷益工"的文学思想是有影响的。此外，司马迁在《太史公自序》和《报任安书》中提出的关于发愤著书的思想，可能对韩愈也有一定的影响。但司马迁对这个问题的提法，显然并没有像韩愈一样提得那么明确。

韩愈这种主张把文学现象的发生和一定的社会矛盾联系起来的理论，是值得重视的。这对他散文的成就，是有重大的影响的。因为，当他从现实社会生活的实际出发去观察问题，他就自然地突破了文以载道观点的局限，突破了陈腐的儒家正统思想的束缚，因而他的理论和创作，也就能放射出动人的光辉。从韩愈的散文来看，成就最高的，显然不是那些板着面孔为儒道说教的文章，而是那些由于他仕途坎坷不平而对黑暗现实进行了揭露和批判的作品。他能创造性地运用语言，而不是生搬或模拟古代语言，这也是和他着眼于现实社会生活来写作的指导思想分不开的。

四

韩愈写文章很讲究气势。张籍《祭退之》诗："独得雄直气，发为古文章。"[②]就是称赞他的古文有雄直之气。皇甫湜《谕业》一文

---

① 杜甫《分门集注杜工部诗》卷十九。

② 张籍《张司业诗集》卷七。

说："韩吏部之文，如长江大注，千里一道，冲飙激浪，汙流不滞。"①也是称赞他文章的气势很盛。韩愈不仅在自己的写作实践中注意文气，而且在他的古文理论中也一再谈到文气问题。比如《答李翊书》中就有一段很著名的论述。他说：

> 气，水也；言，浮物也。水大而物之浮者大小毕浮。气之与言犹是也，气盛则言之短长与声之高下者皆宜。

他把"气"与"言"的关系，形象地以"水"与"浮物"的关系来作比。"言"须要"气"来统摄，文章有了很盛的"气"充乎其中，不论"言之短长"或"声之高下"，就都会感到合宜。那么，"气"从何来？韩愈认为，这就须要作家平时有一番学、养的工夫，所以他说："养其根而俟其实，加其膏而希其光。"他自述"学之二十余年"，"非三代两汉之书不敢观，非圣人之志不敢存"，"行之乎仁义之途，游之乎《诗》、《书》之源"。这就和孟子的"养气"说比较相似。刘熙载也早就看到了这一点，所以他说："昌黎接孟子知言养气之传，观《答李翊书》学养并言可见。"②

韩愈《送陈秀才彤序》说："盖学所以为道，文所以为理耳。""理"和"气"是有着直接关系的。魏禧所谓"理不实则气馁"③。气随理盛，文章的气势原是从理来的。韩愈论"文"，所以从"道"讲到"理"，再从"理"讲到"气"，就是这个缘故。而道学家们就不是这样。比如南宋道学家胡铨在《答谭思顺书》中就说：

> 德，水也；言，浮物也。水大而物之浮者大小毕浮。德盛则其言也旨必远，理也。

这段话，完全套用韩愈《答李翊书》中语。而把"气"字改为"德"字，

① 皇甫湜《皇甫持正文集》卷一。

② 刘熙载《艺概》卷一《文概》。

③ 魏禧《魏叔子文集》卷八《论世堂文集序》。

正好证明道学家和古文家在“道”和“文”结合的问题上存在着不同的看法：道学家片面地强调“道德”，忽视“文”，所以决不把“道”称为“气”。而韩愈虽也强调“道”的重要，但他既重“道”又重“文”，而且大讲“文气”，把“气”与“道”、“理”联系起来。古文家和道学家在古文的写作上所以成就不同，这无疑也是一个重要的原因。宋代吕南公说韩、柳文章成功的秘密，就在于他们能够“由道以充气”①。这个看法是相当深刻的。

韩愈认为，对写作来说，“气”是很重要的。他说：

> 苟可以寓其巧智，使机应于心，不挫于气，则神完而守固，虽外物至，不胶于心。②

姚鼐在《古文辞类纂》中认为，“韩公此言，本自状所得于文事者”。就这几句的中心意思来看，主要还是说的炼气。虽此文并非专谈写作，但对写作也是有启发的。如果把它与《答李翊书》联系起来读，就更有助于对它的理解。比如《答李翊书》中所说“汩汩然来矣”，“浩乎其沛然矣”，其实就是“机应于心”之说；“气盛则言之短长与声之高下者皆宜”，即是“不挫于气”之说；“处若忘，行若遗，俨乎其若思，茫乎其若迷”，即是“虽外物至，不胶于心”之意。韩愈强调从事写作必须经过一番“处若忘，行若遗”的功夫，必须通过“无迷其途，无绝其源”的一番修养，而后才能达到得心应手、“神完而守固”的境地。这确实是很好的经验之谈。清人黄子云说：“韩、柳之文，陶、杜之诗，无句不琢，却无纤毫斧凿痕者，能炼气也；气炼则句自炼矣。雕句者有迹，炼气者无形。”③韩、柳文章，确实得到了注意炼气的好处。

---

① 吕南公《灌园集》卷十一《与汪秘校论文书》。

② 韩愈《韩昌黎集》卷二十一《送高闲上人序》。

③ 黄子云《野鸿诗的》。

韩愈研究述评

在中国文学史上，韩愈是一位影响极为巨大的散文家和诗人。从中唐以来，历代对他进行研究和评论的学者难以数计，评述论著极为丰富。弄清楚前人对韩愈研究的底细，了解前人对韩愈评论的各种基本观点，会有助于我们对韩愈研究的进一步深入。多年以来，我在结合对韩愈进行研究的过程中，比较广泛地浏览了历代评论者的诗文集、诗话、笔记、史书和类书，掌握了一些资料。本文拟就历代对韩愈研究的一些基本观点作一综述，并略加评论。

一

关于韩愈的思想，是历代学者研究的中心问题之一。各种意见的对立与论辩，在这一方面表现得最为集中，最为明显。

有关韩愈崇儒排佛的议论，大体上存在三种不同的看法：一种是肯定韩愈排佛的积极意义，认为他那样做是为了“息民患”，“行圣道”①；说他“焦心苦思，东奔西走，食不待饱，而衣不务华”，以辟佛为毕生大事业，都是因为“上以忧斯民，下以明斯道”②，“真可谓豪杰之才”③；他排佛，佛学“虽不能以愈言而息”，但至少可以“使

---

① 石介《徂徕石先生全集》卷十四《与士建中秀才书》。

② 宋濂《宋学士文集·朝京藁》卷二《惜阴轩记》。

③ 薛瑄《薛文清公读书录》卷三。

后世亦知其非”，“不至于和声附影，流于邪僻之说”[①]，所以人们称赞他“抵排异端、攘斥佛老之功”，“不在孟子下”[②]。另一种看法是否定韩愈排佛，认为“韩退之抗表佛骨，攻击佛法，不遗余力，及一见大颠，乃曰和尚门风高峻”，说明他是“攻其皮，嗜其髓”，实际上是“善护佛法”[③]；他们批评韩愈“辟佛老而事大颠”，是“流入异端而不自知”[④]。还有一种看法，是认为韩愈对佛学亦有所取，说他“尝遍观佛书，取其精华而排其糟粕耳”[⑤]。

对韩愈排佛问题的看法，所以会产生这么大的分歧，一个很重要的原因，是由于韩愈与和尚们交往频繁。人们认为“昌黎不读浮屠书，亦不作浮屠文字，然于大颠、高闲、文畅之属，健羡丁宁，累书珍重”[⑥]，仿佛是一个矛盾，不能理解。有人就曾经直率地对此提出问题说：“辟佛者莫严于昌黎韩子。”但“其《送灵师》一篇”，对灵师“反津津称道不已，何也”[⑦]？对这种矛盾现象，自然会有种种不同的解释。有人说，“退之屈论于大颠，而稍信佛书”，但他“始惑而终悟”[⑧]；有人说，韩愈“于佛不喜其说，而喜其人”，所以“韩之门有惠师、灵师、令纵、高闲、广宣、大颠之徒”[⑨]；有人说，“退之之交大颠”，“非崇信其法，求福田利益”，“而后世佛氏之徒，张大其事，往往见之图画，真若弟子事严师者，则其诬退之甚矣”[⑩]。这些不同的解释，在对韩愈写给一些和尚的书信的看法上也有所反映。例如《与大颠书》一篇，苏轼就力言其为伪作，以为“其词凡陋，退之家

---

① 章懋勋《古文析观解》卷五《送浮屠文畅顺序》。
② 王十朋《梅溪王先生文集》后集卷二十七《蔡端明文集序》。
③ 袁宏道《袁中郎全集》卷十七《祇园寺碑文》。
④ 陈善《扪虱新话》卷一《韩退之谓荀扬未纯》。
⑤ 司马光《温国文正司马公文集》卷六十九《书心经后赠绍鉴》。
⑥ 孙绪《沙溪集》卷七《赠道存上人署僧会序》。
⑦ 汪琬《尧峰文钞》卷三十《草堂合刻诗序》。
⑧ 耶律楚材《湛然居士文集》卷十三《书金刚经别解后》。
⑨ 方回《桐江集》卷二《跋僧如川诗》。
⑩ 王守仁《王文成公全书》卷二十《书韩昌黎与大颠坐叙》。

奴仆，亦无此语”[①]。欧阳修、朱熹则力辩以为真，认为“此文非退之不能作”[②]。此后，杨慎、胡应麟、姚范等人，又摆出种种理由来进行反驳，认为这是伪作，批评“朱子于此，实亦枉费心力”[③]。这种纷争，长期持续，并未能取得比较一致的意见。

韩愈一贯以儒家道统的继承者自居，对此，苏轼与朱熹等人却都并不以为尽然。苏轼虽然在给韩愈写《庙碑》时，曾称颂过他“道济天下之溺”[④]，但在《韩愈论》中，就指责“韩愈之于圣人之道，盖亦知好其名矣，而未能乐其实”，认为“其论至于理而不精，支离荡佚，往往自叛其说而不知”[⑤]。朱熹对韩愈是曾经作过一番潜心研究的，但他以道学家的眼光来看人，认为韩愈“所原之道，则亦徒能言其大体，而未见其有探讨服行之效”，他指责韩愈在“其师生之间，传授之际，盖未免裂道与文为两物，而于其轻重缓急、本末宾主之分，又未免于倒悬而逆置之”[⑥]。后来，清初王夫之，也“尝判韩退之为不知道”[⑦]。对于上述这些对韩愈的批评和指责，历来也有不少人持反对的态度。如明人薛瑄就认为，“此乃责备贤者之意”，是“妄论前贤”[⑧]。其实，从实际来看，韩愈崇尚儒家之道，以道统继承者自居，也确实并非真的完全迷恋于道学。正是由于这一点，所以他的散文才不像宋代道学家们那样有浓厚的道学气。

就哲学思想而言，韩愈信“天刑人祸”之说，当然是非常错误的。所以在柳宗元、刘禹锡与韩愈关于对“天”的认识以及作史问题的论辩中，历来有许多评论者，都对韩愈相信“天”能“赏功罚祸”

---

① 苏轼《东坡题跋》卷一《记欧阳论退之文》。

② 朱熹《朱文公文集》卷七十一《考韩文公与大颠书》。

③ 姚范《援鹑堂笔记》卷四十二《与大颠书》评语。

④ 苏轼《经进东坡文集事略》卷十五《韩文公庙碑》。

⑤ 同上卷八。

⑥ 朱熹《朱文公文集》卷七十《读唐志》。

⑦ 王夫之《姜斋诗话》。

⑧ 薛瑄《薛文清公读书录》卷三。

之说持批评的态度，认为"退之深畏天刑人祸，退之不及子厚"[①]。有人还就韩愈所列"不有人祸必有天刑"之说的论据，一一进行批驳，指出"其决非至论"[②]。人们肯定柳宗元在《天说》、《与韩愈论史官书》中对韩愈提出的批评是"正论"[③]。但是，也有一些人支持韩愈"天"能"赏功罚祸"之说。如清人邵长蘅，就攻击柳宗元《天说》对韩愈的批驳为"其说诡已"；而对韩愈的观点，则表示"以为信"[④]。关于韩愈因畏"天刑人祸"而不愿做史官一事，也有人公开替他辩解开脱：一种说法认为"其言人祸天刑为祸福报施之说"，是因为"此文所言，皆非庄语，乃故谬悠其词，以为文章诡异之观"，认为像韩愈这样的"有道君子，未有惑于祸福之谬说者"[⑤]；一种说法认为"退之之避史笔"，是由于"《淮西碑》以失实而踣，而段文昌改撰之；《顺宗实录》以不称而废，而韦处厚续撰之；《毛颖传》足继太史，乃当时诮其滑稽"，"使退之而任史，其祸变当有甚此者"[⑥]。这些解释，似是而非，不一定都符合韩愈当时的思想实际。

至于韩愈从先验论的观点出发，把人性分作上、中、下"三品"之说，这在后来的中国哲学史上，也是长期聚讼纷纭的公案。一些人表示肯定和赞扬，认为"退之之辩，诚为得也"[⑦]；他们说，"自孟子后，论性惟韩子为纯粹"，"三品之说，盖孔子唯上智下愚不移之意，兼气质而言也。是虽不明推出气字，而意已在其中矣"[⑧]。但是，也有一些人表示反对，认为"其论终莫能通"[⑨]；他们甚至"疑三品之论，

① 李涂《文章精义》。
② 王祎《王忠文公集》卷十九《危辞》。
③ 黄震《黄氏日钞》卷六十。
④ 邵长蘅《青门剩稿》卷四《周谷城遗稿序》。
⑤ 吴闿生《古文范》卷三《答刘秀才论史书》评语。
⑥ 胡应麟《少室山房笔丛》卷十三乙部《史书占毕》一。
⑦ 李觏《直讲李先生文集》卷二《礼论第六》。
⑧ 薛瑄《薛文清公读书录》卷一。
⑨ 苏轼《经进东坡文集事略》卷八《扬雄论》。

非退之文章"[①]。这种论战,虽今天已不复存在,而以往却是哲学领域中两种思想斗争的一个重要方面。

二

对于韩愈在政治上的评价,历代评论者也存在着较大的分歧。誉之者,极力称颂其德政。如皇甫湜便列举事实说,"关中旱饥,人死相枕藉,吏刻取怨,先生列言天下根本:民急如是,请宽缗民徭,而免田租之敝",说他"为御史尚书郎中书舍人,前后三贬,皆以疏陈治事,廷议不随为罪"[②]。李翱也说,平蔡州事,朝廷有分歧,宰相武元衡因主战而被杀,"唯公(韩愈)以为盗杀宰相而遂息兵,其为懦甚大,兵不可息";"与裴丞相议合,故兵遂用","丞相请公以行","于是以公兼御史中丞","为行军司马"[③]。人们称颂他"操行坚正,鲠言无所忌","有爱在民,民生子多以其姓字之"[④];称颂他"有忠君爱国之心"[⑤],说他"匡君之心,一饭不忘;救时之念,一刻不懈"[⑥]。并有诗云:"宣仲夹谷叱强齐,吏部深州破贼围。始信真儒能见用,可为邦国大皇威。"[⑦]又云:"中唐风节数韩公,讵止文章一代雄。异类强藩尽低首,王庭凑与鳄鱼同。"[⑧]在这里,韩愈不仅被描绘成是一位能为民请命的文臣,而且还是一位富有谋略的武将。然而,在另一些人的评论中,却又把他说得相当卑微。例如朱熹就批评韩愈,说他"平生意乡之所在,终不免于文士浮华放浪之

---

① 王正德《余师录》卷一。
② 皇甫湜《皇甫持正文集》卷六《韩文公神道碑》、《韩文公墓铭》。
③ 李翱《李文公集》卷十一《韩公行状》。
④ 宋祁《新唐书》卷一百七十六《韩愈传》。
⑤ 章懋勋《古文析观解》卷五《祭鳄鱼文》评语。
⑥ 薛雪《一瓢诗话》。
⑦ 王令《广陵先生文集》卷十一《韩吏部》。
⑧ 洪亮吉《洪北江诗文集·更生斋诗》卷八《读史六十四首》之四十二。

习、时俗富贵利达之求”[①]。清人刘开也批评说："昔韩退之上书于执政，唯急于干禄而求效力当时，故君子讥其躁进。”[②]朱熹甚至还把韩愈与王通作比，认为王通“是以天下为心，分明是要见诸事业。天下事，他都一齐入思虑来。虽是卑浅，然却是循规蹈矩，要做事业底人，其心却公。如韩退之，虽是见得个道之大用如此，然却无实用功处。他当初本只是要讨官职做，始终只是这心。他只是要做得言语似六经，便以为传道。至其每日功夫，只是做诗传奕，酣饮取乐而已”；“至其做官临政，也不是要为国做事，也无甚可称，其实只是要讨官职而已”[③]。在朱熹等人的眼里，韩愈在政治上简直一无是处。当然，我们今天来看，韩愈在政治上是有其保守的一面的，例如他对柳宗元参加王叔文政治革新集团的指责便是。但客观地说，从政治上评价韩愈，既不能只看其保守的一面，或武断地说他“做官临政”，“不是要为国做事”，“无甚可称”；也不应一味加以美化，把他作为封建社会中完美无缺的政治家或军事家来吹捧。应该如鲁迅先生在评价陶渊明时所说的，必须看其“全人”[④]。欧阳修是最崇拜韩愈的。他在《与尹师鲁第一书》中说：“前世有名人，当论事时，感激不避诛死，真若知义者；及到贬所，则戚戚怨嗟，有不堪之穷愁，形于文字。其心欢戚，无异庸人。虽韩文公不免此累。”[⑤]欧阳修既肯定韩愈在政治上有积极的一面，同时又指出其确实也存在着软弱的一面。这样说，似乎还比较公允一些。

韩愈被贬为阳山令，到底是什么原因？历来有不同说法。新、旧《唐书·韩愈传》，都说是由于“上疏极论宫市”。皇甫湜《韩文公神道碑》、朱翌《猗觉寮杂记》、洪迈《容斋随笔》等，认为是由于“关中旱饥”，“请宽缗民徭，而免田租之敝”。而方嵩卿、全祖望、王鸣盛、赵翼、章学

① 朱熹《朱文公文集》卷六十七《王氏续经说》。

② 刘开《孟涂文集》卷三《上莱阳中丞书》。

③ 朱熹《朱子语类》卷一百三十七。

④ 《鲁迅全集》六《“题未定”草（六）》。

⑤ 欧阳修《欧阳文忠公文集》卷六十七外集十七《与尹师鲁第一书》。

诚等人，都认为"实为韦(执谊)、王(叔文)之党所排"(但"子厚必无排退之之事")，认为"《神道碑》谓论旱饥，本传谓论宫市，皆非致祸之本"①。他们都引韩愈《江陵途中寄三学士》、《岳阳楼别窦司直》等诗为论据，虽颇有见地，但也并没有成为学术界一致公认的结论。

三

韩愈在散文方面的成就，历代评论者几乎都异口同声地给了他最高的评价。和他同时代的刘禹锡就称他"为文章盟主"，说他"手持文柄，高视寰海"，"三十余年，声名塞天"，"一字之价，辇金如山"②；宋人苏轼推崇他"文起八代之衰"③；曾巩《杂诗》则云："韩公缀文辞，笔力乃天授。并驱六经中，独立千载后。"④金人李治甚至认为，"文至于韩退之，天下之能事毕矣"⑤。这些赞誉之辞，都说明韩愈的散文在中国文学史上有着很高的地位。

韩愈提倡"文以载道"，但历代评论者们对他文章中"文"与"道"的关系的看法，却也存在着一些分歧的意见。持肯定态度的一派，如欧阳修便说："有道而能文者，莫若韩愈。"认为"韩氏之文之道，万世所共尊，天下所共传而有也"⑥。他们肯定"唐代文章，惟韩愈近道"⑦；赞扬"退之诸文，多有功于吾道，有补于世教"⑧；说他"修业明道，语关世教，言言有物"⑨。明人王祎还曾对韩愈的

---

① 全祖望《鲒埼亭集》外编卷三十一《书韩文公集后》。

② 刘禹锡《刘梦得文集》外集卷十《祭韩吏部文》。

③ 苏轼《经进东坡文集事略》卷十五《韩文公庙碑》。

④ 曾巩《元丰类稿》卷四。

⑤ 李治《敬斋古今黈》卷九。

⑥ 欧阳修《欧阳文忠公文集》卷七十三外集二十三《读李翱文》、《记旧本韩文后》。

⑦ 沈德潜《归愚文钞》卷三《新旧唐书考》。

⑧ 李涂《文章精义》。

⑨ 方东树《昭昧詹言》卷五《大谢》。

“文以载道”说作过专门的阐述，说韩愈的“文”是他“道之所由托”，“道与文不相离：妙而不可见者之谓道，形而可见者之谓文。道非文，道无自而明；文非道，文不足以行也。是故文与道，非二物也”，“文不载道，不足以为文”[①]。他这样理解韩愈的“文”、“道”观，具有一定的代表性。持否定或怀疑态度的一派，如张耒就批评“韩退之，以为文人则有余，以为知道则不足”[②]。道学家陆九渊虽肯定韩愈为唐代“文章宗伯”，却批评他“因学文而学道”，“是倒做”[③]。类似的看法，在后来的评论者中也颇不乏人。如清人蔡世远就也认为“韩公本因文见道者”[④]；廖燕就指责昌黎“见道未彻”，说他的“《原道》、《原性》诸篇，肤浅已甚”[⑤]；明人方孝孺也“颇恨其未纯于圣人之道”，批评韩愈“措心立行或多戾乎矩度，不能造颜、孟氏之域，为贤者指笑”[⑥]。这些批评和指责，无非旨在要求韩愈把他的文章写作完全纳入到道学的樊笼中去。那样做，要求韩愈在散文革新中立“起衰”之功，将是不可想象的。韩愈的散文成就之所以能高出于宋代的道学家们，其实恰恰就在于他没有完全被迂腐的道学所羁绊，能够在散文的思想内容和艺术形式上都有所创新。

韩愈的散文是非常讲究气势的。皇甫湜曾极口称赞“韩吏部之文，如长江大注，千里一道，冲飙激浪，汙流不滞”[⑦]。苏洵接过皇甫湜的评语，又增加了新的内容，他说：“韩子之文，如长江大河，浑浩流转，鱼鼋蛟龙，万怪惶惑，而抑遏蔽掩，不使自露，而人望其渊然之光，苍然之色，亦自畏避不敢迫视。”[⑧]茅坤也说：“吞吐骋

---

① 王祎《王忠文公集》卷二十《文原》。

② 张耒《张右史文集》卷五十六《韩愈论》。

③ 陆九渊《象山先生全集》卷三十四《语录》上。

④ 蔡世远《古文雅正》评论卷八《〈新唐书·韩愈传赞〉》。

⑤ 廖燕《二十七松堂集》卷九《与魏和公先生书》。

⑥ 方孝孺《逊志斋集》卷十《与郑叔度八首》。

⑦ 皇甫湜《皇甫持正文集》卷一《谕业》。

⑧ 苏洵《嘉祐集》卷十一《上欧阳内翰第一书》。

顿,若千里之驹,而走赤电,鞭疾风,常者山立,怪者霆击,韩愈之文也。”[①]他们以奔腾不息的长江浪涛和瞬息万变的迅雷闪电,来比喻韩愈散文气势的充沛,既形象,又贴切。清代有不少人曾经就韩愈优秀的散文都气势充沛这一点作过探讨,提出过一些很好的见解。林纾认为,“昌黎之文能敛气而蓄势者”,是由于“理足而神王”[②]。黄子云认为,韩愈散文之所以写得好的奥秘,就在于能“炼气”。他说韩愈之文,“无句不琢,却无纤毫斧凿痕者,能炼气也;气炼则句自炼矣。雕句者有迹,炼气者无形”[③]。邓绎曾经批评韩愈“言文章之气,先于骨干”,“而不推源于帅气之志”,是“未为知本”[④]。陈衍就反对邓绎的这种批评,认为“气”与“理”本不可分,“言气而理亦在其中”,如“必兼言理”,那么文章就势必“质实而乏妙语”[⑤]。林、黄、陈等人的这些见解,都是颇懂得散文写作的艺术匠心的。

韩愈自述“非三代两汉之书不敢观”,他的散文取得那么高的成就,到底主要得力于谁?历来有不少人就这个问题作过探讨,但其说不一。有人认为“韩愈之文出于经”[⑥],“宗经而不宗史”[⑦];有人认为“韩子之文祖于孟子”[⑧],“深造孟子,陶铸子长,勒一家之言”[⑨];也有人认为,韩文“妙处,实本太史公”,只因“此老稍能自秘,示人以高,固未尝尊称迁、固,至其平生受用,则实得于此”[⑩];还有人认为,“昌黎大家,其文不模《史》、《汉》,而自得其精神”[⑪],

---

① 茅坤《唐宋八大家文钞·韩文》论例。
② 林纾《韩柳文研究法·韩文研究法》。
③ 黄子云《野鸿诗的》。
④ 邓绎《藻川堂谭艺》三代篇。
⑤ 陈衍《石遗室论文》卷四。
⑥ 《唐张司业诗集》卷首刘成德《唐司业张籍诗集序》。
⑦ 章学诚《文史通议》外篇三《与汪龙庄书》。
⑧ 贝琼《清江贝先生文集》卷二十八《潜溪先生宋公文集序》。
⑨ 储欣《唐宋十大家全集录》卷首《唐宋十大家全集录总序》。
⑩ 刘埙《隐居通议》卷十八《昌黎文法》。
⑪ 徐学谟《归有园麈谈》。

他虽“学子长，而不似子长”①。诸如此类的说法，不胜枚举，清人刘开和刘熙载曾在前人对这个问题广泛进行探讨的基础上，提出过较为全面的看法。刘开曾说，韩退之所以能“独成一家之文，此一家者，非出于一人之心思才力为之，乃合千古之心思才力变而出之者也。非尽百家之美，不能成一人之奇；非取法至高之境，不能开独造之域。此惟韩退之能知之”。他认为：“退之起八代之衰，非尽扫八代而去之也，但取其精而汰其粗，化其腐而出其奇。其实八代之美，退之未尝不备有也。”②后来刘熙载也说：“韩文起八代之衰，实集八代之成。盖惟善用古者能变古，以无所不包，故能无所不扫也。”③这些论述，充满辩证的思想，说得何等精辟！韩愈散文之所以能取得那么高的成就，决不是由于他能专学某一位或某几位古人，跟着他们亦步亦趋，而是由于他既善于广泛向前人学习，又善于独创。就如韩愈自己所说的，“能自树立，不因循者是也”④。

韩愈在唐代古文运动中的卓越贡献，历代学者有口皆碑。李翱曾说，在韩愈生前，“后进之士，其有志于古文者，莫不视公以为法”⑤。赵璘也说，“韩公文至高”，“以引接后学为务”，“元和中，后进师匠韩公，文体大变”⑥。宋代散文家多学韩愈，他们看重韩愈在古文运动中的功绩，注意到了把他放在散文发展的历史长河中去进行评价。如司马光在《答陈师仲司法书》中便说：“文章自魏、晋衰微，流及齐、梁、陈、隋，羸备纤靡，穷无所之。文公杰然振而起之，如雷霆列星，惊照古今；自班、张、崔、蔡，不敢企仰，况潘、陆以降，固无足言。”⑦苏轼在《潮州韩文公庙碑》中也说：“自东汉以来，道丧文弊，异端并起，历唐贞观、开元之盛，辅以房、杜、姚、宋而不

---

① 吴乔《围炉诗话》卷六。

② 刘开《孟涂文集》卷四《与阮芸台宫保论文书》。

③ 刘熙载《艺概》卷一《文概》。

④ 《韩昌黎集》卷十八《答刘正夫书》。

⑤ 李翱《李文公集》卷十一《韩公行状》。

⑥ 赵璘《因话录》卷三。

⑦ 司马光《温国文正司马公文集》卷六十一。

能救。独韩文公起布衣,谈笑而麾之,天下靡然从公,复归于正,盖三百年于此矣。文起八代之衰,道济天下之溺。”①这些评论,已成为后来评价韩愈在古文运动中的功绩的定评。人们称韩愈为“古文之主”②,“一代文宗”③,都是对他的最高赞誉。韩愈的散文,不仅影响了唐、宋两代,对以后各代的影响也是极为深远的。清人章学诚就说:“近世文宗八家,以为正轨,而八家莫不步趋韩子。”④在中国散文史上,韩愈确实是一座巍峨矗立的丰碑。

四

韩愈的诗,在中唐诗坛上也独树一帜。他在提倡散文革新的同时,并致力于诗歌革新,以纠正“大历十才子”的平庸诗风。他的诗,尤其是古体,“横绝一代”⑤,在诗歌语言、风格、章法、技巧等方面所作的探索,扩大了诗的领域,开拓了一条与李白、杜甫不尽相同的创作道路。但由于他蹊径独辟,力求标新,也带来了以文为诗、讲才学、好议论、追求险怪等不良风气。因此,历代对韩诗的评论,颇有分歧。肯定并赞赏韩诗的人认为“诗之美者,莫如韩退之”⑥;称赞他的诗“资谈笑,助谐谑,叙人情,状物态”,都能“曲尽其妙”⑦;认为“韩公诗,文体多,而造境造言,精神兀傲,气韵沈酣,笔势驰骤,波澜老成,意象旷达,句字奇警,独步千古”⑧;尤其是“韩愈七古,气势盘空生硬,浑灏流转,貌似杜工部,而典丽矞皇,有

① 苏轼《经进东坡文集事略》卷十五。
② 王禹偁《小畜集》卷十八《答张扶书》。
③ 辛文房《唐才子传》卷五《韩愈》。
④ 章学诚《文史通议》外篇三《与汪龙庄书》。
⑤ 纪昀《瀛奎律髓刊误》卷四。
⑥ 苏轼语,见胡仔《苕溪渔隐丛话》前集卷十七《韩吏部》中。
⑦ 欧阳修《欧阳文忠公文集》卷一百二十八《诗话》。
⑧ 方东树《昭昧詹言》卷九《韩公》。

《清庙》明堂气象”，可奉之为“泰山北斗”[①]。他们把韩诗与李、杜并称，认为“唐诗前以李、杜，后以韩、柳为最，姚合而下，君子不取焉”[②]。对韩诗持否定或指责态度的一些人，认为“退之于诗，本无解处，以才高而好尔”[③]；他们反对韩愈以文为诗，说“退之诗，押韵之文耳，虽健美富赡，然终不是诗”[④]；“宋人呼为大家，直是势利”[⑤]。对于这两种截然不同的看法，张戒在《岁寒堂诗话》中曾作过评论，他说：“韩退之诗，爱憎相半：爱者以为虽杜子美亦不及，不爱者以为退之于诗本无所得。自陈无己辈，皆有此论。然二家之论具过矣。以为子美亦不及者固非，以为退之于诗本无所得者，谈何容易耶？退之诗，大抵才气有余，故能擒能纵，颠倒崛奇，无施不可。放之则如长江大河，澜翻汹涌，滚滚不穷；收之则藏形匿影，乍出乍投，姿态横生，变怪百出，可喜可愕，可畏可服也。苏黄门子由有云：‘唐人诗当推韩、杜。韩诗豪，杜诗雄，然杜之雄亦可兼韩之豪也。’此论得之。诗文字画，大抵从胸臆中出，子美笃于忠义，深于经术，故其诗雄而正；李太白喜任侠，喜神仙，故其诗豪而逸；退之文章侍从，故其诗文有廊庙气。退之诗正可以与太白为敌，然二豪不并立，当屈退之第三。”[⑥]这段评论，指出了在评价韩诗中所存在的两种片面性，并通过对杜、李、韩三家诗特色与成就的分析比较，肯定了韩诗应有的历史地位。这个评价，看来还比较接近韩诗的实际。

韩愈的诗歌和他的散文一样，也是很讲究气势的。前人有很多评论注意到了这一点。晚唐司空图最赏识韩诗的富有气势，他说：“韩吏部歌诗数百首，其驱驾气势，若掀雷挟电，撑抉于天地之间，物状奇怪，不得不鼓舞而徇其呼吸也。”[⑦]明人高棅也说：“昌黎

① 范献之《蠡园诗话》。

② 瞿佑《归田诗话》卷上《唐三体诗序》。

③ 陈师道《后山诗话》。

④ 沈存中语，见惠洪《冷斋夜话》卷二。

⑤ 王世贞《艺苑卮言》卷四。

⑥ 《岁寒堂诗话》卷上。

⑦ 司空图《司空表圣文集》卷二《题柳柳州集后》。

博大而文，其诗横骛别驱，崭绝崛强，汪洋大肆而莫能止。”[①]这些评语，与前人对韩愈散文气势的评论极相近似。

历代评论者们在评述韩诗时，往往喜欢把他与柳诗作比。如苏轼《评韩柳诗》谓：“柳子厚诗，在陶渊明下，韦苏州上，退之豪放奇险则过之，而温丽靖深不及也。”[②]张戒认为：“柳柳州诗，字字如珠玉，精则精矣，然不若退之之变态百出也。使退之收敛而为子厚则易，使子厚开拓而为退之则难。意味可学，而才气则不可强也。”[③]吴可却说，“有大才，作小诗辄不工，退之是也”；“柳子厚小诗极妙”[④]。他们的评论，大多从诗歌的风格特色和诗歌的艺术形式着眼，反映了一定的客观实际。但也有就总体而论，认为“退之诗不如子厚”[⑤]；认为“唐文人皆能诗，柳尤高，韩尚非本色”[⑥]。这种看法，未免都有些偏颇。

韩诗在中国诗歌发展史上，是有其重要的地位和影响的。叶燮在《原诗》中曾说：“唐诗为八代以来一大变，韩愈为唐诗之一大变，其力大，其思雄，崛起特为鼻祖。宋之苏、梅、欧、黄、王，皆愈为之发其端，可谓极盛。”[⑦]吴乔《围炉诗话》也说：“于李、杜后能别开生路，自成一家者，惟韩退之一人。既欲自立，势不得不行其心之所喜奇崛之路。”[⑧]确实，就古代诗歌发展来看，“诗家奥衍一派，开自昌黎”[⑨]。中唐诗人如贾岛、卢仝、马异、李贺等人，都程度不同地受到过他的影响。这种影响，甚至延及北宋和清代的不少诗人。

---

① 胡震亨《唐音癸签》卷七《评汇三》录高棅语。

② 苏轼《东坡题跋》卷二。

③ 《岁寒堂诗话》卷上。

④ 吴可《藏海诗话》。

⑤ 李涂《文章精义》。

⑥ 刘克庄《后村先生大全集》卷九十四《竹溪诗序》。

⑦ 《原诗》卷一《内篇上》。

⑧ 《围炉诗话》卷三。

⑨ 李重华《贞一斋诗说》。

韩集刍议二题

不久前，读到一篇国外朋友的论文《宋版韩愈文集书目提要序》，序文对宋版韩集作了比较系统的研究，发表了一些很好的见解，但其中也有一些问题，值得进一步探讨和商榷。而且这些问题，在国内学术界似乎也或明或暗，并非已完全解决。本文拟就其中的两个问题，小作议论，以就正于方家。

关于韩集最早的编者

序文作者引宋人邵博《邵氏闻见后录》的一条材料为论据，提出了"《韩愈文集》在韩愈生前就已经由他自己编成"的看法，而且认为这个看法是"无可置疑的"。

事实是不是这样？我感到值得商讨。

序文论据见《邵氏闻见后录》卷十五，原文如下：

> 长安安信之子允为予言：旧藏韩退之家集第二十六、二十七二卷，茧纸正书，有退之亲改定字。后为张浮休取去。

我在翻阅前人笔记时，发现元人陆友仁《研北杂志》卷上也有类似记载，只是"为予言"作"为邵泽民言"；"旧藏韩退之家集第二十六、二十七二卷"作"旧藏韩退之家集第二十六二卷"，其余皆同。这两条材料如确属可信，我认为用来说明在韩愈生前就已经有多卷本韩集存在，这是可以的。因为：第一，卷数多达二十六、二十七卷;第二,“有退之亲改定字”。但是,这两条并不能证明此书一定是韩愈“自己编成的”。因为书中“有退之亲改定字”,与他“自己编成”此书,毕竟是两回事,不能混为一谈,误作论据。

那么,韩愈编过他自己的集子没有?据现有材料看,他可能亲自编过选集,而没有编过全集。明代苏伯衡在《说斋先生文粹序》中,曾说韩愈“尝掇取二十六篇为《韩子》”①。清初陈宏绪在《寒夜录》卷上也记载说:“韩退之自选生平所为文二十六篇,题曰《韩子》。”这个选本,直至元代还继续流传,因为据《寒夜录》所载,元儒程黔南编《韩文钞》时,还曾从《韩子》二十六篇选文中选录了十篇,他“以《李愿归盘谷序》为卷首,余九篇则《送文畅师》、《送王秀才》、《温处士》、《杨少尹》、《盛山十二诗序》与《燕喜亭记》、《孔子庙碑》、《获麟解》、《祭鳄鱼文》”。从程黔南转选的这十篇选目,也可以约略地看出,韩愈“自选生平所为文”,范围还是较广的。韩愈这个自选本失传的时代,当在清初以前,因陈宏绪撰《寒夜录》时,已“不知二十六篇之目为何”。

唐人为韩愈编全集最早者,历来较普遍地认为是他的女婿兼门人李汉。李汉在《昌黎先生集序》中说:

> 长庆四年冬,先生殁。门人陇西李汉辱知最厚且亲,遂收拾遗文,无所失坠。……总七百,并目录合为四十一卷,目为《昌黎先生集》,传于代。

这说明李汉编《昌黎先生集》,是在韩愈去世以后的事,是一个比较完备的本子。这部全集,除去目录一卷,实为四十卷。从宋人王尧臣等所编《崇文总目》中仍著录此书四十卷来看,它虽迭经五代兵燹乱离,并未散失。

这里值得探讨的问题是,李汉所编《昌黎先生集》,与韩愈生前便有的那部“韩退之家集”是个什么关系。我个人认为,李汉作为

---

① 苏伯衡《苏平仲文集》卷五。

韩愈“最厚且亲”的门人兼女婿，在韩愈去世后为他编文集，理当以已有的“韩退之家集”为底本，他“收拾遗文”，使之“无所失坠”，当是在这个底本原有的基础上进行的。我甚至认为，那部“韩退之家集”，也很可能是在韩愈首肯下，由李汉具体编辑而成的。韩愈一生有不少著名的门生和在文坛享有盛誉的好友，而他偏把《昌黎先生集》的编集工作，交由在文坛上成就较为平平的李汉去完成，很可能就与他曾编过“韩退之家集”有关。

唐人印行的韩集，从版本角度而言，今所知者有令狐(澄)氏本和赵德《文录》本两种①，但都已佚不可见。宋初穆修在《唐柳先生集后序》中，说他曾得唐本韩、柳集②；后来欧阳修在《记旧本韩文后》中，也说他曾在李氏“弊筐”间“得唐《昌黎先生文集》六卷”。这些唐本韩集，我怀疑很可能都是李汉所编本(欧阳修于“弊筐”中所得本与李汉书名都相同)。因为据史书记载，韩愈在有唐文坛虽享盛誉，但并无文集在文坛上广为流传；直至北宋初年，学者仍都作时文，“天下之人，无道韩文者”③。看来，在唐代，韩集印行不多，新编者当更寥寥。

据上所述，唐人编韩集最早者，似当推李汉；谓韩集“在韩愈生前就已经由他自己编成”的说法，恐难成立。

关于韩集的两种宋刻蜀本

研究韩集的人都承认，宋刻蜀本是在韩集早期诸刻本中较有影响的本子。但韩集蜀本，在宋代有天禧蜀本(即欧阳修校本)和嘉祐蜀本(即苏溥校本)两种。到底其中哪一种蜀本曾得到流传并产生过较大影响，人们却往往分辨不清。《宋版韩愈文集书目提要

---

① 何焯《义门读书记》谓“《文录》疑好事者依托”。

② 李贽《藏书》卷三十二中也说穆修“家有唐本韩、柳集”。

③ 见《朱文公校昌黎先生集》所附欧阳修《记旧本韩文后》注引“泉本云”。

序》的作者，笼统地认为后来所传蜀本，便“是欧阳修的版本”，此说未为恰当。

从现有材料来看，后来所传宋刻蜀本，并非欧阳修所校天禧蜀本，其理由有三：一、世传宋刻蜀本是个较完整的本子，而欧阳修所得《昌黎先生集》，是个仅存六卷的残本，不过占韩集全书的七分之一，而且“脱略颠倒无次第”[①]，错乱十分严重；二、经欧阳修“补缀校定”而成的这个本子，虽因欧阳修的地位和声望，曾引起过一些人的重视，但并“没有镂板，所以流布不广”[②]；三、历来著录韩集版本的书籍，从未发现有人称引和传述此本。

嘉祐蜀本比天禧蜀本大概晚出四十年。虽此书到南宋以后也已佚不可见，但却产生过较为深远的影响。南宋莆田方崧卿，是一位研究韩集卓有成就的专家。据他所说，这个本子即蜀人苏溥所校刘、柳、欧、尹四家本。他对这个本子极为重视，后来他自己校韩集时，便主要以此本及祥符杭本、馆阁本定“去取”，甚至“虽有谬误”，亦“往往曲从”[③]。方氏校本取刘煜（《文献通考》作“刘烨”）所录二十五篇及石刻等增编为《外集》[④]，所以后来清人凌扬藻在《蠡勺编》卷二十二中说，《昌黎先生集》原来“无所为《外集》者，莆田方崧卿增考刻之南安军，乃有《外集》”。这两条材料，也反过来告诉我们，嘉祐蜀本仅有正集四十卷，并无《外集》，它与李汉所编《昌黎先生集》原本，卷数是一致的。方氏校本后来产生的影响，比嘉祐蜀本更大。后来朱熹所校《昌黎先生集》，就主要“以方氏本校定”[⑤]，流布更广。

从两种蜀本的简略对比，可以清楚地看出，后来得到流传并产生过较大影响的，是苏溥所校嘉祐蜀本，而不是欧阳修所校的天禧蜀本。正因为这样，所以宋人所谓蜀本，一般都是指的嘉祐蜀本；

---

① 欧阳修《记旧本韩文后》。

② 万曼《唐集叙录·昌黎先生集》，中华书局1980年版。

③ 朱熹《书韩文考异前》。

④⑤ 见陈振孙《直斋书录解题》。

很少有人把欧阳修校本也通称为宋人蜀本。当然,我们这样说,并不是要否定欧阳修对韩集校勘的功绩。他在这方面的贡献是否定不了的。欧阳修《集古录》中有好几段关于韩文的跋尾,就给研究韩文开辟了校雠的新途径,这便是他所作贡献的有力佐证。但是,不能因此便可以把天禧、嘉祐两个不同的蜀本混淆不分,以致无视苏溥所校嘉祐蜀本的客观存在。

文起八代之衰的韩愈

被苏轼赞誉为"文起八代之衰"的大散文家韩愈，在我国文学史上是一位富有开创精神的文学大师。他毕生致力于倡导"古文运动"，有理论，有实践，作出了卓越贡献。在诗歌创作上，他也能别具匠心，形成自己的特有风格，给中唐诗坛增添新的光彩。韩愈之所以能达到诗文兼擅，成为一代文宗，与他刻苦好学、富有开创精神是分不开的。

韩愈(768—824)，字退之，河南河阳(今河南孟州市)人。因郡望昌黎，常自称"昌黎韩愈"，后人亦称韩昌黎。晚年官吏部侍郎，故又称韩吏部。死后谥号"文"，所以人们也尊称他为韩文公。他出生在京城长安，当时他父亲韩仲卿在长安任秘书郎。但出生刚两个月，母亲便去世；三岁，父亲又去世，因此他只好跟随长兄韩会回河阳故里，赖兄嫂抚养。七岁，韩愈又随兄居京师，开始刻苦读书；十二岁，韩会因党附元载之嫌，被贬为韶州(今广东韶关)刺史，他随兄嫂同抵贬所。未几，会卒，韩愈又随寡嫂郑氏北归河阳。时值中原战乱，遂南下宣城，靠祖传薄产维持生活。这些经历，说明韩愈早年的生活是极不安定的。但正是这些颠沛流离的孤苦遭遇，激发了他刻苦好学、关心现实和勇于探索的进取精神。新、旧《唐书》本传说他"自以孤子"，"刻苦学儒，不俟奖励"，"日记数千百言"，说明他早年学习已相当自觉。他十三岁能文，便从独孤及、梁肃之徒游学；尤其在寄居宣城的四五年中，他究心古训，潜研经史百家，已开始朦胧地感到时俗好尚骈文的弊病，初步萌发了发扬儒道、倡导古文的意念[①]。他自称“自昔始读书，志欲干霸王”[②]，“前古之兴亡，未尝不经于心也；当世之得失，未尝不留于意也”[③]。说明他在认真读书的同时，也关心现实，留意古今兴亡治乱，在政治上是有一番抱负的。

贞元二年(786)，韩愈十九岁，怀着经世之志进京求仕。但刚到长安，便遇到贫困的威胁，使他发出了“长安百万家，出门无所之”的感叹[④]。他先后四次参加考试，直到贞元八年(792)二十五岁时才考取进士。这次考试的主考官是陆贽，而实际负责评选的是梁肃。贽为当时骈文的改革者；肃则为古文家独孤及的弟子，也力主倡导古文，为文坛所推重。应该说韩愈后来倡导古文，开展“古文运动”，与梁肃是有渊源关系的。

韩愈考中进士后，为求得仕宦京师，曾连续三次参加吏部博学宏辞科考试，但都未中选；三次给宰相上书，都未得一复；三次登门拜访，也被“阍人所辞”，他失望了，因此便只好怀着“不遇时之叹”，东归河阳。途中，作《感二鸟赋》，以仅有“羽毛之异，非有道德智谋”的二鸟得以“蒙恩而入幸”，来与自己不受见用作对比，抒发自己的愤慨和不平。这时的韩愈，对科举考试那一套做法是并不满意的，他甚至只要一看到那些应试的时文，就会感到“颜忸怩而心不宁”，而他之所以还要隐忍参加这种考试，主要就因为这是一种进身仕宦的阶梯。如今他仕途失利，感到没有出路，曾准备退居田园，“求国家之遗事，考贤人哲士之终始，作唐之一经”[⑤]，以传于后世。

贞元十二年(796)七月，韩愈受汴州(今河南开封)刺史、宣武军节度使董晋荐举，出任汴州观察推官，旋又试授秘书省校书郎

---

① 韩愈《复志赋》。

② 韩愈《岳阳楼别窦司直》。

③ 韩愈《与凤翔邢尚书书》。

④ 韩愈《出门》。

⑤ 韩愈《答崔立之书》。

（虚衔）。这年秋天，李翱从徐州来汴，随韩愈读书学文。翌年十月，张籍经孟郊介绍，也来到汴州，随韩愈学文。韩愈在汴州近三年，已开始大力倡导“古文运动”。他除了指导李翱、张籍等人的日常学习，利用一切机会，广为宣传自己对散文革新的主张。当时的文坛，作时文是一种风尚。这种文章有一定程式，它实际是后来八股文的先声。韩愈对这种文风极为反感，他决不随波逐流。他在汴州时所写的《与冯宿论文书》中，就明确地表示了这个态度。他说，他写的文章，往往自己“意中以为好，则人必以为恶”，“小称意人亦小怪之，大称意即人必大怪之”；反之，如果“作俗下文字”，虽自己下笔就感到惭愧，然而人家看了“以为好”，“小惭者亦蒙谓之小好，大惭者即必以为大好”。但他认为写这样趋时的文章，“何用于今世”？为了使文章能有益于世，因而必须“弃俗尚而从于寂寞之道”，反对时文，提倡古文。

贞元十五年（799）二月，董晋去世，韩愈护丧柩去洛阳。四天后，汴州兵变，行军司马陆长源等被杀。韩愈作《汴州乱》二首纪其事。二月底，韩愈到达徐州，时徐泗濠节度使张建封是韩愈故交，由于他的资助，得被安置在符离睢上。是年秋，建封辟韩愈为节度推官。但他并不想任此职，如《龊龊》诗所说，“愿辱太守荐，得充谏诤官”，他希望张建封能荐他到朝廷当个谏官。韩愈与张建封最初结交，主要是因文章而相惜，并没有共同的见解和真挚的友情。因而在韩愈成为张的幕僚之后，两人时有争执。韩愈在翌年春所作的《归彭城》一诗，就反映了他对张建封不满的消极情绪。他曾写信给孟郊和李翱，倾诉他内心的苦闷，说他在张幕中“言无听也，唱无和也，独行而无徒也，是非无所与同也”，表示将在“今年秋，聊复辞去”①。李翱深知韩愈内心的苦恼，劝他早日离徐去京。但没有等到秋天，张建封在五月就免除了韩愈的职位。韩愈对自己的这种遭遇，深有感慨，他写了一首《驽骥》诗寄赠欧阳詹，来抒发心中

① 韩愈《与孟东野书》。

的愤懑。韩愈被免职后即离徐归洛。这年冬天，韩愈赴长安参加吏部铨选。翌年（贞元十七年，801）三月，他顺利通过铨选，回洛阳待命。

韩愈在洛阳待命期间，又就散文革新问题发表了不少重要理论。他在六月二十六日写的《答李翊书》，可以说是他阐述古文理论的一篇代表作。信中主要阐述了四个问题：一、强调古文作家要在写作上取得成就，首先必须加强道德修养。认为只有"仁义之人"，"其言"才可能"蔼如"。二、强调作家要善于向前人学习，既要继承前人的写作经验，又必须有自己的独创，无论内容或词句，都应该"务去""陈言"。三、强调写古文要讲究气势，"气"与"言"的关系，就如"水"与"浮物"的关系一样，"言"需要"气"来统摄；文章有了很盛的"气"充乎其中，不论"言之短长"或"声之高下"，都会感到合宜。四、学习写古文要有坚定的信心和反对不良文风的决心，不能因时人的毁誉而动摇，应该把创造一种新文风作为长期奋斗的目标。文章全面地阐述了韩愈的基本观点，将古文运动与儒学复古运动紧密结合在一起，为古文运动的开展奠定了理论基础。

这年秋末冬初，韩愈被任命为国子监四门博士。从此韩愈才开始进入京师政府机构任职。韩愈任四门博士，从事传道授业，这对于他倡导"古文运动"是一个极为有利的条件。就在韩愈到四门博士任的第二年（802）春天，礼部又举行进士考试，权德舆主考，陆傪辅佐评选。韩愈于去春在长安经李翺介绍已与陆傪相识。因此他便以四门博士的身份致书陆傪，推荐侯喜、李翊、尉迟汾、沈杞、李绅、张俊余、刘述古、侯云长、韦群玉、张弦等十人。前四人当年即登进士第，其余六人后来也相继登第。由于韩愈的推荐能产生如此大的效果，因此后来有许多举子都投奔韩愈门下，称"韩门弟子"。这时的韩愈，虽然年仅三十余，官职也不高，但在文坛上已有了名望，"古文运动"也已开展起来，他为了能使这个运动得到更好的发展，不仅自己从理论到实践刻苦努力，而且更广泛地同青年后学交往，给他们具体的指导和帮助。他这种所作所为，是六朝以来长期所没有的，因而人们往往引以为怪事，以至于纷纷议论和责难，指责他好为人师。但韩愈处在这样的环境中，仍然无所畏惧。他为了纠正当时社会上不重视求师学习的不良风气，公开答复和严正驳斥对他的讥笑和诽谤，就在贞元十九年（803），写了震惊文坛的名作《师说》，详尽地阐明师道的重要，并敢于以此自任。文章不仅具有高度的说服力，而且笔端饱含着感情，写得非常有气势，表现了他散文风格雄健明快、汪洋恣肆的特色。

同年冬天，韩愈得到御史中丞李汶的荐举，擢升为监察御史。韩愈任监察御史不过二月，京畿大旱，他忠于职守，上奏《论天旱人饥状》，要求减免赋税，并揭发京兆尹李实为聚敛进奉，谎报年景。为此遭幸臣所谗，被贬为连州阳山（在今广东）令。当年的阳山，是“天下之穷处”，虎豹出没，舟楫难行，因而人迹罕至，“县无居民”。可是仍有不少好学的青年，不畏艰险，远道赶来向韩愈学习。韩愈在阳山一年多，于贞元二十一年（805）夏奉大赦北上郴州，在郴州刺史李伯康处待命。他在郴州三月，潜心著述，完成了《原道》、《原性》、《原毁》、《原人》、《原鬼》等重要论著的写作。八月，韩愈得赦书移官江陵，任法曹参军。韩愈在江陵，与荆南节度使裴均过从甚密。均著有《荆潭唱和集》一卷，愈为作《荆潭唱和诗序》。在这篇诗序中，韩愈提出了“文穷而后工”的理论。这与他的“不平则鸣”说是紧相联系着的。所谓“欢愉之辞难工，而穷苦之言易好”，可说在一定程度上反映了封建时代文学的一个普遍规律。韩愈的这一理论，可能曾受到司马迁发愤著书说的一些影响，但他的提法显然比司马迁有了很大发展。

元和元年（806）六月，韩愈奉召回长安，授权知（暂代）国子博士。元和三年（808），韩愈真授博士分司不久，便于同年六月改授都官员外郎分司东都兼判祠部。这是一个执掌刑法政令并主管祠庙祭祀及道观佛寺的实职官。到任后，他便把东都寺观的管理权从宦官手中收归祠部。而后整肃风纪，杀了一批不法的僧尼道士。这件事，顿时引起了宦官们的极大不满，纷纷对韩愈进行攻击。当时的东都留守郑余庆，因害怕宦官，不敢支持韩愈，使韩愈的职事无法继续开展。为此，他曾在元和五年（810）上书郑余庆，要求因病告休。由于韩愈对当时的处境和社会现实极为不满，他采取传奇小说的笔法，写了一篇《毛颖传》，写毛颖君以能文侍主上，后因年老秃败而被遗弃。从表面看，这是一篇游戏文字，而实际上是借毛颖的遭遇来讽刺统治者的刻薄寡恩，并悲悼遭到疏忌的知识分子的命运。对这样一篇富有现实意义的作品，当时很多人都笑以为怪，甚至连韩愈的有些朋友也责备他“好以文为戏”，“好为驳杂无实之说”。但当时被贬官在永州的柳宗元读了，却大为赞扬，说它在艺术上具有“捕龙蛇，搏虎豹，急与之角而力不敢暇”的强大感染力，在思想上也“有益于世”，“非圣人之所弃者”[①]。这年冬天，韩愈终于被降职调为河南令。由于他坚持与宦官权要相对抗，因此多年来一直很不得志。元和六年(811)正月，年已四十四岁的韩愈，为了给自己解嘲，写了一篇《送穷文》，说智穷、学穷、文穷、命穷、交穷，是他仕途不得志的原因。这明显地反映了他愤世疾俗和对自己遭际的不满。这年六月，韩愈入朝为职方员外郎。但为时不久，又因为华阴令柳涧辨罪，于元和八年(813)正月左迁为国子博士。他自以才高，而累遭摈黜，又作《进学解》以自喻。文章用笔颇饶谐趣，与东方朔《答客难》、扬雄《解嘲》相类似，然文采远远过之。因此当朝宰相李吉甫、李绛、武元衡看了都大加赞赏，认为他“学术精博，文力雄健”，于这年三月便擢升他为比部郎中史馆修撰。韩愈对任史职一事，思想上颇多顾虑，担心招来“人祸”、“天刑”。这一错误思想，经柳宗元批评后便有了改正。从十一月开始，他便接受修撰《顺宗实录》的重任，至元和十年(815)夏最后完毕。此书褒善贬恶，记禁中事颇为切直，因此为宦者所恶，曾屡遭删削。

元和九年(814)十二月，韩愈便以考功郎中知制诰。当时朝廷内部对淮西吴元济反叛是否进行征讨，存在着主战与主和两派尖锐的斗争。韩愈坚决支持以武元衡和裴度为首的主战派，曾于元

---

① 柳宗元《读韩愈所著〈毛颖传〉后题》。

和十年(815)五月上奏《论淮西事宜状》,条陈用兵事宜。六月,宰相武元衡遇刺身亡。宪宗为支持征讨,便以裴度继武元衡为相。次年正月,韩愈也被拔擢为中书舍人。此后,主战派由于有宪宗的坚决支持,元和十二年(817)七月,裴度便以相位率师出征,韩愈以行军司马身份从军。十月,李愬雪夜入蔡州,生擒吴元济,淮西叛乱始告平息。十二月,韩愈回到京师,以军功擢授刑部侍郎。这时韩愈正五十岁。元和十三年(818)正月,他奉诏撰《平淮西碑》,三月写成。旋以多叙裴度事,为李愬妻所诉,诏令磨去,命翰林学士段文昌重撰刻石。但韩愈这篇碑文,却一直为后人所称道。有赞诗云:"淮西功业冠吾唐,吏部文章日月光。千载断碑人脍炙,世间谁数段文昌。"[①]这也说明后人对韩碑的推崇。

元和十四年(819)正月,宪宗遣使者去凤翔迎佛骨,掀起了朝野一片佞佛的狂澜。韩愈不顾个人安危,毅然奏上《论佛骨表》,详论佛之不可信,要求将佛骨"投诸水火,永绝根本,断天下之疑,绝后代之惑"。宪宗得表,大为震怒,要对他处以极刑。幸好裴度、崔群等替他说情,才贬为潮州刺史。韩愈行至蓝关,大雪塞途,马不肯前,时侄孙韩湘从远道赶来伴随,韩愈作诗《左迁至蓝关示侄孙湘》,前四句云:"一封朝奏九重天,夕贬潮州路八千。欲为圣明除弊事,肯将衰朽惜残年。"他为了"除弊"而谏迎佛骨,竟然被远贬潮州,当然有满腔愤懑和委屈。同年十月,因大赦被量移为袁州刺史。他在潮州和袁州任刺史,都颇有政绩。元和十五年(820),韩愈写了《祭柳子厚文》和《柳子厚墓志铭》。韩愈和柳宗元虽然政见、思想颇多分歧,但彼此情谊笃厚。文中记述了柳宗元的政能文才,写出了一代英杰赍志以殁的悲剧,也表达了韩愈对亡友的深切悼念,这实际也是他对当时时代的悲愤控诉。

这年九月,韩愈奉诏内调为国子祭酒。回朝后,他对主管的国子监进行了整顿,行文吏部不得派任非博通经学及非进士五经登

---

① 葛立方《韵语阳秋》卷三。

科人充当国子监学官;新学官到职必须经过考试,方可正式任用;并推荐秘书郎张籍为国子博士,以加强教师阵营。这些措施,使国子监面貌大为改观。

长庆元年(821)七月,韩愈由国子祭酒转任兵部侍郎。翌年二月,曾奉命为宣慰使,冒着风险赴镇州宣慰乱军。九月,他自兵部转任吏部侍郎。长庆三年(823)六月,又自吏部侍郎擢任京兆尹兼御史大夫。当时的京兆,是一个最为复杂难理的地方,但在韩愈的整治下,社会秩序比较安定,"盗贼止;遇旱,米价不敢上(涨)"①。后来,由于宰相李逢吉的挑拨,韩愈与御史中丞李绅不协。十月,韩愈调任兵部侍郎,后又改任吏部侍郎。

长庆四年(824)五月,韩愈因病告假到长安城南别墅韩庄休养。八月,韩愈告假满百日,免吏部侍郎,从此便结束了二十多年的官场生活。中秋次日夜晚,张籍、王建联袂来靖安里探望,韩愈同他们在庭院赏月,作五言古诗《玩月喜张十八员外王六秘书至》一首,以记其事。这是韩愈所写的最后一首诗。十二月二日,韩愈卒于靖安里第,终年五十七岁。

---

① 李翱《韩吏部行状》。

关于韩愈受佛教思想影响的几点质疑

韩愈排佛，这几乎是历代研究韩愈的学者所一致公认的。他排斥佛教，不仅发表过不少激烈的言论，而且有相当激烈的行动，甚至差一点儿为此而送了性命。对这些客观存在的事实，人们虽然都表示肯定，但是在研究韩愈的思想时，关于韩愈是否也受到佛教思想的影响这个问题，却一直众说纷纭。我平时读韩愈的著作，也留心读研究韩愈的论著，对肯定韩愈受佛教思想影响的说法，积下了不少疑问，现在把它提出来，向国内外专家们请教。

一

把韩愈思想与佛学挂搭起来，认为他深受佛教思想影响，持这种看法的古今学者，往往都喜欢举出韩愈在潮州与大颠和尚的交往，以及他的《与大颠书》三封作为佐证。比如宋代陈善就认为韩愈"辟佛者而事大颠"，是"流入异端而不自知"①。明代袁宏道也认为，韩愈"抗表佛骨，攻击佛法，不遗余力，及一见大颠，乃曰和尚门风高峻"，实际对佛学是"攻其皮，嗜其髓"，"善护佛法"②。现代有的学者对这个问题的看法，甚至还作了更多的发挥，比如有的学者就说：

---

① 陈善《扪虱新话》卷一《韩退之谓荀扬未纯》。

② 袁宏道《袁中郎全集》卷十七《祇圆寺碑文》。

他(指韩愈)被放逐到湖州……与大颠和尚来往甚密。于是外间出现流言,说韩愈已信佛教。韩愈在《与孟尚书书》中虽强为辩解,仍然流露出对大颠的好感。

又说:

《韩昌黎集·外集》中有《与大颠书》三封。信中有"久闻道德"、"侧承道高"、"所示广大深迥,非造次可喻","论甚宏博"等语,足见韩愈对大颠及其学问敬慕良深。信中卑词相请,用"道无疑滞"的佛学义理,劝说大颠入城相会,说明佛学已入其心。①

陈善认为韩愈"事大颠"而"流入异端",袁宏道认为韩愈"善护佛法",他们都只是统而言之,并未能从韩愈的思想资料中找出佐证作具体论述。而撰后两段引文的学者,却从韩愈的著作中列出了材料,来论断"韩愈已信佛教","佛学已入其心"。但是,从所列的这两条材料来看,能不能足以证实"韩愈已信佛教","佛学已入其心",我感到有些怀疑。

先说前一条材料。韩愈在孟尚书写信告诉他外界谣传他"已信佛教"的"流言"之后,写《与孟尚书书》来澄清这种错误的"流言"。把这种做法说成是韩愈在为自己"强为辩解",言下之意,是说韩愈信了佛教,还要写信为自己洗刷辩白。事实是不是这样呢?我反复研读韩愈的《与孟尚书书》,深深感到韩愈虽身在贬所,排佛崇儒的坚定立场和态度,仍然不减当年。他斥责外界谣传他"已信佛教"的"流言",字里行间都充满了愤怒抗争的激情,怎么也体会不到这是他在实际上"已信佛教"之后为自己"强为辩解",这里,我

① 《中国古代著名哲学家评传》第二卷《韩愈》,齐鲁书社 1980 年版,第 31 页。

们不妨看看《与孟尚书书》的主要论点：一、文章开端便针对外界谣传他信佛，直截了当地指出这是“传之者妄”，是传话的人胡说八道；二、说明他与大颠和尚来往是因为大颠“颇聪明，识道理”，为人胸襟坦荡，自己“非崇信其法，求福田利益”；三、强调他一如既往，为“圣贤事业”而恪守“圣人之道”、“先王之法”，决不会“去圣人之道，舍先王之法，而从夷狄之教”；四、认为“佛者”“其身已死，其鬼不灵”，不可能“妄加祸于守道之人”；五、重申他之所以要坚决排佛崇儒，重振儒家道统，是因为“释老之害，过于杨墨”，“圣贤之道不明”，“三纲沦而九法斁，礼乐崩而夷狄横’，“其危如一发引千钧”；六、表示他重振儒家道统的决心，只要能“使其道由愈而粗传，虽灭死万万无恨”，决不会因为遇到一点挫折而“自毁其道”！这封信，是韩愈在猛烈攻击宪宗皇帝迎佛骨被远贬到潮州的后一年写的，这时他刚由潮州移为袁州刺史。他在此时此地因得知外界谣传他信佛而激昂慷慨地写这样的长信，实际是他对那些诬传他已转向信佛的人的一个有力的回击，也可以说是他在贬官后为继续崇儒排佛而发表的一篇宣言书。这真是如李翱在《祭吏部韩侍郎文》中所说的“升黜不改，正言亟闻”[①]。把韩愈作《与孟尚书书》说成“强为辩解”。其实假如韩愈真的信佛了，他也就没有必要再给孟尚书写什么“强为辩解”的回信，因为孟简本人就是虔诚的佛教徒。难道一个真的“已信佛教”的人，还需要在自己的教友面前羞羞答答地强辩自己不信佛教吗？这从逻辑上讲，也是较难解释得通的。至于说韩愈在《与孟尚书书》中“仍然流露出对大颠的好感”，这也是无可指责的，因为韩愈坚决排佛，并不等于他就必须把所有僧徒都不分好坏一律当仇人对待。

再说后一条材料，拿《与大颠书》三封来证实韩愈“佛学已入其心”。这三封信是否出自韩愈之手，历来绝大多数著名学者几乎都是否定的。比如苏轼在《记欧阳论退之文》中便说：

---

① 李翱《李文公集》卷十六。

韩退之喜大颠，如喜澄观、文畅之意尔，非信佛法也。世乃妄撰退之《与大颠书》，其词凡陋。退之家奴仆，亦无此语。有一士人于其末妄题云："欧阳永叔谓此文非退之莫能作。"此又诬永叔也。①

陆游在《老学庵笔记》卷六中也说：

黠僧……伪作韩退之《与僧大颠书》……予尝得此书石刻，语甚鄙，不足信也。

杨慎在《丹铅总录》卷二十四中也说：

愚考韩《与大颠书》，刻石于灵山禅院，乃僧徒妄撰，假韩公重名以尊其道，亦犹怀素假李白歌，称其草书独步也。怀素《草书歌》，人皆信其非白作；而独以《大颠书》为出于韩，何哉？李白作歌赠怀素，不足以损白之名；而韩公以道自任，一与颠书，则所损多矣。世人多不成人之美，虽心知其非，乃乘瑕蹈隙而挤之。卓哉！李汉之先见乎？序公之文，曰"无有失坠"，总其目以"七百"，正虑后人羼入阑增以诬韩公也。

诸如此类论定《与大颠书》非韩愈所作的论述，还有很多。其实，就是认为《与大颠书》是韩愈所作的主要代表人物朱熹，也并没有完全肯定这三封信都出于韩愈之手，他在《考韩文公〈与大颠书〉》一文中便说：

以余考之，所传三书，最后一篇，实有不成文理处。……

① 苏轼《东坡题跋》卷一。

意或是旧本亡逸，僧徒所记不真。①

朱熹的这段话，很值得我们注意。因为我们有的学者引征《与大颠书》来证明韩愈受佛教思想影响，“说明佛学已入其心”的主要材料，恰恰就是连朱熹也认为是“僧徒所记不真”的“所传三书”中的这“最后一篇”。我们有的引征这条材料的学者，在著作中还强调“朱熹则考之为真”，以证实自己论据之可信。其实，假如我们细细读读历来有关《与大颠书》的考证材料，辨明了真伪，恐怕就不一定把《与大颠书》看得那么重要了。

在这里，我想顺便说一说我的朋友、美国纽约州立大学中文系主任蔡涵墨教授的论文《禅宗〈祖堂集〉中有关韩愈的新资料》②。这篇论文，主要根据禅宗《祖堂集》中叙述韩愈与大颠和尚的交往，来论证韩愈接受了佛教思想的影响。论文给了我不少启发，但我也产生了一些疑问。

我的疑问，集中到一点，还是在于禅宗《祖堂集》中关于韩愈和大颠交往故事记载的真实程度和可靠性问题。这条材料是福建泉州招庆寺和尚在南唐保大二年(944)编撰的，距韩愈之死已经一百二十年。而材料中把韩愈和大颠的交往却写得那么细致，不仅有比较曲折的情节，而且有几个人物的活动和具体对话，结构也相当严整，俨然是佛经中的一段故事。从故事具体的内容来看，我感到至少有两个可疑之处：第一，《祖堂集》不仅把大颠与韩愈的关系完全写成是一个至尊的大禅师与佛门小弟子的关系，而且连韩愈也口口声声称自己为“弟子”；文中所用“乞师指示”，“上山礼师”等语，也把韩愈写得相当卑下。一个刚刚因猛烈攻击佛教而贬官来到潮州的韩愈，居然一下子就变成了自甘卑下，屈服于佛教的佛门弟子，这既不符合韩愈性格的逻辑发展，也与后来韩愈在《与孟尚书书》中骂释氏“其鬼不灵”并表

---

① 朱熹《朱文公集》卷七十一。

② 《书目季刊》第十七卷第一期(1983年6月)。

示要继续为除“释老之害”而献身的态度大相径庭。蔡涵墨教授认为“《祖堂集》的记载”,“和《昌黎先生集》里面所记述对大颠的印象吻合”。我的看法则恰恰相反。第二,《祖堂集》把韩愈贬官潮州的原因,说成是因为“皇帝及百僚俱见五色光现,皆云是佛光”,唯有“韩愈一人独言不是佛光”;皇帝问他“既不是佛光,当此何光”?他“当时失对”,所以“被贬潮州”。《祖堂集》避而不谈韩愈被贬潮州的真正原因是由于他上《论佛骨表》,猛烈抨击宪宗事佛,而大谈所谓“佛光”,以引出韩愈向大颠乞示佛法的故事。这种做法,显然是有意要把一个有棱有角猛烈抨击佛教的勇士,歪曲成为一个虔求佛法的佛门信徒。上述两点,使我对《祖堂集》中所载韩愈接受大颠给他传授佛学一事的真实性表示怀疑,我怀疑这个连情节结构也都写得那么细致严整的篇章,纯粹是《祖堂集》作者、泉州招庆寺僧徒所精心编造的佛经故事。从蔡涵墨教授援引陈寅恪先生从李复言《续玄怪录》中发现有关宦官主谋杀害顺宗、宪宗的资料一事,提醒我们“不应该以为《祖堂集》是禅宗人士的作品而漠视”。这个意见是很好的。但是,正如陈寅恪先生在《顺宗实录与续玄怪录》一文中所说:“吾国史料,大抵私家纂述,易流于诬妄……须详辨而慎取之,则庶几得其真相,而无诬讳之失。”《续玄怪录》所记异闻轶事,寅恪先生并非都信以为真,他经过“详辨”,仅认为其中《辛公平上仙》一则,隐指唐顺宗为宦官所弑,尚有史料价值。对《祖堂集》所载韩愈接受大颠传授佛法一事的真实性和可靠性,似乎也还须继续作些较为深入的考辨。

关于韩愈与大颠的关系,就我所见到的材料,我认为他在贬官到潮州以后,与大颠和尚有过一段短时间的交往,而且还有一定的友谊,但是他并没有在与大颠和尚短暂的交往中深受佛教思想的影响,更难说已使“佛学深入其心”,乃至“信奉佛教”,成为佛门信徒,以致改变了他原来崇儒排佛的坚定立场和信念。早在宋代,文天祥在《送僧了敬序》中就说过:“大颠止于海上,韩公屈与之交。当时羁穷寂寞之余,以其聪明识道理,姑与之委屈于人情世故之内。其于变化其气质,移易其心志,攘除其师之教,未必有焉。"①我国以研究中国佛教和魏晋玄学著名的汤用彤教授也曾说:"退之终身未尝不毁佛法也。其与大颠交游,不足为其变更态度之证,世传其与大颠三书尤不足信。"②他们的论断,我认为是符合韩愈的实际情况的。

二

把韩愈的思想与佛学挂搭起来,我们有的学者从哲学上论证了韩愈深受佛教思想的影响。比如有一位学者就在论文中说:"韩愈辟佛虽然立志甚高,出言颇壮,实际上不仅在理论上是软弱的,在一些重要方面还受到佛教的影响,以至偷运了佛教的唯心主义宗教哲学内容。"文章认为这主要表现在两个方面:一是"他把'道统'做为世界的本体","显然受到佛教,主要是华严宗的影响";二是"在哲学另一个最大问题即人性论的问题上,韩愈受佛教影响更深"③。这是两个很引人注目的问题。韩愈是不是"把'道统'(那篇文章实际都是讲的'道')做为世界的本体",并且在这个问题上,"显然受到佛教,主要是华严宗的影响"?我也感到有些疑问。

"本体"这个哲学概念,是指宇宙万物的本原而说的,在我国哲学体系中,人们在探索宇宙万物的本原或本体时,往往喜欢用一个"道"字来概括。比如《老子》就说:"有物混成,先天地生……可以为天下母。吾不知其名,字之曰'道'。"《老子》认为"道"是宇宙万物的本体,这个"道"的具体内涵,是承认宇宙是物质的,"可以为天下母",韩愈是不是把"道"做为世界的本体?从他论述"道"的具体内容来看,似乎很难这么说。因为韩愈大讲"圣人之道",主要讲的还是儒家那一套政治、道德、伦理等方面的行为规范,他并没有从

① 文天祥《文山先生全集》卷九。

② 汤用彤《隋唐佛教史稿》第一章第五节,中华书局 1982 年版。

③ 孙昌武《唐代"古文运动"与佛教》,《文学遗产》1982 年第 3 期。

本体论上去作什么论述。

那篇文章说:“韩愈把‘道’抽象化,神秘化,哲理化。……他不再把‘道’当作一种行为准则,而把它与表明具体道德属性的‘仁’与‘义’分开……说‘道’是‘虚位’。”韩愈是不是把“道”与“‘仁’与‘义’分开”,“不再把‘道’当作一种行为准则”?到底该怎样理解他所说的“虚位”?这里我想有必要先引一段韩愈在《原道》篇开宗明义论“道”的话:

> 博爱之谓仁,行而宜之之谓义,由是而之焉之谓道,足乎己无待于外之谓德。仁与义为定名,道与德为虚位……凡吾所谓道德云者,合仁与义言之也。

韩愈对“道”作这样的界说,目的是为了表明他所说的“道”不同于佛教、道教的“道”。因为“道”与“德”这两个范畴,儒、佛、道各家都用,但各家都赋予它千差万别的涵义,所以他称“道与德为虚位”。而“仁与义为定名”这一句,是韩愈用来确定他所说的“道”这个“虚位”的内涵的,他明确规定他所说的“道”是由“仁”、“义”而至的。“仁”与“义”是儒家所倡导的“一种行为准则”,为佛教、道教所摈弃而不取。韩愈以“仁与义为定名”,这就不仅把他所说的“道”在界说上与佛、道二教明确地区别了开来,而且恰恰也证明他所说的“道”是不能和“‘仁’与‘义’分开”的,所以他强调“凡吾所谓道德云者,合仁与义言之也”。一个“合”字在这里用得非常重要,“合”者,不可分割之意也。韩愈规定了他所说的“道”可以由“仁”、“义”而至,这就具有具体的实践性,并不是那么“抽象”和“神秘”的。从韩愈对“道”所作的界说中,我们可以看到,韩愈恰恰是把“道”当作一种行为的准则规范来论述的,他并没有“把‘道’做为世界的本体”,更难说“显然受到佛教”的影响。

那篇文章说,韩愈“论及‘道’与客观现实的关系,他说‘其文《诗》、《书》、《易》、《春秋》,其法礼、乐、刑、政,其民士、农、工、贾,其位君臣、父子、师友、宾主、昆弟、夫妇,其服麻、丝,其居宫、室,其食粟、米、果、蔬、鱼、肉'，这样，'圣人之道'是本体，而整个现实中的万事万物，从社会生产到上层建筑都是它的体现，这就与华严宗讲'四法界'相通了。……他显然是受到其影响的"。

这个论断，我仍然感到未免失之牵强。如上所说，韩愈并没有"把'道'做为世界的本体"，他所说的"道"，主要还是指的政治、道德、伦理等行为的准则规范。他论述"'道'与客观现实的关系"，其实也都并没有超出这个范围，就拿那篇论文根据《原道》篇所举的例子来看，他所说的"其文"、"其法"、"其民"、"其位"、"其服"、"其居"、"其食"，都不过是韩愈要求在这诸多方面按照"圣人之道"所确定的准则规范，在社会现实生活中去实行。就如我们有的先生所说，韩愈希望在以"圣人之道"作为行为准则规范的社会里，"文有《诗》、《书》、《礼》、《易》、《春秋》，而没有佛道的经卷；法有礼、乐、刑、政，而没有佛道的法规戒律；民有士、农、工、贾，而没有僧尼和道士；位有君臣、父子、师友、宾主、昆弟、夫妇，而没有主持和教主；服有麻丝，而没有袈裟；居有宫室，而没有寺庙；食有粟、米、果、蔬、鱼、肉，而没有斋饭"①。韩愈之所以要把"圣人之道"作为准则规范来推行，这是因为他痛恨佛、道二教给当时社会所造成的严重祸害。他说，"古之为民者四"，即士、农、工、贾，"今之为民者六"，即在士、农、工、贾之外又增加了僧尼、道士；"古之教者处其一"，即儒家，"今之教者处其三"，即在儒家之外又增加了佛、道两家。而僧、道都不事生产，要靠很多人来养活，他认为这是造成老百姓"穷且盗"的总根源。祸根不除，国无宁日。为此，所以他在《原道》结语中曾说："不塞不流，不止不行，人其人，火其书，庐其居，明先王之道以道之，鳏寡孤独废疾者有养也，其亦庶乎其可也。"由此可见，韩愈要求在"其文"、"其法"、"其民"、"其位"等诸方面都按照"圣人之道"所确定的准则规范去在现实社会中实行，这实际是他面对当时佛道盛行，封建经济、封建秩序的伦理纲纪遭到严重破坏的现

---

① 参阅刘国盈《韩愈》，北京出版社 1979 年版。

实,为了“挽狂澜于既倒”而提出来的一个政治性纲领。在这里,我们看不出韩愈比他以前的儒家人物对“道”的论述去从本体论上作什么新的解释。把韩愈强调在社会生活中处理礼、乐、刑、政、君臣、父子等问题时应以儒家“圣人之道”为准则和规范,解释成为韩愈认为“整个现实中的万事万物,从社会生产到上层建筑”都是“圣人之道”本体的体现,显然是并不贴切的。要把它“与华严宗讲‘四法界’”挂搭起来,自然也就显得更为牵强了。更何况华严宗“四法界”中所谓的“理法界”、“事法界”等等,表面上虽然似乎有些像中国古典哲学中所谓的现象与本体的关系,但实际上都虚无飘渺,并没有世界事物的客观存在。他们认为世界的一切,都不过是“佛性”的映象,旨在引导人们承认并接受所谓命运的安排。

关于人性论问题,韩愈是不是“受佛教影响更深”?是不是“偷贩”了“佛说”?是不是“与禅宗讲佛性与‘明心见性’相通的”?对这些问题,我也感到不太理解。为了探讨问题,先把原文摘录如下:

> 佛教讲的是“佛性”,实际上是人性,唐代佛教的有些宗派,竭力论证佛性的普遍性。典型的如荆溪湛然在《金刚錍》中提出“无情有性”说,认为砖甓瓦石都有佛性。……禅宗也宣扬人人普遍具有佛性。……南宗慧能强调万法尽在自心,只是被俗情沉迷了,一切尘劳妄想都是真性迷惑的表现,因此“不悟即佛是众生,一念悟时众生是佛”,所谓成佛就是通过顿悟而“顿现真如本性”。……韩愈在人性论上,一方面继承了董仲舒的性三品说,另一方面又偷贩佛说。他论人性,区分“性”与“情”,说“性也者,与生俱生也;情也者,接于物而生也”(《原性》)。他把仁、义、礼、智、信看做是人的先天品性,而喜、怒、哀、惧、爱、恶、欲是后天的七情。由此,他一方面发挥了《中庸》“正心诚意”之说,另一方面又是与禅宗讲佛性与“明心见性”相通的。

把这段文字与韩愈专论人性问题的《原性》篇对照着读一读，再把先秦和汉代儒家论人性的有关论著读一读，我们就会发现，韩愈论人性的基本理论，早在佛教传入中国之前，先秦和汉代儒家的著作中就已经有了。比如上段引文所举关于韩愈论人性的那几点，“论人性，区分‘性’与‘情’”；“说‘性也者，与生俱生也；情也者，接于物而生也’”；“把仁、义、礼、智、信看做是人的先天品性，而喜、怒、哀、惧、爱、恶、欲是后天的七情”。这些理论，孟子、荀子、董仲舒等人就都从不同方面作过论述，而《中庸》一篇，更是比较集中地讲述“性”与“情”以及封建道德修养的著作。比如，韩愈“论人性，区分‘性’与‘情’”，董仲舒就说过，“质朴之谓性”，“人欲之谓情”①，他也是区分“性”与“情”的。韩愈说，“性也者，与生俱生”，董仲舒就说过“生之自然之资谓之性”②。韩愈“把仁、义、礼、智、信看做是人的先天品性”，孟子就说过“仁、义、礼、智，非由外铄我也，我固有之也”③。韩愈“区分‘性’与‘情’”，认为“喜、怒、哀、惧、爱、恶、欲是后天的七情”，董仲舒就认为人除了有“性”这种生来就有的自然资质，还“身有情欲”，他认为“人之受气苟无恶者，心何栣（渐染）哉”？人生下来如果没有“情欲”，“性”怎么会受外界的影响呢？既然“身有情欲”，所以如果“弗扶将（以教化来扶助诱导），则颠陷猖狂，安能善性”？他认为人都是“有贪有仁，仁、贪之气两在于身”，“待外教然后能善”④，“体不得利不能安”⑤。董仲舒的这些理论，主要吸取了荀子的有关观点，旨在批评孟子“性善”说的先验论。从上面列举的这些例子，可以看出韩愈论人性问题的理论，实际都是吸取佛教传入中国以前先秦和汉代儒家的理论。

那篇文章说韩愈在人性论这个“重大问题上”，“佛教影响更

---

① 班固《汉书》卷五十六《董仲舒传》。

② 董仲舒《春秋繁露》卷十《深察名号第三十五》。

③ 《孟子·告子上》。

④ 董仲舒《深察名号第三十五》。

⑤ 董仲舒《春秋繁露》卷九《身之养重于义第三十一》。

深”，说他“偷贩佛说”，但究竟“深”在哪里？“偷贩”了哪些“佛说”？我总感到文章讲得不具体。文章虽然提到荆溪湛然在《金刚錍》中提出的“无情有性”说，但又没有举出韩愈“偷贩”这种“佛说”的证据。文章说到韩愈的人性论“一方面发挥了《中庸》‘正心诚意’之说，另一方面又是与禅宗讲佛性与‘明心见性’相通的”，这“相通”二字并不就等于“影响”，而且文章也没有举出足以证明“相通”的例证。这样，要说韩愈在人性论问题上“偷贩佛说”，“受佛教影响更深”，实际也就架空了。

就拿湛然的“无情有性”说和禅宗的“明心见性”说来说吧，其实二者说法不同，内容一样。“明心见性”是禅宗提倡的修持方法，认为“心”是可以转变的（转迷为悟），而“性”是永远不变的，只要悟了自心本性（即佛性），就能成佛。可见无论“无情有性”说，或者“明心见性”说，他们都是宣传灭情以见性的出世观点，教人们彻底摆脱君臣、父子、夫妇的关系，不要国，不要家，如《原道》所批判的，“弃而君臣，去而父子，禁而相生养之道，以求所谓清静寂灭”，否则，如果为情所累，就会影响见性成佛。佛教的这种佛性说，是完全站在宗教的立场上为宗教服务的，它与中国封建伦理道德，尤其是对君臣、父子、夫妇的关系，是根本对立的。韩愈关于论人性的理论，恰恰正是他为了反对佛教以“无情有性”说、“明心见性”说为核心的佛性说而提出来的。这是他排佛理论的一个重要组成部分。他针对佛教宣传“无情有性”、“明心见性”等灭情以见性的出世观点，针对佛教教人们逃避君臣、父子、夫妇关系的主张，为维系已经“坠绪茫茫”的封建秩序的伦理纪纲，对佛教的佛性说进行了批判。他认为恰恰只有在维系封建伦理道德，特别是在君臣、父子、夫妇的封建伦理关系之内，才能使情“动而处其中”，因情以见性。佛教排斥“情”，认为为情所累，影响见性成佛；韩愈重视“情”，认为因情见性，才能维系封建秩序。一个不要“情”，一个强调“情”，针锋相对，界限分明。说韩愈在人性论这个“重大问题”上“偷贩佛说”，“与‘明心见性’说相通”，“受佛教影响更深”，不知到底该如何理解？韩愈在《原性》篇中阐述了他关于人性问题的理论，最后曾归结了这样几句话："今之言性者异于此，何也？曰：今之言者，杂佛老而言也。杂佛老而言也者，奚言而不异？"这既是韩愈自己说明他在人性论问题上与佛老所说存在着根本分歧，也表明了他对佛老异说的不满。

韩愈在人性论问题上反对佛教宣扬灭情以见性的佛性说，这与他的社会政治思想是紧密地联在一起的。韩愈构想的现实社会，在他的《原道》篇中作过勾画。在《原性》篇中，他肯定人有情欲，认为这种"情"是"接于物而生"，那么到底该怎样对待人的情欲呢？他主张应该使人人"生则得其情，死则尽其常"①，主张"民业有经，公无负租，流逋四归，乐生兴事，宅有新屋，步有新船，池园洁修，猪牛鸭鸡，肥大蕃息。子严父诏，妇顺夫指，嫁娶葬送，各有条法，出相弟长，入相慈孝"②。韩愈这个对封建社会的构想，实际也就是他之所以要强烈反对佛教宣扬以灭情见性去泯灭情欲的原因。韩愈在人性论问题上坚决反对佛教僧侣的佛性说，应该说这是他反佛斗争在理论上进一步深入的表现。

三

最后，我想说一说关于对陈寅恪先生在《论韩愈》一文中提出的有些观点的看法问题。陈先生的这篇论文，有几处谈到韩愈和佛学的关系。因为陈先生在学术界的声誉很高，不少先生在接触到韩愈与佛学关系这个最为棘手的复杂问题时，总要读读陈先生的这篇论文。因此，该文从 1954 年在《历史研究》第 2 期发表以来，在我们对韩愈思想的研究中产生了很大影响。有不少文章和著作，在论述韩愈与佛学思想的关系时，明显的可以看出是参考过陈先生的论文的。但是，由于陈先生对这个问题的论述比较概括，

---

① 韩愈《原道》。
② 韩愈《柳州罗池庙碑》。

因而也就很自然的产生了许多不同的理解。到底应该怎样理解才符合原意？我想把不同意见提出来共同讨论，这对探讨韩愈和佛学的关系也可能是有益的。

陈文比较集中地谈到韩愈与佛学的关系的，主要是头两节。在第一节《建立道统证明传授之渊源》中说：

> 华夏学术最重传授渊源，盖非此不足以征信于人，观两汉经学传授之记载，即可知也。南北朝之旧禅学已采用阿育王经传等书，伪作《付法藏因缘传》，已证明其学说之传授。至唐代之新禅宗，特标教外别传之旨，以自矜异，故尤不得不建立一新道统，证明其渊源之所从来，以压倒同时之旧学派。……《昌黎集》壹壹《原道》略云："曰，斯道也，何道也？曰，斯吾所谓道也，非向所谓老与佛之道也，尧以是传之舜，舜以是传之禹，禹以是传之汤，汤以是传之文、武、周公，文、武、周公传之孔子，孔子传之孟轲，轲之死不得其传焉。"退之自述其道统传授渊源固由孟子卒章所启发，亦从新禅宗所自称者摹袭得来也。……宋儒仅执退之后来与大颠之关系，以为破获赃据，欲夺取其道统者，似于退之一生经历与其学说之原委犹未达一间也。

这节文字，有人理解为陈先生认为韩愈接受了佛教思想的影响；有人理解为陈先生认为韩愈并不完全反对佛教思想；也有的把它理解为陈先生认为韩愈的"道统"说在思想上是与佛教思想相通的。我感到这些理解似乎都并不符合陈先生的原意。这节文字，我觉得有几点很值得我们注意：一、陈先生认为韩愈建立儒家道统很注意证明自己道统的传授渊源，这是因为他看到"华夏学术"，包括"两汉经学"都强调"传授渊源"，因而能"征信于人"；他看到新禅宗为了"压倒同时之旧学派"，也重视"证明其渊源"，所以韩愈在宣扬自己建立儒家道统时，也很重视证明他儒家道统的渊源。二、陈先生认为韩愈用来证明他儒家道统的渊源的，并"非向所谓老与佛之道”，而是尧、舜、禹、汤、文王、武王、周公、孔子、孟子所传授的道。三、陈先生认为韩愈之所以“摹袭”新禅宗重视“证明其渊源”，“以压倒同时之旧学派”，并不是倒向禅宗，信奉佛学；他所要“压倒”的“同时之旧学派”，恰恰正是包括新禅宗在内的佛教、道教和其他一切不合于时的“旧学派”，他想“征信于人”的，正是要求人们相信他排佛的正确。这从陈先生文章的第三节《排斥佛老，匡救政俗之弊害》、第四节《呵诋释迦，申明夷夏之大防》，把它们联系起来读，就可以看得更加清楚。四、陈先生批评宋儒曲解韩愈，企图拿韩愈“与大颠的关系”作为他信佛的“赃据”，以“夺取其道统”。他认为这是宋儒对韩愈“一生经历与其学说之原委”一窍不通。根据上述四点，我觉得陈先生的这节文字，不能被理解为他认为韩愈接受了佛教思想的影响或并不完全反对佛教思想，也不能理解为他认为韩愈的“道统”说在思想上是与佛教思想相通的。

对第二节《直指人伦，扫除章句之繁琐》的理解，我们有的学者把它理解为陈先生认定韩愈接受了佛教思想，说他指出韩愈“尽量谈心说性”，就是为了说明韩愈已接受佛教禅宗“明心见性”的思想。有的学者摘引陈先生文章中“天竺为体，华夏为用”这两句话，把它解释成韩愈在接受佛教思想的影响后，也主张以佛教思想为根本，在中国本土实施。还有的学者根据这节文字加以发挥，说韩愈早在《原道》里，就肯定过佛教“欲治其心”的修养方法。这些理解和发挥，是不是符合陈先生文章的原意，我觉得也值得讨论。

陈先生以《直指人伦，扫除章句之繁琐》作为这节文章的标题，就是本节论述的中心。文中有关对韩愈的论述，都是紧紧地围绕着这一中心而来的。文章叙述儒家繁琐的章句之学不合时代潮流，隋唐僧徒诠释内典亦染儒生繁琐习气，和天竺诂解佛经的方法不同。新禅宗提出了“直指人心见性成佛之旨”，便“一扫僧徒繁琐章句之学”。韩愈从新禅宗的这一做法中得到启发，他目睹儒家存在的“积弊”，“止限于记诵章句，绝无意义之发明”，而要在与佛教的斗争中取得成效，维系已经被佛教、道教破坏的封建秩序的人伦纲纪，就必须“扫除章句之繁琐”，以儒家经典《小戴记》中的《大学》

一篇的“正心诚意”之说，来对抗佛教禅宗的“见性成佛之旨”。陈寅恪先生在这节文章中，为了说明“《原道》一篇的中心旨意”，主要引了《原道》中的一段话。这段话，除了《大学》的“古之欲明明德于天下者”那几句，就是韩愈说的“然则古之所谓正心而诚意者，将以有为也。今也欲治其心，而外天下国家，灭其天常，子焉而不父其父，臣焉而不君其君，民焉而不事其事”。这实际是韩愈对新禅宗所提出的“直指人心见性成佛之旨”的批判。这就从思想上划清了韩愈“谈心说性”与新禅宗“见性成佛”之说的界限。韩愈根据《大学》，把诚意、正心、修身、齐家、治国、平天下联系在一起，以对抗佛教不要国家、不要家庭、不要父母兄弟的寂灭人情的个人修养。所以陈寅恪先生在文章中称赞韩愈“阐明其说，抽象之心性与具体之政治社会组织可以融会无碍，即尽量谈心说性，兼能济世安民”。陈先生说的韩愈“受新禅宗之影响”，“天竺为体，华夏为用”，实际指的是韩愈从新禅宗“提出直指人心见性成佛之旨，一扫僧徒繁琐章句之学”的做法上得到启发，把佛教以心性之说作为根本的内在修养，拿来为本国“济世安民”所用，他所说的“天竺为体”，从上下文意来看，并非指接受佛教的思想。所以陈先生文章中才说“虽相反而实相成”。有的学者认为韩愈“在《原道》里，就肯定过佛教‘欲治其心’的修养方法”，这是一个误解，因为佛教“欲治其心”的修养方法，具体指的是“灭情以见性”，弃绝维系封建秩序的伦理纲纪，这恰恰是韩愈在《原道》篇中所大加批判的。陈先生在本节标题中标明的“直指人伦”，其用意恐怕亦在于此。

本文仅就韩愈在思想上是否接受佛教思想影响的问题提出了一些疑问。关于韩愈诗文创作曾经受到佛经和佛教艺术影响的问题，有些学者已作过一些探讨，我对这个问题的基本看法是肯定的。本文因限于篇幅，暂不作论述。

韩愈和白居易之间的交往

韩愈和白居易是中唐诗坛“韩孟诗派”与“元白诗派”两个不同流派的代表人物,他们之间的交往,有分歧也有友谊。

韩愈比白居易大四岁,比白居易早死十八年。他们在长安同朝相处,先后共有五次:一次是贞元十九年(803),韩为四门博士,白为秘书省校书郎;二次是元和六年(811),韩为职方员外郎,白任京兆户曹参军、翰林学士;三次是元和十年(815),韩任考功郎中知制诰,白为太子左赞善大夫;四次是长庆元年(821),韩为国子祭酒、转兵部侍郎,白任尚书主客郎中知制诰、转充重考试进士官;五次是长庆二年(822),韩任兵部侍郎、转吏部侍郎,白为中书舍人。前三次,未见他们有何交往。但有两件事值得一提:一件是白居易于元和八年(813)作《韩愈比部郎中史馆修撰制》,称赞韩愈“学术精博,文力雄健,立词措意,有班、马之风”,称赞他“性方道直,介然有守,不交势利,自致名望”。这虽是禀命之作,但也说明白居易对韩愈文章和人品的崇敬。另一件是韩愈在元和十二年(817)作《调张籍》一诗,相传此诗为韩愈批评元、白贬抑李、杜而作,诗中对当时贬官在江州做司马的白居易,颇有一点瞧不起的味道。

韩愈和白居易真正开始有交往,主要是后两次在朝同处时期,而且他们的交往可能是张籍从中经过一番撮合的。张籍是韩愈的学生兼朋友,也是白居易的知交。长庆元年(821),韩愈已五十四岁,刚转兵部侍郎,写了一首《雨中寄张博士籍侯主簿喜》诗赠张籍,诗中并未提及白居易,而张籍将此诗转送给白居易,并向他荐介韩愈,白居易为此作了《和韩侍郎苦雨》诗。这首诗,虽只是一般地叙述久雨之害，并未表露友情，但却是白居易与韩愈有文字之交的开端。在白居易写这首和诗之后不久，韩愈往游郑家池时，巧遇白居易，彼此同游，饮酒赋诗，相得甚欢。白居易作《同韩侍郎游郑家池吟诗小饮》以记其事。这次游览，促进了韩、白之间友谊的发展。此后，白居易曾作《老戒》一诗赠韩愈，诗中诙谐地说了不少老年人易犯的通病："忧活计"、"恋班行"、"夸身健"、"说话长"等等，认为老年人应以此为戒。作为比韩愈小四岁的白居易，竟然敢给韩愈赠这样的诗，说明他们的友谊已相当不错。

长庆二年(822)一二月间，韩愈和张籍同游杨嗣复尚书林亭，韩愈作诗赠杨嗣复、白居易和冯宿，题为《早春与张十八博士籍游杨尚书林亭寄第三阁老兼呈白冯二阁老》。这是现在所能见到的韩愈赠白居易诗的第一首。白居易有和诗，题为《和韩侍郎题杨舍人林池见寄》。韩愈游杨尚书林亭后，即奉命赴镇州(今河北正定)宣慰乱军。三月底返京，时张籍已由国子博士转水部员外郎。韩愈与张籍邀约白居易同游曲江，白居易因雨后路滑没有赴约，韩愈游毕归来后又作诗赠白居易："漠漠轻阴晚自开，青天白日映楼台。曲江水满花千树，有底忙时不肯来？"①白居易接诗后，即作和诗酬答韩愈："小园新种江樱树，闲绕花行便当游。何必更随鞍马队，衔泥踏雨曲江头！"②但是，从这以后，韩愈和白居易的交往却日见疏远。白居易曾因与韩愈久未见面，作《久不见韩侍郎戏题四韵以寄之》诗云："近来韩阁老，疏我我心知。户大嫌甜酒，才高笑小诗。静吟乖月夜，闲醉旷花时。还有愁同处，春风满鬓丝。"韩愈接诗后竟然未作答诗，不予理睬。从这首诗中，可以看出韩愈是有意疏远白居易，而白居易对韩愈却还是非常惦念的。韩愈到底为什么要疏远白居易？白居易自己认为是由于韩愈"才高笑小诗"，是韩愈有点看他不起。这当然也有可能。因韩愈好作古诗，措辞用韵务

---

① 韩愈《同水部张员外曲江春游寄白二十二舍人》。

② 白居易《酬韩侍郎张博士雨后游曲江见寄》。

求奇险,格局气魄较大,与白诗尚“浅近平易”,显然不是一路。但韩愈在这时与白疏远,其实还有更重要的人事原因,而这一点白居易本人应该是完全了解的,只是在诗里没有说出来罢了。因这时裴度与元稹争相,韩为裴度旧僚,白为元稹挚友,裴、元相争,必然要各树党援。稹于是年六月罢相,居易即于七月出守杭州,其中人事纠葛是极为微妙的。翌年六月,韩愈自吏部侍郎迁京兆尹兼御史大夫,与御史中丞李绅龃龉不合,也可能与李绅是元、白挚友有关。正是由于这种错综复杂的人事矛盾,所以长庆四年(824)韩愈在长安去世时,刚从杭州调洛阳的白居易,连表示哀悼的诗文都没有作一篇。一直到韩愈去世十年之后,白居易才写了一首《思旧》诗,来表示他对这位早已作古的朋友的怀念。

搜辑韩柳资料的一点体会

从事学术研究工作必须充分掌握资料，否则就如搞无米之炊，难见成效。这个道理大家都是明白的。但掌握资料也有很多学问，并不是一件轻而易举的事。这里我想结合搜辑柳宗元和韩愈的两部资料集（已先后由中华书局出版），简略地谈一点体会。

从50年代中期开始，我着手研究柳宗元和韩愈。起初我只是系统地埋头读他们的集子，写一点读书札记。就研究古代作家来说，细细地钻研作家的原作，这是非常重要的，是研究古代作家的基础。但是，读完了集子，当我要把零散的读书札记归纳起来，总的来探讨一些问题的时候，便越来越感觉到自己掌握的资料太贫乏，致使有些问题的研究难以深入。古人说，他山之石，可以攻玉。像柳宗元和韩愈这样的大家，一千多年来，人们早已作过大量研究。我们今天来研究柳宗元和韩愈，应该在前人已有的基础上有所前进。而要做到这一点，就有必要比较全面而系统地摸清前人研究的底细，详细占有这方面的材料。因为从这些材料中，我们可以了解到哪些问题在前人的研究中已经得到解决，哪些问题前人存在着分歧，哪些问题前人还没有很好地进行探讨，等等。正是出于这样一个动机，我花费了大量的时间和精力，充分利用北京各大图书馆藏书丰富的有利条件，就前人对柳宗元和韩愈的研究，作了比较全面的普查工作，辑录成了关于柳宗元和韩愈的两部篇幅较大的资料集。

搜辑前人研究柳宗元和韩愈的资料，确实是一项非常艰苦的工作，就如深山探宝，沙里淘金，没有一点毅力和决心，是难以坚持下去的。但是,通过搜辑这些资料,也确实使我打开了眼界,感到在韩、柳的研究工作中,比原来心明眼亮多了,钻研问题的思路,似乎也不再像先前那么枯涩了。我深切体会到了掌握资料对学术研究的重要。

从中唐以来,历代对韩、柳作过研究和评述的学者难以数计,评述资料极为丰富。而宋代和清代,研究者尤为众多。这与宋、清两代在中国学术史上的鼎盛状况是相适应的。晚唐、金、元研究者略少,这与当时社会动乱、知识分子地位低下、学术空气不浓有一定关系。明代虽然也出现过一些著名的学者,但这个时代在学术上的创造,实略逊于宋代和清代。鸦片战争以后,中国社会起了很大变化,西方资产阶级的文艺思潮逐渐流入中国,学术研究也开始有了新的发展,不少专门研究韩愈、柳宗元的论文和专著在这时出现了。前人对韩、柳的研究,虽然其观点和方法主要是封建的或资产阶级的,但是在他们的研究成果中,有不少见解确实很值得我们重视。只要我们采取有分析、有批判的态度去对待,是可以作为参考和借鉴的。比如前人对韩、柳诗文风格和艺术技巧的探讨,文学渊源和文学成就的论述,就往往独具卓识;对他们思想、政治的分析评价,有些也颇能发人深思;其他如对有些史实和作品真伪的考辨,对字义的疏证,等等,也有不少材料是很有价值的。

全面了解前人对韩、柳研究的各种基本观点,有助于我们对韩、柳研究的进一步深入。从我所接触到的研究韩、柳的材料来看,历代对韩、柳及其作品的研究,意见是相当纷杂的。其中固然有不少见解极其精辟,但也有不少意见是错误的,甚至是非常荒谬的。有一些问题,长期争论,笔墨官司持续了上千年,一直没有结论。比如对韩愈崇儒排佛问题的争论,从北宋初年开始,就逐步形成了肯定、否定与调和三个派别。而且围绕着对这个问题的争论,又衍生出了对韩愈《与大颠书》一文真伪问题的论辩。在这场论战中,历史上一些著名的学者,如欧阳修、苏轼、司马光、陈善、王十朋、朱熹、方回、耶律楚材、宋濂、薛瑄、孙绪、王守仁、杨慎、胡应麟、袁宏道、汪琬、姚范、吴闿生、章懋勋等,几乎全都卷进去了。其论辩之久，影响之大，可想而知。又如关于柳宗元《封建论》的争论，也称得上是历史上一场很激烈的论战。不仅参加的学者人数众多，双方壁垒分明，而且论辩系统，持续时间也久。这里不再详述。前人在韩、柳研究中存在的分歧是很多的，无论是对他们的哲学思想、政治倾向，乃至对一些具体作品的看法等等，都有过一些大大小小、时断时续的争论。对这些分歧和争论，我们也不可能在这里一一列举。他们的分歧和争论，其中固然有一些在今天已经失去了论辩的意义，但也有不少问题对我们研究韩、柳仍具有启发作用，也还可以进一步深入探讨。上面所举的例子说明，如果我们不去比较全面系统地摸一摸历代学者对韩、柳研究的底细，我们也就不可能清楚地了解到历代学者在对韩、柳的研究中曾经发生过那么多分歧和争论。这也说明了调查研究、掌握资料的重要。

搜辑前人的研究资料，是一件相当细致而复杂的工作，既费时间，又费精力。要做好这项工作，我感到有以下三件事是很值得注意的：

第一，必须事先熟悉研究的时象。这是查找资料前必须具备的前提条件。比如你要查找有关研究韩愈、柳宗元的资料，首先你就必须对韩、柳的时代、家世、生平、思想、交游、作品篇目、作品内容，等等，都有一个比较熟悉的了解。否则，有些资料到了你眼前，你就可能因为不知道它与研究韩、柳有关，而让它滑了过去。因为在许多资料中，往往并不都直接出现韩愈、柳宗元的名字，单看他们的名字去查找资料，就势必造成大量资料的流失。比如王应麟《困学纪闻》卷十七“太行盘谷”一条：“太行之阳有盘谷，在孟州济源县。”假如你不知道“太行之阳有盘谷”一句出自韩愈《送李愿归盘谷序》，你就势必会遗漏这条材料。何孟春《余冬序录》卷十八有一条：“崔造、韩会、卢东美、张正则为友，以王佐自许，时人谓之‘四夔’。”假如你不知道韩会是韩愈的哥哥，你也就不知道这条材料与韩愈有关。又如胡应麟《诗薮》内编卷六：“‘千山鸟飞绝’二十字，骨力豪上，句格天成……”就得知道这“‘千山鸟飞绝’二十字”即指柳宗元所作五绝《江雪》。宋濂《送璞原师还越中序》:"柳仪曹有云:'真乘法印,与儒典并用,人知向方。'诚哉,是言也。……"你就得知道柳仪曹即指柳宗元,其所云见《送文畅上人登五台遂游河朔序》。这些例子,都说明在搜集资料之前,先对你所研究的对象有一个比较全面的了解,是一件非常重要的事。

第二,应该注意抓住重点。我国古代的书籍浩如烟海,不可能把所有的书籍都去翻阅一遍。所谓抓重点,就是选择各个朝代在学术上有成就、有影响或比较有成就、有影响的学者的著作,进行比较系统的查阅。古代学者的研究见解,往往不仅散见于他们的诗文集,而且散见于各种诗话、笔记、史书和类书之中。从这些书籍中查找资料,是一项极为细致的沙里淘金的工作。我在查阅这些书籍的过程中,就常常遇到这样的情况:厚厚的一部大书,查阅完了,连一条材料都没有。在这种情况下,万不能气馁后悔,该查阅的书籍还得耐心去查阅。因为即使没有查阅到材料,也可以使我们了解这位学者没有对韩、柳发表过评论或者没有留下评论的意见,应该说这也是一种收获。我在翻阅前人著述的过程中,还经常遇到这样的情况:有些材料与他人见解雷同,或大同小异。凡遇到这种情况的时候,如其说完全相同,我一般采录较先提出或较为完整者;对后出材料,如无新意,则在前录材料后加按语说明,以备参考。对大同小异的材料,如其小异有新意,比前人略有发挥,则予以收录。正是由于上述种种原因,所以我编的《古典文学研究资料汇编》之《柳宗元资料汇编》和《韩愈资料汇编》,原来曾查阅著名学者七百余家的图书八百余种,而后来定稿时,前书仅收录了四百六十余家,辑录图书四百八十余种;后书仅收录了五百三十余家,辑录图书近六百种。原来查阅的家数、图书与后来实际收录的资料相较,之间的折扣是相当大的。

第三,注意选择好的版本。我国古代的书籍,同一部书,往往有好多种版本。这些不同版本的图书,往往不仅在字句上有差异,有的甚至连内容的详略、篇目的多少也大不一样。尤其是有些坊间刻本,书商为牟利,往往粗制滥造,使书中错误连篇。当然,即使在古代一些较好的刻本中，也往往难免会存在着一些讹、脱、衍、倒的谬误。在遇到这类情况的时候，我们就应该再找其他较好的版本，来审慎地做些必要的校正，以免以讹传讹，贻害读者。选择较好的版本，对现在有些青年学者来说，可能会感到有些困难。关于这个问题，不妨多查查有关讲版本的工具书来解决。《中国丛书综录》对一些主要书籍有些什么版本，也都有所介绍。知道了什么书有什么好的版本，要找到这些版本的书籍，往往也是一件难事。好在现在有些图书馆已经把善本书制成胶卷，只是在放大机上阅览，可能更吃力一些。但为了读书，就不能怕吃这个苦。因为，怕入“虎穴”，是很难得到“虎子”的。

略谈宋版韩愈文集

——覆纽约州立大学中文系主任蔡涵墨教授的一封信(摘要)

【前记】纽约州立大学中文系主任蔡涵墨教授,是美国研究韩愈的著名汉学家。去年七月,我收到他寄来的论文《宋版韩愈文集书目提要序》。他对宋版韩愈文集发表了不少很好的见解。但其中也有一些见解,我感到值得讨论,或需要略加补充修正。为此,我在给蔡教授的覆信中,谈了几点不成熟的看法,同蔡教授商榷。

一

蔡教授以宋人邵博《邵氏闻见后录》中的一条材料为论据,提出了《韩愈文集》在韩愈生前就已经由他自己编成的看法,而且认为这个看法是"不容置疑的"。

这个结论,我感到值得商议。

蔡教授的论据见《邵氏闻见后录》卷十五,原文如下:

> 长安安信之子允为予言:旧藏韩退之家集第二十六、二十七二卷,茧纸正书,有退之亲改定字。后为张浮休取去。

这条材料,只是邵博记所得传闻,作为存疑之说尚可;如作为"无可置疑的"主要论据,则似欠有力。况此说仅一见,历来谈"韩集"版本者,未见有类似说法。传闻孤证,似不宜遽下论断。鄙意即使

“安信之子允”所言有据，亦未必便是韩愈生前已自编“韩集”。韩愈门人李汉作《昌黎先生集序》云：“长庆四年冬，先生（指韩愈）殁，门人陇西李汉辱知最厚且亲，遂收拾遗文……并目录合为四十一卷，目为《昌黎先生集》。”这个至今无人置疑的文字材料，说明最早编“韩集”的，当是韩愈“最厚且亲”的门人李汉。李汉所编的这个本子，除去目录为四十卷。虽迭经五代兵燹乱离，并未散失，所以宋人王尧臣等所编《崇文总目》，著录仍为四十卷。

二

“韩集”流传至宋尚比较完整。从穆修《唐柳先生集后序》看，主要存在的不足，是“亡字失句”较为严重，须要加以校订。穆修对“韩集”的校勘，用力甚勤。他的本子在当时曾印行，但在北宋诸本中影响不大。后来欧阳修对“韩集”的校勘，用力更大。但关于他的校本，颇多误解。蔡涵墨教授肯定欧阳修对“蜀本有贡献”，但认为后来所传蜀本便“是欧阳修的版本”，此说便未为恰当。

欧阳修在《记旧本韩文后》一文中，说他小时在汉东大姓李氏家，“得《昌黎先生文集》六卷，脱略颠倒无次第”，后经补缀校定，藏为旧物。并说“集本出于蜀，文字刻画，颇精于今世俗本”。后来朱熹在《韩文考异序》中说：“观其（指欧阳修）自言为儿童时得蜀本韩文于随州李氏，计其岁月，当在天禧（1017—1021）中年。”这个本子，后来未见传述。而宋人所谓蜀本，一般都指嘉祐（1056—1063）蜀本。这个本子，据方崧卿所说，系蜀人苏溥所校刘、柳、欧、尹四家本，后传于世。欧阳修对“韩集”的校勘虽用过一番功夫，他的校本在当时有一定的权威性，但毕竟并未镂版，流传不广。关于这个问题，蔡教授在论文中不仅未能作具体说明，相反，却笼统地说“蜀本是欧阳修的版本”。这样，势必使读者也误认为嘉祐蜀本便是“欧阳修的版本”。

我们应该肯定欧阳修对“韩集”校勘的贡献，他在《集古录》中有好几段韩文跋尾，给研究韩文开辟了校雠的新途径，这是他所作贡献的有力佐证。但是,我们决不能因此便把天禧、嘉祐两个不同的蜀本混淆不分,以致无视苏溥所校蜀本的客观存在。

三

南宋方崧卿编《韩集举正》,是在前人已有各种不同校本的基础上进行的。当时,穆修、欧阳修的校本流传不广,其他许多校本又都参差不一,方崧卿实际是为了集各家校本的优长而编此书的。他以祥符杭本、嘉祐蜀本、秘阁本为主,也利用了其他各种版本和资料。关于这个问题,蔡教授在论文中都有所阐述。但有两点,似可略加补充:其一,祥符二年(1009)所刊杭本,是宋代最早的韩集刊本,当时尚未有《外集》;其二,方崧卿所校各本中,如洪兴祖本、晁本、潮本、泉本等,也都有一些自己的特点,应该稍作说明,似不应略而不述。

四

关于朱熹的《韩文考异》,蔡教授对它的论述,似亦有欠周详,宜再略加补充。按朱氏此书本为单行,王伯大为便于阅读,始把“考异”散附在韩文各句之下;同时又采集洪兴祖、樊汝霖、孙汝听、韩醇、祝充诸说,并著为音释,各附篇末。但王伯大所刻的这个南剑州官本,很快即为宋季麻沙善本取代。麻沙本编者姓氏不详。该本把王伯大所辑音释,从篇末改为散注于各句之下。陆心源在《宋麻沙椠韩文考异跋》一文中,赞“此本字画圆整,讹字亦少”,为“宋季麻沙善本”①。此本自宋季以来,翻刻者极多。如《天禄琳琅书目后编》著录有绍定癸巳(1233)临江军学刊大字本,及另一不著年代的中字本;《皕宋楼藏书志》有周九松原藏每叶十六行、每行二

① 陆心源《仪顾堂续跋》十二。

十三字、大黑口麻沙本。

五

蔡教授的论文曾提到宋刻《新刊五百家注音辨昌黎先生文集》,但似亦过于简略。就著录所见,此书宋刻亦有好几种本子。为《天禄琳琅书目》"宋版集部"所载就有两种:一本正集四十卷,外集十卷,前载引用书目一卷,评论诂训音释诸儒名氏一篇,韩文类谱七卷;一本多昌黎先生序传碑记一卷,看韩文纲目一卷,别集一卷,论语笔解十卷,文集后序五篇,而无韩文类谱。《四库》著录为文集四十卷,首列评论诂训音释诸儒名氏一篇。又,钱塘丁氏八千卷楼藏宋庆元刊本一部,为文集四十卷,外集十卷,附评论诂训音释诸儒名氏一卷,昌黎先生序记碑铭一卷,韩文类谱十卷。这几种本子,卷数多寡各不相同,当系诸本辗转流传互有散佚所致。

蔡教授在论文中说,魏仲举《新刊五百家注音辨昌黎先生文集》"搜集了三百六十八位不同作者的评论"。此说似亦不确。按《天禄琳琅书目》统计诂训音释有名氏者一百四十八家,新添逸姓氏者二百三十家,合计三百七十八家。《四库全书总目》云:"自唐燕山刘氏,迄颍人王氏,共一百四十八家;又附以新添集注五十家,补注五十家,广注五十家,释事二十家,补音二十家,协音十家,正误二十家,考异十家,统计三百七十八家。"蔡教授提出"三百六十八家"之说,不知是否另有所本。

六

关于廖莹中世彩堂本《昌黎先生集》,蔡教授对这个版本的名称、注文来源,以及它与后来东雅堂本的关系,都叙述得相当清楚,这是很好的。但就研究版本而言,还有一些问题似亦不可不谈。如莫友芝《郘亭知见传本书目》,即盛赞廖氏此本"纸洁墨精,字体在欧、虞间,首尾完善","为海内集部之冠"。这个评价当然是很高的。廖氏此本是宋刻最后一个综合本，目的在于总结宋人在校勘、注释、辨证等各方面的成果，以集其大成。只是由于廖莹中无论在学识还是编辑技术等方面水平都不高，因此都并未能把宋人的成果很好地总结出来。

谈谈读韩愈的散文

韩愈是我国中唐时代杰出的散文家、诗人、哲学家。他在散文方面的成就,历代评论者几乎都异口同声地给予了最高的评价。和他同时代的刘禹锡,就称他为“文章盟主”,说他“手持文柄,高视寰海”,“三十余年,声名塞天”,“一字之价,辇金如山”①;宋代苏轼推崇他“文起八代之衰”②;曾巩《杂诗》则云:“韩公缀文辞,笔力乃天授。并驱六经中,独立千载后。”金代李治甚至认为“文至于韩退之,天下之能事毕矣”③。这些赞誉之辞,都说明韩愈的散文在中国文学史上有着很高的地位。

韩愈的散文,今存355篇,有论、说、传、记、颂、赞、书、序、哀辞、祭文、碑志、状、表、杂文等各种体裁。形式多样,内容丰富。他的散文,无论议论说理、记人叙事、言志抒情,都具有很强的表现力,能产生强烈的艺术效果。读韩文,当洞察其丰富而深刻的思想内涵,并揣摩其在表现艺术上的创造与开拓。

一

韩愈的论说文,在他的散文中占有较大的比重。这类散文紧

---

① 刘禹锡《祭韩吏部文》。

② 苏轼《韩文公庙碑》。

③ 李治《敬斋古今黈》卷九。

密结合现实社会存在的问题,或谈政治,或谈哲理,或谈教育,或谈文学,或谈治学经验,都能有的放矢,切中时弊。如《原道》、《原毁》、《论佛骨表》、《师说》、《进学解》、《争臣论》、《杂说》、《获麟解》、《讳辩》、《送高闲上人序》、《送孟东野序》、《送李愿归盘谷序》、《答李翊书》、《与冯宿论文书》等篇,就都是历来在读者中广泛传诵的名篇。

《师说》是韩愈说理文中极为有名的一篇。文章要旨在于论述师道的必要性,批判当时人们不尊师重道的不良风尚。整篇文章从立论、论证到结论,都紧紧扣住这一点。从虚到实,又从实到虚,正、反、合三大段文字,有破有立,虚实结合得很好。谈理论,却不是空发议论;举事实,也不是罗列现象。因此文章不蔓不枝,很有说服力,在风格上具有雄健明快、汪洋恣肆的特色,气势异常充沛。形成韩愈散文这种风格的因素当然很多,但是就《师说》来看,作者根据内容的需要,在语言上创造性地运用排偶的句式,是起了一定的作用的。这种句式如果运用得好,就可以有助于增强文章的气势,使文章如波浪滚滚,汹涌不绝。《师说》整篇文章写得都很好,而第二段尤为精彩动人。这一段中作者一连安排了三层对比,来对士大夫们不重视师道的愚蠢行为进行批评和讽刺,笔端饱含着感情,真可谓嬉笑怒骂,淋漓尽致。三层对比,采用了三种不同语调的结语,在次序安排上也颇有匠心:先疑问,后肯定,再感叹。这样,不仅文气很顺,而且也增加了文章论辩的逻辑力量。韩愈在一千多年前那样的社会环境中,就能提出"弟子不必不如师,师不必贤于弟子"的见解,确乎是很有胆识的。

《进学解》构思奇妙,笔调幽默。文中采用问答形式,假托国子先生劝学、生徒质疑、先生解答,实际是作者感叹不遇、抒发愤懑之作。全文写师生之间的小小辩论,反面文章正面做,真真假假,虚虚实实,表面上针锋相对,嬉笑嘲弄,各不相让,但倾向鲜明,是非昭然。韩愈这种以问答诘难的形式来议论和讽喻贤者不遇的写法,虽明显地受到汉赋的一些影响,但却有自己的创造,能给读者以新鲜感。作者创造性地运用铺陈排比这一修辞技巧于散文中,并穿插运用排比对偶句式，如“寻坠绪之茫茫，独旁搜而远绍；障百川而东之，挽狂澜于既倒”；“学虽勤而不由其统，言虽多而不要其中，文虽奇而不济于用，行虽修而不显于众”，等等。这些排比对偶句，显然也吸收了六朝骈文的长处。大量对偶句式和散文句法交错使用，整齐之中又有变化，使文章更加显得活泼生动。文中时有隔句用韵，又并非通篇用韵，用韵与否大致随文意的转换而变化，仿佛信手拈来，毫不拘泥，因而读起来能琅琅上口，音节流畅。它避免了骚赋、骈文的缺点，成为艺术性很强的新体散文。本文在炼字造句上，也颇能见出作者的匠心。作者善于运用短语来概括自己的经验阅历，如“业精于勤，荒于嬉；行成于思，毁于随”，就已成为至理名言；其他如“贪多务得”、“诘屈聱牙”、“同工异曲”、“动辄得咎”、“俱收并蓄”、“投闲置散”，等等，有许多已成为后人常用的成语，丰富了我们民族的语言宝库。

二

韩愈的记叙文，也体裁各别，写法多样，善于选取题材，运用简洁凝练的语言，把纷繁多样的人物、事件，写得形象鲜明，生动可感，富有文学性。如《张中丞传后叙》、《试大理评事王君墓志铭》、《柳子厚墓志铭》、《清河张君墓志铭》、《蓝田县丞厅壁记》、《画记》、《平淮西碑》等篇，都是他记叙文中有代表性的作品。

《张中丞传后叙》采用史传文写法，在李翰《张巡传》的基础上，就张巡、许远、南霁云三人的遗闻逸事作补充。考虑到李翰未为许远立传，因而前一部分便着重从许远的事迹叙起，抓住许远与张巡有关事情进行描述。作者采用夹叙夹议的写法，一方面叙述史实，一方面议论是非，融叙事于议论之中，由浅入深，分三层以事实来批驳诬蔑许远城陷后怕死降敌、睢阳城陷罪在许远和诬蔑张巡、许远固守睢阳愚而有罪等种种谬论。条理清楚，很有说服力。而强烈的对比、贴切的比喻以及反诘、设问等穿插运用，也有助于使文章更为深刻生动。后一部分，着重补叙南霁云乞师贺兰进明，张巡、南霁云慷慨就义,写法上与前一部分有所不同:前一部分主要是叙述事实和议论是非,多用叙述语句,没有用笔墨去描写人物的形象,也没有写人物的对话;而后一部分,却勾勒出了气冲霄汉的爱国将领的英雄形象。如写南霁云乞师贺兰一段,作者便选取断指示贺兰、抽矢射塔、对张巡慷慨陈词三事,活灵活现地烘托出了南霁云这位忠贞不屈、虎虎有生气的壮士形象。又如写张巡就义,也字字感人,催人泪下。“颜色不乱,阳阳如平常”二句,勾勒英雄在就义前大义凛然、视死如归的神态,跃然纸上。本文合数人事迹于一篇,熔叙事、议论、抒情于一炉,通过细节描写,生动传神地表现了人物性格,塑造了张巡、许远、南霁云等英雄的群像。通过这篇文章,可以清楚地看出韩愈创造性地继承了司马迁史传文学写人叙事的优良传统。后来司马光撰《资治通鉴》时,曾采择本文中好几段文字,以补李翰《张巡传》的不足。

《蓝田县丞厅壁记》是嵌在官府墙上的碑记,本是“叙官秩创置及迁授始末”的官样文章,它的目的,在于“著前政履历”,而为后任官员作榜样。韩愈作此文,虽也是壁记,但一反惯例,赋予新的内容,成为一篇揭露官场积弊的讽刺小品。作者先以诙谐的笔调,描述县丞作为县令的副手,在衙门中有职无权,只好低声下气,听候县令的摆布。作者选取县丞在文书上签字这一典型事例,作了具体描绘,把县吏依仗县令势力去让实际上是木偶傀儡的县丞在公文上签字的情景,刻画得惟妙惟肖。县吏的傲慢态度,使县丞在签过字后,还得看着他问个“可不可”,等县吏说了声“得”才算数,至于公文的内容,他茫然“不知何事”,一副傀儡的可怜相,活现纸上。一个仗势欺人,一个逆来顺受,表现得淋漓尽致,生动传神。文章虽未直接写县令的专横,但其专横已不言自明。后一部分具体写崔斯立怀抱用世之心出任蓝田县丞。他有才能,想有所作为,却无法有所作为,结果心灰意冷,只好发出“丞哉!丞哉!余不负丞,而丞负余”的感叹,以种树、吟诗度日,并自嘲说这就是公事。全文不足五百字,多用曲笔暗示,寓庄于谐,寄意深婉。文士的遭遇,人情的势利,官场的积弊,都被讽刺得痛快淋漓。在厅壁记中,《蓝田县丞厅壁记》可说是别具一格的佳作。

韩愈文集中的一些"记",题材不同,写法各异。《画记》也是一篇写得非常别致的记叙文。全文四百余字,便把一幅内容繁杂琐细而场面极大的画卷生动地再现了出来。作者掌握详略浓淡的分寸极为得体,叙述的先后也层次分明。无论写人写马,都描摹得栩栩如生,宛然如在目前,仿佛各种形态的人和动物纷至沓来,使人应接不暇。

韩愈为文富于变化,刘大櫆曾说:"一集之中篇篇变,一篇之中段段变,一段之中句句变,神变,气变,境变,音节变,字句变,惟昌黎能之。"①这种多变的特点,在韩愈写的墓志铭中体现得尤为明显。他写的七十多篇墓志铭,除部分"谀墓之作"外,一般都能在写法上灵活多变,内容上新意迭出,打破了六朝以来所形成的写碑志要求"铺排郡望,藻饰官阶"的陈规陋习。如宋人李淦所说:"退之诸墓志,一人一样,绝妙。"②事实也确是如此,如《柳子厚墓志铭》,其结构安排,虽为一般具有史传体性质的墓志铭所常有,但作者对材料精心剪裁,运用高超的艺术手法,着力写出人物的鲜明形象,显示出独特的艺术风格。传记性散文的写作,自当以叙事为主,而本文在生动的叙事之中往往夹杂精当的议论,在叙事、说理之中又洋溢着浓烈的感情。加上语言的音节谐美,句法的错落有致,这就更增强了本文的艺术感染力。又如《试大理评事王君墓志铭》,叙写王適生平,紧紧围绕着一个"奇"字来写,抓住王適怀奇负气、落拓不羁而又注重名节的性格特点和他一生不得志的遭遇,把这个"天下奇男子"写得栩栩如生。这些都说明韩愈作墓志铭不为传统所囿,具有奇特而富有创造性的特点。

三

韩愈的抒情文,多见于祭文、赠序、书信之中,佳作颇多。祭

① 刘大櫆《论文偶记》二二。

② 李淦《文章精义》四四。

文如《祭十二郎文》、《祭柳子厚文》、《祭河南张员外文》，赠序如《送李愿归盘谷序》、《送董邵南序》、《送杨少尹序》，书信如《与孟东野书》、《与崔群书》、《答李秀才书》等篇，都是他抒情文中的名篇。

《祭十二郎文》打破作祭文多用四言韵语或骈文的传统模式，以自由抒写的散文形式，尽情地倾吐自己内心的悲痛，表达对亡侄的哀悼。全文如泣如诉，凄楚哀婉，读来回肠荡气，催人泪下，后人曾誉之为祭文中的千古绝调。情真意深是本文在写作上获得成功的关键所在。作者在本文的写作中，能结合对自己家庭、身世、生活遭遇和日常琐事的回忆，反复抒发悼念的情怀和内心的悲哀，使发自肺腑的真挚情感，通过哀婉的语句，往复激荡，步步深化地充分表达出来。通观全篇，几乎字字句句都在写情，而且写得真，写得深，即使是纯粹叙事的语句，也无不渗透着无限深情，使读者知其所以悲从中来的缘由。本文之所以具有很强的艺术感染力，原因也正在于此。清代《古文观止》的编选者吴楚材、吴调侯曾对此文作过这样的评论："情之至者，自然流为至文。读此等文，须想其一面哭一面写，字字是血，字字是泪。未尝有意为文，而文无不工。祭文中千年绝调。"[①]这个评语是很精到的。清人袁枚的名作《祭妹文》，在写作上是明显地继承了这一传统的。

当然，韩愈也写有韵的祭文，如《祭柳子厚文》，开头先用散文句式交代祭奠的年月日、祭奠者姓名、被祭对象，转入正文后便采用四言体句式，隔句押韵。文中盛赞柳宗元在文学上取得的光辉成就，痛惜其身世遭遇，并表示不负其所托。悲悼之情，溢于言表。炼词琢句，不同于寻常手笔，也是韩愈祭文中的名作。

韩愈是擅写赠序的大家，其所作的赠序，亦颇多佳作。清人姚

---

① 《古文观止》卷八。

鼐曾称赞他的赠序"冠绝前后作者"[1];近代林纾也赞赏"赠送序是昌黎绝技"[2],认为"韩集赠送之序,美不胜收"[3]。韩愈的赠序,确实写得变化多端,别开生面,有他自己独创的特色。他根据不同的题材,采取不同的表现手法,而且辞约义丰,通过赠序的形式,反映复杂的社会人生。他的赠序,一般都具有较强的抒情性。

《送李愿归盘谷序》是一篇以描绘见长,而又议论风生,具有浓厚抒情色彩的名作。序文赞扬李愿不慕荣利、守志高洁的品格;同时也暴露了那些窃据权位的显贵们的骄奢淫逸,嘲讽了那些钻营者角逐于势利场中的丑态。这是一篇散体文,但兼采骈偶,尤其在具体描写上多用排比对偶句式,把整齐的偶句穿插运用于散行的文句之间,使全文的句式时韵时散,读来和谐上口。全文笔法灵活多变,写人状物曲尽其妙,语言精炼警策,气势奔放酣畅,可说是合骈、散为一体的抒情佳作。历来有许多读者对此文评价极高,苏轼就曾说过:"唐无文章,惟韩退之《送李愿归盘谷序》一篇而已。"[4]此说虽未免过誉,但也可见此文受后人推崇的程度。

在韩愈所作的赠序中,《送董邵南序》是抒情性最强的一篇。全文虽只有短短一百五十余字,却写得波澜起伏,曲折多变,隐而不晦,婉而多讽,恰如其分地表达了韩愈维护国家统一的思想和对朋友以大义相勉的情感。前人对这篇文章评价也很高,茅坤在《唐宋八大家文钞》中曾把它推崇为韩愈序文中的第一篇,是有一定道理的。

韩愈文集中今存五十多篇书信,其中有论文谈艺的、有求人引荐的,有通问音讯的,等等。他的有些向知己倾诉情怀的书信,感情真挚、委婉细腻,可以看作是很好的抒情文。例如《与孟东野书》就属于这类文章。读其文,宛如作者在与自己的知心好友娓娓谈

---

① 姚鼐《古文辞类纂·序目》。
② 林纾《韩柳文研究法》。
③ 林纾《春觉斋论文》。
④ 苏轼《东坡题跋》卷一《跋退之送李愿序》。

心，感情真挚动人，语言明白晓畅。全文朴实无华，不加浮饰，不用难字，风格既清且醇，与其《原道》、《师说》等文的雄辩遒劲，在风格上有明显不同。

四

总起来说，韩愈的散文，无论论说、记叙、抒情，都形成了自己独特的风格；无论文体、结构、语言运用，皆多彩多姿，富有创造性，达到了他的前人所没有达到的高度。

韩愈散文的特色，概括起来主要有以下几点：

第一，气势充沛，雄健奔放。他为文主气，在《答李翊书》中就曾说："气盛则言之短长与声之高下者皆宜。"由于他学养深厚，写文章非常讲究气势，所以无论叙事、论说或抒情，都有一股风发云涌、江河流转、一泻千里的气势。皇甫湜、苏洵和茅坤，都曾以奔腾不息的长江浪涛和瞬息万变的迅雷闪电，来比喻韩愈散文气势的充沛，既形象，又贴切。清人黄子云探讨韩愈散文写作成功的奥秘，就在于善于"炼气"。他说，韩愈之文，"无句不琢，却无纤毫斧凿痕者，能炼气也；气炼则句自炼矣。雕句者有迹，炼气者无形"①。这种说法，是颇懂得韩愈散文写作的艺术匠心的。

第二，说理透辟，逻辑严整。他的说理文都具有这一特点。尤其是他的论辩性的散文，往往既广征博引，又言简意赅，把道理讲得很透彻，逻辑推理严密，具有很强的说服力。例如《讳辩》一文，他先从儒生们都不敢怀疑的"经"、"律"、"典"中找到充分根据，而后以子之矛攻子之盾，层层批驳，把依据避讳这种陈规陋习压抑人才的社会现象，揭露批判得体无完肤。又如《论佛骨表》，论证"佛不足事"，凿凿有据，放言高论，令人不容置疑。

第三，取譬工巧，想象丰富。这一特点在他的各种文体中都表

① 黄子云《野鸿诗的》。

现得相当普遍。他说理抒情，善用比喻；记人叙事，工于刻画。韩文中运用比喻，不仅数量多，形象贴切，而且手法多样。例如《送石处士序》，一连用五个形象的比喻，便把石洪能言善辩、有才有识的人物形象勾画出来了。而《说马》一篇，通篇说的是马，其实无处不是在说人。以马喻人，以"千里马常有，而伯乐不常有"比喻贤才难遇明主，寄寓作者的不平。他的《毛颖传》，则纯以虚构想象的笔法，把毛笔拟人化，借毛笔始而见用、"以老见疏"的经历，讽刺统治者的刻薄寡恩。语语双关，生动有趣，恢谐中寓有庄严，游戏里饱含酸辛。韩文中各种比喻手法的巧妙运用，不仅有助于变抽象为具体，化隐幽为显豁，加深读者的理解，而且可以使一些平铺直叙的文章，写得形象生动，波澜曲折，加强文章的艺术感染力。

第四，语言生动，富于独创。韩愈是善于使用语言的巨匠，他主张"唯陈言之务去"，善于创造性地从古代典籍的语言中吸取营养，推陈出新，也善于从当时口语中吸取精华，进行提炼，熔铸新词。他选词造句，一丝不苟，认真加以锤炼，所以韩文语汇丰富，句式灵活多变，既简练、准确，又鲜明、生动。他的语言具有极大的表现力和感染力，这对于增强文章的艺术魅力起了极为重要的作用。他一贯反对六朝以来骈俪文的束缚，提倡用散句单行的形式进行写作，使文气更为自由奔放。但他也创造性地吸收骈俪文的某些句式和句法，运用在自己的散文写作中，如《进学解》、《送李愿归盘谷序》、《送孟东野序》等篇中的排句和偶句，连类引发，一气贯注，这些句式句法的灵活运用，使行文整齐匀称，音节和谐，也有助于增强文章雄健奔放的气势。

韩愈辉煌的写作实践，为唐代古文运动作出了杰出的贡献。他的散文，就是唐代散文革新的鲜明标志。他"把文体从骈俪的桎梏中解放出来"，把活泼流畅和现实人生密切结合的散文"重新送进艺术之宫"，扭转了三百多年来的文风，他的功绩是很大的①。

---

① 茅盾《夜读偶记》。

他倡导的古文运动及其在这个运动中创作的大量散文，直接启示了北宋以欧阳修、苏轼等为代表的文学革新运动，开创了以唐宋八大家为代表的散文传统，对元、明、清三代散文的创作也产生了极为巨大而深远的影响。

略谈怎样读韩愈的诗

韩愈的诗,在中唐诗坛上也独树一帜。他在提倡散文革新的同时,也致力于诗歌革新,以纠正以“大历十才子”为代表的平庸诗风。他的诗,尤其是古体,“横绝一代”①。他在诗歌语言、风格、章法、技巧等方面所作的探索和创造,扩大了诗歌表现的领域,开拓了一条与李白、杜甫不尽相同的创作道路。

一

今存《韩昌黎集》收录韩愈诗歌四百零五首,其中古体诗占一半以上,近体诗最少,七言律诗在全集中仅见十三首。为什么韩愈多作古体诗,少作近体诗?原因是多方面的,但简而言之,主要有二:第一,与韩愈豪放的气质及雄厚博大的才力有关。如清人赵翼所说,“盖才力雄厚,惟古诗足以恣其驰骤。一束于格式声病,即难展其所长,故不肯多作”②。韩愈自言“少小尚奇伟”,曾以“连城价”自许③。他曾把自己比作惊涛拍天的大海里的“吞舟鲸”,比作奋翮六合之外的“垂天鹏”,要在大风大浪里“作鲸鹏游”④。他还把自己说成是“天地之滨,大江之濆”的神龙“怪物”,有能力“变化

① 纪昀语,见《韩愈资料汇编》第 1304 页。

② 赵翼《瓯北诗话》卷三。

③ 韩愈《县斋有怀》。

④ 韩愈《海水》。

风雨上下于天"[①]。正由于他的这种雄健豪放的气质,使他对李、杜诗歌中那种雄浑灏瀚的境界、惊天动地的气魄、震撼乾坤的韵律,表现出无比的仰慕和倾心。所以他在《醉留东野》一诗中就把自己与孟郊比作是李白和杜甫。他的这种气质,无疑对他的雄健博大的诗风的形成,产生了极为巨大的影响。而这种雄健豪放的气质也只有采用古体诗的形式才有可能得到最为充分的表达,因为古体诗不受格律的严格限制,有更多的自由。他的一些长篇古体诗,都写得颇有气势,如近人钱基博所说,"万怪惶惑,往往盛气喷薄而出,跌宕淋漓,曲折如意,不复知其为有韵之文"[②]。第二,韩愈好作古体诗,也与他好以写古文的艺术手段作古诗有关。韩愈是一位倡导古文革新的古文大家,对古文写作有独特造诣,"使他在从事诗歌创作时,情不自禁地要使用作古文的技巧以显其所长"[③]。如《山石》一诗,方东树就认为"只是一篇游记,而叙写简妙,犹是古文手笔"[④];又如《石鼓歌》,汪佑南也认为,从此篇章法,便可"益信""古诗章法通古文"[⑤]。

二

韩愈非常强调诗歌要反映现实社会生活。在《荐士》诗中,他肯定从《诗经》到"建安七子",到陈子昂、李白、杜甫的优良传统,批评晋宋,特别是"齐梁及陈隋"那种"搜春摘花卉,沿袭伤剽盗"的萎靡不振的诗风。在他的诗歌创作中,反映现实社会与生活的诗篇都具有相当深度。

---

① 韩愈《应科目时与人书》。

② 钱基博《韩愈志·韩集籀读录》。

③ 程千帆《韩愈以文为诗说》,《古代文学理论研究》第一辑,上海古籍出版社 1979 年版。

④ 方东树《昭昧詹言》卷十二。

⑤ 汪佑南《山泾草堂诗话》。

韩愈直接反映民生疾苦的诗篇，例如《龊龊》一首：

龊龊当世士，所忧在饥寒。
但见贱者悲，不闻贵者叹。
大贤事业异，远抱非俗观。
报国心皎洁，念时涕汍澜。
妖姬坐左右，柔指发哀弹。
酒肴虽日陈，感激宁为欢？
秋阴欺白日，泥潦不少干。
河堤决东郡，老弱随惊湍。
天意固有属，谁能诘其端！
愿辱太守荐，得充谏诤官。
排云叫阊阖，披腹呈琅玕。
致君岂无术，自进诚独难！

此诗写老百姓在秋雨连绵的涝灾和黄河决口的水灾中历尽苦难，在这样的灾难面前，"但见贱者悲，不闻贵者叹"。表示自己如果能被推荐去做个谏官，就一定要"排云叫阊阖，披腹呈琅玕"，把老百姓遭受苦难的真情上达。

又如《归彭城》一诗，悲叹"前年关中旱，闾井多死饥；去岁东郡水，生民为流尸"，同样也表示要"刳肝以为纸，沥血以书辞"，为人民遭难而呼号呐喊。

再如《赴江陵途中寄赠王二十补阙李十一拾遗李二十六员外翰林三学士》，追忆当年关中旱饥惨状，写得更为真切动人：

是年京师旱，田亩少所收。
上怜民无食，征赋半已休。
有司恤经费，未免烦征求。
富者既云急，贫者固已流。
传闻闾里间，赤子弃渠沟。
持男易斗粟，掉臂莫肯酬。
我时出衢路，饿者何其稠！

亲逢道边死，伫立久咿嚘。
归舍不能食，有如鱼中钩。
适会除御史，诚当得言秋。
拜疏移阁门，为忠宁自谋！
上陈人疾苦，无令绝其喉。
下言畿甸内，根本理宜优。
积雪验丰熟，幸宽待蚕麰。
天子恻然感，司空叹绸缪。
谓言即施设，乃反迁炎州。

这虽是全诗中的一个片断，但它反映贞元十九年(803)关中大旱，老百姓流离逃荒、持男易粟、弃子沟渠、饿死路旁的悲惨景象，历历如在眼前，令人目不忍睹。诗人悲天悯人，对统治者在灾荒年头仍继续横征暴敛表示无比愤慨，同时也为他因上疏请求减免赋税而被贬逐的遭遇自鸣不平。

再如《宿曾江口示侄孙湘二首》之一，写他赴潮州途中在曾江口所见水灾情景："云昏水奔流，天水漭相围"，"犬鸡俱上屋，不复走与飞"。诗人薄暮找老百姓家去投宿，"篙舟入其家，暝闻屋中唏。问知岁常然，哀此为生微"。"岁常然"三字，足见官吏们不治水患，因而酿成灾祸便成常事，使曾江水水区人民备受水灾之苦。程学恂称"此诗写穷民之苦，逐客之感，怆恍渺茫，语语沉痛"，"惟少陵可以媲之"①。

就上述诸诗来看，作品都直接敷陈其事，用白描而不加藻饰，是继承了杜诗"三吏"、"三别"、《羌村三首》、《北征》等篇写实手法的传统的。

三

韩诗中攻击贪官污吏和豪绅权贵的作品，也写得相当深刻。

① 程学恂《韩诗臆说》。

例如他在贬阳山时所作的《杂诗四首》之一：

朝蝇不须驱，暮蚊不可拍。
蝇蚊满八区，可尽与相格？
得时能几时，与汝恣啖咋？
凉风九月到，扫不见踪迹。

诗中以蚊蝇为喻，指斥贪官污吏和那些遍布朝廷上下的小人，认为他们捣鬼有术，虽能显赫一时，但物极必反，秋风一吹，即踪迹尽扫。方世举《笺注》称："此诗永贞元年(805)夏秋之间为当时朝士而作。谓之杂诗者，所指非一事，所刺非一人，所托非一物也。"在《谴疟鬼》一诗中，韩愈还把豪绅权贵比作疟鬼，斥责他们"乘秋作寒热"，为"翁妪所骂讥"；他们"求食呕泄间，不知臭秽非"，虽是"祖轩而父顼"，但却"不修其操行"。诗人警告疟鬼们赶快改邪归正，否则医师、炙师、祖师、符师是会有种种办法来制服他们的。

此外，如《李花二首》之一、《猛虎行》、《南山有高树行》、《读东方朔杂事》等诗篇，也都旨在揭露权贵弄臣的凶焰恶行。这些诗篇大多运用寓言或隐喻手法，意在言外，但读者都可以心领神会，理解其用意所在。《丰陵行》一首，直接指斥当时宪宗皇帝为其父顺宗举行葬仪时的奢侈和闭锁嫔妓的非人道行为。"丰陵"是顺宗(李诵)的墓。诗歌头两句："羽卫煌煌一百里，晓出都门葬天子。"单是送葬的仪仗队就延绵百里，已足见其铺张糜费。"设官置卫锁嫔妓，供养朝夕象平居"，写宪宗为表示"孝心"，居然还在墓穴中闭锁嫔妓去殉葬。当时韩愈刚从江陵调回长安任国子博士，对这种葬仪陵制的奢侈荒唐，竟然敢于作诗表示反对，可见他当年那种敢于斗争的锐气，并没有因遭受过贬谪而有所减退。

四

韩愈是坚决反对佛教和道教的勇士，他也把诗歌作为批判佛、道二教的武器。如五言古诗《谢自然诗》,便是一首批判被奉为唐代“国教”道教的力作。诗中写十四岁的女道士谢自然修道不食,白昼升天成仙。在唐贞元十年(794)盛传一时,果州刺史李坚向德宗皇帝上表报告,德宗下诏褒奖。韩愈便以此盛传一时的新闻为题材作诗,力斥学道成仙之说的荒谬,规劝迷信此说的人当以此为诫。七言古诗《华山女》,也是批判佛、道二教富有战斗性的诗篇。诗中描绘了佛教与道教在讲经时争夺听众的一场丑剧:佛教以“俗讲”宣传佛法,颇能吸引听众,甚而震动宫廷;道教则处于劣势。后来道教徒凭借一位有姿色的女道士现身说法,上台讲道,一下子便把原来听佛教“俗讲”的听众吸引了过来,使处于劣势的道教转败为胜,宫中也传诏把这位女道士召入宫内。诗人通过写这场丑剧,对佛、道二教都作了极其辛辣的嘲笑和讽刺,所谓“佛法无边”,抵挡不了一个女道士“白咽红颊长眉青”的色相。结尾六句,写女道士放诞风流的私生活,更进一步揭穿了女道士讲道的假面具,昭示人们所谓洁身修道的女道士原来是这等下流货色!然而就是这样的女道士,竟然迷惑了宫廷,连皇帝也传诏召见。诗人攻击的矛头实际已直接指向了皇帝,真是大胆之极!这首诗与《谢自然诗》都多用口语,明白易懂。但二诗运用的手法不同,前者是正面规劝,后者则为侧面讽刺。这两首诗,和著名的《论佛骨表》一样,都表现了韩愈反对佛教和道教的大无畏的气概。

五

反对藩镇割据、军阀叛乱,也是韩诗的重要题材。如《汴州乱二首》,便是反映贞元十五年(799)宣武节度使董晋死后汴州兵将叛乱这一历史事件的。诗中通过描绘叛军作乱情景,反映了中央政权在这场动乱面前所表现出来的软弱无力。留后陆长源被杀,汴州城里“连屋累栋烧成灰”,四邻却坐视不救。“庙堂不肯用干戈”一句,从本质上揭示了军乱的根源在于朝廷的姑息养奸。诗人忧怀国事的愤激之情,溢于言表。其他如《元和圣德诗》、《送侯参谋赴河中幕》,以及佐裴度平淮西时所作的古体、律体诗十余首,也都是声讨藩镇反叛中央、破坏祖国统一罪行的诗篇。韩愈的前半生,总的说来政治上并不那么得志,所以在他的诗歌中便不时流露出一种不满之情,尤其是贞元二十年(804)贬官在阳山前后的诗篇,往往反映出他对宦官、藩将及权奸等邪恶势力的不满,和对自己身处卑位、壮志难酬的苦闷。如《秋怀诗十一首》之四有句云:"清晓卷书坐,南山见高棱。其下澄湫水,有蛟寒可罾。惜哉不得往,岂谓吾无能!"诗人用联想和隐喻的写法,把朝廷宦官权奸及藩镇叛将比作终南山炭谷湫的蛟,湫水有蛟,用网可捕,但自己虽有能耐,却是"惜哉不得往"。盖韩愈当时身处卑位,虽有报国之心,亦无由施展。永贞元年(805)所作的《谒衡岳庙遂宿岳寺题门楼》一诗,虽是描绘衡岳雄伟景象的纪游之作,诗人也忍不住要在诗中抒发自己内心郁结的牢骚:"窜逐蛮荒幸不死,衣食才足甘长终。侯王将相望久绝,神纵欲福难为功。"他对从阳山令改官江陵法曹参军似乎以淡然处之,实质对朝廷怀有极大的不满。诗中明显地可以看出,他对仕途坎坷的沉郁心情和对当权者不愿屈服的倔强性格。元和十一年(816),韩愈因支持主战派对淮蔡用兵,为宰相所不满,降职为太子右庶子。他作《记梦》诗,通过记梦,来反映他对这次被降职的不满。末尾四句写道:"乃知仙人未贤圣,护短凭愚邀我敬。我能屈曲自世间,安能从汝巢神山?"这时他虽已年近半百,而那种傲岸不屈、藐视权贵的锐气和锋芒,仍跃然可见。

六

歌咏祖国壮丽河山和描写自然景物的诗篇,在韩诗中也颇多佳作。终南山雄伟壮丽,常被诗人们当作写诗讴歌的题材,王维、李白、祖咏、孟郊等都曾以它为题材写过不少好诗。尤其是孟郊的《游终南山》诗,"南山塞天地,日月石上生"二句,概括地描写终南山雄伟壮大的气势,曾为韩愈赞为绝唱。韩愈诗中写到终南山的也不少。他的古体长诗《南山诗》,别开生面,具有鲜明的独特风格。诗人兼采辞赋和散文章法入诗,结构宏伟,意境博大,气势雄厚。诗人以其生花妙笔,围绕着终南山这个中心,采用正写、侧写、实写、虚写、详写、略写等各种不同的写法,以及曲折多变的章法,描绘出终南山雄伟壮丽的气象。诗的气势与山的气势两相照应,使全诗既雄奇恣肆又工整自然。诗中第四段,是全诗中描写最精彩的部分。诗人描写从山顶俯瞰终南形胜,七十余句中连用五十一个“或”字,又用十四个叠字,比物取象,不仅写出了终南山的千姿百态,奇形怪状,而且简直是“以画家之笔,写得南山灵异缥缈,光怪陆离”[①]。可以说韩愈把大赋铺排夸张、雕镂形容的表现手段,运用发挥到了极致。前人曾把此诗比作是赋中的《两京》、《三都》,认为“不读《南山诗》,那识五言材力,放之可以至于如是,犹赋中之《两京》、《三都》。彼以囊括苞符,此以镌镵造化”[②]。这首诗,充分显示了诗人的学力和才华,称得上是描写终南山诗的杰作。在韩愈的纪游写景诗中,《山石》一首,也是脍炙人口的名篇。此诗是诗人贞元十七年(801)七月在与侯喜等同游洛阳城北惠林寺时所作。诗中描写从“黄昏到寺”、“深夜静卧”到“天明独去”这段游历的所见、所闻、所感。全诗二十句,诗人选取了最能体现山野自然之美和自由自在生活之美的景物,从特定时间、特定天气里景物的不同色调、晦明动静等着笔,通篇用白描写景,一句一境界,宛如一幅绝妙的连环风景画。全诗语言流畅,风格清新,在韩诗中别具一格。清代诗论家何焯说它“直书即目,无意求工,而文自至,一变谢家(灵运)模范之迹,如画家之有荆(浩)、关(仝)也”[③];方东树也称此诗“情景如见,句法高古”,“不事雕琢,自见精彩,真大家手笔”[④],都给予此诗很高的评价。此外,在韩愈大量并非专事写景的诗歌中,也有不少绝妙的写景片断。如《答张十一功曹》头四句

① 清人顾嗣立语,转引自《韩昌黎诗系年集释》。
② 金武祥《粟香三笔》卷一。
③ 何焯《义门读书记》。
④ 方东树《昭昧詹言》卷十二。

“山净江空水见沙，哀猿啼处两三家。筼筜竞长纤纤笋，踯躅闲开艳艳花”，写贬所阳山的荒凉景象；又如《卢郎中云夫寄示送盘谷子诗两章歌以和之》头六句，写太行山瀑布的壮观景象；《送惠师》中“夜宿最高顶”十六句，写登天台山看星辰、观日出的景象；《送灵师》中“瞿塘五六月”十二句，写华山绝径、悬崖奇险的景象；《谒衡岳庙遂宿岳寺题门楼》中“我来正逢秋雨节”八句，写秋空阴晴变化云雾中的衡山景象；《此日足可惜一首赠张籍》中“夜济十里黄”下四句，写夜渡黄河时的景象；《岳阳楼别窦司直》开头三十二句，写洞庭湖洪涛壮观，从湖的面积、湖中湖周景物写到白天、夜晚景色的变异，气象万千，令人目不暇接。范仲淹名作《岳阳楼记》的写景部分，有好些地方便脱胎于此。

七

韩诗中还有一些具体写物、写事的诗篇，也都写得很生动逼真，而且往往托物寄景，发人深思。如《石鼓歌》刻画我国传世的珍贵文物石鼓，便穿插着对“中朝大官”的讥讽；其中“年深岂免有缺画”六句，描写石鼓文字形、笔力、笔势，运用比喻想象，语重句奇，光怪雄浑。《汴泗交流赠张仆射》写打马球游戏，极工尽致，结尾“此诚习战非为剧”四句，便是以正言规劝。《雉带箭》写打猎，场面、人情、物态，也都写得有声有色，极为工致，犹如一幅打猎图。前人评诗，认为此篇暗示作文作诗之法，清人沈德潜就说过：“将军度不中不发，发必应弦而倒。审量未弯弓之先，此矜惜于已弯弓之候，总不肯轻见其技也。作文作诗，亦须得此意。”[①]《听颖师弹琴》前十句，连续运用比喻手法，描绘颖师弹琴时由音响、节奏、旋律熔铸而成的音乐形象，琴声由细腻而轩昂，而壮阔，而清丽，抑扬起伏，刻画入微，把美妙的琴声形容得维妙维肖，使读者仿佛也沉浸

---

① 沈德潜《唐诗别裁集》卷七。

在美妙琴声所创造的艺术境界之中。苏轼曾赞此诗为描写琴声诗中之最优者[1]。黄震亦赞它"工于形容"[2]。

八

综观以上各类诗歌，说明韩诗题材多样，表现艺术也是极为高超的。就韩诗的艺术风格来说，也颇为丰富多彩。近代陈衍论诗时说过："大历十子，笔意略同。元和以降，又各人各具一种笔意，昌黎则兼有清妙、雄伟、磊砢三种笔意。"[3]所说三种笔意，实际上概括了韩诗的三种风格和类型。其实，就这三种风格和类型在韩诗中所占的比重和地位而言，当以雄伟、磊砢、清妙为序，而雄伟、磊砢亦可归作为一类。

韩诗中雄伟磊砢之作，可以前述《山石》、《南山诗》为代表。《山石》诗陈言务去，语句峭拔，有倚天拔地之意。元好问《论诗三十首》中曾有诗云："'有情芍药含春泪，无力蔷薇卧晚枝。'拈出退之《山石》句，始知渠是女郎诗。"就是说的《山石》诗气魄宏大。他认为把秦观《春日》诗中咏芍药、蔷薇的诗句，与气势雄伟的《山石》诗相比，一眼就可以看出《春日》更像是女子写的柔弱温情之作了。《南山诗》描写终南山形胜的雄伟博大，笔势奔腾，也显示了这首诗在风格上的雄伟壮丽，气势不凡。又如《陆浑山火和皇甫湜用其韵》，全凭虚构想象，写一场万物俱焚的冲天大火。诗人采取夸张渲染笔法，对山火爆发时的天崩地裂、日月无光、浆喷崖坍、神焦鬼烂、鸟兽烧尽等惨状着意描绘，把一场山火写得惊心动魄，成为天地间一大奇观，更表现了语诞景奇、怪险雄放的特色。再如《孟东野失子》诗，对老友失子进行劝慰，构思奇特，比喻怪诞。诗中通过

---

① 蔡絛《西清诗话》。

② 黄震《黄氏日钞》卷五十九。

③ 陈衍《石遗室论诗》卷十七。

地祇、灵龟、鸱枭、蝮蛇之类丑的和不美的形象，展现诡奇的艺术境界。全诗充满诡奇的浪漫色彩，而又富于意象和文采。其他如《游青龙寺赠崔大补阙》、《辛卯年雪》、《月蚀诗效玉川子作》、《读东方朔杂事》、《记梦》、《谒衡岳庙遂宿岳寺题门楼》、《岳阳楼别窦司直》、《卢郎中云夫寄示送盘谷子诗二章歌以和之》等篇，也都写得新颖奇特，色彩瑰异，表现了韩愈独特的雄伟奇崛的艺术风格。但是，韩愈这方面的诗歌，由于在追求奇谲险怪的同时，往往有运用怪僻词语的毛病，令人费解。他曾得意地说他和朋友的诗是"险语破鬼胆，高词媲皇坟"①，大概就是指这类作品而言的。

韩诗中写得比较清新自然、朴素无华的作品，有古诗《落齿》、《杏花》、《示儿》、《庭楸》、《送李翱》、《赠刘师服》、《赠别元十八协律六首》、《李花二首》、《除官赴阙至江州寄鄂岳李大夫》、《李花赠张十一署》、《玩月喜张十八员外以王六秘书至》、《南溪始泛三首》等篇。这些作品，语言自然流畅，不加雕饰，情真意深，耐人吟讽，明显地可以看出其曾受到陶渊明诗风的影响。律诗如《答张十一功曹》、《题驿梁》、《宿龙滩》、《广宣上人频见过》、《左迁至蓝关示侄孙湘》等，绝句如《题楚昭王庙》、《湘中》、《梨花下赠刘师命》、《春雪》、《宿神龟招李二十八冯十七》、《次潼关先寄张十二阁老使君》、《夕次寿阳驿题吴郎中诗后》、《早春呈水部张十八员外二首》之一等，也都语言朴素，具有不尚彩绘、本色天然的艺术特色。韩愈的律诗，总的来说数量较少，基本上都平稳工整，仍是盛唐诗歌风范。

九

由于韩愈多作形式比较自由的古体诗，所以他写诗的方法，主要是"以文为诗"。这是他倡导古文、反对骈文的主张在诗歌领域的贯彻。"以文为诗"作为一种艺术手段，其具体内涵大致包括如

---

① 韩愈《醉赠张秘书》。

下三个方面：

第一，把古文写作的章法、句法、虚词等运用于诗歌写作中，使诗歌散文化。首先是他的诗句结构与章节和一般唐人的诗歌不同。一般五言诗多是上二下三句式，七言多是上四下三句式；而韩诗五言往往多用上一下四、上三下二或上四下一句式，七言却往往多用上二下五、上三下四或上五下二甚至每字各不相连的句式。五言句如“人之能为人，由腹有诗出”；“三十骨骼成，乃一龙一猪”；“问之何因尔，学与不学欤”[①]；“流落人间者，太山一毫芒”[②]等；七言句如“破屋数间而已矣”，“放纵是谁之过欤”[③]，“知者尽知其妄矣”，“不从而诛未晚耳”[④]，“子去矣时若发机”[⑤]，“溺厥邑囚之昆仑”[⑥]等，无论是句子结构、音节和虚词的运用，几乎与文章语句无大差异。其次是韩诗在散文化诗中往往多用长短句和叙述句，如《醉留东野》中“昔年因读李白杜甫诗，长恨二人不相逢”。《月蚀诗效玉川子作》中“元和庚寅斗插子，月十四日三更中。……月形如白盘，完完上天东。忽然有物来啖之，不知是何虫”。此外，如《嗟哉董生行》，全诗都用交错的长短句，虚实字间用，是韩诗中散文化最典型的作品。其他，如《琴操》，夏敬观《说韩》就认为此诗“非深于文者不能作”。《山石》，方东树也认为“是古文手笔”[⑦]。韩诗中这种散文化的长处，是扩大了诗歌的表达功能，比较自由流畅，缺点在于过多的引进虚词，有碍于诗的节奏和韵味，对后代诗人如钱载、翁方纲等曾产生过一些不良影响。

第二，把大量议论成分引进诗中，以议论为诗。诗歌中穿插议

---

① 韩愈《符读书城南》。

② 韩愈《调张籍》。

③ 韩愈《寄卢仝》。

④ 韩愈《谁氏子》。

⑤ 韩愈《送区弘南归》。

⑥ 韩愈《陆浑山火》。

⑦ 方东树《昭昧詹言》卷十二。

论，本是在《诗》、《骚》中早就存在的。但韩诗中的议论成分，比重更大，而用得比较频繁。关于这方面的诗篇，有运用议论很成功的，如《荐士》诗的前半篇，概论从周到唐诗歌的发展和孟郊的诗歌就很成功，没有枯燥乏味之感。又如《孟东野失子》诗，诗人自称“惧其伤也，推天假其命以喻之”。清人程学恂《韩诗臆说》就肯定“此诗意旨与《列子·力命篇》略同，而语较奇警”。其他如《记梦》诗在描写梦中游历幻想世界后所发的议论，《谒衡岳庙遂宿岳寺题门楼》诗在描写老庙令要诗人卜卦一事后所发的议论，由于融化在全诗的意境和形象之中，不仅不感到累赘，相反却加强了思想感情的表达，恰当地表现了作者的个性。当然，韩诗中也有运用议论并不成功的作品，例如《君子法天运》一首，通篇用《荀子》的议论和语句为诗，味同嚼蜡。《谢自然诗》、《谁氏子》的后半篇批判道教，《送灵师》头一段排斥佛教，全是用古文句式发议论，犹如押韵的《原道》和《论佛骨表》。这些失败的例子，当然并不能说明诗中不能发议论，关键在于是否能处理好。韩愈以议论为诗曾对欧阳修、王安石和理学家的一些诗产生过影响。

第三，把辞赋铺张雕绘的手法运用于诗歌写作。韩愈的诗往往吸取辞赋对举铺陈的章法，如《岳阳楼别窦司直》前半篇铺写洞庭湖景色，诗人便以奇异的想象，在对举铺陈之中铸形镂象，使诗歌的气势显得更为雄放。《南山诗》是采用辞赋散文章法最为突出的例子，前已述及。此诗在风格上所显示的雄伟、博大、自然的特点，是与韩愈在本诗中运用辞赋散文的章法分不开的。这是韩愈在诗歌表现手法上对盛唐诗人的一个突破，在山水诗的发展史上，有其别开生面之功。韩、孟《城南联句》一千五六百字，凡一百五十韵，历叙（长安）城南景物。巨细兼收，虚实互用，自古联句之盛，无如此者。清人方世举说它“铺叙之法，仿佛《三都》、《两京》……非其才大，安能如此”①。这类赋体诗，往往都具有雄奇恣肆、光怪陆

---

① 《韩昌黎诗系年集释》卷五引方世举评语。

离的艺术特色，但也往往有堆砌词藻、呆板晦涩、多用僻字怪词的缺点，有损于诗歌的韵味和艺术感染力。

总的来说，韩愈以文为诗，以古文章法、语言、技巧来作诗，尽管还存在着这样那样的缺点和不足，但在当时的历史条件下，他敢于创新，敢于在诗歌领域中打破艺术上的常规，使得诗歌在表现艺术上增加新的手段，可以更加自如地表达生活内容，扩大诗歌的表现领域，这是应该充分肯定的。韩愈的诗，在宋诗的新面貌形成以前，似乎并没有受到重视，但宋诗独特的新风貌的形成和一些宋诗大家的出现，都没有离开韩诗对他们的熏陶。清人叶燮在《原诗·内篇》中就说过："韩愈为唐诗之一大变。其力大，其思雄，崛起特为鼻祖。宋之苏（轼）、梅（尧臣）、欧（阳修）、苏（舜钦）、王（安石）、黄（庭坚），皆愈为之发其端，可谓极盛。"赵翼《瓯北诗话》卷五也说："以文为诗，自昌黎始，至东坡益大放厥词，别开生面，成一代之大观。"方东树《昭昧詹言》卷九也说："六一（欧阳修）学韩，才气不能奔放，而独得其情韵与文法，此亦诗家深趣。"这些都说明，北宋诗人学韩诗，在当时就已形成了一种不可逆转的潮流，即使是有些曾经对韩诗表示过不满的人，如苏轼、黄庭坚等，也不由自主地沿着韩愈所开辟的道路前进。由此可见，韩诗对宋代诗人的影响是多么巨大而深刻！

柳宗元哲学思想述评

关于柳宗元的哲学思想,历代有不少学者就这个问题发表过意见。由于柳宗元的唯物主义无神论思想具有比较鲜明的战斗性,因此,人们要表示对这种思想的爱憎——是肯定还是否定——态度易于显露。从总的情况来看,批评、指责、否定的意见虽然很多,但支持、赞扬和肯定的意见也很不少。这些肯定或否定的意见,又往往主要集中在对柳宗元表现唯物主义无神论思想最明显的代表作的评述上。如《天对》、《天说》、《贞符》、《天爵论》、《时令论》、《断刑论》、《封建论》、《非国语》、《与韩愈论史官书》等,就几乎是历来争论的主要对象。

对柳宗元唯物主义无神论思想采取批评和否定态度的一派,可以宋代的苏轼、朱翌、黄震,明代的蒋之翘,清代的何焯、蒋骥、曾国藩、王闿运等人为代表。

我们知道,江惇礼是北宋第一个以作《非〈非国语〉》反对柳宗元哲学思想出名的人物(其书未传);苏轼在给他的信中,不仅满口称赞江书"甚善",而且诋毁"柳子之学,以礼乐为虚器,以天人为不相知",是"小人无忌惮者",认为柳的哲学论著如"《时令》、《断刑》、《贞符》、《四维》之类,皆非是"。他甚至说他在读过《非国语》之后,也曾经想作《非〈非国语〉》,只是后来因"未暇为书",没有成功[①]。

---

① 苏轼《苏东坡集》续集卷五《与江惇礼秀才书》。

苏轼的这种看法，邵博也表示赞同，认为“学者不可不知”[①]。南宋的胡寅，是以反对柳宗元的《封建论》著名的[②]。他和同年老友朱翌，彼此在诗文赠答之中，也没有放松对柳宗元的非议。朱翌在赠胡寅的诗中，就有“柳州《非国语》，意恣乱诗书”[③]的诗句。

南宋后期，黄震曾对柳宗元及其作品进行过较为广泛的研究，并在他的专著《黄氏日钞》中，对柳文分篇加以论述，虽其中也不无可以参考的好意见，但他对柳宗元的哲学思想，也基本上是否定的。比如柳宗元在《断刑论下》中说：“苍苍者焉能与吾事，古之言天，愚蚩蚩者耳。”他对这种说法就直斥为“无忌惮”。《天对》本是柳宗元宣扬其唯物主义无神论思想的重要著作，而黄震竟说它“不可晓”[④]，明人蒋之翘则认为它“词多附会可笑”，“纵解颐之论，亦觉无味，况所对大不合所问者乎！”[⑤]清代的蒋骥，认为屈原《天问》既“不能对”，也“不必对”；而“柳子《天对》，乃务为奇僻，欲以拟骚，此震霆塞聪之智也”，他甚而把《天对》比作是令人可憎的“附赘悬疣”[⑥]。他对柳宗元进步的哲学思想的鄙弃，可以概见。

何焯的《义门读书记》是一部在学术上有影响的著作，其中以三卷的篇幅，对柳宗元的诗文逐篇进行评论，但书中评语明显地表现出何焯在哲学思想上也和柳宗元存在着很大分歧。众所周知，被历来儒生们尊为“亚圣”的孟轲，是极力主张以仁义道德那一套理论来宣扬封建社会等级天定论的代表人物。柳宗元在永州撰专文《天爵论》，对这种思想进行了有力的批驳，力辩以仁义道德来说明等级天定论，纯粹是一种虚构。然而，对这样一篇论著，何焯却认为“柳子殆强为高论，以求驾乎前人，未之有得也”。他反诬“柳

---

① 邵博《邵氏闻见后录》卷十五。
② 《荆川稗编》卷九十五胡寅《封建论》。
③ 朱翌《灊山集》卷二《次韵胡明仲见寄二首》其二。
④ 黄震《黄氏日钞》卷六十《断刑论下》及《天对》评语。
⑤ 蒋之翘《七十二家集注楚辞》卷三《天问》。
⑥ 蒋骥《山带阁注楚辞·余论》卷上。

子盖不究心乎思孟之传，妄驾其说也”。对于《断刑论下》，何焯也指责柳“尤悖戾而不知反”，而对《天说》，何焯竟攻击柳宗元“以天为无心”，“实昧其本”[①]。

到了近代，曾国藩曾指斥柳宗元和庄周、司马迁三人，“怨悱形于简册”[②]，都有违于圣贤。王闿运也诽谤柳宗元批驳韩愈“人祸天刑”之说，不过是徒为“大言耳”[③]。

上述诸例，说明以往对柳宗元进步哲学思想的错误评述，不仅历代都有，而且是表现在各个方面的。

正确支持和赞扬柳宗元唯物主义无神论思想一派的，可以唐代刘禹锡，宋代黄伯思、李涂、史绳祖，金代王若虚，明代郎瑛、王文禄、林汝诏、张自烈，清代尤侗等人为代表。

柳宗元的好友刘禹锡，当柳宗元以其无神论思想批驳韩愈“人祸天刑”之说的时候，就曾一连作《天论》三篇支持他，而且赞扬他“折韩退之之言，文信美矣”[④]。南宋李涂，也认为“论史书，子厚不恤天刑人祸，退之深畏天刑人祸，退之不及子厚”[⑤]。尤侗也赞扬，“柳州之与昌黎论史”，是“笃论”[⑥]。柳宗元在《天对》中对屈原《天问》所提出的许多问题加以探索，北宋王伯思也热情地称赞他“深弘杰异，析理精博”[⑦]。南宋刘克庄，则赞赏他“真可以答《天问》”[⑧]。

柳宗元被贬永州后续成的《贞符》，表现了他朴素的带有唯物倾向的历史观。他认为社会发展的历史，是一个自然的发展过程，

① 何焯《义门读书记·河东集》评语。

② 曾国藩《曾文正公文集》卷二《圣哲画像记》。

③ 王闿运《湘绮楼说诗》卷四。

④ 刘禹锡《刘梦得集》卷十二《天论上》。

⑤ 李涂《文章精义》。

⑥ 尤侗《西堂杂俎二集》卷二。

⑦ 王伯思《东观余论》卷下《校定楚辞序》。

⑧ 刘克庄《后村先生大全集》卷一百七十三《后村诗话》。

在这个发展过程中,“生人之意”决定着一切,并没有什么“赏功罚祸”的天意存乎其间。这种进步的历史观,史绳祖就肯定他湔洗了司马长卿、扬子云、班孟坚等人的卑陋之见,是一个“可喜”的收获①。金人王若虚,虽然对柳宗元也发表了不少错误的议论,但他也认为《贞符》和《断刑》、《时令》、《四维》等论,“皆核实中理,足以破千古之惑”,而且他认为苏轼反对这些理论,是和“秦汉诸儒”一样患了“迂诞之病”。对于《非国语》,他说:“虽不尽佳,亦大有是处。而温公、东坡深罪之,未为笃论也。”②确实,柳宗元的《非国语》问世之后,一直被有些封建士大夫看作是离经叛道的危险读物,它所遭到的攻击是不少的,单是作《非〈非国语〉》的人,就有江惇礼、虞槃、刘章等好几个人。但明人郎瑛就指出,柳宗元《非国语》是“以正理而矫淫诬之辞”,《非〈非国语〉》“何能胜之耶”③!有人认为,柳宗元既学《国语》,又作《非国语》,似乎于理不合。对此,胡应麟曾发表过很好的意见,他说:“柳宗元爱《国语》,爱其文也;《非国语》,非其义也。义诡僻则非,文杰异则爱,弗相掩也。好而知恶,宗元于《国语》有焉。论者以柳操戈入室,弗察者又群然和之,然则文之工者,伤理倍道,皆弗论乎?”④胡应麟说明了柳宗元以批判的态度学习《国语》的正确,肯定了《非国语》的意义,指出了作《非〈非国语〉》的错误,这种评述是公允的。

上述肯定柳宗元哲学思想的意见,当然我们也应该有分析的对待。这些人物对柳宗元进步的哲学思想的肯定,有的亦仅仅是从某一方面着眼的,除了像刘禹锡等个别人物外,不能一概把他们视作是和柳宗元一样的唯物主义者。同样,前所列举对柳宗元唯物主义无神论思想表示了异议或否定的人物,他们的错误意见,当然应该批判,但我们也不能就此简单地对他们一律采取否定的态

① 史绳祖《学斋占毕》卷二《贞符过封禅文》。
② 王若虚《滹南遗老集》卷三十。
③ 郎瑛《七修续稿》卷四《书名沿作》。
④ 胡应麟《少室山房笔丛》卷十三《史书占毕一》。

度，因为他们中间的有些人，也有只是从某一方面来批评或否定柳宗元进步的哲学思想的。古代许多人物的世界观往往是异常复杂的，我们必须承认这样一个客观的事实。

在对柳宗元思想的论争中，就其哲理文而言，关于《封建论》之争，可说是历史上一场有名的论战。不仅参加的人数众多，双方壁垒分明，而且论辩系统，持续的时间也久。《封建论》的主要思想是：严厉抨击封建藩镇的割据局面以及世族大夫的“世食禄邑”，和由此而产生的“不肖者居上，贤者居下”的不合理的社会现象；批判包括李世民在内的许多封建社会的政治家企图恢复分封制而“与三代比隆”的倒退思想；揭示封建历史的发展，是不依任何个人或少数人的意志为转移的这一客观规律，从根本上否定封建帝王“受命于天”的谬说。从历史上考察，关于分封诸侯制问题，本就是一个历史上长期讨论的问题。早在柳宗元之前，陆机、魏徵、李百药、颜师古、杜佑等人，就都曾对这个问题发表过意见①，但都语焉不详，未能深探其本，因而缺乏充分的说服力量。到柳宗元《封建论》出，他据古验今，明确地论证了废封建、立郡县的必然性与正确性，而且表示了上不贤即可以犯上的思想。因而关于封建问题的讨论，从此便都集中到柳宗元身上来了。这场论战，由北宋初年的廖偁发难②，开始否定《封建论》。此后，南宋初年的胡寅，元代吴莱，明代徐问志，清代何焯、袁枚，晚清的龙启瑞等，先后响应③，形成了《封建论》的否定派。他们以唯心史观的理论，向《封建论》展开了全面而猛烈的攻击，其中尤

① 见《新唐书》卷七十八《宗室列传赞》。

② 《宋文鉴》卷九十四廖偁《封建论》。

③ 见胡寅《读史管见·封建论》、吴莱《渊颖吴先生文集》卷八《胡氏管见唐柳宗元封建论后题》、徐问志《读书札记》卷六、何焯《义门读书记·河东集》、袁枚《小仓山房文集》卷二十三《书柳子封建论后》及《再书封建论后》、龙启瑞《经德堂文集》卷一《续柳子厚封建论》。

以胡寅、袁枚为最。对垒的另一方以苏轼为肇始[1],肯定《封建论》观点的进步性。其后,明人徐扬贡,清人孙琮,晚清林纾等表示支持苏轼的评述[2],形成了《封建论》的肯定派。而朱熹、黄震、张自烈虽以中间调和派的姿态出现[3],实际则朱、张二人倾向于否定派,而黄震则比较接近苏轼的意见。这种对垒,一直持续了将近千年。虽然否定派在过去历史上曾长期居于压倒的优势,然而,历史发展到今天,他们意见的错误是显而易见的了,历史已给他们作出了无可辩驳的结论。

柳宗元哲学思想的进步性,我们是应该给予充分肯定的。比如在《非国语》、《时令论》、《断刑论》等论著中,他反对荒谬传说、阴阳术数、时令禁忌、鬼神崇拜等等封建迷信,并且指出它们都是封建统治者用来统治和愚弄人民的一种手段。这种思想就说明柳宗元的无神论富有战斗的意义。再如,柳宗元对宇宙的看法,是具有朴素的唯物主义观点的。《天对》所表现的宇宙观,就是以自然为混沌存在的唯物主义"元气"一元论。

尤其是柳宗元的历史观,远比他以前以及与他同时代的许多思想家为先进。在《封建论》中,他认识到了远古时代人们物质生活资料的创造、人群之间的矛盾(当然他不可能认识到阶级社会里的阶级斗争),是促进社会发展的动力;他肯定人类社会从封建割据走向中央集权的"公天下",是"势"所必然的事,而这种"势",又不是依赖任何个人及少数人的意志为转移的。在《贞符》中,他批判了司马相如、刘向、扬雄、班彪、班固等这些相信神学的历史家,指出他们的历史观都仍不过是沿袭了有神论者董仲舒的一些看法,并未能跳出他的窠臼。在《六逆论》中,他集中地反对旧的传统

---

① 苏轼《东坡志林》卷五《秦废封建》。

② 《山晓阁评点柳柳州集》卷二《封建论》徐扬贡、孙琮评语;林纾《韩柳文研究法》。

③ 朱熹《朱子语类》卷一百零八、一百三十九;黄震《黄氏日钞》卷六十;张自烈《与古人书》卷上《与苏子瞻论封建郡县书》。

势力，认为“贱者”、“远者”和“新者”对于“贵者”、“亲者”和“旧者”的斗争，是完全合乎规律的事。他主张限制皇权，实行责任宰相制，从各方面限制乃至铲除贵族旧官僚的特权势力，要求政治开明，政权开放①。这些主张，在当时的历史条件下，无疑是具有进步性的。

至于柳宗元受佛教思想影响的问题，历来也有一些不同的看法。有肯定他，甚而学习他的，也有否定他，甚而唾骂他的。前者如苏轼、刘谧、林云铭，后者如欧阳修、王令、黄震。苏轼既肯定柳宗元对佛学有研究，称赞他“《曹溪》、《南岳》诸碑，妙绝古今”，而且也赞同他“儒释兼通”的说法，认为“释迦以文教，其译于中国，必托于儒之能言者，然后传远”②。苏轼被贬海南后，开始研究佛学，也可能受到了柳宗元的影响。韩愈是有名的排佛人物，而柳宗元则不排佛，宋儒在这个问题上对两人所表示的爱憎最为明显。欧阳修就指斥柳“所学之非”，辱骂他是“韩门之罪人”③。王令也冷嘲热讽地说柳“陷夷狄而不悔”，批评他认为浮图“与《易》、《论语》合”的说法是玷污了儒学的神圣④。李涂也认为，“退之辟浮图，子厚佞浮图，子厚不及退之”⑤。黄震也斥责柳为“异端”⑥。一连串的攻击，情绪相当激烈。韩愈排佛，在当时的历史条件下，客观上有其进步性。但宋人对柳宗元不排佛的赞扬或批评，其实都并未对他有真正的了解。倒是元人刘谧的意见，看来还比较全面。他从“韩柳之为人，大概韩嗜进而柳安静，韩奔竞而柳恬退”，联系到柳在《送浩初上人序》中所说的浮图“不爱官，不争能，其贤于逐逐然

① 参阅《柳宗元集》卷四《桐叶封弟辩》、卷十七《梓人传》、卷二十三《送崔子符罢举诗序》。

② 苏轼《苏东坡集》后集卷十九《书柳子厚大鉴禅师碑后》。

③ 欧阳修《集古录跋尾》卷八《唐南岳弥陀和尚碑》。

④ 见《宋文鉴》卷一百十九《代韩愈答柳宗元示浩初序书》。

⑤ 李涂《文章精义》。

⑥ 黄震《黄氏日钞》卷六十。

唯印组是务者亦远矣”来加以分析，因此他认为无端地对柳不排佛进行指责是不公允的。我们今天也还有人认为柳宗元不排佛，是他无神论思想中的矛盾，甚而有人说他是二元论者。这种看法是值得商榷的。柳宗元好佛，和迷信有神的宗教论者在本质上是有区别的。我们应该联系他的政治遭遇等多方面的因素来考察这个问题。柳宗元之所以有取于浮图者，是因为他们“不爱官，不争能”，比了那时世上“逐逐然唯印组为务以相轧”的人要高尚一些，是因为他们“有志乎物外而耻制于世”①。总之，是同情他们对黑暗腐败的社会现实的消极反抗。就柳宗元对佛学之道的看法来说，他也认为是“本于孝敬，而后积以众德，归于空无”②。因此，他批评“世之为释者，或不知其道，则去孝以为达，遗情以贵虚”③。他甚至说：“今之言禅者，有流荡舛误，迭相师用，妄取空语，而脱略方便，颠倒真实，以陷乎已而又陷乎人。”④从这里也可以看出，柳宗元对当时佛学所采取的态度，与虔信神灵的宗教论者是有根本不同的。我们决不能单从表面现象看问题，因而得出他信奉佛教和唯物主义无神论思想相矛盾的错误结论。宋儒在这个问题上为韩、柳妄分高下，实际完全是一种皮相之谈，他们对韩、柳对待佛学态度的真正意义所在是并不理解的。

柳宗元是我国古代杰出的无神论者。但是，从柳宗元死后，就不断有人以神灵怪异附会在他身上，并以此作为宣传封建迷信的一种重要手段。韩愈所作的《柳州罗池庙碑》⑤，把柳宗元描摹成为庙食于罗池、神灵异常的偶像，可以视作这种活动的开端。接着，赵璘、钟辂、张读，也都把柳宗元描述成一个生前就深信求神问

① 柳宗元《柳宗元集》卷二十五《送玄举归幽泉寺序》。
② 柳宗元《送濬上人归淮南觐省序》。
③ 柳宗元《送元暠师序》。
④ 柳宗元《送琛上人南游序》。
⑤ 韩愈《韩昌黎集》卷三十一。

卜的宿命论者[①]。北宋的刘斧，又在韩愈所作《庙碑》的基础上，进一步发展了封建迷信部分[②]。而王铚更为柳宗元伪造《龙城录》[③]，把他涂抹成一个彻头彻尾的有神论者。历代的封建统治者们，因为看到人民对柳宗元的崇敬和怀念，也把他作为统治人民思想的工具。北宋元祐七年(1092)，哲宗赵煦敕赐罗池柳宗元庙以灵文庙额；崇宁三年(1104)，徽宗赵佶封柳宗元为文惠侯；南宋绍兴二十八年(1158)，高宗赵构又加封柳宗元为文惠昭灵侯。此后，这种给柳宗元涂抹神祇迷信色彩的活动还层出不穷。当然，这些活动也同样都是对柳宗元杰出的无神论思想的一种巧妙的进攻，它可能在当时社会中产生过不良的影响。然而，历史上也并不是没有人对这种活动表示怀疑和不满。后晋刘昫就说过，"南人妄以柳宗元为罗池神，而愈撰《碑》以实之"，"此文章之甚纰缪者"[④]。明人张自烈更带着愤愤不平的情绪，写了《与韩退之论柳侯求祀书》，对韩愈把柳宗元神怪化表示"不敢傅会"，认为其事"皆诬"，"不足信"[⑤]。清人全祖望也对以上韩愈等人的附会迷信，表示了不同的意见[⑥]。但是，在封建社会里，迷信思想有其深厚的社会基础，因而附会在柳宗元身上的神祇色彩，在封建社会中不可能被消除。只有在封建社会彻底被推翻以后，才有可能完全还柳宗元以本来面目。

---

① 赵璘《因话录》卷六；钟辂《续前定录》"柳员外"、"柳柳州"条；张读《宣室志》卷四。

② 刘斧《青琐高议》前集卷一《柳子厚补遗》、《韩文公祭文》。

③ 此书《旧唐书·经籍志》、《新唐书·艺文志》均未著录。宋张邦基《墨庄漫录》卷二、朱熹《朱子语类》卷一百三十八，均考证其为王铚伪作。

④ 《旧唐书》卷一百六十《韩愈传》。

⑤ 张自烈《与古人书》卷上。

⑥ 全祖望《鲒埼亭集》外编卷三十五《跋柳州罗池庙碑》。

柳宗元无神论思想初探

柳宗元是我国杰出的文学家，同时，他也是我国伟大的哲学家。打开他的集子，我们不仅可以读到他的丰富生动的文学作品，而且也可以读到他的富有说服力量的哲学论著。但是，遗憾的是，历来研究柳宗元的人，往往只是注意了他的文学，而对他的哲学思想重视不够，甚而解放以后出版的一些有关中国哲学史方面的著作，也很少对柳宗元的哲学思想进行研究和探讨，这不能不说是一个很大的缺陷。

柳宗元在中国哲学史上是有着重要地位的。他的无神论思想，我认为不仅超过了荀子，而且也超过了王充和范缜。这里，我仅就自己读《柳河东集》时的一些体会，来谈谈我的初步看法。

柳宗元的唯物主义无神论思想，首先突出地表现在他对“天”和“神”的看法上，他坚决地反对天人感应的观点。他认为国家的兴亡、人的吉凶福祸，跟“天”并没有什么关系，人并不是受“天”的主宰的。基于这种观念，他对当时历史上各种形式的有神论思想和宗教迷信观念，进行了广泛的分析和批判，有力地打击了那些有神论的历史观。

《国语·周语》上有一篇文章，说幽王二年，西周三川地震，《国语》的作者引周太史伯阳父的话，认为地震的结果是“国必亡”，后来幽王被灭，平王东迁，《国语》就认为是“幽王二年西周三川皆震”的结果。柳宗元在《非国语》的《三川震》一篇里[①]，就尖锐地批判

---

① 柳宗元《柳河东集》卷四十四《非国语》上。卷次依世彩堂本，下同。

了这种谬说，他说："山川者，特天地之物也……自动自休，自峙自流，是恶乎与我谋；自斗自竭，自崩自缺，是恶乎为我设。……"柳宗元明确地指出，山川的存在，它的"自峙自流"、"自崩自缺"，和人们的祸福吉凶、国家的兴亡，根本就没有什么必然的关系。他认为国家的兴亡，是人的事情而不是"天"的事情；他认为要说人的吉凶福祸全是由什么天地阴阳来主宰，是没有任何根据的。

《国语·周语》上还有一段迷信的记载，说周灵王三十二年，在王城北的一条谷水和城南的洛水，水势泛滥，将要淹及王宫，灵王准备筑堤防水，而太子进谏，劝阻灵王，说古代的圣王是"不防川，不窦泽"的，因为不那样是不能"靖民"的。灵王没有听他的话，还是想办法防止了水灾。据说就因为这个关系，所以到后来周景王时就出了大乱子——"景王崩，王室大乱"，到周定王时，则是大臣专政，"王室遂卑"。柳宗元在他《非国语》的《谷洛斗》这一篇里[①]，也对这种迷信的无稽之谈进行了驳斥。他认为谷水、洛水的水灾被防止，跟后来的"景王崩"，定王时"王室遂卑"，并没有什么必然的关系。他说："天将毁王宫而勿壅，则王罪大矣，奚以守先王之国？壅之诚是也。彼小子之诶诶者又足记耶。王室之乱且卑，在德，而又奚谷、洛之斗而征之也。"

基于以上的看法，所以柳宗元在《非国语》的《神降于莘》一篇中说："力足者取乎人，力不足者取乎神，所谓足，足乎道之谓也，尧舜是矣。"[②]他赤裸裸地揭露了"神"所以被统治者们那么重视，原来是那些无道的国君，因为无道，而想借助他来统治人的。

柳宗元对于"天"和"神"的看法，在他的《褃说》和《天说》中，表现得就更加集中而明确[③]。在《褃说》里，他说："神之貌乎，吾不可得而见也；祭之飨乎，吾不可得而知也。……夫圣人之为心也，必有道而已矣，非于神也，盖于人也。……致雨反风，蝗不为

---

①② 柳宗元《柳河东集》卷四十四《非国语》上。

③ 均见柳宗元《柳河东集》卷十六。

灾，虎负子而趋，是非人之为则何以?”他比较彻底地否定了神的存在，指出了人的福祸、社会的治乱，都是取决于人，而不是取决于神的。

在《天说》里，他对于“天”的神化，也是采取了否定的态度的：

> 彼上而玄者，世谓之天；下而黄者，世谓之地；浑然而中处者，世谓之元气；寒而暑者，世谓之阴阳。……其乌能赏功而罚祸乎？功者自功，祸者自祸，欲望其赏罚者大谬；呼而怨，欲望其哀且仁者，愈大谬矣。

柳宗元认为，所有的现象，形态上虽然是千变万化，不尽相同，而实质上则同为自然范畴的物质。他肯定“天”也是无意识的自然物，否定了把“天”看成具有“赏功而罚祸”的迷信观念，驳斥了当时流行着的天人之际有什么“祸福报应”的谬论。

由于柳宗元既不相信“天”，也不相信“神”，从这样一个无神论的根本观点出发，因此他对于一切社会现象所作的解释和所采取的态度，也就能够比较的正确。

在《封建论》一文中[①]，柳宗元就曾经正确地指出，社会各阶级、阶层及等级地位的分化，是由于强制权力，并不是由于什么“天定”的界限。他说：

> 生人之初……与万物皆生，草木榛榛，鹿豕狉狉，人不能搏噬，而且无毛羽，莫克自奉自卫，荀卿有言：必将假物以为用者也。夫假物者必争，争而不已，必就其能断曲直者而听命焉。……由是君长刑政生焉。故近者聚而为群。群之分，其争必大，大而后有兵有德。又有大者，众群之长又就而听命

① 柳宗元《柳河东集》卷三。

> 焉，以安其属，于是有诸侯之列。则其争又有大者焉。德又大者，诸侯之列又就而听命焉，以安其封，于是有方伯、连帅之类。则其争又有大者焉。德又大者，方伯、连帅之类，又就而听命焉，以安其人，然后天下会于一。是故有里胥而后有县大夫，有县大夫而后有诸侯，有诸侯而后有方伯、连帅，有方伯、连帅而后有天子。自天子至于里胥，其德在人者，死必求其嗣而奉之。故封建非圣人意也，势也。

柳宗元认为在阶级社会里，封建等级制的发生和各级权力的形成，完全是由于“力”和“争”的结果。他以“势”来说明“封建”的必然性，认为这是一种社会的现象，而并不是一种自然的产物；它不是少数人的意志所决定的。这就是说，在“势”的支配下，就是圣人也无力兴废任何一种制度。这样，柳宗元就从根本上否定了封建社会里最高统治者的“受命于天”的谬说。

柳宗元无神论的历史观，在他被贬永州后完成的《贞符》一文里①，也表现得很显著(文长不引)。在这篇文章里，他认为一部社会发展的历史，全然是一个自然的发展过程，在这个发展过程中，并没有什么“赏功罚祸”的天意存乎其间。

对于封建社会里“不均”和“不安”的看法，柳宗元认为其主要社会根源，就在于特权身份阶层的人垄断了政权。也正因为柳宗元具有这种进步的历史观，因此，他严厉地抨击了封建藩镇的割据局面，以及世族大夫的世食禄邑和由此而产生的不肖居上、贤者居下的不合理的现象。他在《封建论》里这样写道：

> 夫天下之道，理安，斯得人者也。使贤者居上，不肖者居下，而后可以理安。今夫封建者，继世而理。继世而理者，上果贤乎？下果不肖乎？则生人之理乱未可知也。将欲利其社

---

① 柳宗元《柳河东集》卷一。

稷，以一其人之视听，则又有世大夫世食禄邑，以尽其封略。圣贤生于其时，亦无以立于天下，封建者为之也。岂圣人之制使至于是乎？

他认为治理国家要真正得到民心，必须一切事情都做得合理，于民有利。而要做到这一点，就必须让贤能的人来治国家，不让国家的领导机关为不肖者所霸占。但是事实呢，现实的国家领导，往往是不分贤愚不肖，世代相传的。正因为这样，所以在上做官统治人的人，往往就不一定贤能，而被统治的人也就不一定不贤能；往往不肖的人掌握了国家大权，而贤能的人反而“无以立于天下”，因此，天下的事情自然也就不可能不乱；要使国家富强，上下一心，自然也就是不可能的了。他认为这种弊病并不是圣人所制定，而是后来的不肖者搞出来的。很显然，柳宗元在这里所透露出来的思想和情绪，是对当时社会现实的一个有力的攻击。

基于这种对传统威信传统势力的否定，柳宗元在《六逆论》里[①]，又驳斥了《左传》中“贱妨贵”、“远间亲”、“新间旧”以为乱本的看法，他说：

所谓贱妨贵、远间亲、新间旧，虽为理之本可也，何必曰乱？夫所谓贱妨贵者，盖斥言择嗣之道，子以母贵者也。若贵而愚，践而圣且贤，以是而妨之，其为理本大矣。而可舍之以从斯言乎？此其不可固也。夫所谓远间亲、新间旧者，盖言任用者之道也。使亲而旧者愚，远而新者圣且贤，以是而间之，其为理本亦大矣，又可舍之以从斯言乎？

柳宗元认为，如果贵族愚笨，“贱民”圣而且贤，那么就可以“贱妨

① 柳宗元《柳河东集》卷三。

贵”,“贱民”就可以取“贵人”而代之。柳宗元认为,只要是远者、新者的品德才能胜过亲者、旧者,那么就不但可以而且是应该“远间亲”、“新间旧”的。他认为,“贱妨贵”、“远间亲”、“新间旧”不是“乱之本”,而是“理之本”。

这种思想,柳宗元在他的《非国语·命官》篇[1]和《晋文公问守原议》里[2],也表现得很显著。他在《命官》这篇短论里,对于晋文公以族的远近来分官的远近的主张,进行了驳斥:

> 官之命,宜以材耶?抑以姓乎?文公将行霸,而不知变是弊俗,以登天下之士,而举族以命乎远近,则陋矣。若将军大夫必出旧族,或无可焉,犹用之耶?必不出乎异族,或有可焉,犹弃之耶?则晋国之政可见矣。

在《晋文公问守原议》里,柳宗元同样也强调国家任用官吏必须根据他的才能,而且认为要真正能任用贤人,必须广泛地听取人们的意见,不应该只是轻信常在自己身旁的宦官小人们的意见。柳宗元在这里狠狠地批评晋文公,实际上是借古喻今,是对于当时世族地主旧官僚名不符实的在政治上的传统威信的一种否定。柳宗元认为,氏族贵族的世袭制度,在先秦就已经是一种阻碍社会向前发展的腐朽的制度,而这种制度保留到中唐,就更成了违反社会发展的障碍物,所以他在《永州铁炉步志》一文里[3],也十分愤慨地对这种传统进行了严厉的声斥,他蔑视旧的传统势力、传统说教的思想的确是表现得十分明显的,他彻底地否定了那些世族地主名不符实的在社会上的传统威信。

柳宗元否定了“天”和“神”的存在,否定了天子“受命于天”的

---

① 柳宗元《柳河东集》卷四十五《非国语下》。

② 同上卷四。

③ 同上卷二十八。

谬说，否定了世族地主旧官僚在政治上的名不符实的传统势力，而对于臣子和国君应有的正确关系，柳宗元也有着比较正确的看法，他在《非国语·料民》篇里说："圣人之道，不穷异以为神，不引天以为高，故孔子不语怪与神，君子之谏其君也，以道不以诬，务明其君，非务愚其君也，诬以愚其君，则不臣。"①他认为一个真正的圣人，应该是不相信神也不相信天的。他认为一个忠实的臣子，对自己的国君，应该是以"道"去劝谏他，而不是说假话去欺骗他；专门在国君面前说假话欺骗国君的人，是不配做臣子的。

对于古代圣王的祭祀礼节，柳宗元认为还是可以保留的，但是，如他在《非国语》中《祀》这一篇里所说的："夫祀先王，所以佐教也，未必神之。"②他所以赞成保留祭祀古代圣王的礼节的原因，并不是赞同迷信，而是为了纪念古人，向古人学习，有助于社会的教化。

柳宗元是不主张把祭祀圣人的事看得神乎其神的。《国语·鲁语》上有这样一段记载：曹刿和鲁庄公谈论关于"长勺之役"，里边曾说到："夫神求优裕于飨，不优，神不福也。"曹刿认为神所要求的，是在举行祭祀的时候给他丰盛的酒菜，如果酒菜不丰盛，神是不会赐福的。柳宗元在《非国语》的《问战》一篇中，就曾经严厉地批驳了这种说法，认为"是大不可"，他说："方斗二国之存亡，以决民命，不务乎实而神道焉是问，则事几殆矣。"③他认为两个国家在战争中的存亡，主要取决于民心，取决于实力；若不从这方面去考虑，单是着眼于求神赐福，那是没有不失败的。

也正因为柳宗元对所谓"神"有着比较正确的认识，所以他对在封建社会里最最流行的占卜，也是不相信的。《国语·鲁语》载：晋献公准备出兵去攻打骊戎，先叫晋大夫史苏占卜了一下，史苏占卜后说，这次战争结果是"胜而不吉"。柳宗元读《国语》读到这里，

---

①③ 柳宗元《柳河东集》卷四十四。

② 同上卷四十五。

坚决反对这种占卜，所以又在《非国语》中写了一篇《卜》[1]，他说：

卜者，世之余伎也，道之所无用也。……圣人之用也，盖以驱陋民也，非恒用而征信矣。尔后之昏邪者神之，恒用而征信焉，反以阻大事。要之，卜史之害于道也多，而益于道也少，虽勿用之可也。

柳宗元在这里彻底否定了占卜，而且揭露了过去所谓圣人运用占卜的秘密：过去有一些"圣人"，他们所以提倡占卜，是因为他们把占卜当作了一种愚民的手段。这种占卜，"害于道也多"，"益于道也少"，用它来决疑，反而会耽误了大事，所以他认为这种"无用"的玩艺，"虽勿用之可也"。

中国古代还有这样一种迷信，认为童谣可以决疑。因此，有一些重大的措施，甚至国家大事，也往往要按照主观上认为是童谣所影射的来办。《国语·晋语》上载：晋献公准备攻打虢国时，让掌卜大夫郭偃占卜，选个出兵的日子，郭偃回答说，根据童谣中说，可在丙子日。柳宗元在《非国语》的《童谣》篇里也批判了这种做法，他认为"童谣无足取者，君子不道也"[2]。

柳宗元的朴素的唯物主义的思想，差不多是贯串了他的全都作品的，甚至在他的有些记事文里也表现得十分突出，如他的一篇《永州龙兴寺息壤记》就是如此[3]。柳宗元在永州所居的龙兴寺东北的正殿上，有一处"广四步，高一尺五寸"的高地，传说历来凡是持锸去平这块地的人，都因触动土神而死，因此人们便都再也不敢去动它了。柳宗元住在这个寺院里，一点也不相信这种说法，他跟人们的看法是完全两样的，他说：

昔之异书，有记洪水滔天，鲧窃帝之息壤以湮洪水，帝乃

①② 柳宗元《柳河东集》卷四十四。

③ 同上卷二十八。

令祝融杀鲧于羽郊，其言不经见。今是土也，夷之者不幸而死，岂帝之所爱耶？南方多疫，劳者先死，则彼持锸者，其死于劳且疫也，土乌能神？

柳宗元不相信有什么土神之类，他在这里对平土而死人的原因，作了科学的正确的回答。

综上所述，我们看到：柳宗元不仅在认识自然现象、解释自然现象的时候坚持了唯物主义无神论的原则，对各种形式的有神论思想进行了严厉的批判，而且，还把这一唯物主义无神论的原则贯彻在研究社会历史的领域里，他以这种无神论的历史观，来认识社会历史的发展、解释社会现象。所有这些，尤其是他的无神论的历史观，都表明柳宗元在中国无神论史上的地位，不仅是超越了荀子，而且是超越了王充和范缜的。因为王充在他的思想中还有着宿命论，范缜还有着偶然论，而这些在柳宗元的哲学论著中都曾经被他进行了批判。

那么，柳宗元究竟怎么会具有这种唯物主义无神论思想的呢？我认为这和他自己的生活体验、和他所处的社会地位是有着密切的关系。因为，在唐代，被剥削阶级和剥削阶级之间，固然存在着矛盾，就是剥削阶级内部，当权的大地主阶级和在野的出身于剥削阶级的读书人，他们之间，依然也是存在着矛盾的。当权的大地主阶级的统治者，他们总喜欢把自己的社会地位凝固在“神道”下面；替统治者说教的人，也总是喜欢把“天”说成是有意志有感情的东西，说天子是“受命于天”的，因而他们把统治者最主要的镇压人民反抗的工具，所谓刑赏之柄，硬说成是“天”的赏罚。显然，这些对一般被剥削被压迫的人固然不利，就是对于像柳宗元这一类在野的出身于剥削阶级的人，也是不利的。因为他们在当权的大地主阶级的支配下，无论怎样听“天”由“命”，也并不能获得上帝即“神”和“天”的救助，而且相反，有许多人却不断地遭受到迫害，或者沦于破产。他们要求改变他们现实所处的社会地位，因此必然的就会和这种传统的说教展开斗争。柳宗元从自己一生实际的生活中体验出:上帝——"天"原是无知觉的东西,"神"原来也不过是人为的。因此,他能够在《天说》里直接指出天不能"赏功而罪祸",能够在《非国语》的《伐宋》篇里直接指出"天诛"的无征[①],能够在《断刑论》里把统治者那套"赏以春夏,刑以秋冬"的把戏揭穿[②],他甚至在献给皇帝的歌颂文字中,也公然指出了皇帝"受命不于天,于其人,休符不于祥,于其仁"[③]。这样,就把皇帝和天区别开来,天人分了界,一切传统说教也就无所依附了。正因为如此,也就使得柳宗元对于一切自然现象和社会现象的看法,能够达到他的唯物主义的无神论的结论。

① 柳宗元《柳河东集》卷四十五。
② 同上卷三。
③ 同上卷一《贞符》。

关于佛学对柳宗元的影响及其“禅理”诗的评价问题
——与邓潭洲先生商榷

如何正确评价佛学思想对柳宗元的影响，这是一个长期存在着分歧的复杂问题。之所以复杂，就在于柳宗元既有大量的著作证明他是一位杰出的朴素唯物主义思想家，是一位杰出的无神论者；而另一方面却又有部分作品，反映了他谈佛参禅的思想内容。这二者如何统一？如何统一在柳宗元这个具体的人身上？

二十多年以前，我在写《柳宗元评传》时，曾经对这个问题作过一些初步的探讨。我当时的基本看法是：柳宗元曾经受到过一些佛教思想的影响，但“他并没有像一般佛教徒那样的狂热，他信奉佛学，实际上不过是他由于政治上的失败，想借此寻找精神上的寄托”，“和迷信有神的宗教论者，在本质上还是有区别的”，这和“他的唯物主义无神论思想并不矛盾”①。对于柳宗元写了谈佛参禅内容的诗歌，我也大体上本着这样的观点，提出了一些粗浅的看法。柳宗元由于“不满意当时的现实，他在内心极度烦闷和苦恼的时候，往往以谈禅清静来解脱自己的苦闷，因此，他的作品中有时就也透露出一种不健康的情绪和玄妙的哲理”。“这些不健康的思想感情，是应该给予批判的”②。最近，正当我在对旧作《柳宗元评

---

① 吴文治《柳宗元评传》第十二章，中华书局 1962 年版，第 215—216 页。

② 同上第十四章，第 254 页。

传》进行增订修改的时候，我读到了邓潭洲先生的文章——《略论柳宗元的诗》（以下简称《略论》）[①]，对我在《柳宗元评传》中关于佛学思想对柳宗元的影响及其“禅理”诗的评价问题，提出了不同看法，和我进行商榷。对此，我衷心表示欢迎。

但是，我反复研读了邓先生的文章，感到他的看法，似乎还缺乏有力的充分的材料根据，不怎么经得起推敲。因为这个问题不仅与我们探讨柳宗元以谈禅说佛为题材写成的诗歌有关，而且直接与评价柳宗元有关，因而有开展讨论的必要。

这里，我仅就邓先生文章中的几个主要论点，谈一点不同的看法，请邓先生和广大读者指正。

一

鲁迅先生说过：“我总以为倘要论文，最好是顾及全篇，并且顾及作者的全人，以及他所处的社会状态，这才较为确凿。”[②]这段话，对我们搞研究工作来说是非常重要的。我们研究和评价柳宗元，读他的作品应该读“全篇”，看他这个人也应该看“全人”，而且联系“他所处的社会状态”。

评判柳宗元这个古人到底是不是“狂热”地“迷信佛教”的“佛教徒”，应该是有一个客观的评判标准的。这个标准是什么？我想最根本的一条，就是对“神”和“神学”的真实态度，是有神论还是无神论。

邓潭洲先生认为柳宗元是“狂热”地“迷信佛教”的“佛教徒”，而且是“皈依佛教天台宗”，“对天台宗教义极为推崇”，“有严重的宗派思想”。那么，咱们就先说一说天台宗的“教义”吧。

天台宗是隋朝天台山国清寺和尚智𫖮创立的一个教派。他的

---

① 见《湘潭大学学报》1979 年第 3 期。

② 《鲁迅全集》第六卷，第 344 页。

教义，主要是根据大乘空宗的主要经典《法华经》和智顗自己著的《法华玄义》、《法华文句》、《摩诃止观》等著作。它宣扬所谓“一念三千”，认为世界万物都是人心一念的产物。在这种世界观的基础上，它提出了“一心三观”和“三谛圆融”的理论，认为只有把客观世界的一切事物，都看作虚幻不实（“空谛”），当作一种假借的概念或“名相”（“假谛”），才能符合佛教最高真理——中道（“中谛”）的认识。而空、假、中三谛，互相融通，却都系于信仰者的一心。天台宗在否定客观世界的物质性的同时，又充分肯定超现实的所谓“真如”（佛性）的绝对存在和永恒性。认为一切人，一切动物，甚至草木砖石，都有“佛性”，都有可能成佛。这种宗教理论，目的是要人们放弃现实世界的斗争，去追求那种虚幻的精神解脱[①]。天台宗的教义是如此。其实其他佛教宗派的教义也大同小异，如影响较大的华严宗，就提倡“三界唯心”。《华严经·十地品》说：“三界所有，唯是一心。”佛教把整个世界分作欲界、色界、无色界，并说其中所有的事物，都是人们自心之变现，离心则别无独立的事物。这真是彻头彻尾的唯心主义。

我们综观柳宗元的全部著作，很难找到他的思想和上述佛教（包括“天台宗”和“华严宗”等等）“教义”有真正能对得上号的地方。

第一，柳宗元赞同天台宗宣扬“一念三千”且认为世界万物都是“人心一念”的产物的世界观吗？没有。他在《天对》中就公开认为，宇宙是一元混沌之气构成的，并没有任何神灵怪物在那里主宰造为；他认为那种对宇宙起源所作的神秘解说，原不过是那些迷信神怪的人的胡说八道。他这种天、人分界，即世界万物是自己存在的客体的认识，正好有力地批判了那种巫史卜祝之类的宗教迷信思想。

---

① 参阅黄心川、戴康生著《世界三大宗教》，生活·读书·新知三联书店1979年版，第116页。

第二,柳宗元否定客观世界的物质性,承认有超现实的所谓“真如”的绝对存在和永恒性吗?也没有。柳宗元认为客观世界的物质性的论述,在他的哲学论作中几乎随处可见。例如他的名作《天说》,就认为宇宙间客观存在的一切现象,形态上虽千变万化,不尽相同,而实质上则同为自然范畴的物质。他肯定天地、元气、阴阳也是无意识的自然物,因为自然物质上没有人格神,因而也就绝没有能“赏功而罚祸”的意志。“功”、“祸”观念只属于人与人关系的范畴,人与天之间不存在什么“功”、“祸”的关系。人类“功者自功,祸者自祸”,与天无关。基于这种唯物主义的无神论思想,他在《贞符》中猛烈地抨击唯心主义的“符命说”,对王莽奉丹书符命、光武奉赤伏符等迷信传说,以及“封禅”的宗教仪式等神学迷信观念,都一一进行了批判。他根本不承认有超现实的所谓“真如”的绝对存在和永恒性。

这么说来,那么邓潭洲先生也许会反问说,既然柳宗元并不“皈依佛教天台宗”,为什么他在《岳州圣安寺无姓和尚碑》中对天台宗教义又“极为推崇”呢?关于这一点,我认为有两个问题首先须要分辨清楚:其一,推崇“天台宗的教义”,是不是就必定是“皈依天台宗”的佛教徒?其二,《略论》所举《岳州圣安寺无姓和尚碑》中的那几句话,是不是就能证明柳宗元“对天台宗教义”的“极为推崇”?对于前者,要作具体分析,“皈依佛教天台宗”的教徒,当然对“天台宗的教义”是要“推崇”的;但是反过来,却不能认为凡是“推崇”“天台宗的教义”的就一定都是天台宗的教徒。对于后者,《略论》所引《岳州圣安寺无姓和尚碑》中“佛道逾远,异端竞起,唯天台大师为得其说”这几句,明明白白是推尊天台大师,并非推崇天台宗的教义。因为无姓和尚“皈依佛教天台宗”,柳宗元替他写碑文,自然不仅要称颂无姓和尚,而且要“推崇”无姓和尚所属的宗派天台大师。像这样“推崇”和尚的片言只语,怎么能用来作为柳宗元“皈依佛教天台宗”的佐证呢?假如从文章中找到几句说和尚好话的材料,就可以拿来当作虔诚信佛的佛教徒的证据,那么就连以排佛著名的大儒韩愈,也都可以说成是虔诚的佛教徒了。因为他不仅也与和尚有往来，而且确乎也说过不少和尚的好话。韩愈与和尚往来，在《韩集》中所能见到的，就不下十余人。其他如白居易、刘禹锡等，他们与和尚的往来也很多，是不是也都成了佛教徒了呢？

由此可见，仅凭柳宗元说过几句天台大师的好话，就说他推崇“天台宗教义”，是“皈依佛教天台宗”的教徒，这是缺乏说服力的。

二

邓潭洲先生为了论证柳宗元是一位“狂热”地“迷信佛教”的佛教徒，对柳宗元著作中提倡儒、法、释、道诸家调和的大量言论，往往作了不符合作者原意的解释。比如《略论》在解释柳宗元在《送元暠师序》中反对当时学佛的人“或不知其道，则去孝以为达”，和在《送僧浩初序》中所说的“浮图诚有不可斥者，往往与《易》、《论语》合”这几句时，竟然这样写道：

> 柳宗元说的这些话，乃是从社会伦理方面立论，并未涉及佛教的哲学世界观。本来，佛教经典不仅不讲“孝道”，反而说什么“沙门均庶类于天属，等禽令于己亲”，这与儒家强调“孝”是“百行之首”的观念是完全矛盾的。如果佛教不改变这种观点，就会受到崇尚儒学的人们的抵制，而不可能在社会上得到发展。因之，佛教僧徒就向儒家让步，伪造《大报恩》等经卷，宣扬佛教也主张“孝道”。企图使佛教在避免儒家攻击的情况下而盛行于社会。柳宗元之所以说出融会儒佛的话，其用意当亦如此。

这里，我感到有两个问题：一是柳宗元在对儒、佛关系的处理上，是否真是从佛教徒维护佛教利益的角度出发的？二是柳宗元“融会儒佛”，是否仅仅着眼于一个“孝”字？对于前者，我们不妨先读一读柳宗元的《送元十八山人南游序》，他说：

太史公尝言:“世之学孔氏者,则黜老子;学老子者,则黜孔氏。道不同不相为谋。”余观老子,亦孔氏之异流也,不得以相抗;又况杨、墨、申、商、刑名、纵横之说,其迭相訾毁抵牾而不合者,可胜言耶!然皆有以佐世。太史公没,其后有释氏,固学者之所怪骇舛逆其尤者也。今有河南元生者……悉取向之所以异者,通而同之,搜择融液,与道大适,咸伸其所长,而黜其奇邪,要之与孔子同道,皆有以会其趣。

柳宗元推崇儒家的立场观点是何等鲜明!他不仅明确否定儒、道对立的传统观念,而且认为“杨、墨、申、商、刑名、纵横”各家的学说,包括后来的“释氏”,也都和道家一样,是“孔氏之异流”,“与孔子同道”。他简直把儒家看成是派生其他各家的祖派!他认为各派“皆有以佐世”,主张“咸伸其所长,而黜其奇邪”。这是一种主张调和各家学说的理论,而这种“调和”,是以柳宗元的“佐世”观作为出发点的。在柳宗元看来,无论哪一家学说,只要能“有以佐世”,有利于使地主阶级专政的封建国家长治久安,就应该“伸其所长”,为世所用。他在文章中所以对元生表示赞赏,就是因为他把佛学中原来为人们所“怪骇”的“舛逆”部分,经过“搜择融液”,“伸其所长,而黜其奇邪”,使之“与孔子同道”,能“有以佐世”。这能说柳宗元是站在佛教徒的立场上维护佛教的利益吗?

至于《略论》认为柳宗元为了“企图使佛教在避免儒家攻击的情况下而盛行于社会”,因而才“向儒家让步”,“宣扬佛教也主张‘孝道’”。这种说法,同样是站不住脚的。柳宗元头脑里的儒家思想,难道仅仅用一个“孝”字就能概括得了吗?柳宗元自己就标榜他崇尚儒学,因而在他的著作中,宣扬儒家思想的言论,充斥在字里行间。他自述早年的政治理想,就“唯以中正信义为志,以兴尧、舜、孔子之道,利安元元为务”[①]。他说,“好求尧、舜、孔子之志,唯

① 《柳宗元集》卷三十《寄许京兆孟容书》。

恐不得”;“遇行尧、舜、孔子之道,唯恐不慊”[①]。即使在政治上遭受打击迫害以后,他发誓“虽万受摈弃,不更乎其内”的,也还是“守先圣之道”[②]。甚至在和青年们谈论做人的道理时,也是说的“凡儒者之所取,大莫尚孔子”,而且自己还现身说法,说“吾之所云者,其道自尧、舜、禹、汤、高宗、文王、武王、周公、孔子皆由之”[③]。他推崇为儒家奉为偶像的尧、舜、禹、汤、文、武、周、孔,在这一点上,可以说和韩愈没有多大两样。就如他在《送宁国范明府诗序》、《送薛存义之任序》等文章中所宣扬的“官为民役”的思想,和儒家“亚圣”孟轲“民贵君轻”的思想,也显然是有联系的。既然儒家思想本就是柳宗元的主导思想,因而也就根本不存在什么他主张“向儒家让步”或不让步的问题。他宣传“孝道”,那就是很自然的事。硬要把柳宗元主导的儒家思想缩小到只是一个“孝”,而且连这个“孝”字的接受,也还是为了使佛教“能在社会上得到发展”,不“会受到崇尚儒学的人们的抵制”的一种“让步”,这样,就完全把柳宗元的主导思想颠倒过来了。

诚然,柳宗元崇尚儒学,他的儒家思想确实也并不像先秦儒学那么纯粹。他著作中有不少言论,往往对儒、法、释、道各家学说作调和的解释。从表面来看,他仿佛在提倡折衷调和论。其实,细加推敲,也并不尽然。他实际是以儒学为根基,融各家学说于儒学之中。

为什么柳宗元在《送元暠师序》中要批评当时学佛的人“不知其道”?就因为他们“去”了儒家的“孝”,“遗”了儒家之“情”,不能融佛入儒。而元暠师之所以得到柳宗元的称道,就因为他信奉佛教但不仅“不违”儒学,而且还能“与儒合”。

为什么柳宗元在《送僧浩初序》中认为“浮图诚有不可斥者”?就因为他认为佛家学说“往往与《易》、《论语》合”,“不与孔子异

① 《柳宗元集》卷二十五《送娄图南秀才游淮南将入道序》。

② 同上卷三十二《答周君巢饵药久寿书》。

③ 同上卷三十三《与杨诲之第二书》。

道”。他为了给自己“不斥浮图”制造理论根据，甚至把“好儒”者无不博取诸家之长说成是个规律，说“好儒”闻名的扬雄，就是对“庄、墨、申、韩皆有取”的代表。

这两条材料说明，柳宗元是从儒家的立场出发，对佛学也采取了与儒学相融的态度。他认为正确理解佛家之道，应该是“本于孝敬，而后积以众德，归于空无”①。这实际就是柳宗元“统合儒释”理论的具体化。而这种思想，也是以他的“佐世”观为出发点的。

在“四人帮”大搞所谓“评法批儒”的日子里，柳宗元曾被“钦定”为“法家”，而且硬被说成是与儒家相对立的。这当然是个历史的笑柄。“四人帮”倒台后，有些柳宗元的研究者，却又只承认柳宗元是儒家，不敢提柳宗元也有法家思想。这也是一个极端。其实，在柳宗元看来，法家与儒家并不是两个完全对立的学派。如前所述，他把申、商、刑名之学简直看作是“与孔子同道”；他赞赏河南元生把过去人们认为对立的各家学说都“通而同之，搜择融液”，使之完全符合于“圣人之道”。事实上，柳宗元自己也就是这样做的。他把法家学说与释、道各家的学说一道，也都尽可能地融汇于儒学的大海之中了。因为这样，所以法家思想反映在柳宗元的著作中，往往与儒家思想杂糅在一起。比如在《兴州江运记》中，柳宗元赞赏组织军队垦荒种田，使“师有余粮”；让军队自己冶炼制造兵器，使“库有利兵”；而且注意精选士兵，加强训练，使战士都勇猛善战。这种重视农战的思想，本体现了一定的法家思想，但柳宗元却认为只有“敦尚儒学”、“率忠与仁”的人才能做到。很明显，这是以法入儒，把法、儒两家的思想“通而同之”了。又如他的《驳复仇议》，议论武则天时一个案件的处理：徐元庆因生父被县吏无故杀害，遂亲手杀了这个仇人，而后去投案自首。当时的谏官陈子昂，主张“诛而后旌”，即先把徐元庆判处死刑，而后再立牌坊表彰他。柳宗元对此大加非议，认为按“圣人之制”，本应该“穷理以定赏罚，本情以

① 《柳宗元集》卷二十五《送濬上人归淮南觐省序》。

正褒贬”，但具体就徐元庆案件来说，“不忘仇，孝也；不爱死，义也。元庆能不越于礼，服孝死义，是必达理而闻道者也”。而陈子昂建议把徐元庆处死，这是“黩刑坏礼”，是不足为法的。对于柳宗元所发的这番议论，假如孤立地仅抽出其中“穷理以定赏罚，本情以正褒贬”这两句来看，可以说是地道的法家思想；但同上下文联系起来一看，就非常清楚地可以看出，柳宗元在这里所说的“赏罚”，已经不是法家的赏功罚罪，而是十足的在宣扬儒家思想的旌孝褒义了。所谓“法治”，经过柳宗元的一番“通而同之，搜择融液”的功夫，已经完全服从于宣扬儒家忠孝仁义的教条。这也说明，他的“法治”思想，只有在不“坏”儒家之“礼”的前提下，才有可能发挥它微小的一点作用。试问：上述柳宗元的这些儒家思想，邓潭洲先生企图简单的用一个“孝”字来概括，你说够用吗？

柳宗元对儒、法、释、道采取这样的态度，我认为他的家庭教养、政治阅历，都起了重要作用；但“他所处的社会状态”，也不无影响。鲁迅在《准风月谈·吃教》一文中，曾就晋、唐文人的信教问题说过这样一段话，他说：

> 中国自南北朝以来，凡有文人学士，道士和尚，大抵以“无特操”为特色的。晋以来的名流，每一个人总有三种小玩意，一是《论语》和《孝经》，二是《老子》，三是《维摩诘经》，不但采作谈资，并且常常做一点注解。唐有三教辩论，后来变成大家打诨；所谓名儒，做几篇伽兰碑文也不算什么大事。①

鲁迅这段话，说的是在晋、唐时代的知识分子，对于儒、释、道各家，都并不那么严格地坚守什么宗派门户，更谈不上当什么虔诚的信徒。柳宗元在唐代社会的那种风气之中，大体上也就是这么一种情况。所以，他既读儒家的《论语》、《孝经》，也读道家的《老

① 《鲁迅全集》第五卷，第245页。

子》、佛教的《维摩诘经》。他提倡三教调和，有时偶尔也“做几篇伽兰碑文”。基于这样的情况，就要把柳宗元定为“狂热”“迷信佛教”的“佛教徒”，那恐怕就未免有点冤枉他了。

当然，我们这样说，并不等于完全否认佛教思想对柳宗元的影响。在唐代佛教盛行的社会风气之中，柳宗元虽然不是一个虔信佛教的宗教徒，但佛教思想对他还是有影响的。正是因为有这个影响，所以使他在当时思想斗争的主要战线上，主攻方向不那么明确，使他的唯物主义无神论思想，没有能够在范缜等先驱者们所已经达到的水平上，进一步向佛教展开针锋相对的斗争。也正是因为有这个影响，所以当他所参加的王叔文政治集团的革新活动失败以后，他除了发发牢骚，就要求在彼岸世界去寻找精神的寄托和安慰。而他的一部分所谓“禅理”诗，在一定程度上是反映了他当时那种空虚寂寞的心境的。

三

柳宗元的诗歌，在今存《柳宗元集》中尚保存着一百六十三首。其中涉及参禅说佛内容的七八首，约占他诗歌的二十分之一。而且都作于贬谪以后。邓潭洲先生在《略论》一文中，说“柳宗元在不少诗歌里宣扬了所谓‘禅理’”，“宣扬‘禅理’的诗，在集子里为数不少”，自未免言过其实。当然，我这样说，并不等于说对柳宗元的这部分诗歌可以不必重视。不是的。正是因为《柳集》中有这部分诗歌的存在，更说明柳宗元思想的复杂性，就更有进行研究以弄清楚问题的必要。

文学作品是作家世界观的反映。虽然世界观和创作方法有时也会有矛盾，有些文学作品反映作家的世界观不一定那么直接和明显，尤其像诗歌这样的形式，一首短小的抒情诗，有时写得很含蓄深沉。但它的思想倾向，终究也还是可以分析清楚的。因为诗人所留给我们的，往往并不仅是孤零零的一首诗意深沉的小诗。我们探讨柳宗元的所谓“禅理”诗，假如对他的生活道路，大量哲学论作不加考察，要作出符合原意的公正的结论，那将是很困难的。邓潭洲先生对我在《柳宗元评传》中关于这方面诗歌的探讨提出了不同意见，我认为产生这种分歧的关键，就在于研究柳宗元的所谓“禅理”诗，要不要全面联系他的思想（尤其是哲学思想）来考察。

这里，我仅就邓潭洲先生对柳宗元所谓“禅理”诗的看法，谈两点不同意见。

其一，到底应该怎样分析和评价《晨诣超师院读禅经》？这首诗，曾被蘅塘退士孙洙作为柳宗元五言古诗的代表作，选入《唐诗三百首》，为广大读者所熟悉。该诗作于永州。题目虽然是说写诗人早晨到超师院去读佛经，诗歌的内容实际是诗人站在儒家的立场上讽世俗之佞佛。诗的后半首，诗人说他对佛学精义原缺乏修养，不甚了然，倒是“道人”庭院中宁静的景物，使人赏心悦目，到了得意忘言的境界。

我在旧作《柳宗元评传》中对这首诗的看法，也大体上就是这么一种观点。但邓潭洲先生却提出了截然不同的看法。他说，柳宗元“常到院里去诵读佛经，参悟‘禅理’”，是“热切地企图走上‘极乐正路’”。他批评我“对柳宗元所写包含严重消极因素的宣扬‘禅理’的诗，不愿击中其要害”，“似乎不符合‘实事求是’的原则”。他表示不能同意我对这首诗的看法的，主要有以下两个具体的问题：

一是因为我在《评传》中说：“《晨诣超师院读禅经》固然也叙述他对禅经的怀疑，但他却又向往着佛院中的清净，他认为自己从前是尘俗不堪的，而眼前却清净可悦。”邓先生认为“这种说法，自相矛盾：柳宗元既然对唯心主义的‘禅经’表示怀疑，则其思想深处必然是排佛的，他对佛家的空寂生活必然是憎厌的，怎么又会认为自己以前‘尘俗不堪’，而感到佛院中‘清净可悦’呢”？又说：“从这首诗里，我们实在找不到柳宗元有对‘禅经’表示怀疑的意思。”

二是因为我在《评传》中解释“真源了无取，妄迹世所逐”两句时说，柳宗元“认为佛经中有一些是儒家真正的大道，可是人们了无所取，而一切迷信妄诞的事迹，反为世人所追求而乐道”。邓先生认为“这种说法，是不确切的”。他认为“柳宗元皈依佛教天台宗，他的这两句诗，可说是他的佛学思想的概括”，“柳宗元所说的‘真源’，就是天台宗的教义”，“‘真源了无取’是指斥学佛者不去探索天台宗的止观并重的教义，则他与此相联系而说的‘妄迹世所逐’，就可以推断这是斥责那些学佛者，背弃止观，徒然追求佛教的表现于外的形迹”，“凡此种种，柳宗元都视为‘妄迹’，加以斥责，表现了严重的宗派思想”。

这两个问题，其中第二个问题，所谓“柳宗元皈依佛教天台宗”，“对天台宗教义极为推崇”，“表现了严重的宗派思想”等等，我已在前面作过论述。既然这些说法都不能成立，要把“真源”解释成“就是天台宗的教义”，自然也就更难讲通了。根据我前面的论述和柳宗元的思想脉络来看，儒家思想是他的主导思想，这是毋庸置疑的。柳宗元主张“统合儒释”，融佛入儒，就因为他认为佛家学说“往往与《易》、《论语》合”，“不与孔子异道”。也正是因为这样，所以他批评“世之为释者，或不知其道，则去孝以为达，遗情以贵虚”①；批评“今之言禅者，有流荡舛误，迭相师用，妄取空语，而脱略方便，颠倒真实，以陷乎己而又陷乎人”②。他认为对佛家之道的正确理解，就应该是“本于孝敬，而后积以众德，归于空无”③。柳宗元诗中“真源了无取，妄迹世所逐”二句，说的就正是这个意思。因此，按照我原来的解释：“他认为佛经中有一些是儒家真正的大道，可是人们了无所取，而一切迷信妄诞的事迹，反为世人所追求而乐道。”这种讲法，应该说还是比较符合原作本意，是比较确切的。邓先生为了否定我上述的讲法，硬要把“柳宗元之所以说出融会儒佛的话”，说成是“佛教僧徒向儒家让步”，是“企图使佛教在避免儒家攻击的情况下而盛行于社会”。这不仅曲解了原意，而且也是很难自圆其说的。

---

① 《柳宗元集》卷二十五《送元暠师序》。
② 同上《送琛上人南游序》。
③ 同上《送濬上人归淮南觐省序》。

至于前一个问题,也经不起人们略加推敲。比如邓先生说:“从这首诗里,我们实在找不到柳宗元有对‘禅经’表示怀疑的意思。”

是这样吗?诗中继“真源了无取,妄迹世所逐”之后,便是“遗言冀可冥,缮性何由熟”。说的是人们都希望读了佛经(“遗言”)能在冥冥中得福,但到底该怎样修行才算修行到家,到达彼岸世界呢?他感到怀疑。其实他不仅“有对‘禅经’表示怀疑的意思”,简直就还有行动。不是吗?诗的后半首,不是写他放下了“禅经”,去欣赏“道人庭宇”中美好的景色去了吗?

邓先生说:“柳宗元既然对唯心主义的‘禅经’表示怀疑,则其思想深处必然是排佛的,他对佛家的空寂生活必然是憎厌的,怎么又会认为自己以前‘尘俗不堪’,而感到佛院中‘清静可悦’呢?”

对邓先生提出的问题,我们也可以提出相反的问题:(一)对“禅经”有疑问,为什么就“必然是排佛的”?我们不能,也不应该作这样简单的推理。事实上,在人们的实际生活中,你曾经有过怀疑的事,你并不一定都排斥反对。(二)对“禅经”有怀疑,为什么“对佛家的空寂生活必然是憎厌的”?我们也不能,同时也不应该进行这样简单的推理。柳宗元自己并没有出家当和尚去过那种“佛家的空寂生活”;他对“禅经”有疑问,为什么就连人家当和尚过“佛家的空寂生活”也“必然是憎厌的”呢?我看在实际社会生活中也没有这个道理。

由于前两个推理根本不能成立,我们从柳宗元遭受的政治挫折和当时的生活处境来考虑,他当时产生那样的感想不仅是可能的,而且是合乎逻辑的:他一方面回忆以往的官场生活,人与人之间尔虞我诈,“逐逐然唯印组为务以相轧”的关系,使他感到“尘俗不堪”;而另一方面,他离开了那兵戈扰攘、动荡不安的大世界,被贬住到这遥远而荒僻的佛寺中来,他见到的人,是“不爱官,不争能,乐山水而嗜闲安”的和尚,尤其当他在观赏“道人庭宇”景色的时候,因而就更感到“清静可悦”。邓先生认为“这种说法,自相矛盾”,真不知“这种说法”到底“矛盾”在哪里?!

其二,关于对《巽公院五咏》等诗的评价问题。

邓潭洲先生说:“吴先生谓柳宗元《巽公院五咏》所包括的《净土堂》、《曲讲堂》、《禅堂》、《芙蓉亭》、《苦竹桥》五首诗,‘露透了恬淡自适的情调’。还有《赠江华长老》、《酬巽上人以竹间自采新茶见赠》,‘也给人有同样的感觉’。这种看法也是不确切的。”接着,邓先生在摘引了柳宗元的几句诗句后又说:“这些诗句,赤裸裸地宣扬了佛教的唯心主义哲理,表示了他对佛教的神秘的‘空寂’境域的向往,怎么可以解释为‘恬淡自适’呢?按‘恬淡自适’乃道家处世养生的哲理……是道家的处世养生的‘要诀’,而吴文治先生却用来评价柳宗元宣扬‘禅理’的诗,这不是吴先生不理解,而是为了替柳宗元开脱。”而且说“吴先生的上述论断”,在学术界“是有影响的”。

既然邓先生把问题说得这么严重,我感到就很有必要把问题摆出来,让广大读者来评判讨论。这里我先就邓先生的上述评论,讲两点意见:

第一,学术讨论应该采取实事求是的科学态度。遗憾的是,邓潭洲先生的文章却未能注意这样做。我在《柳宗元评传》第十四章(第254页)谈到《巽公院五咏》等诗时,明明还有大段的上下文,来说明这些诗歌在思想内容上所存在的缺陷。我谈《巽公院五咏》等诗的上文是这样写的:

> 柳宗元在他的有一些诗作中,也是存在着不健康的因素的。他不满意当时的现实,他在内心极度烦闷和苦恼的时候,有时也往往以谈禅清静来解脱自己的苦闷,因此,他的作品中有时就也透露出一种不健康的情绪和玄妙的哲理。

在举《巽公院五咏》等诗之后,还有一段下文:

> (这些作品)虽然其中也不乏清丽的景色的描绘,但作品

却透露了一种恬淡自适的情调。……他对自己过去所作所为的某些悔恨，表现了出身于剥削阶级的知识分子的软弱性。无疑这些不健康的思想感情，是应该给予批判的。

对这样两段上下文，邓潭洲先生居然都一概视而不见，只是片面地从其中拈出“恬淡自适”四个字大作文章。这到底是为什么呢？是不是怕上下文全都引了出来，所谓“替柳宗元开脱”云云，就更难成立了呢？

第二，对“恬淡自适”到底该怎么用法？柳诗中到底有没有“‘恬淡自适’的情调”？邓先生说，“‘恬淡自适’乃道家处世养生的哲理”。他举出“《老子》讲‘恬淡为上’，《庄子》讲‘虚静恬淡’，讲‘恬淡寂寞’，又讲‘自适其适’”，认为“既然‘恬淡自适’是道家的处世养生的‘要诀’”，把它“用来评价柳宗元宣扬‘禅理’的诗”，因而就是“替柳宗元开脱”。按照邓先生的这种说法，似乎“恬淡自适”只是《老子》、《庄子》和道家的专用语，除了他们专用，别人就谁也用不得。事实并不是这样。王符《潜夫论·劝将》篇，不就说“太古之民，淳厚敦朴，上圣抚之，恬淡无为”吗？王充《论衡·自纪》篇，不就说“充性恬淡，不贪富贵”吗？阮籍《咏怀》，不是有“猗欤上世士，恬淡志安贫”之句吗？白居易《问秋光》，不也有“身心转恬泰，烟景弥淡泊”之句吗？就连晋代有名的高僧支遁，也有“触思皆恬愉”的诗句。难道这些用了“恬淡”一语的人，全都成了老、庄道家的忠实门徒？何况柳宗元本就提倡儒、释、道、法诸家调和，他思想中原就有道家成分，而且在长期的贬谪生活中还有所发展！我在《柳宗元评传》中说柳宗元在《巽公院五咏》等诗中“透露了一种恬淡自适的情调”，所谓“恬淡自适”，就是喜欢清静闲适，随遇而安的意思。这种情调，我认为在柳诗《巽公院五咏》等篇中是确实存在的。这里，我们不妨举《巽公院五咏》的后两首为例：

新亭俯朱槛，嘉木开芙蓉。清香晨风远，溽彩寒露浓。潇洒出人世，低昂多异容。尝闻色空喻，造物谁为工？留连秋月

晏，迢递来山钟

——《芙蓉亭》

危桥属幽径，缭绕穿疏林。迸箨分苦节，轻筠抱虚心。俯瞰涓涓流，仰聆萧萧吟。差池下烟日，嘲哳鸣山禽。谅无要津用，栖息有余阴。

——《苦竹桥》

前一首，描写重巽和尚庭院里芙蓉亭早秋的景色。全诗十句。前六句写诗人早晨在新建的芙蓉亭观赏盛开着的木芙蓉。七八句"尝闻色空喻，造物谁为工"写诗人观赏这美好景物时的联想：曾经听说佛经上有色即是空、空即是色的比喻，像眼前这样美好的景色，到底造物界是谁在巧夺天工？末二句，写诗人留恋芙蓉亭的景色，有时到傍晚还要来这儿观赏秋夜的月色，谛听远处传来的钟声。像这样一首诗，内容到底是写什么的，大家能看得清楚。可是，邓潭洲先生偏要从其中摘录出"尝闻色空喻，造物谁为工"两句，硬把它说成"赤裸裸地宣扬了佛教的唯心主义哲理，表示了他（指柳宗元）对佛教的神秘的'空寂'境域的向往"，这能解释得通吗？

后一首，描写重巽和尚庭院里苦竹桥的景色。此诗头四句写桥、小径、竹林；中间四句写诗人在苦竹桥上的所见所闻；末二句，写诗人在观赏这些景物时的感想：看来出任重要官职已没有多大希望，总算还有这么个清静的地方可供我栖身歇息。像这样的诗歌，是不是"也不乏清丽的景色的描绘"，同时又"透露了一种恬淡自适的情调"呢？硬要把它也说成"宣扬了佛教的唯心主义哲理，表示了他对佛教的神秘的'空寂'境域的向往"，这能解释得通吗？

当然，我们应该注意到这样一个事实，即柳诗中所说"谅无要津用，栖息有余阴"，虽寓有恬安自得之意，但也是出之于无可奈何。重巽是龙兴寺里的和尚，而柳宗元是因为贬官到永州，没有住处才住进龙兴寺去的，他并没有像重巽那样出家到龙兴寺去当和尚。邓先生把柳宗元说成是“狂热”地“迷信佛教”的“佛教徒”，而且说“他常到院里去诵读佛经，参悟‘禅理’”，是因为“他热切地企求走上‘极乐正路’”。这样，简直就把柳宗元完全打扮成了龙兴寺里的老和尚了。

最后附带作一点说明，邓先生在文章中对我的旧作《柳宗元评传》中关于柳诗风格问题的看法，也曾提出不同意见，因为这个问题我已另有专文论述①，这里限于篇幅，就不赘述了。

---

① 请参阅拙作《论柳宗元文学创作的艺术风格》，见《文学论集》第一辑，中国人民大学出版社 1979 年版。

关于柳宗元文学成就的评述

柳宗元是我国中唐时代一位杰出的思想家和文学家。从中唐以来，历代对他进行研究和评述的学者难以数计，评述材料极为丰富。了解前人对他评述的各种基本观点，会有助于我们对柳宗元研究的进一步深入。多年以来，我在结合对柳宗元研究的过程中，比较广泛地浏览了历代评论家的文集、诗话、笔记，以及各种史书和类书，积累了一些有关这方面的评述资料。本文仅就其中有关柳宗元文学方面有代表性的评论作一综述，并简要地谈一点个人的看法。

一

柳宗元的文学创作是极其丰富多采的。他写散文，也写诗、赋，而且积极参加古文革新运动，提出了较为系统的文学理论。

柳宗元的文学作品，大都具有鲜明的政治倾向性，能够面对现实，深刻地揭露和批判统治集团的黑暗和腐败，对广大劳动人民寄以深切的同情和关怀。但是历代对于柳宗元文学作品思想性的评价，和他的哲学论著一样，大体也存在着两种截然不同的见解。一批人对柳宗元作品所显示的高度的思想性表示不满，如王若虚就认为柳宗元的作品“恶语多而和气少”，虽“才识不减退之，然而令人不爱”[①]。宋人蔡启批评柳诗“优悲憔悴之叹，发于诗者，特为酸

---

① 王若虚《滹南遗老集》卷三十五。

楚。闵己伤志，固君子所不免，然亦何至是，卒以愤死，未为达理也”[①]。明人谢榛也批评柳诗“至怨至悲，太不雅矣”[②]。在诗歌创作中提倡“意象”、“虚涵”的陆时雍，认为柳诗在思想内容上的率直，损害了诗的情致。他说：“诗贵真。诗之真趣，又在意似之间；认真，则又死矣。柳子厚过于真，所以多直而寡委也。”[③]柳宗元的散文，在暴露现实、批判现实的方式上，比他的诗要更为直接，因此他所遭受到的指责和非难就更多了。对于这些作品，指责者往往把它和对柳宗元的世界观以及对他政治上的指责相联系，比如明人方孝孺就认为柳宗元德行不美，不为“世所贵重”，他的文章传于世，不过以其“艺而已矣”[④]。桐城派对柳宗元的指责在历史上是有名的，其首领方苞曾说：“柳子厚自述为文皆取原于‘六经’……彼言涉于道，多肤末支离。”[⑤]他批评柳宗元的散文，虽“文笔古隽，而义法多疵”[⑥]。这种看法，对他的弟子具有极其不良的影响。《捕蛇者说》是柳宗元揭露和批判封建社会残酷剥削的名作，自附为桐城后裔的林纾，就竟然认为它“发露无遗，读之转无意味矣”[⑦]。对封建社会里的黑暗残忍“发露无遗”，竟反而成了作品的缺点！又如《宋清传》赞扬卖药商宋清，而对见利忘义、趋炎附势的士大夫进行批判，桐城派弟子吴德旋强调文外深情远致，强调“古淡”之风，竟也恣意地贬斥它为“用意太纤太刻”，“未免小说气”[⑧]。其他如王若虚指责“《黔驴》等说，亦不足观”[⑨]，归有光指责《囚山

---

① 蔡启《蔡宽夫诗话》“子厚乐天渊明之诗”条。

② 谢榛《四溟诗话》卷四。

③ 陆时雍《诗镜总论》。

④ 方孝孺《逊志斋集》卷十二《白鹿子文集序》。

⑤ 方苞《方望溪先生全集》卷五《书柳文后》。

⑥ 同上集外文卷四《古文约选序例》。

⑦ 林纾《春觉斋论文》。

⑧ 吴德旋《初月楼古文绪论》。

⑨ 王若虚《滹南遗老集》卷三十五。

赋》为“无聊”[①]等等，不胜枚举。与此相反，也有不少学者肯定了柳宗元作品所具有的高度的思想性，叶梦得说：“子厚《天问》、《晋问》、《乞巧文》之类，高出魏晋，无后世因缘卑陋之气。至于诸赋，更不蹈袭屈、宋一句……在严忌、王褒上数等。”[②]谢枋得的看法也恰好和方苞相反，他认为柳文“义理明莹，意味悠长”，而且“字字经思，句句著意”[③]。近代人刘师培的评语更为中肯，他说：“子厚之文，善言事物之情，出以形容之词；而知人论世，复能探原立论，核覈刻深，名家之文也。”[④]即便是柳宗元以自然山水为题材的游记散文，茅坤也认为他“借石之瑰玮，以吐胸中之气”[⑤]。蔡铸也说它“非寻常山水可比”[⑥]。至于柳诗，宋杨万里称赞他“句雅淡而味深长”[⑦]；明周履靖也称赞他“意绝，语俱绝”[⑧]。

我们今天对柳宗元文学作品在思想性方面的评价，应该采取历史主义的态度。柳宗元自身在政治上直接遭受统治集团的迫害，被贬官以后，又有机会接近下层人民，受到深刻的社会教育。过去他所不能亲眼看到的社会黑暗的现象，现在都亲眼看到亲耳听到了；过去他所不能深刻了解的人民的疾苦，现在也开始有了比较深刻的了解，这对于丰富文学创作的内容、加深作品的思想性，是有着直接的作用和影响的。他从事文学创作，实际上是他进行斗争的一种新的方式。他的文学作品所反映的人民性和现实主义精神，是和他的始终不渝的政治斗争分不开的。在他的深刻的艺术描写里，无论是寓言、传记或游记、诗、赋，都能大胆而真实地揭露封建统治阶级的腐朽、卑鄙、黑暗和罪恶，在有力的揭露中，渗透

---

① 归有光《震川先生集》别集卷七《与沈敬甫》。

② 叶梦得《避暑录话》卷上。

③ 谢枋得《文章轨范》卷二。

④ 刘师培《论文杂记》。

⑤ 《山晓阁评点柳柳州全集》卷三茅坤评语。

⑥ 蔡铸《蔡氏古文评注补正》卷七。

⑦ 杨万里《诚斋诗话》。

⑧ 周履靖《骚坛秘语》卷中。

着他对于丑恶现实的否定以及对美好的执著。毫无疑问,这些作品对我们认识过去的社会,还是“具有一种不可辩驳的历史文献的价值”[①]的。对于这一类作品,过去所以长期遭到封建士大夫们的指责和批评,认为它是“恶语”、“不雅”、“未为达理”、“不合经义”,这是完全可以理解的。其实,正是因为柳宗元敢于对腐败黑暗的封建统治势力发表“恶语”,敢于不“达”封建腐儒之“理”,因此才使他的作品在文学史上一直放射着不灭的光芒。当然,柳宗元现实主义的文学作品,由于他的时代和阶级的限制,他对于统治阶级,特别是对整个封建社会的揭露,一般还只是停留在某些局部的揭露,他并没有(当然也不可能)从根本上彻底否定封建社会的那个旧制度。他揭露封建统治的黑暗腐败,究其实质,也不过是对那个社会爱之愈深、责之愈切的一种表现。也正是因为这个缘故,所以我们从他的作品中,一方面可以看到他对当时那个封建朝廷的腐败感到不满,另一方面又可以看到他对帝王将相所进行的歌颂。而在他的集子里,无论散文或诗、赋,确实也有许多作品是存在着消极、落后的因素的。对于这一方面,我们也是应该正确指出并给予批判的。

二

柳宗元文学作品在艺术性方面的成就,前人都给了他极高的评价。但对其艺术特色的具体看法,却也说法不一。比如关于柳宗元散文的艺术风格,李涂说“如泉”[②],杨慎说“如江”[③],刘熙载则说“如山”[④]。三人的看法各不相同,而且区别很大。韩愈称柳文

---

① 高尔基《苏联的文学》。
② 李涂《文章精义》。
③ 杨慎《升庵诗话》卷五。
④ 刘熙载《艺概》卷一。

"雄深雅健，似司马子长"[①]，高似孙赞他"卓伟精致"[②]，这两家看法虽比较相近，但似乎仍难概括柳文风格的全部。柳宗元散文的艺术风格具有极大的独创性，他表现的风格是多种多样的。不仅前期和后期的创作在风格上有变化，而且由于内容需要，在采取不同题材、运用不同文学形式进行创作时，也往往表现了各种不同的风格特色。李涂、杨慎、刘熙载等对柳文风格评述的不同，其实正是由于他们从各个不同的方面来看柳文的结果。

柳宗元贬官后所作的寓言小品，对当时执政的旧贵族的黑暗腐败，曾尖锐地进行了揭露和讽刺，显示了他对当时贵族旧官僚的鄙薄和痛恨。他的这些作品，短小警策，含意深远，既具有一般寓言文学所具有的特色，又表现了作者自己独特的风格。吴德旋认为，柳宗元这类作品"得力于《檀弓》、《左》、《国》"，"篇篇古雅"[③]。用"古雅"两个字来概括柳宗元寓言小品的风格，显然并不恰切。明人贝琼认为柳宗元散文的特色是一个"峻"字[④]，这和柳的寓言小品倒是比较接近。但如果用"幽默沉郁"四个字来说明，似乎更为恰切。柳宗元在寓言小品中所表现的深沉的思想感情，和他作品的风格特征是相一致的。柳宗元的传记散文，风格略近于寓言小品，然"沉郁"而无"幽默"，在嬉笑怒骂之中往往又露出一点悲凉的色调。至于他的山水游记，在艺术风格上则完全不同于他的寓言小品。明人王鏊称赞它"丰缛精绝"[⑤]，王世贞称赞它"峭拔紧洁"[⑥]，林纾称赞它"古丽奇峭"[⑦]，而罗大经则

---

① 参阅《刘梦得文集》卷二十三《唐故柳州刺史柳君集序》，《邵氏闻见后录》卷十四。原文未传。

② 高似孙《纬略》卷三。

③ 吴德旋《初月楼古文绪论》。

④ 贝琼《清江贝先生文集》卷二十八《唐宋六大家文衡序》。

⑤ 王鏊《震泽长语》卷下。

⑥ 王世贞《读书后》卷三《书柳文后》。

⑦ 林纾《春觉斋论文》。

用“精金”、“名姝”、“天马”来作比[①]，这些评语，一般都反映了他山水游记的风格特色。其实柳宗元在永州和在柳州两地所写的山水游记，在色调上是略有不同的。他在永州所作的山水游记，往往把山川之美和人间的丑恶结合起来作对照的描写，以寄托自己对现实不满的情怀，因此作品中一般都带有较为浓重的感情色彩，用“峭拔”或“奇峭”等来说明是恰切的。但柳宗元到柳州后所写的一些游记，比起他在永州时所写的一些游记来，似乎在反映强烈的思想情绪方面已略有逊色。他写的仿佛纯粹是关于山水的记述，不如他这时所写的有些抒情诗歌，倒还保存了一些对黑暗现实进行谴责和抗争的锋芒。就如他的《柳州山水近治可游者记》，茅坤就曾说它“全是叙事，不著一句议论感慨，却淡宕风雅”[②]。用“淡宕风雅”来概括柳宗元后期在柳州所作山水游记的艺术风格，是符合实际的。

对于柳宗元游记散文的艺术性，历代除了在艺术风格方面有所评述外，对它的表现技巧、师承渊源，也有不少人进行了探讨。如《古文析义》、《古文喈凤》、《唐宋文醇》及《义门读书记》、《石遗室论文》、《韩柳文研究法》等，对柳宗元游记散文中的主要作品，一般都作了较具体的分析。方苞对柳宗元作品基本上采取了一笔抹煞的态度，但却认为“柳子厚惟记山水，刻雕众形，能移人之情”[③]。当然，在清代也还出现了像恽敬那样的人物，认为“柳子厚诸游记”，“体近六朝”而不如六朝，“八记”“体卑”，非“子厚诗文之至者也”[④]。自然，像恽敬这样唱反调的人物，是极个别的。柳宗元精美无比的山水游记的写作，是有其丰富的生活基础的；而在具体的写作上，他又善于学习前人的优长，比如他对《水经注》的学习，明

---

① 罗大经《鹤林玉露》卷十五。

② 《山晓阁评点柳柳州全集》卷三茅坤评语。

③ 方苞《方望溪先生全集》卷六《答程夔州书》。

④ 恽敬《大云山房文稿》二集卷三《游通天岩记》及补编《与王广信书》、《沿霸山图诗序》。

人杨慎、清人孙梅、刘熙载[①]，就都有所论述。他继承《水经注》，而在形象和意境的拓展上则又超越了《水经注》。

柳宗元所作的赋，在艺术上也有其独特的成就。林纾曾用“奇丽”、“悲亢”来概括柳赋的艺术风格[②]。这是很贴切的。柳赋具有屈骚的风格特色，严羽、刘克庄、袁桷、何良俊、周履靖、沈德潜、方东树等都肯定这一点。严羽就说，“唐人惟柳子厚深得骚学”[③]。从柳赋的思想和风格来看，柳赋确实接近于屈骚。这与柳宗元生活遭遇等和屈原相似，恐怕是有关系的。

柳宗元的说理文，前人评它“章法句法皆好，转换关锁，紧严优柔，理长而味永”[④]，评它“理精而文工”，“大篇短章，各极其妙”[⑤]。这些赞誉，在一定程度上说明了柳宗元说理文在章法结构等方面的成就。至于他说理文的风格特色，韩愈所说“雄深雅健”、高似孙所说“卓伟精致”，有其近似之处。但云“雅”云“精致”，似觉未必如此，不如郎瑛所说“简健峭拔”[⑥]四字为好。从柳宗元说理文的内容和形式来概括其特色，其实“雄健朴茂”四字，似较郎瑛所说更为恰切一些。

柳宗元的诗歌，今《柳集》中所能见者，都是他贬官以后所作，因此数量比韩愈、欧阳修、苏轼等为少。宋人高斯得对这点也早有说明[⑦]。今存柳诗，在数量上虽不算很多，但历来对它发表议论的人却很不少。他们赞柳诗“妙绝古今”[⑧]，“清辞丽句，不可悉数，名

---

① 杨慎《丹铅录》卷七，孙梅《四六丛话》卷三十一，刘熙载《艺概》卷一《文概》。

② 林纾《韩柳文研究法》。

③ 严羽《沧浪诗话·诗评》。

④ 谢枋得《文章轨范》卷五评语。

⑤ 《唐宋八大家文钞》卷四唐顺之评语。

⑥ 郎瑛《七修类稿》卷二十九。

⑦ 高斯得《耻堂存稿》卷三《跋南轩永州诸诗》云：“刘禹锡编柳子厚诗，断自永州以后，少作不录一篇，故柳诗比韩、欧、苏诗少。”

⑧ 王直方《王直方诗话》。

与日月争光”[①]；赞柳诗“清婉和畅，萧然有出尘之意”[②]；明人袁宏道甚而把柳宗元誉为“诗之圣者”[③]。这些评语，虽未必尽当，但却说明了后人对柳诗的爱好和推崇。

今传柳诗，虽主要是柳宗元贬后之作，但由于具体作品思想内容的不同，往往也还表现出多种不同的风格。苏轼称柳诗“温丽清深”，“外枯而中膏，似淡而实美”，“发纤秾于简古，寄至味于淡泊”[④]。这被历来学者认为是对柳诗风格的最好评语。其后，如《雪浪斋日记》称柳诗“清深闲淡”[⑤]；杨万里称其“句雅淡而味深长”[⑥]；刘克庄称其“高简要妙”[⑦]；赵秉文称其“冲淡”[⑧]；余成教称其“自然”[⑨]。其实，他们用语虽异，而所见略同。从柳宗元的诗作来看，他的诗如《晨诣超师院读禅经》、《赠江华长老》、《旦携谢山人至愚池》、《夏初雨后寻愚溪》、《秋晓行南谷经荒村》、《从崔中承过卢少府郊居》、《夏昼偶作》、《雨晴至江渡》、《法华寺西亭夜饮》、《巽公院五咏》、《渔翁》等篇，或写秋天傍晚雨后的闲游，或写暮春初晴的田野，或写溪边小景，或写西山秋色，大都以描写自然景物取胜，表现了诗人恬淡闲适的心情，在风格上确实具有上述“温丽清深”、“高简要妙”、“冲淡”、“自然”的鲜明特色。但是，柳宗元贬谪后的生活，毕竟不完全是那么平静无波、恬然自适的。他对自己的遭遇有不满，这种愤激的情绪有时也明显地在他的诗作中流露出来，因

① 胡仔《苕溪渔隐丛话》后集卷二。

② 吴宽《匏翁家藏稿》卷四十四《完庵诗集序》。

③ 袁宏道《袁中郎全集》卷二十三《与李龙湖》。清人吴乔不同意袁说，见《围炉诗话》卷六。

④ 苏轼《东坡题跋》卷三《评韩柳诗》；苏轼《经进东坡文集事略》卷六十《书黄子思诗集后》。

⑤ 见胡仔《苕溪渔隐丛话》前集卷二。

⑥ 杨万里《诚斋诗话》。

⑦ 刘克庄《后村先生大全集》卷九十八《林子显序》。

⑧ 赵秉文《闲闲老人滏水文集》卷十九《答李天英书》。

⑨ 余成教《石园诗话》卷一。

而他这方面的作品，往往又与上述诸诗在风格上小有差异。如《与浩初上人同看山寄京华亲故》、《六言》、《登柳州城楼寄漳汀封连四州》、《登柳州峨山》、《柳州二月榕叶落尽偶题》、《别舍弟宗一》、《酬曹侍御过象县见寄》、《南涧中题》、《入黄溪闻猿》等，这些诗作，由于所反映的情绪不同，因此风格上更明显地表现了峻峭的特色。前人评诗，如敖陶孙称柳诗"如高秋独眺，雾晚孤吹"①；高斯得说他"孤峭严健"②；胡应麟说他"清而峭"③；刘成德说他"峭而劲"④；王士祯说他"峻洁"⑤；陈衍说他"寂"且"困"⑥，这应该是指这方面的作品而言的吧！姚莹有两句诗："《史》洁《骚》幽并有神，柳州高咏绝嶙峋。"⑦我认为这是对柳宗元后一类诗歌艺术风格的最好说明。在柳诗中，也还有如《田家》、《行路难》这一类直接暴露现实、批判现实的诗篇，以及《跂乌词》、《笼鹰词》、《放鹧鸪词》这一类讽刺封建统治阶级的寓言诗。这些诗篇，前人少有评述，就风格而言，恐怕"沉郁苍劲"又是其主要特色了。综上所述，可见柳诗的风格也是多种多样的。当然，我们说柳诗风格的多样性、丰富性，与驳杂不纯又完全是两回事。柳诗风格的丰富多样，这是他艺术才能丰富和成熟的标志。他的不同作品的艺术风格，在不同程度上体现了他艺术风格的总的特色。因此，他的风格是既多样又统一的。柳诗的"明净简峭"，这就是他总的风格特色。

研究柳宗元诗歌的艺术风格，人们往往把他和陶渊明的诗联系起来。有的认为柳宗元学习陶诗最有成就，如胡仔就说，柳宗元

① 敖陶孙《诗法萃编》卷八《臞庵诗评》。
② 高斯得《耻堂存稿》卷三《跋林逢吉玉溪续草》。
③ 胡应麟《诗薮》外编卷四。
④ 《张司业诗集》卷首刘成德《唐司业张籍诗集序》。
⑤ 王士祯《带经堂诗话》卷四。
⑥ 陈衍《石遗室文集》卷九《何心与诗序》。
⑦ 姚莹《后湘诗集》卷九《论诗绝句六十首》其十八。

“惟效陶诗，是其性所好”，“古今诗人”，“独不可及”[①]；黄庭坚也说，白乐天、柳子厚俱效陶渊明作诗，而唯子厚“能近之耳”[②]；沈德潜认为，柳诗学到了陶的“峻洁”[③]；刘克庄、曾季狸则认为，柳宗元五言古诗，“杂之陶集，有未易辨者”[④]；吴讷也认为，“求夫音节雅畅，辞意浑融，足以继绝响而闯渊明之阃域者，唯韦应物、柳子厚为然尔”[⑤]。也还有不少人认为，柳宗元虽然学陶，亦有未得者。他们有的说，子厚学陶，“语近而气不近”[⑥]；有的说，“韦、柳法陶，然纯是作为”[⑦]；有的则认为，柳“得陶公之雅淡，然其沉痛处率不能至”[⑧]。有的甚至认为陶诗是“绝调”，不可学，因此柳宗元、苏轼等人学陶“皆不及陶”[⑨]；也有的认为，柳诗与陶诗相比，“去之稍远”，认为柳宗元根本连陶诗的皮毛都没有学到[⑩]。诸如此类的说法，不胜枚举。肯定柳宗元学习陶诗，并指出他的某些诗作在风格上和陶诗有近似之处，这种意见是有一定根据的。比如柳诗中有一些作品，在一定程度上表现了陶诗“平淡”、“自然”的特色。但我们还必须看到，柳诗在更主导的特色方面却和陶诗有着明显的不同：明净简峭是柳诗的主要特色，而陶诗则平淡浑厚、自然朴素。把陶、柳诗的风格看成完全一样，这是不尽恰当的。有人认为陶诗不可学，因而柳诗“皆不及陶”，那是把陶诗神秘化了。至于有人竟认为柳诗缺乏陶诗的“沉痛”，那只能说明他对柳宗元及其诗作并没

---

① 胡仔《苕溪渔隐丛话》前集卷四。

② 黄庭坚《豫章黄先生文集》卷二十六《跋书柳子厚诗》。

③ 沈德潜《说诗晬语》卷上。

④ 刘克庄《后村先生大全集》卷一百八十五《诗话》；曾季狸《艇斋诗话》。

⑤ 吴讷《明文衡》卷四十三《晦庵诗抄序》。

⑥ 陈善《扪虱新语》卷七《柳子厚白乐天学陶东坡和陶诗》。

⑦ 刘埙《隐居通议》卷十八《经文妙出自然》。

⑧ 施补华《岘佣说诗》。

⑨ 洪亮吉《北江诗话》卷五。

⑩ 王世贞《艺苑卮言》卷四。

有深入的理解。从柳宗元诗歌所达到的思想高度来看，应该说他并不比陶诗逊色。柳诗中所抒写的沉痛忧愤的感情，溢于言表，是毋需多加分说的。

也有人把柳诗与其他诗人相比。比如，元好问认为柳子厚是“晋之谢灵运”[①]，刘熙载认为“柳州出于康乐”[②]；张戒则把他和王维、孟浩然并提[③]；更多的人则经常把他和韦应物并放在一起。柳诗的艺术风格和他们有没有异同？我认为应该作具体分析，不能一概而论。首先我们不否认这样的事实：作品的题材、语言和形式，对于作品的风格会有一定的影响。但更值得注意的，是作者的生活、思想和个性，它们对于作品的风格，却有着更为重要的作用。况且，诗人从审美上掌握生活素材有不同的方法，这种生活素材形成风格的作用，只有在跟诗人的创作思想有机地统一起来的时候才会表现出来。谢灵运、王维、孟浩然、韦应物都以描写自然山水的诗篇著名，柳宗元也写了不少取材于自然山水的诗，由于这种题材、形式的相似，再加上他们运用语言和某些处理手法的相似，从表面看，作品在风格上是有某些相同的特色的，比如自然、平淡、清丽、明净，等等。然而，由于柳宗元在生活道路、创作思想、个性等方面，毕竟与谢灵运、王维等人有着极大的不同，这就使得他的山水诗的艺术风格，必然会呈现出与他们不同的独特性。具体说吧，谢灵运作为晋宋之际的士族文人，他在安闲优裕的条件下过的是清谈玄理和登临山水的生活，他的山水诗，善于铺陈雕琢，具有富艳精工的特色；王维的山水诗，主要作于他的后期，这时他政治上转入消极，过着“万事不关心”的隐逸生活，因而他山水诗的风格虽明净清澈，偶尔还表现出宏大的气魄和雄浑的意境，但静穆却成了他全部山水诗的基调；孟浩然一生隐居，他的诗歌主要是隐逸生活

---

① 元好问《遗山先生文集》卷十一《论诗三十首》其四诗下自注。

② 刘熙载《艺概》卷二《诗概》。

③ 张戒《岁寒堂诗话》卷上。

的反映,风格与王维相近,但往往寓壮逸于冲淡之中,含蓄清丽,诗人的主观感情表现得比较活跃;韦应物有进步的政见和安贫守道不事权贵的品格,他的山水诗,寄托了他对现实的不满和洁身自好以道自全的思想,风格简淡秀朗,在艺术上达到了非常纯熟的境界。比较说来,柳宗元贬官后写的山水诗,更多地抒发了诗人优伤悲愤的感情,由于沉郁悲愤成了他诗歌的基调,因而,他诗歌在艺术风格上所表现的明净简峭,就和谢灵运的富艳精工、王维的明净清澈、孟浩然的冲淡壮逸,有着明显的不同。而和韦应物相较,二者在清澄疏淡方面比较近似,然柳宗元由悲愤沉郁反映在诗风上的峻峭清劲,又是和韦应物诗不尽相同的。这些事实,说明在各个不同的诗人的作品中,虽有时也有相似的风格特征,但他们每一个人的风格的个人面貌,仍然可以清楚地辨认出来。他们的诗歌,在具有一定风格的共同性的情况下,不仅柳宗元诗歌的风格保持着自己的独特性,而且独特性也是谢灵运、王维、孟浩然、韦应物等诗歌的风格所固有的。这一事实,也说明在文学史上有成就的文学家,由于他们各自的生活道路不同,思想、个性不同,尽管他们以相同的题材、形式、语言来创作,也不可能写出艺术风格完全相同的作品。马克思说的“风格就是人”,就正是这个意思。

我们叙述了柳宗元诗文所具有的丰富多采的风格特色,这些丰富多采的艺术风格,又融汇成了他总的风格特色。那么,柳宗元丰富多采的艺术风格到底是如何形成的呢?前人对这个问题的回答,有的单从柳有“过人之才”、“天资高绝”来解说,有的单从柳的师承渊源“自史中来”或“出于雅”或“学陶”来解释,这当然不能说明问题。因为天才和师承决不是决定一个作家艺术风格形成的唯一因素。当然,前人也有试图从柳宗元的生活道路、思想变化以及传统的继承等方面来回答这个问题的。比如柳宗元游记散文和诗歌的清俊明秀、洁净简峭的风格的形成,宋人赵善惁就说:“子厚在中朝时所为文,尚有六朝规矩,至永州,始以三代为师,下笔高妙,直一日千里。退之亦云:‘居闲益自刻苦,务记览,为词章。’而子厚自谓贬官来无事,乃得驰骋文章。此殆子厚天资素高,学力超诣,又有佳山水为之助，相与感发而至然耶！”[1]赵善愖说明了柳文在贬官前后的变化，指出了他的师承、自然环境、学力对他作品的深刻影响。明人贝琼、唐顺之和茅坤也都有从这方面来说明柳宗元诗文风格形成的言论[2]。这种说明的方法当然是正确的。确实，就如柳宗元寓言小品“幽默沉郁”的风格的形成，这和他贬谪后的处境以及对现实愤懑不平的思想就有着密切关系。而柳宗元进步的哲学思想，对社会和自然奥秘的洞悉，无疑也对他说理文“雄健朴茂”的风格的形成有着重要影响。其他如诗、赋、游记的风格特色的形成，也无不与他的生活、思想、美学观点、艺术趣味等有密切关系。从作家的思想、生活、美学观点、艺术趣味等方面来解释一个作家独特的艺术风格的形成，这是一种正确的方法。

三

关于柳宗元在哲学史上的地位，前人颇有分歧意见，而对柳宗元在文学史上的评价，前人却几乎一致地肯定了他的崇高地位。他的散文，和韩愈的同被誉为“一代宗工”[3]，认为他“卓然不愧大家之称”[4]。人们公认他“文章光艳，为万世法”，认为“学古文必自韩、柳始”[5]；赞扬他和韩愈一道，使文坛的“猥并之气”、“江左余习”，“粹然一返于正”[6]。对他的诗歌，誉之者也认为不亚于他的

① 《柳宗元集》附录赵善愖《柳文后跋》。

② 贝琼《清江贝先生文集》卷二十《送郑千之序》，唐顺之《荆川先生文集》卷十三《永州祭柳子厚文》，《山晓阁评点柳柳州集》卷三茅坤评语。

③ 《牧庵集》卷首吴善《牧庵集序》。

④ 张伯行《唐宋八大家文钞序》。

⑤ 《柳宗元集》附录李褫《柳州旧本河东先生集后序》，沈晦《四明新本河东先生集后序》。

⑥ 汪藻《浮溪集》卷十九《永州柳先生祠堂记》，《柳宗元集》附录张敦颐《韩柳音释序》。

散文。明人瞿佑甚至把他和李、杜并称，认为“唐诗前以李、杜，后以韩、柳为最”[①]。杨慎也说，“晚唐惟韩、柳为大家”[②]。

当然，在肯定柳宗元文学成就的总前提下，历代文人把柳宗元和其他作家进行比较评述时，也存在着许多分歧意见。其中尤以韩、柳优劣之争，表现得更为集中。扬韩抑柳派可以欧阳修、宋祁、李涂、黄震、王若虚、茅坤、方苞、吴德旋等为代表；扬柳抑韩派可以晏殊、曹辅、杨万里、严羽、刘克庄、王文禄、江盈科、刘熙载等为代表。南宋时学柳者多，故扬柳者亦多；而清代桐城派奉韩为不祧之祖，故抑柳为甚。扬韩抑柳派之言曰：韩柳“为道不同，犹夷夏也”，“柳岂韩之徒哉！真韩门之罪人也”[③]。即以文言，“韩文论事说理，一一明白透彻，无可指择者，所谓贯道之器欤”；柳“则是非多谬于圣人，凡皆不根于道故也”。因此，他们认为韩、柳不能并称，当“称韩、李，李指李翱云”[④]。清代桐城派完全接受了宋人的这种观点，指斥柳“大节有亏”，而其文“言涉于道，多肤末支离，而无所归宿”，认为“以古文义法绳之”，“柳文亦尚多瑕疵”，因此他们也赞成称韩、李而不称韩、柳[⑤]。扬柳抑韩派则曰：“韩退之扶导圣教，刬除异端，是其所长；若其祖述坟典，宪章骚雅，上传三古，下笼百氏，横行阔视于缀述之场者，子厚一人而已。”[⑥]他们认为“柳子厚深得骚学，退之、李观皆所不及”[⑦]；“唐文人皆能诗，柳尤高，韩尚非本

① 瞿佑《归田诗话》卷上。

② 杨慎《升庵诗话》卷十一《晚唐两诗派》。

③ 欧阳修《集古录跋尾》卷八《唐柳宗元般舟和尚碑》、《唐南岳弥陁和尚碑》。

④ 黄震《黄氏日钞》卷六十。

⑤ 《方望溪先生全集》卷五《书柳文后》，卷六《答申谦居书》、《答程夔州书》，卷十《光禄卿吕公墓志铭》。

⑥ 晏殊语，转引自陈善《扪虱新话》卷九《李杜韩柳有优劣》。明钱晓《庭帏杂录》、清刘熙载《艺概》均对此说表示赞同。

⑦ 严羽《沧浪诗话》。

色”[①]；他们认为诗文“兼诣并呈，自杜樊川、柳柳州之外，殆不多见。韩昌黎文起八代，而诗笔未免质木，所乏俊声秀色，终难脍炙人口”[②]，至于古学，韩愈亦“非柳匹”[③]。从以上两派的言论来看，扬韩抑柳派抑柳的主要原因，还是在于柳宗元的思想不合乎正统的儒家之道，以及他参加了王叔文政治集团的所谓“失节”。而扬柳抑韩派则比较重视文学作品的艺术性，虽然他们有的也赞成儒道，但他们不赞成把文学作品完全变成为儒道说教的“贯道之器”。这两派不同的意见，到了近代，虽然前者仍占优势，但却出现了像黄式三、陈衍等所主张的比较公允的评述。黄式三、陈衍等人都属宋诗派，反对桐城派的扬韩抑柳，但也并不否定韩愈在文学上的杰出成就。他们认为，“唐之文，韩、柳二子为冠”，“贬柳文者”是他们自己“不知量”[④]。他们以韩、柳的作品广泛地进行比较，认为他们各有优劣，不应任意贬抑[⑤]。当然，黄、陈等以韩、柳各自在文体方面所取得的成就进行比较，以此立论，没有能跳出形式主义的框子，因此他们对于桐城派等为什么扬韩抑柳，也就不可能更深刻地揭露他们的实质。

把柳宗元的诗和韦应物等人作比较，评述他们的高下优劣，这方面的意见古人也发表了不少。苏轼评“柳宗元诗在陶渊明下，韦苏州上”[⑥]；严羽也说“柳子厚五言古诗，尚在韦苏州之上”[⑦]。清人李调元认为，柳诗“在王摩诘、孟浩然、韦苏州上。根柢厚，取精多，用物宏也”[⑧]。陈衍也认为，“韦诗清丽而伤隽，亚于柳”，“世称韦、

---

① 刘克庄《后村先生大全集》卷九十四《竹溪诗序》。

② 江盈科《雪涛诗评》。

③ 王文禄《文脉》卷二。王世贞《读书后》卷四《书三苏文后》亦有此见解。

④ 黄式三《儆居集·读子集》一《读柳子厚文集》。

⑤ 陈衍《石遗室论文》卷四。

⑥ 苏轼《东坡题跋》卷三《评韩柳诗》。

⑦ 严羽《沧浪诗话》附录《答出继叔临安吴景仙书》。

⑧ 李调元《诗话》卷下。

柳，其不及柳州者，少一峭耳”[1]。然而，另有一些人的看法却完全与此相反。比如王士祯就认为苏轼对韦、柳诗的评语是一种错误，他主张把苏轼的评语改作：“韦诗在陶彭泽下，柳柳州上。”而且作《论诗绝句》云：“风怀澄淡推韦柳，佳句多从五字求。解识无声弦指妙，柳州那得并苏州。”[2]王士祯同时代的吴乔、明人刘履，也有与王类似的见解，吴乔说“宋人以韦、柳并称，然韦不造作，而柳极锻炼”[3]。刘履也说：“柳子厚诗，世与韦应物并称，然子厚之工致，乃不若苏州之萧散自然。”[4]对韦、柳诗的评价，还有人认为不必分高下，明人王祎就说“韦、柳之诗”，“温丽清深，自成其家”[5]。沈德潜也认为，“柳州诗长于哀怨，得骚之余意。东坡谓在韦苏州上，而王阮亭谓不及苏州。各自成家，两存其说可也”[6]。看来，肯定柳胜于韦者，主要认为柳诗峭劲而韦则伤隽；肯定韦胜柳者，主要认为柳诗不及韦诗自然；而折衷说则实际认为韦、柳两家各有千秋，不必妄分高下。从韦、柳两家的诗作来看，韦应物诗有其独特的成就，他善于用简淡的语言，白描的手法来表现出一种澄淡的意境。他的诗，在风格上似较柳诗萧散自然，王士祯说他“风怀澄淡”，这有一定道理。然他的诗似嫌微伤于弱。柳宗元的诗，虽用笔工致，似较韦诗为健，由于他的生活和思想的影响，他的诗确乎有一种劲峭的特色。王士祯把柳诗也说成“风怀澄淡”，这就完全是一种皮相之谈了。元人方回说：“柳柳州诗，精绝工致，古体尤高。世言韦、柳，韦诗淡而缓，柳诗峭而劲。”[7]清人姚范也说：“韦自在处过于柳，然亦病弱；柳则体健，以能文故也。”[8]这两段评语，我认为用

---

① 陈衍《石遗室诗话》卷一、卷六。
② 王士祯《带经堂诗话》卷一。
③ 刘履《围炉诗话》卷三。
④ 见胡震亨《唐音癸签》卷七。
⑤ 王祎《王忠文公集》卷二《张仲简诗序》。
⑥ 沈德潜《唐诗别裁集》卷四。
⑦ 方回《瀛奎律髓》卷四。
⑧ 姚范《援鹑堂笔记》卷四十四。

来说明韦、柳诗的高下是比较适宜的。

关于柳宗元赋在文学史上的地位，前人有过很好的评述。王文禄誉其为“唐之冠”[①]；袁桷把柳赋看作是辞赋发展中的一个重要阶段，他认为屈原之后“赋有三变：自后汉之变为初，柳子厚之赋为第二，苏、黄为第三”[②]。我们从辞赋的发展来看，实际汉赋的出现是辞赋发展中的一股逆流，而柳赋则继承了屈赋的传统。苏、黄抒情小赋，由于他们作赋的生活基础思想基础和屈原、柳宗元不同，因而又有了变化。严羽说，“唐人惟柳子厚深得骚学”[③]。这话是有见地的。

柳宗元的古文理论及其在古文运动中的作用，历来评述也都是肯定的。元人白珽就认为，仅《答韦中立书》一篇，论“为文之法”就很完备[④]。清人张伯行也认为，“子厚不欲以师道自居”，但“自叙其所以为文之本，则皆精到实诣，足与韩昌黎并辔中原”[⑤]。韩愈在《柳子厚墓志铭》中就说明柳宗元在京师时，即“俊杰廉悍，议论证据今古，出入经史百子，踔厉风发，率常屈其座人，名声大振，一时皆慕与之交”；而贬官以后，“衡、湘以南为进士者，皆以子厚为师。其经承子厚口讲指画为文词者，悉有法度可观”。王谠也说，柳宗元、李翱等“皆以高文为诸生所宗；而韩、柳、皇甫、李公皆以引接后学为务”[⑥]。这些都说明了他在唐代古文运动中的地位和贡献。

柳宗元对后世文学的影响是极其深远的。苏轼就受到柳宗元诗文的明显影响，他在海南时，把陶渊明和柳宗元的诗文集“常置左右，目为二友”。他不仅自己爱柳宗元的诗文，而且谆谆告诫儿

---

① 王文禄《文脉》卷二。

② 袁桷《清容居士集》卷四十二《答高舜元问》。

③ 严羽《沧浪诗话 · 诗评》。

④ 白珽《湛渊静语》卷一。

⑤ 张伯行《唐宋八大家文钞》卷四。

⑥ 王谠《唐语林》卷二。

孙辈要熟看柳文[①]。范温、张戒认为,“子厚诗尤深远难识,前贤亦未推重,自老坡发明其妙,学者方渐知之”[②]。胡仔认为柳诗之妙,司空图早已发明,“《诗眼》之说为妄”[③]。确实司空图对柳文已经有过较高的评价[④],但司空图的意见在晚唐并未引起人们的重视;而苏轼的意见一出来,就产生了较大的影响,因而人们认为柳诗之妙是为东坡发明的。苏轼学柳宗元诗文学得怎样,后人看法不同,吕本中认为“东坡晚年叙事文字多法柳子厚,而豪迈之气非柳所能及”[⑤]。元好问认为东坡诗学陶、柳,“诚亦陶、柳之亚”[⑥]。人们一致承认苏轼学柳,受到了柳的影响。苏轼之后,学柳宗元诗文的人就更多了,黄庭坚、张耒、吕本中、杨万里、朱熹、严羽、刘克庄、邓牧、归有光、唐顺之、袁宏道、林云铭、张惠言等人,他们有的发表了提倡学柳的意见,有的则体现在自己的创作之中。吕本中主张学文“当先学柳文,后熟读韩文”[⑦];朱熹认为“要做好文章,非学韩、柳文不可”[⑧],而作诗,也认为“须从陶、柳门庭中来,乃佳;不如是,无以发萧散冲淡之趣,不免于局促尘埃,无由到古人佳处”[⑨]。朱熹是竭力学习柳诗的,李涂说他的诗,“音节从陶、韦、柳中来,而理趣过之,所以卓乎不可及”[⑩]。其实,朱熹虽学柳诗,也只是求其形似,李涂的话是夸大了。南宋杨万里、刘克庄等人的诗作,也都与柳诗有形似之处。南宋末年的邓牧,曾学柳宗元的《三戒》作《二

---

① 苏轼《苏东坡集》续集卷七《答程全父推官》、《与元老侄孙书》。
② 范温《潜溪诗眼》,张戒《岁寒堂诗话》卷上。
③ 胡仔《苕溪渔隐丛话》后集卷十一。
④ 司空图《司空表圣文集》卷二《题柳柳州集后》。
⑤ 吕本中《童蒙诗训》。
⑥ 元好问《遗山先生集》卷三十六《东坡诗雅引》。
⑦ 吕本中《童蒙诗训》。
⑧ 朱熹《朱子语类》卷一百三十九。
⑨ 魏庆之《诗人玉屑》卷五。
⑩ 李涂《文章精义》。

戒》[1]。明人袁宏道主张把柳宗元诗文集作为案头必备之书[2]。就文学作品来看,其实不仅扬柳的人学柳,就是抑柳的人,也同样有在某些方面接受了柳宗元的影响的,比如桐城三祖之一的姚鼐,他的游记散文,从中明显可以看出其与柳宗元山水游记的联系。历史上受到柳宗元影响的人,是难以一一列举的。他们有的学成了,有的则未学成。而就诗来说,后世学韦、柳的,往往有流于纤弱的弊病[3],形似多而神似少。良由时代、生活、思想不同故也。

① 见《伯牙琴》。

② 见《霞外捃屑》卷七下"小说不可用" 条。

③ 袁枚《随园诗话》卷四亦有此见解。

文章奇峻　百世之师

——简介柳宗元及其散文

一

柳宗元(773—819)，字子厚，是我国中唐时代杰出的思想家和文学家。在文学创作上，他写散文，也写诗、赋。他根据不同的内容，创造性地运用各种不同的文学形式，在艺术上都有很高的成就。他的散文，在中国散文史上与韩愈有着同等重要的地位，人们把他与韩愈并称为唐代“古文运动”的主要领导者。

柳宗元一生的主要活动，是在贞元、元和时期。这时，唐代社会经“安史之乱”十年兵革的摧残，为旧时史家所称道的所谓“唐代盛世”，已经完全败落。以豪族大地主为阶级基础、以节度使为中心的藩镇军阀，依然拥兵割据，抗拒中央政令，大搞分裂活动。朝中宦官更是飞扬跋扈，他们不仅拥有常备武装，而且拥有实际的政治权柄，甚至连皇帝的废立、大臣的进退，也得由他们来决定。战乱、灾荒、统治阶级更加残酷的掠夺和压迫，使阶级矛盾显得异常尖锐。面对这样黑暗腐败的社会现实和极其尖锐的阶级矛盾，王叔文、柳宗元、刘禹锡等这些中小地主阶级中的有识之士，逐渐感到了象征着国家统一的皇权所面临的严重威胁，因此便利用顺宗皇帝(李诵)对他们的信赖，积极对弊政进行改革。朝里的宦官和豪族大官僚当然对此非常不满。尤其是革新派所采取的革新措施，直接触犯了他们的利益，因此他们联合向王叔文、柳宗元等革新派人物进行疯狂的反扑。他们首先把即位刚六个多月的顺宗皇帝赶下皇位，接着便是一系列残酷的政治迫害。王叔文被贬为渝州（今重庆）司户，随后被杀；柳宗元、刘禹锡等八人都被贬为远州司马，这就是历史上有名的“八司马事件”。柳宗元被贬为永州（今湖南永州市零陵区）司马十年；后又改贬为柳州（今广西柳州市）刺史，四年后死在柳州。

柳宗元被贬永州，是他一生生活道路上的重大转折。如果说，贬永州以前，柳宗元还主要是直接从事政治革新活动的政治人物，那么，贬永州以后，他的活动便主要转到了思想文化领域。在永州，贬谪生活的磨炼，社会的教育，开阔了他的视野，丰富了他的体验，他广泛钻研古往今来关于哲学、政治、历史、文学等方面的一些重大问题，著书撰文，在思想文化领域中展开斗争，作出了重要贡献。他的著名作品如《封建论》、《非〈国语〉》、《天对》、《贞符》、《六逆论》等，以及许多优秀的散文和诗、赋，大多是在这个时期完成的。这些作品，在我国思想史和文学史上一直闪耀着不灭的光芒。

永州十年，是柳宗元散文写作的丰收时期。他的优秀散文，不仅明显地表现出他对当时黑暗统治的不满，而且能够比较真实地反映出当时社会的面貌，揭露出当时社会矛盾的本质。他写的寓言小品、人物传记、山水游记，都各具特色，在艺术上有很高的成就。

二

柳宗元的寓言，现存将近二十篇。就内容来看，大致可分为两类：一类着重讽刺和批判当时那个病态社会不良的人情风尚；一类着重揭露和批判当权的旧官僚，对自己在政治上遭受的迫害表示不满和抗议。

前一类作品，有《三戒》（包括《临江之麋》、《黔之驴》、《永某氏之鼠》）、《罴说》、《鞭贾》、《蝜蝂传》、《哀溺文》、《招海贾文》等近十篇。这些作品，在讽刺和批判当时社会不良的人情风尚时，用语犀利清隽，幽默而略带风趣。其中如《三戒》、《罴说》、《蝜蝂传》等篇，都是历来在读者中广泛传诵的名篇。作者对驴、麋、鼠、猎人、蝜蝂等形象的处理，往往在幽默风趣之间可以发人一笑；而当读者在发这一笑的同时，却又随即能获得一种无限的沉思和余意，使我们感到封建社会中那些人物的精神面貌是那样的可怜和可鄙。这大概就是柳宗元这些作品所产生的艺术效果吧！

后一类作品，有《憎王孙文》、《骂尸虫文》、《斩曲几文》、《宥蝮蛇文》、《鹘说》、《谪龙说》、《东海若》、《牛赋》、《瓶赋》、《愚溪对》等十余篇。这些作品，由于旨在对当时掌权的统治者进行攻击，表示对被贬谪的不满，为了避免继续遭到迫害，因此采用了较为隐晦的寓言笔法。其中有一些作品，虽并非是纯粹的寓言，但把它们当作寓言来看也还是可以的。《憎王孙文》、《骂尸虫文》、《鹘说》、《谪龙说》、《牛赋》和《愚溪对》等篇，可以作为这类作品的代表。

以上两种类型的寓言，虽然大多寄寓了柳宗元被降职外迁以后，因眷恋朝廷而产生的无可奈何的哀怨，明显地可以看出那个封建士大夫阶级的烙印；只有如《三戒》、《罴说》、《蝜蝂传》等几篇，在思想和艺术方面都比较健康。但是，总的来说，从他寓言作品对现实进行批判和讽刺的深刻性来看，都充分体现了作者文学创作的现实主义精神。他借物讽人，善于体物察微，抓住许多物类的特征，加以想象、夸张，塑造成为真实生动的艺术形象。他寓言中所写的人物故事，几乎全都是虚构的。有的作品中出现的虽是动物而不是人，但它们都是人的化身。至于一些故事情节，也都是现实生活的集中概括。他的寓言，除少数作品直接叙事写意外，大部分作品都是意在言外。他对现实进行批判和讽刺，往往并不直接表露在字里行间，而是凝聚在整个故事的情节之中，要读者去深思力索，心领神会。他的寓言，一般都具有寓言文学所共有的基本特色，幽默、讽刺、比喻、夸张、人格化等寓言创作常用的手法，在他的作品中都运用得相当纯熟。他的语言简练、犀利、明确，具有很强的表现力。就作品的艺术风格来看，他的寓言往往在幽默之中具有沉郁悲愤的特色。这与他谪居生活中心情的抑郁和悲愤，无疑是有着直接联系的。

柳宗元的寓言，在我国寓言文学的发展史上具有重要的地位。

三

柳宗元所写的传记性散文，现在所能见到的，不下七十篇；但其中真正具有文学性的人物传记，约十四五篇，这些作品，除《种树郭橐驼传》一篇作于长安、《童区寄传》一篇作于柳州外，其余都是他在永州时所作。而《捕蛇者说》、《种树郭橐驼传》、《童区寄传》、《段太尉逸事状》、《南霁云睢阳庙碑》、《衡州刺史东平吕君诔》数篇，则是柳宗元人物传记中写得较好的作品。

柳宗元人物传记中的优秀作品，一般都能比较深刻地揭露当时社会的黑暗和腐败，反映人民生活的悲惨。例如《捕蛇者说》一篇，作者通过蒋氏这位捕蛇者的遭际，描写了封建社会中赋敛毒于异蛇的悲惨景象，反映了封建剥削制度的残酷。从这里，我们可以看到当时广大劳动人民流离颠沛、饥饿死亡的惨状，可以看到当时农村被摧残的凄凉景象和凶狠官吏逼租时的狰狞面目。衬托手法在本篇中运用得非常纯熟。作者明明要写当时赋税剥削的残酷，却不从正面着笔，而是首先竭力描写永州毒蛇的可怕。他把毒蛇写得愈可怕，就愈衬托出赋税剥削的残酷。这种声东击西的手法，对增强本篇的艺术效果，具有很重要的作用。再如《童区寄传》，作者通过揭露当时社会人口买卖的罪恶，歌颂了少年区寄勇于克敌制胜的大无畏精神，同时也寄托了他愤世嫉俗、被贬不屈的心情。短短四百多字，有人物，有情节，写得惊险、紧张、生动。作品对区寄这个牧羊少年的形象，是刻画得相当深刻的。柳宗元所写的《段太尉逸事状》，本来是他为了给韩愈修国史提供史料而写的。作品描写段秀实这位封建统治集团中的开明人物，虽未免过于美化，但他所写的两件逸事，却也形象地反映了当时封建军阀和地主豪强残害人民的严重情形。柳宗元在《与史官韩愈致〈段太尉逸事〉书》中，曾提到这篇作品有两个主要特点：一是事实确凿，可以传信；二是努力刻画人物，自信比画家所画的人像要好。这说明，他在写“行状”时虽要求事事真实，但也已经有意识地注意到了要逼真地描写人物的形象。就作品来看，对段秀实这个历史人物的形象，他确实是刻画得相当成功的。

从艺术表现来看，柳宗元传记散文所选择的人物、事件，一般都具有一定的典型性。而且，他作品中的人物，一般都具有各自的形貌和性格特征。他写人物，不是平铺直叙地为人物作客观的叙述介绍，而能注意到让人物在具体的事件、情节中去活动；他写人物的对话，也能注意到人物的身份和性格。因此，他的传记散文，与一般的传记文章相比，就具有较强的文学性。他人物传记中的有些作品，如《童区寄传》、《段太尉逸事状》等，故事性强，人物刻画精细，把它们与当时的传奇文相比，也是毫不逊色的。

四

柳宗元的游记散文，现在“柳集”中收录的近三十篇，都是他被贬以后所作，而其中十之八九则作于永州。当时的永州，虽然是一个异常荒僻的地方，但天然的山水风景却很好。柳宗元身遭贬谪，出于内心感到极度的烦闷，经常徜徉于山水之间，以寄托自己的情怀。因此他写的游记散文，往往在描摹山水景物的字里行间，透露出其寂寞孤愤高怀傲物的感情色彩。他往往把山川景物之美与当时社会的腐败黑暗结合起来作对照的描写，以抒发自己对现实不满的感情。

柳宗元游记散文的艺术风格，与他的寓言、传记有着不同的特色。如果说他传记散文的风格“如山”，那么他的游记散文就可以说是“如泉”。涓涓的细流，从深山崖谷间汇流过来，渟滀成为澄净潋滟的陂塘，冷冷的清光，悚人毛发，有时冲沙激石，发出凄幽而激越的微声，给人一种心悸魄动的感觉。

《永州八记》就充分体现了柳宗元游记散文的这种特色。

《永州八记》所包括的八篇游记，是自成体系的一组作品。前四记:《始得西山宴游记》、《钴鉧潭记》、《钴鉧潭西小丘记》、《至小丘西小石潭记》,是元和四年(809)秋天,柳宗元游览永州西郊的西山后所作;后四记:《袁家渴记》、《石渠记》、《石涧记》、《小石城山记》,是元和七年(812)秋天,游永州南郊袁家渴、石渠、石涧和西北郊的小石城山后所作,前后相隔三年。《始得西山宴游记》冠于八记之首,记寻得西山胜景的始末,为后数记之张本;《小石城山记》置八记之末,对前数记带有总结的性质。

柳宗元游记散文的艺术特色,主要表现在:

第一,柳宗元的游记散文一般都具有比较浓厚的感情色彩。他在具体描写景物时,往往借景物来抒发他遭受迫害的悲愤心情,表露他怀才不遇的内心苦闷。如《始得西山宴游记》中写"是山之特立,不与培塿为类",虽是景语,却寓有更为深沉的含意。又如在《钴鉧潭西小丘记》中,他感叹小丘之美被弃,明显地是与他自己被放逐的命运联系在一起的。

第二,柳宗元笔下的景物,一般都能写得富有生机,形神兼备。无论是小小的土墩,潺潺的溪水,散乱的石块,蔓生的藤萝,潭中的游鱼,在他的游记中,都能给我们带来一种自然美的感受。他所以能做到这一点,固然有种种复杂的原因,诸如把握描写对象的形象特征,准确地运用艺术语言,整个画面的精心构图,等等,但更重要的一点,恐怕是与作者能融情入景分不开的。柳宗元记游写景的作品,一般都能做到景中有情,情亦有景。这个情,并非指上面所说的怀才不遇或悲愤忧郁之情,而是艺术家和诗人在观赏景物时所产生的激情。这种激情,使作者对客观景物产生一种强烈的爱,因此当他在表现这种景物的时候,就能自然地把这种感情,通过自己的艺术手腕,和那些美丽的景物结合起来。可以这样说,一篇描写自然景物很成功的散文,其中总是饱含着作者丰富的感情的。作者无动于衷地描写景物,是不可能创造出具有感人的艺术魅力的成功作品的。

第三,柳宗元对自然景物的描绘,确实一般都能把握住景物本身的具体特征。比如《至小丘西小石潭记》和《钴鉧潭记》,同样都描写套种奇石的形状，前者以坻、屿、嵁、岩来形容，后者则以牛、马、熊、罴来形容，从表面看，似乎只是静物和动物的不同，其实这也是反映形象的具体特征所决定的。小石潭的石头在潭水之中，它不可能如牛、马、熊、罴；而小丘的石头在小丘之上和丘下溪水之滨，自然也不可能如坻如屿。同时，就整个画面来说，水面上点缀了岛屿、岩石，小丘上点缀了牛、马、熊、罴，也有助于使景物生动逼真而增强艺术的美感。从柳宗元写景记游的艺术经验来看，艺术作品要避免一般化的毛病，紧紧把握描写对象的具体特征是一个重要的关键。

第四，柳宗元游记散文的语言，非常精美清丽。他无论写实景、虚景，或者写动景、静景，都能注意语言的锤炼，选择最富有表现力的语汇，力求做到语言的准确性、鲜明性和生动性。他描绘景物，贵白描而不重丹彩，往往很平易的语言，却能反映很生动的情景。比如《袁家渴记》中有这样的描写："其中重洲小溪，澄潭浅渚，间厕曲折。平者深墨，峻者沸白。舟行若穷，忽又无际。"可说字字清丽，句句有景，以清丽平易的语言，准确而生动地写出了客观景物的神态。

柳宗元的游记散文，对我国游记文学的发展，也曾产生过较大的影响。他创造性地继承了前人在这方面的艺术经验，大量地从事游记散文的写作，为我国游记文学奠定了稳固的基础。后来有许多人写游记，如宋代的欧阳修、苏轼，明代的徐宏祖，清代的姚鼐，都曾在不同程度上受过他的影响。

五

柳宗元在散文的写作实践中，还根据自己写作的体验，总结出了比较系统的散文理论。这些理论，对指导当时正在蓬勃开展的"古文运动"有一定的影响。

在柳宗元的散文理论中，"文以明道"可以说是他最为强调的一个核心问题，也是他倡导"古文运动"的口号。他提倡"文以明道”,并非要人们用文章去进行抽象的说教,而是主张让作品对现实社会能起到褒贬和讽谕的作用。他在《杨评事文集后序》中,就把“文之用”归结为“褒贬”和“讽谕”,认为写作应该是为了对美好事物进行歌颂、宣扬,对丑恶事物加以批判、讽刺。他不把写作看作是个人“取名誉”的手段,而是用它来“辅时及物”,对时政进行褒贬和讽谕。正是由于这一思想的指导,所以他能写出许多富有现实主义精神的优秀散文。

柳宗元既重视散文“明道”的社会作用,也非常重视“文采”。他认为作品如果“阙其文采”,就“不足以竦动时听,夸示后学”,对读者起不了激励和感染的作用。为此,他既重视作品的内容,也很强调作品的形式。他认为写作必须避免两种不良倾向:一种是“无乎内而饰乎外”;一种是“有乎内而不饰乎外”①。如果一篇作品没有正确的思想内容,只是讲究“饰乎外”,就好比“设覆为阱”,对读者危害更大;反之,如果有了正确的思想内容,“而不饰乎外”,这些思想内容也就得不到很好的表达。这些论述,说明柳宗元是主张思想性与艺术性的统一、内容与形式的统一的。

柳宗元认为作家写好作品的首要条件,还是在于作家必须有好的行为品德,所谓“文以行为本,在先诚其中”②,说的就是这个意思。

关于从多方面广泛地学习前人写作经验的问题,柳宗元在《答韦中立论师道书》中论述得相当系统。他重视广泛学习前人的写作经验,而又很强调独创。所以他在《复杜温夫书》中说:“为文不能自雕斲,引笔行墨,快意累累,意尽便止,亦何所师法。”这说明他主张学习前人的写作经验,并非主张死守前人的写作陈规,拾前人的牙慧,而是强调必须有自己的创造。既强调继承,又强调独创,这也是柳宗元在散文上取得成就的一个重要关键。

---

① 柳宗元《柳河东集》卷二十二《送豆卢膺秀才南游序》。

② 同上卷三十四《报袁君陈秀才避师名书》。

关于写作态度问题，柳宗元在《答韦中立论师道书》中，曾把自己的体验总结成这样几句名言：

故吾每为文章，未尝敢以轻心掉之，惧其剽而不留也；未尝敢以怠心易之，惧其弛而不严也；未尝敢以昏气出之，惧其昧没而杂也；未尝敢以矜气作之，惧其偃蹇而骄也。

这八句，提出了作家在写作时应该警惕和避免的四种错误态度，并以此来防止和克服一般散文中常易发生的四大弊端。他说他写作时从来不敢以轻率之心卖弄文笔，因为怕文章内容浮泛而不能传之久远；从来不敢以不严肃的态度潦草为文，因为怕文章松弛而不严谨；从来不敢以充满昏庸之气的头脑来写作，因为怕文章文意不明内容杂乱；从来不敢以充满骄矜之气的态度来写作，因为怕文中有高傲的骄气。他把作品的好坏与作者写作的态度联系起来考虑，强调写作态度的严肃性，这是很有积极意义的。

关于散文的写作技巧，柳宗元在《答韦中立论师道书》也有很精辟的概括。他说：

抑之欲其奥，扬之欲其明；疏之欲其通，廉之欲其节；激而发之欲其清，固而存之欲其重。

头两句是说作品的命意：作家在写作时，对有些文意必须抑制住汹涌而来的文思，不把话完全说尽，要使文意含蓄而深刻；而有些文意则应该尽情发挥，又必须使之明快而不晦涩。次两句是说作品的布势：疏导文意，要使作品的气势通达畅顺；删削繁冗，要使作品有节制有变化有曲折。末两句是说作品的炼格：激发文中的激情，要使作品俊爽轻清；保存充足的文气，要使作品深厚凝重。这六句谈写散文的方法和技巧，要求做到既“奥”又“明”，既“通”又“节”，既“清”又“重”，这六个字是对立的，但应该互相补偏救弊，求得统一。要做到既“奥”又“明”，就必须有“抑”有“扬”。“抑”是为了更深入地表达内容,“扬”是为了更鲜明地表达内容。一抑一扬,作品便自然妙趣横生,既含蓄深刻而又不艰奥难懂,既明快流畅而又不流于浅薄。既“通”又“节”,这是指内容广阔有波澜说的。“通”就是要求作品的气势和文意畅通,源远流长,一泻千里;“节”就是有节制,在文势一泻千里之中有变化有曲折。既“清”又“重”,这是说作品的风格既要俊爽清新,又要凝重不俗。柳宗元在这简短的几句中,概括地总结了他在散文写作技巧方面所探索到的经验。话虽简短,却具有极其丰富的内容。

这些丰富的写作经验,其中有一些仍然是可以供我们今天写作时作为借鉴的。

论柳宗元的“文以明道”

把“文”与“道”紧密地联系起来，在我国文学理论批评史上并不是个别人的主张。古代关心政治的文学家和爱好文学的政治家，几乎全都提倡这一点，并以此作为自己从事文学创作或著书立说的一条重要原则。在封建社会里，由于儒家思想直接有利于封建统治，长期居于统治的地位，他们所谓的“道”，往往实际是一个包罗了儒家的宇宙观、社会观、政治观等复杂内容的综合概念。因此，他们提倡“文以明道”，往往都是主张以“文”来阐明和宣扬儒家思想，积极为巩固封建的政治制度服务的。

但是，也有一些封建时代的文人，由于时代的变化，生活道路的不同，他们虽也提倡“文以明道”，以“文”来为封建的政治服务，但在“道”的具体内容，以及如何以“文”来“明道”的方法等方面，也可能有某些差异。因而，要理解古人“文以明道”的理论，就有必要进行具体的分析，既看到他们的同一性，又看到他的差别性，这样才有可能得出正确的结论。

柳宗元在唐代古文运动中提倡“文以明道”的理论，这是他“古文”理论的一个基本核心。他的有关文学理论，都与此有密切联系。本文试图就这一理论作些粗略的探讨。

一

柳宗元“文以明道”的理论，是在《答韦中立论师道书》与《报崔黯秀才论为文书》中提出来的。他究竟主张以“文”来明什么样的

"道"？两篇文章虽然都没有作详尽的阐发，但前一篇文章提出了为"文"应以五经为"取道之原"，后一篇文章提倡古文家要"学圣人之道"，"道"的儒家色彩还是相当明显的。他在《守道论》中说："圣人之所以为经纪，为名物，无非'道'者。命之曰官，官是以行吾'道'云尔。……故自天子至于庶人，咸守其经分，而无有失'道'者，和之至也。"把"圣人"所定的"经纪"、"名物"说成是"道"，而且官民均得各守经分，就如他在《梓人传》中所说的"劳心者役人，劳力者役于人"，这是道地的儒家正统思想。但是，柳宗元所谓的"道"，并非仅指儒家思想。他在《南岳大明寺律和尚碑》中就说："儒以礼立仁义，无之则坏；佛以律持定慧，去之则丧。"在推尊儒家之道的同时，又推崇佛学，认为作为对人民进行精神统治的武器，佛学也是不可或缺的。在《送元十八山人南游序》中他还主张儒释道三教调和，认为可以相互补偏救弊，以利于封建统治。这说明柳宗元的"道"，兼儒释道三家而有之，而且具有为封建统治阶级说教的性质。

但是，如果我们联系柳宗元的宇宙观、社会观、政治观等来考察，这仍不能说是他的"道"的内容的全部。柳宗元因参加王叔文政治集团，长期遭受贬谪，与当权的代表豪族地主阶级利益的贵族旧官僚是存在着矛盾的。他力图从理论上为他所代表的庶族地主阶级的利益辩护，对当权的贵族旧官僚进行攻击；同时，他贬谪后接触了下层社会的人民，对现实有所了解。这就很自然会影响到他的思想，使他的"道"具有一些较为进步的内容。

当权的大地主阶级的统治者，总喜欢侈谈什么"神道"和"天道"，把他们的统治与"神道"、"天道"相联系；替统治者说教的人，也总喜欢把"天"说成是有意志、有感情的人格神，认为天子"受命于天"，皇亲国戚掌控国家大权的现状，永远不可改变。他们把统治者对王叔文集团的贬谪和对下层人民的镇压，都说成是"天"的惩罚。这对下层人民固然不利，就是对像柳宗元这一类代表庶族地主阶级利益的人物，也是很不利的。他们要求改变他们所处的社会地位，因而便与那种传统的迷信说教进行了斗争。柳宗元的无神论思想及其具有进步倾向的社会观,就是在这种尖锐的斗争中发展起来的。他的《贞符》、《天说》、《时令论》、《断刑论》等哲学论著,突出地表现了他重视“人道”而否定“天道”的思想。认为“圣人之道,不穷异以为神,不引天以为高,利于人,备于事,如斯而已矣”①。他不把“道”看作是一种可以脱离了具体事物而存在的绝对观念,而把它与神学的“天意”相对立的“生人之意”联系在一起。凡是符合他所谓的“生人之意”的,即名之为“道”。他公然指出,帝王“受命不于天,于其人;休符不于祥,于其仁”②,否认“天”对人可以有什么赏罚③。这样,天人分了界,一切迷信的说教,也就无所依附了。

就社会政治观来看,柳宗元承认社会是不断发展的④;认为庸人与圣人之间,并没有什么不可逾越的鸿沟,只要能“明以鉴之,志以取之”,虽庸人也可以为仲尼,否则,仲尼也可以为庸人,关键在于后天的努力⑤。《左传》隐公三年把“贱妨贵”、“远间亲”、“新间旧”等都说成大逆不道的事。柳宗元完全否定这样的看法,认为如果贵族愚昧无能,出身卑贱的人有才有德,就可以取而代之。那样做,不但不是“乱之本”,而且是“理之本”⑥。他批评晋文公以姓取官,是莫大的错误⑦。认为朝廷的任何措施,如果“未得其当,虽十易之不为病”⑧。

由此可见,柳宗元所谓的“道”,固然也有浓厚的儒家色彩,但却又不是儒家之道所能完全包容的。他的无神论思想与批判传

① 柳宗元《柳河东集》卷三《时令论》。
② 同上卷一《贞符》。
③ 同上卷四十四《非国语·伐宋》。
④ 同上卷三《封建论》。
⑤ 同上《天爵论》。
⑥ 同上《六逆论》。
⑦ 同上卷四《晋文公问守原议》。
⑧ 同上《桐叶封弟辩》。

统、革新政治的主张，使他在“道”的内容上也反映出一定的民主性。

二

柳宗元提倡“文以明道”，实际上就是主张以“古文”来阐明和宣扬上述的这些思想。他在《答韦中立论师道书》中说：“乃知文者以明道，是固不苟为炳炳烺烺，务采色、夸声音而以为能也。”在《报崔黯秀才论为文书》又说：“圣人之言，期以明道，学者务求诸道而遗其辞……道假辞而明，辞假书而传。要之，之道而已耳；道之及，及乎物而已耳。”他把“明道”看作是“古文”写作的根本任务。认为“道”有赖于“古文”来阐明和宣扬；而“古文”也只有正确地阐明或宣扬了“道”，才有可能得到永久流传。“古文”与“道”，是互有关系，不可分割的。

正因为这样，所以柳宗元在提倡“文以明道”的时候，就提出了古文家对于“文”与“道”两方面的修养问题。他认为古文家只有“质乎中而文乎外”，才有可能写出好作品①。所以他在《报袁君陈秀才避师名书》中说：“大都文以行为本，在先诚其中。其外者当先读六经，次《论语》、孟轲书，皆经言。《左氏》、《国语》、庄周、屈原之辞，稍采取之；谷梁子、太史公甚峻洁，可以出入；余书俟文成异日讨也。其归在不出孔子。此其古人贤士所懔懔者。求孔子之道，不于异书。”这段话，就“道”的修养来说，他把古文家思想品德的修养，看作是从事写作内在的必要条件，认为古文家要写出内容完美的作品，必须以自身的思想行为作基础。所谓“诚”，无疑是指的儒家“正心诚意”的“诚”。因为他所追求的“道”是“孔子之道”，所以主张“当先读六经，次《论语》、孟轲书，皆经言”。他以儒家经典作为思想品德修养的规范，这与他在《答韦中立论师道书》中把五经

---

① 柳宗元《柳河东集》卷二十五《送诗人廖有方序》。

作为“取道之原”的思想是完全一致的。柳宗元的这一思想，在他以前的一些古文家中已经相当普遍。比如李华在《尚书崔孝公集序》中就说过：“宣于志者曰言，饰而成之曰文。有德之文信，无德之文诈。”尚衡在《文道元龟》中也说：“君子之作，先乎行，行为之质；后乎言，言为之文。”显然柳宗元是继承了他们的一些看法的。柳宗元提倡以儒家经典作为古文家思想品德修养的规范，虽然他自己并没有完全为儒家思想所束缚，但是儒家思想对他的影响，确实还是非常深刻的。

就“文”的修养来说，柳宗元主张除了学习六经与《语》、《孟》，还要学习《左传》、《国语》、《庄子》、《楚辞》、《谷梁传》和《史记》。关于这一点，他在《答韦中立论师道书》中有更为具体的说明。他说：“本之《书》以求其质，本之《诗》以求其恒，本之《礼》以求其宜，本之《春秋》以求其断，本之《易》以求其动：此吾所以取道之原也。参之谷梁氏以厉其气，参之《孟》、《荀》以畅其支，参之《庄》、《老》以肆其端，参之《国语》以博其趣，参之《离骚》以致其幽，参之《太史》以著其洁：此吾所以旁推交通而以为之文也。”从这里可以看出，柳宗元对于五经，不仅要学它们的思想，而且主张根据它们的不同特点学习它们的方法。比如《书经》的质朴，《春秋》的褒贬，他就都注意到学习。其他如《谷梁传》的炼气，《孟》、《荀》的畅达，《庄》、《老》的恣肆奔放，《国语》的富有奇趣，《离骚》的幽深，《史记》的简洁，他也认为都值得学习。这里有两点值得注意：其一，他主张从前人不同的作品中，有选择地去学习它们各自所具有的特点和优点，有取有舍；其二，他主张把多方面学来的经验，融会贯通，在自己的写作中创造性地加以活用。这与单纯模拟前人、生搬前人经验是有所不同的。当然，柳宗元对经史各书特色的概括，未必都很妥当，比如《谷梁传》就很难说以气势见长，《老子》也很难说恣肆奔放。而且，他对五经和子史看法有不同：称五经是学习写作之所本，所以连用五个“本之”；称子史只是学习写作的参考，所以都用“参之”。他不把五经和子史并列，也还是受儒家正统思想影响的一种表现。

其实，深究起来，柳宗元在“文”的修养方面，主要并非得力于五经，而是得力于子史。这正是他和他以前的古文家所不同的地方。柳宗元以前的古文家，一般都重六经而轻《史》、《汉》，如萧颖士在《赠韦司业书》、《为陈正卿进续尚书表》中，就对司马迁和班固的文章深表不满，批评他们“道末”、“文杂”，“才浅”、“意烦”。而柳宗元虽主张多方面学习，实际他更重视学习西汉。他在《与杨京兆凭书》中说：“去年吴武陵来，美其齿少，才气壮健，可以兴西汉之文章。”可见，他提倡古文是以“西汉之文章”为准则的。他曾指导柳宗元搜讨排比成《西汉文类》一书，并为该书作序，盛赞西汉文章，这也足见他平日用心之所在。这一点，宋人邵博、陆九渊、李涂，明人茅坤，清人黄与坚、孙琮，早就已经看到了。比如邵博就说：“韩退之之文自经中来，柳子厚之文自史中来。”①李涂也说：“柳子厚文，学《国语》、西汉诸传。”②他重视学习西汉，由于汉唐语言较近，要撷其精华，用来论述或描写当世之事，也就易于奏效。他的成就比那些局限于学习六经的古文家要大，这也恐怕是一个原因。

柳宗元好几处都提到学习“屈原之辞”，学习《离骚》的幽深，这在唐初的古文家和诗人，也是尚不多见的事。他们不仅不学习屈原，而且都对他表示鄙弃。如王勃《上吏部裴侍郎启》、李华《尚书崔孝公集序》、柳冕《与滑州卢大夫论文》、《与徐给事论文书》等文，就都异口同声地批评屈原辞赋的哀伤恢诞，甚至把后来文风的萎靡也都归咎于他。而柳宗元一反前人的这种风气，不仅不否定屈原，而且学习屈原很有成效。严羽《沧浪诗话》就称赞他“深得‘骚’学，韩愈、李观皆所不及”。柳宗元作品中的幽深和情致，确实有得于屈原的不少。

柳宗元以前的古文家，都把封建经典和圣道奉为偶像，提倡代古人、古道立言。柳宗元曾深受这种封建的传统观念的影响，因而在他的古文理论中，往往也散发出一种陈腐的封建气息。但是，从

---

① 邵博《邵氏闻见后录》卷十四。
② 李涂《文章精义》。

柳宗元对古文家的修养所提出的一些主张来看，他虽然一再强调学习五经的重要，而实际并不为五经所局限。对子史各家，他能创造性地进行广泛的学习，应该说这是他对前人的一个发展。

三

关于如何以“文”明“道”的问题，柳宗元在《杨评事文集后序》中曾提出了一条比较具体的总的原则。他说：“文之用，辞令褒贬，导扬讽谕而已。虽其言鄙野，足以备于用。然而阙其文采，固不足以竦动时听，夸示后学。立言而朽，君子不由也。故作者抱其根源，而必由是假道焉。”又说：“辞令褒贬，本乎著述者也。……其要在于高壮广厚，词正而理备，谓宜藏于简册也。”这是他从“文”的功用对内容与形式所提出的具体要求。他认为作文的目的，应该是为了“备于用”。在内容上，要求有褒贬，有讽喻；在形式上，要求有文采。

如果仅有好的内容，“而阙其文采”，也“不足以竦动时听”，传之久远。因此，他认为理想中的好文章，应该“高壮广厚，词正而理备”，也就是说，应该内涵深厚，思想正确，气势高壮，措词严正。只有这样内容和形式都很完美的作品，才有可能被“藏于简册”，具有永久的生命力。古人讲立德、立功、立言，要立言，作品就非如此不可。

在《答吴武陵论〈非国语〉书》中也发表了类似的观点。他说：“仆之为文久矣，然心少之，不务也，以为是特博弈之雄耳。故在长安时，不以是取名誉，意欲施之事实，以辅时及物为道。自为罪人，舍恐惧则闲无事，故聊复为之。然而辅时及物之道，不可陈于今，则宜垂于后。”这里所说的“辅时及物”，实际就是“褒贬”、“讽谕”的另一说法。他认为写文章应该从有补于时政出发，不应把它作为个人猎取名利的手段，因而在文场角逐。他从贬官以后，身为“罪人”，更认识到了写作的意义，因此虽明知自己的作品不能见容于当世，他还是要顽强地进行写作。

柳宗元的这些主张，都赋予了“文以明道”以具体的内容。他讲“褒贬”，讲“讽谕”，讲“事实”，讲“文采”，表明他主张作品在内容上要有倾向，在形式上要求完美，而目的则在于“辅时”、“明道”，“足以备于用”。这种主张，在客观上就不仅仅是反对了当时文坛的形式主义，提倡作品必须有内容，而且进一步明确了“古文”在社会现实生活中的地位和作用，把“古文”和社会现实生活紧密地联系起来了。柳宗元同时代的诗人白居易，在新乐府运动中曾提倡“文章合为时而著，歌诗合为事而作”，主张诗歌应该“补察时政”，“泄导人情”，“救济人病，裨补时缺”。柳宗元对“古文”的这些主张，与白居易对诗歌的主张，在基本精神上是完全一致的。他不把“古文”看作个人猎取名利的手段，而是用它来“辅时及物”，根据“事实”对时政进行“褒贬”和“讽谕”，这种文学思想是具有现实主义的精神的。柳宗元在自己的一生中，写了许多具有现实主义精神的作品，无疑与他这种创作思想的指导是分不开的。他的文学批评，一般也都注意到了以此作为批评的标准。比如他在与吴武陵、吕温等人讨论《非国语》的书信中，以及在《非国语》的《后序》中，对《国语》一书所作的评论，就都明显地表现了他的这些观点。他批评《国语》，“务富文采，不顾事实”，就好比“用文锦覆陷阱”，会在无形中对读者产生不良的影响。认为真正优美的作品，不仅应该有完美的文辞形式，而且应该不“背理去道”，具有丰富而正确的内容。二者是不可偏废的。

四

柳宗元提倡“文以明道”，由于他注重实践，在“古文”写作上具有丰富的经验，他虽没有把自己的经验作出系统的总结，但我们从一些书札和题序中，也还约略地可以看到一二，其中有一些经验，谈得相当精辟，这里仅略举数端。

关于写作的态度问题，柳宗元曾根据自己的体验，在《答韦中立论师道书》中作了这样的叙述：“吾每为文章，未尝敢以轻心掉之，惧其剽而不留也；未尝敢以怠心易之，惧其弛而不严也；未尝敢以昏气出之，惧其昧没而杂也；未尝敢以矜气作之，惧其偃蹇而骄也。”这八句，提出了古文家在写作时应该警惕和避免的四种错误态度，并以此来防止和克服一般文章中常易发生的四大弊端。他说他写作时从来不敢以轻率之心卖弄文笔，因为怕文章内容浮泛而不能传之久远；从来不敢以怠惰之心潦草为文，因为怕文章松弛而不严谨；从来不敢以不清醒的头脑来写作，因为怕文意不明内容杂乱；从来不敢以骄矜的态度来写作，因为怕文中有高傲的骄气。他把作品中的有些弊端与作者写作的态度联系起来，以说明写作态度对作品影响之重大。这是很有积极意义的。柳宗元在《与杨京兆凭书》中，曾提出“凡为文，以神志为主”的见解，这与他提倡写作时要避免“昏气”、“矜气”的主张是一致的。刘熙载把柳宗元所说的“昏气”、“矜气”之类统称之为“耗气”[①]，颇有深意，很值得玩味。

关于“古文”写作的方法，柳宗元在《答韦中立论师道书》中，也有一段简短而精辟的概括。他说：“抑之欲其奥，扬之欲其明；疏之欲其通，廉之欲其节；激而发之欲其清，固而存之欲其重：此吾所以羽翼夫道也。”头两句是说命意：作家在写作时文思汹涌而来，有些文意在表达时必须注意抑制，不宜完全说尽，以便使文意含蓄而不毕露；有些文意，应该尽情发挥，又必须使之明快而不晦涩。中间两句是说布势：疏导文意，要使文章的气势通达畅顺；删削繁冗，要使文章有节制有变化。末两句是说炼格：激发文中包蕴的激情，使文章俊爽轻清；保存充足的文气，又要使文章深厚凝重。这六句，就是他以“文”明“道”的方法。他要求“古文”做到既“奥”又“明”，既“通”又“节”，既“清”又“重”。这六个字是对立的，但应该互相补偏救弊，求得统一。要做到既“奥”又“明”，就必须有“抑”有“扬”。“抑”是为了使内容表达得更深入而含蓄，“扬”是为了使内容表达得更鲜明而透彻。一抑一扬，这就使文章既含蓄深刻又不艰涩难

---

① 刘熙载《艺概》卷一。

懂，既明快晓畅而又不流于浅薄。要做到既“通”又“节”，就必须有“疏”有“廉”。“通”就是要求文章的气势和文意畅通，源远流长，一泻千里；“节”就是有节制，文笔简洁，使文势在一泻千里之中波澜多变。既“清”又“重”，就是要求文章的风格既要俊爽清新，又要凝重不俗，也就是他在《杨评事文集后序》中所要求的气势“高壮”的意思。柳宗元在这简短的几句中，概括地总结了他“古文”写作技巧方面所探索到的经验。话虽不多，却谈得鞭辟入里，具有极其丰富的内容。这种经验，对我们今天也还是有启发作用的。

柳宗元在谈到古文家的修养问题时，曾主张广泛地学习前人的写作经验。但是，他在自己的写作实践中，又非常强调独创，不为前人的经验所束缚。他在《复杜温夫书》中曾这样说：“吾虽少为文，不能自雕斲，引笔行墨，快意累累，意尽便止，亦何所师法。立言状物，未尝求过人。”既师古，又不师古；既有法度，又无法度。惟求在文思来时，能畅顺地达意“状物”，不求在词句上争妍斗奇，以期“过人”。这恐怕也是柳宗元在散文创作上取得成就的一条重要经验。

五

从中国文学理论批评史来看，战国后期的儒学大师荀况，是最初提倡以明道、征圣、宗经作为指导著述和创作的第一人①。从荀况到柳宗元，这期间，提倡“文以明道”的文人儒士，著名的不下数十人。他们都各有自己的成就，而且都曾在不同程度上给了柳宗元一定的影响。但是，柳宗元以“文以明道”的思想指导写作，他的作品在思想性艺术性方面所达到的深度和高度，却是他以前提倡

① 《荀子·正名篇》云：“辨说也者，心之象道也。心也者，道之工宰也。道也者，治之经理也。心合于道，说合于心，辞合于说。”这就是“文以明道”的主张。《非相篇》又云：“凡言不合先王，不顺礼义，谓之奸言。”“先王”的思想、儒家的“礼义”，这就是荀子所谓“道”的实际内容。荀子主张一切言论都必须以此为规范，否则便是离经叛道。

“文以明道”的人所没有达到的。其中一个根本的关键，就是柳宗元在“道”的内涵方面有了新的发展，同时在“文”的修养方面也有着精湛的造诣。他的“道”没有完全“为圣贤立言”的儒家之道所局限，而能够与他的无神论思想和进步的社会政治观点紧相联系。他能够注意到以“文”反映社会现实生活，表现进步的思想倾向，因而在“古文”的写作上获得了杰出的成就。

柳宗元“文以明道”的理论，在唐代古文运动中，曾和韩愈的古文理论一起①，对当时浮靡的不良文风，起过摧陷廓清的作用，推动了活泼流畅而和现实人生密切结合的散文的发展。对其在中国文学理论批评史上的历史地位，是应该予以充分肯定的。但是，从批判地继承文学理论遗产来考虑，柳宗元的“古文”理论，即便是其中的精华，也需要我们严加分析和批判。因为从前面对柳宗元“道”的内涵的揭示，我们已经清楚地可以看到，他的“文以明道”的理论，从根本上说，是为他所代表的庶族地主阶级的政治利益服务的。他虽然与当权的豪族官僚存在着矛盾，但那毕竟是封建统治阶级内部的矛盾。因而他提倡“古文”应该“辅时及物”，终究离不开并维护封建统治阶级的根本利益；他主张“古文”应对现实社会进行“褒贬”和“讽谕”，究其实质，也不过是对那个社会爱之愈深而责之愈切的一种表现而已。也正是因为这个缘故，所以我们从他的作品中，一方面可以看到他对当时那个黑暗腐败的社会进行揭露和“讽谕”，而另一方面又可以看到他对封建帝王的歌颂和褒扬。因此，从柳宗元“文以明道”这个理论的思想体系来看，是应该予以彻底批判的。柳宗元一生从事“古文”写作，具有丰富的实践经验。他有一些具体的艺术经验曾在理论上作了概括，对我们可以有启发和借鉴的作用，但也决不能采取无批判的兼收并蓄的态度。

---

① 韩愈“古文”理论中的“道”与柳宗元的颇有不同（当然其中也有某些相同之处），虽然他们在古文运动中都提倡“文以明道”，以此来反对不良文风，实际他们是“殊途而同归”，在对待“道”的具体问题上，彼此都是“不相为谋的”。限于篇幅，拟另文论述。

简谈柳宗元的爱国主义诗篇

唐代中期杰出的法家柳宗元，是一位爱国主义者，也是一位著名的文学家。他一生在同儒家反动势力的斗争中，要求革新、前进和统一的思想，常常是同他的爱国主义思想紧密地联系在一起的。他主张写诗作文必须起到"导扬讽谕"、"辅时及物"的作用，他的诗文是为他推行法家路线的现实政治斗争服务的。他被放逐以后所写的《封建论》等著名论文，表现得尤其明显；就是在他留存下来为数并不很多的诗篇中，也往往洋溢着坚持统一反对分裂的爱国主义激情。

柳宗元诗歌中所反映的强烈的爱国主义思想，是他当时特定的历史条件所决定的。从"安史之乱"以后，中央集权的唐王朝已日益衰落，藩镇(军阀)割据的局面十分严重。在中央政府的周围，无论东部、北部或西部，都形成了不少独立王国。他们握有重兵，抗拒中央命令，大搞分裂活动，根本不把唐王朝放在眼里。中央内部，宦官专权也日甚一日，他们与藩镇勾结，胡作非为。当时军阀混战，连年不休；边疆奴隶主贵族也趁机扩张势力，策动叛乱。在这种情况下，生产力遭到严重破坏，统一与分裂的矛盾就显得异常突出。是坚持统一，实行中央集权，还是听任藩镇割据，搞分裂倒退，这就成了当时儒法两条路线斗争的焦点。

生活在这个时代的柳宗元，在少年和青年时期就对当时这种四分五裂的政治局面极为关注。他从维护祖国统一反对分裂的立场出发，坚决主张打击地方割据势力，加强中央集权。在他刚十三岁的时候，就写文章斥骂阴谋叛乱的野心家李怀光为"逆贼"，声讨他妄图搞分裂的“凶险之行”[1]。后来,他到集贤殿书院做“正字”这个文职小官不久,又写文章对当时彰义军(淮西)节度使吴少诚叛乱表示极大的愤慨,要求征募天下义士,征讨淮西[2]。在此期间,他还写过一首叙事诗《韦道安》,以生动、形象的语言,表达了他对主张统一的人的崇敬,对阴谋搞分裂的人的谴责。韦道安本是个名不见经传的普通人,柳宗元却把他写得非常可爱:他青年时弃儒学武,曾在游太行时拔剑杀贼,救了两个遇难的少女而不图报。徐泗濠节度使张建封入朝,他曾在张处任职。但不久建封死,他的儿子张愔自称“留后”,在徐州搞叛乱,韦道安再三劝阻,由于张愔一意孤行,毫无效果。最后他便不惜以自己的生命,来表示对张愔搞分裂活动的强烈抗议。柳宗元叙述了韦道安的动人事迹,在诗的结尾处语意深长地感叹道:

烈士不妄死,所死在忠贞。
……
我歌非悼死,所悼时世情。

可见他赋诗赞颂韦道安,目的在于抒发他对当时大搞分裂割据的反动势力的不满和抗议。从这里,也可以看出他后来所以要参加“永贞革新”的思想基础。

柳宗元因参加“永贞革新”失败,被贬官永州以后,他坚持法家路线,主张加强中央集权维护统一的爱国主义思想,并没有因此而减退。如他在永州所作的《铙歌鼓吹曲》十二篇,就寄寓了他坚持统一反对分裂的爱国主义感情。他把距其作诗已将近二百年的唐太宗的事迹拿来写诗,目的是为了以古鉴今,就如清人常安在读这

① 柳宗元《柳河东集》外集卷下《为崔中丞贺平李怀光表》。
② 同上卷三《辩侵伐论》。

些诗时所说的,“颂前即以戒后”①。

唐太宗李世民是唐代前期执行法家路线比较有作为的皇帝。唐王朝刚建立之初,分布于全国范围的各个武装集团,无论是老牌贵族、地方豪强,或是向地主方面转化的农民起义的领导者,都各立山头,割据一方。李世民主动协助他昏庸无能的老子李渊,根据客观情况的估计,制定切实可行的战略计划,经过将士们的浴血奋战,一个接一个地击溃了这些割据势力,为统一祖国作出了贡献。他还坚决抵抗突厥等统治者的肆意侵扰,维护了国家的主权。同时,又改革政治,发展经济,对社会发展起了一定的进步作用。柳宗元写诗歌颂李世民的事迹,正是因为他所处之时中国内部分裂,唐朝前期所取得的政绩已经基本上消失殆尽。柳宗元面对着四分五裂的现实局面,抚今思昔,因而要借题作诗,以表达自己强烈的反对分裂和渴望统一的心愿。

这里举其中三首,以见一斑。

《泾水黄》主要是歌颂将士们在唐初统一战争中平定陇西大军阀薛举父子的战功的。薛举在隋末唐初割据陇西,自称西秦霸王。他经常勾结北方突厥统治者侵扰关中,威胁唐王朝的心脏长安。薛举死后,他的儿子薛仁杲以折墌城为据点,继续进兵骚扰。李世民和将士们坚决给予了反击,结果直捣折墌城,薛仁杲出降,使陇西得到了统一。这首诗,反映了柳宗元对平定薛举割据势力使陇西得以统一的喜悦心情。全诗的形象性和节奏感都很强。诗一开始,先以“泾水黄,陇野茫”起兴,一连四个三字短句,简练而形象地勾画出陇西在统一之前的黑暗景象。在这样的背景下,作者把在这儿割据称霸的薛举父子比拟为是凶狠贪婪的野鹰:它张着翅膀,凶相毕露,弯弯的嘴巴,尖尖的爪子,随时都想向你猛扑过来。它从陇西扑到了关中,“巢岐饮渭”,得寸进尺。可是,野鹰毕竟对付不了好猎手。诗的后半首,便写唐将士们的出征:为了重整这大好河山,将士们黑夜急行军,以迅雷不及掩耳之势,直捣陇西。“星辰

① 常安《古文披金》卷十四“柳文”评语。

复，恢一方”，表达了诗人对陇西统一的欢快心情。这首叙事诗，由于诗人的艺术构思奇突，句式参差多变，在表达作者的爱国主义思想和为法家进步的政治理想而斗争的精神方面，别开生面。

在民族斗争中，柳宗元的爱国主义思想也表现得非常鲜明。他对于在北部边境大量陈兵，并不断制造事端准备大举南侵的奴隶主贵族侵略者，像法家历来的态度一样，主张坚决抵抗，反对忍辱求和。在他写的《铁山碎》、《吐谷浑》、《高昌》等诗篇中，就渗透着他强烈的抗敌御侮的爱国精神。

《铁山碎》是一首热情讴歌抗战将士抗击突厥统治者侵扰的历史功绩的诗篇。突厥本是我国北方的一个游牧民族，是匈奴的别支。兴起于北魏末年，到北齐、北周时已形成为带有严重奴隶制残余的军事政权。唐初，突厥统治者为了扩张自己的势力，和割据的藩镇相勾结，不断派出大量骑兵对中原进行侵扰。他们这种野蛮的掠夺性战争，不仅给中原和关中人民，而且给突厥广大人民造成了深重的灾难。到底怎样对待突厥统治者的侵扰？是忍辱求和，还是坚决抵抗？当时儒法两家是存在着尖锐的路线斗争的。公元624年（武德七年），北方突厥统治者大举南侵，以太子李建成为代表的倒退势力，就主张忍辱退让，甚至主张烧掉京城长安而向南方迁都，胡说“突厥所以屡寇关中者，以子女玉帛皆在长安故也。若焚长安而不都，则胡寇自息矣”①。完全是一派儒家投降卖国的胡言乱语。对于李建成一伙的荒唐主张，具有法家思想的李世民给予了严厉驳斥，认为只有坚决抵抗，才是保国安民的唯一上策。公元626年，李世民即帝位，两年后便任命并州都督徐世勣（即李勣）为通漠道行军总管，兵部尚书李靖为定襄道行军总管，率兵十余万，从山西、陕西、甘肃等分六路对突厥进行讨伐。徐世勣参加过瓦岗起义军，是一向被称为有勇略的将军；李靖也是在唐初统一战争中闻名的战将。公元630年（贞观四年）正月，李靖率骑兵向山

① 《资治通鉴》卷一百九十一“唐纪”七。

西北部挺进，直逼恶阳岭。突厥首领颉利可汗被迫向碛口撤退，李靖便一举攻克定襄；而向碛口逃跑的颉利，后来又在白道被徐世勣军堵截，被杀得大败。颉利为了获得逃脱机会，在铁山（在今内蒙古阴山北）遣使伪言请和，但徐世勣和李靖识破了他的阴谋，颉利在逃窜中被生俘。这一巨大胜利，使唐北部边境安定了五十余年。《铁山碎》就是叙述这一段平定突厥统治者侵扰战争的叙事诗。题名“铁山碎”，是指颉利可汗固守铁山和在铁山伪言请和的阴谋被彻底粉碎的意思。

“铁山碎，大漠舒。二虏劲，连穹庐。背北海，专坤隅。岁来侵边，或傅于都。”这些形象鲜明的诗句，在诗的一开始，便饱含着诗人的激情，指控突厥统治者进行侵扰的罪行。接着，诗人便以高亢的歌唱，讴歌反击突厥统治者所取得的巨大胜利：“百蛮破胆，边氓苏。威武辉耀，明鬼区。”他称颂这样统一边塞的战功，有利于子孙万代，实在是“功不可逾”！很显然，诗人通过对徐世勣等抗战将领战功的热情歌颂，抒发了他热爱祖国的思想感情。

《吐谷浑》也是一首叙事诗，颂扬李靖、侯君集、李道宗等抗敌将领对吐谷浑统治者的讨伐。“吐谷浑”是我国古代居住在青海、新疆一带的一个游牧部落，隋时尚处于奴隶制时期，隋炀帝曾把这里设置为西海、河源两个郡。唐初，吐谷浑统治者不服中央王朝的管辖，不断向兰州、凉州一带侵扰，肆意梗塞通往西域（新疆）的交通。唐太宗乃于公元635年（贞观九年）春，决定以李靖为西海道行军总管，统率着侯君集、李道宗诸军，对吐谷浑侵略者进行有力的反击战。这年三月，唐军击溃了吐谷浑据险而守的精锐力量，吐谷浑可汗慕容伏允被迫向砂碛中撤退。李靖采取了侯君集的建议，将军队分做南北两路，分进合击，以消灭敌方主力。北路军在李靖指挥下，于曼头山击败了吐谷浑的逃军，又在牛心堆、赤水源等地击溃了顽军的抵抗，一直挺进到吐谷浑西境且末一带。南路军在侯君集、李道宗指挥下，穿过长达两千里杳无人烟的荒原，以坚韧不拔的斗志进行追击战。五月间，在乌海打败了伏允主力，生擒了名王梁屈忽等，伏允在仓皇逃命中自缢而死。之后南北两路军在青海星宿海一带胜利会师。伏允子慕容顺率众出降,反击吐谷浑的统一战争始告胜利结束。

柳宗元在《吐谷浑》这首诗里,也是首先揭露吐谷浑统治者"岁侵扰我疆"的罪行。诗中描绘军队出征时的情景:"烈烈旆其旗,熊虎杂龙蛇。王旅千万人,衔枚默无哗。束刃逾山徼,张翼纵漠沙。"各色的旗帜,严整的军纪,全副武装的将士们在急行军,就好比张开了翅膀的雄鹰飞翔在沙漠上一样。写得有声有色,既生动而又很有气势。"除恶务本根,况敢遗萌芽"二句,反映了诗人要求铲除侵略势力必须斩草除根不留后患的彻底精神。诗中写将士们凯旋的情形:"登高望还师,竟野如春华。行者靡不归,亲戚欢要遮。"把胜利归来的将士,比喻为春天原野的花朵,既形象而又非常别致;写家人迎接亲人,也写出了气氛,给人栩栩如生的感觉。整首诗,无论是写军旅出征,还是写胜利归来,都饱含着一种健康而欢快的情绪,能给人以感染和鼓舞。

柳宗元在公元815年(元和十年)从永州改贬到柳州以后,国内藩镇叛乱仍屡有发生。唐宪宗虽比他的先帝肃宗、代宗、德宗等昏君有一些振作朝政的意愿,但基本上仍是腐朽势力的代表。他轻信宦官,甚至派兵出征也要由他们去监阵。因而当时朝廷虽拥有巨大兵力,在削平藩镇割据的统一战争中成绩却并不显著。甚至像连淮西这个仅有申、光、蔡三个州且四面又都是被唐州县包围的孤立小镇,宪宗也只是置兵防御。公元817年(元和十二年),即柳宗元到柳州的第二年,主战派裴度做了宰相,他奏请取消监阵的宦官,各道主将因此也积极起来。这年十月,征淮军武将李愬出师淮西。十一月,李愬雪夜袭蔡州,活捉了吴元济,使多年的淮西叛乱得以平定下来。这时柳宗元虽然被放逐柳州,远离朝廷,但是当他听到割据淮西的军阀势力被平定的消息时,感情无论如何也平静不下来,立即写了《平淮夷雅》两篇,以示祝贺。

《平淮夷雅·方城》一篇,是专门颂扬在平定淮西叛乱中立了大功的李愬的。李愬当时并不是主将,但是那些兵比他多、权比他大的将帅,大多腐败无能,踞位而无功。而李愬由于痛恨分裂割据的局面，决心为统一祖国而战。他不仅注意刻苦练兵，掌握杀敌本领，而且重视研究和侦察敌情，做好瓦解敌军的准备工作。由于他对敌方情况了如指掌，在这个前提下，又能选择雪夜这个好战机，长途急行军，出敌不意，进行突然袭击，因而能克敌制胜，活捉吴元济。整首诗热情洋溢，气势磅礴。诗中写李愬巧妙地利用敌人获取情报，以瓦解敌人，这一段写得相当生动。而描写雪夜行军时自然条件的艰苦，也非常逼真。他写这些自然条件的艰苦，正衬托出平淮西胜利的来之不易和李愬的勇敢善战。

我们今天重读柳宗元的这些诗，仍然可以从字里行间发现一些战斗的锋芒。他的诗有鲜明的爱和憎。他痛恨搞分裂骚扰的反动势力，把他们比作野鹰和象征不祥的天狼星；把他们所盘踞的地方斥为"鬼区"。对为了祖国的统一而战的将士，他却怀有真挚的感情，歌颂他们的行动是"顿地纮，提天纲"，是为了"明鬼区"使"边氓苏"；称赞他们的行动神速，战斗勇猛。柳宗元的这种爱和憎，是建立在他热爱祖国的思想基础上的。正是因为这样，所以他在叙述将士们讨伐割据者和侵扰者的历史功绩时，就能很自然地同他热爱祖国的情感有机地融合在一起。也正是因为这样，所以在他的这些诗篇中，也或明或暗地寄寓着一个改革家关怀国事的心情。他的这些诗歌，绝不是封建文人的无病呻吟，而是生气勃勃的战斗歌唱。

当然，柳宗元对统一战争的讴歌，他所渴望的是封建国家的统一，这种统一，往往是同专制主义的中央集权相联系的。但是，正如恩格斯所指出的，在消灭分裂割据时，"王权是进步的因素"①。唐太宗李世民在唐初所进行的统一战争，在巩固中央集权，反对分裂倒退中起了积极的作用，对当时的经济、文化的发展，也是有利的。柳宗元的这些爱国主义的诗篇往往与他对唐太宗李世民的歌

① 恩格斯《论封建制度的瓦解和民族国家的产生》，《马克思恩格斯全集》第二十一卷。

颂联系在一起,这一方面固然与他认为帝王将相创造历史的唯心史观有关,但另一方面与他赞赏李世民奖励耕战、富国强兵的法家思想也是密不可分的。因为,"以战去战",即用正义战争反对非正义战争,以求得国家的统一与独立,这种法家思想的传统,从秦汉以来就已成为新兴地主阶级夺取政权和巩固政权的理论基础,已经成为历代法家坚持反对分裂、抵抗外侮的重要思想武器。

自秦汉时起,中国的历史,两千多年来基本上是统一的。尽管历代腐朽没落的反动阶级,疯狂地尊儒反法,制造分裂和割据,但是由于国家的统一是中国历史发展不可阻挡的总趋势,统一的局面仍然是中国历史的主流。国家的统一,无论在历史上,还是在今天,都有十分重大的意义。毛主席教导说:"国家的统一,人民的团结,国内各民族的团结,这是我们的事业必定要胜利的基本保证。"叛徒、卖国贼林彪阴谋复辟资本主义,妄图分裂党、分裂军队,搞反革命的武装割据,把我们统一的社会主义国家拉回到旧中国去,这纯粹是白日作梦,痴心妄想!历史已经证明:凡是搞分裂倒退的反动派,不论他们要什么鬼把戏,都逃脱不了历史的惩罚。

(本文完成于1974年12月25日,发表于《山东文艺》1975年第1期,题目原为《坚持统一反对分裂的赞歌——简谈柳宗元的几首爱国主义诗篇》,现根据作者的修改稿,对题目及部分字句略加改动。)

论柳宗元文学创作的艺术风格

一

文学作品的艺术风格，是作家通过他自己的个性，运用民族形式，反映了一定的社会生活内容和时代精神的特色，所表现出来的一种情调和风貌。它可以说是作家创作中的思想和艺术的基本特征的统一，是各个作家自己创作的独特的内容和形式的统一。马克思曾引用一句法国成语说："风格就是人。"①说明风格和作家个人，和他独一无二的经验，和他的世界观、教养与出身，是密不可分地联系着的。任何文学作品，都不能不显示出作家的个性特征。因而，研究一个作家文学创作的艺术风格，不仅应该注意到他所运用的文学样式、艺术语言，而且必须了解他的生活道路，研究他文学作品所反映的思想倾向，考察他作品的题材、构思，以及时代的风尚和文学潮流。否则，就不可能对他文学创作的艺术风格，得出正确的认识。

作为文学家的柳宗元，他的生活道路是极为坎坷不平的。他从二十四岁开始做秘书省的校书郎，到三十三岁因参加王叔文政治革新而被终身贬官，实际在朝做官的时间是很短的。长

---

① 马克思《评普鲁士最近的书报检查令》，《马克思恩格斯全集》第一卷，第7页。

期贬谪生活的磨练,辛勤的文学创作,使他在文学上获得了卓越的成就,成了一位杰出的文学家。他流传下来的文学作品,绝大多数作于他贬官以后。长期的放逐生活,使他有机会接近下层人民,受到社会的教育。过去他所不能亲眼看到的社会黑暗的现象,现在他都亲眼看到亲耳听到了;过去他所不能深刻了解的人民的疾苦,现在他也开始有了比较深刻的了解。他在政治上所遭受的挫折,以及随之而来的艰苦生活,对丰富他文学创作的思想内容,形成他独特的艺术风格,是有着直接的作用和影响的。

柳宗元在他的贬谪生活中,"发之以愤激"[1],他把自己对那个罪恶社会的认识,以天才的艺术笔触,满蘸着血和泪,写下了许多具有强烈的现实主义精神的文学作品。他一方面对当时腐败的统治集团进行了揭露和批判,同时,对于广大劳动人民的疾苦则寄予深切的同情和关怀。他写散文,也写诗、赋。他根据不同的内容,创造性地运用各种不同的文学形式,在艺术上也都有着很高的成就。他的各种形式的文学作品,都表现了他艺术风格极大的独创性。无论是讽刺社会病态、揭发压迫者残害人民的寓言小品,或申述自己政治抱负、抗议迫害忠良的文学辞赋,无论是描绘水声山色、记游述怀的山水游记,或发泄穷愁潦倒、思念知友良朋的抒情诗篇,当我们接触到这些作品的时候,常常可以不看到他的名字就能够辨认出是他的作品。他在艺术风格方面的独创性,表现了他精湛的和成熟的艺术造诣。

二

柳宗元贬官以后创作的寓言小品,对当时统治集团的黑暗腐败,尖锐地进行了揭露和讽刺,显示了他对当时旧官僚统治集

---

① 李涂《文章精义》二十。

团的憎恨和对那个病态社会的不满。他嬉笑怒骂，藏锋不露，表现了高度的讽刺艺术。这类作品，总的看来都具有幽默沉郁的风格特色，但细按起来，却又可分别为两种不尽相同的情形。《三戒》（包括《黔之驴》、《永某氏之鼠》、《临江之麋》）、《罴说》、《鞭贾》、《蝜蝂传》、《哀溺文》、《招海贾文》等，重在讽刺和批判当时那个病态社会中不良的人情风尚。这些作品，用语犀利清新，幽默而略带风趣。例如《黔之驴》一篇，描写驴之虚有其表，专以外形吓人，结果却遭到了杀身之祸。很明显，作者是借黔驴来讽刺和嘲笑那些外强中干虚有其表的人物的。他对于黔驴的形象处理，虽显得颇为幽默而且风趣，可以发人一笑，但笑中却又给人以一种无限的沉思和余意。又如《蝜蝂传》中对一个小爬虫的描写：

> 蝜蝂者，善负小虫也。行遇物，辄持取，卬其首负之。背愈重，虽困剧不止也。其背甚涩，物积因不散。卒踬仆，不能起，人或怜之，为去其负。苟能行，又持取如故。又好上高，极其力不已，至坠地死。

这段生动而幽默的寓言，把一个贪财不要命的丑恶灵魂，刻画得活灵活现。小爬虫的悲剧，也是既可悲又可笑，并足以发人深思遐想。短短一二百字，便形象地概括了一个具有深刻的社会意义的典型事件。柳宗元寓言小品中这一方面的作品，都具有丰富的内在的容量，能在当时和后世的读者中发挥美刺的作用。他的这些作品，大多是以饶有风趣的语言和构思，反映出他幽默沉郁的寓言风格的。而这种风格因素的美学说服力，就表现在它对于各种病态的人类灵魂的揭示中。

柳宗元寓言小品中直接揭露和批判当权的宦官、旧官僚欺压人民、迫害忠良的罪行的作品，《憎王孙文》、《宥蝮蛇文》、《骂尸虫文》、《斩曲几文》是具有代表性的。这些作品的艺术风格，往往在幽默讽刺之中具有较为明显的沉郁悲愤的特色。比如《憎王孙文》[1]，这是一篇影射中唐政治斗争的寓言。作者把残酷地压榨人民的旧官僚集团比作王孙群，而把自己参加的比较能注意到人民利益的王叔文政治集团比作猿群。他创造性地采用了骚体的句式，来表露他对政敌们仇恨之深，揭露他们掠夺人民的残酷，并表明自己不愿和他们同流合污。他憎恨他的政敌们，而以“山之灵”影射皇帝，所以他一再地说：“王孙兮甚可憎！”“山之灵兮胡不贼旃！”“山之灵兮胡独不闻！”“山之灵兮胡逸而居！”此等文字，声长而语悲，真可以说是柳宗元愤怒的叫喊，是腐败的社会所侮辱的灵魂的反击！作品沉郁悲愤，可以使人很清楚地看到它和前述寓言在风格上的不同。

在《宥蝮蛇文》中，柳宗元把他的政敌们比喻为蝮蛇，指斥他们“贼害无辜”。他认为他们的肆毒逞凶，也和王孙一样，是赋性使然。他蔑视他们，认为他们虽然在外形上是那样的穷凶极恶，令人可怕，实际上也不过都是些色厉内荏、外强中干的可怜虫。他警告蝮蛇：我虽可以暂时饶恕你们，但你们危害人群的本性如果不改，他人是决不会饶恕你们的！作品虽没有如《憎王孙文》那样采用骚体的句式，但从对蝮蛇形态的描绘到最后的严重警告，沉郁悲愤的风格特色，仍然是一望而知的。其他如《骂尸虫文》指骂旧官僚们的诡诈阴险，主张把他们“怒而戮之”；《瓶赋》表露自己清白自持而不媚私的高洁胸怀；《牛赋》表达对贵族旧官僚们的强烈抗议，也都在艺术风格上具有类似的特色。

以上两种类型的寓言散文，从它们对现实进行批判和讽刺的深刻性来看，都充分体现了柳宗元文学创作的现实主义精神。他的寓言的艺术创造，手法多样。他往往把深刻的道理寄托在简短

---

① 陈继儒《太平清话》卷一云：“《憎王孙文》，王孙者，湘山间兽名，与猿异，扰人。”百家注本《柳宗元集》卷十八《憎王孙文》题下韩醇注亦云：“后汉王延寿为《王孙赋》，有云：‘颜状类乎老翁，躯体似乎小儿。’王孙，盖猴类而小者也。”

的故事里，把自己的宏识孤怀寄托在一种形象的境界之中，就如庄子所说的，“天地有大美而不言，四时有明法而不议，万物有成理而不说”①的境界，要读者去深思力索，心领神会。他的寓言，一般都具有寓言文学所共有的基本特色，幽默、讽刺、比喻、夸张、人格化等寓言创作常用的手法，在他的作品中都运用得非常纯熟。而且，他在具有一般寓言所共有的基本特色之中，具有他自己的艺术风格的独特性。他这种艺术风格的形成，是与其生活的变化、对生活的认识，以及艺术方法的运用，有着密切的联系的。由于柳宗元被贬以后，长期被他的政敌们当作“下石”的主要对象，他的谪居生活充满着愤怒悲哀和抑郁，内心深处饱经痛苦，他是以满蘸着血和泪的艺术笔触创作的，因而他的寓言散文的艺术风格，在幽默之中寓有沉郁悲愤的特色。清代桐城派的后裔吴德旋，曾经用“古雅”两个字来概括柳宗元寓言散文的风格，而且认为柳宗元“贬谪后之文，则篇篇古雅”②，这显然是一种曲解。文学作品的艺术风格，“就是作家思想的本身，就是思想的浮雕性和可感触性”（别林斯基语）。柳宗元寓言散文的风格特征，和他在作品中所表现的思想感情是完全一致的。

三

柳宗元的具有文学性的传记散文，风格略近于他的寓言，然“沉郁”而无“幽默”，在嬉笑怒骂之中，往往又流露出一点悲凉的色调。

他这方面的作品，大多取材于封建社会中那些被损害与被侮辱的下层人物。如《捕蛇者说》中的蒋氏，《种树郭橐驼传》中的郭橐驼，《梓人传》中的杨潜，《河间传》中的河间等，就都生活在下层

---

① 《庄子》外篇《知北游》。

② 吴德旋《初月楼古文绪论》三三。

社会,政治上、经济上长期处于被压迫、被剥削的境地。柳宗元在传记散文中通过对他们的遭遇和处境的具体描写,反映了中唐时代人民的悲惨生活,揭露了当时尖锐的阶级矛盾。这些作品所表现的沉郁的风格特色,与作品所选取的题材、所反映的主题,以及作者对他所描写的现实生活的态度,也是息息相关的。就《捕蛇者说》来说,柳宗元以同情被剥削者的沉重心情,有力地揭露了封建社会剥削的残酷,他给我们真实地勾画出了一幅当时下层社会的生活图画。这幅图画,展现出了广大劳动人民流离颠沛饥饿死亡的惨状,展现出了当时农村破产的荒凉景象,也展现出了悍吏逼租时那种凶狠狰狞的面目。它使我们认识到生活在黑暗的封建社会里的劳动人民是多么痛苦,认识到唐代赋税对农民的剥削到了何等残酷的程度!作品所表现的沉郁的艺术风格,显然是与作品所反映的人民痛苦的生活以及作者沉重的心情相表里的。《种树郭橐驼传》斥责贪官污吏对人民的奴役,以致人民无法安生。在具体的表现手法上虽与《捕蛇者说》有所不同,但它所表现的艺术风格,却是与《捕蛇者说》完全一致的。

柳宗元像其他许多伟大的旧现实主义作家一样,在深刻的艺术描写里,能大胆而真实地揭露封建统治阶级的腐败、卑鄙、黑暗和罪恶,在有力的揭露中,渗透着对丑恶现象的否定,对美好事物的执著。正是因为这样,所以我们在读他的《捕蛇者说》等作品的时候,一方面看到它对黑暗社会的揭露和批判;同时,在它有力的揭露和批判中,也看到了柳宗元忧心如焚的沉郁心情。刘熙载称"柳州之文如山",想必应该是指这一类作品而言的吧!

柳宗元传记散文中的优秀作品,过去有一些文人曾力图对它进行歪曲和否定。比如《捕蛇者说》,林纾就认为它由于"发露无遗,读之转无意味矣"①。对封建社会的黑暗残忍"发露无遗",竟然反倒成了作品的缺点!又如《宋清传》,赞扬宋清虽经商而无市

① 林纾《春觉斋论文》之《流别论》八。

侩习气，指责“居朝廷，居官府，居庠塾乡党的”人却倒是真正的市侩主义者。吴德旋竟也斥之为“用意太纤太刻”，“未免小说气”①。这些拙劣的贬损，说明他们的美学趣味是何等的平庸和低下。

柳宗元的传记散文，不仅一般都具有较强的思想性，在艺术上也有一定的创造性。首先，其传记散文中所选择写的人物，一般都具有一定的典型意义。通过他写的这些人物的生活遭遇、思想行动，能够使我们看到当时社会现实中所存在的某些本质的社会问题。其次，他写人物时所选择的具体事件，也都具有一定的代表性。他不像有些传记的作者那样去铺叙所传人物的一生，不惮其烦地罗列事实，而是抓住一件或几件主要的能说明问题本质的事件去写。这样，他的传记散文不仅故事集中，而且主题鲜明突出。第三，柳宗元的传记散文，不是去为人物作客观的介绍叙述，而是让人物自己在作品中活动，让人物自己在作品中说话。这样，就更有利于加强作品的形象性、生动性。这也就是他的传记散文所以有别于一般传记文章的重要标志。简而言之，柳宗元文学传记的写作，是从暴露和批判现实的角度出发来选择人物、事件，从而对人物进行具体的描写的。由于他不是在传记中给人物写履历表，而是有倾向性地塑造艺术形象；他写的人物都是在一定社会条件下具有典型意义的代表人物，因此，他的作品就能够较为深刻地反映出他的时代的面貌。柳宗元的传记散文所具有的沉郁的风格特色，就正是在他对于人物、事件和环境的描绘的独创性中体现出来的。

四

柳宗元游记散文的艺术风格，和他的寓言、传记相比较，则有着较为明显的不同。如果说他传记散文的风格“如山”，那么，他的

① 吴德旋《初月楼古文绪论》二五。

游记散文就可以说“如泉”。涓涓的细流，从深山崖谷间汇流过来，渟滀成为澄净潋滟的陂塘，冷冷的清光，悚人毛发，有时冲沙激石，发出清幽而激越的声响，给人一种魂悸魄动的感觉。前人对柳宗元游记散文的风格特色，也曾经作过各种形象的概括，比如明人王鏊称它“丰缛精绝”[①]，王世贞称它“峭拔紧洁”[②]，清人林纾称它“古丽奇峭”[③]，而宋人罗大经则以“精金”、“名姝”、“天马”来作比[④]。一般说来，他们的这些评语，也都道出了柳宗元游记散文的一些风格特色。

柳宗元描写山水形象，确实如清人何焯所说，具有“纵心独往”的创造性的高度技巧。他以多样的深入的笔触，渲染出祖国山河美丽的景色，真可以与我国宋元间杰出的山水画家的优秀作品相媲美。他摹写情景，悠然神远，高超的艺术笔触，使他的游记散文焕发着诗的光辉。其游记散文在风格上具有“峭拔紧洁”的特色，主要是由于他在对山水景物的描绘中，注入了贬后寂寞孤愤高怀傲物的意象、情绪和个性的结果。柳宗元的这一类作品，都作于他贬官永州以后。当时永州虽异常荒僻，但天然的山水风景却很好。柳宗元在极度烦闷忧郁的时候，经常徜徉于山水之间，以排遣自己的苦闷。他以山水景物作为创作的对象，其实也只是基于他对大自然的热爱，以此来暂时强制转移他的悲愤抑郁的心情而已。柳宗元一方面认为永州的山川最善，而另一方面又表示在他精神上存在着一种不可忍受的痛苦，因此他在作品中往往把山川之美与人间的丑恶结合起来作对照的描写，以抒发自己对现实不满的情怀。正因为这样，所以他的作品一般都带有较为浓重而深沉的感情色彩，“峭拔紧洁”不过是他悲愤抑郁的情怀作用于自然景物而在艺术上的一种反映而已。“峭拔紧洁”既体现了柳宗元思想的高

---

① 王鏊《震泽长语》卷下。

② 王世贞《读书后》卷三《书柳文后》。

③ 林纾《春觉斋论文》之《流别论》一四。

④ 罗大经《鹤林玉露》卷一五。

洁悲愤，也体现了他因愤世疾俗而不得不游心象外的孤独形象。

探讨柳宗元山水游记的艺术风格，“永州八记”是最有代表性的。例如《钴鉧潭西小丘记》，一个很普通的小丘，在柳宗元的笔底下，被描绘成了一幅活跃的富有生命力的水墨画，那饮溪的牛马、登山的熊罴，可以呼之而出。这些无知的奇石，一经柳宗元饶有情致的画笔，便仿佛都各各具有血肉灵魂。在这篇作品里，柳宗元不仅生动地写出了小丘优美的景色，同时借小丘之被弃，感叹他本人的怀才不遇；他觉得佳丽的景物和人的遭遇一样，也同样有有幸和不幸的。他说小丘是“唐氏之弃地”，以弃地比迁客之意就非常明显。作品末了对小丘之美被认识表示祝贺，这并不只是单纯地记述他自己喜悦的心情，也包含着他的欣羡和对自己复出的期待，包含着他强烈的不满以及其他一些复杂的心理状态。清代何焯就曾经说过：“兹丘犹有遭，逐客所以羡而贺也，言表殊不自得耳。”①柳宗元在本篇中写了景，抒了情，而且结合他幽寂孤独的处境，深刻地写出了一种冷隽而又虚静的境界。我们读“枕席而卧，则清冷之状与目谋，㵿㵿之声与耳谋，悠然而虚者与神谋，渊然而静者与心谋”，这种境界，作者把他自己的情和山水的景的关系——到了“心凝形释，与万化冥合”的境界那样的关系——完全表达出来了。他描写的这种境界，和他在极度苦闷中企图追求超脱的精神境界是两相比附的，他是以这种境界来作为自己精神的寄托的。作品无论从语言色彩或意境情调来看，确实表现了“丰缛精绝”和“峭拔紧洁”的风格特色。

《至小丘西小石潭记》虽纯以写景取胜，但风格和上篇完全一致。他写水、写树木、写岩石、写游鱼，取景设色，富有诗情画意。它通过具体的描写，使我们领略到小石潭清澄明净的自然美。作品前半篇着重写水之清，后半篇着重写境之清。而前面描写的景，更衬托了后面的境，它们融会成了一种“悄怆幽邃”、“凄神寒骨”的

---

① 何焯《义门读书记》之《河东集》条。

境界。作者极力描写这种幽静的境界,幽静到了使人感到“不可久居”的地步。“凄神寒骨”,实际是作者把他眼前所见的景物和他当时的心情结合起来了。这是他当时所感受到的一种特定的境界。而这种境界,跟前面的那些具体描写也是紧密结合的。全篇虽没有直接表露感情的语句,但却是景中有情,含蓄深沉,使作品更增加了神韵、情调。他描绘景物,贵白描而不重丹彩。作品虽没有多加藻饰,但简净而平易的语言,也表现了它“峭拔紧洁”的艺术风格。

柳宗元“永州八记”中的其他诸篇以及《游黄溪记》、《马退山茅亭记》①、《永州万石亭记》等篇,在艺术风格上也大致都比较相似。

柳宗元游记散文的艺术风格不同于其他散文,当然与创作对象本身的性质有一定关系。但不同的作家即使同样以山水景物作为描写的对象,他们作品的风格也可能完全不同。这是因为描写山水景物很成功的文学作品,必然是表达了作者对景物的某种感受的。作者无动于衷地描写自然,就决不可能创作出具有感人的艺术魅力的作品来。因为一篇成功地描写自然山水的文学作品,使我们看到的,并不单是森林、河流、花草和丘陵等等,也不只是对自然界的典型描绘,而首先是人的深刻的感受,表现人在直观自然时的心情,即人的思想和感情。而不同的时代背景,不同的社会生活,作家不同的身世、个性,又使得作家即便是在其描写山水景物的散文中,也必然会打上他所特有的风貌和情调的烙印。

当然,柳宗元游记散文在风格上也接受了前人的一些影响。刘熙载就说过:“郦道元叙山水,峻洁层深,奄有楚辞《山鬼》、《招隐士》胜境,柳柳州游记,此其先导也。”②他指出了柳宗元游记散文

---

① 按此文亦见于独孤及《毗陵集》,《文苑英华》及王士祯《香祖笔记》等亦以为是独孤及作。然《四库全书总目》卷一百五十云:“《马退山茅亭记》乃柳宗元作,后人误入(独孤)及集。士祯一例称之,尤疏于考证矣。”余考诸本“柳集”皆收录此文,文字风格亦确似宗元,故从《四库全书总目》之说。

② 刘熙载《艺概》卷一《文概》。

在艺术上与《水经注》"峻洁层深"的艺术风格有着渊源的关系。明人杨慎甚至认为，柳宗元有个别作品在具体写作方法上也得到了《水经注》的启发。他说："柳子厚《小石潭记》'潭中鱼可百许头，皆若空游无所依'，此语本之郦道元《水经注》'渌水平潭，清洁澄深，俯视游鱼，类若乘空'。"①当然，柳宗元山水游记在形象和意境上都有了新的拓展，他继承了《水经注》而又超越了它。

全面考察柳宗元游记散文的艺术风格，我认为有必要指出，他改贬柳州以后所写的山水游记，在风格上是有所变化的。如果仍然以"峭拔紧洁"四个字来概括，就未免不很恰切。我们读他的《柳州山水近治可游者记》、《訾家洲亭记》、《柳州东亭记》等篇，就可以突出地感到，这些作品在反映强烈的思想情绪方面，比起他在永州时作的一些游记来，似乎已略有逊色。他写的仿佛纯粹是关于山水的记述，不如他这时所写的有些抒情诗篇，倒还保持了一些对于黑暗现实进行谴责和抗争的锋芒。他的《柳州山水近治可游者记》，茅坤就曾批评它"全是叙事，不着一句议论感慨，却澹宕风雅"②。用"澹宕风雅"四个字来概括柳宗元在柳州所作游记散文的艺术风格，是符合他的客观实际的。

五

柳宗元所作的赋，在艺术上也有其独特的成就。前人曾用"悲亢"、"奇丽"来概括柳赋的风格特色③，这是比较贴切的。我们先看他下面这段赋：

曩余志之修蹇兮，今何为此戾也？夫岂贪食而盗名兮，不

① 杨慎《丹铅录》卷七。《升庵诗话》卷九亦载此说。

② 《山晓阁选唐大家柳柳州全集》卷三。

③ 林纾《韩柳文研究法》。

混同于世也。将显身以直遂兮，众之所宜蔽也；不择言以危肆兮，固群祸之际也。……幸余死之已缓兮，完形躯之既多。苟余齿之有惩兮，蹈前烈而不颇！

这是柳宗元被贬永州第三年(807)，仿屈原《九章》体裁所作的《惩咎赋》中的一段。它集中地表现了柳宗元对自己所以被贬的看法和他所持的态度。他不愿意"混同于世"，他和他的政敌们的斗争是很坚决的。当他的斗争将失败而未失败的时候，他还"断断于所执"，等到已经失败，而政敌们还继续向他进攻的时候，他只准备"蹈前烈而不颇"。柳宗元满怀悲愤的激情，通过辞赋这种语言顿挫有节奏的形式表现出来，声悲而韵长，因而悲亢沉郁的风格就显得分外突出。

《闵生赋》也是柳宗元在永州用骚体来写的比较集中地抒发了他满腔悲愤的作品。他为自己不幸的遭际而伤痛，他流泪，他神情恍惚，他感到自己的心事无处诉说。

气沉郁以杳眇兮，涕浪浪而常流。膏液竭而枯居兮，魄离散而远游。言不信而莫余白兮，虽遑遑欲焉求？

他痛斥贵族旧官僚当道，而有才能、有抱负的人反而被弃逐不用。

骐骥之弃辱兮，驽骀以为骋。玄虬蹶泥兮，畏避蛙黾。

他明白他之所以遭殃，是由于他不愿和宦官旧官僚们同流合污，是由于他想实现政治上的革新。他表示自己宁愿遭受祸殃也决不愿意改变自己的志向。

顾余质愚而齿减兮，宜触祸以阽身。知徙善而革非兮，又何惧乎今之人！

最后,他还是倔强地表示,为了实现自己的理想,他还要坚强地活下去。

> 虑吾生之莫保兮,忝代德之元醇。孰眇躯之敢爱兮,窃有继乎古先!

这一篇真是悲愤激越,字字血泪。它表露了在封建社会里有理想有抱负的知识分子,在遭受打击和失败之后,继续正直不阿、坚持理想的高尚精神。作品在风格上的沉郁悲亢,也完全与作者的思想情绪相表里。

《囚山赋》也突出地体现了柳赋的风格特色。柳宗元作这篇赋时,贬来永州已经十年。永州美丽的自然山水,固然可以尽情游赏,但这并不能消除他精神上的痛苦,并不能使他因沉迷山水而放弃自己的政治志趣。他爱山林,爱秀丽的山水景色,但他又恨山林,恨这里的山林十多年来一直囚禁了他。他在精神极度烦闷的时候,甚至把这里的丘壑草木都比作了陷阱。他感到自己身在贬所,永州附近连绵不断的山岭,冈峦起伏,就仿佛牢狱一样;他感到自己就好比是牢狱中的囚徒,丛林就仿佛是围绕着牢狱的荆棘,虎豹的咆哮代替了牢犬的吠声。

从《囚山赋》可以看出,柳赋沉郁悲亢的艺术风格,在柳宗元被贬十多年来是始终保持着的。

柳赋在艺术风格上和屈骚极相近似。从宋代以来,严羽、刘克庄、袁桷、何良俊、周履靖、沈德潜、方东树、林纾等人,都一致公认这一点。严羽认为"唐人惟柳子厚深得骚学,退之、李观皆所不及"①。林纾还进一步作了较为具体的说明:"《骚经》之文非文也,有是心血,始有是至言。……后人引吭佯悲,极其摹仿,亦咸不能似,似者唯一柳柳州。柳州《解祟》、《惩咎》、《闵生》、《梦

---

① 严羽《沧浪诗话》之《诗评》三五。

归》、《囚山》诸赋，则直步《九章》。……惟屈原之忠愤，故发声满乎天地；惟柳州之自叹失身，故追怀哀咎，不可自已，而各成为至文。即刘勰所谓真也，实也；不实不真，佳文又胡从出哉？”[①]林纾认为柳赋都是“自叹失身”之作，这当然是在政治上对柳宗元的严重歪曲。但他肯定柳赋成功地继承了屈骚，并指出“有是心血，始有是至言”，感情真实，所以能成“佳文”。我们从和林纾不同的角度来理解，也还是可以从中得到启发的。从柳赋的思想和风格来看，它确实接近于屈骚。这与柳宗元在生活遭遇和思想作风等方面和屈原相似，同时又在性格上和文学上学习屈原有着重要的关系。“柳集”中有一篇《吊屈原文》，就很明显地可以看到柳宗元对屈原的敬仰，他以屈原作为自己立身行事的楷模。因而他效屈骚作赋，就能与那些“引吭佯悲，极其摹仿”的人所作的赋有着根本的不同。

六

柳宗元的诗歌，现在《柳集》中所能见到的，主要是他贬官以后的作品，因此数量比韩愈、欧阳修、苏轼等人为少。宋人高斯得对这一点早就有所说明[②]。今存柳诗在数量上虽不很多（一百六十三首），但造诣很深，无论古体或近体，都有一些佳作或警句。历来对柳诗发表议论的人，有的赞柳诗“妙绝古今”[③]，“清辞丽句，不可悉数，名与日月争光”[④]；有的赞柳诗“清婉和畅，萧然有出尘之

---

① 林纾《春觉斋论文》之《流别论》一。

② 高斯得《耻堂存稿》卷三《跋南轩永州诸诗》云：“刘禹锡编柳子厚诗，断自永州以后，少作不录一篇，故柳诗比韩、欧、苏诗少。”按今本《柳集》所录《韦道安》、《省试观庆云图》二首，系柳宗元早年所作。

③ 王直方《王直方诗话》。

④ 胡仔《苕溪渔隐丛话》后集卷二。

意[①];明人袁宏道甚至把柳宗元誉为"诗之圣者"[②]。这些评语虽未必尽当,然而却也说明了后人对柳诗的喜爱和推崇。

柳宗元诗歌的艺术风格也是丰富多彩的。苏轼称柳诗"温丽靖深","外枯而中膏,似淡而实美","发纤秾于简古,寄至味于淡泊"[③]。历来学者认为这是对柳诗风格的最好说明。其后,如《雪浪斋日记》称柳诗"清深闲淡"[④];杨万里称其"句雅淡而味深长"[⑤];刘克庄称其"高简要妙"[⑥];赵秉文称其"冲淡"[⑦];余成教称其"自然"[⑧]。其实,他们用语虽异,而所见略同。在柳诗中,具有这种风格的诗篇确实是不少的,例如:

南州溽暑醉如酒,隐机熟眠开北牖。
日午独觉无余声,山童隔竹敲茶臼。

——《夏昼偶作》

宿云散洲渚,晓日明村坞。
高树临清池,风惊夜来雨。
予心适无事,偶此成宾主。

——《雨后晓行独至愚溪北池》

渔翁夜傍西岩宿,晓汲清湘燃楚竹。
烟销日出不见人,欸乃一声山水绿。

---

① 吴宽《匏翁家藏集》卷四十四《完庵诗集序》。

② 袁宏道《袁中郎全集》卷二十三《与李龙湖》。清人吴乔不同意袁说,见《围炉诗话》卷六。

③ 苏轼《东坡题跋》卷三《评韩柳诗》、《书黄子思诗集后》。

④ 见胡仔《苕溪渔隐丛话》前集卷二。

⑤ 杨万里《诚斋诗话》。

⑥ 刘克庄《后村先生大全集》卷九十八《林子显序》。

⑦ 赵秉文《闲闲老人滏水文集》卷十九《答李天英书》。

⑧ 余成教《石园诗话》卷一。

回看天际下中流，岩上无心云相逐。

——《渔翁》

其他还有如《旦携谢山人至愚溪》、《夏初雨后寻愚溪》、《秋晓行南谷经荒村》、《从崔中丞过卢少府郊居》、《雨晴至江渡》等篇，这些诗篇，或写夏日山间生活的幽寂和宁静，或写村郊朝夕景色的变异，或写出没于江畔岩旁的渔民，或写秋天傍晚雨后的闲游，或写暮春初晴的田野，或写溪边小景，或写西山秋色，诗人都能以浅淡的笔墨，在平静的画面中，给人一种明朗圆润和自然流丽的美感。

但是，应该指出，柳宗元贬谪后的生活，毕竟并不完全是那么平静无波恬然自适的，"他并非整天整夜的飘飘然"①。他对自己的遭遇有不满，这种愤激的情绪也常常会明显地在他的诗篇中流露出来，有时他这种情绪甚至如山洪陡发，不可抑止。因而他这方面的诗篇，往往又与上述诸诗在风格上小有差异。例如：

城上高楼接大荒，海天愁思正茫茫。
惊风乱飐芙蓉水，密雨斜侵薜荔墙。
岭树重遮千里目，江流曲似九回肠。
共来百越文身地，犹自音书滞一乡。

——《登柳州城楼寄漳汀封连四州》

海畔尖山似剑铓，秋来处处割愁肠。
若为化得身千亿，散上峰头望故乡。

——《与浩初上人同看山寄京华亲故》

破额山前碧玉流，骚人遥驻木兰舟。
春风无限潇湘意，欲采蘋花不自由。

——《酬曹侍御过象县见寄》

① 鲁迅评陶渊明语，见《鲁迅全集》第六卷《且介亭杂文二集·"题未定"草(六)》。

这类诗篇也还有好些。由于它们着重在抒写诗人忧伤悲愤的感情，景物已被涂上了浓重的感情色彩，语言峻洁，构思奇突，明显地表现了明净简峭、清峻沉郁的特色。前人评诗，如敖陶孙称柳诗“如高秋独眺，霁晚孤吹”①，高斯得说它“孤峭严健”②，胡应麟说它“清而峭”③，刘成德说它“峭而劲”④，王士祯说它“峻洁”⑤，陈衍说它“寂”与“困”⑥，都应该是指这方面诗篇而说的吧！清人姚莹《论诗绝句》有两句诗：“《史》洁《骚》幽并有神，柳州高咏绝嶙峋。”⑦我认为这是对柳宗元这类诗艺术风格的最好说明。

在柳诗中也还有直接批判现实和讽刺旧贵族官僚统治者的诗篇。这类诗与上述诗歌在风格上又有所不同。我们举《田家》两首为例：

蓐食徇所务，驱牛向东阡。
鸡鸣村巷白，夜色归暮田。
札札耒耜声，飞飞来乌鸢。
竭兹筋力事，持用穷岁年。
尽输助徭役，聊就空自眠。
子孙日以长，世世还复然。

篱落隔烟火，农谈四邻夕。
庭际秋虫鸣，疏麻方寂历。
蚕丝尽输税，机杼空倚壁。

---

① 敖陶孙《诗法萃编》卷八《臞庵诗评》。
② 高斯得《耻堂存稿》卷三《跋林逢吉玉溪续草》。
③ 胡应麟《诗薮》外编卷四。
④ 《张司业诗集》卷首刘成德《唐司业张籍诗集序》。
⑤ 王士祯《带经堂诗话》卷四。
⑥ 陈衍《石遗室文集》卷九《何心与诗序》。
⑦ 姚莹《后湘诗集》卷九《论诗绝句六十首》其十八。

里胥夜经过，鸡黍事筵席。
各言官长峻，文字多督责。
东乡后租期，车毂陷泥泽。
公门少推恕，鞭扑恣狼籍。
努力慎经营，肌肤真可惜。
迎新在此岁，唯恐踵前迹。

这两首诗，诗人不仅以悲天悯人的心情，形象地反映了当时农民悲惨的生活，而且揭示了迫使农民生活悲惨的原因，狠狠地鞭挞了当时残酷地压榨人民的封建统治者。这类诗篇在柳集中虽然为数不多，但写得非常深刻，在着墨不多的画面里，却能形象地展示出农村矛盾对立的阶级关系。它跟当时白居易所倡导的以新乐府为中心的现实主义文学运动中的一些优秀作品是一致的。作品从语言到构思，都采用白描手法，风格平易浅近，已完全不是“清深闲淡”或“简峭”、“清峻”那样的情调和风格了。

柳宗元用古乐府形式和寓言笔调写的《行路难》三首，和纯粹采用寓言来写的《跂乌词》、《笼鹰词》、《放鹧鸪词》等政治讽刺诗相比，内容含蓄深刻，笔锋犀利，与他的寓言散文《憎王孙文》、《骂尸虫文》、《蝜蝂传》等在艺术风格上极相近似，颇有异曲同工之妙。

根据以上对柳诗的简要分析，可以看出，柳宗元写诗也有好几副笔墨，他诗歌的艺术风格也是丰富多彩的。当然，明净简峭，清深自然，这是他诗歌主要的风格特色。

研究柳宗元诗歌的艺术风格，人们往往把他和陶渊明相提并论。他们称赞柳宗元学陶诗最有成就，如胡仔就说，柳宗元“惟效陶诗，是其性所好”，“古今诗人”“独不可及”[①]，黄庭坚也说，白乐天、柳子厚俱效陶渊明作诗，唯子厚“能近之耳”[②]；沈德潜认为柳

① 胡仔《苕溪渔隐丛话》前集卷四。
② 黄庭坚《豫章黄先生文集》卷二十六《跋书柳子厚诗》。

诗学到了陶诗的“峻洁”[①]；刘克庄、曾季狸则认为柳宗元五言古诗“杂之陶集，有未易辨者”[②]；吴讷也认为：“求夫音节雅畅，辞意浑融，足以继绝响而闯渊明之阃域者，唯韦应物、柳子厚为然尔。”[③]也有人认为柳宗元虽然学陶，亦有未得者。他们有的说，“子厚学陶，语近而气不近”[④]；有的说，“韦、柳法陶，然纯是作为”[⑤]；有的则认为柳诗“得陶公之雅淡，然其沉痛处率不能至”[⑥]。有的甚至认为陶诗是“绝调”，不可学，因此柳宗元、苏轼等人学陶“皆不及陶”[⑦]；也有的认为柳诗与陶诗相比，“去之稍远”，认为柳宗元根本连陶诗的皮毛都没有学到[⑧]。诸如此类的说法，不胜枚举。肯定柳宗元在艺术上继承了陶诗的某些特色，并指出他的某些诗篇在风格上和陶诗有近似之处，这种意见是有一定的根据的。比如柳诗中有一些作品，就在一定程度上表现了陶诗“平淡”、“自然”的特色。但我们还必须看到，柳诗在更主导的特色方面却和陶诗有着明显的不同：明净简峭是柳诗的主要特色，而陶诗则平淡浑厚，自然朴素。把陶、柳诗的风格看成完全一样，是不尽恰当的。有人认为陶诗不可学，因而柳诗“皆不及陶”，那是把陶诗神秘化了。至于有人竟认为柳诗缺乏陶诗的“沉痛”，那只能说明他对柳宗元及其诗作并没有深入的理解。从柳宗元诗歌所达到的思想高度来看，应该说他并不比陶诗逊色。他诗中所抒写的沉痛忧愤的感情，溢于言表，是毋需多加分说的。

也有人把柳宗元的诗歌与其他诗人相比的。比如，元好问

---

① 沈德潜《说诗晬语》卷上。

② 刘克庄《后村先生大全集》卷一百八十五《诗话》；曾季狸《艇斋诗话》。

③ 吴讷《明文衡》卷四十三《晦庵诗抄序》。

④ 陈善《扪虱新语》卷七《柳子厚白乐天学陶东坡和陶诗》。

⑤ 刘埙《隐居通议》卷十八《经文妙出自然》。

⑥ 施补华《岘佣说诗》。

⑦ 洪亮吉《北江诗话》卷五。

⑧ 王世贞《艺苑卮言》卷四。

认为柳子厚是“晋之谢灵运”[①]，刘熙载认为“柳州出于康乐”[②]，张戒则把他和王维、孟浩然并提[③]；更多的人则经常把他和韦应物并放在一起。柳宗元诗的艺术风格和他们有没有异同？是完全相同，还是同中有异？还是根本不同？我认为也应该作具体分析，不能一概而论。首先我们不否认这样的事实：作品的题材、语言和形式，对于作品的风格会有一定的影响。但更值得注意的，是作者的生活、思想和个性，它们对于作品的风格，却有着更为重要的作用。况且，诗人从审美上掌握生活素材有不同的方法，这种生活素材形成风格的作用，只有在跟诗人的创作思想有机地统一起来的时候才会表现出来。谢灵运、王维、孟浩然、韦应物都以描写自然山水的诗篇著名，柳宗元也写了不少取材于自然山水的诗，由于这种题材、形式的相似，再加上他们运用语言和某些处理手法的相似，从表面看，作品在风格上是有某些相同的特色的，比如自然、平淡、清丽、明净，等等。然而，由于柳宗元在生活道路、创作思想、个性等方面，毕竟与谢灵运、王维等人有着极大的不同，这就使得他的山水诗的艺术风格，必然会呈现出与他们所不同的独特性。具体说吧，谢灵运作为晋宋之际的士族文人，他在安闲优裕的条件下过的是清谈玄理和登临山水的生活，他的山水诗，善于铺陈雕琢，具有富艳精工的特色；王维的山水诗，主要作于他的后期，这时他政治上转入消极，过着“万事不关心”的隐逸生活，因而其山水诗的风格虽明净清澈，偶尔还表现出宏大的气魄和雄浑的意境，但静穆却成了他全部山水诗的基调；孟浩然一生隐居，他的诗歌主要是隐逸生活的反映，风格与王维相近，但往往寓壮逸于冲淡之中，含蓄清丽，诗人的主观感情表现得比较活跃；韦应物有进步的政见和安贫守道不事权贵的品格，他的山水诗，寄托了他对现实的不满和洁身自

---

① 元好问《遗山先生文集》卷十一《论诗三十首》其四诗下自注。

② 刘熙载《艺概》卷二《诗概》。

③ 张戒《岁寒堂诗话》卷上。

好以道自全的思想，风格简谈秀朗，在艺术上达到了非常纯熟的境界。比较说来，柳宗元贬官后写的山水诗，更多地抒发了诗人忧伤悲愤的感情，由于沉郁悲愤成了他诗歌的基调，因而，他诗歌在艺术风格上所表现的明净简峭，就和谢灵运的富艳精工、王维的明净清澈、孟浩然的冲淡壮逸，有着明显的不同。而和韦应物相较，二者在清澄疏淡方面比较近似，然柳宗元由悲愤沉郁反映在诗风上的峻峭清劲，又是和韦应物诗不尽相同的。这些事实，说明在各个不同的诗人的作品中，虽有时也有相似的风格特征，但他们每一个人的风格的个人面貌，仍然可以清楚地辨认出来。他们的诗歌，在具有一定的风格的共同性的情况下，不仅柳宗元诗歌的风格保持着自己的独特性，而且独特性也是谢灵运、王维、孟浩然、韦应物等诗歌的风格所固有的。这一事实，也说明在文学史上有成就的文学家，由于他们各自的生活道路不同，思想、个性不同，尽管他们以相同的题材、形式、语言来创作，也不可能写出艺术风格完全相同的作品。马克思说的“风格就是人”，就正是这个意思。

七

通过对柳宗元寓言、传记、游记、辞赋、诗歌等各种文学形式中有代表性的作品的具体分析，我们清楚地可以看到，他的文学创作有好几副笔墨，他作品所呈现的艺术风格是丰富多彩的。前人对柳宗元文学创作的艺术风格，曾发表过许多不同的看法。比如宋人李涂说它“如泉”①，明人杨慎说它“如江”②，清人刘熙载则说它“如山”③，三人的看法就各不相同，而且差别很大。韩愈称柳文

① 李涂《文章精义》一七。

② 杨慎《升庵诗话》卷五。

③ 刘熙载《艺概》卷一《文概》。

"雄深雅健"[①]，宋高似孙称柳文"卓伟精致"[②]，这两家看法虽比较相近，但似乎仍难概括柳文艺术风格的全貌。李涂、杨慎、刘熙载等人对柳文风格评述的不同，主要是由于他们对柳文风格的丰富多彩认识不足，各人从不同的方面以偏概全，因而得出了不同的结论。其实，柳文的艺术风格，不仅前期和后期有变化，即使同时期的作品，也往往因为内容的需要，采取不同题材，运用不同形式和方法，而表现出各种不同的风格特色。前面对柳宗元各类作品的具体分析，就充分地证明了这一点。

文学创作上的这种现象是很普遍的。刘勰在《文心雕龙·定势》篇中就说过："夫情致异区，文变殊术，莫不因情立体，即体成势也。势者，乘利而为制也。如机发矢直，涧曲湍回，自然之趣也。圆者规体，其势也自转；方者矩形，其势也自安。文章体势，如斯而已。""文情"不同，作为文章主干的"文体"就不同，从而标志着文章的谋篇布局和规模气概的"文势"（即风格）也就各有特色。而作家从事创作，必然要考虑文情、文体的特征：是"圆者规体"，还是"方者矩形"？然后才能"循体而成势，随变而立功"。这说明同一作家的不同作品，是可能各有其不同的风格特色的。事实上，有许多古今中外的著名作家，他们作品的艺术风格，从来就是丰富多彩的。例如我国古代伟大的浪漫主义诗人李白，在他的诗歌中，就不仅有像《蜀道难》、《梁甫吟》这类在风格上雄奇飘逸的诗篇，同时还有像《丁都护歌》这类风格沉郁的诗篇，和《春思》这类富有情致、风格纤柔的诗篇。又如曾经被列宁誉为"天才艺术家"的列·托尔斯泰，他的讽刺性的着重心理描写的中篇小说《伊凡·伊里奇之死》，固然在风格上与他那些主要特点在于以通俗易懂和"训诲"为目的的短篇小说不同；就是他的长篇小说《复活》，在风格上也和《复活》以前的长篇小说有着明显的变化。我们在探讨一些具有鲜明个性的伟大作家的艺术风格时，如果不充分注意到这一点，那么他们文学

---

① 参阅《刘梦得文集》卷二十三《唐故柳州刺史柳君集序》。

② 高似孙《纬略》卷三。

作品在风格方面所表现出来的种种现象，就很难作出恰当的解说。正是因为这样，所以我们探讨柳宗元文学创作的艺术风格，就必须从具体分析他的代表作入手，在较为广泛而全面的分析的基础上，才有可能就其主导倾向，来概括出他文学风格的总的特色。

我们通过对柳宗元丰富多彩的艺术风格的分析，从中看到了他自己的艺术风格的独特性。这是他艺术才能丰富和成熟的表现，是与他艰苦的创作劳动分不开的。柳宗元文学创作所表现的总的风格特色，就是沉郁简峭。这个风格特色，不仅反映了柳宗元个人在不幸遭遇中的品格，也在一定程度上反映了他所处的时代的特征。他文学作品中的忧伤沉郁，并不仅仅是由于他个人遭际的不幸，而是由于中唐那个日益衰败的时代的不幸。他为时代而忧伤，为自己的理想不能实现而沉郁，因而他在创作中表现出这样一种特色：忧伤而不消沉，沉郁而不颓废。这是他文学创作所体现的一种很可贵的时代的特色。

略谈柳宗元的骚体赋

建国以后，柳宗元在中国古代文学家中算是运气比较好的一位，在相当长的一段时期内，他的运气至少要比韩愈好得多。人们称赞最多的，首先是其哲学上有朴素唯物主义无神论思想；其次是其政治上因为参加过王叔文政治集团，称赞他具有敢于同保守派作斗争的革新的、进步的政治思想；而对他文学作品的研究，则往往侧重于他写的山水游记、寓言小品和人物传记等方面，总的来说，对他创作中的辞赋部分，则较少涉及，偶尔提到，也往往浅尝辄止。其实，研究柳宗元，其在辞赋方面的创作成就，也是很值得好好探索的。

说到柳宗元的赋，人们往往只注意到他创作的所谓“九赋”、“十骚”，即今传《柳宗元集》第二卷标明“古赋”类的九篇赋和第十八卷标明“骚”类的十篇赋。其实今传《柳宗元集》中属于辞赋的作品，并非只是这十九篇，比如在第十四卷标明“对”的这一类中，《天对》一篇，就是用屈原《天问》的写法来回答《天问》中所提出的问题的，当然也属于辞赋。宋人晁补之就曾取此篇附于《续楚辞》；取同卷中的《愚溪对》附于《变骚》，认为柳宗元此篇，“亦《对襄王》、《答客难》之义而托之神也”。

第十五卷标目为“问答”的这一类，也有辞赋性质，尤其是本卷第一篇《晋问》，明显地可以看出是效枚乘《七发》而作的讽时之作。“七体”是赋体中的另一种形式，也属于辞赋。所以晁补之也把它附于《续楚辞》。同卷的第二篇《答问》，末了一段“歌曰”，从语调、形式、虚词方面，就全都采用《楚辞》体式：

尧、舜之修兮，禹、益之忧兮，能者任而愚者休兮。跹跹蓬藋，乐吾囚兮。文墨之彬彬，足以舒吾愁兮。已乎已乎，曷之求乎！

第十九卷标目为“吊赞箴戒”。头三篇吊文《吊苌弘文》、《吊屈原文》、《吊乐毅文》，也完全是《楚辞》的体式和格调，尤其是其中的第二篇《吊屈原文》，柳宗元结合自己的身世遭遇来吊屈原，声长而语悲，使内容和形式得到了较好的统一。

外集卷上还有赋三篇：《披沙拣金赋》、《迎长日赋》、《记里鼓赋》。这是柳宗元早年为应进士科考试时的习作，内容无多大意义。

总起来看，今存《柳宗元集》中的辞赋共三十三篇。这些作品，除其中三篇为应科举而作者外，都是他在从政失败贬官永州以后所作。这些作品既不同于铺张扬厉咏物写景的大赋，也不同于一般体物写志的抒情小赋，而是直接继承并发展了屈原百折不挠的战斗精神而写成的骚体赋。

从辞赋发展的角度来看，在屈原开创骚体赋之后，在柳宗元大量写作骚体赋之前，似乎还很难找得出一个在骚体赋的创作上达到像柳宗元这样有成就的作家。宋人严羽在《沧浪诗话》中说：“唐人惟柳子厚深得骚学。”清人李调元在《赋话》中也说：“唐人惟柳柳州可称骚学独擅。”其实，岂止是在“唐人”中“惟柳子厚深得骚学”，“骚学独擅”，在唐以前也没有第二个，就是在唐以后恐怕也不可多得。

为什么唐代众多的文人作家中惟柳宗元“深得骚学”、“骚学独擅”？能写出那么多优秀的骚体赋来呢？原因当然是多方面的。但归结起来，最根本的原因就在于柳宗元的政治遭遇、生活道路、思想性格、文学修养诸方面与屈原有很多相似之处。他们在各自的时代生活中，都对黑暗的现实社会深感不满，都因为积极改革腐败政治而遭遇政敌们的打击和迫害，都因为身遭贬逐而有志难申，都具有高尚节操而不愿同流合污，都有很高的文学修养并要求在失败的处境中用文学来继续进行战斗。正是由于有上述种种因素,因而当柳宗元运用屈原所开创的骚体赋这种形式来抒写自己抑郁的情怀,反映自己的斗争时,就很自然地出现与屈原相似的激情和近似的艺术风格。这也就是柳宗元所以能“深得骚学”的根本原因。

当然,柳宗元之所以能深得屈原所开创的“骚学”,与他对屈原的无比景仰,并且善于向屈原学习也是分不开的。柳宗元以前的古文家,一般都对屈原、宋玉的辞赋表示鄙弃,例如李华在《尚书崔孝公集序》,柳冕在《与滑州卢大夫论文书》、《与徐给事论文书》中,就都批评屈、宋辞赋的哀伤恢诞,而柳宗元则不仅赞赏“屈原之辞”,主张学习屈原。而且简直就把屈原看作是自己的榜样,自己理想的化身,自己精神的寄托。当他被贬逐去永州途经汨罗时,首先就想到凭吊投身汨罗江自尽的屈原,他采用骚体赋的形式作《吊屈原文》,尽情地歌颂屈原为坚持自己的理想而嫉恶如仇、刚正不阿的高贵品格。赋的开头便说:

后先生盖千祀兮,余再逐而浮湘。求先生之汨罗兮,览蘅若以荐芳。愿荒忽之顾怀兮,冀陈辞而有光。

他把屈原引为自己的同道,只能向他倾诉自己的不幸。

先生之貌不可得兮,犹仿佛其文章。托遗编而叹喟兮,涣余涕之盈眶。

此段抨击政敌们苟且偷安,表示自己将永远以屈原的高风亮节作为自己的楷模:

吾哀今之为仕兮,庸有虑时之否臧?食君之禄畏不厚兮,悼得位之不昌。退自服以默默兮,曰吾言之不行。既媮风之不可去兮,怀先生之可忘!

也正是因为这样，所以他在此后长期的贬谪生活中，在从事文学创作时，常常要把屈原和自己紧密地联系在一起。元和三年(808)，他在长诗《游南亭夜还叙志七十韵》中便有句云：

投迹山水地，放怀咏《离骚》。

因为柳宗元有与屈原相似的不幸遭遇，这个“咏《离骚》”，恐怕就不仅仅是指吟诵屈原的《离骚》，而且还包含着吟咏以《离骚》的体式来创作的自己的作品。他在《答韦中立论师道书》中谈他的写作体验时就说过：“参之《离骚》以致其幽。”这就是说，他是自觉地学习屈原的《离骚》来抒写自己幽深哀怨的情致的。确实，柳宗元与屈原相类似的满腔积愤，也正是因为他成功地学习了骚体的笔法，才得到了充分的表达，因而能创作出那么多优秀的骚体赋来。

章士钊先生在《柳文指要》一书中，认为韩愈也排斥屈原骚赋，说他“无一字道着屈原，是退之隐排骚与明排释”。此说欠妥。韩愈也是主张学习屈原《离骚》之类作品的，他在《进学解》中说他学习前人的著作时，就明明白白地说到要学习屈原的《离骚》，只是他在这方面的成就不如柳宗元。所以严羽在《沧浪诗话》中肯定“唐人惟柳子厚深得骚学”的同时，才顺便说“退之、李观皆所不及”。我认为这并不是韩愈的文才诗性情不及柳宗元，而主要是由于韩愈缺乏写好骚体赋生活条件，思想、性格、气质也与屈原、柳宗元不尽相同。我们决不能因为这一点而贬抑韩愈。韩愈在《柳子厚墓志铭》中就说过，柳宗元在文学辞章方面所取得的杰出成就，与他长期被贬逐后穷极潦倒的生活有关，假如“子厚斥不久，穷不极，虽有出于人，其文学辞章，必不能自力以致必传于后如今无疑也”。这个说法是很有道理的。

柳宗元的赋，有人把它分作侧重于陈情和侧重于咏物两类，其实就思想内容来看，都是旨在抒情。有些被认为是咏物的赋篇，如《牛赋》、《瓶赋》、《骂尸虫文》、《憎王孙文》等，实际都是用寓言的笔法来写的骚体赋。这主要是因为柳宗元在政治斗争失败以后的不利处境中，既要继续斗争，又想避免带来更大的祸害，因而采用了这种托物言志的讽刺笔法。《牛赋》、《瓶赋》、《乞巧文》、《斩曲几文》等，全文采用四言诗体赋的形式，可说是辞赋中推陈出新的创造。他的《哀溺文》、《骂尸虫文》、《憎王孙文》等讽刺现实的小赋，从内容到形式，都别开生面，最能显示其在辞赋创作中的独创性。

柳宗元辞赋中最为人们称道的是他的《惩咎赋》、《囚山赋》、《闵生赋》等抒情的骚赋。这些作品都是用《离骚》、《九章》的体式，直接抒写其贬谪中的悲愤激情。

《惩咎赋》是柳宗元贬逐到永州的第三年(807)，仿屈原《九章》的体裁来写的。这时柳宗元处境极为困苦，思想上也极为苦闷。题目虽名曰“惩咎”，实则完全是反语，作品不仅没有丝毫悔罪之志，相反却表示了他立志的坚贞和对自己遭受迫害的强烈抗议。我们不妨举其中的最后一段来看看：

曩余志之修蹇兮，今何为此戾也？夫岂贪食而盗名兮，不混同于世也。将显身以直遂兮，众之所宜蔽也；不择言以危肆兮，固群祸之际也。……幸余死之已缓兮，完形躯之既多。苟余齿之有惩兮，蹈前烈而不颇！

这一段集中地表现了柳宗元对自己所以遭贬逐的看法和他所持的态度。他知道他之所以罹罪遭贬，完全是由于他不能与政敌们同流合污，完全是由于他生性耿直，坚持自己的政治理想。事到如今，虽然已免于一死，但他仍将继续斗争，准备“蹈前烈而不颇”，步先烈的后尘！寥寥几句，使我们看到一个坚持自己理想和抱负的知识分子，在遭受迫害之后仍然坚贞不屈的高贵品格！作者采用骚赋这种语言顿挫有节奏的形式来表达，声悲而音长，突出地显示了他骚赋的沉郁悲愤的艺术风格。

《闵生赋》也是柳宗元在永州用骚体来写的比较集中地描写了他满腔悲愤的代表作。我们读一读其中的几个片段：

气沉郁以杳眇兮，涕浪浪而常流。膏液竭而枯居兮，魄离散而远游。言不信而莫余白兮，虽遑遑欲焉求？

他为自己不幸的遭际而伤痛，他流泪，他神情恍惚，他感到自己的心事无处诉说。

骐骥之弃辱兮，驽骀以为骋。玄虬蹶泥兮，畏避蛙黾。

他痛斥贵族旧官僚们当道，而有才能、有抱负的人反而被弃逐不用。

顾余质愚而齿减兮，宜触祸以阽身。知徙善而革非兮，又何惧乎今之人！

他明白他之所以遭殃，是由于他不愿和宦官旧官僚们同流合污，是由于他想实现政治上的革新。他表示自己宁愿遭受祸殃也决不愿意改变自己的志向。

虑吾生之莫保兮，忝代德之元醇。孰眇躯之敢爱兮，窃有继乎古先！

最后，他还是倔强地表示，为了实现自己的理想，他还要坚强地活下去。

这一篇，真是悲愤激越，字字血泪。它同样显示了柳宗元在遭到失败和打击之后，继续正直不阿、坚持理想的高尚精神。作品在风格上的沉郁悲愤，也完全与作者的思想情绪相表里。赋中把"骐骥"与"驽骀"作对比，这是采用《怀沙》与《卜居》中的一些写法。

《囚山赋》也突出地体现了柳宗元骚赋的风格特色。柳宗元作这篇赋时，贬到永州已经十年。永州山明水秀的自然特色，固然可以尽情欣赏，但这并不能解除他精神上的痛苦，并不能使他因沉迷山水而放弃自己的政治志趣。他赏山林，爱秀丽的山水景色；但他又恨山林，恨这里的山林十多年来一直囚禁了他。他在精神上极度烦闷的时候，甚至把这里的丘壑草木也都比作了陷阱。他感到自己身在贬所，永州附近连绵不断的山岭，冈峦起伏，就仿佛牢狱一样；他感到自己就好比是牢狱中的囚徒，丛林就仿佛是围绕着牢狱的荆棘，虎豹的咆哮代替了牢犬的吠声。

从《囚山赋》可以看出，柳宗元骚体赋沉郁悲愤的艺术风格，在他被贬十多年来是始终保持着的。

柳宗元骚体赋在艺术风格上与屈骚极相近似。这一点，宋代的严羽、刘克庄，元代的袁桷，明代的何良俊、周履靖，清代的沈德潜、方东树、林纾等，都是一致公认的。

谈谈《柳宗元集》的版本问题

大家都知道，做研究工作，必须依据准确可靠的材料。我们研究柳宗元，无论是研究他的哲学思想、政治主张，或者文学创作，选择一个较好版本的《柳集》，是一件非常重要的事。因为柳宗元的著作，从刘禹锡最早开始编纂《柳河东集》之后，历代曾编印过许多不同的版本。由于时代久远，官刻私刻家数很多，因而良莠不齐，有的版本存在的讹、脱、衍、倒就相当严重，据我编纂的《柳宗元诗文二十种善本异文汇录》的粗略统计，《柳集》四十五卷，经二十种善本互相对校，已校出讹、脱、衍、倒一万一千多处。这是一个非常值得我们重视的问题。

大概从一九七六年开始，我和几位学界同道，曾合作校点整理新本《柳宗元集》，为了做好这个工作，我们利用北京学术藏书丰富的有利条件，把北京图书馆、首都图书馆、北京大学图书馆、科学院图书馆等各处所收藏的《柳集》善本图书，都进行了比较广泛的调查研究，同时也翻阅了一些有关版本目录方面的资料。我们新整理校点的《柳宗元集》就是在这个基础上进行的，前后历时三年左右，于一九七九年十月由北京中华书局出版，出版后学术反映良好，认为是目前通行的《柳集》中最好的一种。

这里我想粗略地谈谈关于《柳宗元集》的版本情况。为叙述方便起见，我想分几个问题来谈。

一　刘禹锡最早所编《柳集》到底是个什么模样?

我们在校读《柳集》卷首刘禹锡所作的序言时，首先便遇到了一个具体问题，即今所见诸本《柳集》所载刘序，都说他编柳文“为四十五通”；而诸本《刘梦得文集》所录此文，都说“编次为三十通”；《全唐文》和《四库全书总目》则说“编次为三十二通”。同一篇刘序，对所编《柳集》的卷数，就有三种不同的提法。由于刘禹锡所编《柳集》原本早已散失不传，那么这三种提法，到底哪一种较为可靠呢？这是谈《柳集》版本源流首先需要探索的问题。

据南宋陈振孙《直斋书录解题》卷十六说：

> (《柳集》)刘禹锡作序，编次其文为三十二通，退之之《志》若《祭文》附第一通之末。今世所行本皆四十五卷，又不附志文，非当时本也，或云沈元用所传穆伯长(修)本。

清人纪昀《四库全书总目》卷一百五十也说：

> 考今本所载禹锡序，实作四十五通，与振孙所说不符。或后人追改禹锡之序，以合现行之卷数，亦未可知。要之，刻韩、柳集者自穆修始，虽非禹锡之旧，第诸家之本，亦无更古于是者矣。

陈振孙认为刘禹锡原编《柳集》是三十二卷，不是四十五卷。理由是刘氏原编在第一卷之后附有韩愈写的《墓志》和《祭文》，而四十五卷本都不附志文。他怀疑四十五卷本是沈晦所传的穆修本。纪昀根据陈振孙的这种说法，进一步推断诸本《柳集》所载刘序不作“三十二通”而“作四十五通”，是后人“追改”刘序，以合所见《柳集》的卷数。

查《新唐书·艺文志》和《宋史·艺文志》，著录《柳宗元集》都是三十卷，晁公武《郡斋读书志》所录则为正集三十卷、《集外文》一卷。清人莫绳孙认为《柳集》“诸本分卷各异，要以三十卷者为最古”，说“三十二卷”，那是因为包括了《外集》和《附录》。刘寿曾也认为“三十卷本最古”，有人说三十二通，当是正集三十卷、《外集》一卷、《目录》一卷。莫绳孙和刘寿曾把三十卷本和三十二卷本两种不同的说法统一了起来。这种见解，与诸本《刘梦得文集》所录的刘序作“编次为三十通”的说法完全一致，看来比较接近事实。

刘禹锡原编《柳集》三十卷，到北宋时已很少流传，那么最早的四十五卷本又是谁编的呢？这个问题现在已很难查考。穆修在北宋仁宗天圣元年(1023)刊行的《河东先生文集》，是个四十五卷本，但这并非穆修所首创，他只是校定和重印了“往昔之藏书”。据他为此书所写《河东先生文集后序》中说，他多年来想找一部完整的《柳集》而未得，直到晚年才见到一个本子，“联为八九大编，夔州前序其首，以卷别者凡四十有五”，且“书字甚朴，不类今迹”，而且错字极少，偶尔“有一二废字”，也是由于“陈故劘灭”。看来他所见到的这个四十五卷本，时代比他所刻要早得多，而且比较完美。可惜他未具体说明原编者的姓氏，而单凭“夔州前序其首”一语，也不能断定即是刘禹锡原编旧物。

经穆修校定的这部《河东先生文集》，用大字刊行，因为它出自穆家，又盛传是刘禹锡旧物，因而所传最广。据北宋沈晦在他所写的《四明新本河东先生集后序》中说，当时流传的《柳集》，除了出自穆修家的四十五卷本，还有小字三十三卷本、曾丞相家本和晏元献家本三种。在这四种本子中，比较而言，晏元献家本“最为精密”。沈晦自述他在北宋徽宗政和四年(1114)校定刊行《四明新本河东先生集》时，考虑到“大字四十五卷所传最远，初出穆修家，云是刘梦得本”，所以便“以四十五卷本为正，而以诸本所余作《外集》”。他把这几种本子“参考互证”，还参校了《唐书》、《左传》、《国语》，加上自己的意见，共纠正错误两千多处①。从沈晦所说的情况来看，

---

① 见沈晦《四明新本河东先生集后序》。

他为校定和刊行《柳集》，是付出了辛勤的劳动的，但沈晦认为他所采用“大字四十五卷”本“是刘连州旧物”，这是一个误会。这个误会，陈景云在《柳集点勘》中也曾经指出，说(沈晦)认为“大字本出穆修家”，“云是刘梦得本，殆读穆序未审而失之，盖刘本之亡久矣”。

沈晦的这一误会，对后来影响很大。直至今天，还有人认为四十五卷本出自刘禹锡手编。这个误会最早就是从沈晦开始沿袭下来的。

二 南宋早期的“柳州本”《柳集》和“永州本”《柳集》

穆修本、沈晦本以及北宋刊行的其他各种版本的《柳集》，都早已散佚失传，我们只能从它们仅存的序跋及有关史料中约略看到一点概貌。

宋代南渡以后的一百四五十年间，是刊行《柳集》和校注柳文最为盛行的时期。而南宋初期较早刊行的《柳集》，从现有材料来看，似当推柳州郡守常同在绍兴四年(1134)所刻的《柳州旧本河东先生集》和永州郡庠叶桯在乾道元年(1165)所刻的《柳州集》。

常同所刻柳州本《柳集》，现仅存李褫所作的一篇序——《柳州旧本河东先生集后序》。单凭这篇《后序》，已很难判它出自何本。而叶桯所刻永州郡庠本《柳州集》，虽然它的正集三十卷也已散失，但是《外集》一卷和叶桯所写的原序一篇——《重刊柳文后叙》，却完整地保存了下来。这部书的原刻本，现珍藏在北京国家图书馆，此书采用桑皮纸印制，白洁如玉，四旁宽广，字大者如钱，都是颜柳体，笔法整齐，墨色精纯，气味古朴，确实是宋刻珍本。现在所能见到的宋刻《柳集》中，它可能是最早的一种了。

这本《外集》，和现在所见《柳集》其他各本的《外集》都有很大不同，主要有两点:第一，它所收录的诗文共四十三篇，其中三十二篇其他本子都编入正集，只有八篇，其他本子也编入《外集》;第二，此书中有一首诗——《送元暠师诗》和两篇文章——《上宰相启》、

《上裴桂州状》，则为诸本《柳集》正集、《外集》均未见。莫绳孙在为此书所写的《跋》文中，说他"所见《柳集》近十种"，《外集》皆二卷，只有晁氏《郡斋读书志》"作一卷"。晁公武与叶程是同时代人，所录《外集》一卷，当"即此永州本"。刘寿曾曾将此《外集》与郭云鹏济美堂本《河东先生集·外集》进行对校，发现济美堂本"与此本次第多异"，虽亦有可正此本之误者，然此本文字"胜于通行本者致多"；他又将此本与北宋所编《文苑英华》"表类"所收柳文对校，发现凡《英华》注"集作某"者，又多与此本合。

这个本子曾长期湮没无闻，直至清同治十二年(1873)莫绳孙始得之于金陵市上，光绪四年(1878)合肥人蒯光典采用西法晒照影刻；后一年，又有李滨刻本，此书才得以流传。

在叶程刻《柳州集》之后，至绍熙二年(1191)，零陵郡守赵善惿又曾刻《柳文》钱重校本。据赵氏所作《柳文后跋》中说：

> 子厚居永最久，作文最多，遣言措意最古。衡湘以南，士之经师承讲画为文词者，悉有法度可观。意其故家遗俗，得之亲授，本必精良，与它所殊。及到官，首取阅之，乃大不然，讹脱特甚。……因委广文钱君多求善本订正，且并易其漫灭者，视旧善矣。

永州州学教授钱重在《柳文后跋》中也说：

> 子厚居愚溪几十年。……重冒昧分教此邦，意为柳文必有佳本，及取观之，脱缪讹误特甚，而又墨板岁久漫灭太半。今史君赵公……命重为之是正，且俾尽易其板之朽弊者。

两篇跋文反映了一个共同的问题，即永州所刻《柳集》，没有一个"精良"的"佳本"。从叶程刻《柳州集》，到赵、钱二人作《柳文后跋》，时隔不过二十六年，然两篇跋文都未明确提到叶程刻郡庠本《柳州集》的事，也可能他们并不认为这是个"佳本"。钱重在跋文中曾举《吏商》篇为例，说他曾根据善本，校正了其中的不少“脱缪讹误”。可惜钱重校本今已不传，他所据善本，也已无从查考。

三　各家注释本的出现

《柳集》从各种白文校本到各种注释本的出现，有一个演进的过程。《柳集》注释本出现的时代，从现有材料来看，当在李石(1108—?)之后。在此之前，虽间或亦有为柳文作注者，可惜这些注本的原刊本都已不复可见，除韩醇《柳文诂训》一种现在尚独立成书外，其他许多家的注文，我们已只能从现存的几种集注本中看到一些。

韩醇《柳文诂训》是南宋淳熙四年(1177)所刻。此书以沈晦本作底本，并“校以家集”，“稽之史籍”，也校正了沈晦本的不少错误。韩醇搜葺遗佚，编成《新编外集》一卷“附于《外集》之末”，这是沈晦原本所没有的①。此书今存《新刊诂训唐柳先生文集》四十五卷、《外集》二卷、《新编外集》一卷，有北京图书馆藏“《四库全书》底本”和文津阁《四库全书》本两种。这两种本子，其实也已经不是韩醇《柳文诂训》的原貌。书中多处直录孙汝听、张敦颐等人的注文，书名加上“新刊”二字，也说明它是经过后人重新整理的。

《柳集》各家注本的大量出现，为后来出现的集注本准备了条件。根据现有材料分析，今传《增广注释音辩唐柳先生集》的前身，可能是《柳集》集注本中最早的一种。“增广”本中存在的有些现象，似乎反映出这个集注本也有一个发展的过程。它最初可能只是集童宗说、张敦颐、潘纬三家注，这个三家注本的集注者是谁，无明文记载。三人都是同时代人，而童、张略早于潘，也有可能即潘纬所辑。“增广”本似当是三家注本之后的本子，童、张、潘三家的注文虽占此书注文的绝大多数，但它把原来的三家增为九家(其实

① 见韩醇《河东先生集记后》。

除刘禹锡外只有八家），故在书上冠以“增广”二字。但注文比较简略，不如南宋其他集注本注家众多，内容翔实。它有“增广”之名，而无“增广”之实，很可能是略晚于潘纬的书商所刻。

有人认为今传《增广注释章辩唐柳先生集》即是潘纬《柳文音义》，这当然是一种误解。《四库全书总目》也早已指出过这种说法的错误。二书的很大不同，还在于潘纬《柳文音义》采用的是三十三卷本，而《增广注释音辩唐柳先生集》则为本集四十三卷，另有《别集》、《外集》、《附录》。这不仅与潘纬“自撰之体例”不同，与刘禹锡所编三十卷本也不一样。它把《非国语》另编为《别集》二卷，在此前《柳集》中亦不多见。

此书现在比较通行的，是《四部丛刊》影印元刻麻沙本。但我们发现北京图书馆所藏《增广注释音辩唐柳先生集》与《四部丛刊》本略有不同，它比《四部丛刊》本多《外集》一卷、《年谱》一卷，文字、纸张、墨色都颇精好，书前有潘纬行书原迹序文一篇，亦为《四部丛刊》本所无。袁克文鉴定此书为宋刻本，但北京图书馆认为是元刻建本。

四　今传较好的几种《柳集》版本

前述《柳集》穆修本、沈晦本以及北宋刊行的其他许多版本，都早已散失，我们只能从现在仅存的序跋和有关史料中约略地了解它们的概貌。

宋代从南渡以后的一百四五十年间，是校注柳文和刊行《柳集》最为盛行的时期，此后，元、明、清各代，陆续都刊行新本。但流传至今比较好的《柳集》版本，为数并不是很多，主要有以下几种：

（一）《新刊增广百家详补注唐柳先生文集》（简称“百家注本”）。

（二）《五百家注柳先生文集》（残本）（简称“五百家注本”）。

（三）《重校添注音辩唐柳先生文集》（残本）（简称“郑定本”）。

（四）世彩堂本《河东先生集》（简称“世彩堂本”）。

（五）《增广注释音辩唐柳先生集》(简称“音辩本”)。

（六）《新刊诂训唐柳先生文集》(简称“诂训本”)。

（七）永州本《柳柳州外集》(简称“永州本外集”)。

以上几种本子，除了“永州本外集”，都是四十五卷本。现在简略作些介绍：

“百家注本”是现存《柳集》宋刻本中时代较早而又比较完整的本子，是一部比较详善的集注本。今存原海源阁杨氏旧藏一部，北京图书馆将其作为珍本收藏。此书正集四十五卷，都完好无缺，经鉴定为宋刻蜀本，现在已经是海内孤本。

“五百家注本”现在只有残本。北京图书馆所藏南宋原刻本，现只存残本十一卷(卷十六至二十一、卷三十七至四十一)；另有《四库全书》文津阁本，现存正集前二十一卷、《外集》三卷、《附录》四卷；商务印书馆影印《四库全书》文渊阁本，现存正集前二十一卷、《附录》四卷、《新编外集》三卷、《龙城录》二卷。

我们把“百家注本”和“五百家注本”两相对校，发现这两个本子基本上是相同的。二书不但在卷首所列注释者姓氏基本相同，而且正文、注文除少数刻误外，也几乎无大两样。稍有差异的是：

（一）“百家注本”只有正集，而“五百家注本”有正集、《外集》及《附录》。

（二）“百家注本”在卷首所列注释者姓氏为 101 人，而“五百家注本”连同编者魏仲举自己在内，实为 102 人。又，“百家注本”于所列各家姓氏之后，尚附注“新添集注一家、续添补注一家”；而“五百家注本”附注则作“新添集注五十家、续添补注七十家”。二书实际并不存在这么大的差数。魏仲举虚夸注释者人数，以示其采摭之富，这一方面固然是为了凑合与所刻《五百家注昌黎先生集》并用“五百家注”；同时也是他作为一个书商，想以此作为获利的手段。

（三）二书在注文上出入比较明显的，主要是第十四卷《天对》一篇。

魏仲举刻“五百家注本”，成书于南宋庆元六年(1200)。“百家注本”的成书年代和编者姓氏，尚有待作进一步的考证。但我个人认为，“百家注本”成书的时间可能略早于“五百家注本”。理由是：

第一，“百家注本”正文和注文中的错别字，在“五百家注本”中都有所改正，“百家注本”不误而“五百家注本”有误的情况虽偶尔也有一些，但并不多见。

第二，宋代前期刻书，无论官刻私刻，都大量采用俗写省笔字。“百家注本”俗写省笔字甚多，而南宋原刻“五百家注本”所用俗写笔字甚少，南宋晚期所刻的“世彩堂本”就已根本不用俗写省笔字。

第三，“百家注本”与“五百家注本”都系坊刻，坊贾为刻书贸利，虚夸注者人数，一般都由少到多，按注本发展而言，亦当是由简入繁。

根据上述材料，因而可以推知“百家注本”当略早于“五百家注本”。“五百家注本”是否是在“百家注本”的基础上进行了“新添”和“续添”，从二书正文和注文的几乎完全一致来看，这个可能性是较大的。

五　谈谈“世彩堂本”

在“五百家注本”于南宋庆元六年(1200)问世之后，大约又过了十余年，姑苏郑定于宁宗嘉定年间，在嘉兴刊行《重校添注音辩唐柳先生集》四十五卷(简称“郑定本”)。这个本子，是郑定在“百家注本”和“五百家注本”的基础上经过重校添注而成。书中对前人注文，都保留原注者姓氏；凡自己新校或增注的文字，则以“重校”或“添注”标明。此书已在清代散失，现仅剩残本五卷(卷十八至二十、卷四十三至四十四)，藏北京图书馆。清初何焯曾以此本校柳文(简称它为“大字本”或“重校”)，我们现在只能从他的校本和《义门读书记》中略见其概貌。

在《柳集》集注本中，南宋末年度宗咸淳年间廖莹中刻的“世彩堂本”《河东先生集》，一向以版刻精美见称。廖是福建邵武人，是贾似道的门客，颇得贾的信赖。“相传其刊书时用墨，皆染泥金香麝为之”[①]。所刻韩、柳集，人们多称其精美；但陈景云却认为“其人乃粗涉文艺，全无学识者”[②]。我们将“百家注本”、“五百家注本”、“郑定本”和“世彩堂本”进行对校，发现“世彩堂本”虽刻工精美，校正了一些文字错误，新添并改正了少数注解。但廖莹中的刻书态度是极不严肃的。他在书中明明直接采用了继“百家注本”、“五百家注本”系统下来的“郑定本”，在“凡例”中却不仅只字不提，反而诡称其“世彩堂本”中的“所载篇章”是“从沈晦本所定次第”，并指责“五百家注本”的“诸家注文，间多庞杂”，吹嘘他以阁、京、杭、蜀及诸郡本“并加雠校”，“其间是正颇多”。尤其重要的是，他把“百家注本”、“五百家注本”和“郑定本”在每条注文前一直完好地保留下来的注者姓氏一律删去，这不仅给柳文研究者带来不便，而且使某些注文造成了不应有的混乱。再就其校正柳文来说，也依然纰谬颇多，有些讹脱衍倒甚至为它本所无，比如在《霹雳琴赞引》一文中，一下就脱落“火之余又加良焉”七字，“百家注本”、“五百家注本”和“郑定本”中，就都没有这个脱误。

廖氏原刻《河东先生集》四十五卷、《外集》二卷，现藏北京图书馆。

此书虽版刻精工，但从问世以后，直至民国元年，传本极少。这一方面固然是由于世人“深鄙莹中为人”[③]；与“廖氏刻此书后，其势旋败，国事亦隳”，也可能有一定关系[④]。民国初年，罗振常蟫隐庐影印此书，才使其得以广为流传。影印本比廖氏原刻本多《外集补遗》一卷、《龙城录》二卷、《附录》二卷、《集传》一卷、《后序》一卷，系据明郭云鹏“济美堂本”所补入。1960 年，中华书局上海编辑所曾据影印本断句排印，删去《龙城录》二卷，现在流传比较广

① 丁日昌《持静斋书目》卷四。

②③ 陈景云《韩集点勘书后》。

④ 罗振常《重印河东集凡例》。

泛。我们整理新校《柳宗元集》为什么决定以“百家注本”为底本?主要有以下几个原因:一是因为“百家注本”是现存《柳集》宋刻本中时代较早而又比较完整的本子。北图所藏“百家注本”,正集四十五卷完好无缺,经鉴定为宋刻蜀本,已是海内孤本,急待整理抢救;二是北图所藏宋刻“世彩堂本”虽也完整,但比“百家注本”至少晚出七八十年,且一九四九年后已排印出版,流传较广;三是因为其他南宋刻本都已残缺不全。

六 《柳集》的三种明代刻本

元代刻书的风气相当盛行,但《柳集》刻本不多。明代刻印的《柳集》不少,比较受人们称道的,主要有郭云鹏的“济美堂本”《河东先生集》、游居敬校《柳文》、蒋之翘辑注本《柳河东集》等几种。前二种均刻于明代嘉靖年间,后一种则刻于明代末年。

关于“济美堂本”,长期以来流行着一种比较普遍的说法,即认为“济美堂本”是“世彩堂本”的翻刻本。这种看法,不仅流传在口头上,而且甚至标明在书本上。比如有些图书馆在所藏“济美堂本”《柳集》的函套上,就写上了“明济美堂郭氏覆刻宋世彩堂本”的字样。我们把“济美堂本”与“世彩堂本”的版式行字相比较,二书确实无大两样,但二书在内容上却不存在翻刻问题。关于这个问题,罗振常在影印宋“世彩堂本”《柳集》时,曾在该书卷首所写《读世彩堂本河东集杂识》中指出过“济美堂本”与“世彩堂本”的相异之处,但他并没能弄清楚它们相异的原因。罗振常认为“济美堂本”的注文所以与“世彩堂本”略有不同,是由于郭云鹏或“采廖氏,或采旧注,或仍同廖本而增减其字句,颠倒其前后”。其实事情并非如此。我们在新校《柳集》的过程中,发现“济美堂本”的注文与“百家注本”、“五百家注本”,尤其是“五百家注本”完全相同。罗振常所指出的“济美堂本”与“世彩堂本”的相异之处,正是“世彩堂本”与“百家注本”、“五百家注本”的相异之处,也就是廖莹中在采用“百家注本”、“五百家注本”和“郑定本”的注文时所做的“增减其字句，颠倒其前后”的工作。根据我们对这几个本子进行系统互校之后所得到的印象，感到历来认为“济美堂本”是翻刻“世彩堂本”的说法是不能成立的。恰切的说法应该是，“济美堂本”是“百家注本”、“五百家注本”的翻刻本。郭云鹏刻此书时，对《外集》和《附录》做了些改编的工作；而对于注文，他除了像廖莹中那样删去注文前原注者的姓氏之外，可以说并未作任何新的加工。潘宗周在所写《宝礼堂宋本书录》中说过：

> “济美堂本”版式同于廖氏，注语大有增减；世传覆廖本者，实为謷言。陈景云著《韩集点勘》，称东雅堂刊《韩集》用“世彩堂本”，或因是而误为推测欤！

可惜潘宗周所指出的这个误会，长期以来并未引起人们的注意，因而以误传误，直到今天。

关于“游居敬本”《柳文》。此书是游居敬在明嘉靖十五年（1536）所校刻，有正集四十三卷、《别集》二卷、《外集》二卷、《附录》一卷。叶德辉《书林清话》将其列为“明人刻书之精品”。

游居敬所刻《柳文》，刻工很精细，但实际上不过是元刻麻沙本《增广注释音辩唐柳先生集》删去全部注文后的白文翻刻本。二书卷帙、篇序全同，而且经游居敬校改之处不多。游刻《柳文》的字体，采用横轻竖重的宋体字，这与以前的所有《柳集》相比，是个明显的变化。宋刻诸本《柳集》，其字皆颜柳体，刻工当皆能书之人，大都笔法整齐，气韵古朴。如宋刻永州郡庠本《外集》、宋刻“百家注本”、“五百家注本”等，就都字体端楷，墨色精雅。有元一代，官私刻本多用赵松雪字体，虽狭行细字，亦尚有佳者。明人用宋体刻书，开始于明代成化以后，游氏用宋体刻《柳文》，明末蒋之翘刻《柳河东集》亦采用宋体，当是受时代影响的结果。

关于蒋之翘辑注本《柳河东集》。此书在明刻诸本《柳集》中有一些自己的特点。它在前人集注本的基础上作了新的补充，但增补部分主要是明代人如何良俊、归有光、唐顺之、茅坤、王世贞、胡应麟等人对柳文的评语,注文增补较少。他采用前人的注文,也大多未注明姓氏。正集四十五卷,卷帙编次与“百家注本”、“五百家注本”这个系统无大两样。但《外集》五卷、《遗文》一卷、《附录》一卷的编排与诸本不同,当是蒋之翘自己新编。

清代人很看重宋元刻本,所以翻印旧书的风气极盛。乾隆时纂修《四库全书》,凡有宋刻和元刻传世的图书,一般都不经过精心校勘,便进行缮录。所以《四库全书》中收录的《五百家注柳先生集》、《诂训柳先生文集》、《增广注释音辩柳集》,都是楷书钞本,卷数编排尚能保持原貌。私家所刻的《柳集》,虽亦有数种,但精品很少。清初何焯批校《王荆石先生批评柳文》十二卷,校正了柳文中的一些错字,并保存了多卷现已散失的“郑定本”原文,有一定参考价值。此本现藏北京图书馆。另有佚名临何焯批校《增广注释音辩唐柳先生集》一部,亦藏北京图书馆。此后,陈景云有《柳河东集点勘》,吴汝纶有《柳州集点勘》,但都并未刊行《柳集》新本。

(本文原载中国人民大学中国语言文学系《文学论集》第二辑,中国人民大学出版社 1979 年版,后进行修改,以《谈谈〈柳宗元集〉的版本问题》为名刊发于《零陵学院学报》2002 年第 1 期。本书采用的是作者的修改稿。)

柳宗元有“两结合”的文学思想吗？

柳宗元是唐代重要的文学家，探讨他的文学思想，对于了解他的创作和当时所开展的古文运动，都具有一定的意义。究竟应该怎样评价柳宗元的文学思想，学术界有一些不同看法。而比较值得注意的分歧，是柳宗元到底是否真正具有现实主义和浪漫主义相结合的文学思想。方扬在《江海学刊》一九六一年第十一期上发表的《柳宗元的文学思想》一文（以下简称“方文”），肯定柳宗元“在文学创作方法上主张现实主义和浪漫主义相结合的方法”（以下简称“两结合”），而且列举柳宗元的文学作品和理论材料，来论证他具有“两结合”的文学思想。对于这种看法，我是有不同意见的，现在把它提出来和读者们共同商讨。

一

首先，就论据来说，“方文”所举柳宗元的作品和理论材料，我认为不能说明柳宗元有“两结合”的文学思想。

先说作品，“方文”认为柳宗元的“《永州八记》就是用的这种方法：一方面‘模状物态’，达到准确生动如画的境界，另一方面又达到情景交融，神似与形似统一”。“方文”还着重从《永州八记》中举出《至小丘西小石潭记》和《钴鉧潭西小丘记》两篇为例加以分析，认为“这正是柳宗元作品中现实主义和浪漫主义相结合的艺术手法的具体表现”。理由是：前一篇，“准确生动地把潭水中的游鱼描绘出来了！‘皆若空游无所依’，把游鱼所处的‘环境’的特点和游鱼的状态，刻画得十分‘神似’。‘怡然不动，俶尔远游（当作‘逝’），往来翕忽，似与游者相乐’，更加达到形似与神似的结合，游者与鱼的相乐，使得潭中鱼的神态跃然纸上”。后一篇，是因为它描写“各种各样的石头，有若牛马之饮于溪，有若熊罴之登于山，使石头的形与神结合起来”。

“方文”把“形似与神似的结合”与“现实主义和浪漫主义相结合”等同起来，认为判别一篇作品是否是“两结合”的标志，就在于看它是否有“形似与神似的结合”。凡是具备这一点的，就都是“两结合”的作品。这种看法，实际是对“两结合”的一种误解。按照这种看法，似乎现实主义就等于“形似”，浪漫主义就等于“神似”，“形似与神似的结合”就等于“现实主义与浪漫主义相结合”，这么说来，“现实主义与浪漫主义相结合的方法”和现实主义的方法也就没有什么区别了。因为，“两结合”的作品固然要求“形似与神似的的结合”，而现实主义的作品也同样是要求“形似与神似的结合”的。这从古往今来任何一篇优秀的现实主义作品都可以得到证明。历来有成就的先进的文艺家，他们都是从生活中选取材料，又创造出比生活更高的精粹传神的艺术形象，而不陷于对自然机械的外形的描摹。既注重形似，又主张不囿于形似而达到高度神似，将形似与神似结合起来，这是中国古典艺术表现方法共有的特点，是我国古典文学艺术中成熟的典型化的方法。我国优秀的诗歌、散文、戏剧、小说，无论是塑造人物还是描写景色，在艺术表现方法上都具有这样的特点。柳宗元在《至小丘西小石潭记》中对游鱼的描写，在《钴鉧潭西小丘记》中对“各种各样的石头”的描写、以及他在《永州八记》其他诸记中对景物的描写，所以都能够那样富有生气，“达到准确生动如画的境界”，这与他对我国传统艺术中成熟的典型化的方法的把握是分不开的。如果说，凡是其中具有“形似与神似的结合”的作品就都是“两结合”的作品，那么，文学史上所有优秀的文艺作品，就都无一不是“两结合”的作品了。

由此可见，把“形似与神似的结合”说成是判别文学作品是否是“现实主义与浪漫主义相结合”的标志，实际是对“两结合”的一种误解。把《永州八记》也说成是“两结合”的作品，就是这种错误理解所导致的必然结果。

再就柳宗元的理论材料来说。“方文”引用了柳宗元《与吕道州温论〈非国语〉书》中的以下这段话：

> 近世之言理道者众矣，率由大中而出者咸无焉。其言本儒术，则迂回茫洋而不知其适；其或切于事，则苛峭刻核，不能从容，卒泥乎大道。甚者好怪而妄言，推天引神，以为灵奇，恍惚若化而终不可逐。故道不明于天下，而学者之至少也。

这段材料，“方文”认为就是柳宗元的“两结合”的理论。他这样分析说：

> 柳宗元反对那些虽然重视事实的真实刻画，但不能“从容”而拘泥于“道”的做法，即只有现实主义而没有浪漫主义的作品；同时也反对“迂回茫洋”，重视浪漫主义，但不能与现实主义的精神结合的倾向；更反对“好奇而妄言，推天引神，以为灵奇”等脱离现实的倾向。

把柳宗元的原作与“方文”的分析两相对照，明显可以看出二者之间存在着多么大的距离。我们知道，柳宗元在永州所写的《非国语》一书，是他批评《国语》的专著。他在此书的写作过程中，曾和他的朋友吴武陵、吕温等人写信讨论。“方文”所引用的《与吕道州温论〈非国语〉书》，是柳宗元在写完《非国语》之后，于元和四年(809)四月三日将原稿寄送吕温时写的。信中说明了他写《非国语》，是因为当时社会上“推天引神”，“道不明于天下”；他认为《国语》的文字虽然好像很漂亮，实际在思想内容上对许多问题的论断是错误的。从柳宗元的《非国语》以及他写给吕温的信来看，主要是关于哲学思想和历史事实方面的评议，虽偶尔也涉及与文学有关的问题，但主要是批评《国语》“务富文采，不顾事实”，“交胜而言龙”，并没有谈什么“两结合”的文学创作方法问题。“方文”所引柳宗元的那段文章，结合上下文意来看，明明是柳宗元在批评有些喜谈道术的人，托言本于儒家，其实与儒家学说毫不相容；他们的一举一动，不能从容得礼，对儒家之道一窍不通；有的人甚至公开胡说八道，宣传迷信，因而使人心恍惚，大道不明。从这段文字中，凭哪一点可以看出柳宗元“在文学创作方法上主张现实主义和浪漫主义相结合的方法”呢？“方文”所提出的结论，显然并非来自柳宗元原作本身，而是主观臆想得来的。

二

关于古代作家和批评家有没有现实主义与浪漫主义相结合的文学思想的问题，50 年代末至 60 年代初，学术界曾经进行过一些讨论。我比较赞同茅盾的意见，即：“历史上的伟大作家的全部著作中，确有基本上是浪漫主义但也有现实主义，或者基本上是现实主义但也有浪漫主义这样的情况存在，可是，一部作品中‘两结合’的情况，是不存在的。”[①]在我国古代文学中，还“不可能在一篇作品中有像现代革命作品中那样的现实主义和浪漫主义的结合”[②]。古代许多伟大的作家和批评家不可能有“两结合”的文学思想，柳宗元当然也不例外。这是因为：第一，古代作家缺乏使他们的创作方法形成“两结合”的思想的基础。“两结合”并不是一个简单的写作技巧问题，而是与作家的世界观有着极其密切的关系。要使现实主义和浪漫主义诸方面的特征和谐地统一起来，形成为一种起了根本质变的独立的统一的创作方法（它既不是“现实主义”和“浪漫主义”的简单混合，也不仅仅是什么“形似与神似的结合”，而是

① 茅盾《五个问题》，《河北文学》1961 年第 5 期。

② 茅盾《在第三次全国文代大会和作协第三次理事会（扩大）上的报告》。

作为创作上的一种最高理想提出来的崭新的“第三种东西”），首先就必须在作家的创作思想上彻底解决文艺与现实的辩证统一的关系问题，彻底解决现实主义与浪漫主义之间的辩证统一的关系问题。而我国古代的作家，包括柳宗元在内，由于他们受到时代和阶级的局限，他们是不可能自觉地运用辩证的观点去观察现实社会生活，并指导文学的创作实践的。第二，还由于古代作家和批评家缺乏形成“两结合”创作方法的社会基础。在古代对抗性的阶级社会中，理想与现实总是相背离的，不能为作家和批评家产生“两结合”的文学思想提供必要的社会条件。因而，要产生“两结合”的文学思想是不可能的。

“方文”在对所引《与吕道州温论〈非国语〉书》的引文的分析中，把“两结合”理解为就是既有现实主义又有浪漫主义，或者既有浪漫主义又有现实主义，仿佛“两结合”就是这两种方法的拼凑和“焊接”。这也是一种误解，而且这种误解有一段时期相当流行。实际上，这是把艺术手法误解成了创作方法，是一种简单化的庸俗化的错误理解。

我们所说的“两结合”，不应该仅仅是指在同一作品中既描写现实又反映一定的理想，而应该是指一种独立的创作方法。它不仅表现在个别的情节描写、个别的艺术手法，而且融化在整个作品的一切方面，体现在整个作品的艺术形象之中。把“两结合”理解成是一种拼凑和“焊接”，不仅会导致理论上的混乱，同时在实质上也就等于否定了这种崭新的创作方法的独立存在。现实主义和浪漫主义走向真正结合，是创作方法发展的高级阶段，也是创作方法发展趋向成熟的较高的历史形态。这样的创作方法，只有在今天无产阶级社会主义的文艺创作中，才有可能得到真正的实践。这是因为只有无产阶级的文艺家才有可能具有辩证唯物主义的世界观，才能够用辩证观点去观察世界，观察一切文艺现象，指导他们的创作；同时，现实社会又提供了解决理想与现实相矛盾的必要条件。那种把“两结合”的创作方法搬用到古代，认为一千多年以前的柳宗元已经具有“两结合”的文学思想，这实际是美化古人，是不符合客观历史的实际的。

三

这么说来,我们究竟应该怎样认识柳宗元的文学思想呢?

就柳宗元表露文学思想的一些理论材料来看,现实主义在他的文学思想中是表现得比较明显的。他在《杨评事文集后序》中曾明确地说过:

> 文之用,辞令褒贬,导扬讽谕而已。虽其言鄙野,足以备于用。然而阙其文采,固不足以竦动时听,夸示后学。立言而朽,君子不由也。故作者抱其根源,而必由是假道焉。……辞令褒贬,本乎著述者也;导扬讽谕,本乎比兴者也。著述者流,盖出于《书》之谟、训,《易》之象、系,《春秋》之笔削,其要在于高壮广厚,词正而理备,谓宜藏于简册也。比兴者流,盖出于虞、夏之咏歌,殷、周之风雅,其要在于丽则清越,言畅而意美,宜流于谣诵也。

他把文学的社会作用,归结为"褒贬"和"讽谕",认为写作应该是为了对美好事物进行歌颂、宣扬,对丑恶事物加以批判、讽刺。主张褒贬要学《春秋》等著述的笔法,在思想内容上要求"高壮广厚,词正而理备";讽谕要学古代的民歌民谣,做到"言畅而意美",便于流传"谣诵"。他认为,为了使作品能"足以竦动时听","足以备于用",决不能"阙其文采"。他认为只有这样内容和形式都很完美的作品,才有可能被"藏于简册",具有较强的生命力。柳宗元的这一思想,与他在《答吴武陵论〈非国语〉书》中反对文学写作"务富文采,不顾事实,而益之以诬怪,张之以阔诞"的思想,是完全一致的。

在《答吴武陵论〈非国语〉书》中,柳宗元曾这样叙述自己的文学道路:

> 仆之为文久矣，然心少之，不务也，以为是特博弈之雄耳。故在长安时，不以是取名誉，意欲施之事实，以辅时及物为道。自为罪人，舍恐惧则闲无事，故聊复为之。然而辅时及物之道，不可陈于今，则宜垂于后。言而不文则泥，然则文者固不可少耶！

这里所说的“辅时及物”，实际就是他“褒贬”、“讽谕”的另一说法。他讲“褒贬”，讲“讽谕”，讲“事实”，讲“文采”，表明他主张作品在思想内容上要以客观事实为依据，在艺术形式上要完美有文采，而目的则在于“辅时及物”，“足以备于用”。这种主张，就不是一般地重视文学应反映现实社会生活、强调文学的社会作用，而且对怎样反映现实生活、应起什么样的社会作用，提出了具体的要求。柳宗元同时代的诗人白居易，曾提倡“文章合为时而著，歌诗合为事而作”，尤其提倡要求“其事核而实”的所谓“讽谕诗”，主张诗歌要真实地、准确地描写社会生活中的具体事件，使“采之者传信”，以起到“补察时政”，“泄导人情”，“救济人病，裨补时阙”的社会作用，柳宗元对“文”的主张，与白居易对诗歌的主张，在基本精神上是完全一致的。他不愿把写作看作是个人“取名誉”的手段，而是要求用它来“辅时及物”，根据“事实”对时政进行“褒贬”和“讽谕”。这种文学思想，无疑是具有现实主义的精神的。

再就柳宗元的文学作品来看，其现实主义的文学思想也表现得相当明显。例如他的名篇《捕蛇者说》，通过对捕蛇者蒋氏悲惨遭遇的具体描写，真实地反映了当时社会阶级矛盾的尖锐。从作者所勾画的这幅下层社会的生活图画中，我们可以看到当时劳动人民在死亡线上挣扎的惨状，可以看到当时农村破产的荒凉情景，也可以看到贪官污吏压榨人民的狰狞面目。它使我们认识到唐代赋税对劳动人民的摧残到了什么样的程度，认识到在封建阶级统治下的劳动人民，生活是多么痛苦！又如《三戒》所包括的三个寓言，作者以麋、驴、鼠等影射封建社会中那些仗势凌人、耀武扬威、逞时作恶的卑劣人物，嘲讽他们一个个都不可能有好的结局。从作者对这些形象的处理来看，虽显得颇为幽默而且风趣，可以发人一笑，但它们在给读者发这一笑的同时，却又可以给人一种无限的沉思和余意，使我们感到封建社会中那些人物的精神面貌是那样的可憎和可鄙。这些作品对当时黑暗社会所进行的揭露和讽刺，都充分体现了柳宗元文学创作的现实主义精神。再如他的诗《田家三首》，反映当时农民所受的残酷剥削也非常深刻。在着墨不多的画面里，也能形象地展示出农村矛盾对立的阶级关系，它与柳宗元在《捕蛇者说》等作品中所表现的思想倾向是一致的，与白居易倡导的以新乐府为中心的现实主义文学运动中的一些优秀诗篇，也是一致的。其他作品如《种树郭橐驼传》、《童区寄传》、《罴说》、《鞭贾》、《蝜蝂传》、《憎王孙文》、《行路难》等篇，也都真实地反映了当时社会的面貌和本质，同样是具有现实主义的精神的。

柳宗元现实主义文学思想的产生，与他参加王叔文政治革新集团失败后长期的贬谪生活有着密切的联系。他从贞元二十一年(805)被贬永州，这是他一生生活道路上的重大转折。他在永州十年，后又改贬柳州四年，至死未获赦免。现存《柳宗元集》中优秀的现实主义作品，就都是他在被贬以后所作的。如果说，贬永州以前，柳宗元还主要是直接从事政治革新活动的政治人物；那么，贬永州以后，由于各方面条件的变化，他的斗争便主要转到了思想文化领域，除了撰写哲学论著，就是文学创作活动。他由于自身经历到不幸的遭遇，对执政的封建统治集团有所不满；同时，长期的贬谪生活，使他有机会接近下层人民，受到社会的教育，过去他所不能亲眼看到的社会黑暗的现象，现在都亲眼看到亲耳听到了，过去他所不能了解的人民的疾苦，现在也开始有了比较清楚的了解；他熟悉他们的阶级的统治情况，又具有较高的文化修养，所有这些，对于丰富他文学作品的社会内容，形成他现实主义的文学思想，都是具有极其重要的作用的。

柳宗元像其他许多伟大的旧现实主义作家一样，在他的深刻的艺术描写里，大胆而真实地揭露了封建统治阶级的黑暗和腐败，他这方面的优秀作品，对于我们认识过去的社会，是具有“历史文献的价值”的；他的文学理论，对当时文学创作的实践活动，也具有积极的指导意义。但是，就柳宗元整个文学思想的思想体系来说，他在根本上还是从维护封建统治阶级的根本利益出发的。他提倡文学应该“辅时及物”，根据“事实”对现实社会进行“褒贬”和“讽谕”，究其实质，也不过是对那个社会爱之愈深而责之愈切的一种表现而已。正是因为这个缘故，所以他的作品对于封建统治阶级，特别是对整个封建社会的揭露，一般还只是停留在某些局部的揭露，不可能从根本上否定封建社会的那个旧制度。从柳宗元的作品中，我们一方面可以看到他对当时社会黑暗腐败的揭露和讽刺，另一方面又可以看到他对封建帝王的歌颂和褒扬。而在他的集子里，即便是最优秀的作品，也往往不同程度地存在着消极或落后的因素。因此，我们研究柳宗元的文学思想，应该进行实事求是的具体分析，不能用他所不可能具有的思想去美化他、拔高他。

驳正《柳宗元事迹的一点辨正》

——谨答周凤章先生

周凤章先生在《文学遗产》一九九三年第一期上发表的《柳宗元事迹的一点辨正》，就我为山东大学文史哲研究所《中国历代著名文学家评传》所撰《柳宗元》一文中关于柳宗元的婚娶事，提出了不同意见。其实，他所提出的问题，从宋代、明、清直至近代，经过许多学者的论证、考订，学术界早已取得了比较一致的共识。因而一九四九年以来所出版的有影响的研究柳宗元的论著，无论是施子愉的《柳宗元年谱》、章士钊的《柳文指要》，还是孙昌武的《柳宗元传论》、刘光裕和杨慧文的《柳宗元新传》等等，均对柳宗元婚娶一事，基本持相同看法。现在，周凤章先生又把这个本已不成问题的问题重新提出来，并在文章标题上冠以"辨正"，仿佛他又发现了什么新的材料，要提出新的观点，来纠正我和当前流行的对柳宗元婚娶一事看法的谬误。其实不然。为此，我不得不写这篇短文，来就周先生所"辨正"的三个问题，再逐一给予驳正。

首先，柳宗元的岳父究竟是谁?

周文根据《全唐文》中柳宗元所撰《亡妻弘农杨氏志》一文，断定"杨氏系杨凝之女，柳宗元的岳父是杨凝，而非杨凭"。周文此说是根本不能成立的，佐证材料极多，这里略举数例：

一、宋代韩醇诂训本《柳集》所载《亡妻弘农杨氏志》正文中便是"醴泉生今礼部郎中凭"，不作"凝"。此后凡有作"凝"的《柳集》，如音辩本、世彩堂本以及其他一些带注文的版本，几乎全都在这句正文下有一条注文，明确注明："'凝'当作

‘凭’。凭尝为礼部郎中。今作‘凝’,非是。”何焯批校《王荆石先生批评柳文》,亦谓“‘凝’当作‘凭’”。章士钊先生在《柳文指要》中还列举了七条考证材料,来证明柳《志》中“今礼部郎中凝”之“凝”字,“乃‘凭’之误植,应见厘正”。周先生写文章时,大概只看了《全唐文》所载此文的白文,没有再查看一下其他各种版本的《柳集》。

二、柳《志》称其岳父为礼部郎中,考《新唐书》卷一百六十《杨凝传》及有关史传,均未见凝尝为礼部郎中;而《旧唐书》卷一百四十六《杨凭传》,则明言杨凭曾为“礼部、兵部郎中”。周文在这样昭昭的史实面前,居然说“杨凝(贞元十五年,799)任礼部郎中”,“杨凭的仕历并未任过此二职(指礼部郎中、兵部郎中)”。这样颠倒史实,以无为有,以有为无,实在令人吃惊!不知周先生在写“辨正”文章时,到底查阅过新、旧《唐书》中杨凭、杨凝的传记没有?

三、柳宗元在《祭杨凭詹事文》中自称“子婿”,“昭祭于丈人之灵”;而在为杨凝所作《故兵部郎中杨君墓碣》中则称“宗元以姻旧获爱”,若宗元为凝之婿,不应仅称“姻旧”。且柳在前文中对凭尊之为“公”,而后文对凝则以“君”称之。两相对照,柳宗元对凭、对凝的亲情之谊亦显有不同。

四、柳《志》又云:“明年,以谒医求药之便,来归女氏永宁里之私第。”据《旧唐书·杨凭传》载:“凭归朝,修第于永宁里。”而杨凝未见有永宁里私第。柳妻杨氏因病重回娘家杨凭处求医,后来又殁于凭第,可见“来归女氏”为杨凭之女,而非凝女。

五、柳《志》称“先府君重崇友道,于郎中最深。髫稚好言,始于善谑”。此指宗元父柳镇任鄂岳沔都团练判官与任江西观察使的杨凭同在江西相处时事。宗元童稚,随父在江西,以善言辞为凭所激赏,因而有戏谑订姻之事。周文在此处把明明属于杨凭的事也硬说成是杨凝。盖杨凭曾任江西观察使,能有机会与当时正任鄂岳沔都团练使判官的柳镇频繁交往,并直接见到“髫稚好言”的柳宗元;而杨凝则未曾有机会与柳镇同地任职并接触柳宗元。

像这样足以证明柳宗元的岳父是杨凭而绝不是杨凝的材料，还可以再举出一些，这里就不一一列举了。我在三十年前为编《古典文学研究资料汇编·柳宗元研究资料汇编》[①]，查阅过历代学者研究柳宗元的大量图书资料，就从未发现有一位学者或一条材料来辩论柳宗元的岳父是杨凝而不是杨凭。因而周凤章先生来提出这个问题，确乎很引起我的注意。但可惜他的这个见解并无有力的佐证，因而实在经不起推敲而难于成立。

其次，有无贞元元年(785)“柳宗元十三岁那年”和杨氏“订婚”之事？

对这个问题，周文一方面武断地批评“此事纯属虚构”，另一方面却又羞羞答答地不得不承认“确有‘订婚’之事”。但又说什么“那是在二人‘髫稚’之年，而非在‘柳宗元十三岁那年’上”。那么请问周先生，这个“髫稚”之年是不是泛指未成年的童子？“十三岁”的童子是否也可称“‘髫稚’之年”？考《先君石表阴先友记》“杨凭”条下宋人眉山孙汝听注称，杨凭于“贞元元年十一月，自湖南观察使改移镇江西”。《旧唐书》卷十二《德宗纪》载，贞元元年(785)四月癸酉，“鄂岳观察使李兼为洪州刺史、江西都团练观察使”；宗元父柳镇随往“为鄂岳都团练判官”[②]。因而杨凭有机会见到柳镇及随父到江西的柳宗元，从而有戏谑订婚之事发生。此事发生在贞元元年(785)，时柳宗元十三岁。据此，则“柳宗元十三岁那年”与杨氏订婚之说，难道是“纯属虚构”吗？

至于柳宗元与杨氏完婚的时间，据柳《志》所云，杨氏“归于柳氏……未三岁，孕而不育，厥疾增甚。明年，以谒医求药之便，来归永宁里之私第。八月一日甲子，至于大疾，年始二十有三”。绎其文意，杨氏与宗元结婚后四年而卒；杨氏卒在贞

① 中华书局1964年出版。

② 柳宗元《柳河东集》卷十二《先侍御史府君神道表》。

元十五年(799)。则宗元与杨氏完婚的时间当在贞元十一年(795)。然宗元父卒于贞元九年(793),贞元十一年(795)宗元守丧期未满,而《志》中"未三年"一语原可作"二年余"讲,故拙文定"贞元十二年,柳宗元二十四岁……和杨凭的女儿在长安结婚"。据此,则自贞元元年(785)订婚,至贞元十二年(796)结婚,亦并非是周文经过"数词推算出来"的"又过了十三年",而是连十二年都不到。

再次,杨氏死于何日?他们究竟有无孩子?

拙文谓"八月一日,柳宗元的妻子杨氏因足疾在长安去世"。周文指责此说"显系作者之笔误",但究竟误在何处?周文并未作任何具体说明。也许周文认为"八月一日甲子,至于大疾"一语未必便是死人。然此语下句便是"年始二十有三。呜呼痛哉!"假如不是人死了,下句能这么写吗?盖"大疾"者,病情急速恶化而危亡之意也。假如把"大疾"仅仅理解为大病或病重,那下面两句的文意将是无法衔接的。应该说明,拙文关于杨氏死于八月一日的这个提法,还并非仅仅是出于对这几句上下文意的理解,也还有其他材料作佐证。比如宋世彩堂本《柳河东集》卷四十《祭杨凭詹事文》中"早丧淑人"句下便有注云:"贞元十五年八月一日,公(指柳宗元)之夫人杨氏卒。"持此说者,还可以举出好多条,也许周先生因为读书欠仔细,都把它们忽略过去了。

周文还指责拙文所说"他们结婚三年,没有子女"的提法"是不应该的失误"。这种指责,可以说纯粹是属于吹毛求疵的挑剔。周文明明也承认杨氏与柳宗元结婚三年,"孕而不育"。何谓"孕而不育"?妇女虽曾怀孕而未生产之谓也。周文引《与杨京兆凭书》时,也承认杨氏虽曾生过一子,"然无一日之命"。明明是杨氏流产后没有留下子女,还偏偏不让说"他们结婚三年,没有子女"。可柳宗元自己,在杨氏死后十年(元和四年,815)写给岳父杨凭的信中,却还在因"无以托嗣续"为恨事,以"不孝有三,无后为大"来自责呢!且柳宗元与杨氏婚后无子之说,历来皆如是云,并非拙文所发明,如明人王行在《墓铭举例》卷一《柳子厚墓志铭》中,便说"子厚初娶杨凭女，先十七年卒，无子，不果再娶。子盖微出也”。柳宗元在杨氏卒后所生子女，都为非婚生子女，盖宗元在长期的贬谪生活中，“荒陬中少士人女子，无与为婚”[1]故也。

① 柳宗元《柳河东集》卷三十《寄许京兆孟容书》。

谈谈读柳宗元的散文

我国中唐时代杰出的思想家和文学家柳宗元，一生写下了许多脍炙人口的好作品。在文学创作上，他写散文，也写诗、赋。他根据不同的内容，创造性地运用各种不同的文学形式，在艺术上都有很高的成就。他的散文，在中国散文史上与韩愈有着同等重要的地位，人们把他与韩愈并称为唐代“古文运动”的主要领导者，唐宋散文成就最高的“八大家”之一。

柳宗元的生活道路是极为坎坷不平的。他 24 岁开始为秘书省校书郎，29 岁调蓝田尉，31 岁入京为监察御史里行，33 岁便因参加王叔文政治革新运动被贬为永州司马，43 岁时改贬为柳州刺史，直到 47 岁在柳州去世。被贬永州，是他一生生活道路上的重大转折。如果说，贬永州以前，柳宗元还主要是直接从事政治革新活动的政治人物，那么，贬永州以后，他的活动便主要转到了思想文化领域。在永州，贬谪生活的磨炼，社会的教育，开阔了他的视野，丰富了他的体验，他广泛钻研古往今来关于哲学、政治、历史、文学等方面的一些重大问题，著书撰文，在思想文化领域中展开斗争，并作出了重要贡献。他的著名作品如《封建论》、《非〈国语〉》、《天对》、《贞符》、《六逆论》等，以及许多优秀的散文和诗、赋，大都是在这个时期完成的。这些作品，在我国思想史和文学史上一直闪耀着不灭的光芒。

永州十年，是柳宗元散文写作的丰收时期。他的优秀散文，都表现了其艺术风格极大的独创性。无论是讽刺社会病态、揭露封建统治者丑恶灵魂的寓言小品，或反映人民生活悲惨、控诉人间不平的人物传记，无论是描绘水声山色、记游述怀的山水游记，或抨击谬说、宣扬正理的论说文章，当我们接触到这些作品的时候，常常可以不看到柳宗元的名字就能辨认出是他的作品。他在艺术上的独创性，表现了他精湛和纯熟的艺术造诣。

一

柳宗元的寓言散文，今存将近二十篇。这些作品，就内容来看，大致可分为两类：一类着重在讽刺和批判当时那个病态社会不良的人情风尚；一类着重在揭露和批判当权的旧官僚，对自己在政治上遭受的迫害表示不满和抗议。

前一类作品，有《三戒》（包括《临江之麋》、《黔之驴》、《永某氏之鼠》）、《罴说》、《鞭贾》、《蝜蝂传》、《哀溺文》、《招海贾文》等近十篇。这些作品，用语犀利清隽，幽默而略带风趣。例如《黔之驴》，描写驴之虚有其表，专以外形吓人，结果却遭到了杀身之祸。很明显，作者是借黔驴来讽刺和嘲笑那些外强中干虚有其表的人物的。作品的篇幅虽非常简短，却写得生动、形象。作者对驴子和老虎的描写，都能用很精炼的文字，写出了各自的形态和神情。他对黔驴的形象处理，虽使人感到幽默而且风趣，可以发人一笑，但笑中却又给人以一种无限的沉思和余意。《罴说》和《鞭贾》的主题思想虽与《黔之驴》比较相近，然立意构思却又能别出心裁，能给人耳目一新之感。《蝜蝂传》、《哀溺文》、《招海贾文》都是讽刺贪财亡命之徒的作品。在《蝜蝂传》中，作者把一个贪婪成性、好向上爬的小虫，描绘得活灵活现。从表面看，作品虽然是描写一个小爬虫，实际却生动地活现了一个私欲无穷、贪取无厌的极端个人利禄主义者的丑恶形象。这样的人物和事件，即使在今天，也还具有一定的典型意义，柳宗元这一方面的作品，都具有丰富的内在的容量，能在当时和后世的读者中发挥美刺的作用。

后一类作品，有《憎王孙文》、《骂尸虫文》、《斩曲几文》、《宥蝮蛇文》、《鹘说》、《谪龙说》、《东海若》、《牛赋》、《瓶赋》、《愚溪对》等十余篇。这些作品，由于旨在对当时掌权的统治者进行攻击，表达自己被贬谪的不满，为了避免继续遭到迫害，因此采用了较为隐晦的寓言笔法。其中有一些作品，虽并非是纯粹的寓言，但把它们当作寓言来看也还是可以的。《憎王孙文》、《骂尸虫文》、《鹘说》、《谪龙说》、《牛赋》和《愚溪对》等篇，可以作为这类作品的代表。

以上两种类型的寓言，从它们对现实进行批判和讽刺的深刻性来看，都充分体现了柳宗元散文创作的现实主义精神。他借物讽人，善于体物察微，抓住许多物类的特征，加以想象、夸张，塑造成为真实生动的艺术形象。他寓言中所写的人物故事，几乎全都是虚构的。有的作品中出现的虽是动物而不是人，但它们都是人的化身。至于有些故事情节，也都是现实生活的集中概括。他的寓言，除少数作品直接叙事写意外，大部分作品都是意在言外。他对现实进行批判和讽刺，往往并不直接表露在字里行间，而是凝聚在整个故事的情节之中，就如庄子在《知北游》中所说的"天地有大美而不言，四时有明法而不议，万物有成理而不说"的境界，要读者去深思力索，心领神会。他的寓言，一般都具有寓言文学所共有的基本特色，幽默、讽刺、比喻、夸张、人格化等寓言创作常用的手法，在他的作品中都运用得相当纯熟。他的语言简练、犀利、明确，具有很强的表现力。就作品的艺术风格来看，他的寓言，往往在幽默之中具有沉郁悲愤的特色。这无疑与他谪居生活中心情的抑郁与悲愤，是有着直接的联系的。

在我国文学史上，寓言的出现虽然为时很早，但早期的寓言，一般都还只是被穿插在其他的作品之中，很少单独以这种文学的形式出现。而柳宗元的寓言创作，创造性地继承前人的成就，使寓言完全形成为一种独特的文学形式。应该说，这是柳宗元对寓言文学的一个发展，因而他在我国寓言文学的发展史上是具有重要的地位的。

二

柳宗元所写的传记性散文，现在所能见到的，不下七十篇；但其中真正具有文学性的人物传记，约十四五篇。这些作品，除《种树郭橐驼传》一篇作于长安、《童区寄传》一篇作于柳州外，其余都是他在永州时所作。而《捕蛇者说》、《种树郭橐驼传》、《童区寄传》、《段太尉逸事状》、《南霁云睢阳庙碑》、《衡州刺史东平吕君诔》等数篇，则是柳宗元人物传记的代表作。

柳宗元人物传记中的优秀作品，一般都能比较深刻地揭露当时社会的黑暗和腐败，反映人民生活的悲惨。例如《捕蛇者说》一篇，通过蒋氏这个捕蛇者的遭际，描写了中唐时代赋敛毒于异蛇的悲惨景象，反映了封建剥削制度的残酷。从这里，我们可以看到当时广大劳动人民流离颠沛、饥饿死亡的惨状，可以看到当时农村被摧残的凄凉景象和凶狠官吏逼租时的狰狞面目。衬托手法在本篇中运用得非常纯熟。作者明明要写当时赋税剥削的残酷，却不从正面着笔，而是首先竭力描写永州毒蛇的可怕。他把毒蛇写得愈可怕，就愈衬托出赋税剥削的残酷。这种声东击西的手法，对增强本篇的艺术效果，具有很重要的作用。再如《童区寄传》，作者通过揭露当时社会人口买卖的罪恶，歌颂了少年区寄勇于克敌制胜的大无畏精神，同时也寄托了他愤世嫉俗、被贬不屈的心情。短短四百多字，有人物，有情节，写得惊险、紧张、生动。作品对区寄这个牧羊少年的形象，是刻画得相当深刻的。柳宗元所写的《段太尉逸事状》，本来是他为了给韩愈修国史提供史料而写的。作品描写段秀实这位封建统治集团中的开明人物，虽未免过于美化，但他所写的两件逸事，却也形象地反映了当时封建军阀和地主豪强残害人民的严重情形。柳宗元在《与史官韩愈致段太尉逸事书》中，曾提到这篇作品有两个主要特点：一是事实确凿，可以传信；二是努力刻画人物，自信比画家所画的人像要好。这说明，他在写“行状”时虽要求事事真实，但也已经有意识地注意到了要逼真地描写人物的形象。就作品来看，对段秀实这个历史人物的形象，他确实也是描写得相当成功的。

从艺术表现来看，柳宗元传记散文所选择的人物、事件，一般都具有一定的典型性。而且，他作品中的人物，一般都具有各自的形貌和性格特征。

三

柳宗元的游记散文，现在《柳集》中收录的近三十篇，都是他被贬以后所作，而其中十之八九则作于永州。当时的永州，虽然是一个异常荒僻的地方，但天然的山水风景却很好。柳宗元身遭贬谪，由于内心感到极度的烦闷，经常徜徉于山水之间，以寄托自己的情怀。因此他写的游记散文，往往在描摹山水景物的字里行间，透露出其寂寞孤愤、高怀傲物的感情色彩。他往往把山川景物之美与当时社会的腐败黑暗结合起来作对照的描写，以抒发自己对现实不满的情怀。

柳宗元游记散文的艺术风格，与他的寓言、传记有着不同的特色。如果说他传记散文的风格“如山”，那么他的游记散文就可以说是“如泉”。涓涓的细流，从深山崖谷间汇流过来，渟滀成为澄净潋滟的陂塘，冷冷的清光，悚人毛发，有时冲沙激石，发出凄幽而激越的微声，给人一种心悸魄动的感觉。

《永州八记》就充分体现了柳宗元游记散文的这种特色。

《永州八记》所包括的八篇游记，是自成体系的一组作品。前四记：《始得西山宴游记》、《钴鉧潭记》、《钴鉧潭西小丘记》、《至小丘西小石潭记》，是元和四年(809)秋天，柳宗元游览永州西郊的西山后所作；后四记：《袁家渴记》、《石渠记》、《石涧记》、《小石城山记》，是元和七年(812)秋天，游永州南郊袁家渴、石渠、石涧和西北郊的小石城山后所作，前后相隔三年。《始得西山宴游记》冠于八记之首，记寻得西山胜景的始末，为后数记之张本；《小石城山记》置八记之末，对前数记带有总结的性质。

柳宗元游记散文的艺术特色，主要表现在：

第一，柳宗元对自然景物的描绘，一般都能准确地把握住景物本身的具体特征。比如《至小丘西小石潭记》和《钴鉧潭记》，同样都描写各种奇石的形状，前者以坻、屿、堪、岩来形容，后者则以牛、马、熊、罴来形容，从表面看，似乎只是静物和动物的不同，其实这也是反映形象的具体特征所决定的。小石潭的石头在潭水之中，它不可能如牛、马、熊、罴；而小丘的石头在小丘之上和丘下溪水之滨，自然也不可能如坻如屿。同时，就整个画面来说，水面上点缀了岛屿、岩石，小丘上点缀了牛、马、熊、罴，也有助于使景物生动逼真而增强艺术的美感。从柳宗元写景记游的艺术经验来看，艺术作品要避免一般化的毛病，紧紧把握描写对象的具体特征是一个重要的关键。

第二，柳宗元笔下的景物，一般都能写得富有生机，形神兼备。无论是小小的土墩，潺潺的溪水，散乱的石块，蔓生的藤萝，潭中的游鱼，在他的游记中，都能给读者带来一种自然美的感受。他所以能做到这一点，固然有种种复杂的原因，诸如把握描写对象的形象特征，准确地运用艺术语言，整个画面的精心构图，等等。但更重要的一点，是作者善于融情入景。柳宗元记游写景的作品，一般都能做到景中有情，情亦有景。这个情，并非指前面所说的怀才不遇或悲愤忧郁之情，而是艺术家和诗人在观赏景物时所产生的激情。

第三，柳宗元的游记散文，往往在具体描写景物的时候，借景物来抒发他遭受迫害的悲愤心情，表露他怀才不遇的内心苦闷。如《始得西山宴游记》中写"是山之特立，不与培塿为类"，虽是景语，却寓有更为深沉的含意。又如在《钴鉧潭西小丘记》中，他感叹小丘之美被弃，明显地是与他自己被放逐的命运联系在一起的。

第四，柳宗元游记散文的语言，非常精美清丽。他无论写实景、虚景，都能注意语言的锤炼，选择最富有表现力的语汇，力求做到语言的准确性、鲜明性和生动性。他描绘景物，贵白描而不重丹彩，往往很平易的语言，却能反映很生动的情景。比如《袁家渴记》中有这样的描写："其中重洲小溪，澄潭浅渚，间厕曲折。平者深墨，峻者沸白。舟行若穷，忽又无际。"可以说字字清丽，句句有景。其他如《石涧记》对涧水形状和声响的描写："流若织文，响若操琴。"都是以清丽平易的语言，准确而生动地写出了客观景物的神态。

柳宗元的游记散文，对我国游记文学的发展，也曾产生过较大的影响。他创造性地继承了前人在这方面的艺术经验，大量地从事游记散文的写作，为我国游记文学奠定了稳固的基础。后来有许多人写游记，如宋代的欧阳修、苏轼，明代的徐宏祖，清代的姚鼐，都曾在不同程度上受过他的影响。

四

柳宗元在散文的写作实践中，还根据自己写作的经验和体会，总结出了比较系统的散文理论。这些理论，对指导当时正在蓬勃开展的"古文运动"起过积极推动的作用。

在柳宗元的散文理论中，"文以明道"可以说是他最为强调的一个核心问题，也是他倡导"古文运动"的口号。他提倡"文以明道"，并非要人们用文章去进行抽象的说教，而是主张让作品对现实社会能起到褒贬和讽谕的作用。他在《杨评事文集后序》中，就把"文之用"归结为"褒贬"和"讽谕"，认为写作应该是为了对美好事物进行歌颂、宣扬，对丑恶事物加以批判、讽刺。他不把写作看作是个人"取名誉"的手段，而是用它来"辅时及物"，对时政进行褒贬和讽谕。正是在这一思想的指导下，所以他能写出许多富有现实主义精神的优秀散文。

柳宗元既重视散文"明道"的社会作用，也非常重视"文采"。他认为作品如果"阙其文采"，就"不足以竦动时听，夸示后学"，对读者起不了激励和感染的作用。为此，他既重视作品的内容，也很强调作品的形式。他认为写作必须避免两种不良倾向：一种是"无乎内而饰乎外”;一种是“有乎内而不饰乎外”[①]。如果一篇作品没有正确的思想内容,只是讲究“饰乎外”,就好比“设覆为阱”,对读者危害更大;反之,如果有了正确的思想内容,“而不饰乎外”,这些思想内容也就得不到很好的表达。这些论述,说明柳宗元是主张思想性与艺术性的统一、内容与形式的统一的。

柳宗元认为作家写好作品的首要条件,还在于作家必须有好的品德,所谓“文以行为本,在先诚其中”[②],说的就是这个意思。

关于从多方面广泛地学习前人写作经验的问题,柳宗元在《答韦中立论师道书》中论述得相当系统。他重视广泛学习前人的写作经验,而又很强调独创。所以他在《复杜温夫书》中说:“为文不能自雕斲,引笔行墨,快意累累,意尽便止,亦何所师法。”这说明他主张学习前人的写作经验,并非主张死守前人的写作陈规,拾前人的牙慧,而是强调必须有自己的创造。既强调继承,又强调独创,这也是柳宗元在散文写作上取得成就的一个重要关键。

关于写作态度问题,柳宗元认为这对于作品的好坏可以产生直接的影响。在《答韦中立论师道书》中,他曾把自己的体验总结成这样几句名言:

> 故吾每为文章,未尝敢以轻心掉之,惧其剽而不留也;未尝敢以怠心易之,惧其弛而不严也;未尝敢以昏气出之,惧其昧没而杂也;未尝敢以矜气作之,惧其偃蹇而骄也。

这里提出了作家在写作中应该警惕和避免的四种错误态度,并以此来防止和克服一般散文中常易发生的四大弊端。他说他写作时从来不敢以轻率之心卖弄文笔,因为怕作品内容浮泛而不能传之久远;从来不敢以不严肃的态度潦草为文,因为怕作品松弛而不严

① 柳宗元《柳河东集》卷二十二《送豆卢膺秀才南游序》。
② 同上卷三十四《报袁君陈秀才避师名书》。

谨;从来不敢以充满昏庸之气的头脑来写作,因为怕作品文意不明内容杂乱;从来不敢以充满骄矜之气的态度来写作,因为怕文中有高傲的骄气。他把作品的好坏与作者写作的态度联系起来考虑,强调写作态度的严肃性,这是很有积极意义的。

关于散文的写作技巧,柳宗元在《答韦中立论师道书》中也有很精辟的概括。他说:"抑之欲其奥,扬之欲其明;疏之欲其通,廉之欲其节;激而发之欲其清,固而存之欲其重。"头两句是说作品的命意:作家在写作时,对有些文意必须抑制住汹涌而来的文思,不把话完全说尽,要使文意含蓄而深刻;而有些文意则应该尽情发挥,又必须使之明快而不晦涩。次两句是说作品的布势:疏导文意,要使作品的气势通达畅顺;删削繁冗,要使作品有节制有变化有曲折。末两句是说作品的炼格:激发文中的激情,要使作品俊爽轻清;保存充足的文气,要使作品深厚凝重。这六句,谈写散文的方法和技巧,要求做到既"奥"又"明",既"通"又"节",既"清"又"重"。这六个字是对立的,但应该互相补偏救弊,求得统一。柳宗元在这简短的几句中,概括地总结了他在散文写作技巧方面所探索到的经验。话虽简短,却具有极其丰富的内容。

柳宗元逝世虽然已经一千一百八十年了,但他的许多优秀作品,却永远闪耀着光辉。我们在批判地继承这份遗产的时候,不能不为我们祖国在一千多年以前就已经产生了像柳宗元这样杰出的文学家和思想家而感到自豪!

怎样读柳宗元的诗

一

柳宗元的诗，今传诸本柳宗元全集均收录一百六十二首。前些年，我们在校点整理百家注本《柳宗元集》时，意外地从宋乾道永州一卷本《柳柳州外集》中，发现五言律诗《送元暠师诗》一首，为诸本所无，已补入百家注本《柳宗元集·外集补遗》①。前年，永州市柳宗元研究会会员雷运福在阅读清刻《湖南通志》和清康熙九年（1670）所刻《永州府志》时，又发现柳宗元的佚诗《钴鉧潭》诗与《南池》诗两首，亦均为诸本《柳宗元集》所从未收录。《钴鉧潭》诗为五言绝句："曾闻南国智，谁识北山愚？试问溪中水，潺潺只自知。"风格颇近似柳诗。《南池》诗为七言律诗，真伪尚有待考证。

宋人高斯得在《耻堂存稿》卷三《跋南轩永州诸诗》中曾说："刘禹锡编柳子厚诗，断自永州以后，少作不录一篇，故柳诗比韩（愈）、欧（阳修）、苏（轼）诗为少。"现在流传的《柳宗元集》四十五卷本，都把柳诗分编为"雅诗歌曲"一卷、"古今诗"二卷。其实在这三卷柳诗中，也杂有柳氏早年的诗作，如《韦道安》、《省试观庆云图诗》便是。

从今存柳诗写作的时间来看，其中有一百零三首作于永州，四

---

① 中华书局1979年排印本。

十首作于柳州，在他从永州被召回长安时，沿途作了九首，后来改贬去柳州的途中又作了八首。另有《韦道安》、《省试观庆云图诗》各一首，是他早年在长安时的作品；《视民诗》一首，不能确定在何时何地所作。这样，我们现在所能见到的柳宗元的诗歌，基本上都是他在贬官以后所作的。可以肯定，由于柳宗元终身被贬谪，生活颠沛流离，所作诗文会有不少散失，这是可想而知的。

柳宗元流传下来的诗篇，古体、近体、绝句、律诗、长短句、乐府诗，众体皆备。虽然在总的数量上并不是很多，但造诣极深，无论古体或近体，都有广为传诵的名篇佳作。人们赞柳诗"妙绝古今"①，"清辞丽句，不可悉数，名与日月争光"②；明人袁宏道甚至把柳宗元誉为"诗之圣者"③。这表明后人对柳诗的喜爱真是推崇备至。

二

柳宗元诗歌的艺术风格是丰富多彩的。苏轼称柳诗"温丽靖深"，"外枯而中膏，似淡而实美"，"发纤秾于简古，寄至美于淡泊"④。这被历来学者认为是对柳诗风格的最好说明。在柳诗中，具有这种风格的诗篇确实是不少的。例如《夏昼偶作》："南州溽暑醉如酒，隐几熟眠开北牖。日午独觉无余声，山童隔竹敲茶臼。"此诗写作者夏日闲逸生活中的谐趣，三、四两句以有声写无声，更衬托出午休时环境的分外幽静，极妙。又如《雨后晓行独至愚溪北池》："宿云散洲渚，晓日明村坞。高树临清池，风惊夜来雨。予心适无事，偶此成宾主。"诗中写愚溪北池雨后拂晓景色，清丽明净，颇得后人赞誉。清人余成教尤赞其"高树临清池，风惊夜来雨"二

---

① 王直方《王直方诗话》。

② 胡仔《苕溪渔隐丛话》后集卷二。

③ 袁宏道《袁中郎全集》卷二十三《与李龙湖》。

④ 苏轼《东坡题跋》卷三《评韩柳诗》、《书黄子思诗集后》。

句“天趣流露”，“脱口而出，多近自然”[①]；宋人吴可，更赞此句中“惊”字甚奇，为常人所不易到[②]。再如七言古诗中的名篇《渔翁》：“渔翁夜傍西岩宿，晓汲清湘燃楚竹。烟销日出不见人，欸乃一声山水绿。回看天际下中流，岩上无心云相逐。”此诗前四句写渔夫水上生活，实亦写景；后两句写景，实亦抒情。诗人描绘湘江早晨景色，构思奇妙。画面活泼而富有生气，寓有诗人对自由生活的向往。“烟销日出不见人，欸乃一声山水绿”二句，造语甚奇，颇堪玩味。苏轼赞“此诗有奇趣”[③]，盖着眼于此。末二句，脱胎于陶潜《归去来辞》“云无心而出岫”句意，于清寥之境界中反映出诗人孤高寂寞之心境。苏轼以为此二句“虽不必亦可”，曾引起历代诗论家争论不休：主删说者认为以“欸乃一声山水绿”作结，则更“余情不尽”[④]；主不删者认为“若止用前四句，则与晚唐何异”[⑤]？就谈艺而论，二说皆可参考；至如刘大櫆选诗，删后二句编入七绝一类，则不可取。

属于上述这一类的诗篇，还有如《旦携谢山人至愚溪》、《夏初雨后寻愚溪》、《秋晓行南谷经荒村》、《从崔中丞过卢少府郊居》、《雨晴至江渡》等篇，它们或写愚溪生活的闲适、惆怅，或写村郊朝夕景色的变异，或写秋天傍晚雨后的闲游，或写暮春初晴的田野，或写溪边小景，或写西山秋色，诗人都能以浅淡的笔墨，在平静的画面中，给人一种明朗圆润和自然流丽的美感。这些作品都被历来柳诗的研究者们奉为柳诗艺术风格的代表作。

但是，应该指出，柳宗元贬谪后的生活，毕竟并不完全是那么平静无波、恬然自适的。他对自己的遭遇有不满，这种愤激不平的情绪也常常会明显地在他的诗篇中抒写出来，有时他这种情绪甚

---

① 余成教《石园诗话》卷一。

② 吴可《藏海诗话》。

③ 见惠洪《冷斋夜话》卷五。

④ 沈德潜《唐诗别裁集》卷四。

⑤ 李东阳《怀麓堂诗话》。

至如山洪陡发，不可抑止。因而他这方面的诗篇，在艺术风格上往往又与上述诸诗小有差异。例如他著名的七言律诗《登柳州城楼寄漳汀封连四州》，诗中愁、愤、悲、闷，浑涵交融，抒发诗人对战友的深切怀念之情。首联感物起兴，以“海天”、“大荒”引起茫茫秋思。第二联写近景。第三联写远景，写景中又深寓比意。清人何焯《义门读书记》谓：“‘惊风’、‘密雨’喻小人，‘芙蓉’、‘薜荔’喻君子，‘乱’、‘斜侵’则倾倒中伤之状；‘岭南’句喻君门之远，‘江流’句喻臣心之苦，皆逐臣忧思烦乱之词。”[①]全诗感情深沉，画面壮阔，所写景物不仅有鲜明的时间与地域特色，且染有浓重的感情色彩，因而景语、情语难以分辨。纪昀评此诗“一起意境阔远，倒摄四州，有神无迹。通篇情景俱包得起。三、四赋中之比，不露痕迹”[②]。方东树亦赞其“六句登楼，二句寄人，一气挥斥，细大情景分明”[③]。所评皆是。又如《与浩初上人同看山寄京华亲故》：“海畔尖山似剑铓，秋来处处割愁肠。若为化得身千亿，散上峰头望故乡。”诗题虽云“看山”，然诗人实无心欣赏山景；“看山”引起其内心无比的痛苦，渴望早日摆脱贬谪困境，返回故乡。“海畔尖山似剑铓，秋来处处割愁肠”一联为名句，以“剑铓”形容山峰，奇突别致，反映其看山时的痛苦心情，寓情入景，颇为贴切。抒写思乡之情，比喻新颖，想象奇特。苏轼“割愁还有剑铓山”之句，盖本于此。再如七绝《酬曹侍御过象县见寄》，诗中写友人曹侍御既已舟抵象县，与柳宗元近在咫尺，但二人只能以诗相赠而不能相见。诗人抒写怀念友人而又不能相见引起的深深遗憾，曲折地表现出诗人渴望自由但又得不到自由的内心矛盾与痛苦。首二句从写象县破额山和柳江景色入手，转述老友至此；“春风无限潇湘意，欲采蘋花不自由”二句，写得老友赠诗后之情意，欲采蘋花回赠而不能如愿。此二句融南朝

---

① 何焯《义门读书记》卷三十七。

② 《瀛奎律髓刊误》卷四载纪昀语。

③ 方东树《昭昧詹言》卷一八。

梁柳恽《江南曲》诗意，深一层抒写其相思而不能相见之苦。宋叶梦得名作《贺新郎》“无限楼前沧波意，谁采蘋花寄取”句，又显系从柳诗脱化而来。清人沈德潜《说诗晬语》曾评柳宗元此诗为七绝中“压卷”之作。

《柳集》中的这类诗篇，由于它们着重在抒写诗人忧伤悲愤的感情，景物都被涂上了浓重的感情色彩，语言峻洁，构思奇突，明显地展现了明净简峭、清峻沉郁的风格特色。前人评诗，如敖陶孙称柳诗“如高秋独眺，霁晚孤吹”[①]；明人胡应麟说它“清而峭”[②]；王士祯说它“峻洁”[③]；近代陈衍说它“寂”与“困”[④]，都应该是指这方面的诗篇而言的。

三

在柳宗元的诗歌中，也有直接反映民生疾苦和用寓言笔调来写的政治讽刺诗，虽然为数不是很多，但写得真切动人，广为读者所传诵。如五言古诗《田家三首》，反映当时农民所遭受的残酷剥削，写得就非常深刻。其中第一首，描写农民整日辛勤劳动，年复一年，劳动果实却只能“尽输助徭役”，全家老小只好饿着肚子在空荡荡的屋子里躺着。这就是封建社会中没有前途、没有希望的贫苦农民生活的严酷现实。第二首，通过描绘里胥夜过农家，吃喝骚扰，并威胁农民交税事例，反映农民所受压榨的深重和里胥官府扰民害民的残酷。沈德潜《唐诗别裁集》谓“各言”以下八句，“里胥恐吓田家之言，如闻其声”。信然。第三首，描写秋后薄暮作者途经农村所见景象，俨然是一幅秋后农村晚景图。末四句写田翁挽留食宿，感情敦厚淳朴，自是老农本色。这三首诗，在着墨不多的画

---

① 敖陶孙《臞庵诗评》。

② 胡应麟《诗薮》外编卷四。

③ 王士祯《带经堂诗话》卷四。

④ 陈衍《石遗室文集》卷九《何心与诗序》。

面里，却能形象地展示出农村矛盾对立的阶级关系。作品从语言到构思，都采用白描手法，风格平易质直，与柳诗中“清深闲淡”或“简峭”、“清峻”的情调和风格，有明显不同。这也说明柳诗的艺术风格是丰富多彩的。

柳宗元用寓言笔调写的政治讽刺诗，大多是诗人含蓄地表露他被贬以后对政敌们的不满情绪的。它们在艺术风格上与作者寓言散文中的《憎王孙文》、《骂尸虫文》等极相近似，颇有异曲同工之妙。例如《行路难三首》就是他这类诗歌的代表作。“行路难”本是古代乐府诗《杂曲歌辞》旧题，内容多写世途艰难和离别悲伤之情。柳宗元即用此旧题。此诗第一首，系借用古代神话“夸父逐日”故事发展而成，诗中以夸父逐日超北海、跨昆仑、绝霄汉、越星辰的巨人形象，隐喻他所参加的政治革新的非凡气概，对为实现远大抱负不怕失败和牺牲的斗争精神加以歌颂；同时对只求满足“饮食滴与粒”、以此“足终天年”的渺小人物进行辛辣嘲讽。字里行间，充满作者的愤慨。诗人指斥时弊，系心国事，一片忠耿之心，虽老不衰，殆亦少陵、放翁之俦乎。一首寓言小诗连用两个神话，取譬贴切自然，信为作诗高手。

《笼鹰词》也是柳宗元寓言诗中较有代表性的一篇。诗人以苍鹰自比，以狐兔狸鼠比喻他的政敌宦官和大地主阶级保守派，抒发了他和革新派在执政期间革除弊政、打击丑类、奋发有为的壮志豪情，和革新失败后惨遭摧残的无比悲愤，也表达了作者渴望有朝一日能冲出樊笼，展翅高飞，再度进行革新事业的战斗意志。柳宗元虽身在贬所，但对自己的理想和抱负仍然充满着自信和自豪，这种始终不渝坚持革新理想的精神是非常可贵的。

四

有人说，韩愈提倡“以文为诗”，柳宗元在诗歌创作中则较多“以史为诗”。此说有一定道理。刘昫在《旧唐书·柳宗元传》中曾说：“宗元少聪警绝众，尤精西汉诗骚，下笔构思，与古为侔。精裁密致，璨若珠贝。”宋人陈善在《扪虱新话》中也曾引用晏殊赞誉柳宗元的话说：“若其祖述坟典，宪章骚雅，上传三古，下笼百氏，横行阔视缀述之场者，子厚一人而已。”①柳宗元这一特点的突出表现，就是他善于以史笔作诗撰文和在诗文中巧妙地运用典故。

柳宗元诗歌中的“史笔”，涉及的内容比较广泛，无论古人、古事、古制、古迹，都可成为他诗歌吟咏的对象。例如他诗集中的《咏史》、《咏三良》、《韦道安》、《咏荆轲》、《杨白花》、《视民诗》、《古东门行》、《唐铙歌鼓吹曲十二篇》、《贞符》、《平淮夷雅二篇》、《善谑驿和梦得酹淳于先生》等篇，便是他用史笔写成的名副其实的咏史诗。

编列在《柳集》首卷的《唐铙歌鼓吹曲十二篇》，本是古代帝王在宴飨群臣时吹奏的一组乐曲，起初都有声无辞，宗元贬永州后，才陆续补撰歌辞。据他在《序》中说，写作的目的是为了“纪高祖、太宗功能之神奇，因以知取天下之勤劳，命将用帅之艰难”。他希望朝廷在“每有戎事，治兵振旅”之时，都能唱唱他的这些诗歌，以“有益国本”。因而就这些诗的内容来看，都具咏史诗的性质。例如其中第八首《铁山碎》，诗中热情歌颂唐太宗李世民平定突厥统治者侵扰的历史功绩，期望能激发唐宪宗奋发图强，明显地寄寓了作者关心国事的爱国思想。突厥本是我国北方的一个游牧民族，是匈奴的别支，北齐、北周时便已形成带有奴隶制残余的军事政权。唐初，突厥统治者为了发展自己的势力，不断派兵侵扰，给中原和关中人民带来了深重的灾难。李世民（唐太宗）即帝位后，便任命并州都督徐世勣（即李勣）为通漠道行军总管，兵部尚书李靖为定襄道行军总管，率军分六路对突厥进行讨伐。突厥大败。其首领颉利可汗为获得逃脱和喘息机会，在铁山（今内蒙古阴山北）遣使伪言请和，但其阴谋被识破，颉利被生擒。这一巨大胜利，使唐北部边境安定了五十余年。这首诗题名“铁山碎”，便是指突厥固守铁山和在铁山伪言请和的阴谋被彻底粉碎的意思。

---

① 陈善《扪虱新话》卷九。

又如《铙歌鼓吹曲》的第十首《吐谷浑》，诗中主要颂扬李靖、侯君集、李道宗等抗敌将领对吐谷浑侵略者进行讨伐的功绩。“吐谷浑”是我国古代居住在青海、新疆一带的一个游牧民族的部落，隋时尚处于奴隶制时期，隋王朝曾把这里设置为西海、河源两个郡。唐初，吐谷浑统治者不服中央王朝的管辖，并不断向兰州、凉州一带侵扰，肆意梗塞通往西域（新疆）的交通。唐太宗乃于贞观九年(635)春，决定以李靖为西海道行军总管，统率侯君集、李道宗诸军，对吐谷浑侵略者进行有力的反击战。这年三月，唐军击溃了吐谷浑据险而守的精锐，吐谷浑可汗慕容伏允被迫向砂碛中撤逃。李靖采取侯君集的建议，将军队分为南北两路，分进合击，以消灭敌方主力。北路军在李靖指挥下，于曼头山击败了吐谷浑的逃军，又在牛心堆、赤水源等地击溃了顽军的抵抗，一直挺进到吐谷浑西境且末一带。南路军在侯君集、李道宗指挥下，穿过长达两千里杳无人烟的荒原，以坚韧不拔的斗志进行迫击战。五月间，在乌海打败了伏允主力，生擒了名王梁屈忽等，伏允在仓皇逃命中自缢而死。后南北两路军在青海星宿海一带胜利会师，伏允子慕容顺率众出降，反击吐谷浑的统一战争始告胜利结束。诗中描绘唐军出征时的情景：各色的旗帜，严整的军纪，全副武装的将士们在急行军，就好比张开了翅膀的雄鹰飞翔在沙漠上一样。写得有声有色，既生动而又很有气势。“除恶务本根，况敢遗萌芽”二句，反映了诗人要求铲除侵略势力必须斩草除根不留后患的彻底精神。诗中写将士们凯旋的情形，把胜利归来的将士，比喻为春天原野盛开的鲜花，既形象而又非常别致；写家人迎接亲人，也写出了气氛，给人栩栩如生的感觉。整首诗，无论写军旅出征，还是写胜利归来，都饱含着一种健康而欢快的情绪，能给人以感染和鼓舞。

柳宗元诗歌中的咏史佳作，往往都具有他鲜明的“征鉴”特色。刘勰《文心雕龙 · 史传篇》云：“表征盛衰，殷鉴兴废。”这是史传性文艺的重要特征。柳宗元以史笔作诗，正是遵循了这个原则。他以“良史之才”，重视对史事作出科学的反思，结合时代现实，引出借鉴意义，发挥启迪作用。例如《咏三良》一诗，叙写《左传 · 文公六年》所载故事："秦穆公卒，以子车氏之子奄息、仲行、针虎为殉，皆秦之良也。国人哀之，为之赋《黄鸟》。"柳宗元作此诗讽刺秦康公"从邪陷厥父"的恶行，对以三良殉葬表示极大的愤慨，发出了"吾欲讨彼狂"的呐喊。诗人借古喻今，其意是把"今上"斥为陷父于不义的秦康公，把迫害二王、八司马的唐宪宗比为狂徒。真是胆大包天。又如元和十年(815)正月，柳宗元与刘禹锡同应诏赴京，途经襄阳淳于髡墓时所作的《善谑驿和梦得酹淳于先生》一诗，诗中采用比的写法，赞扬淳于髡多才善谏，忠心为国；他和禹锡亦忠心为国，可谓与淳于髡是"异代同声"。然淳于髡以有功于国，名垂千古；而他与禹锡却因参加永贞革新而同遭贬谪，相比之下，自然对淳于髡以才为君用的幸运产生羡慕之情，二人题诗盖由此而发。诗中赞扬淳于髡多才善谏，反衬出齐威王不失为一位从谏如流的明君。或亦隐有以此寄望于唐宪宗之意。

柳宗元咏史诗的另一特色，便是他重视"励志"。他往往通过叙写历史上的一些人和事，表达自己的感悟，抒发自己的情志。特别是在他遭贬之后，胸中的积愤与郁闷，更迫使他要求通过读经史、温典籍，以寻求精神上的圆融与解脱，平复心灵的创伤。他非常敬仰屈原，在诗中高吟"投迹山水地，放情咏《离骚》"①。他借屈原所作《橘颂》诗意，高唱"橘柚怀贞质，受命此炎方"②。柳宗元贬谪永州时途经汨罗江，忆及千余年前在此含愤投江而死的屈原，正与自己的不幸遭遇相似，因而悲从中来，感慨万千，作《吊屈原文》。文中猛烈抨击当年迫害屈原的贵族保守势力，热情歌颂屈原至死不渝的爱国主义精神，表达了对屈原的无限敬仰和同情。作者借古喻今，虽吊屈原，实亦自吊，借此以抨击当时守旧势力。全文采用屈原辞赋形式，悼念屈原，感叹自己，声长而语悲。读此文，可以概见柳宗元在辞赋创作上继承屈原辞赋的传统，而又有其独创，故

---

① 柳宗元《柳河东集》卷四十三《游南亭夜还叙志七十韵》。

② 同上《南中荣橘柚》。

宋人严羽称赞“唐人惟柳子厚深得骚学，退之、李观皆所不及”①。他改贬柳州后，亲自在城边种柑树，并写诗咏志：“方同楚客怜皇树，不学荆州利木奴。”诗中用《三国志·吴志》注引《襄阳记》所载典故，说他种柑树并非学“千头木奴”李衡那样为了谋利。他的长诗《弘农公以硕德伟材屈于诬枉左官三岁复为大僚天监昭明人心感悦宗元窜伏湘浦拜贺末由谨献诗五十韵以毕微志》，末尾有明志一段，专事叙写诗题中所云“窜伏湘浦，拜贺末由”的原委和感慨：“独弃伧人国，难窥夫子墙。通家殊孔李，旧好即潘杨。世议排张挚，时情弃仲翔。不言缧绁枉，徒恨缠徽长。贾赋愁单阏，邹书怯大梁。炯心那自是？昭世懒佯狂。鸣玉机全息，《怀沙》事不忘。恋恩何敢死？垂泪对清湘。”笔端满蘸血泪，叙志述怀，孙月峰曾称赞“此自叙一段，最得炼意之妙，借事驱使，不为事缚”。信然。

五

柳宗元从小便熟读经史百家的著作，博学多才，因而写文章时往往喜欢引经据典，在诗歌中有时也巧妙地引用一些典故。例如他在《衡阳与梦得分路赠别》一诗的末两句：“今朝不用临河别，垂泪千行便濯缨。”用《文选》李陵《与苏武》“临河濯长缨，念子怅悠悠”诗意，柳诗反其意而用之，谓今日不必作临河之别，因为泪水成河便可濯缨。极写别时伤痛，言简意赅。他在这里化用这个典故，真是把他与刘禹锡非同一般的情谊表达得淋漓尽致。又如他的五律《种柳戏题》末二句，也是巧妙地运用了《史记·燕召公世家》中的典故：周代召公奭曾在甘棠树下处理诉讼，后人缅怀他，也爱及其树。因人爱树，见树思人。柳诗化用此典故，意态洒然。再如他的《古东门行》，就是一首几乎全都用典故写成的诗歌。古东门行，本是乐府旧题。古乐府《东门行》多写时事，本篇也是一首写时事的政治诗。元和九年(814)冬，割据称雄的淮西节度使吴元济叛

---

① 严羽《沧浪诗话》。

变，翌年正月，朝廷发兵征讨，王承宗、李师道上表请赦吴，宰相武元衡坚持主张平叛讨吴，王、李遂密谋刺杀武元衡。六月三日早晨，武元衡在上朝途中，刚出靖安里东门，便遇刺身亡。诗以“古东门行”为题，亦寓有写武无衡被杀于东门之意。柳宗元刚到柳州便得此噩耗，义愤填膺，作此诗表示哀悼，诗中痛斥藩镇割据势力与宦官狼狈为奸，揭露了朝廷昏庸无能、束手无策的虚弱本质。全诗共十八句，就一连用了十个典故：诗中对时事的分析，对现实的忧虑，对死者的怜惜，对凶徒的揭露，对朝臣的批判，几乎全都用典故表现出来。有人说，读这首诗，“既隐晦又显豁，既滞涩又纵肆，既冷静又愤激，既欲言又止又酣畅淋漓”，恰如其分地说明了这首诗带给读者的复杂感受。

学识渊博，熟悉经史百家的典籍，这是柳宗元之所以能熟练地在诗文中运用典故的前提和基础。韩愈、欧阳修也都是非常善于用典的高手，但柳宗元与他们相较却不尽相同。宋人施德操曾说：“先觉论文，以谓退之作古，子厚复古。此天下高论。”①宋祁也说：“柳州为文，或取前人陈语用之，不及韩吏部卓然不丐于古，而一出诸己。”②这都是说柳宗元用典，往往比韩愈更喜欢用原文原事，这与韩愈爱点化典故为我所用有所不同，但从效果看，其实难分高下。金代的李治就曾把韩愈、柳宗元、欧阳修三人的用典相提并论，他说：“韩退之自谓‘窥陈编以盗窃’，柳子厚自谓‘好剽取古人文句，以自娱乐’，欧阳永叔亦自谓‘好取古人文字，考寻前世以来圣君子之所为，时亦穿蠹盗取，饰为文辞，以自欣喜’。三先生自谓之‘盗’者，所谓齐之国氏也，不过点注前言往行以为我所用耳。”③

---

① 施德操《北窗炙輠集》卷上。

② 宋祁《宋景文笔记》卷上。

③ 李治《敬斋古今黈》卷一。

六

柳宗元以花草树木为题材写成的“花木诗”，今存将近二十首。他所写的花木有梅、桂、松、竹、红蕉、黄柑、柳、榕树、芍药、橘柚、白蘘荷、海石榴、灵寿木、仙灵毗、木槲花、木芙蓉等。其中有些花草是作者因病所栽，例如他在元和四年(809)冬所写的《种仙灵毗》一诗中所说，他种植仙灵毗这种益气力、强志坚骨的良药就是为了治病；《植灵寿木》写于同时，作者种植这种像竹的灵寿木，是为了用它作手杖以支拄行走；《种白蘘荷》中的白蘘荷也是草药，可以治蛊毒；《种术》中的术，根茎都可以入药，柳宗元以此作为养身之物。这些诗篇都从一个侧面说明柳宗元在贬谪到永州以后便为病魔所困扰。如他在《与李翰林建书》中所说：“行则膝颤，坐则髀痹。”疾病越来越重。柳宗元在这些诗歌中所寄寓的忧伤孤愤的心境，历代评论者也都从字里行间看出蛛丝马迹。明人蒋之翘在评论《茅檐下始栽竹》便说：“情幽兴远，鲜净有规矩，但末路自况，感慨意太露。”孙月峰在总评这些诗时也说：“种药诸篇，大约是陶调，然微有古乐府意。”[①]这些都说明在柳诗背后潜藏着作者不愿意也不能直接表露出来的真实心境，诚为作者在《种术》中所说：“离忧苟可怡，孰能知其他?”《茅檐下始栽竹》也说：“嘉尔亭亭质，自远弃幽期。”这便是柳宗元自己的写照。

柳宗元往往以花木来寄寓自己正直孤傲、洁身自好的人格和不幸的遭遇。例如他在贬谪永州后所写的《自衡阳移桂十余本植零陵所住精舍》一诗，写桂树处在边远南方，横遭摧残，无人怜惜。诗中“火耕因烟烬，薪采久摧剥。道旁且不顾，岑岭况悠邈”四句，写出了桂树的苦况，隐有作者感物自叹之意。“倾筐壅故壤，栖息期鸾鹜。路远清凉宫，一雨悟无学”四句，写作者同情桂树不幸遭

① 孙月峰《评点柳柳州集》。

遇,连树带土把它移植精舍,希望它能像月中仙桂那样清凉茂盛,期待凤凰来栖息。末二句“芳意不可传,丹心徒自渥”,意为桂花的芳意如果得不到赏识和传播,丹桂散发出的浓烈芳香徒然只有自己知道,自己欣赏。语意双关,借桂感叹自己,桂中有己,亦桂亦己。又如在永州时所作的《湘岸移木芙蓉植龙兴精舍》,诗中写作者因同情姿质优美的木芙蓉,把它从饱受风霜摧残的湘水西岸,移栽至龙兴寺所居西轩前。虽写怜花,实亦自怜。再如他在永州所作的《南中荣橘柚》一诗,他学屈原《橘颂》以橘的坚贞自比,然二者却又同中有异:橘受命江南,不可移徙;种于北地,则化而为枳。末二句联系自己的遭际,谓作者受命之地本在北方,而如今被贬南方,完全违背自己意愿。其内心痛苦可想而知。他用七律写的《柳州城西北隅种甘树》,虽亦写橘,却又是另外一种情调。此诗通过写种甘橘一事,反映了诗人坚贞的政治品质和热爱生活的态度。全诗语调平缓,其中却寓有委婉曲折的复杂感情。这是形成柳宗元诗歌“外枯而中膏,似淡而实美”[①]的艺术风格的重要原因。其妙处,如欧阳修所说,“又如食橄榄,真味久愈在”[②]。玩赏吟诵,越发使人觉得韵味深厚。

在柳宗元的花木诗中,还有一些反映作者身世命运和寓含感慨的诗篇。这类作品,大多婉曲幽微,或比或兴,力求婉转地表达诗人真实的内心世界,抒发坎坷不平的胸臆。例如五言律诗《早梅》,歌颂梅花在寒风严霜中散发出芬芳扑鼻的香味,以隐喻诗人坚贞不屈的高尚风标和情操,亦咏梅诗之常格。后四句化用六朝时诗人陆凯《赠花蔚宗》诗“折花逢驿使,寄与陇头人。江南无所有,聊赠一枝春”诗意,甚贴切。柳宗元另一首五言律诗《梅雨》,虽亦写梅,但情调也完全不同。此诗借写梅雨,抒发作者久遭贬谪的苦闷和对时政的忧心。五、六句“海雾连南极,江云暗北津”,虽是

---

① 苏轼《东坡题跋》卷二。

② 欧阳修《六一诗话》。

写梅雨季节景色，实则语意双关，寓有朝政黯淡、欲归无路之意；末二句“素衣今尽化，非为帝京尘”，反用陆机《为顾彦先赠妇》及谢朓《酬王晋安》诗意，点化极妙。盖亦迹落穷途，感慨兴寄之作。

在《新植海石榴》一诗中，柳宗元曾以海石榴自比：这株海石榴原本生长在海中仙山，现在培植在粪壤之中，与莓苔为伍，植非其所。海石榴移栽南中，即使四季常开，又能为谁而荣？显系寓意他由中原谪居永州，即使才华出众，又能为谁赏识、为谁所用？诗中表现了作者对贬谪的强烈不满和渴望否极泰来的深切心情。在《始见白发题所植海石榴》一诗中，“从此休论上春事，看成古木对衰翁”两句，感叹岁月流逝。培植的海石榴已经衰败，自己也头发花白，垂垂老矣。满腔郁闷，尽在笔端倾泻出来。《红蕉》一诗，通过赞扬红蕉严冬季节依然红花绿叶，傲凌寒霜，而其他花草早已凋零无余，比喻自己受贬谪打击，而坚贞自持的节操。“远物世所重，旅人心独伤”两句，反映了诗人久谪异乡、思念故土的内心悲伤。

七

柳宗元的诗歌创作，在艺术风格上具有他自己的独创性，这是他所经历的生活道路、思想发展所形成的他的特有的性格和精神面貌，通过他丰富和成熟的艺术造诣，在诗歌创作中得到了创造性的充分反映的结果。因此，当我们读到他的作品时，往往可以不看他的名字，就知道是他的作品。他描写自然山水和抒写幽愤的诗篇，在他的诗作中占有很大的比重。人们在研究柳宗元这方面的诗歌时，往往喜欢把他与其他诗人相比较。比如，元好问认为“柳子厚，晋之谢灵运”①；刘熙载认为“柳州出于康乐”②；张戒则把他

① 元好问《遗山先生文集》卷十一《论诗三十首》其四诗下自注。

② 刘熙载《艺概》卷二《诗概》。

与王维、孟浩然并提[①];更多的人则经常把他与韦应物并放在一起。柳宗元诗的艺术风格和他们有没有异同?是完全相同,还是同中有异?还是根本不同?我认为也应该作具体分析,不能一概而论。首先,我们不否认这样的事实:作品的题材、语言和形式,对于作品的风格会有一定的影响。但更值得注意的,是作者的生活、思想和个性,它们对于作品的风格,有着更为重要的作用。况且,诗人从审美上掌握和处理生活素材可以有各人不同的方法,这种生活素材形成风格的作用,只有在跟诗人的创作思想有机地统一起来的时候才会表现出来。谢灵运、王维、孟浩然、韦应物都以描写自然山水的诗篇著名,柳宗元也写了不少取材于自然山水的诗,由于这种题材、形式的相似,从表面看,作品的风格上是有某些相同的特色的,比如自然、平淡、清丽、明净,等等。然而,由于柳宗元在生活道路、创作思想、为人个性等方面,毕竟与谢灵运、王维等人有着极大的不同,这就使得他的山水诗的艺术风格,必然会呈现出与他们所不同的独特性。具体说吧,谢灵运作为晋宋之际的士族文人,他在安闲优裕的条件下过的是清谈玄理和登临山水的生活,他的山水诗善于铺陈雕琢,具有富艳精工的特色;王维的山水诗,主要作于他的后期,这时他政治上转入消极,过着"万事不关心"的隐逸生活,因而他山水诗的风格虽明净清澈,偶尔还表现出宏大的气魄和雄浑的意境,但静穆却成了他全部山水诗的基调;孟浩然一生隐居,他的诗歌主要是隐逸生活的反映,风格与王维相近,但往往寓壮逸于冲淡之中,含蓄清丽,诗人的主观感情表现得比较活跃;韦应物有进步的政见和安贫守道不事权贵的品格,他的山水诗,寄托了他对现实的不满和洁身自好以道自全的思想,风格简淡秀朗,在艺术上达到了非常纯熟的境界。比较而言,柳宗元贬官后写的山水诗,更多地抒写了诗人忧伤悲愤的感情,由于沉郁悲愤成了他诗歌的基调,因而他的诗歌在艺术风格上所表现的明净简峭,就与谢灵运的富艳精工、王维的明净清澈、孟浩然的冲淡壮逸,有

① 张戒《岁寒堂诗话》卷上。

着明显的不同。而和韦应物相较，二者在清澄疏淡方面比较近似；然柳宗元由悲愤沉郁反映在诗歌风格上的峻峭清劲，却又是与韦应物不尽相同的。这些事实，说明在各个不同的诗人的作品中，虽有时也有相似的风格特征，但他们每一个人的风格的个人面貌，仍然可以清楚地辨认出来。他们的诗歌，在具有一定的风格的共同性的情况下，不仅柳宗元诗歌的风格保持着自己的独特性，而且独特性也是谢灵运、王维、孟浩然、韦应物等诗歌的风格所固有的。这一事实，也说明在文学史上有成就的文学家和诗人，由于他们各自的生活道路不同，思想、个性不同，尽管他们以相同的题材、形式、语言来创作，也不可能写出艺术风格完全相同的作品。马克思说的“风格就是人”就正是这个意思。

略谈古代文学理论中的现实主义问题

“文化大革命”以前，关于古代文学中的现实主义问题，曾经有过一场持续了好几年的热烈讨论。但由于那次讨论主要侧重在文学作品方面，结合古代文学理论谈得极少，因而关于现实主义问题在我国古代文学理论的研究中，仍然存在着相当混乱的现象。到底应该怎样理解我国古代文学理论中的现实主义？我感到这是一个值得提出来进一步讨论的问题。

在对现实主义的讨论中，一种比较公认的看法，认为刘勰的《文心雕龙》基本上是符合现实主义的美学原则的；然而在讨论文学作品中的现实主义问题时，有人却坚持现实主义文学产生于明、清，有人则认为产生于宋、元。这样，中国古代现实主义的文学理论，就比现实主义的文学创作早出现了几百年或一千多年。我们知道，文学理论是文学创作实践的经验总结。现实主义的文学理论，是决不可能在现实主义文学创作一千多年以前就产生的。那么，上述这种有趣的矛盾现象是怎么会产生的呢？一个重要的原因，就在于对“现实主义”这个概念的理解。这个现象，也给了我们一个重要的启示，即研究文学史上现实主义的形成和发展，应该把对文学作品的研究和文学理论的研究二者结合起来。同样，研究文学理论史上现实主义的形成和发展，也应该注意把它和古代文学作品的研究结合起来，这样才有可能得出比较全面的结论。

“现实主义”一词，是从英文 Realism 翻译过来的。我国古代文学理论中虽没有这个术语，但现实主义的文学理论是个客观的存在。我个人认为，现实主义是一个历史的、发展的概念，各个历史时期不同的文学样式,都可能具有自己不同的特点。恩格斯在一百多年前给现实主义所作的解释说,“现实主义的意思是,除了细节的真实之外,还要真实地再现典型环境中的典型性格”。这主要是针对19世纪欧洲的小说和戏剧创作提出的要求,不能用来衡量古今中外一切文学样式的现实主义作品。否则,文学史上许多其他样式的现实主义作品,如诗词歌赋之类,就势必因为它们没有创造出典型环境中的典型性格,而被排斥于现实主义作品之外了。前面所举的那种认为我国现实主义文学产生于明清或宋元的说法,就正是这种机械地以恩格斯的解释来硬套其他各种文学样式所产生的必然结果。因为在他们看来,只有在明清的小说、宋元的话本和戏剧中,才可能有“细节的真实”,才可能有“典型环境中的典型性格”。持有这种看法的同志为什么不想一想:一部上下几千年光辉灿烂的中国文学史,怎么只有到宋元以后出现的戏曲、小说之类,才称得上是现实主义的作品?这难道符合中国文学史的客观实际吗?在这里,我们不应责备恩格斯给现实主义所作的解释有什么欠妥,他在他那个时间、地点、条件下,对小说、戏剧创作所提出的要求是完全正确的,无可非议的。问题是我们有些同志片面地理解了恩格斯的解释,而且以偏概全,因而给我们的研究工作带来了某些混乱的现象。

在关于现实主义问题的讨论中,蔡仪同志曾因为“恩格斯的现实主义定义”“主要是对小说、戏剧等而说的”,因而称它为“严格的现实主义的定义,不是一般的现实主义的定义”①。我感到这里所说的“严格的”、“一般的”,似乎不如改为“狭义的”、“广义的”更为确切。因为“严格”和“一般”表示程度之别,容易使人误认为“一般的现实主义”就是比“严格的现实主义”要差一些,其实这在文学作品中并非尽然。“狭义”和“广义”主要指范围而言,所谓“狭义的现实主义”,就是仅指小说、戏剧等有故事情节的作品而言;而“广义

---

① 《文学评论》1957年第1期。

的现实主义”则包括各种样式的现实主义作品(就连诗词歌赋之类也都可以包括在内)。

那么,究竟应该怎样来理解这个“广义的现实主义”呢?

我们考察中外文学史上各个时期不同样式的现实主义作品,都有一个共同的基本特征,这就是真实地准确地描写实际生活来反映现实,而不是像浪漫主义那样,通过讴歌生活的理想来反映现实。真实地准确地描写实际生活,这就是“广义的现实主义”文学的灵魂。高尔基在《我怎样学习写作》一书中说过:“对于人类和人类生活的各种情况,作真实的赤裸裸的描写的,谓之现实主义。”①在《苏联的文学》一文中又说:“从既定的现实底总体中抽出它的基本意义,而且用形象体现出来——这样我们就有了现实主义。”②高尔基关于现实主义的这些论断,更能确切地说明中外文学史上各种样式的现实主义文学的基本特征。

根据高尔基对现实主义所作的解释,来衡量中国文学史上大量的文学作品,很清楚地可以看出从《诗经》以来现实主义在我国古代文学作品中的形成和发展。而这些真实地反映了现实生活的文学作品,很自然的会给文学批评产生直接的影响,从而总结出一些具有现实主义因素或广义的现实主义的文学理论来。

我们说古代较早的文学理论只具有现实主义的一些基本因素,这是现实主义文学形成初期的必然现象。例如孔子论诗的有些理论:“诗可以兴,可以观,可以群,可以怨。迩之事父,远之事君,多识于鸟兽草木之名。”③“诵诗三百,授之以政,不达;使于四方,不能专对;虽多,亦奚以为?”④从这些理论都明显地可以看出,孔子是非常重视诗歌反映现实的社会作用的。他认为诗歌具有振

---

① 生活·读书·新知三联书店 1951 年版,第 11 页。

② 新华书店 1950 年版,第 27—28 页。

③ 《论语· 阳货》。

④ 《论语· 子路》。

奋人心的鼓舞作用，通过它，可以认识它所反映的社会生活，可以“考见得失”[①]，“观风俗之盛衰”[②]；通过它，还可以互相感化，对群众发挥团结和教育的作用；同时，被压抑者胸有怨愤，也可以借它来批评和讽刺当时不良的政治，抒发自己的怨愤和不平。虽然孔子在这些理论中，还没有明确提出现实主义文学要求真实地反映生活这个基本原则，但他能以经世致用作为出发点，把诗歌看作是与社会生活、社会政治密切相关的东西，认为诗歌反映社会生活、反映政教得失及人们的哀乐，可以使人认识现实。这种重视现实的文学理论，可说是我们现在所能见到的较早的现实主义文学理论的萌芽。它与当时现实主义文学创作的状况是相适应的。

此后，《毛诗序》中所说的：“治世之音安以乐，其政和；乱世之音怨以怒，其政乖；亡国之音哀以思，其民困。”这比孔子在《论语》中的上述说法，显然有了发展。它较为正确地说明了文学反映现实的规律，说明真实地反映现实生活的诗歌，必然将随着政治的良窳来决定它美刺的内容。《毛诗序》所提出的美刺说，“上以风化下，下以风刺上”，对后世现实主义诗歌的发展，是有很深远的影响的。

汉代王充《论衡》中的有些理论，虽并非专就文学创作而发，但其中有些理论，与文学中的现实主义理论有相通之处。他一再强调写作要“立真伪之平”[③]，“辨然否之实”[④]。主张“造论著说之文”应该创造性地“发胸中之思，论世俗之事”，直接为社会政治服务，有补教化[⑤]。他反对“奇怪之语”、“虚妄之文”，提倡在写作中必须坚持“起事不空为，因因不妄作，作有益于化，化有补于正”的崇实精神。认为“虚妄之语不黜，则华文不见息；华文放流，则实事不见

① 朱熹注。

② 何晏《集解》引郑玄注。

③ 王充《论衡·对作篇》。

④ 王充《论衡·定贤篇》。

⑤ 王充《论衡·佚文篇》。

用”。只有批判了那些“华而不实，伪而不真”的“虚妄之文”，大大提倡写实的作品，才能使文学得到健康的发展①。这种崇实的文学理论，也是我国古代现实主义文学理论的一个重要特色。

魏晋六朝，文学理论有了长足的发展。左思在《三都赋序》中说：“发言为诗者，咏其所志也；升高能赋者，颂其所见也。美物者，贵依其本；赞事者，宜本其实。匪本匪实，览者奚信！”他强调文学作品在反映客观现实时应该力求真实，而要求真实必须以亲眼所见为本；那种违背事实，不能准确地反映现实的作品，就决不可能取信于人。这种理论，是比较接近现实主义文学的基本原则的。

刘勰的《文心雕龙》，总的中心思想是崇实主真。他所提出的有些理论，与现实主义的基本原则是一致的。在《物色》篇中，他认为客观的风物是诗文描写的对象，创作应该是开始于作者对外物的感受，所谓“物色之动，心亦摇焉”；“情以物迁，辞以情发”。一篇好的文学作品，应该能使读者“瞻言而见貌，即字而知时”。这种理论，是符合唯物论的反映论的原则的，也是现实主义文学的最基本的要求。刘勰认为，文学作品应该真实地反映出现实生活的面貌，他在《宗经》篇中所说的“事信而不诞”，“情深而不诡”，在《情采》篇中所说的“为情者要约以写真”，就是根据这种要求提出来的。刘勰认为，时代的推移，政治的嬗变，会直接影响到文学。他在《时序》篇中说：“歌谣文理，与世推移，风动于上而波震于下者也。”又说：“文变染乎世情，兴废系乎时序。”这种观点，也是以文学作品要真实地反映社会现实这一思想为出发点的。他在《原道》篇中所说的，“写天地之光辉，晓生民之耳目”，主张文学作品要写天地间一切美好的事物，使人们因之耳聪目明。这是以真实地反映客观现实为基本特征的现实主义文学所应该也一定能够起到的作用。

现实主义文学理论发展到中唐时期，可以说已逐渐趋于成熟。白居易等人在倡导新乐府运动中所提出的诗歌理论，就是一个明

---

① 王充《论衡·对作篇》。

显的标志。白居易在《策林》第六十九篇中说："人之感于事则必动于情，然后兴于嗟叹，发于吟咏，而形于歌诗矣。"在《与元九书》又说："文章合为时而著，歌诗合为事而作。"他反复地阐明诗歌应该发挥其"补察时政"，"泄导人情"的作用，公开声明他从事诗歌写作是"惟歌生民病"[①]，是"为君、为臣、为民、为物、为事而作，不为文而作"，因而他提倡"因事立题"、"一吟悲一事"的所谓"讽谕诗"，并且要求"其辞质而径"，"其言直而切"，"其事核而实"，"其体顺而肆"，"使采之者传信"[②]。他在《新乐府》五十首、《秦中吟》十首中所表现出来的强烈的现实主义精神，正是他上述现实主义的诗歌理论在创作中认真实践的结果。

综上所述，我们已足以清楚地看出，主张真实地准确地反映现实社会生活，这个现实主义文学创作的基本原则，在我国古代文学理论中很早就开始形成，并不断地得到了发展。而现实主义文学理论的形成和发展，是伴随着现实主义文学创作的形成和发展而来的。我们应该明确肯定，现实主义的文学理论，同现实主义的文学创作一样，是我国文学发展史上的优良传统。

现实主义文学理论，在我国古代文学遗产中是一个丰富的宝藏，有待我们去清理和发掘。要做好这个工作，必须坚持实事求是，切忌牵强附会。但是，在我们对古代现实主义文学的研究中，除了前面已经说过的，因为硬套恩格斯给现实主义所下的定义，因而使小说、戏剧等样式以外的许多现实主义的优秀作品，被简单粗暴地排斥在现实主义之外。还有另一种值得注意的倾向，就是对现实主义的理解没有一个客观的标准，随心所欲地把有些与现实主义风马牛不相及的东西，也硬要生拉硬扯地解释成是古代现实主义的文学理论。比如有的同志就硬说《易传·系辞》中有现实主义的文学理论。而他们一般常举的例证，却似乎又未必如此。请

① 白居易《寄唐生》。
② 白居易《新乐府序》。

看这三段例证：

> 古者庖牺氏之王天下也，仰则观象于天，俯则观法于地，观鸟兽之文，与地之宜。近取诸身，远取诸物，于是始作八卦，以通神明之德，以类万物之情。
>
> ——《易传·系辞下》

> 圣人有以见天下之赜，而拟诸其形容，象其物宜，是故谓之象。
>
> ——《易传·系辞上》

> 参伍以变，错综其数，通其变，遂成天下之文。
>
> ——《易传·系辞上》

有的同志认为"这种理论按其实质来说，应该把它看成是对我国文学史上现实主义的最初概括"。但我们分析这三段文字，却看不出它们在理论上与现实主义文学有什么联系：第一条材料，说的是关于伏羲氏画八卦的事。古人用《周易》来占卜种种人事的吉凶，把八卦所象征的自然现象和社会现象联系起来，从两种现象的共同之点去理解人事，论断吉凶。《易传》作者在这段文字中，只是提出了天地人三道统一的观点，说不上是什么"古代原始艺术中的现实主义"，何况八卦也不能就说成是一种"原始艺术"！第二条材料，主要在于解释《易传》中"象"的由来，说明《易传》中的"象"是古人根据四时物象的推演模拟来解释爻辞的。《易传》关于"象"的解释，主要在于说明"象"和自然的关系；要说它"曲折地和间接地涉及到艺术创作问题，透露出古代原始艺术家们怎样观察自然现象，依据人对客观世界某些自然现象的了解，创造成为艺术作品的一般规律"，"是对我国文学史上现实主义的最初概括"，那实在是牵强附会，难以解释得通的。第三条材料，"参伍"即三五，略举此数为例。古人认为《周易》卦爻的变化是反映宇宙事物的变化的。所以《易传》说《易》卦中三五之数交错变化，通其阴阳相变，于是天地间就有各种不同的文采物象。而咱们有些同志，不仅把“遂成天下之文”的“文”字直接视作文学作品，而且大加引申，认定它说的是“艺术家只有认识事物发展的客观规律，才能创造成为艺术作品”，说它“是我国古代朴素的唯物主义美学思想的自然流露”，“是构成现实主义创作方法必要的理论基础”。越引申就越脱离所引材料本身的实际。其实，那条材料本身，也并没有谈什么艺术创作问题，更谈不上是什么“构成现实主义创作方法必要的理论基础”。

我们就《周易》这部书来说，它在宗教幻想的形式中，也包含着一些科学思维的萌芽，而《易传》则是战国时代人们解释《周易》古经的哲学著作。硬要到其中去找寻文学理论，而且为它虚构出一个体系，把现实主义的文学原理附会到《易传》中去，这种做法是很值得商榷的。

试论中国古代文学理论中的现实主义问题

关于中国古代文学理论中的现实主义问题,长期以来,学术界存在着明显的分歧。有的著作用现实主义和反现实主义的斗争概括全部文学批评史,"现实主义"一词被运用得非常广泛;而有些著作则完全回避"现实主义"这个概念,而用"重视文学与现实的关系"、"强调文学的社会作用"之类的提法代替它。50 年代末至 60 年代初,学术界讨论中国文学史上的现实主义的时候,虽然也曾涉及到古代文学理论中的现实主义问题,但只是开了个头,并未得到展开。现在看来,这个问题,不仅关系到对现实主义理论的理解,关系到古代文学理论中有没有现实主义理论,而且关系到如何正确地运用今天的文学理论去研究古代文学理论的问题,因而有继续开展讨论的必要。

一

对古代文学理论中现实主义问题的不同看法,是与对"现实主义"这个概念的不同理解分不开的。要正确解决这个问题,就需要从研究古代文学理论出发,对"现实主义"这个概念有个正确的理解。

"现实主义"是个历史的发展的概念。在国外,最早把这个概念从哲学领域引入文学领域的,是 18 世纪德国的戏剧家、美学家席勒。他的著名论文《论素朴的诗和感伤的诗》[①]中,对这两种诗

① 伍蠡甫主编《西方文论选》(上卷),第 489—493 页。

进行了比较，指出“素朴的诗”是“尽可能完美地模仿现实”，而“感伤的诗”则是“把现实提高到理想，或则说表现理想”；前者打动人的“是自然，是感性的真实，是活生生的现实”，后者打动人的是“诗人沉思事物在他身上所产生的印象”；“前者以现实性胜过感伤诗人”，后者能够提供“更崇高的理想”。席勒在这里所说的“感伤的诗”，就是当时正在兴起的浪漫主义文学，而他所说的“素朴的诗”，则是17世纪的古典主义文学。古典主义文学就其基本特征而言，就是现实主义文学，所以席勒也称“素朴的诗”为“现实主义”的诗。到了19世纪，当浪漫主义文学的高潮已经过去，而批判现实主义文学正在蓬勃发展的时候，别林斯基进一步论述了这个问题。他把文学区分为“现实的诗”和“理想的诗”。所谓“现实的诗”，就是“忠实于生活的现实性的一切细节、颜色和浓淡色度，在全部赤裸和真实中来再现生活”；所谓“理想的诗”，就是“根据依存于对事物的看法，对生活在内的世界、时代和民族的态度的他固有的理想，来改造生活”[①]。20世纪初，批判现实主义文学已经取得了辉煌的成就，马克思主义指导下的崭新的现实主义文学也已经出现。在此基础上，高尔基对现实主义和浪漫主义作了更进一步的阐述，他说“从客观现实的总体中抽出它的基本意义并用形象体现出来”[②]，“对于人和人的生活环境作真实的、不加粉饰的描写的，谓之现实主义”[③]；用“所愿望的、可能的东西，并以此使形象更为丰满”[④]，“力图加强人的生活意志，在他心中唤起他对现实和现实的一切压迫的反抗”，谓之积极浪漫主义[⑤]。

席勒、别林斯基、高尔基，是在三个不同的历史时期对现实主义作了详细论述的有代表性的文学理论家。从他们的论述中我们可以看到，现实主义的基本含义，就是通过真实地、准确地描写实

① 别林斯基《别林斯基选集》第一卷，第143页。

②④ 高尔基《论文学》，第113页。

③⑤ 高尔基《论文学》，第163页。

际生活来反映现实，而不是像浪漫主义那样是按照“他固有的理想”和希望来反映现实。

这里有两点应加注意：第一，席勒、别林斯基和高尔基都是在同浪漫主义的对比中来论述现实主义的。他们把现实主义同浪漫主义相比较，而不是同脱离生活、内容空洞的形式主义之类相比较，因而也从来没有提出过所谓“反现实主义”这样的概念。因此，第二，他们论述现实主义和浪漫主义，主要讲的是怎样反映生活的问题，而不是要不要反映生活的问题。他们在谈论现实主义时都非常强调“真实”，这是指真实地描写既有的现实生活的图画，以区别于用“所希望的”东西来补充形象的浪漫主义。恩格斯称赞巴尔扎克的《人间喜剧》“给我们提供了一部法国‘社会’特别是巴黎‘上流社会’的卓越的现实主义历史”，“我从这里，甚至在经济细节方面（如革命以后动产和不动产的重新分配）所学到的东西，也要比从当时所有职业的历史学家、经济学家和统计学家那里学到的全部东西还要多”①。这正是现实主义文学的特征。当然，不可能要求所有的现实主义文学作品都能达到这样的高度。

这里，不能不谈到恩格斯在给哈克奈斯的信中关于典型环境、典型性格的那段话。有人把这段话作为现实主义的公式或定义。其实，恩格斯这段话，是针对《城市姑娘》及其他一些现实主义作品只注意细节的真实而忽略反映生活本质的自然主义苗头而说的。这段话，对于我们深入理解现实主义、划清现实主义与自然主义的界限，具有重要的指导意义，但不一定把它视作公式或定义。因为，如果认为只有反映出“典型环境中的典型性格”才算是现实主义作品，那么又怎么理解恩格斯一方面批评《城市姑娘》没有反映出“典型环境中的典型性格”，而另一方面又并不否认它基本上还是现实主义的作品呢？

---

① 《马克思恩格斯选集》第四卷，第462—463页。

至于把19世纪的批判现实主义当作现实主义的标准,那是把事物发展在一个特定阶段的具体特征作为事物发展在各个阶段的普遍特征,也是不恰当的。如果说古代的现实主义还没有达到批判现实主义那样高的水平,那么社会主义现实主义则是比批判现实主义更高的发展阶段。假如用批判现实主义作标准来否认古代的现实主义,岂不是同样也可以用社会主义现实主义作标准来否认19世纪的批判现实主义吗?看来,在这个问题上,也有强调一下注意历史主义的必要。

研究古代文学理论中的现实主义问题,我们认为,应该按照"现实主义"这个概念的基本含义来理解,即主张通过真实地准确地描写实际生活来反映现实的理论,就是现实主义的理论。要避免把问题简单化,既不能把古代理论中凡是说到"真实"的都一概当作现实主义理论;也不应以今天的标准,去否定我国古代现实主义理论的客观存在。

在我国古代现实主义的文学理论中,白居易的诗论是较有代表性的。他提出"歌诗合为事而作",因而特别提倡"因事立题"、"一吟悲一事"的所谓"讽喻诗",并且要求"其事核而实",使"采之者传信"。他之所以要求诗歌真实地准确地描写社会生活中的具体事件,是因为他认为诗歌应该起到像给朝廷提意见的奏章那样实际的社会作用。他在《与元九书》中写道:

> 自登朝来,年齿渐长,阅事渐多。每与人言,多询时务;每读书史,多求道理。……是时皇帝初即位,宰府有正人,屡降玺书,访人急病。仆当此日,擢在翰林,身是谏官,手请谏纸。启奏之外,有可以救济人病,裨补时阙,而难于指言者,辄咏歌之,欲稍稍递进闻于上。

基于这样的认识,他对历代诗人的诗歌作出了自己的评价,他说:

> 泽畔之吟，归于怨思。彷徨抑郁，不暇及他耳。……晋、宋已还，得者盖寡。……如梁鸿《五噫》之例者，百无一二焉。……诗之豪者，世称李、杜。李之作，才矣奇矣，人不逮矣，索其风雅比兴，十无一焉。杜诗最多，可传者千余首。……然撮其《新安》、《石壕》、《潼关吏》、《芦子关》、《花门》之章，"朱门酒肉臭，路有冻死骨"之句，亦不过十三四首。杜尚如此，况不逮杜者乎！

对屈原、李白这样伟大的浪漫主义诗人，白居易都表示不满。对一直为人称颂的具有浪漫主义色彩的建安文学，他只字未提；整个魏晋南北朝，他只举出一首批评皇帝大兴土木、劳民伤财的《五噫》。他所无条件肯定的，就是杜甫的"三吏"等十三四首诗。从对诗歌反映社会生活的具体要求，对诗歌的社会作用的理解，到对历代诗歌的评价，贯穿着一个明确的中心，就是诗歌要直接真实地、准确地反映实际生活中的问题。

应当怎样概括这样的诗歌理论呢？能不能用"重视诗歌与现实生活的联系"、"强调文学的社会作用"之类一般的提法来概括？显然，这样的概括不能反映这种诗歌理论的特征。因为白居易的诗论，不是一般地重视反映现实生活、强调文学的社会作用，而是对怎样反映现实生活、应起什么样的社会作用，提出了具体的要求。在重视文学反映社会生活、促进社会改革这一点上，屈原、李白等积极浪漫主义诗人同白居易是一致的，不仅他们的作品在一定程度上反映了社会生活的的真实、具有很强的现实意义，他们有的还从理论上批判了脱离现实的形式主义倾向，提出了明确的主张。白居易之所以对他们不满，正是因为在怎样反映现实生活、应起什么样的社会作用方面，有着和他们不同的要求。要概括白居易的诗歌理论。就应当反映出这种不同的要求，就不应当回避采用"现实主义"这样的概念。

有人认为，既然现实主义的概念是 18 世纪提出的，是从文艺复兴以后的文学创作中总结出来的，就不能运用到资本主义萌芽出现以前。这是一种似是而非的糊涂观念。一个科学概念的提出，往往标志着人们对一种事物的认识达到了明确、清晰的程度。但如果没有前人的不甚明确、清晰的认识，任何科学概念的提出都是不可能的。资本主义萌芽出现以后，现实主义文学的确有了长足的发展，人们对这种文学的认识也达到了新的水平。但是不能认为，在"现实主义"这个概念出现以前，现实主义文学及其在理论上的反映就不存在。从席勒、别林斯基、高尔基等人的论述中，也看不到现实主义创作方法是必须同资本主义萌芽联系在一起的。总之，我们认为，白居易的诗论符合现实主义这个概念的基本含义，应该称之为现实主义的文学理论。既然古代文学理论中存在着现实主义的理论，我们就没有必要故意回避运用"现实主义"的概念。

二

在古代文学理论的研究工作中，真正的困难，并不在于举出一两条例证来说明古代现实主义文学理论的存在，而是在于如何恰当地确定哪些是现实主义的文学理论。

主张"真实的描写"，这是现实主义文学理论中的一个重要因素，但它并不是唯一的因素。有的研究者对现实主义理解得过于宽泛，他们把在写作中是否主张"真实"，看作是确定现实主义理论的唯一标准。而这个"真实"又不同于文学理论中通常所说的"真实性"，而是包括了在日常生活中所说的不虚假。在这样的思想指导下，一切不颠倒是非、混淆黑白的文字就都是现实主义文学，一切反对颠倒是非、混淆黑白的言论，也就都成了现实主义的文学理论了。

这种看法，会带来一系列理论上的混乱。首先，现实主义成了文学理论中独一无二的创作原则，浪漫主义的独立地位被取消了。因为，既然现实主义就是"真实"，而"真实"又是文学艺术的生命，那么一切有生命力的进步的文学和文学理论，就都是现实主义的了。这样，积极浪漫主义就至多只能成为现实主义的分支，一个别具风格的分支。事实上，这种混乱已经在我们古典文学和古代文学理论的研究中反映出来。不是吗？有人不就把古代的神话、屈原的诗篇，都说成是现实主义和浪漫主义相结合的作品吗？有人不就把陈子昂的诗论说成是白居易的现实主义诗论的先声吗？其次，既然现实主义被看成唯一正确的创作原则，自然，一切不同于现实主义创作原则的作品和理论，就被视作逆流，遭到贬抑或摒弃。有人不就把对元、白诗论和诗作有微辞的人，简单地指责为“纯艺术者”吗？有人把现实主义与反现实主义的斗争，作为文学史和文学批评上进步与反动两军对垒的普遍规律，其指导思想盖亦导源于此。第三，由于以“真实”作为现实主义理论的唯一标准，这就易于混淆一般文章的的写作理论和文学理论的界限。因为我们如果仅就“真实”这个词的一般含义去找所谓现实主义理论，肯定从一般文章写作理论中找到的要比从文学理论中找到的多得多。虽然，在我国古代，文学和文章最初区分得并不那么严格。但文学中的现实主义理论，它所要求的决不是一般含义的“真实”，而是要求通过真实地准确地描写实际生活去反映现实。我们决不能把字面的“真实”误认为现实主义理论的标志。

研究古代文学理论中的现实主义理论，我们感到有两个问题很值得注意：

一是应该注意在同浪漫主义而不是同形式主义的比较中去识别现实主义。如前所说，现实主义主要是同浪漫主义相比较而存在的。但我们的一些文学批评史著作，不是把它同浪漫主义相比较，而是同形式主义相比较，机械地把哲学史上唯物主义同唯心主义的斗争套用到文学批评史上来，改称为现实主义同所谓“反现实主义”的斗争。结果凡是文学理论中较正确的观点，无论是阐述文学的起源、文学与生活、文学与政治、文学的内容与形式等问题的理论，就统统都被纳入了现实主义。其实，这样一来，现实主义也就不成其为现实主义了。像刘勰的《文心雕龙》，在总结前人成果的基础上，针对当时形式主义的不良文风，对上述各个文艺问题都发表了不少精辟的论述，这就须要我们进行具体的研究和分析，决不能简单地一概归结为现实主义。把古代文学理论作简单的分类排队，自然要比作深入细致的具体分析省事得多，但那是不能解决任何问题的。我们应该看到，研究文学作品和研究文学理论著作有一点不尽相同的情况。一般说来，进行文学创作，作者必然自觉或不自觉地要采用一定的创作方法，一部在思想艺术上有成就的文学作品，大体都可以归入现实主义或浪漫主义等不同的潮流。而文学理论著作却未必尽然。它们有的谈语言、论文体，与创作方法关系不大；有的虽然论及创作方法，但对现实主义或浪漫主义都采取了较为客观的态度，要把它们纳入现实主义或浪漫主义都未必恰当。对于这样的文学理论，就没有必要非扣上个什么“主义”不可。

二是应该注意一种文学理论同有关的文学创作、社会思潮以及哲学渊源之间的联系。现实主义或浪漫主义，作为一种文学思潮，它同一定的哲学渊源和当时的社会思潮都有密切的关系，而现实主义或浪漫主义的文学理论著作，又是同一定的文学创作紧密联系着的。白居易的文学理论，显然就与儒家思想中的某些进步因素有关，同时又与唐代中期一些进步知识分子要求正视现实、挽救社会危机的思潮紧相联系，而他那些具有明显的现实主义倾向的乐府诗，和他的诗歌理论更是完全一致的。注意一种文学理论同文学理论之外的一些意识形态之间的联系，不仅对于深入研究这种文学理论，而且对于判断它究竟属于哪一种思潮或倾向，都是有益的。我们不妨再以陈子昂的文学理论为例来略加剖析。陈子昂留下的文学理论著作不多，但《与东方左史虬修竹篇序》，却是他在诗歌中倡导“风骨”和“兴寄”的一篇纲领性的重要文章。“风骨”一词原出自《文心雕龙》，而“兴寄”一词则导源于阐述儒家文学思想的《毛诗序》。有些文学批评史著作把陈子昂的文学理论完全看成和白居易的理论是同一倾向，其实未必尽然。陈子昂使气任侠，好佛老之术，并不完全受儒家思想的束缚；而他那种俯视千古、慷慨激昂的精神面貌，又代表了唐代前期某些知识分子渴望奋发有为、建功立业的社会思潮，这两点就和白居易很不相同。反映在《与东方左史虬修竹篇序》中，他虽然也讲“风雅兴寄”，但更偏重于“汉魏风骨”，特别赞赏“骨气端翔，音情顿挫，光英朗练，有金石声”的风格，显然带有与白居易的文学理论不同的浪漫主义特色。再参照他的创作来看，这一点就更清楚了。当然，文学理论与文学创作、哲学渊源、社会思潮的联系是比较复杂的，特别是与哲学渊源和社会思潮的联系，情况就更复杂一些。我们决不是说，受儒家思想影响就倾向现实主义，受道家思想影响就倾向浪漫主义，或社会走上坡路时就产生浪漫主义，社会走下坡路时就产生现实主义。我们只是说，这种联系很值得重视，很有深入探讨的必要。

三

从“现实主义”过于宽泛的运用，到干脆回避不用，反映了我们有些研究者在用现代文学理论指导古代文学理论研究时所走过的一段曲折的道路。开始，我们学来了“现实主义”这个概念，但是对这个概念产生、发展的过程及其确切的含义，缺乏深入的考察和了解，因而在运用的过程中，产生了一些理论上的混乱。当这条路已经走不下去的时候，人们回过头来重新考察了“现实主义”这个概念，发现它并不是我们原来所理解的那个意思，而且要把它恰当地运用到古代文学理论的研究中去，并不像我们原来所想的那样简单。应该说，认识到这一点，这是个很大的进步。但我们决不应该就此止步，知难而退，回避不用这个概念。因为回避并不等于问题的正确解决。

“现实主义”在文学理论中并不是一个可有可无的名词，它是对文学艺术中一种基本的创作方法的科学概括。由于我国古代没有和它相应的贴切的概念，如果完全回避采用这类概念，对我国文学史上和文学批评史上有些关于创作方法的问题就很难进行概括的研究，有些问题就很难说得清楚。例如，不少文学批评史著作都提到白居易对屈原、李白的作品估价不足，但是为什么估价不足，却都没有能给予说明。似乎这纯粹是一个偶然的现象。其实不然。白居易不仅对屈原、李白评价不高,他对所有的浪漫主义作家的作品,评价也都是不高的。由于白居易提倡现实主义的创作方法,因而对浪漫主义作品采取贬抑的态度,这是完全可以理解的。

现在,在有些文学批评史著作中,谈文学作品时采用了"现实主义"的概念,而谈文学理论时却又回避不用,这是一个矛盾。这种矛盾甚至在同一个诗人和理论家身上也表现出来,比如有一本文学批评史著作,在关于白居易的一节中,开端第一句就是赞扬"白居易是唐代现实主义的大诗人",而对于他的文学理论,则采用"杰出的"、"进步的"、"重要的"来概括,就是矢口不谈现实主义。既然白居易的诗歌是现实主义的,他概括现实主义诗歌的理论又很系统,他明确地要求诗歌真实地准确地描写社会生活中的具体事件,这样的理论,为什么不能称之为现实主义的理论呢?

在这里,我们尤其应该指出的是,回避了采用"现实主义"这样的概念,并不能认为就可以完全克服滥用现实主义的那种错误观点。恰恰相反,完全可以在不用这个概念的情况下继续保持那样的观点。例如,有些滥用"现实主义"的人,把重视文学的社会作用、强调真实地反映生活等等统统简单地归入现实主义,而回避使用"现实主义"的人,却又把确实的现实主义概括为"重视文学的社会作用"、"强调真实地反映生活",这等于对待一个错误的名词解释,前者使用名词,后者改用解释,形式上虽似乎有所不同,而那个错误的名词解释却丝毫没有变化。所以,本来用现实主义与反现实主义的斗争贯穿于整部文学批评史的人,可以轻而易举地一下跳到另一个极端,根本反对使用"现实主义"这类文学理论的概念。在这里,我们又清楚地看到了恩格斯指出的那个"辩证法的古老命题"——两极相通。

不应回避问题,而应当探索着继续前进。用现代科学的文学理论去研究古代文学理论,这是提高古代文学理论研究水平的必由之路。我们所说的科学的文学理论,是指概括了世界各民族文学发展的普遍规律的科学理论。同外国相比,我国古代的文学理论的确很特殊。但是，无论它怎样特殊，都不可能是远离世界各民族文学发展的普遍规律的不可思议的怪物，而且特殊并不等于先进。我国古代的文学理论确实是一个丰富的宝藏，但它毕竟是封建社会的文学理论，虽然也有过不可企及的高峰，但就整体而言，它还不可能达到像资本主义那样的科学水平。我们研究古代文学理论的目的，就是为了要发掘精华，让它为建设我们今天的文学理论服务。只有用科学的理论为指导，才有可能正确地区分精华和糟粕。我们应该既反对只顾一般不顾特殊，又反对把特殊强调到脱离一般的程度。在我们看来，主张用古代文学理论中的概念来说明古代文学理论，和用现实主义与反现实主义的斗争来贯穿文学批评史一样，仍然是一条走不通的道路。时代发展了，语言发展了，文学理论发展了，以经解经，为古而古的路子肯定是行不通的。进行任何科学研究，都必须遵循这样一条原则，即正确处理一般与特殊、共性与个性的关系。不懂得它，就等于抛弃了辩证法。

三谈古代文学理论中的现实主义问题

——答张少康同志

在去年《学术月刊》第四期上，发表了张少康同志写的《也谈古代文学理论中的现实主义问题》一文（以下简称《也谈》），就拙作《略谈古代文学理论中的现实主义问题》①一文（以下简称《略谈》）中的某些论点提出商榷。我读了少康同志的文章，感到很受启发，他的有些意见我是同意的。但是，有一些意见，我认为他自相矛盾，不能自圆其说，甚至误解了我文章的原意。为了探讨问题，现在我把这些问题提出来，继续和少康同志商榷，并向广大读者请教。

一　关于我国古代现实主义诗歌理论的基本特征问题

我在《略谈》一文中的基本看法是：现实主义是一个历史的、发展的概念，各个历史时期不同的文学样式，都可能具有自己不同的特点。恩格斯在给哈克奈斯信中对现实主义所作的解释说，“现实主义的意思是，除细节的真实之外，还要真实地再现典型环境中的典型人物”。这个经典性的论述，主要是对小说、戏剧创作所提出的要求，对我们研究小说、戏剧，有极其重要的指导意义；但不能教条主义地用它来衡量古今中外一切文学样式的现实主义作品。因

① 载《学术月刊》1979年第12期。

为文学史上许多其他样式的现实主义作品，如诗词歌赋之类，都并非着重在“真实地再现典型环境中的典型人物”。基于这样一种认识，我在《略谈》中把古代文学中的现实主义分作广义的和狭义的，目的就是为了从中国古代文学和中国古代文学理论的实际出发，避免拿恩格斯对小说、戏剧这类有人物情节的现实主义作品所作的解释，去不切实际地要求我国古代其他各种文学样式的一切作品。我赞成高尔基在《我怎样学习写作》和《苏联的文学》中对现实主义文学的基本特征所作的解释。我认为中外文学史上各个时期不同样式的现实主义作品，都有一个共同的基本特征，这就是真实地准确地描写实际生活来反映现实，而不是像浪漫主义那样，通过讴歌生活的理想来反映现实。真实地准确地描写实际生活来反映现实，这就是“广义的现实主义”，即包括中外文学史上各种样式的现实主义文学的灵魂。

张少康同志在《也谈》一文中，对我上述的“这个原则”表示“基本同意”。他赞同我关于“不能用恩格斯给哈克奈斯信中有关现实主义的论述，来概括一切时代、各种形式的现实主义”的说法。他补充的一点意见是：“马克思、恩格斯所要求的不仅是现象的真实，而且是本质的真实。”对于这一点，虽然马克思和恩格斯在论述关于现实主义的问题时，原著中并没有“本质的”字眼，但强调“本质”有利无弊，我赞成这个补充。

但是，我在这里要提出的问题是：张少康同志一方面在文章开始就表示对我上述“这个原则”“基本同意”，而下文却又在实际上完全否定了自己所表示同意的“这个原则”。《也谈》认为“中唐时期以白居易为首的新乐府运动，是一个现实主义的文学运动。白居易现实主义诗歌理论的提出，说明自觉的明确的现实主义诗歌理论开始形成”。他把“白居易诗歌理论的现实主义”归纳为五大“特征”，其中包括“强调诗歌必须具体地描写当时的社会现实”；“强调诗歌所描写的‘事’必须是真实的”；“强调主要内容是揭露统治阶级的腐朽，政治的黑暗，反映人民疾苦，为民请命”，“在诗歌形式上主张直截了当，反对含蓄隐晦”，而且说白居易“体会到了这种现实主义的创作，在内容上应当有一定的典型概括性”。《也谈》这样概括“白居易诗歌理论的现实主义特征”，是符合他所表示“基本同意”的“原则”的。然而，《也谈》对白居易的诗歌理论，却又主张要“从成熟的现实主义文学理论来衡量”。这个“成熟的现实主义文学理论”的标准是什么？是“明清时期”戏剧、小说创作的理论。张少康同志说：“我国现实主义文学理论的成熟是在明清时期。这时，随着戏剧、小说创作的繁荣发展，通过总结戏剧、小说创作的经验，现实主义文学理论有了比较充分的深入的发展。”接着，他总结“这个时期现实主义文学理论的特点”，归纳为五个“方面”，其中包括强调“小说要表现历史，成为形象的历史，反映现实的本质真实”；“要刻画和现实生活中人物一模一样的、维妙维肖的人物性格”，“重视了细节描写的真实性”，“环境和气氛描写的真实性”；“指出了艺术的真实性应该是本质的真实”等等。而这些理论特点，都是根据冯梦龙《醒世恒言序》、《警世通言序》，笑花主人《今古奇观序》，金圣叹《水浒传序三》，臧懋循《元曲选序二》等小说、戏曲的序言概括出来的。《也谈》就依据这些“成熟的现实主义文学理论”为标准，“来衡量”“白居易的诗歌理论”。因而他得出结论说：“白居易的诗歌理论，从成熟的现实主义文学理论来衡量，还是有很大局限性的。它重视了事实真实，而并没有强调本质真实……他只能总结诗歌创作方面的经验，至于对人物性格、细节描写、环境描写等现实主义创作中的重要问题，都还没有涉及到。”这里，我感到有两个问题：第一，《也谈》所说的“成熟的现实主义文学理论”，是就“明清时期”小说、戏剧等有故事情节的作品而言的，实际上就是指的恩格斯在给哈克奈斯的信中对现实主义的小说、戏剧所提出的要求。《也谈》既然也“认为不能用恩格斯给哈克奈斯信中有关现实主义的论述，来概括一切时代、各种形式的现实主义”，而现在实际上却又以恩格斯对现实主义小说、戏剧的要求，来衡量白居易的诗歌理论，这岂非自相矛盾?！第二，《也谈》认为“现实主义理论”“到白居易只是刚刚形成，它的成熟是在明清”，他不同意认为现实主义诗歌理论到白居易“已逐渐趋于成熟”的提法，理由是“他只能总结诗歌创作方面的经验,至于对人物性格、细节描写、环境描写等现实主义创作中的重要问题,都还没有涉及到”。假如我们一定要求诗歌的现实主义理论,也必须“对人物性格、细节描写、环境描写等”都要有明确“涉及”,这样才算是“逐渐趋于成熟”,那么诗歌中的现实主义理论,就将难能有“逐渐趋于成熟”的日子,因为这是诗歌(尤其是抒情诗)的性质和形式本身决定了的。现实主义诗歌理论成熟的标志到底应该是什么?我认为这是一个值得探讨的问题。

二　孔子诗论“兴观群怨”说的“现实主义因素”仅仅“表现在‘可以观’的问题上”吗?

在我国古代诗歌理论中颇有影响的“兴观群怨”说,是孔子在体会《国风》、《小雅》的精神实质的基础上总结出来的。它虽然主要是论述诗歌的社会作用,但与诗歌的艺术特点,所反映的现实内容、思想倾向,是紧密地联系在一起的。孔子以这四者论诗,虽各有其相对独立的作用,但四者的相互关系又是非常密切的。就如王夫之在《诗绎》中所说的,“于所‘兴’而可‘观’,其‘兴’也深;于所‘观’而可‘兴’,其‘观’也审。以其‘群’者而‘怨’,‘怨’愈不忘;以其‘怨’者而‘群’,‘群’乃益挚”。这就是说,诗歌应该要求能在“兴”之中体现“观”的作用,在“观”之中看到“兴”的意义,在“群”之中寄之以“怨”,在“怨”之际出之以“群”,这样才能收到更好的艺术效果。孔子的这一理论,说明他是非常重视诗歌反映现实的社会作用的。他认为诗歌具有振奋人心的鼓舞作用,通过它,可以认识它所反映的社会生活,可以“考见得失”,“观风俗之盛衰”;通过它,可以互相感化,对群众发挥团结和教育的作用;同时,被压抑者胸有怨愤,也可以借它来批评和讽刺当时不良的政治,抒发自己的怨愤和不平。正是因为孔子所提出的“兴观群怨”说四者之间有着密切的内在联系,所以我们才能说孔子把诗歌看作是与社会生活、社会政治密切相关的东西,才能说他认为诗歌反映社会生活、反映政教得失及人们的哀乐,可以使人认识现实。也正是因为如此,所以我把这种重视真实地反映现实的文学理论，称之为“较早的现实主义文学理论的萌芽”。

针对我对“兴观群怨”说的上述理解，张少康同志在《也谈》一文中却说，“‘兴观群怨’那一段，其中确有现实主义因素”，但“这主要表现在‘可以观’的问题上”。至于“兴”、“群”、“怨”等“其他几方面就不同了”。“这些都非现实主义文学所独有，其他创作方法写的作品也是同样具有的”。

《也谈》把“兴观群怨”完全割裂开来，认为“现实主义因素”“主要表现在‘可以观，”，而与“兴”、“群”、“怨”无大关系，这种说法，实令人难以理解。离开了“兴”、“群”、“怨”，孤立地单是一个“观”，到底是“观”什么呢？“观”应该是有其具体的内容的。“可以观”为什么就“确有现实主义因素”呢？离开了“兴”、“群”、“怨”，“现实主义因素”又从何来？何况“可以观”的，也可以是自然主义，也可以是浪漫主义，也可以是其他别的什么主义，为什么就一定是“现实主义”?！我很赞成有位先生在古代文论学术讨论会的发言中对孔子这段话的理解。他说孔子“是懂得诗的艺术特点的，诗歌如果只讲道理、发议论、谈思想，而没有凝结着真情实感的艺术形象，就没有感染力，谈不上‘兴’——使读者‘感发兴起’”；孔子“是重视诗歌的现实内容的，诗歌只有反映了生活的真实，才‘可以观’——‘考见得失’，‘观风俗之盛衰’”，孔子“是赞成‘怨刺上政’，揭露社会的阴暗面的，要不然，怎么‘可以怨’？这一切，都是现实主义诗歌所固有的特点”。他又说：“孔子从《诗经》里优秀作品的实际出发，概括了它们可能发挥的社会作用，这对后来的诗人都产生了深远而积极的影响。其中，特别是他从那些‘刺’诗里概括出来的‘可以怨’的论点，为我国此后的现实主义诗歌创作和诗歌理论确立了一个良好的开端。”这位先生从诗的艺术特点考虑出发，强调把“兴观群怨”四者作统一的理解，把它们看作“都是现实主义诗歌所固有的特点”。这种看法，我认为是比较符合实际的。至于在这四者之中，他认为孔子“从那些‘刺’诗里概括出来的‘可以怨’的论点，为我国此后的现实主义诗歌创作和诗歌理论确立了一个良好的开端”。这样说，也比之认为“现实主义因素主要表现在‘可以观’”的说法要确切得多。

三 “要求反映现实的本质真实”在中国古代文学理论中到底是怎样体现的？

张少康同志在《也谈》中谈到“关于现实主义文学理论的基本特征问题”时，非常强调“现实主义不仅要真实地反映现实，而且要求反映现实的本质真实”。他说：“这一点不仅许多现实主义作家和文艺理论家如莎士比亚、塞万提斯、托尔斯泰、别林斯基等有过论述，马克思、恩格斯也有过明确的论述。”这样旁征博引，为了说明“现实主义文学理论的基本特征”，自然也有必要。但我感到更为重要的，还是在于结合我国的具体实际，切切实实地探讨一下在中国古代文学理论中，这种“要求反映现实的本质真实”的现实主义理论，到底是怎样具体体现的？尤其是这个“真实”和“本质真实”，在我国古代文学理论中到底是怎么区别的？

读过《也谈》，我感到张少康同志在接触古代文学理论的实际时，对上述问题就有含混不清的地方。例如他在谈到《易传》时，一方面说它“有一个唯心主义的神秘外壳，认为模拟自然的《易》象不是人创造的，而是天神上帝所赐予的”，而另一方面却又认为“卦象是对自然现象的模拟’，“是包含了现实主义的因素的”。为什么“对自然现象的模拟”就一定“包含了现实主义的因素”呢？它应该怎样避免和自然主义混淆不分呢？《也谈》不是一再提醒人们要警惕“可能导致取消文学艺术的特征和抹煞现实主义和自然主义本质差别的危险”吗？又如《也谈》认为《诗品序》“提出要写‘即目’、‘所见’，主张‘直寻’，也反映了某些现实主义创作特色”。这“即目”、“所见”和“直寻”，难道就一定是“本质真实”吗？张少康同志认为：“仅仅主张‘崇实主真’，也不能说明就是提倡现实主义。浪漫主义也有它的‘真’和‘实’。”我赞成这个说法。但问题是，“提出要写‘即目’、‘所见’，主张‘直寻’”，这与主张在写作中要“崇实主真”的说法之间，究竟有多大本质上的差别?！既然“主张‘崇实主真'不能说明就是提倡现实主义",那么为什么"提出要写'即目'、'所见',主张'直寻'"就一定是"现实主义创作特色"呢?难道浪漫主义就完全排斥"即目"、"所见"和"直寻"吗?而自然主义所模写的,不正好都是"即目"、"所见"和"直寻"的东西吗?我这样说,并不认为《诗品序》中这几句是提倡自然主义或浪漫主义,而是在于说明《也谈》要求人们警惕"可能导致取消文学艺术的特征和抹煞现实主义和自然主义本质差别的危险",恰恰作者自己就似乎警惕得不够;张少康同志认为"现实主义文学理论的基本特征"就是"要求反映现实的本质真实",这个"本质真实"到底在我国古代的现实主义文学理论中是怎样具体体现的?读了《也谈》之后,似乎反倒使人感到有些模糊不清了。

四 应该按照对方的原意来讨论问题

我非常赞成张少康同志那种勇于发表不同意见探讨问题的精神,但他在《也谈》中所提出的有些问题,却并非出于我文章的原意。为了有利于进一步深入讨论,我感到有必要对其中的有些问题略加说明。

《也谈》说"必须注意到主张文艺是反映现实的理论和现实主义文学理论的区别","我们不能把文艺是反映现实的理论,当作就是现实主义理论"。这确乎是一个应该注意分清的问题。正是因为这样,所以我在《略谈》中谈到《文心雕龙·时序》篇时说:

> 刘勰认为,时代的推移,政治的嬗变,会直接影响到文学。他在《时序》篇中说:"歌谣文理,与世推移,风动于上而波震于下者也。"又说:"文变染乎世情,兴废系乎时序。"这种观点,也是以文学作品要真实地反映社会现实这一思想为出发点的。

我在这里明明说《时序》篇说的是文学和时代的关系,文学是反映社会现实的。然而,《也谈》却说:

吴文治同志认为《文心雕龙·时序》篇中所说的,“歌谣文理,与世推移,风动于上而波震于下者”;“文变染乎世情,而兴废系于时序”,是刘勰现实主义文学理论的重要表现(着重号是我加的)。但是我们通观《时序》全文,讲的都是文学和时代的关系,说明文学是反映现实的,文学发展和时代发展有密切关系。

把上面这两段引文相互对照一下,就清楚地可以看出,《也谈》对《略谈》的解释,产生了误解!《略谈》明明说《时序》篇讲的是文学和时代的关系,文学是反映社会现实的,文中不仅根本没有说《时序》篇“是刘勰现实主义文学理论的重要表现”这样的话,而且也丝毫没有这样的意思。不知《也谈》到底是怎么分析出来的?!

又如我在谈到《文心雕龙·物色》篇时,有这样一段叙述:

他(指刘勰)认为客观的风物是诗文描写的对象,创作应该是开始于作者对外物的感受,所谓“物色之动,心亦摇焉”;“情以物迁,辞以情发”。一篇好的文学作品,应该能使读者“瞻言而见貌,即字而知时”。这种理论,是符合唯物论的反映论的原则的,也是现实主义文学的最基本的要求。刘勰认为,文学作品应该真实地反映现实生活的面貌,他在《宗经》篇中所说的“事信而不诞”,“情深而不诡”,在《情采》篇中所说的“为情者要约以写真”,就是根据这种要求提出来的。

对这样一段文字,《也谈》竟然说它“有把唯物主义文学思想看作就是现实主义文学理论的倾向”,而且反问说:

怎么能说上述《物色》篇中那些话就是现实主义文学理论的表现呢?如果把文艺反映现实和现实主义等同起来,把唯物主义和现实主义等同起来,势必要混淆现实主义和浪漫主义，也不可能真正弄清楚我国古代现实主义文学理论的基本特征。

我上述的那段文字，到底是不是存在《也谈》所说的这些问题，广大读者自会有公正的评判，我不来多作解释。但我认为，我说《物色》篇中的“这种理论，是符合唯物论的反映论的原则的，也是现实主义文学的最基本的要求”，这种说法，无论如何也引申不出“有把唯物主义文学思想看作就是现实主义文学理论的倾向”，无论如何也引申不出“把文艺反映现实和现实主义等同起来，把唯物主义和现实主义等同起来”的结论。何况《略谈》在这里是谈《文心雕龙》中的现实主义，并非孤立地单谈《物色》一篇。《也谈》不是也承认《宗经》篇提出的“‘情深而不诡’、‘事信而不诞’等，确是包含有真实地描写现实的现实主义因素”吗？为什么《略谈》在紧接着所举《物色》篇为例之后，又联系《宗经》中所说“事信而不诞”、“情深而不诡”，联系《情采》中所说的“为情者要约以写真”来分析，《也谈》就都视而不见了呢?!

我提出这些问题，目的是继续请教。请少康同志和读者指正。

试论马克思主义文艺理论的民族化问题

坚持文艺的民族化，是我们党和国家文艺方针的重要内容之一。对于这样一个方针性的重要问题，文艺界有不少同志在自己的创作实践和理论研究中是努力贯彻的，他们勇于探索的创新精神是取得了成绩的。这在文艺创作方面表现得尤为明显。但比较而言，我们文艺理论的民族化，似乎比文艺创作要略逊一筹。为什么会出现这种情况？我感到有两个问题值得重视：其一是认识问题，有相当部分搞文艺理论工作的同志，对马克思主义文艺理论民族化的必要性认识不足，因而裹足不前；其二是方法问题，有些同志虽然赞同马克思主义文艺理论的民族化，但不甚得法，因而成效不大。

一

认识问题至今仍然是我们实行文艺理论民族化问题的主要障碍。有一种比较流行的说法，认为马克思主义文艺理论是阐明文艺一般规律的科学，对各个国家各个民族都能适用，没有强调实行民族化的必要。这种说法，其实是只知其一，不知其二，是一种相当片面的糊涂观念。

民族特点的认识和民族形式的利用，是使马克思主义理论显示其伟大力量，使一切工作不断取得胜利的根本关键。我们提倡马克思主义文艺理论民族化，目的就在于把马克思主义有关文艺问题的理论原则与中国具体的文艺实际相结合，使之具有“中国作风和中国气派”，就是为了从我国文艺发展的实际出发，建立概括我国文艺发展规律和丰富的创作经验的马克思主义的文艺理论体系，以便能更好地指导我们的文艺运动，促进社会主义文艺的更大繁荣。

有些同志之所以对马克思主义文艺理论的民族化问题认识不足，这与教条主义地看待马克思主义文艺理论，理论不联系我国具体的文艺实际有直接关系；他们不能理解我们在坚持马克思主义理论原则的同时，还需要发展马克思主义，而发展就必须结合我们国家的实际，有我们的创造和贡献。我们应该承认这样一个客观存在的事实：一九四九年以来，我们通行的马克思主义文艺理论，除了毛泽东同志的文艺论著外，几乎都是外国传入的。其中有马克思、恩格斯、列宁、斯大林等经典作家对文艺问题的论述，有外国马克思主义文艺理论家如普列汉诺夫等人的文艺论著，也有苏联十月革命后一些革命的文艺家的著作。这些理论在我国广为传播，对我国文艺理论的革命性变革，是起了极其重要的作用的。正是这些马克思主义的文艺理论，已经成为指导我们文艺思想的理论基础。这说明作为一种理论原则的马克思主义的文艺观，它确实不受时空限制，是没有国界的。但是，由于马克思主义文艺原理是对全人类文艺发展和全世界无产阶级文艺运动一般规律的理论概括，要使这些理论原则完全适应我们自己的国情和民族特点，还必须结合我国的国情和民族实际，进行一番艰苦的创造性的研究，即把马克思主义经典作家们所提出的关于文艺问题的普遍原理与我国具体的文艺实际相结合，并使之获得适当的民族形式，才有可能充分发挥出它的伟大力量。

马克思主义文艺理论之所以必须民族化，这是它的研究对象文艺本身所决定的。文艺的民族独创性，是以一个民族所特有的生活条件、风土习俗、心理素质、语言文学等表现为文艺内容和形式上的各种具体特点的总和。它在历史的长河中逐渐形成起来，是一个民族文学艺术成熟的重要标志。由于文学艺术比其他任何意识形态更具有鲜明的民族色彩，因而，从富有民族特色的文艺创作实践中所概括出来的文艺理论,就必然会在内容上,乃至理论思维和表述的方式方法上,都打上民族的烙印。文艺理论的民族性,正是文艺创作的民族性在理论上的必然反映。由于任何民族都“是人们在历史上形成的一个有共同语言、共同地域、共同经济生活以及表现于共同文化上的共同心理素质的稳定的共同体”[①],一个民族的文艺心理,他们对文艺的理论思维、理论表述方式等等,也都与民族语言,“文化上的共同心理素质”等一样,都具有非常的稳定性,因而,一切外来的理论,包括马克思主义文艺理论,它如果不能与这个民族的文艺实际相结合,适应这个民族的文艺传统和文艺心理,“化”为这个民族自己的血肉,逐步形成为自己的理论体系,那是不可能生根的。有些不重视或者反对马克思主义文艺理论民族化的论调,从表面来看,他们貌似维护马克思主义文艺理论,实际恰恰有损于马克思主义文艺理论在我们的文艺园地里生根开花。所以,马克思主义文艺理论,只有当它取得了一定的民族形式,并被吸收来建立起自己民族的马克思主义文艺理论体系,才有可能真正持久地发挥其指导我们民族文艺发展的巨大作用。

马克思主义文艺理论的民族化,是我们文艺理论建设的必由之路。至于有人担心文艺理论的民族化,会不会削弱马克思主义文艺理论的世界性意义,这种担心是完全没有必要的。因为我们提倡的民族化,与资产阶级狭隘的民族主义有着本质的区别,它与世界性是辨证统一的,并不是对立的。相反,假如我们片面地强调世界性,而忽视民族化,它就只能使文艺理论脱离实际,脱离人民,使理论变成不能指导文艺实践的空洞条文。

二

马克思主义文艺理论究竟怎样才能实现民族化,现在也还存

---

① 斯大林《马克思主义和民族问题》,《斯大林全集》第二卷,人民出版社 1953 年版,第 294 页。

在着一些不同的意见。

比如有的同志认为，要使我们的文艺理论民族化，必须先创造一种“新文风”，只有“在新文风的基础上”，才能“创造和完成我们新的文艺理论”。而建立那种“新文风”，主要就是要从“古人的文学作品中学习文学语言”。

也有的同志认为，文艺理论的民族化，主要是一个形式问题。以往，我们在文艺理论的专著或教学中，从作品举例到专用术语都用外国的；今后，如果能多举本国例子，并能设法采用一些我国古代文艺理论中的术语，民族化问题就解决了。

这两种意见有一定的代表性，但我感到都有值得商榷之处。

就前一种主张来看，似乎认为我们今天运用语体文的文风不能作为“新的文艺理论”的基础，需要先从“古人的文学作品中学习文学语言”，待建立了“新文风”之后，才庶几可以取得一种“创造和完成我们新的文艺理论”的基础。这就很令人怀疑，这种“新的文艺理论”，究竟是一种什么样的文艺理论呢？为什么连我们今天的“文风”都不能作为它的基础，只有学习古代文学语言后建立起来的所谓“新文风”才能作为它的基础呢？不言而喻，这实际是一种企图以改变语言形式的办法来解决我们文艺理论的民族化问题。在发表这种意见的同志看来，似乎文艺理论的民族化问题，首先就在于要解决一个语言问题，即通过学习古代语言的办法，来解决古今语言的隔阂问题。所以他一再主张，对于古代语言，“继承又应重于批判”。好像只有这样做了，“新的文艺理论”才会有基础。我们并不否认，语言是构成民族特色的重要因素之一，古代语言是有民族特色的。但是，我们也应该承认，我们的现代语言是有我们这个时代的民族特色的。现代语言和古代语言的差异，主要是由于我们民族生活不断发展的结果。民族特色是一个历史的范畴，我们不应该对它采取一种停滞的和凝固的看法。构成民族特色的因素，是不断随着民族生活的发展而发展着的。正是由于时代的不断变化发展，现实生活的不断变化发展，文艺表现手段和表现方式也随着反映现实生活内容的变化发展而不断变化发展，所以我们才提出了创造我们具有新的民族特色的文艺理论体系的任务。假如我们不能充分认识这一点，片面地从语言形式着眼来创造文艺理论的民族特色，那么，那样“化”的结果，我们的文艺理论，也许可以穿上一件陈旧的民族外衣，但却很难设想它会是我们这个时代的马克思主义的文艺理论。

有的同志把马克思主义文艺理论的民族化问题仅仅看作是一个形式问题，认为只要更换马克思主义文艺理论中举的一些外国的例子，改动改动外国人用的术语，就可以解决问题。这也是一种舍本逐末的做法。这决不单纯是一个什么形式问题。事实上，单从形式上去“化”也是“化”不了的。因为文艺理论的民族化，如前所说，它的涵义是很丰富广阔的，它应该通过系统总结我们民族在文艺创作、文艺欣赏和文艺批评等方面的实践经验来体现；它应该探讨我国文艺反映现实生活的规律，探讨以我们民族的语言来表现民族性格、民族思想感情、民族心理状态、民族风土习俗等所特有的方式和方法。这种“彻头彻尾彻里彻外”的“化”，就决不是改改例子换换术语所能达到的。恩格斯说过：“即使只是在一个单独的历史实例上发展唯物主义的观点，也是一项要求多年冷静钻研的科学工作。”①我们要运用马克思列宁主义的理论，来广泛地研究和总结我国的文艺理论问题，建立一个完整的具有“中国作风和中国气派”的马克思主义的文艺理论体系，不经过艰苦的研究和探索，那是决不可能的。

三

要切实解决马克思主义文艺理论的民族化问题，关键在于理论联系实际，在于把马克思主义文艺理论与我们民族具体的文艺

---

① 恩格斯《卡尔·马克思“政治经济学批判”》，《马克思恩格斯全集》第十三卷，人民出版社 1962 年版，第 527 页。

实际相结合，把它真正"化"为与我们民族文艺血肉相联的东西。

所谓实际，应该包括两个方面：一是现状，一是历史，都是理论工作者必须调查研究的对象。文艺理论工作者也只有对我国的文艺现状和文艺历史进行大量系统而周密的调查研究工作，详细地占有我国现代和古代的文艺材料，才有可能在马克思列宁主义一般原理的指导下，从这些材料中引出正确的结论，才有可能作出合乎中国需要的理论性的创造，才有可能使这样的理论体现出我们民族的特色。

如何去研究现状呢？千里之行，始于足下。我认为首先要做的还是深入社会生活，向群众学习，这是我们文艺发展的根本方向问题。革命的文艺理论工作者，应该把深入人民群众作为解决文艺理论民族化问题的基本办法的一个重要方面。努力深入群众有助于解决文艺的民族化问题，我们有许多作家已经以自己的创作有力地证明了这一点。赵树理、李季等，都是从这里找到了解决文艺创作民族化的正确途径。虽然文艺理论和文艺创作的特点不尽相同，但是他们的经验是可以借鉴的。我们很难设想，一个从事文艺理论工作的同志，长期脱离群众，生活在自己的小天地里，他就能够解决文艺理论的民族化问题。何况我们马克思主义文艺理论要求从革命的现实出发来研究问题；它研究文艺反映现实的规律，对文艺创作方法、文艺创作经验进行总结，都是为了指导当前革命文艺的实践。如果文艺理论工作者自己没有现实斗争的感性认识，不了解自己民族的生活，心理和习俗，缺乏丰富的生活知识，要对纷繁的文艺现象发表正确的议论和批评是不可能的。马克思主义文艺理论是从革命文艺的实践中产生和发展的，文学艺术的真实性、典型性和美都是来自生活。文艺理论工作者如果对他所研究的文艺作品所反映的生活不熟悉，或者不十分熟悉，自己没有从生活中经历过反复的感受，以至发生感动，要对文艺作品从理论上作出正确的解说也是不可能的。

文艺理论的民族特色往往体现着鲜明的时代性和阶级性。它在民族的共同生活中形成，而又处于不断的变化发展之中。比如随着我国社会主义革命和社会主义建设在政治、经济、文化各方面的巨大胜利，我国民族的生活习俗和心理状态就发生了深刻变化，而且还将继续不断地发生变化。这是一个崭新的现实。我们对它的理解就还是比较生疏的。要使我们马克思主义文艺理论具有我们时代的新的民族特色，文艺理论工作者就必须深入了解这个崭新的现实。而和群众的结合，就正是解决这个问题的根本关键。文艺理论工作者只有深入生活，同广大群众同呼吸共命运，吸取他们的智慧，才有可能取得我们这个时代的和阶级的民族特色的最基本的必要条件。

除了深入群众，熟悉生活，广泛地研究社会，文艺理论工作者还必须系统地研究当代的文艺作品和评论，研究各种文艺思潮，研究当代作家在文艺创作中的各种经验，善于分析新现象，敢于提出新问题，勇于支持新事物，从理论上行进探索和总结。诸如文艺的形象化典型化问题，革命现实主义与革命浪漫主义结合的问题，文艺正确反映人民内部矛盾问题，文艺发展中的继承与革新问题，等等。这些理论问题都需要我们结合具体的作品去进行研究。对于文艺现状的研究，文艺理论工作者应该和文学作家，艺术家很好地进行合作，多交流，多商量，这样对彼此的工作都会是有利的。

如何去研究历史呢？我认为应该着重结合我国历代文艺名著的研究，研究中国文学艺术和中国文艺理论批评史。我们中华民族有自己文学艺术发展的悠久历史，有我们文艺创作所特有的丰富的历史经验。我们应该把文艺遗产的研究与当前文艺运动的实际紧密地联系起来，把马克思主义的普遍真理与我国文艺传统的实际密切地结合起来，正确地概括我国文艺反映现实的规律，总结我们民族在文艺创作和文艺理论批评方面的丰富经验，体现我们的民族特点。

研究文学史，对于文艺理论工作者来说是非常重要的。高尔基说过："不坚持编写我们的文学史，那么，我们就不会产生有修养的批评。我们需要文学史……同样，我们也需要批评，但是它还没有成熟,因为它不大懂文学史。”①文艺理论缺乏自己的民族特色,这是文艺理论尚欠成熟的一种表现。我们马克思主义文艺理论需要具有中国的作风和气派,认真钻研中国文学史是极其重要的一环。研究中国文学史必须重点结合对文学作品的研究,通过对大量作品的细致分析,从中科学地总结我国文学的民族传统和民族特点。

文学的民族特色往往极为复杂地体现在文学作品的各个方面,诸如作品的思想内容、创作方法、艺术手法,乃至语言、文体和风格,等等。要弄清楚这些,有时还必须全面地去研究作者,了解作者的生活、思想、性格,等等。对于这些方面的研究,一九四九年以来,我们的文艺理论工作者和文学史工作者已经作了大量工作,取得了不少成绩,但还需要我们继续努力。

如何准确概括我国文学的民族特色?这是一个值得认真研究的重要问题。有一些提法似乎就感到并不那么贴切,或者显得有些一般化。比如有的同志说,我国小说的特点之一是故事情节有头有尾,而且惯用白描手法。这种说法就未必尽然。在外国小说中,这样的作品也并不少见。薄伽丘的《十日谈》、塞万提斯的《唐吉诃德》,不也都是故事有头有尾、着重采用白描手法吗?当然,倒并不是说只有为外国所无而为我国所独有的才算是我们的民族特色。但是,至少应该力求能比较贴切而全面地说明我们民族文学的特色吧!又比如有的同志说,我国小说塑造人物的特点,主要是借助于生动紧凑的故事情节来表现,而不是通过对人物内心活动的细致描写来表现的。这种说法也未必如此。《三国演义》、《水浒传》、《西游记》、《红楼梦》等小说名著,固然故事情节都很紧凑,但哪一部没有对人物心理作生动细致的描写呢?尤其是《红楼梦》,对人物心理的描写可以说是够细致的了。以偏概全,是不能说明

---

① 高尔基《我国文学是世界上影响最大的文学》,《文学论文选》,人民文学出版社 1960 年版,第 405 页。

我国小说真正的民族特色的。

毛泽东同志在《矛盾论》中指出："对于物质的每一种运动形式，必须注意它和其他各种运动形式的共同点。但是，尤其重要的，成为我们认识事物的基础的东西，则是必须注意它的特殊点，就是说，注意它和其他运动形式的质的区别。"按照这个观点，中国马克思主义文艺理论科学的一个最根本的方向，就是以中国文艺实际为依据，说明文艺的共同规律以及它们在中国文学艺术中反映出来的特点。文艺的共同规律是在研究各民族文艺后抽象出来的一般规律，文艺的一般规律只能在大体上反映出各民族文艺中最一般的本质与特点。我们研究文艺的民族特色，则必须着重"注意它的特殊点"，注意它和其他国家其他民族文学艺术的"质的区别"。各民族文艺的具体特点，有些往往就不完全符合于一般律规。比如我国的格律诗，不仅讲究音律、句法，在内容的表现上也非常注意情景交融、形神兼备，即把诗人所描写的景象和诗人所要表达的情意高度结合起来，如梅尧臣所说，"状难写之景，如在目前；含不尽之意，见于言外"①。这是中国诗歌艺术典型形象的特点。中国的散文、小说、戏剧和现在的新诗，虽然都具有各种文体的一般特点，但也都有着我们民族的独特创造。在中国文学中，也还有许多文学样式和表现方法是外国文学所没有的。古代文学中以写京殿苑猎为内容的赋，讲究四六对偶的骈俪文，按谱式填字的词曲，固然不必说；就如我国民间流传很广的曲艺，各式各样的地方剧种等，也在外国文学中未曾得见。文学如此，艺术也是如此。比如中国的京剧和川剧（还有许多地方剧种），在舞台艺术的表现上一般不采用实景，而是以服装、脸谱、虚拟的动作以及舞蹈、音乐等的配合来表现一种境界。我们看京剧《打渔杀家》和川剧《刁窗》，就丝毫不感到因没有实景而影响艺术效果。中国戏剧，演员在舞台上从这边走到那边，就算千里；过一过场，就算好多年，这与

① 见《欧阳文忠公文集》卷一百二十八《诗话》。

外国古典戏剧严格遵守“三一律”也显然不同。又如中国的绘画，一般都很注意采用虚实结合的手法。画面上的龙，往往只须画云中露出的一鳞半爪，就能使人感到神龙的全体宛然可见。齐白石画的虾、鸟、青蛙，徐悲鸿画的马，虽没有在背景上用什么笔墨，却神采奕奕，使人感到境界的无限宽阔。中国古代的名画，如唐代阎立本的《步辇图》，宋代李公麟的《免胄图》，明代徐渭的《驴背吟诗》，也都是在一片虚空的背景上，以集中地表现人物的行动和姿态取胜的。所有这些，都说明如果离开了中国文艺的具体特点，就无从在中国文艺理论中说明文艺的一般规律。一般规律的实践意义，也只有经过对中国文艺实际的具体而详尽的阐发才能表现出来。

为了建立具有我们中国特点的马克思主义的文艺理论体系，批判地继承我国古代的文艺理论遗产是一项极其重要的任务。如周扬同志所说：“在我国历史上出了不少卓越的文艺理论批评家，他们总结了某一时代或某一方面丰富的创作经验，发表了许多对艺术创作的精辟见解。我们应当批判地继承这份遗产，把它们作为建设我国的马克思主义文艺理论所必须研究和运用的资料。”①

实行马克思主义文艺理论的民族化，必须批判地继承我国古代传统的文艺理论，这不仅因为传统的文艺理论具有最鲜明的民族特色，而且传统的文艺理论本身有它的延续性，要求我们把它的优良传统更好地加以发扬。我国古代文艺理论有我们自己的范畴，有我们独特的方法，有我们的创作实践和民族欣赏习惯，它是随着我们民族历史的发展长期形成积累起来的。要使马克思主义文艺理论具有我们民族的特色，建立具有中国特点的马克思主义文艺理论体系，如果忽视或者拒绝对我国传统的文艺理论的批判继承，那将是根本不可能的。因为抛弃了传统，民族特色是无法凭

---

① 周扬《我国社会主义文学艺术的道路》，《中国文学艺术工作者第三次代表大会文件》，人民文学出版社 1960 年版，第 70 页。

空臆造和杜撰的。一九四九年以来,我们通行的马克思主义文艺理论所以缺乏民族特色,未能很好地建立起具有我们中国特点的马克思主义文艺理论体系,其主要病根也正在于此。

我国古代文艺理论是一个极为丰富的宝藏,为我们文艺理论的借鉴和继承提供了充分的有利条件。据《中国丛书综录》所载,单是诗文评就有六百余种,词曲理论二百余种,分散在各种诗文集、经书、史书、子书中的这方面资料更是浩如烟海,难以数计。就这些理论研究的对象和范畴来看,它与西欧的情况就不尽相同。比如古希腊文学,一开始就以史诗和戏剧为主,所以亚里士多德等人的文学理论,也一开始就以诗歌、戏剧为主要研究对象。而我国古代文学,从先秦至两汉,在较长一个时期内,就以诗歌、散文、辞赋为主,而散文中文学、史学、哲学的界线又不那么明显,所以这个时期的文学理论,除论诗、论文、论赋者外,在那些泛论经、史的著作中有时也可以看到一些文艺观点。这是我国早期的文学理论。此后,经魏晋六朝以至唐、宋,文学理论研究的对象,主要是"诗"(包括词)和"文"两大范畴。到元、明、清,文学理论除继续以"诗论"(包括"词论")、"文论"为正宗外,其研究对象已扩大到戏曲、小说、民间文学等领域,文学理论的形式也出现多样化。这说明我国古代文学理论的发展与西欧文学理论是有明显的区别的(当然它们的区别还远不止此)。研究我国古代传统的文学理论,应该注意到这个区别。

我国古代文学理论表现形式的多样化,这在外国文学理论中也是罕见的。比如诗话、词话、评点、笔记这样的形式,就是我国文学理论批评家所独创的特有形式。就诗话、词话来说,由于它们大多是诗人或批评家在读诗读词之后心有所得的思想零拾,因而内容相当丰富。大至对诗歌艺术规律的探讨、诗人的评骘、诗歌发展的综述,小至对一篇作品、一句诗句、一个词语的评析,以及轶闻典故的发微,等等,可谓琳琅满目,活泼自由。有时三言两语,便表达出诗人或批评家对诗歌艺术的真知灼见。由于它们在内容上丰富多彩,引人入胜;形式上短小精悍,生动活泼,因而曾深受广大读者的欢迎。这些理论形式,也是值得我们好好总结的。

我国古代的文学理论批评家有一个特点,即他们往往既是理论家,又是著名的作家。专门只搞理论不搞创作的人为数极少。正是因为作家兼理论家,一身二任,所以他们谈创作理论,无论是艺术经验、艺术修养,都能谈得比较亲切;他们对文学创作艺术性的探索,往往能深入精微,道他人之所未道;他们的理论,往往能紧密地结合自己的创作道路,反映出他们那个时代文学思想的潮流。在中国文学史和中国文学理论批评史上,那些成宗开派影响较大的人物,几乎无一不是既有创作又有理论的全才。因此,我们要研究他们的理论,必须注意结合他们的创作,同样,要研究他们的创作,也不能忽视他们的理论。

研究古代文学理论有一个值得注意的问题,这就是如何准确理解古代文学理论中的一些专用术语。古代的作家、批评家,往往喜欢标举出一些名词术语,来简括地表述他们的某些理论。例如"风骨"、"神韵"、"性灵"、"兴象"、"意境"、"妙悟"、"境界"、"肌理"等等。这些术语,由于原来用它的人大多出于自己当时的艺术感受,并没有准确的说明,同时由于古今时代的差异,因此今天读来往往使人感到费解。为了准确地了解它们的确切涵义,这就需要我们认真地进行一番研究辨析的工作。如何进行辨析,现在并没有一本现成的术语词典可以供我们去查阅,即使将来有了,也不一定就能帮我们准确地完全解决问题。因为这一类术语,在古代文学理论中往往因人因时而异,即使是同一位批评家,对同一术语的用法有时也有不同的涵义。如此说来,这些术语的涵义是不是就无法辨清楚了呢?当然不是。根据我个人体会,辨析术语应该注意以下几个问题:一是弄清楚批评家运用这些术语的历史背景,把它放到当时文学发展的趋势、思想潮流中去研究了解;二是研究这些术语所涉及的具体作家和作品,通过了解作家作品去理解术语;三是联系批评家的其他理论作全面系统的考察,而不是孤立地就事论事。把这三者联系起来加以综合考察,任何术语的涵义都是有可能辨析清楚的。

有些同志在研究解释古代文学理论中的名词术语时，往往喜欢简单化地把它们直译或解释成现代文艺理论中常用的名词术语，不注意考察古今术语在涵义上的差别，这样就很容易脱离原意，或者把古人的理论观点现代化。例如有的同志在解释汤显祖“凡文以意、趣、神、色为主”①一语中的“神”字时，认为它“和我们所说‘艺术概括’、‘艺术真实’的概念是相近的”这个解释就欠确切。因为我们只要把汤显祖在其他文章中对“神”这个字的多次用法作一综合探讨，便会发现，他所谓的“神”，就艺术表现而言，主要是指要求作品达到“入神”的境界，与我们今天所说的“艺术概括”、“艺术真实”，涵义是根本不同的。又如有的同志在解释李渔《闲情偶寄》中《立主脑》一节时，说“立主脑强调主题思想的重要和人物事件的突出”，说李渔“认为戏曲作品首先在于主题鲜明”。这样的解释，显然是望文生义，也并不符合原意。从李渔的原作来看，他所谓的“立主脑”，实际指的是主张突出人物，突出事件，在情节结构的安排上主次分明，根本就没有谈主题思想方面的问题。可见注释古代文学理论中的术语，既不能用现代文艺理论的概念去硬套，也不能望文生义。一定要作深入细致的具体考察，明辨古今术语的异同，实事求是地作出符合原意的解释，这才是真正的科学态度。

综上所述，为了建立具有我们民族特点的马克思主义的文艺理论体系，我们应该对中华民族几千年来丰富的文学理论遗产，创造性地进行研究和发扬；我们应该对我国半个多世纪以来革命文艺实践经验，认真地加以整理和总结。这两个方面的工作都不可偏废。从学习传统到推陈出新，是一个熔化、提炼和创新的过程。我们要学习并继承传统，但又不能为传统所束缚。马克思主义文艺理论的民族化，必然将带有我国文艺过去和现在整个历史发展的路程的痕迹，但其中起决定作用的还应该是现在。因为我们的文艺理论研究，毕竟是以现实社会主义革命和建设的需要为出发点的。

---

① 《汤显祖集》卷四十七《答吕姜山》。

关于古代文学中的浪漫主义问题

关于我国古代文学中的浪漫主义问题，一九四九年以来，学术界没有什么大的争论，发表的研究论文也不是很多。这里我们简单地讲一讲。

浪漫主义起源于古代神话。神话的产生，是由当时的社会现实基础决定的。在原始社会里，由于生产力的低下，人们对自然界的发展规律缺乏科学的认识，往往为自然所支配和奴役。但人们不甘于这种被支配、被奴役的地位，因而就产生了征服自然的理想和愿望，这些理想和愿望体现在他们所虚构的神话里，就是早期的浪漫主义精神。正如马克思所说："任何神话，都在想象里并借助想象以征服自然力，支配自然力。"①所以，浪漫主义是随着古代神话的产生而产生，并且随着社会的发展，随着人的思想和阶级斗争的发展，随着创作经验的不断丰富，而逐渐形成的一种成熟的创作方法。

高尔基在《我怎样学习写作》一文中把浪漫主义分为积极的和消极的两种。积极浪漫主义和消极浪漫主义是"两个极端不同的倾向：一个是消极的浪漫主义——它或者粉饰现实，想使人和现实相妥协；或者就使人逃避现实，堕入到自己内心世界的无益的深渊中去，堕入到'人生命运之谜'，爱与死等思想去。……积极的浪漫

---

① 见《马克思恩格斯列宁斯大林论文艺》，人民文学出版社 1959 年版，第 58 页。

主义，则企图加强人的生活的意志，唤起他心中对于现实、对于对现实的一切压迫的反抗心”[①]。

古典文学中的积极浪漫主义一般具有这样几个特征：

第一，因为古代有些作家对黑暗现实不满，就以自己主观的美好理想与丑恶的现实对立。他们对未来怀有强烈的向往，渴望寻找到一条改变现实环境的出路。他们从现实出发，着重理想的表现，常有浓厚的虚构和想象的成分。

第二，浪漫主义常常以幻想的手法，创造出一些奇突、偏激的叛逆性格和奇异的情节来反映现实。例如《西游记》中的孙悟空，就是一个奇突的具有叛逆性格、敢于反抗一切权威的典型。

第三，浪漫主义在表现形式上，采用表现强烈的奔放的感情所需要的独特的手法即高度的夸张和想象；在语言的运用上，力图华美、鲜明，注意对照和比喻等等，因而积极浪漫主义作品就具有一种高昂的格调和鲜明的色彩。

我国古代文学中的积极浪漫主义也起源于神话。像《夸父逐日》、《精卫填海》、《女娲补天》第，都是古代人们想借助于想象来征服自然力，支配自然力，把自然力加以形象化而产生出来的。这些神话，表现了我国古代劳动人民渴望征服自然的愿望，和“人定胜天”的坚强信心。屈原是我国古代出现的第一个积极浪漫主义的伟大诗人，他的《离骚》、《九歌》等作品，是我国较早的成熟的浪漫主义杰作。在这些作品中，表现了屈原的叛逆性格和强烈的爱国主义精神。

我国古代文学中浪漫主义的优良传统，不断影响着后来的伟大作家。唐代大诗人李白，就继承了并且丰富和发展了这一优良传统，从而成为我国文学史上杰出的浪漫主义诗人。在他的许多优秀诗篇中，如《蜀道难》、《梦游天姥吟留别》、《古风》（其十）等诗篇，诗人通过奇突的想象，采用大胆夸张的手法，创造了一系列的

---

① 周扬编《马克思主义与文艺》，新华书店1950年版，第80页。

奇异形象，表现了他那奔放不羁、雄伟豪迈的性格，以及蔑视权贵佞臣，热爱祖国、热爱人民的精神。他的诗，彻底扫荡了六朝以来的形式主义倾向，对后代诗人产生了巨大影响。

无论是屈原还是李白，在他们的作品中，都充分体现了强烈的叛逆精神和爱国主义精神，这是我国古代文学中浪漫主义的一个突出的特色。

我国古代文学中的积极浪漫主义的另一个特色，是善于运用美丽的幻想形式和精湛的虚构手法，创造出栩栩如生的典型形象。我国古代有许多浪漫主义作品，尤其是民间文学，如《白蛇传》、《牛郎织女》等，都是优秀的积极浪漫主义作品。《白蛇传》的整个故事里，都充满了离奇幻想的情节，它创造了一个真诚、善良、忠于爱情、追求幸福生活，并敢于反抗封建恶势力的美丽的妇女形象——白素贞，她是我国文学史上一个不朽的典型。《西游记》是一部杰出的和神话血统最近的神魔小说，它的幻想形式和虚构手法，是直接从古代神话继承下来的；同时，它那种以异常丰富的想象和幻想的形式反映我国古代人们反抗压迫、争取自由的美好愿望，也是有现实基础的。没有中国历史上无数次发生的、规模巨大的农民起义，孙悟空的大闹天宫是不可能虚构出来的。

当然，同现实主义的作品一样，由于作家受时代和阶级的局限，古代积极浪漫主义的作品中也有不少局限。有些作家在古代积极浪漫主义的作品中，虽然以极其丰富的幻想创造了动人的形象和情节，但他们的视野，往往由于时代条件的束缚和封建意识的蒙蔽，找不到改变现实的正确目标和道路，因而他们打不破封建统治的旧观念。比如《西游记》写孙悟空大闹天宫，他的如意金箍棒直打得玉皇大帝要走下凌霄宝殿，孙悟空这个不服天朝统治的叛逆性格，的确反映了被压迫人们的反抗精神。但他大闹天宫的最终目的，也不过是："皇帝轮流做，明年到我家。"因此，孙悟空的反抗思想，也不过是玉皇大帝改姓孙而已。这和《水浒传》里的李逵要宋江做皇帝，保存封建制度是一样的。而且孙悟空后来失败之后，还是走向统治阶级屈服的道路，终于成了"正果"。由此可见，

《西游记》的思想内容和《水浒传》一样，是有很大局限性的。

《西游记》如此，其他一些积极浪漫主义的作家和作品也同样如此。比如《聊斋志异》的作者蒲松龄，虽然不遗余力地批判暴露封建社会的丑恶与黑暗，为人民说话，并且反对了某些封建制度（如科举制度），但也和批判现实主义作家一样，既同情劳动人民，又害怕农民革命，反对用革命去解决矛盾。蒲松龄在《聊斋志异》的许多篇里，就一再称农民起义为“逆”，丑化白莲教徒。这就充分证明了积极浪漫主义作品既有民主性的精华，也有封建性的糟粕。

隋唐文学理论述略

隋唐五代总共三百八十年，这是我国由长期南北分裂进入统一，达到空前强盛而后来又陷于大分裂的时期，也是我国封建经济和文学艺术获得高度繁荣发展的时期。

隋代立国不过三十多年，但由于采取了中央集权和恢复生产的措施，出现了比较稳定的统一局面，为李唐帝国奠定了基础。隋代文学，无论创作或理论批评，都没有什么重要的建树。虽然这时也有人提出了改革浮靡文风的要求，但也只能看作是南北朝文学向唐代文学的一个过渡。而唐代则是我国古代文学史上一个极其光辉的时代。诗歌、散文、骈文、小说、诗论、文论，都有很高的成就，尤其是诗歌和散文，无论从数量到质量，从思想内容到艺术形式，都达到了前所未有的高度。仅据清康熙年间编的《全唐诗》所录，就有诗人二千三百余家，诗歌四万八千九百余首；清嘉庆年间所编《全唐文》，收录散文家三千余人，散文一万八千四百余篇。这显然还远不是唐代诗文的全部。不仅文学，其他如经学、史学、绘画、书法、音乐、舞蹈、建筑、雕刻等，在这时也都得到了全面的发展。清代学者沈曾植曾指出："开元文盛，百家皆有跨晋、宋追两汉之思。经大历、贞元、元和，而唐之为唐也，六艺九流，遂成满一代之大业。燕、许宗经典重，实开梁、独孤、韩、柳之先。李、杜、王、孟，包晋、宋以跂建安。而元、白、韩、孟，实承其绪。画则吴生（吴道子）接迹僧繇，尽华、竺变通之用。书虽前有欧（欧阳询）、虞（世南），后为颜（真卿）、柳（公权），开元徐（浩）、李（阳冰），实为通变复古之中权。韩（择木）、史（惟则）八分，冰（李阳冰）、潮（李潮）篆，旭

(张旭)、瓘(张怀瓘)草,皆自谓凌跨六代者。人才之盛关运会,抑不可不谓玄宗之精神志气所鼓舞也。贞元、元和之再盛,不过成就开、天未竟之业。自后经晚唐以及宋初,并可谓元和绪胤。”[①]这段话,从散文、诗歌、绘画、书法各方面作了联系考察,大体勾勒出了唐代文学艺术的风貌。唐代文学理论,正是在这样一个文学艺术创作全面繁荣的基础上发展而来的。

唐代文学艺术的繁荣,与当时的经济政治条件和文学艺术本身的发展都有密切关系。唐代结束了数百年的分裂和内战,从中原到塞北普遍实行均田制和租庸调法,使李唐帝国在政治、经济和军事上都非常强盛,以致能出现“贞观之治”和以后的所谓“开元盛世”。唐代前期一百余年间生产力的飞速上升,国家实力增长,不断地开疆拓土,使交通事业、商业、手工业都因之而兴盛,文化事业也日益发展。统治者为巩固自己的统治,继承并发展了隋代的科举制度,这使得一般中小地主和商贾出身的知识分子,有机会参与政治活动,多少改变了两晋以来贵族把持政权的局面。同时,由于唐代科举非常重视诗赋考试,因此知识分子又自然把学会吟诗作赋作为重要的科目。统治者的这些措施,固然有其政治目的,但广大出身不同阶层的知识分子却得以登上政治舞台,并且由于他们不同于一般世袭贵族,多少对民间生活有些体会,所以在他们的作品中,也能在不同程度上真实地反映出当时的社会现实。他们是唐代文学的主力。当然,唐初的一些统治者,如李世民、李治、武后等人,也爱好诗章与音乐,他们时常和一些臣僚们相互酬唱吟咏,这对于当时诗文的兴起,也不无推动的作用。

由于唐代国内商业和国际贸易日渐发达,促进了中外文化交流,外国文化不断传入中国。自南北朝以来已趋兴盛的印度佛教文化,在唐代更为兴旺;在隋代便已传入的西域音乐、舞蹈,到唐代更大量输入。这些,对唐代人民的精神生活,对唐代的文学创作和

---

① 沈曾植《菌阁琐谈》。

文学理论,以及后来的中国文化,都曾产生过一定的影响。

唐代社会的思想,一般说是比较自由的。这也有助于文学创作和文学思想的活跃。儒家思想在唐代,虽已与汉代“定为一尊”的情况有所不同,但仍然受到重视。当时科举中的明经科,即以考试儒家经典为主。一些著名文学家如陈子昂、杜甫、韩愈、白居易等人的诗文创作和文学主张,都反映出儒家思想对他们的深刻影响。佛教在唐代极盛。当时教派林立,佛教寺院遍布全国。除了直接自印度传入的法相宗外,如天台宗、华严宗、禅宗、净土宗等,都是在唐代出现的具有中国特点的佛教宗派。佛学与儒、道,自南北朝以来,曾经有过一场较长时间的互相攻讦和辩论,到唐代便逐渐协调共存,而宗教服务于政治,伦常的儒家思想也终于渗入佛宗。到唐代佛教雕塑和寺院壁画中,那种温柔敦厚关心世事的神情笑貌和君君臣臣各有职守的统治秩序,就充分表现了宗教与儒学的同化合流。一些著名的文人作家,如王勃、王维、梁肃、白居易、柳宗元、李商隐等,他们原本受儒家思想的影响较深,但与佛学也发生过密切的关系。这在他们的作品中都有明显的反映。佛学对唐代文学的影响,反映在诗、文、小说等各个方面。就文学理论批评而言,影响也极为明显。皎然《诗式》、司空图《二十四诗品》这一派诗歌理论的出现,就与佛学谈禅悟、境界,谈象外之象的思想有密切联系。皎然是把诗与佛学挂搭起来的最早代表,他在《诗式》中,就曾半信半疑地从佛学影响的角度,来探讨谢灵运诗歌高妙的原因,认为他的诗“发皆造极”,是由于得到了“空王之道助”。道教对唐代文学的影响,也不亚于佛教。唐初最高统治者因为自己姓李,而被尊为道教之祖的老子也姓李,因之大加倡导,封老子为“太上玄元皇帝”,把道教尊为国教,列《道德经》、《庄子》、《列子》等为士子必读书。当时著名的官员,如李林甫、贺知章、颜真卿、李泌、元载等,就都是道教信徒,大诗人李白曾深受道教思想的影响。唐代传奇和游仙诗中的虚无思想,也与道教有一定的联系。除了上述儒、释、道三家对唐代文学具有较大的影响外,还有从波斯传入的景教、摩尼教、袄教,从大食传入的回教等,也都对唐代文学发生过程度不同的影响。

唐代艺术全面繁荣，各领域都提出了一些新的理论。这对唐代文学创作和文学理论是互有影响和推进的作用的。例如绘画和绘画理论，在唐代就有长足的发展。唐初著名画家阎立本和立德兄弟等，绘画风格趋于雄健，画面有立体感。绘画理论著作，如彦悰的《后画录》、裴孝源的《贞观公私画录》、李嗣真的《续画品录》等，在理论上都比较强调传神。盛唐名画家吴道子、李思训、王维、韩幹等的山水画、鞍马画，风格多样，形神兼备。王维在所著《山水诀》与《山水论》（可能为伪托）中，已趋向于要求绘画作品兼备客体的形神和主体的情思，强调画家熔铸绘画对象的主观情思的作用和创作激情的作用，反对单纯追求形似而不能传神。中晚唐画家如周昉、戴嵩等，所画多为花鸟题材及供玩赏的卷轴人物画；绘画理论著作多偏重品评鉴赏，如朱景玄的《唐朝名画录》、张彦远的《历代名画记》等都是。唐代绘画理论，可说已是"焕烂而求备"。画家们须要继续作为注意的重点的，已经不是一般的形似问题，而是绘画作品的风格美的问题。因此，无论绘画实践或是绘画理论，都特别强调画家的人品素养和绘画作品艺术质量高低的关系。唐代绘画理论的这种思想潮流，与唐代诗歌理论中的强调情致和神韵是大体一致，互有影响的。书法在唐代，和诗歌一样达到了无可再现的高峰，既是这个时期最普及的艺术，又是这个时期最成熟的艺术。唐代著名书法家兼书法理论家孙过庭，在所著书法理论专著《书谱》中，强调书法应"达其情性，形其哀乐"，"随其性欲，便以为姿"，明确把书法作为一种抒情达性的艺术手段。他说："情动形言，取会风骚之意；阳舒阴惨，本乎天地之心。"这就把书法提到了与诗歌并行，与自然同美的理论高度。这种理论，显然与唐代的诗歌理论也是相通的。

在唐代经济繁荣、社会思想比较自由、文化水平普遍提高的背景下，文学艺术创作出现了百花争妍的局面，文学理论批评也相应地得到了蓬勃的发展。这一时期的文学，主要是诗歌和散文。文学理论批评，围绕着当时的创作问题，都有过广泛的讨论。

唐代具有进步倾向的人物，无论政治家、思想家、史学家，都对南朝的诗风文风表示不满；而具有进步倾向的文学家们，在创作实践和理论批评方面，更是旗帜鲜明地要求在文学上进行大胆的革新。这是时代的要求，也是这个时代文学的主要潮流。

在唐代以前，文学理论批评虽然已经出现了像钟嵘《诗品》那样的诗歌理论专著，但一般说来，多是诗赋与骈文、散文合论。而到了唐代，由于诗、文创作的极大繁荣，诗歌和散文，都涌现出了一大批革新家。这反映在理论批评上，也出现了一些新的气象，诗歌理论和散文理论明显地开始分道扬镳；理论批评的内容丰富，形式多样，说诗谈文在形式上除了前人常用的序跋、书信，还创造性地采取以诗论诗、选本加评语等形式。这些变化，对于后来宋、元、明、清各代的文学理论批评，是有很大的影响的。

唐代文学理论批评，就诗歌来说，主要有两大潮流：一派比较重视作品的现实内容和社会作用，这是主流；一侧重于探讨作品的艺术形式和艺术风格，虽非主流，但亦有较大影响。前者以陈子昂、杜甫、白居易、元稹等为代表；后者则以殷璠、皎然、司空图等为代表。

隋及唐初诗坛，承袭前代遗风，仍然弥漫着齐梁风气。这时作家还多半是前朝旧人，他们的诗歌，并没有因为政治上的变革而有所变化。如宫廷诗人的代表人物上官仪，他写的诗“绮错婉媚”，就是齐梁宫体浮艳淫靡诗风的继续。他总结齐梁诗在声律、对偶等方面的技巧，创制所谓“当对律”，有所谓“六对”、“八对”之说。这些探讨，虽然对后来近体诗格式的逐步形成，不无参考价值，但脱离了思想内容去单纯谈形式技巧，形式主义的恶习自然是难以摆脱的。

在这样的诗风中，诗人中要求诗歌革新，重视诗歌思想内容的主张，逐渐萌芽和抬头。他们的指导思想，实源于汉代的《毛诗序》。初唐“四杰”在创作中虽并未尽脱南朝余习，但王勃就反对把诗歌看作是“缘情体物”的“雕虫小技”，主张写诗应着眼于“大者远者”[1]。陈子昂的出现，对诗歌革新提出了更为自觉的战斗要求。

---

① 王勃《平台秘略论 · 文艺篇》。

他提倡恢复“风”、“雅”传统，标举“汉、魏风骨”，要求诗歌应该运用比兴寄托，来寄寓诗人对国事民生的关切。他这种重视诗歌的思想内容和明朗刚健的风格，为唐代诗歌创作和理论批评的健康发展，指明了正确的方向。唐代诗歌创作和诗歌理论中重视作品的现实内容和社会作用，这股潮流的形成，严格说来，实始于陈子昂。此后，李白在诗论中批评“绮丽”之风，提倡“风”、“雅”；杜甫的“别裁伪体亲风雅，转益多师是汝师”，实际是陈子昂诗歌主张的进一步发展。当然，由于时代和诗人生活道路的不同，比较而言，杜甫对诗歌思想内容的要求，更为鲜明地体现了他的时代精神，他更重视诗歌题材风格的多样化。与杜甫同时代的元结，在诗歌理论上强调教化和讽谕的作用，实为后来元稹、白居易提倡讽谕诗并开展新乐府运动的先导。

唐代诗歌理论中重视作品现实内容和社会作用最为突出的，当然莫过于白居易。他很重视诗歌的社会使命，大力提倡讽谕诗，主张“文章合为时而著，歌诗合为事而作”①，强调诗歌创作与社会现实的密切关系。他对诗歌在思想内容上提出的具体要求是“惟歌生民病”②，要求起到“补察时政”和“泄导人情”的作用③。这是唐代诗论中强调诗歌为政治服务最明确的口号。元稹也大力提倡讽谕诗和新乐府。他肯定新乐府“即事名篇，无复倚傍”的创作特色，主张诗歌创作应该“刺美见事”④，“取其病时之尤急者”⑤。白居易、元稹的诗歌理论，明显地突破了“温柔敦厚”诗教说的束缚，为我国古代诗论中传统的“美刺”说，特别是“刺”的原则赋予了新的内容，并使之发展到了一个新的高度。

唐代诗歌理论发展中的另一个潮流，便是较重视诗歌艺术性方面的探讨。这一潮流，肇始自殷璠《河岳英灵集》，经皎然《诗

---

①③ 白居易《与元九书》。

② 白居易《寄唐生》。

④ 元稹《乐府古题序》。

⑤ 元稹《和李校书新题乐府十二首序》。

式》,到司空图《二十四诗品》的出现,可以说发展到了登峰造极的地步。他们的诗歌理论,不仅对诗歌的艺术风格作了细致深入的探讨,而且对诗歌理论中的许多问题,如意境问题,虚与实的问题,客观景物与诗人感兴、情思的关系问题,性情与词采的关系问题,等等,都有不少精辟的或较好的见解。

殷璠在《河岳英灵集》中,对所选常建、李白、王维、孟浩然等二十四人诗歌的评论,就着重在探讨各家诗歌的艺术风格。他重视诗歌的"兴象",要求诗歌必须具有一种"情幽兴远"的意境,推崇所谓"神来、气来、情来"的"雅体"诗,把王、孟诗派的诗歌作为唐诗的典范。皎然《诗式》侧重在探讨作诗的法则,总结诗歌创作的艺术经验。他强调诗歌的思想内容,必须通过一种意境或形象,来艺术地加以表现。认为真正的作诗"高手",应该使诗歌具有所谓"但见情性,不睹文字"的"文外之旨"。司空图受皎然《诗式》的启发,在理论上有了更大发展。他理论的核心,是要求作诗评诗讲究韵味,"以为辨于味而后可以言诗"①。他在《二十四诗品》中一再说"超以象外,得其环中","遇之匪深,即之愈稀","不著一字,尽得风流"。在其他文章中,也反复强调"韵外之致,味外之旨"②;"象外之象,景外之景"③。他把韵味视为诗歌创作和批评的主要原则,而且把王维、韦应物的诗作为最高的艺术标准,批评元稹、白居易的诗"力勍而气孱",这就暴露了他轻视诗歌思想内容的错误倾向。

皎然、司空图等人在诗论中提倡兴象、韵味,忽视诗歌的思想内容,对后代"妙悟"与"神韵"等诗论的出现,是有深远的影响的。他们的理论,毋庸讳言,是存在着较多消极因素的。但是,他们对诗歌创作,特别是对一些抒情写景的小诗的探讨,对提高诗歌的艺术素养,还是很有意义的。

---

①② 司空图《与李生论诗书》。

③ 司空图《与极浦谈诗书》。

唐代诗歌的发展，“安史之乱”期间是一个转折点：这以前，诗歌一般都充满着理想的追求和高昂的激情；这以后，诗歌便越来越多地反映出一种哀怨、凄清和闲适的情调。中唐时代经历过“安史之乱”的一些著名诗人，则往往在他们的诗歌中反映出这两种风貌。例如白居易，固然写了不少提倡“兼济天下”的讽谕诗，而其一生中花费精力最多的，却还是写那些所谓“独善其身”的闲适诗。他所倡导的以恢复儒家传统诗论为目标的新乐府运动，并未能在诗界发挥出更大的作用。元稹的诗歌生涯也大体如此。此后出现的司空图，生活在这种矛盾变化发展之中，他哀叹自己“非不进也”，“进亦不足以救时尔”①。他从“度力”、“救时”、“裨于吾道”，到“耐辱”、“休休”的思想变化②，反映了一部分知识分子的心理变化和思想发展的趋势。以往那种被诗人们作为诗情诗思触发点的“兼济天下”、“言志”、“载道”的思想，到中唐以后渐渐地淡漠了，于是“韵味”、“境界”、“情趣”之类，便成了诗人追求的中心。王维、孟浩然、韦应物等人诗歌的艺术价值，逐步为诗人们所认识和重视，司空图《二十四诗品》的意义，就在于它顺应了诗歌发展的这种趋势，并对这种诗学潮流作出了“韵味”说的理论总结。

关于唐代的散文理论。由于古文运动的开展，一扫六朝绮靡文风，使散文获得了新的发展，散文理论也开始比较系统化了。

在此之前，受历时数百年的动乱分裂，六朝统治者的荒淫靡烂作风的影响，散文和诗歌一样，也曾为形式主义的文风所侵袭。唐统一中国后，随着政治稳定、经济繁荣的局面的出现，急需肃清六朝文风的影响，要求有健康的散文为封建政治服务，为社会现实服务。因而，在散文理论上，为要求恢复儒家“文统”而提出的“文”与“道”的关系问题，便成了唐代散文理论的核心问题。

唐代古文运动是借助于儒学复古运动的旗帜而发展起来的。

---

① 司空图《答孙郃书》。

② 司空图《题东汉传后》、《休休亭》。

严格说来，在唐代建国初期的一百余年间，文人作家们虽然对六朝文风表示不满，但对散文革新问题并没有提出多少理论，因此齐梁文风对当时文坛的影响，实际还相当深远。直到开元、天宝以后，萧颖士提倡“凡所拟议，必希古人”，李华提倡孔、孟、“六经”传统，独孤及主张文章“本乎王道”，以“五经”为源泉；柳冕倡导“教化”说。他们都竭力宣传散文必须尊儒、宗经、载道，取法三代两汉，有助于社会教化。这样，古文革新运动才逐渐开始高涨起来，从而开启了中唐韩愈、柳宗元所倡导的古文运动的先河。

韩愈、柳宗元的历史功绩，在于他们既有丰富的散文创作实践，又提出了比较系统的散文理论，因而完成了古文运动的使命，使散文革新取得了胜利。

韩愈提倡“文以载道”，柳宗元主张“文以明道”。虽然在“道”的具体内容上略有不同，韩愈较多的在于宣扬儒家的伦理道德，柳宗元则偏重在宣扬他那代表中小地主阶级的政治主张和朴素的唯物主义无神论思想。但是，他们都主张散文必须有思想内容，为政治服务，这一点是相同的。

韩愈在散文理论和散文创作中虽然存在着儒家传统思想的局限，有其保守的一面；但他提倡“不平则鸣”，认为“文穷而后工”，就突破了儒家教条的羁绊。他重视作家的道德修养，主张多方面继承吸收前人的艺术经验，提倡散文写作应注意创造革新，“能自树立”，“陈言务去”。足见其名为“复古”，实际目标还是在于革新。柳宗元散文理论的核心，是要求散文能对现实社会起到“导扬讽谕”、“辅时及物”的作用。这与白居易主张诗歌应“补察时政”、“救济人病”的理论，在基本精神上是一致的。柳宗元主张文章应该既“有乎内”，又“饰乎外”，实际就是要求作品思想性和艺术性的统一，内容和形式的统一。

唐代散文家，在他们的散文理论和散文实践中，都重视学习先秦两汉的经史等学术著作，反对南朝绮靡文风，克服了过去散文轻视思想内容、片面讲究形式的弊端。但后来“韩门弟子”中的一些人，却因此而对文学的特点往往认识不足，混淆了文学散文与一般文章的界线。这应该说是古文运动后所产生的一个新的偏向。

唐代前期诗论述评

一

诗歌在唐代，是我国古代诗歌发展史上的一个黄金时期。诗坛上群星交辉，光耀夺目。但是，它的成就，也并非从唐初一开始就取得的。唐初几十年中，由于采取了一系列安定社会、发展生产的措施，使隋末衰败不堪的社会经济和劳动生产力，逐步得到恢复发展，以至玄宗开元时期能出现国力强盛的繁荣局面。然而，唐初文学的发展，却相当缓慢。南朝文风，尤其是齐梁宫体的影响，仍充斥在这时创作的诗文之中。虞世南、上官仪、李峤、崔融、沈佺期、宋之问等宫廷诗人中的著名人物，虽然他们有的在理论上对诗歌的格律作过探讨，对唐代格律诗形式的完成作出过一定贡献，但是，由于他们片面追求词藻声律，旨在歌功颂德，忽视诗歌的社会作用，因而诗歌内容空虚贫乏，使齐梁颓萎虚弱的诗风又得以延续下来。这种状况，当然与唐初国力向上的时代精神是极不相称的。直到 7 世纪下半叶，号称“初唐四杰”的王勃、杨炯、卢照邻、骆宾王在诗坛出现，这些新进的青年诗人，以自己的创作，开始突破流行的宫体诗的狭隘内容，但他们的诗歌，风华有余，血肉不足，缺乏明确的理论指导，因而不能完全摆脱富贵华艳的宫体气息，在这一时期，真能横制颓波，指出方向，高举诗文革新旗帜，转变诗坛风气的，还是继“四杰”之后出现的陈子昂。

陈子昂是唐代第一个有意识地反对六朝以来纤弱文风而且

获得显著成效的诗文革新家。他留下的文学理论著作虽然不多,但《与东方左史虬修竹篇序》一篇,却自觉地提出了比较明确的文学主张,可说是他诗歌理论的一个纲领。他的中心是反齐梁,复汉魏。陈子昂反对齐梁体诗以及在他影响下的初唐诗风,鲜明地提出了两条革新的主张:一是“兴寄”,一是“风骨”。所谓“兴寄”,即诗歌创作要能“托物寄兴”、“因物喻志”,也就是要有内容和理想,坚决反对那些言之无物、无病呻吟、专讲辞藻格律的作品。这是一种创作精神和创作方法,近于刘勰在《文心雕龙》中所说的“比兴”。所谓“风骨”,则是指诗歌创作中的思想内容和爽朗遒劲的艺术形式相结合之后所表现出来的一种艺术的精神力量。而其主要的构成因素,是反映现实社会生活的思想内容。陈子昂热烈赞扬《风》、《雅》之篇,汉魏之作,正始之音,把它们视为进步诗歌的主流,就因为它们都具有这种风骨,所谓“骨气端翔,音情顿挫,光英朗练,有金石声”。在当时齐梁诗风还占据统治地位的情况下,陈子昂自觉地反对“彩丽竞繁”的形式主义,明确要求诗歌恢复汉魂时期积极反映现实、抒发理想的优良传统,而且他自己的创作,无论是《修竹篇》或《感遇》诗,都实践了这一主张。因而,使他能在唐代诗歌的发展中,发挥出开一代新诗风的作用。

陈子昂的文学主张,对唐代文学曾产生过重大影响。稍后于他的诗人张九龄,在诗歌创作上就有意识地学习陈子昂。其《感遇诗》十二首,明显地可以看出他与陈子昂《感遇》诗的联系。此后,李白、殷璠提倡风骨,杜甫、白居易、元稹,以至晚唐的杜荀鹤,都重视风雅比兴,也与陈子昂的诗歌理论有一脉相承的关系。陈子昂的友人卢藏用,在《右拾遗陈子昂文集序》中,曾赞扬陈子昂文学的巨大成就。他批评南朝文学,尤其是徐陵、庾信以及后来的上官仪等人,使“风雅之道扫地尽矣”;是陈子昂的理论与创作,对齐梁以来的不良之风起了“横制颓波”的作用,使“天下翕然,质文一变”。宋人刘克庄也说:“唐初王、杨、沈、宋擅名,然不脱齐梁之体。独陈拾遗首唱高雅冲淡之音,一扫六代纤弱,趋于黄初、建安矣。"[①]这些评论,大体上是符合实际的。就转变文风而言,陈子昂也可说是韩、柳古文运动的先行者。关于这一点,拙作《略论唐代前期的古文理论》[②]一文中已有论述,这里不再赘述。

二

陈子昂之后近半个世纪,大诗人李白登上了盛唐诗坛。他的伟大成就虽主要在诗歌创作方面,但他为数不多的诗歌理论,仍然很值得重视。唐代诗风的转变,可以说到李白才真正完成。李阳冰《草堂集序》说:"卢黄门云,陈拾遗'横制颓波,天下质文,翕然一变'。至今朝诗体,尚有梁陈宫掖之风,至公大变,扫地并尽。"[③]这个论断,早已为世所公认。

唐人诗文革新,往往都打复古的旗号。李白也是如此。他的《古风五十九首》第一首,便慨叹诗歌从周代《诗经》之后,开始走下坡路,尤其是建安以后,绮丽之风盛行,诗文就"不足珍"了。至于唐代,从政治上的"复元古","尚清真",才使文学出现"文质相炳焕"的气象。这"文质相炳焕",实际就是李白对诗文的要求。他推崇《诗经》的言论,在他的著作中比比皆是。他是以祖述《雅》、《颂》,振兴《风》、《骚》自命的,所以他说:

> 扫梁园之群英,振大雅于东洛。[④]
>
> 文以述大雅,道以通至精。[⑤]

---

① 刘克庄《后村先生大全集》卷一百七十三《诗话》。

② 《文艺论稿》第二辑,1980 年 12 月刊行。

③ 《李太白全集》卷三十一"附录一"。

④ 同上卷七《鸣皋歌选送岑征君》。

⑤ 同上卷二十七《奉饯十七翁二十四翁寻桃花源序》。

而欲继风雅，岂惟清心魂。[1]

屈宋长逝，无堪与言。[2]

这里应该指出，李白赞赏《雅》、《颂》、《风》、《骚》，并非主张亦步亦趋地摹仿它们，而是要求继承并发扬诗歌"兴寄"美刺的优良传统。更需要说明的是，李白虽然说过"自从建安来，绮丽不足珍"，对六朝文学"绮丽"的不良文风表示过批判和否定的态度，但他并非全盘否定建安以来的文学。不仅如此，他自己的创作还与建安文学有着直接的血缘关系，他赞赏"蓬莱文章建安骨"[3]，称道"陆机作太康之杰士"，"曹植为建安之雄才"[4]，而且对阮籍、刘琨、鲍照、谢灵运、谢朓、陶渊明等诗人，也都表示过推崇，尤其是南朝诗人谢朓，更为倾倒：

三山怀谢朓，水澹望长安。[5]

谁念北楼上，临风怀谢公。[6]

解道"澄江净如练"，令人长忆谢玄晖。[7]

独酌板桥浦，古人谁可征？玄晖难再得，洒酒气填膺。[8]

这些诗句，都说明李白对谢朓爱慕至深。王士祯曾有诗云："青莲才笔九州横，六代淫哇总废声。白纻青山魂魄在，一生低首谢宣

---

① 《李太白全集》卷二十二《过彭蠡湖》。
② 同上卷二十七《夏日诸从弟登汝州龙兴阁序》。
③ 同上卷十八《宣州谢朓楼饯别校书叔云》。
④ 同上卷二十六《上安州李长史书》。
⑤ 同上卷十四《三山望金陵寄殷淑》。
⑥ 同上卷二十一《秋登宣城谢朓北楼》。
⑦ 同上卷七《金陵城西楼月下吟》。
⑧ 同上卷二十二《秋夜板桥浦泛月独酌怀谢朓》。

城。"[①]确是如此。但李诗学习前人,并非专宗一家。他对建安以后的其他诗人,即使是在总的诗歌倾向上并不赞同,也善于从他们诗歌中学习对自己创作有益的东西。杜甫就曾以庾信、鲍照比李白,又说他的佳句"往往似阴铿"[②]。元代陈绎曾也说:"李白诗祖《风》、《骚》,宗汉、魏,下至鲍照、庾、徐,亦时用之。"[③]这种说法是有一定道理的。

孟棨《本事诗·高逸第三》有一段记载说:"白才逸气高,与陈拾遗齐名,先后合德。其论诗云:'梁陈以来,艳薄斯极,沈休文又尚以声律,将复古道,非我而谁与!'故陈、李二集,律诗殊少。尝言兴寄深微,五言不如四言,七言又其靡也,况使束于声调俳优哉!故戏杜曰:'饭颗山头逢杜甫,头戴笠子日卓午。借问别来太瘦生,总为从前作诗苦。'盖讥其拘束也。"这段叙述,与《古风》第一首所反映的思想是一致的。李白反对"梁陈以来"诗歌,是因为它"艳薄"和过分讲究"声律",主张诗歌应像《诗经》那样"兴寄深微",比较自由而不要过多的被格律所"拘束"。正是因为这样,所以李白的律诗写得较少。但他并不是不能写律诗,他的有些律诗也是写得很好的。至于说"五言不如四言,七言又其靡也",那是言不符实。七言歌行、七言绝句恰恰是李诗的主要成就,而他五言诗的成就也远在四言之上。李白推崇《雅》、《颂》、《风》、《骚》,并非推崇四言形式,更不是鄙薄五、七言诗,而不过是为了继承其风雅比兴的精神,发扬它这种优良的传统。

李白提倡诗歌应该有质朴天真的自然美,因而他反对模仿,反对雕琢。这一思想,在他的《古风》第三十五首中有较为集中的反映。他说:

---

① 王士祯《渔洋山人精华录》卷五《戏仿元遗山论诗绝句三十二首》之三。

② 杜甫《分门集注杜工部诗》卷八《与李十二白同寻范十隐居》。

③ 陈绎曾《诗谱》。

丑女来效颦，还家惊四邻。
寿陵失本步，笑杀邯郸人。
一曲斐然子，雕虫丧天真。
棘刺造沐猴，三年费精神。
功成无所用，楚楚且华身。
《大雅》思文王，《颂》声久崩沦。
安得郢中质，一挥成风斤。

他用一系列生动的故事，针对雕琢模拟，丧失"天真"的不良诗风，进行了辛辣的嘲笑和讽刺。他这种主张体现在他的创作中，因而使李白诗歌就具有一种清新自然的特色。所谓"清水出芙蓉，天然去雕饰"①，他的诗不屑雕章琢句，不受格律束缚，自由舒展，如行云流水，毫无矫揉造作之感。所以王安石曾说："诗人各有所得，'清水出芙蓉，天然去雕饰'，此李白所得也。"②王安石道出了李白诗歌的特色和主张，是颇有艺术眼光的。

李白很重视文学的社会作用。他一再说："文藻可以成化。"③"文可以变风俗，学可以究天人。"④他认为发挥文学的教化作用，就在于它能使"闻之者无罪，睹之者作镜"⑤。虽然，李白有时也说，"吟诗作赋北窗里，万言不直一杯水"⑥，"文窃四海声，儿戏不足道"⑦，似乎对文学并不那么重视。其实，这都是他在官场失意之后所发的牢骚，并非真要抹杀诗文的价值。

李白重视文学的教化作用，与一般儒生的说教之作也有本质

---

①⑦ 《李太白全集》卷十一《经乱离后天恩流夜郎忆旧游书怀赠江夏韦太守良宰》。

② 胡仔《苕溪渔隐丛话》前集卷五"李谪仙"。

③ 《李太白全集》卷二十七《送戴十五归衡岳序》。

④ 同上卷二十六《为宋中丞自荐表》。

⑤ 同上卷二十七《泽畔吟序》。

⑥ 同上卷十九《答王十二寒夜独酌有怀》。

的区别。他鄙视“白发死章句”①的鲁儒，对诗文不仅在思想内容上有严格要求，在艺术上也有自己的标准。他反对“绮丽”、“艳薄”，要求艺术风格的清新飘逸，雄奇奔放。他赞美谢朓诗的“清发”，赞美韦太守诗“天然去雕饰”，如“清水出芙蓉”，反对写诗因雕琢而“丧天真”。这些都是与他浪漫主义的气质相表里的。

三

唐代反齐梁绮靡诗风及其余波的斗争，除了从诗歌理论结合自己的创作实践外，就是通过选诗来树立诗歌创作的旗帜。唐代人所选唐诗的选本，流传至今的尚存十种。这些选本，虽选诗标准各有不同，但都反映了选者对当时诗歌的看法与评价。在这些选本中，对诗坛较有影响，当推殷璠《河岳英灵集》与元结的《箧中集》。

《河岳英灵集》卷首有殷璠自撰《序》和《集论》各一篇，叙述此书编选宗旨和编者对当代诗歌的基本看法。全书选录唐开元二年至天宝十二年(714—753)期间常建、李白、王维等二十四人的诗歌二百三十四首，每人各有评论。《四库全书总目》谓此书“姓名之下，各著品题，仿钟嵘《诗品》之体”，“厘为上中下卷”，“亦隐寓钟嵘三品之意”。并谓“《文献通考》作二卷”，乃“字误”所致。此说未为尽当。就书中评论、卷首《序》及《集论》来看，其体制与钟嵘《诗品》确有近似之处，编者可能曾受到《诗品》的启发和影响。但评论内容着重在研究各家诗歌的艺术风格，并没有品第作家，也没有探讨流变，这是与《诗品》所不同的。且《河岳英灵集》原分上下两卷，后来才分刻为上中下三卷。谓“《文献通考》作二卷”乃“字误”所致，是没有多少根据的。诗歌选本有评语，这也是本书的一个创举。

殷璠在《河岳英灵集序》中，对梁萧统撰《文选》以来的十几种选本，有一个总的评述。他说，这些选本，“咸自称尽善，高听之士，

---

① 《李太白全集》卷二十五《嘲鲁儒》。

或未全许”。从梁武帝大同至唐天宝约二百二十余年间，作诗者“近千人”，而“中间灼然可尚者，五分无二”。他反对选诗者“逢诗辄赞”，认为选家应有严格的标准，不应随声附和。假如“诠拣不精，玉石相混”，必将“令众口销铄，为知音所痛”。看来他选诗的要求是相当严格的。

殷璠选诗，反对“理不足”、“言有余”，反对“无比兴”、“贵轻艳”。他对前人诗歌的批评，也以此作为标准。他说“文有神来、气来、情来，有雅体、野体、鄙体、俗体”，选诗者只有“能审鉴诸体，安详所来，方可定其优劣，论其取舍”。他肯定建安诗人曹植、刘桢等虽“诗多直致，语少切对，或五字并侧，或十字俱平，而逸价终存”。但那些学浅才疏之辈，反而“责古人不辩宫商，词句质素，耻相师范”。于是走入歧途，“妄为穿凿”，因而自南朝以来，使大量诗歌存在着“理则不足，言常有余，都无比兴，但贵轻艳”的严重缺陷。他指出像这样的作品，即使装满书箱，又有何用！这种诗风，余波直至唐初，到盛唐时期才开始转变过来。所以他在《河岳英灵集序》中说：

> 自萧氏以还，尤增矫饰。武德初，微波尚在；贞观末，标格渐高；景云中，颇通远调；开元十五年后，声律风骨始备矣。实由主上恶华好朴，去伪从真，使海内词人，翕然尊古，有周《风》、《雅》，再阐今日。

他这样叙述诗风的转变过程，大体上是符合客观历史事实的。从这里也可以看出，殷璠对诗歌的要求，也是高举崇尚《风》、《雅》的复古旗号，重视“声律”、“风骨”，提倡“恶华好朴，去伪从真”，与陈子昂、李白等人革新诗歌的主张是一致的。

殷璠在《序》中批判了齐梁诗歌单纯追求声律词藻的不良倾向，又肯定开元以后形成的“声律风骨”兼备的新诗风，这说明他是主张诗歌应该讲求声律的。他在《集论》中曾就这个问题作过专门论述。他的论述，主要阐明了三个问题：（一）强调音律对诗歌的重要作用，作诗“不可不知音律”。（二）作诗运用音律应恰到好处，反对拘泥沈约的“四声”、“八病”之说，以致“专事拘忌，弥损厥道”，认为正确运用音律，应注意“词有刚柔，调有高下”，形成一种“词与调合，首末相称”的自然的音节美。这样的诗歌，即使偶有“不拈”，亦“未为深缺”。（三）表明他撰《河岳英灵集》的要求，诗人应“既闲新声，复晓古体”；诗歌则文质并重，继承《风》、《骚》传统，而且“风骨”与“声律”两者都能齐备。

殷璠在《序》和《集论》中，还简要地总结并阐述了盛唐诗歌的一些基本特色和成功的艺术经验。他力图通过选诗，为“将来秀士”树立起作诗的楷模。确实，后来有不少诗人曾受到过他的一些影响。唐代盛行的格律诗，本就是在吸取南朝以来讲究声律的合理因素的基础上逐步形成的。其中一些优秀的诗篇，确乎克服了前人“都无比兴，但贵轻艳”的缺点，也改正了在声律上“专争拘忌”的弊端，形成了盛唐诗歌这种风骨和声律兼备的特色。

殷璠重视诗歌的“声律”和“风骨”，但从他对诗人们所作的评语来看，似乎对“风骨”要更重视一些。例如他称赞陶翰诗“既多兴象，复备风骨”，称赞崔颢诗“晚节忽变常体，风骨凛然”；批评“黄、刘、陆、谢风骨顿尽”，而赞王昌龄诗则为“中兴高作”。在殷璠的评语中，“风骨”是被作为一种优秀诗歌必备的条件来要求的。

殷璠在评语中也比较重视诗歌的“兴象”，他甚至把“兴象”与“风骨”誉为“诗笔双美”。他除了曾赞扬陶翰诗“既多兴象，复备风骨”，在评孟浩然诗时，也称其“无论兴象，复兼故实”；评贺兰进明《行路难》则谓其“多新兴”；评常建诗则谓“其旨远，其兴僻”。殷璠所谓的“兴象”，实际是指一种秀雅幽远的意境。他评刘昚虚诗“情幽兴远，思苦语奇”，谓“东南高唱”，“无出其右”，足见他对“兴”的重视。至于“奇”，也是殷璠在评语中所反复强调的，他赞赏岑参诗“语奇体峻，意亦造奇”；称赞王季友诗“爱奇务险，远出常情之外”；赞扬高适诗“兼有气骨”，“甚有奇句”，是他“所最深爱者”；称李白“《蜀道难》等篇，可谓奇之又奇”，“自骚人以还，鲜有此体调”。他提倡“奇”，实即要求诗人必须注意独创，“全削凡体”。

就《河岳英灵集》全书来看，选者所推崇的，实即《序》中所说的“神来、气来、情来”的所谓“雅体”诗。他重“远调”，讲“兴象”。评王维诗则谓“词秀调雅，意新理惬，在泉为珠，着壁成绘，一句一字，皆出常境”；论孟浩然诗则谓“文采丰茸，经纬绵密，半遵雅调，全削凡体”。他推尊雅调，实际是把王、孟这一诗派的作品，作为盛唐诗歌的典范。集中对杜甫诗不录一首，就是其他诗人反映社会矛盾的诗篇，也选录不多，这也许由于殷璠把此类诗篇视为“野体、鄙体、俗体”的缘故吧！殷璠选诗以王、孟派诗人的诗篇为主，评语中又突出提倡“兴象”、“风骨”，追求“情幽兴远”，这无疑扩大了这个诗派的影响，对后来皎然、司空图、严羽、王士祯等人诗歌理论的形成，都有一定的影响。

元结所编《箧中集》一卷，收录其亲友沈千运、王季友、于逖、孟云卿、张彪、赵微明、元季川七人的五言古诗共二十四首。集前有元结乾元三年(760)所作自序。他批评“《风》、《雅》不兴，几及千岁”，“近世作者，更相沿袭，拘限声病，喜尚形似；且以流易为辞，不知丧于雅正”。他赞扬沈千运等人“独挺于流俗之中”，“凡所为文，皆与时异”，他们皆“无禄位”，“久贫贱”，与当日诗风截然不同。为了使他们仅存的这些诗篇能“传之亲故，冀其不亡”，因此“尽箧中所有”，编次成集。这说明他编这个集子，旨在提倡风雅传统，反对当时诗坛“拘限声病，喜尚形似”的不良诗风。虽集中所收诗篇，多为怀才不遇的悲苦怨愤之作，直接反映民生疾苦者较少，但这些诗如《四库提要》所说，“淳古淡泊，绝去雕饰”①，有风雅遗风。元结在《箧中集》所反映的诗歌主张，与他在其他诗论及创作中所反映的思想是一致的。他在《刘侍御月夜宴会序》中就慨叹“文章道丧”，反对“歌儿舞女且相喜爱”②之作。他认为诗歌的作用，“可戒

① 《四库全书总目》卷一百八十六“箧中集”条。
② 元结《元次山文集》卷七。

可劝,可安可顺"[①],诗人们作诗,就应该"尽欢怨之声",发挥"上感于上,下化于下"[②]的作用。他说他作《二风诗》,就是为了要"极帝王理乱之道,系古人规讽之流"[③],对君王起规劝和讽谏的作用。后来白居易讽谕诗的创作思想,及其和元稹共同倡导的新乐府运动,明显地可以看出是元结上述诗歌主张的继承和发展。

四

杜甫是唐代最伟大的现实主义诗人。他一生大量的诗歌创作,和他在诗歌艺术上的伟大成就,是我国古代诗歌史上的一个高峰。他在诗歌理论批评方面,虽然没有写成专著,但散见于其诗集中的有关论述,仍然极为丰富而系统。

杜甫的诗歌主张,在基本精神上与陈子昂、李白是一致的。但他后来居上,比陈子昂、李白又有了进一步的发展。陈、李提倡诗歌革新,都还打着复古的旗号,而杜甫却不标榜复古,明确主张"不薄今人爱古人";陈、李对齐梁诗歌采取否定的态度,而杜甫则明确肯定齐梁也有优秀诗人,比李白更清楚地看到齐梁诗歌在形式、技巧、声律等方面也有可以继承之处,因而提出了"转益多师"的主张。这两点,对杜甫写近体诗所以能取得那么巨大的成就,是起了重要的作用的。因为,从诗歌革新的发展过程来看,杜甫之前主张革新的一些诗人,往往只是强调恢复风雅比兴的传统,片面地反对齐梁的形式主义诗风,而看不到齐梁以后诗歌在艺术方面所取得的新成就,更看不到这种成就对后来形成唐代近体诗的重要意义。杜甫所以能最后完成诗歌革新的历史任务,就在于他能在理论和实践上把合乎风雅比兴传统的内容,与齐梁以后诗歌艺术形式的新成就,创造性地结合起来。关于杜甫对诗歌的伟大贡献,元稹在

---

① 元结《元次山文集》卷十《文编序》。

② 同上卷三《系乐府十二首序》。

③ 同上卷一《二风诗论》。

《唐故工部员外郎杜君墓系铭序》中,已经作过较全面的评价。他指出,在杜甫之前,唐代诗歌及其理论的发展,有过反复的过程。陈子昂、李白固然明确了诗歌发展的方向,但当时诗人往往“好古者遗近,务华者去实。效齐梁则不逮魏晋,工乐府则力屈于五言,律切则骨格不存,闲暇则纤秾莫备”。而杜甫能博取诸家之长,进行独创,所以能超越前人,“得古今之体势”,“兼人人之所独专”,取得那么高的成就。元稹的论断,大体是符合实际的。

杜甫在《偶题》一诗中曾说:

文章千古事,得失寸心知。
作者皆殊列,名声岂浪垂!

这可以说是杜甫自述他对古代作家作品的一个总的态度。他认为历代成名的作家,都必有其独到成就,各具心得。人们应该善于发现他们的优点,不应随便抹煞。

在《戏为六绝句》中,他说:

不薄今人爱古人,清词丽句必为邻。
别裁伪体亲《风》、《雅》,转益多师是汝师。

向古人和今人的优点学习,撷其所长,“别裁伪体”,“转益多师”,这是杜甫在诗歌创作中向他人学习和借鉴的基本原则。

“别裁伪体”、“转益多师”,是一个问题的两个方面。前者强调创作,后者则重在继承,二者是统一的。所谓“转益多师是汝师”,意即无所不师而无定师。唯其无所不师,所以能博取诸家之长;无定师,才能不囿于一家之言。所谓“别裁伪体”,这是“转益多师”的前提。否则真伪莫辨,也就难以为师,师亦无益。

杜甫善于从不同的角度学习别人的成就,有取有舍。他诗中评论到的作家和作品很多,例如对《诗经》、《楚辞》,提到要“亲《风》、《雅》”,“攀屈、宋”;对汉、魏诗人,提到“李陵、苏武是吾师”,

“文章曹植波澜阔”。特别值得指出的，是他对南北朝文学的态度。由于当时文坛上流行着一种片面追求形式的不良文风，南朝文学一向为后来有志于文学革新的人所诟病。杜甫却不然。他并不简单地对南朝文学采取一概抹煞的态度，而是从中吸取了大量有益的东西。他自述学诗的体验说：“熟知二谢将能事，颇学阴、何苦用心。”①说明他为学习南朝诗人谢灵运、谢朓、何逊、阴铿，也曾下过一番苦功夫。所以清初冯班曾说：“千古看齐梁诗，莫如杜老，晓得他好处，又晓得他短处，他人都是望影架子说话。”②这话说得颇有道理。杜甫对南朝最后一位著名诗人庾信，更是非常重视。他说，“清新庾开府”③。他并不把庾信诗和那些淫冶浮艳的齐梁诗一样看待，而是说“庾信文章老更成，凌云健笔意纵横”④，“庾信平生最萧瑟，暮年诗赋动江关”⑤。他不仅称赞庾信晚年的诗赋健笔凌云，意境开阔，而且对他的平生遭际也是非常同情的。杜甫主张广泛地吸取前人的创作经验，并在自己的创作中加以实践，熔古铸今，这就使他的诗歌创作真正能够有一个博大精深的艺术修养的基础。

杜甫主张“转益多师”，从“窃攀屈宋宜方驾”，“别裁伪体亲《风》、《雅》”两句来看，似乎他对《诗》、《骚》这两大文学主流的态度不分轩轾，其实他更重视的还是以《诗经》为代表的现实主义的文学传统。宋代李纲赞杜甫诗就曾说他“笔端笼万物，天地入陶冶。岂徒号诗史，诚足继《风》、《雅》”⑥。宋濂也说：“杜子美诗，实取法《三百篇》。”⑦

---

① 杜甫《分门集注杜工部诗》卷十六《解闷五首》之四。

② 冯班《钝吟杂录》。

③ 杜甫《分门集注杜工部诗》卷十九《春日忆李白》。

④ 同上卷十六《戏为六绝句》。

⑤ 同上卷十三《咏怀古迹三首》之一。

⑥ 《杜少陵集详注》附录《杜子美》。

⑦ 宋濂《翰苑别集》卷七《杜诗举隅序》。

杜甫诗歌理论的一个重要特点就是主张“写真”，要求诗歌创作不脱离社会现实。他说：“朋知苦聚散，哀乐日已作。即事会赋诗，人生忽如昨。”[①]这是要求即事赋诗，以反映人生哀乐。刘熙载也已看到这点，所以曾发表议论说：“杜诗云‘畏人嫌我真’，又云‘直取性情真’。一自咏，一赠人，皆于论诗无与，然其诗之所尚可知。”[②]杜诗正是以直率地不加粉饰地反映现实见长，他有不少诗篇就深刻地描写了自己痛苦的人生经历和感受。明人王嗣奭在评“三吏”、“三别”时曾指出，这是“公以事至东都，目击成诗”，这些诗“非亲见不能作”[③]。这也说明了杜诗与社会生活的直接关系，他艺术的真实是以生活的真实作基础的。正是因为这样，所以文天祥在《〈集杜诗〉自序》说：“昔人评杜诗为诗史，盖其以咏歌之辞寓纪载之实，而抑扬褒贬之意，灿然于其中，虽谓之史可也。”[④]

杜甫论诗很重视诗人的品格和诗歌的思想内容，要求诗歌有益于社会国家。他除了赞美《诗经》、《楚辞》密切联系社会现实的优良传统，对唐初举起诗歌革新旗帜的诗人陈子昂，以及他同时代的诗人元结，也都备加赞扬。他在《陈拾遗故宅》一诗中写道：“位下曷足伤？所贵者圣贤。有才继《骚》、《雅》，哲匠不比肩。公生扬、马后，名与日月悬。……终古立忠义，《感遇》有遗篇。”杜甫对陈子昂的高度赞扬，唐初以来诗人无与伦比。其所以如此，就因为陈子昂忧国伤时，写出了像《感遇》这样能勇敢地揭露社会现实的光辉诗篇，为唐代进步诗歌的发展树立了典范。杜甫对元结的赞扬，在他写的《同元使君舂陵行并序》中表现得最为集中。他心情激动地读了元结所作《舂陵行》和《贼退示官吏》二诗，高度称赞元结能“知民疾苦”，并且能在诗歌创作上继承《风》、《雅》传统，采取“比兴体制”来为“万物吐气”。从诗中“粲粲元道州，前圣畏后生”；

---

① 杜甫《分门集注杜工部诗》卷五《西阁曝日》。

② 刘熙载《艺概》卷二《诗概》。

③ 王嗣奭《杜臆》卷三。

④ 文天祥《文山先生全集》卷十六。

“道州忧黎庶，词气浩纵横。两章对秋月，一字偕华星”等诗句来看，他对元结的诗歌和人格的赞美也确实很高。杜甫这样推崇元结，与他们的诗歌主张极相近似有关。元结也提倡《风》、《雅》传统，强调诗歌的社会作用，在理论与创作上实际都是追随杜甫，是与杜甫同声相应的。在唐代诗歌理论和诗歌创作中，从陈子昂、杜甫、元结到后来的元稹、白居易，很清楚地可以看出他们之间相互联系和发展的一条线索。

杜甫在强调写实的同时，艺术上很强调要求传神。所谓“醉里从为客，诗成觉有神”①；“草书何太古，诗兴不无神”②；“文章有神交有道”③。他所说的“神”，实际就是指的形象生动，想象丰富，出奇创新。诗首先必须有形象，而后才可能谈得上传神。杜甫写诗，很注意捕捉形象。他说：“诗应有神助。”④意思就是单纯描摹形象还不够，还必须有丰富的想象。所谓“思飘云物动，律中鬼神惊”⑤，只有通过这种丰富的想象，才能达到杜甫所说的“神”的境界。杜甫也重视读书和创作的关系，他说：“读书破万卷，下笔如有神。”⑥这是就诗人的艺术修养而言，多方面地吸取前人的艺术经验，对创作出传神的艺术作品，当然也是会有影响的。

对于诗歌的形式和艺术技巧，杜甫也非常重视。他的诗论，几乎多半是谈艺术技巧的。就是对南朝有些诗人表示推崇，也往往是从诗歌的艺术技巧着眼的。他作诗字斟句酌，对诗歌在艺术上有严格要求，这主要表现在：第一，要求用语准确、稳妥。他说，“赋诗新句稳，不觉自长吟”⑦。一首好诗，它的用语应该经

① 杜甫《分门集注杜工部诗》卷十《独酌成诗》。
② 同上卷十六《寄张十二山人彪三十韵》。
③ 同上卷十《苏端薛复筵简薛华醉歌》。
④ 同上卷八《游修觉寺》。
⑤ 同上卷十七《敬赠郑谏议十韵》。
⑥ 同上卷十七《奉赠韦左丞丈二十二韵》。
⑦ 同上卷十三《长吟》。

过反复咏吟推敲，做到“毫发无遗恨”[①]。而所谓“稳”、“无遗恨”，关键就在于选择语言的准确性，能够把情和景圆满而恰当地表达出来。第二，要求生动活泼，出语惊人。他说，“为人性僻耽佳句，语不惊人死不休”[②]；“赋诗分气象，佳句莫辞频”[③]。“佳句”即警句，即陆机在《文赋》中所说的“立片言而居要，乃一篇之警策”。一首诗中带关键性的警句，往往能给诗以更大的生命力，所以杜甫一生作诗要为此而呕心沥血。第三，要求合乎诗律，以加强诗歌的音乐性和对仗的工整。他说，“晚节渐于诗律细”[④]。其实他并非晚年才重视诗律，早在长安时就说过“遣辞必中律”[⑤]；“觅句新知律”[⑥]。这些诗句虽都系称赞友人的诗，但说明当时钻研诗律的风气很盛，杜甫也极为重视，所以他才能写出那么多震憾读者心弦的五律、七律，以及一些长篇的排律。第四，要求立意新颖。他说，“诗清立意新”[⑦]，关键就在这个“新”字。诗是语言的艺术，但光有好的语言还不足以成为一首好诗。因此在炼字炼句之外，还必须强调炼意。

杜甫的写作态度是极为严肃的。“新诗改罢自长吟”[⑧]，是他写诗的必经过程。为了出语惊人，他总要反复推敲，不断修改。杜甫在一些题画诗里常说，“更觉良工心独苦”[⑨]，“意匠惨淡经营中”[⑩]，虽指作画，实际也是他写诗的深刻体会。他除了个人努力，

---

① 杜甫《分门集注杜工部诗》卷十七《敬赠郑谏议十韵》。

② 同上卷十三《江上值水如海势聊短述》。

③ 同上卷十《秋日寄题郑监湖上亭三首》之三。

④ 同上卷十三《遣闷戏呈路十九曹长》。

⑤ 同上卷六《桥陵诗三十韵因呈县内诸官》。

⑥ 同上卷九《又示宗武》。

⑦ 同上卷五《奉和严中丞西城晚眺十韵》。

⑧ 同上卷十六《解闷五首》之四。

⑨ 同上《题李尊师松树障子歌》。

⑩ 同上《丹青引》。

还提倡诗友间切磋琢磨，“说诗能累夜”[①]，“题诗好细论”[②]，“重与细论文”[③]，说的都是他和朋友们深入地讨论诗文。

杜甫提倡诗歌风格的多样性，他不像有些诗人那样排斥与自己不同的风格。他既赞赏“鲸鱼碧海”的宏伟气魄，也爱慕“清词丽句”；既钦佩李白的“笔落惊风雨，诗成泣鬼神”[④]的豪迈气概，也赏识孟浩然、王维的“清诗”、“秀句”[⑤]。其实，就是他自己的诗歌，也有好几副笔墨，风格也并不是那么单一的。

杜甫诗论对后代有深远影响。他强调诗歌反映现实的风雅比兴传统，重视新乐府诗体，对元稹、白居易等人提倡新乐府运动，曾产生直接的启发作用。杜甫的《戏为六绝句》，以七绝诗歌的形式来发表文学主张，这是文学理论批评的一种创造，后人模仿的很多。金人元好问作《论诗绝句三十首》，后来王士祯又仿元好问作《论诗绝句三十二首》，其实都是在他影响下的产物。

五

在盛唐诗歌大繁荣的高潮之后，诗歌理论又有了新的发展。着重从艺术上总结诗歌创作经验的理论著作纷纷出现，其中独具特色影响较大的，当推诗僧皎然的《诗式》。此书有五卷本与一卷本两种。《四库全书总目》称“疑原书散失”，今所传乃“好事者摭拾补之”。皎然诗论，除《诗式》外尚有《诗评》、《诗议》传世，但内容单薄、重复，不及《诗式》重要。其诗文集《杼山集》（又名《皎然集》）中偶有论诗作之作，可以参阅。

皎然《诗式》比较全面地探讨了诗歌创作的法则，总结了自两

---

① 杜甫《分门集注杜工部诗》卷十八《奉赠卢五丈参谋琚》。

② 同上卷十九《弊庐遣兴奉寄严公》。

③ 同上卷十九《春日忆李白》。

④ 同上《寄李十二白二十韵》。

⑤ 同上《解闷五首》。

汉迄唐一些“名篇丽句”的艺术经验，初步接触到了诗歌的内容、形式、风格、意境、继承、创新等问题。虽然还只是对一些“名篇丽句”作条分缕析的理论升华，但理论已相当完整系统，不乏真知灼见。

《诗式》虽侧重在总结诗歌创作的艺术经验，但他并没有忽视诗歌的思想内容。皎然在该书卷首小序中，开宗明义叙述了诗的教化作用。他称诗为“众妙之华实，《六经》之菁英”，说它的社会作用等同于“圣功”。他说明他之所以要撰写此书，总结诗歌创作的艺术经验，让人们懂得作诗的法则，目的还在于“有益于诗教”。《皎然集》中有些诗篇，也反映出他对诗教和儒学的重视。例如在《答苏州韦应物郎中》一诗说：“诗教殆沦缺，庸音互相倾。忽观《风》、《骚》韵，会我夙昔情。”在《妙喜寺达公禅斋寄李司直公孙房都曹德裕从事》诗中又说：“我祖传《六经》，精义思朝彻。方舟颇周览，逸书亦备阅。墨家伤刻薄，儒氏知优劣。弱植庶可凋，苦心未尝辍。”这说明皎然虽是诗僧，但儒家宗经的思想也并不那么淡泊。他不满于那些诗格不高的平庸诗风，强调要继承《诗经》、《楚辞》的传统，这一点与陈子昂、杜甫也有近似之处。正因为如此，所以在他的诗集中，也有相当数量反映现实的诗篇，以至采用乐府诗的形式来写《从军行》、《陇头水》和《塞下曲》等现实性较强的诗歌。在《诗式》中，他对王粲《七哀诗》描写汉末战乱中人民流离、白骨蔽野的悲惨景象，寄予深切的同情，称赞王粲诗“语与兴驱，势逐情起，不由作意，气格自高”，也表明他主张继承《风》、《骚》传统，并非完全是一句空话。

在这种“诗教”思想的指导下，皎然在《诗式》中曾提出了“诗体”论与“诗德”论，来论证诗道之重要。他把“诗体”分十九个字来概括，其中属于思想内容方面的，有贞、忠、节、志、德、诚、悲、怨、意等九种；属于艺术风格方面的，有高、逸、气、情、思、闲、达、力、静、远等十种。他认为这样的概括，是“风律外彰，体德内蕴”，“其一十九字，括文章德体风味尽矣”（《辩体有一十九字》）。他关于思想内容的概括，封建儒家的思想观念是表现得相当明显的。所谓“诗德”，实即作诗的准则。《诗式》分“诗有七德”，并以“识理”为首要之德(《诗有七德》),反对“以虚诞而为高古”,“以诡怪而为新奇”(《诗有六迷》)。他强调写作的严肃性,认为“文章天下之公器,安敢私焉”(《文章宗旨》)。当然,应该指出,皎然诗论虽受到儒家“诗教”思想的一些影响,但他与一般儒生还是有区别的。他在《题秦系山人丽句亭》诗有句云:“独将诗教领诸生,但看青山不爱名。满院竹声堪愈疾,乱床花片足忘情。”这种观念,在皎然的思想中占据了主导方面,对他的诗歌理论是有重要影响的。

皎然强调诗的思想不能赤裸裸地写出来,而必须把它融化为诗人的情性,并通过一种意境或形象,来艺术地加以表现。他说:“诗情缘境发。”①就是说的诗歌必须寓思想感情于艺术形象之中。真实的情性是铸成诗的意境的基础。没有真实的情,就不能产生动人的境,也就不会有抒情的好诗。皎然所说的诗境之情,并非指一般世俗的情欲,而是出于诗人艺术个性的具有理想性的情,是植根于诗人的气质、经历、教养、理想等形成的。因为如此,所以他往往“情”、“性”并提,而这种强调“情”与“性”的统一,又往往是与诗人感情的社会性与诗歌所具有的思想性相统一的。《诗式》中论“诗格”时,举出“越俗”、“骇俗”、“淡俗”、“戏俗”四格,说的都是要求诗歌所反映的思想感情必须弃绝凡俗,要求诗歌应反映一种更高尚、更集中、更典型、更理想的境界。但这决非意味着皎然追求诗人感情的怪僻。他说,“虽有道情,而离深僻”,“虽尚高逸,而离迂远”(《诗有四离》)。他要求诗中的感情应该“至险而不僻,至奇而不差”(《诗有六至》),反对“以诡怪而为新奇,以烂熟而为稳约”(《诗有六迷》)。他在评价谢灵运的诗歌时说:“真于情性,尚于作用,不顾词采,而风流自然。”(《文章宗旨》)这就是皎然艺术标准的最高要求。

皎然在《诗式·诗有七德》中所说的“高古”、“典丽”、“风流”、“精神”,都属于风格的范畴。他认为诗歌只有在艺术上达到了这

---

① 《皎然集》卷一《秋日遥和卢使君游何山寺宿扬上人房论涅槃经义》。

样的境地，才称得上是“造其极妙”的“高手述作”（《明势》）。他称诗为“众妙之华实”，为了阐明这“众妙”之所以为妙，在《诗有四不》、《诗有四深》、《诗有二要》、《诗有二废》、《诗有四离》、《诗有六迷》、《诗有六至》等口诀中，他对不少艺术问题作了明确的规定，把怒、露、暗、疏、滞、直、苦涩、怒张、深僻、迂远、轻浮、虚诞、缓慢、诡怪、烂熟、气少力弱等，看作有损于艺术美的禁忌，而把“文外之旨”、“但见情性，不睹文字”，看作是“诗道之极”，称之为作诗“高手”（《重意诗例》）。从晚唐司空图《二十四诗品》所谓“不着一字，尽得风流”，宋代严羽《沧浪诗话》所谓“羚羊挂角，无迹可求”，明显可以看出，他们与皎然的理论是有直接的联系的。

皎然强调诗歌必须自然。他说：“沈约云：‘不傍经史，直率胸臆。’吾许其知诗者也。如此之流，皆名为上上逸品者矣。”（《王仲宣七哀》）《诗式》中“诗有五格”之分，把“不用事”列为上品“第一”，反对“诗人皆以征古为用事”，就因为这种“用事”之法有损于诗之自然。因此他认为“以征古为用事，不必尽然”，不如“尽入比兴”。其实，皎然所谓的比兴，已寓有新的涵义。他说：“取象曰比，取义曰兴，义即象下之义。凡禽鱼草木人物名数，万象之中义类同者，尽入比兴。”（《用事》）他所说的比兴，已不单纯是一种修辞手法，而是属于意境的范畴，实际已接触到了诗歌创作运用形象思维的问题。

皎然提倡自然，反对诗歌创作中的矫揉造作，丝毫也不意味着他主张质木无文，不要文采，不要求艺术上的千锤百炼。在《诗式·取境》中，他就批判了两种片面地理解所谓“自然”的错误论调：一是把“自然”完全等同于“丑朴”；一是排斥创作中艰苦的艺术构思。对于前者，皎然明确主张，诗歌创作必须“有容而有德”，即既要注意内容，同时也应重视形式。在《明四声》中，他既反对沈约“酷裁八病，碎用四声”的偏尚形式，但在重内容的前提下，又认为“韵合情高，此未损文格”。在《诗有二废》中他说：“虽欲废巧尚直，而思至不得置；虽欲废言尚意，而典丽不得遗。”他认为诗要“至丽而自然”（《诗有六至》），韵律、辞藻，对于诗歌来说，却也是废它不得的。对于后者，皎然十分强调创作过程中艺术构思的重要作用，认为诗歌在艺术上要获得成功，就必须“真于情性，尚于作用”（《文章宗旨》），进行艰苦的构思。所谓“不入虎穴，焉得虎子”，就是说的艰苦构思的必要性。皎然认为，“取境之时，须至难至险，始见奇句；成篇之后，观其气貌，有似等闲，不思而得，此高手也。有时意静神王，佳句纵横，若不可遏，宛如神助”（《取境》）。这段话，和他在《诗评》中所说的“当绎虑于险中，采奇于象外，状飞动之趣，写真奥之思……但贵成章之后，有易其貌，若不思而得也”①，可以互为补充。都是皎然对诗人从“诗思初发”到取“境”，到取得完美的具体形式的生动叙述。诗人在整个构思的全过程中，有时“须至难至险，始见奇句”，有时则“意静神王，佳句纵横”，但都是诗人进行艰苦构思的作用。皎然称此为“苦思”，实即《文心雕龙》中所说的“神思”，而这并不是什么神秘的东西。即使“佳句纵横，若不可遏，宛如神助”，也是由于“先积精思，因神王而得”的结果。这里特别值得重视的是，皎然要求把“苦思”与“自然”和谐地统一起来，即要求经过艰苦构思后写成的诗篇，不应使人觉察到艰苦构思的痕迹，所谓“至苦而无迹”（《诗有六至》），“成篇之后，观其气貌，有似等闲，不思而得”（《取境》）。这个要求当然是很高的，但也是任何成功的艺术品所必须具备的。

关于诗歌的继承与创新问题，皎然注意到了正确处理“复古”与“通变”的关系。他在《复古通变体》中，反对把诗歌创作完全纳入复古主义的轨道，强调诗人必须“通其变”，有自己的独创，否则模拟古人，千篇一律，都“陷于相似之格”，是断然不可能写出好诗来的。他认为当时诗界值得注意的问题，是复古“太过”，已被“诗人呼为膏肓之疾”，不宜再加以提倡。因为“后辈若乏天机，强效复古，反令思扰神沮”。他呼吁提倡创新的重要，认为诗歌只要在内容上“不失正”，创新就“不忌太过”。这种主张自立新意，复古而能

① 顾龙振《诗学指南》卷三。

“通与变”的思想，是有其积极意义的。但是，由于皎然论诗，较多的是从诗歌形式的发展着眼，因而他批评“陈子昂复多而变少”，称赞“沈（佺期）、宋（之问）复少而变多”，把陈子昂和沈、宋相提并论，认为他们之间的差异，只是复变多少的不同，这说明他对陈子昂诗歌在复古口号下所表现出来的革新意义，是认识不足的。

对诗人及其诗作的评价分析，不是《诗式》的重点和精华所在。皎然在书中对诗人及诗作的评价分析，有些是不恰当的。例如他把其十世祖谢灵运的诗，说成是“诗中之日月”，就未免推崇过高。《诗式》的精华，主要在探讨艺术表现的理论部分。尽管这些理论还显得比较零散，而且语多玄虚，有时流于微妙，但他总结前人的艺术经验，颇多创见，尤其关于论述诗歌风格和造“境”的理论，很能发人深思。

唐代前期如《诗式》这一类型的诗论著作，相传还有李峤的《评诗格》、王昌龄的《诗格》等，但都系宋以后人伪托，不能与《诗式》相提并论。

略论唐代前期的古文理论

一

在中国文学发展史上有名的唐代古文运动，是一次提倡散文、反对骈文的文学革新运动，是散文发展的一个重要阶段。我国散文，从春秋战国到两汉，已发展到较高的水平。但是，到了魏晋，散文便逐渐趋向骈俪化，南北朝时，便形成为一种骈俪文体。这种文体，全篇以双句（即俪句、偶句）为主，讲究对仗和声律。骈文的兴起，由于在遣词造句上重视词语的音响节奏和句式的整齐对偶，固然对丰富和提高文学的艺术技巧，也曾经有过一些积极的作用，但发展到后来，却产生了极大的弊端。它的末流，无视思想内容对作品的重要意义，一味片面地堆砌华丽的辞藻，玩弄重叠的典故，对音调声韵方面的限制也越来越多，这就造成了文风的萎靡和形式的僵化，使作品不能真实地反映现实生活或自由地表达作者的思想感情。由于骈文后来完全走进了形式主义的死胡同，直接有碍于文学的发展，很自然地就会酿成一场文体改革的斗争。

唐代古文运动，一方面是为了摧毁自六朝以来在文坛上占统治地位的骈体文所带来的不良文风，恢复古代散文的优良传统；另一方面也是为了所谓"复古道"，即恢复儒家思想在文学领域和一切社会思想领域中的正统地位。因为从魏晋六朝直到唐代，佛老之学盛行，已形成为封建社会的特殊势力，这对于封建统治也很不利。当时统治阶级中的有些知识分子，要宣传自己在政治上的一套主张，宣扬儒家思想，而六朝以来的骈体文，又束缚着人们思想的表达，内容要求突破那种旧形式的束缚，要求散文能更好地为宣传他们的思想服务。因而古文运动在某种意义上讲，实际上也是一次具有一定社会性的文化思想运动。这是唐代古文运动兴起的原因，同时也就是唐代古文理论最基本的内容。

唐代古文理论有一个继承和发展的过程。

古文理论中"复古道"的思想，远在南朝骈体文鼎盛的时代就已经开始萌芽。比如梁时刘勰的《文心雕龙》，虽本身也是用骈俪形式来写的，但他就表示了对当时生活空虚、写文章只在骈辞俪句上争妍斗丽的不良风尚的不满。他批评当时的文章"气无奇类，文乏异采"①，提出了文章应该"明道"、"宗经"、"征圣"的主张。他在《原道》中就说："道沿圣以垂文，圣因文而明道。"刘勰所说的"道"，虽然内容比较复杂，但儒家思想却是其中的主要内容。此后，西魏的宇文泰，曾经以行政命令提倡"复古"②；北齐的颜之推，也主张"以古之制裁为本，今之辞调为末"③来进行文学改革。北周，仍继续提倡"复古"的政策，但效果不大。杨坚统一北中国后，李谔又上书倡导"复古"运动，杨坚曾按照他的意见，"普诏天下：公私文翰，并宜实录"④。隋唐之际，讲学河汾的文中子王通，更以排斥异端、复兴儒学的儒家正统的继承人自居。他论"文"非常强调"道"的内容，他说："言文而不及理，是天下无文也，王道从何而兴乎？"⑤又说："古君子志于道，据于德，依于仁，而后艺可进也。"⑥可见他也是把"复古"言"道"和论"文"紧密地联系在一起的。但是，正如陈兆仑在《王通（中说）论上》所指出的，他的"道"是"平日规仿圣言而

① 刘勰《文心雕龙》卷七《丽辞》。
② 《北周书》卷二十三《苏绰传》。
③ 颜之推《颜氏家训》卷上《文章篇》。
④ 《隋书》卷六十六《李谔传》。
⑤ 王通《文中子中说》卷一《王道篇》。
⑥ 同上卷三《事君篇》。

出，或存之笔记者”[①]。由于他的重“道”轻“文”，厚古薄今，所以他的理论对当时文风的改变，仍然奏效不大。

如上所述，虽然在齐梁以来骈俪文盛行的同时，就已经出现了个别要求改变文风的有志之士，但由于他们有的近“道”而不能“文”，有的学古而不能化，加之当时其他各方面的条件尚未成熟，因而根本不可能动摇骈俪文的根基。但是，他们的探索，对唐代古文理论的形成与发展，无疑是有着深远的影响的。

唐初文坛，是一个处于将变而未变的时期：一方面创作上仍“沿江左余风，絺句绘章”[②]；而另一方面在知识分子中又比较普遍地反对这种不良的文风。

批判旧文风，要求以儒家思想为指归，使散文有助于社会教化，可以说是唐初古文理论的中心。唐高祖、唐太宗都重视修史，出现了一批著名的史学家，如修《北齐书》的李百药，修《隋书》的魏徵，修《周书》的令狐德棻，修《晋书》的房玄龄，修《梁书》和《陈书》的姚察、姚思廉父子等，在他们的著作中，首先反映了要求古文革新的思想。如魏徵在《隋书·文学传序》中说：

> 梁自大同之后，雅道沦缺，渐乖典则，争驰新巧。简文、湘东，启其淫放；徐陵、庾信，分路扬镳。其意浅而繁，其文匿而彩，词尚轻险，情多哀思。格以延陵之听，盖亦亡国之音乎！[③]

唐初的不良文风，是从南朝沿袭下来的。魏徵对南朝不良文风的严正批评，无疑也反映了他对当代文风的不满。文中“其文匿而彩”一句，引自《荀子·乐论》，原文是：“乱世之征……其文章匿而采。”[④]荀子文学观的基本核心是“明道”，主张明道、宗经、征圣三

---

① 陈兆仑《紫竹山房文集》卷六。

② 《新唐书》卷二百一《文艺传序》。

③ 《隋书》卷七十六。

④ 《荀子》卷十四。

为一体。魏徵在这里借用荀子的话有两层意思：一是对"匿而采"的文风表示不满，认为那是"乱世之征"；二是含有恢复儒家明道、宗经、征圣文学主张的深意。文中"词尚轻险，情多哀思……盖亦亡国之音乎"数句，语出《毛诗序》"乱世之音怨以怒，其政乖；亡国之音哀以思，其民困"①。他借用《诗大序》的话，显然认为从一个时代的文学，可以看出一个时代的治乱兴衰。其实这也就是刘勰所说的"文变染乎世情，兴废系乎时序"②的道理。魏徵很强调"文"的教化作用，认为它"上所以敷德教于下，下所以达情志于上"，既可以"经纬天地"，又可以"匡主和民"③。和他同时负责修《梁书》的姚思廉，也有这类似的看法，认为文学的功能，就在于"经礼乐而纬国家，通古今而述美恶"④。其实这都是儒家对文学的一贯主张，并没有多少新的创造，只是他们在"江左余风"极盛的初唐文坛上一再强调，就具有进步的时代意义。

提倡古文应该反映情性，也是唐初古文理论中比较强调的内容。令狐德棻在《周书·王褒庾信传论》中就说：

> 原夫文章之作，本乎情性，覃思则变化无方，形言则条流遂广。⑤

李百药在《北齐书·文苑传序》中也说：

> 然文之所起，情发于中。人有六情，禀五常之秀；情感六气，顺四时之序。⑥

---

① 《毛诗正义》卷一。
② 刘勰《文心雕龙》卷九《时序》。
③ 《隋书》卷七十六《文学传序》。
④ 《梁书》卷四十九《文学传序》。
⑤ 《周书》卷四十一。
⑥ 《北齐书》卷四十五。

他们都很重视文章与情性的关系。关于文章与情性关系的问题，早在《论语》、《毛诗序》、《文心雕龙》、《诗品序》等篇章中，都已有过反复的论述。孔子《论语》中说的兴、观、群、怨，《毛诗序》中说的"情动于中而形于言"，刘勰《文心雕龙》中说的"缀文者情动而辞发"①，"情动而言形，理发而文见"②，都是说的这个问题。明显地可以看出，唐初古文理论继承了前人的这些论述。但须要指出的是，唐初史学家们所说的情性，重在归于雅正，不赞成偏重于哀思。例如李百药在《北齐书·文苑传赞》中就说：

> 乃眷淫靡，永言丽则，雅以正邦，哀以亡国。③

为什么他们在论述"情"、"文"关系时那样重雅正而反对哀思？我个人认为，这可能和唐初社会与六朝不同有一定关系。唐初国力尚处于上升时期，不若六期之乱离衰败，治世与乱世的不同，对情性的看法和要求，是会有所不同的。

"初唐四杰"的王勃、杨炯、卢照邻、骆宾王等人在文坛上出现，其实已经比上述史学家们整整晚了一代。王勃就是在魏徵死后六年才出生的后辈。这时的文坛，仍没有多少新的转机。因此杨炯要批评当时的文章，"气骨都尽，刚健不闻"④；王勃要慨叹"天下之文，靡不坏矣"，主张要"甄明大义，矫正末流"⑤。他们喊出了文学家们要求改革不良文风的强烈呼声。

"四杰"中除骆宾王一人以外，都或多或少发表过一些古文理论，其中尤以王勃的理论有一定的代表性。他分析当时文风败坏的根本原因，就在于"周公、孔子之教，存之而不行于代"。因而他

---

① 刘勰《文心雕龙》卷十《知音》。

② 同上卷六《体性》。

③ 《北齐书》卷四十五。

④ 杨炯《杨盈川集》卷三《王勃集序》。

⑤ 王勃《王子安集》卷八《上吏部裴侍郎启》。

提出的改革方案，首先就是希望唐王朝能“激扬正道”，“黜非圣之书，除不稽之论”①。看来言论相当激烈，而其中心意思，仍不过是要把恢复儒学传统作为改革文风的一种重要手段。

王勃在《平台秘略论 · 艺文》中，引用曹丕《典论 · 论文》的话，认为文章应该有“经国”之用，要求文学作家们应该把自己的写作用之于“大者远者”，这有其积极的意义；但他把所有“缘情体物”之作，都一概斥之为“雕虫小技”②，而且对从屈原、宋玉至沈约、谢朓、徐陵、庾信等不少有成就的作家，进行猛烈的攻击，把他们的作品都看作是浮艳华靡文风的产物，认为对这些东西，“贵之而江东乱”，“用之而中国衰”③。这些言论，虽主要是借题发挥，针对唐初浮靡的文风而发，也可能有一些矫枉过正、补偏救弊的作用，但就作家作品的评论而言，它终究是一种非常片面的偏激之辞。王勃一再强调“不读非道之书”④，联系他的上述言论，可以看出，他受祖父王通的影响是比较深的。王勃以后的古文家，在韩愈、柳宗元出来以前，几乎都对屈、宋辞赋采取贬抑或否定的态度，这可能与王勃这种偏激之辞的影响也有一定的关系。

初唐古文理论有一个致命的弱点，这就是其中存在着相当浓厚的折衷调和论。由于这个缘故，他们对南朝以来不良文风的批判就不可能彻底，就不可能真正找到文学革新的正确方向。我们且看魏徵所提出的改革文学的主张，他说：

> 自汉、魏以来，迄乎晋、宋，其体屡变，前哲论之详矣。暨永明、天监之际，太和、天保之间，洛阳、江左，文雅尤盛。……然彼此好尚，互有异同。江左宫商发越，贵于清绮，河朔词义贞刚，重乎气质。气质则理胜其词，清绮则文过其意，理深者

---

①③ 王勃《王子安集》卷八《上吏部裴侍郎启》。

② 同上卷十。

④ 同上卷四《山亭兴序》。

便于时用，文华者宜于咏歌，此其南北词人得失之大较也。若能掇彼清音，简兹累句，各去所短，合其两长，则文质斌斌，尽善尽美矣。[①]

魏徵主张把南方文学和北方文学在词、理、文、意等方面各自所具有的特点和优点调和起来，所谓"掇彼清音，简兹累句，各去所短，合其两长"。他认为这样做的结果，就将会产生"尽善尽美"的文学。这种融合南北的主张，虽不能说毫无积极意义，但毕竟是很有限度的。它的一个带根本性的弱点，就是停留在要求一般地改革文风，并未接触到改革统治文坛的已经僵化了的骈俪文形式的问题。魏徵的这段论述，后来李延寿编《北史》时，把它原文抄录入该书的《文苑传序》[②]。想必李延寿也是赞同这种折衷调和的主张的。

唐初古文理论中的折衷调和论，在处理古今文学的关系上也有所反映。例如令狐德棻在《周书·王褒庾信传论》中，虽提出了质文不可偏废这一写作主张，但又要求"斟酌古今"，去追求形式上的"丽而能典"，要求"焕乎若五色之成章，纷乎犹八音之繁会"[③]。这实际上不仅没有接触到骈文形式的改革问题，而是要求适当地采用这种形式。令狐德棻的这种理论，可能曾受到北周颜之推的一些影响。颜之推是在反不良文风中较早提出折衷调和论观点的人物，他认为文章的体裁古胜于今，而辞调则今胜于古，因而主张"以古之制裁为本，今之辞调为末，并须两存，不可偏弃"[④]。令狐德棻的理论，就依稀地反映了颜之推这种说法。

不接触从根本上改革骈体文形式的问题，这是唐初古文理论的普遍现象。王勃、杨炯、卢照邻、骆宾王在初唐诗坛曾被誉为"四

① 《隋书》卷七十六《文学传序》。

② 《北史》卷八十三。

③ 《周书》卷四十一。

④ 颜之推《颜氏家训》卷上《文章篇》。

杰"的人物,从"文"的方面来说,他们虽然对南朝以来流行的骈俪文风也感到不满,主张进行改革,但是,他们也基本上采取了折衷调和的态度,认为"今之词调"同样可以反映现实,裨赞王化,不需要在文学形式上作什么根本性的变革,所以他们自己的文章,就大多是用四六骈丽文的体裁写的。这些事实,说明唐初文坛基本上仍沿袭了南朝骈俪的余习,古文革新的成效并不很大。

二

唐代的文风,一直到盛唐时期,确切地说,到武后以后,才逐渐开始有所转变。那种原来在文坛上占统治地位的浮丽文风,逐渐开始归于朴茂。而这时首先出现在文坛又有较大影响的当推陈子昂。

陈子昂的功绩,固然主要在诗的革新方面,但对于散文,也同样起过一些进步的作用。他没有提出什么古文革新的理论,而是在自己的写作实践中,能够注意到一反浮丽之风,力求古朴。这与唐初有些作家一方面反对浮艳文风,一方面又在自己的写作中依然写浮艳之文是有所不同的。陈子昂在《与东方左史虬修竹篇序》中,曾对晋、宋以来"文章道弊"、"彩丽竞繁"的不良文风表示不满①。他的朋友卢藏用在为他的文集作序时,称赞他"横制颓波",使"天下翕然,质文一变"②,后来韩愈也推崇他说:"国朝盛文章,子昂始高蹈。"③这些赞誉,自然不是仅指他在诗歌革新方面的功绩,而且是包括了在散文方面的成就和影响而言的。这一点,柳宗元在《杨评事文集后序》一文中说得就更为明确而具体。他认为作家们作诗、作文,往往"偏胜独得,而罕有兼者","唐兴以来",张说

---

① 陈子昂《陈伯玉文集》卷一。

② 同上卷首。

③ 韩愈《韩昌黎集》卷二《荐士》。

工“著述”(能文),张九龄善“比兴”(能诗),而称得上二者兼备而不愧者,只有“梓潼陈拾遗”①。《新唐书·陈子昂传》还有一段记载,说“唐初文章承徐、庾余风,天下祖尚,子昂始变雅正”;就是他的“论著”,“当世”也“以为法”,而且说读过陈子昂少年之作的王适,早就看出他“必为海内文宗”②。根据上述材料,尤其是韩愈、柳宗元这两位古文运动的领导者对陈子昂的推崇和赞誉,人们把他称为唐代古文运动的先驱者,完全是有道理的。当然,陈子昂的古文也还有不少缺点,《四库全书总目》在肯定他“论事书疏之类,实疏朴近古”的同时,又指出他写的表序,“犹沿排俪之习”③,这还是比较符合他的实际的。

据《旧唐书·文苑传》记载,与陈子昂同时,在古文写作实践中对文体革新有影响的,还有“以文词著名”的富嘉谟、吴少微等人。《富嘉谟传》说他“与新安吴少微友善,同官。先是,文士撰碑颂,皆以徐、庾为宗,气调渐劣;嘉谟与少微属词皆以经典为本,时人钦慕之,文体一变,时称‘富吴体’”,各“有文集五卷”④。唐代古文多取法乎经史,《旧唐书》又记载他们在当时文坛有那么大的影响,可能他们对古文运动的开展,也是起过积极的推动作用的。可惜他们都没有文论传于后世,而且留下的文章也不多,仅《全唐文》卷二百三十五收录了富文四篇,吴文六篇。

在陈子昂、富嘉谟、吴少微的时候,看来古文在写作实践上已开始有所转变;但这时较为系统的古文理论却不多。倒是从史学家刘知几的史学理论名著《史通》中,还可以看到一些言及“史”、“文”相通的古文理论。

刘知几比较重视文章的教化作用,对汉代辞赋、魏晋南北朝骈体文的不良影响,他都提出了尖锐的批评。他批评司马相如、扬

---

① 柳宗元《柳宗元集》卷二十一。
② 《新唐书》卷一百七。
③ 《四库全书总目》卷一百四十九“陈拾遗集”条。
④ 《旧唐书》卷一百九十。

雄、班固、马融等人的辞赋“喻过其体，词没其义，繁华而失实，流宕而忘返，无裨劝奖，有长奸诈”，认为《前汉书》、《后汉书》中根本就不应该为这些人立传①。他批评魏晋南北朝的骈俪文风，给这时许多史书的论赞带来了不良影响，使它们“大抵皆华多于实，理少于文，鼓其雄辞，夸其俪事”②。他不仅批评过去，也批评当代文风，在《叙事》篇中，他就批评“今之所作”，“或虚加练饰，轻事雕彩；或体兼赋颂，词类俳优”。当然，这并不意味着刘知几轻视应有的文采，而是主张“书功过，记善恶，文而不丽，质而非野；使人味其滋旨，怀其德音，三复忘疲，百遍无斁”。他认为文采必须适合表达内容的需要，既能引起读者的兴味，又能使读者从中得到教益。他要求文章做到“文约而事丰”，“言近而旨远，词浅而义深”③，这些要求当然都是很高的。从刘知几的理论来看，他已不是停留在一般地对华而不实的文风的批判，而是开始从内容到形式，对骈文的体制有所否定。这是刘知几对唐初古文理论所作的新贡献，对后来韩愈、柳宗元反骈尚散的古文革新，是有较大的影响的。遗憾的是，刘知几自己的写作，并未能完全实践他自己的理论，骈体文对其写作的影响也还是较深的。

开元、天宝以后，提出古文理论的人，逐渐比以前多起来了。萧颖士、李华、元结、独孤及、梁肃、柳冕等人相继出现。他们继承并发展了前人关于古文革新的理论，竭力宣传古文必须尊儒、宗经、载道，要求取法三代两汉，使古文有助于社会教化。这样，与古文革新相结合的复古思潮，在这时便逐渐高涨起来。据《四库全书总目》载：

考唐自贞观以后，文士皆沿六朝之体。经开元、天宝，诗

---

① 刘知几《史通》卷五《载文》。

② 同上卷三《论赞》。

③ 同上卷六《叙事》。

> 格大变，而文格犹袭旧规。元结与及，始奋起湔除，萧颖士、李华左右之，其后韩、柳继起，唐之古文，遂蔚然极盛，斲雕为朴，数子实居首功。……特风气初开，明而未融耳。①

这个说法大体上是符合实际情况的；只是元结和独孤及年岁都略晚于萧颖士和李华，而且元结的贡献，诗比文似乎要更大一些。元结在文的方面理论不多，主要是写作实践，高似孙说他“平生辞章，奇古峻绝，不蹈袭古今”②。他的文章与后来的柳宗元比较近似。就古文理论而言，这时较有代表性的，还是萧颖士、李华、独孤及，以及略晚出现的柳冕。

这个时期古文理论的一个中心内容是：强调古文必须尊儒、宗经、载道，有助于社会教化。萧颖士在《赠韦司业书》中，就自述他专工儒家经典，“经术之外，略不婴心”，而这样做的目的，就在于要宣扬“名教”，要“垂沮劝之益”。他自称“平生属文，格不近俗，凡所拟议，必希古人。魏晋以来，未尝留意”③。他推崇“贾谊文辞最正”，赞赏“班彪识理，张衡宏旷”；对屈原、宋玉以下文采富艳的辞赋，也和王勃、刘知几一样，颇多非议之辞；对唐代作家，则推尊陈子昂，认为他“文体最正”④。这也都是以他宗经的立场为出发点的。

李华是萧颖士的好友，古文理论两人也比较相似。他的《赠礼部尚书清河李公崔沔集序》，是他古文理论的代表作。他说：

> 文章本乎作者，而哀乐系乎时。本乎作者，六经之志也；系乎时者，乐文、武而哀幽、厉也。立身扬名，有国有家，化人成俗，安危存亡，于是乎观之。宣于志者曰言，饰而成之曰文，

---

① 《四库全书总目》卷一百五十“毗陵集”条。

② 《子略》卷四。

③ 《全唐文》卷三百二十三。

④ 同上卷三百十五李华《扬州功曹萧颖士文集序》。

有德之文信，无德之文诈。……夫子之文章，偃商传焉；偃商殁而孔伋、孟轲作，盖六经之遗也。屈平、宋玉哀而伤，靡而不返，六经之道遁矣。论及后世，力足者不能知之，知之者力或不足，则文义寖以微矣。文顾行，行顾文，此其与于古欤！①

这里，李华提出了他对古文的四点主张：一是文章与作者、时代具有密切的关系，文章中内容的哀乐，是时代盛衰的反映；二是作家写文章固然是为了"立身扬名"，但必须注意到"化人成俗"，有补于教化，对国家有利；三是作者和所写的文章都必须表里一致，文章必须"有德"有"文"，作者也必须"有德"有"文"，"文"、"行"必须统一，否则就写不出好文章；四是宗尚六经和孔、孟，对屈、宋及两汉之文都表示排斥。这最后一点看法，有两个问题值得注意：其一是对屈、宋辞赋的评价，认为其离经叛道，"靡而不返"，采取了否定态度；其二是对屈、宋以后的两汉文章未加肯定，笼统地认为其"文义寖以微矣"。这些观点，也反映了李华在古文革新中的偏激情绪。萧颖士虽然也曾指责屈、宋之作"不能经"，但还肯定他们"文甚雄壮"②；而两汉文章，则更为后来韩、柳学习古文的楷模。就是他的朋友萧颖士，对三代两汉之文也是相当推重的。

关于独孤及，《旧唐书·韩愈传》曾盛赞他的文章，而且说韩愈曾用心向他学习。清人赵翼写过一篇题为《唐古文不始于韩柳》的文章，认为独孤及是在韩、柳以前真正开始"以古文名家"的古文家；说他的文章"已变骈体为散文，其胜处有先秦、两汉之遗风"，唐代古文，他是"早开风气"③的。我们从他的文集《毗陵集》中，确实也可以看到一些他文章在立意遣词等文风上的变化。

独孤及对魏晋以来骈体文不良文风的批判是相当尖锐的。他

① 《全唐文》卷三百十五。

② 同上李华《扬州功曹萧颖士文集序》。

③ 赵翼《廿二史札记》卷二十。

批评六朝的作家们“饰其辞而遗其意”，脱离了内容去单纯讲究形式，因而“文不足言，言不足志；亦犹木兰为舟，翠羽为楫，玩之于陆，而无涉川之用”；他认为六朝文学之所以衰颓，主要是由于儒家经典不被重视、儒道衰颓的结果，所谓“世道陵丧，文亦下衰”。而要改变这种颓靡的文风，就只有“本乎王道”，“以五经为源泉”，恢复文章的教化、箴谏、褒贬作用。独孤及认为，要写成一篇好文章，必须处理好“志”、“言”、“文”三者的关系。“志”必须有赖于“言”和“文”才能得到充分的表达，所谓“志非言不形，言非文不彰，是三者相为用”，说的就是这个意思。而在这三者之中，“志”是根本，应该有了充足的“志”再发之于“言”，有了明确的语言，才能形成有文采的完美的好文章。独孤及非常赞美他的前辈陈子昂、萧颖士、李华等人对转变文章颓靡之风的功绩，认为正是因为他们的文章能够“本乎王道”，“以五经为源泉”，有助于教化，所以起到了“文章中兴”的作用①。

就独孤及的古文理论来看，他浓厚的宗经、载道思想，可以说和他的前辈无大区别，但他更重视两汉文章，尤其是贾谊、司马迁和班固之文。他认为“荀、孟朴而少文，屈、宋华而无根，有以取正，其贾生、史迁、班孟坚云尔”②。他比萧颖士、李华更注意到了文辞对于内容的作用。但他在对内容提出改革的同时，并未能从文辞方面提出具体的改革主张。这个问题，直到后来韩愈、柳宗元出来才获得解决。

这里顺便提一下独孤及的学生梁肃。他的理论很多是和独孤及一致的，比较值得重视的是他的“文气说”。他说：

> 文本于道，失道则博（一作“传”）之以气，气不足则饰之以

① 独孤及《毗陵集》卷十三《检校尚书吏部员外郎赵郡李公中集序》。
② 《全唐文》卷五百十八梁肃《常州刺史独孤君集后序》。

辞。盖道能兼气，气能兼辞，辞不当，则文斯败矣。[①]

梁肃论“气”，是把“气”和“道”联系在一起来说的，同时又强调“气”对于文辞的重要作用。他所说的“气”，根源于“道”，是指由“道”所培养的正气而言，所以他认为“道能兼气”。这一点，显然和曹丕《典论·论文》所说的“气”有所不同，而和孟子所说的“气”则比较近似。《典论·论文》说：“文以气为主。气之清浊有体，不可力强而致。譬诸音乐，典度虽均，节奏同检，至于引气不齐，巧拙有素，虽在父兄，不能以移子弟。”[②]这段文字第一句所说的“气”，指的是文章的气势声调；后面几句中所说的“气”，主要是指作者秉赋的才气和体气。由于曹丕认为文章的气势声调都来源于作者秉赋的才气及体气，所以实际上仍然是一个东西。孟子的“养气”说则不同。他说：“我善养吾浩然之气。……其为气也，至大至刚，以直养而无害，则塞于天地之间。其为气也，配义与道；无是，馁也。是集义所生者，非义袭而取之也。行有不慊于心，则馁矣。”[③]孟子谈养气，其目的虽不在于为文，但对他的为文也不无影响。他所谈的“气”，也与“道”、“义”有密切联系，所谓“配义与道”，与梁肃的“道能兼气”说实际上是相同的。关于唐代古文理论中的“文气”问题，虽早于梁肃近百年的令狐德棻就已经在《周书·王褒庾信传论》中提到，但并未加以论述。像梁肃这样有所论述的，恐怕还是第一个。

唐代古文理论，到柳冕便有了较为明显的发展。柳冕是韩、柳之前比较重要的理论家，他关于“文气”问题的论述是较有价值的，他把“气”和“道”联系在一起，认为“文不及道则气衰”[④]，“文”只有以“道”为内容，“文气”才可能充足。他在《答衢州郑使君论文书》中对这个问题作了较为具体的阐述，他说：

---

① 《全唐文》卷五百十八《补阙李君前集序》。

② 《文选》卷五十二。

③ 《孟子·公孙丑上》。

④ 《唐文粹》卷八十四《答荆南裴尚书论文书》。

夫善为文者，发而为声，鼓而为气。直则气雄，精则气生，使五彩并用，而气行于其中。故虎豹之文，蔚而腾光，气也；日月之文，丽而成章，精也。精与气，天地感而变化生焉，圣人感而仁义行焉。不善为文者，反此，故变风、变雅作矣。六艺之不兴，教化之不明，此文之弊也。噫！文之无穷，而人之才有限。苟力不足者，强而为文则蹶，强而为气则竭，强而为智则拙。故言之弥多，而去之弥远。①

他认为文气问题并不仅仅是一个文章写作的技巧问题，而是和文章表现作者昂扬的志气、文章的社会教化，有着密切的关系。他以"虎豹之文"作比，认为"虎豹之文，蔚而腾光"，并不仅仅在于毛色本身的美，而是在于虎豹那种旺盛的生气。他认为只有有助于教化、能够表现作者高昂志气的作品，才能以气驭词，"五彩并用，而气行于其中"。他不孤立地抽象地谈文气，而是把它和作者在作品中所反映的志气、才气以及文章鼓舞人心的教化作用联系起来，这个见解是可贵的。

在《答杨中丞论文书》中，柳冕还进一步论证了社会风气和人的志气、才气与文气的关系。柳冕所谈的"气"，有的是指风气、志气、才气而说的。他主要说明了风气和志气的关系，及风气、志气和文气的关系。他所说的"风俗养才而志气生"，意思是说社会风俗的改变有利于"养才"，往往就可以促使人们产生高昂的"志气"。他所说的"才多而养之，可以鼓天下之气"，意思是说多多地培养那种高昂的"志气"，也可以转变社会的风气。他所说的"天下之才少久矣，文章之气衰甚矣，风俗之不养才病矣，才少而气衰使然也"。这是慨叹当时社会风气不利于"养才"，直接影响到文章气势的"衰颓"。他认为"无病则气生，气生则才勇，才勇则文壮，文壮然后可以鼓天下之动"。是说没有社会的不良风气，高昂的"志气"就自然

① 《唐文粹》卷八十四。

产生；有了高昂的“志气”，人的才气便涌现出来；才气涌现了，文章的气势就会很壮；文气很壮，反过来又可以有助于社会的正气上升。也就是说，柳冕认为，风气、志气、才气、文气是交互影响的。这种理论，多少反映了一些辩证的观点。虽然贯穿在他这种论述中的一个中心思想，还是宣扬以儒家思想为本的教化论，但他“文气说”的进步性，却是显而易见的。

柳冕论“文”以教化为根本，主张文、道、教三者密切结合，其“教化说”的指导思想，也是尧、舜、周、孔的儒家之道。他认为“学其道不知其文，君子耻之；学其文不知其教，君子亦耻之”①。这与韩愈在《题(欧阳生)哀辞后》所说的“学古道则欲兼通其辞，通其辞者，本志乎古道者也”②，在提法上极相近似。只是柳冕强调从教化出发，而韩愈则是从载道出发的。

柳冕既重视“道”，也重视“文”，认为“道”能发挥教化的作用，必须通过“文”。他以“文”、“道”并重作为评骘人物的标准，说：“文而知道，二者兼难。兼之者大君子之事。”③又说：“言而不能文，非君子之儒也；文而不知道，亦非君子之儒也。”④在这种思想指导下，他推重的几乎都是儒学大师，而对屈、宋以后的辞赋家和魏晋南北朝文学，也几乎全都采取否定的态度。比如他对屈原的辞赋，就一概斥之为“亡国之音”⑤，认为“文与教分而为二”，是由于“骚人”的出现而造成的⑥。这种狭隘的尊经观念所带来的偏见，虽然在柳冕以前(如王勃、萧颖士、李华等)就已存在，但柳冕却似乎表现得更为简单粗暴。当然，我们指出他狭隘的尊经观念在文学批评上所反映出来的某些偏见，并不意味着对他主张文、道、教三者结合的学说的否定。他强调以教化论文，比较能注意到文学的社

①③ 《唐文粹》卷八十四《答荆州张尚书论文书》。

② 韩愈《韩昌黎集》卷二十二。

④ 《唐文粹》卷八十四《答衢州郑使君论文书》。

⑤ 《全唐文》卷五百二十七《谢杜相公论房杜二相书》。

⑥ 《唐文粹》卷八十四《答荆南裴尚书论文书》。

会教育作用，这比完全空洞地以儒道论文，还是有其积极意义的。

通过以上对陈子昂、刘知几、萧颖士、李华、独孤及、梁肃、柳冕等人古文理论的考察，我们可以看出，盛唐古文理论比初唐已有了明显的发展：他们改变了初唐古文革新所采取的折衷调和的态度，初步注意到了把古文理论和自己的写作实践结合起来；他们接过古文必须宗经、载道的口号，强调它的社会教化的作用；他们在古文理论中论述了“文气”问题，有一些较好的见解。这个时期古文理论的缺点，和初唐时期一样，主要是狭隘的尊经观念，束缚了活泼的文艺思想；在片面地推尊儒家经典的思想指导下，认不清文学作品的特点，因而对屈、宋以下的辞赋，都一概采取了否定的态度；由于他们片面地强调载道，狭隘地理解文章的教化作用，使有些文章就往往散发出一种封建说教的气息。

我们从上述诸人的古文理论中可以清楚地看到，在韩愈、柳宗元出来倡导古文运动之前，文坛上关于古文必须宗经、载道的思想，已经提得相当明确，而且这些主张的基本精神，和后来韩愈、柳宗元的主张大体是一致的。这种与古文革新相结合的复古思潮的逐渐高涨，开启了韩、柳所倡导的古文运动的先河。

婉约派词研究中的几个问题

在我国文学史上，从温庭筠、李煜、二晏、欧阳修直到张炎、王沂孙，这三百多年间，婉约派词人的创作，虽也迭有变化，但他们在作品中所表现的对待现实人生的态度，所反映的精神面貌、美学趣味，在基本倾向上却比较一致。因此，他们的词都具有一个共同的特点，这就是：以委婉闲雅的笔触，来抒写缠绵悱恻的情思。无论是写伤春、悲秋、离别、相思，都显得十分迷离惝怳，柔靡虚华。虽其中也不无佳作，但有不少作品却存在着较为浓厚的感伤情调，有的还不免流于色情。这些作品，由于在艺术上创造性地吸取了过去许多抒情诗的表现手法，再加上词这种体裁适宜于抒情，具有丰富的音乐性，很容易迷惑一些人，这对广大读者的思想影响，无疑是非常不好的。因此，古典文学工作者在清理婉约派词的过程中，必须以高度的政治责任感，根据马克思主义对待文化遗产的原则，用历史唯物主义的观点和阶级分析的方法，严格地进行分析和批判。这样可以有助于读者正确地对待这份遗产，批判地从中吸收对今天还有用的部分。最近读了一些近年来发表的有关研究婉约派词的论文和著作，感到有一些问题，需要提出来研究，诸如“爱情”与“色情”到底有没有区别？如何看待婉约派词存在的“毒素”？究竟以什么标准评价婉约派词人？等等。本文试就这些问题谈一点粗浅的看法，以就正于专家和读者。

一

“词为艳科”，“诗庄而词媚”，这是婉约派词人对词的基本观念。他们认为词就是为了“娱宾遣兴”①，“用佐清欢”②，没有更多的社会功用。这种对词的认识，直接影响了词的创作。由于婉约派词人往往以轻佻的笔墨来反映贵族士大夫荒淫糜烂的生活及其精神状态，因而在他们的创作中曾出现了不少轻浮绮靡的色情作品。据清人叶申芗所辑《本事词》的记载，有许多为历来封建文人欣赏的婉约派词人的“名作”，就是在酒筵歌席、花间月下与娼妓、歌女、姬妾等寻欢作乐时写成的。如欧阳修的《临江仙》（“柳外轻雷池上雨”）、张先的《谢池春慢》（“缭墙重院”）、秦观的《南歌子》（“玉漏迢迢尽”）、贺铸的《石州引》（“薄雨初寒”）、周邦彦的《少年游》（“并刀如水”）、晏几道的《生查子》（“远山眉黛长”）、姜夔的《少年游》（“双螺未合”）、吴文英的《醉落魄》（“春温红玉”）、史达祖的《汉宫春》（“花隔东垣”）、张炎的《清平乐》（“候虫凄断”）等等，等等。这一类作品，大都以娼妓、歌女等作为描写的对象，内容不外乎描写恋情相思、酣歌妙舞，或以华靡的文词来描摹妇女的体态和风情。虽然有的绘声绘色，刻画细致，但就其艳冶绮靡和庸俗低级的情味来说，却是与六朝的宫体诗一脉相承的。

近年以来，有些同志对于这样的作品却表现了极其赞赏的态度。有些词的选本，大量选录这方面的作品，并用现代汉语翻译后向广大读者推荐③；有些研究词的文章也大事渲染，用欣赏的态度对待这些作品。明明是玩弄女性，却说成是真诚相爱；明明是肮脏丑恶，却说成是纯洁真挚；明明是“色情”，却说成是“爱情”。“色

---

① 陈世修《阳春集序》。

② 欧阳修《采桑子·题序》。

③ 如黄公渚《欧阳修词选译》。

情”与“爱情”，在有些同志的笔底下似乎并没有多大区别。

就以欧阳修的《临江仙》（“柳外轻雷池上雨”）这首词来说吧。明人蒋一葵在《尧山堂外纪》中曾有一段关于此词本事的记载，可供我们参考：“欧阳永叔任河南推官，亲一妓。时钱文僖为西京留守，一日宴于后园，客集而欧与妓俱不至，移时方来。诘之，妓云：‘中暑往凉堂睡，觉失金钗，犹未见。’钱曰：‘乞得欧阳推官一词，当即偿汝。’永叔即席赋《临江仙》词云云。坐皆击节，命妓满斟送欧，而令公库偿钗。”这说明此词系欧阳修在席间为妓女乞偿金钗而作。一群大官僚在宴会时玩弄妓女，借她寻欢作乐，其趣味庸俗低级是可想而知的。这首词虽然写得比较含蓄，但格调还是不高的。但有些谈“词的欣赏”的文章，对这样的作品却极为欣赏，认为其中写的是“当时青年男女在爱情上的愿望”，而且认为“具有一定民主思想”①。这与作品本身实际所表现的思想倾向，距离是多么遥远！

在对李煜艳情词的研究中，也有类似的情况。

今存李煜的《菩萨蛮》（“花明月暗笼轻雾”、“蓬莱院闭天台女”、“铜簧韵脆锵寒竹”）三首，一般认为都是他与小周后私通时所作。有的同志在研究这些作品时，认为它们都“是表现了一定程度的爱情生活的”，“不能等同于孙光宪、柳永、周邦彦等在一部分词里所描写的狎妓行为”。其理由是：“后来李煜纳昭惠后的妹妹做小周后了，而且得到专宠”，“他们之间的爱情是相当深厚的”②。

我感到这里有两个问题必须辨明：

第一，李煜与小周后究竟有没有“爱情”？有什么样的“爱情”？是不是因“得到专宠”而“相当深厚”？据现有材料的记载来看，“后

---

① 王季思《词的欣赏》（《文艺报》1963 年第 2 期）。黄公渚《欧阳修词选译·前言》也有类似的观点，把色情成分很重的作品说成“有进步性”。

② 詹安泰《李璟李煜词·前言》，人民文学出版社 1958 年版。

主器轻志放"[①]，"性骄侈，好声色"[②]，"纵侈无度"[③]，做了皇帝立小周后以后，依然还要上妓院鬼混[④]。这样的人懂不懂什么叫"爱情"，就大可怀疑。再说李煜在大周后未死之前便与小周后偷情，这能说是什么"爱情"？"李煜纳昭惠后的妹妹做小周后"之后，"他们之间的爱情"是不是真的"相当深厚"呢？事实也并非如此。《避暑漫抄》说，"李煜在国，微行倡家"。而且他在宫里与宫女们的关系，与其他荒淫的君主一样，也是乌七八糟的[⑤]。他甚至在做了阶下囚之后，还在为"嫔妾散落，郁郁不自聊"[⑥]。我们难道能说李煜与小周后有什么"相当深厚"的"爱情"么？李煜与小周后的关系究竟是"爱情"还是"色情"，难道还不明白吗？

第二，单就李煜所作三首《菩萨蛮》本身来看，是否"表现了一定程度的爱情"，或"不能等同于一般封建帝王的荒淫生活的表现"呢？是否因为"后来李煜纳昭惠后的妹妹做小周后"，因而他描写偷情的作品就比"孙光宪、柳永、周邦彦等在一部分词里所描写的狎妓行为"要高尚一等呢？是否他"这类写法，更具有感染人的力量"，更具有"强大的吸引力"呢？我们的回答也是否定的。首先，根据现在能够见到的材料，已无法说明李煜真正懂得什么"爱情"，或"不能等同于一般封建帝王的荒淫生活"。就作品的内容来说，这三首词也明明都是以极其轻佻、庸俗的情调描写偷情，实在都是猥亵不堪。把明显地充满着色情描写的无聊作品，解释成"表现了一定程度的爱情"，实令人难以理解！"孙光宪、柳永、周邦彦等在一部分词里所描写的狎妓行为"，确实也有一些是涉于猥亵下流的，但很难说李煜这类作品比他们高尚！至于像李煜那样描写色

---

① 陆游《南唐书》卷七《钟谟传》。

② 欧阳修《五代史记》卷六十二。

③ 曾敏行《独醒杂志》卷一。

④ 陆游《避暑漫抄》。

⑤ 张邦基《墨庄漫录》卷二《默记》。

⑥ 陶宗仪《说郛》卷四十九引蔡絛《金玉诗话》。

情的作品究竟有没有“强大的吸引力”,有没有“感人的力量”,这是与欣赏者的思想感情、美学趣味具有密切的关系的。在有些人看来自然是会有的,但可以肯定,这决不是无产阶级的思想感情和美学趣味。

在我国诗歌史上,描写爱情生活的诗歌是有着很好的传统的。如在《诗经·国风》、汉魏乐府、唐诗、民间曲子词中就有一些优秀的作品,有的通过对爱情的描写,能够使人感到他们对封建礼教的强烈反抗;有的通过对爱情的描写,反映了当时社会的某些本质问题。它们描写悲欢离合,往往都具有高度的典型性。而婉约派词人所写的这方面的作品,就其总的倾向来看,显然并没有很好地继承这一优良传统,他们有不少作品为封建统治阶级的糜烂生活进行粉饰和点缀,浓厚地散发着没落阶级的颓废情调。作品中女子的形象,固然个个都弱不禁风,苍白无力;男子的形象,也差不多全是王孙公子、风流书生,存在着严重的病态心理。因此,即便是真正描写了爱情的作品,也总是充满着哀怨愁恨的情调,反映出他们对人生的消极与失望,不能使人从中看到他们时代的真正动向。

二

在婉约派词人的作品中,最容易毒害青年的东西,除了描写色情的作品外,还有那些感伤情调很浓,宣扬人生无常的作品。豪放派词人的有些作品虽然也有“人生如梦”的感伤情绪和宿命思想的流露,但这种情调表现得最为突出的,还是婉约派词人的一些作品。

感伤情调在古代词人的作品中比较普遍的出现,与词人所处的时代环境、生活遭遇都有一定的联系。对于这些作品,必须进行具体分析,给予应有的历史评价。但是对于那些在政治上根本反动或者具有严重毒素足以危害人民的作品,不管它有多高的艺术性,也必须采取抵制和排斥的态度。如果不是这样,那么我们的古典文学工作就会失去与现实斗争的血肉联系,就必然脱离正确的轨道而误入歧途。婉约派词人的作品，大多以感伤情绪为基调。这些作品往往都具有较高的艺术性。词人在抒写自己感伤的情怀时，往往避实就虚，通过一种象征的手法，以非常形象化的语言表现出来。由于词人往往把自己的消极思想巧妙地隐藏在这种美丽的迷雾之中，很容易使人受到毒害。尤其有一些思想感情原来并不很健康的人，当他们读到这类作品的时候，很容易引起共鸣，被带入这种如梦如幻的不健康的感伤情调之中，有的甚至会因此而意志消沉，丧失积极上进的革命精神。从过渡时期存在着尖锐而复杂的阶级斗争来考虑，为了巩固马克思列宁主义的思想阵地，抵制各种反动的、消极的思想的侵蚀，对婉约派词中一些感伤情调很重，足以毒害人民的作品采取批判和排斥的态度是完全必要的（当然不仅对婉约派词中的这些作品应该如此，对其他足以危害人民的作品也应该如此）。

然而我们有一些从事古典文学研究工作的同志却不是这样看问题的。他们说，毛主席所说的必须抵制和排斥的东西，乃是指的"'政治上根本反动的东西'，并没有包括思想感情不健康的作品"，"思想感情不健康，这和'在政治上根本反动'是两回事"，因而我们所要抵制和排斥的只是"在政治上根本反动的东西"①；他们说，婉约派词人"大多数的'刻意伤春复伤别'的作品，一般也应说是属于'政治上无害'的作品"②；他们说，对晏几道、秦观等人的"伤感缠绵之作""用思想性不高一语"来评价，那是"否定"；又说："在研究李清照时，很少去谈《声声慢》等词，而多去谈她的一些表现爱国思想的诗。"也是一种不正常的"消极抵制态度"。他们认为"担心古代文学作品中的消极作用和毒素"，"在古代文学遗产中划出许多禁地"，"是不必要的"。因而，他们主张"有毒素的东西也可以在读

① 胡念贻《谈谈我国古代文学遗产的批判继承问题》，《新建设》1962年7月号。

② 万云骏《词话论词的艺术性》，《学术月刊》1962年第2期。

者中流传”，认为这样可以“使毒素也发挥积极的作用”[①]。

我们认为上面的这些说法，是根本错误的。

毛主席在《新民主主义论》中教导我们，对待文化遗产，必须“剔除其封建性的糟粕，吸收其民主性的精华”。他所说的必须剔除的“封建性的糟粕”，明明白白是指“封建统治阶级的一切腐朽的东西”[②]，这里边当然不仅包括“政治上根本反动的东西”，也包括“思想感情不健康的”、“有毒素的东西”。可是有的同志却一口断定“‘封建性’是属于政治范畴的概念”，“封建性的糟粕”只是指“政治上根本反动的东西”；“思想感情不健康，这和‘政治上根本反动’是两回事”，因此它不属于“封建统治阶级的一切腐朽的东西”的范围之内，不应该作为“封建性的糟粕”排斥它或剔除它。这样理解毛主席著作，显然是并不符合原著的基本思想的。而且，就古典文学作品的实际状况来看，“思想感情不健康的”。“有毒素的东西”与“政治上根本反动的东西”，虽一般说来是有区别的，但也决不是截然分割、完全无关的“两回事”。因为“思想感情不健康的”、“有毒素的东西”在程度上可以有很大不同，有些作品虽然没有直接宣扬反动的政治观点，但思想感情颓废消沉，宣扬一种苟安偷生的人生态度，足以严重地毒害人们的心灵。这样的作品，即便是在文学史上有着一定的地位，但由于它对今天的读者已只能起反动的作用，自然也是应该抵制和排斥的，我们看一篇作品反动与否，固然主要看它所表现的政治观点，但检验它在我们社会主义时代所可能产生的实际影响，却是非常重要的。从这个意义上说，婉约派词中有些“思想感情不健康的”、“有毒素的东西”，由于它的毒素往往比那些“政治上根本反动的东西”表现得更为隐蔽，因此它的危害性往往更大。对于这样的作品，也都笼统地说它们”政治上无害”、“不反动”，那就势必使人丧失警觉，在客观上起宣扬“毒素”的作用。

---

① 胡念贻《谈谈我国古代文学遗产的批判继承问题》，《新建设》1962年7月号。

② 《毛泽东选集》第二卷，人民出版社1952年版，第701页。

对晏几道、秦观等人的“伤感缠绵之作’，究竟在思想性方面应该给予多高的评价，这自然是可以商量的。不过，如果因为有人说他们“伤感缠绵之作”的“思想性不高”就认为是“否定”，那么言下之意，是不是应该说那些作品的思想性很高呢？我看很难就那么说。晏几道的为人，虽然黄庭坚曾说他“仕宦连蹇，而不能一傍贵人之门”[①]；冯煦也说他是“古之伤心人”[②]。似乎他因政治地位卑微，对当时现实也有所不满，然而这在他的词中并没有明显的反映。他的词，几乎绝大部分写的是妓情的回忆和个人的哀愁，内容非常狭窄。比如他的《临江仙》（“梦后楼台高锁”）和《鹧鸪天》（“彩袖殷勤捧玉钟”），历来都被视为他的代表作。就内容来看，其实都是逢场作戏、为歌妓而作的无聊作品。前者写他对歌妓的怀恋，后者写他与歌妓的欢会，思想感情都不很健康，更难说有什么社会意义。秦观的词，古代有许多词论家是推崇备至的。他们甚至认为秦观在词的成就上超过了苏轼[③]，“前无伦而后无继”[④]。但是，也有不少词论家早就看到了他的词的根本弱点。刘熙载就认为他的词虽“自出清新”，却是“《花间》、《尊前》遗韵”[⑤]；胡仔也认为“少游词虽婉美，然格力失之弱”[⑥]。就这两派评论来看，应该说后一派的评论是比较符合秦观词的实际情况的。他的词的内容主要也不外乎两类：个人失意的哀怨和风流生活的怀恋。他抒写个人政治上遭受挫折时的哀怨情绪，风格极似李煜。代表作如《望海潮》（“梅英疏淡”）、《踏莎行》（“雾失楼台”）、《千秋岁》（“水边沙外”）等，虽都织进了其在政治上失意的哀愁，但情辞凄苦；声调低沉，感伤色彩很重，除了给读者以愁苦之感外，并不能因此而激起人们对

---

① 黄庭坚《豫章黄先生文集》卷十六《小山集序》。

② 冯煦《宋六十一家词选例言》。

③ 沈雄《古今词话》引蔡伯世语。

④ 张宗橚《词林纪事》引苏籀语。

⑤ 刘熙载《艺概·词曲概》。

⑥ 胡仔《苕溪渔隐丛话》。

那个黑暗社会的憎恨。缅怀风流生活的作品，风格上略近柳永。代表作如《满庭芳》（“山抹微云”），无论写景抒情，都极似柳永的《雨霖铃》，全词景象凄清，情绪感伤，虽刻画细密，但风力不足，气格是不高的。晏几道、秦观的名作，在思想内容上尚且如此，其余作品在思想上所达到的高度当可以想见。因此，用“思想性不高”一语来说明他们作品的内容，我看是并不委屈的。

至于李清照的作品，有人责难大家“很少去谈《声声慢》等词，而多去谈她的一些表现爱国思想的诗”，认为这也是“消极抵制的态度”。依我看，近年来李清照的词不是谈得少了，倒是谈得多了。在全国人民轰轰烈烈进行社会主义革命和社会主义建设的时代，要求更多地去宣扬“冷冷清清，凄凄惨惨戚戚”，请问：这究竟有什么好处呢？

有的同志主张让“有毒素的东西也可以在读者中流传”，让大家去读那些“具有消极思想、反动思想而又具有一定艺术性的作品”，反对古典文学中有什么“禁地”，认为那样可以“使毒素也发挥积极的作用”。这种主张和要求，是根本违反毛泽东思想的，实质上是要求在古典文学领域中实行资产阶级自由化的方针的反映。毛主席说：“内容愈反动的作品而又愈带艺术性，就愈能毒害人民，就愈应该排斥。”①一个对无产阶级革命事业具有高度的责任感的人，是应该持有这样的态度的。就古典文学工作的现状来看，不是“有毒素的东西”“在读者中流传”少了，恰好正是由于过去采取“抵制的态度”不够，因而曾经让有些“有毒素的东西”在读者中产生了一些不良的影响。现在的问题，恰好不是不要有“禁地”，而是为了广大人民革命的利益和需要，必须进一步加强抵制的工作。

三

究竟以什么标准来评价婉约派的词，目前学术界也存在着一

---

① 《毛泽东选集》第三卷，第871页。

些原则性的分歧。

有的文章作者对学术界关于婉约派词的研究曾提出了这样一种批评性的意见,他说“婉约派的词”,“其表现手法,有时比较曲折而深婉,仓卒之间,不易领会其佳处,因此在某些文学史或某些论文中,有估价偏低的现象”。他认为像周邦彦等婉约派词人,“在前人的评论中”,“多数认为是比较优秀的作家”,今天对他们评价不高,“这种古今评价的纷歧”,“不仅关联着这些词人在词史上的地位’、“作用与影响”,“而且还关联着我们今天如何对词这种艺术遗产的批判地继承问题”[①]。

对周邦彦等婉约派词人评价的高低有不同意见,当然可以讨论。不过就这位同志的意见来看,似乎评价婉约派词人就不应有“古今评价的纷歧”,否则就会“估价偏低”,就会关联到他们的地位、作用与影响,关联到对待遗产的批判继承问题。这种观点,实际就是要求我们以古人的批评标准去评价婉约派词人,要求我们在古人的背后亦步亦趋,以古人的意见为意见。

关于文艺批评的标准问题,毛主席早就明确地教导我们:“我们不但否认抽象的绝对不变的政治标准,也否认抽象的绝对不变的艺术标准,各个阶级社会中的各个阶级都有不同的政治标准和不同的艺术标准。但是任何阶级社会中的任何阶级,总是以政治标准放在第一位,以艺术标准放在第二位的。资产阶级对于无产阶级的文学艺术作品,不管其艺术成就怎样高,总是排斥的。无产阶级对于过去时代的文学艺术作品,也必须首先检查它们对待人民的态度如何,在历史上有无进步意义,而分别采取不同态度。”[②]这段话,给了我们以下三个重要原则:(一)文艺批评的标准具有鲜明的阶级性,古往今来各个阶级通用的批评标准是没有的;(二)评价任何作品,应该政治标准第一,艺术标准第二;(三)对

① 万云骏《词话论词的艺术性》,《学术月刊》1962年第2期。
② 《毛泽东选集》第三卷,第871页。

待人民的态度如何,在历史上有无进步意义,是我们评价古代作品的依据。毛主席指示我们的这些重要原则,是根据无产阶级革命的政治利益和需要作为出发点的。其总的精神,就是要求我们革命的文艺批评家,在文艺批评的工作中,必须坚持无产阶级的文艺批评标准,必须坚持无产阶级的鲜明的阶级观点和阶级分析方法。

按照毛主席指示的原则来衡量周邦彦等婉约派词人的作品,很明显地可以看出它们在总的思想倾向上所存在的严重弱点。如果我们把婉约派的词大体分作三大类:有益、无害、有害。那么在第一类作品中,连近似唐诗中“三吏”、“三别”、《新乐府》、《秦中吟》那样反映人民生活疾苦的作品,都无法找到一篇。在思想上能给我们启发、具有一定的认识价值的作品,也为数不多。第二类作品有一定数量,但主要是写景咏物、描写都市形胜,一般都没有表现或没有明确表现对待人民和社会现实的态度。第三类作品可以说数量不少。这类作品,一般都没有直接在政治态度上表示反对人民,大多只是词人抒写个人的感情,但是在他们感情的细流里却往往浸透着没落阶级颓废消极的情调,有的还明显地宣扬色情,宣扬玩世不恭的人生态度。在这类作品中,有的曾经是在文学史上为人传诵的名篇,也可能有一定的历史地位,但由于时代的发展,它们在思想上就会对今天的读者产生不良的作用。

根据我个人的看法,婉约派词人在艺术上虽有一定的成就,但由于他们很少反映当时的时代精神,很少抒写当时人民的感情,因此总的评价不可能是很高的。我们决不能仅仅因为看到“其表现手法,有时比较曲折而深婉”,因而抬高对他们的评价。更不能因为古人说他们是“优秀的作家”,我们就一定得把他们评价很高。古代的词论家,他们总是按照他们彼时彼地的需要,自觉地或不自觉地从他们阶级的利益和艺术趣味出发来评价古代的词人和作品的;而今天,无产阶级的文艺批评家则要求从我们此时此地人民革命事业的需要出发,以无产阶级的文艺批评的标准来评价古代的词人和作品。由于时代不同、阶级立场不同、批评标准不同,对古代词人和作品的评价,就有可能存在着“古今评价的纷歧”。古人认为美的、评价很高的作品，很有可能在我们看来并不美，不能给予很高的评价；反之，古人认为丑的、评价很低的作品，也有可能在我们看来并不丑，而应给予较高的评价。这种“古今评价的纷歧”，是一种很自然的正常现象，并没有什么可以奇怪的。如果说，我们在评价古代词人和作品的时候，不承认古今评价可以有纷歧，处处迎合古人意见，那就势必放弃无产阶级文艺批评的标准，使自己的研究工作脱离无产阶级的政治利益和需要，走上复古主义的歧途。这样的研究，倒真是不仅不可能对古代“词人在词史上的地位”、“作用与影响”作出正确的评价，而且也确实是“关联着我们今天如何对待词这种艺术遗产”的严重问题。

究竟以什么样的态度、什么样的批评标准来对待婉约派的词？是从无产阶级文艺批评的标准出发，还是从古人的意见出发？归根结蒂是在词的研究领域内要不要树立马克思列宁主义批判旗帜的问题。古人对婉约派词的研究，有一些精辟见解自然是可以参考的，但参考决不能就是代替。如周扬同志所说，我们“应该鼓励那些敢于跳出前人的窠臼，用马克思列宁主义观点去重新评价历史，研究历史经验，提出新命题、新观点的人，鼓励他们的批判精神和理论勇气。在科学工作中，没有这种革命的标新立异的勇气，永远不可能取得新的成就，科学工作永远不可能得到发展”①。墨守陈规，以古人的意见为意见，这不仅不符合马克思列宁主义对待文学遗产的基本精神，而且实际上也就等于否定了我们研究文学遗产的意义。因为，既然一切古代文学现象都已有古人作过研究，下过结论，拿来即可，那还有什么进行研究的必要呢？

---

① 周扬《哲学社会科学工作者的战斗任务》，人民出版社 1963 年版，第 307 页。

刘知几《史通》的史传文学理论

我国古代的史学与文学，二者往往相通。例如《左传》、《国语》、《史记》、《汉书》，就皆以史书而被推为文宗。《史通·载文》篇所谓“文之将史，其流一焉”。因此，《史通》中有不少篇章，也反映了作者刘知几的文学思想，它可说是我国现存第一部史评和史传文学的理论著作。

刘知几(661—721)所著《史通》二十卷，共五十二篇，其中《体统》、《纰缪》、《弛张》已亡佚，现存四十九篇(包括内篇三十六篇，外篇十三篇)。

《史通》所论，内容详博，除论述史籍源流、辨析史体、考证史料外，其阐述史传文学的写作经验，不乏精辟见解。宋代黄庭坚曾把它与《文心雕龙》并称，认为书中“讥弹古人，大中文病，不可不知”[①]。这个评价当然是很高的。

刘知几生活在文学家和史学家们都强烈要求改革不良文风的时代，对浮靡华丽的文风深有不满，极力鼓吹文章必须切合实用，有益于教化。在《载文》篇中，他认为无论是为文或作史，都应该“不虚美，不隐恶”，他说：

> 至如诗有韦孟《讽谏》，赋有赵壹《嫉邪》，篇则贾谊《过秦》，论则班彪《王命》，张华述箴于女史，张载题铭于剑阁，诸

---

① 黄庭坚《山谷老人刀笔》卷二《与王立之承奉直方》。

葛表主以出师，王昶书字以诫子，刘向、谷永之上疏，晁错、李固之对策，荀伯子之弹文，山巨源之启事，此皆言成轨则，为世龟镜。

又说：

若马卿之《子虚》、《上林》，扬雄之《甘泉》、《羽猎》，班固《两都》，马融《广成》，喻过其体，词没其义，繁华而失实，流宕而忘返，无裨劝奖，有长奸诈。而前后《史》、《汉》，皆书诸列传，不其谬乎？

这两段文字，一扬一贬，可以清楚地看出刘知几对文章教化作用的重视。他赞赏韦孟、赵壹、贾谊、班彪、张华、张载、诸葛亮、晁错等人的作品，就在于这些作品言之有物，能够“言成轨则，为世龟镜”，发挥其美刺的教育作用。他批评司马相如、扬雄、班固、马融等人的辞赋，就因为这些作品“喻过其体，词没其义”，“无裨劝奖，有长奸诈”。他甚至因此而批评《史记》和前后《汉书》的作者为这些人立传是个错误。

刘知几认为史传文学必须求真。强调“良史要以实录直书为贵”，真正做到“爱而知其丑，憎而知其善，善恶必出”①，所谓“是以美者，因其美而美之，虽有其恶，不加毁也；恶者，因其恶而恶之，虽有其美，不加誉也”。为什么这样呢？因为他认为求真就必须忠实于事实本身，而忠实于事实本身就可以有褒贬讽谕的作用。他说：

况史之为务，申以劝诫，树之风声，其有贼臣逆子，淫君乱主，苟直书其事，不掩其瑕，则秽迹彰于一朝，恶名被于千载。

① 刘知几《史通》卷十四《惑经》。

言之若是，吁可畏乎！[①]

又说：

夫所谓直笔者，不掩恶，不虚美，书之有益于褒贬，不书无损于劝诫，但举其宏纲，存其大体而已，非谓丝毫必录，琐细无遗者也。[②]

他主张"直书其事"，目的还在于教化，即让事实来发挥惩恶劝善的作用。由于刘知几以此作为论史论文的着眼点，所以他重视修史实录，明显地远胜于为文创作。他告诫史家不应以为文之笔来修史。例如《鉴识》篇说：

夫史之叙事也，当辩而不华，质而不俚，其文直，其事核，若斯而已可也。必令同文举之含异，等公幹之有逸，如子云之含章，类长卿之飞藻，此乃绮扬绣合，雕章缛彩，欲称实录，其可得乎？

他强调修史与为文两者之间的区别，认为历史著作重在实录，"当辩而不华，质而不俚，其文直，其事核"，决不能像文学创作那样去追求"绮扬绣合，雕章缛彩"，以致损害历史的真实性。从写史必须强调真实，不能像纯文学那样可以想象虚构来说，刘知几的这个论述是完全正确的。

基于这种认识，《史通》反对骈俪藻饰之文，甚为突出。如《核才》篇说：

略观近代，有齿迹文章而兼修史传，其为式也，罗含、谢客

① 刘知几《史通》卷七《直书》。
② 同上卷十八《杂说下》。

(谢灵运)宛为歌颂之文,萧绎、江淹直成铭赞之序;温子升尤工复语,卢思道雅好丽词,江总猖獗以沈迷,庾信轻薄而流宕:此其大较也。然向之数子所撰者,盖不过偏记、杂说、小卷、短书而已,犹且乖滥踳驳,一至于斯!而况责之以刊勒一家,弥纶一代,使其始末圆备,表里无咎,盖亦难矣。

这里,他对罗含、谢灵运、萧绎、江淹、温子升、卢思道、江总、庾信等人的文风表示不满,批评他们所写史传"乖滥踳驳",根本不像史传,"不过偏记、杂说、小卷、短书而已"。其实,刘知几的批评,其攻击的真正矛头,还是指向那种不良文风影响下的唐初文坛。在《叙事》篇中,他就批评"今之所作","或虚加练饰,轻事雕彩;或体兼赋颂,词类俳优"。他批评魏晋南北朝的骈俪文风,给许多史书的论赞带来了不良影响,使它们"大抵皆华多于实,理少于文,鼓其雄辞,夸其俪事"①。

应该指出,刘知几强调史传必须注重真实,反对骈俪藻饰之文,并非意味着他一概反对文学,反对一切必要的文采。他在《载文》篇就说:

夫观乎人文,以化成天下;观乎国风,以察兴亡。是知文之为用,远矣大矣。若乃宣、僖善政,其美载于周诗;怀、襄不道,其恶存于楚赋。读者不以吉甫、奚斯为谄,屈平、宋玉为谤者,何也?盖不虚美、不隐恶故也。是则文之将史,其流一焉,固可以方驾南、董,俱称良直者矣。……且汉代词赋,虽云虚矫,自余它文,大抵犹实。至于魏晋已下,则讹谬雷同。榷而论之,其失有五:一曰虚设,二曰厚颜,三曰假手,四曰自戾,五曰一概。……考兹五失,以寻文义,虽事皆形似,而言必凭虚。夫镂冰为壁,不可得而用也;画地为饼,不可得而食也。是以

① 刘知几《史通》卷四《论赞》。

行之于世，则上下相蒙；传之于后，则示人不信。

他认为文学与史学一样，同样有对社会起褒贬善恶的作用，所谓观民风，察兴亡，其根本之点，就在于它必须真实地反映它的时代。他肯定《诗经》、《楚辞》，并给予较高评价，就因为它们“不虚美，不隐恶”。他表明他所反对的，主要是魏晋以来所风靡的那些言而不实、内容虚伪的作品，因为这些作品如“镂冰为璧”，“画地为饼”，毫无实用价值，而且“上下相蒙”，“示人不信”，有害于世教。在刘知几看来，无论诗歌辞赋或其他任何作品，只要内容真实，可以传信，就都应该赞许。否则，单凭辞藻华丽，音节铿锵，也决没有传世的价值。这说明刘知几对待文学和对待史学一样，也是以求真作为首要的标准的。他肯定《楚辞》，赞美屈原以驰骋想象富于浪漫主义的创作方法，来反映“怀、襄不道”，甚至认为“汉代词赋，虽云虚矫，自余它文，大抵犹实”，似乎表明他也承认艺术的真实。但总的看来，他对文学创作中的虚构和想象，否定多于肯定，说明他对文学的艺术特征，文学与史学的不同，认识还是并不那么十分明确的。

刘知几反对骈俪文风，与他在作品内容上重视求实的主张是紧密联系在一起的。他在《载文》篇说：“凡今之为史而载文也，苟能拨浮华，采真实，亦可使夫雕虫小技者闻义而知徙矣。此乃禁淫之堤防，持雅之管辖，凡为载削者，可不务乎？”说明他反对的是浮华失实有碍教化的文风，并非反对一切必要的文采。他在《杂说中》对苏绰主张“军国词令，皆准《尚书》”之说，曾表示不满，认为“绰文虽去彼淫丽，存兹典实，而陷于矫枉过正之失，乖夫适俗随时之义。苟记言若是，则其谬逾多”。对于写史传文章，刘知几强调还是应该适当讲究文采的。所谓“书功过，记善恶，文而不丽，质而非野；使人味其滋旨，怀其德音，三复忘疲，百遍无斁”[①]，就是要求

① 刘知几《史通》卷六《叙事》。

文采必须适合表达内容的需要，既能引起读者阅读的兴味，读百遍而不厌，又能使读者从中得到教益，“怀其德音”。

他对史传文学在写作上的具体要求，其实就是他在《叙事》篇中所概括的三句话：“文约而事丰”，“言近而旨远”，“辞浅而义深”。这些要求当然都是很高的。

要求叙事简洁生动，《史通》中有不少精到的论述。刘知几认为，“叙事之工者，以简要为主”，而“述作之尤美者”，应“文约而事丰”。他批评从晋代以后，史文益趋繁冗，以致“一行之间，必谬增数字；尺纸之内，恒虚费数行”。这种弊端的产生，与骈体文的影响有很大关系。为史传者，文多藻饰，“大抵编字不只，捶句皆双，修短取均，奇偶相配。故应以一言蔽之者，辄足为二言；应以三句成文者，必分为四句。弥漫重沓，不知所裁”。因而“芜音累句”，充斥篇章[①]。刘知几提倡作史传应“以简要为主”，主张“文约而事丰”，正是针对这种不良文风而发的。

刘知几认为，要使“文约而事丰”，应该从两方面入手：一是表现方法方面，一是修辞技巧方面。关于前者，他说：“叙事之体，其别有四：有直纪其才行者，有唯书其事迹者，有因言语而可知者，有假赞论而自见者。”这四种方法，只须根据具体情况，灵活地采用其中的一种，不必“兼而毕书”，否则就可能形成繁冗。关于后者，他说：“叙事之省，其流有二焉：一曰省句，二曰省字。”所谓“省句”，即不“必事加再述”，而“省字”则要求尽去“烦字”。否则，“句尽余剩，字皆重复”，文章就必然“烦芜”。

为了使史传文章能“言近而旨远”，“词浅而义深”，刘知几在《叙事》篇中进一步提出了“用晦”的问题。所谓“用晦”，决不是提倡晦涩，把文章写得晦涩难懂，而是要求作者能从最纷繁的事物中，抓住最富有特征性的本质的东西来加以表现。他说：

---

① 刘知几《史通》卷六《叙事》。

章句之言，有显有晦。显也者，繁辞缛说，理尽于篇中；晦也者，省字约文，事溢于句外。然则晦之将显，优劣不同，较可知矣。夫能略小存大，举重明轻，一言而巨细咸该，片语而洪纤靡漏，此皆用晦之道也。

从表面来看，这好像是“文约而事丰”说法的进一步发挥，其实这已不是一般地谈语言的简洁问题，而是一种要求更高的艺术表现方法。所谓“略小存大，举重明轻”，使读者可以“望表而知里，扪毛而辨骨，睹一事于句中，反三隅于字外”，这就与选材和表现方法有着密切的关系。

关于选材，刘知几认为，既要注意“博采”，又要注意“善择”。撰写史传，作者首先要做的就是广泛搜集材料，不但要看官方记事载言的材料，而且应该“征求异说，采摭群言”①。假如“不窥别录，不讨异书”②，材料就可能相当贫乏。但是，材料多了，写史传也不能“务多为美，聚博为功”③，不能把所有材料都不加选择地写入作品，这就有一个善于选择题材的问题。在刘知几看来，文章的选材，就好比“涉海求鱼，登山采木，至于鳞介修短，柯条巨细，盖在择之而已”④。“择”的标准是什么？就是既能起惩恶劝善的教化作用，又能“睹一事于句中，反三隅于字外”，即选取那种最富有特征能反映事物本质的题材。他反对有些史传文学选材的芜杂，反对把怪诞迷信的异闻细事纳入史传文学，也反对“以虚为实，移的就箭，曲取相谐”⑤的选材态度。认为撰写史传时那种“不避强御”，“无所阿容”⑥的直笔精神，只有正直无私、胸怀坦荡的作者，才能真正做到。

关于语言的运用问题，刘知几反对盲目地模仿古文，用古语代

①③ 刘知几《史通》卷五《采撰》。
② 同上卷十《杂述》。
④⑤ 同上卷三《书志》。
⑥ 同上卷七《直书》。

替今词，主张运用语言也必须崇实求真，有发展的观点。在《言语》篇中，他以《春秋》三传的语言不同于《尚书》，“两汉之词”不同于《战国策》，来说明随着民俗的“递改”，“岁时之不同”，语言也会有变化和发展。他批评当时有些人认识不到这一点，因而依仿旧辞，模拟成风。他说：

> 后来作者，通无远识，记其当世口语，罕能从实而书，方复追效昔人，示其稽古。是以好丘明者，则偏模《左传》，爱子长者，则全学史公。用使周、秦言辞，见于魏、晋之代，楚、汉应对，行乎宋、齐之日。而伪修混沌，失彼天然，今古以之不纯，真伪由其相乱。

在隋及唐初的文坛上，人们反对六朝以来的骈俪文风，在复古主义思想的指导下，拟古仿古成风，因而“记其当世口语，罕能从实而书”。刘知几指出，这种在语言运用方面出现的新的不良倾向，同样是“华而不实，过莫大焉”。为了纠正这种倾向，以便能更真实地记言记事，使读者能从中了解当时社会的时代风貌，他强调作史传应该运用当代的语言。他在《杂说中》中，就曾对王劭在《齐志》中“多记当时鄙言”表示极大的赞赏。他认为“《六经》、诸子”多用“晋、楚方言，齐、鲁俗语”；“自汉已降，风俗屡迁”，史籍中也都作了不同的反映；由于一切事物都是“因地而变，随时而革”，只有采用当代语言来记事记言，才有可能“知甿俗之有殊，验土风之不类”，反映出不同的时代风貌。刘知几曾指出，贵古非今，是人们在作品评论中往往常有的一种恶习。他说：

> 盖江芈骂商臣曰：“呼！役夫！宜君王废汝而立职。”汉王怒郦生曰：“竖儒！几败乃公事。”单固谓杨康曰：“老奴！汝死自其分。”乐广叹卫玠曰：“谁家生得宁馨儿。”斯并当时侮嫚之词，流俗鄙俚之说，必播以唇吻，传诸讽诵，而世人皆以为上之二言，不失清雅，而下之两句，殊为鲁朴者，何哉？盖楚、汉

世隔，事已成古；魏、晋年近，言犹类今，已古者即谓其文，犹今者乃惊其质。夫天地长久，风俗无恒，后之视今，亦犹今之视昔。而作者皆怯书今语，勇效昔言，不其惑乎！[①]

文中所举四例，本都是当时的“侮嫚之词”，“流俗鄙俚之说”，但随着时间推移，前二例[②]，因时隔久远，“事已成古”，即赞其“不失清雅”，后二例[③]，因“魏、晋年近，言犹类今”，则斥其“殊为鲁朴”。“已古者即谓之文，犹今者乃惊其质”，生动地说明那些崇古非今的人，所谓“清雅”、“鲁朴”，并没有一个正确的客观标准。只要是古的，便一切都好。他们不懂得“天地长久，风俗无恒，后之视今，亦犹今之视昔”的道理，以致写作时“怯书今语，勇效昔言”。这种做法，违反了自然发展的规律，是甚为可笑的。

刘知几反对盲目地模仿古人，但并非一概地反对向古人学习、模拟。他甚至认为模拟有时还很重要，他在《模拟》篇中把模拟分作两种：一种“貌同而心异”，一种“貌异而心同”。他认为“貌同而心异者”属“模拟之下”，而“貌异而心同者”才是“模拟之上”。他举谯周《古史考》、干宝《晋纪》、孙盛《魏晋二阳秋》（包括《魏春秋》、《晋阳秋》二书）之拟《春秋》、吴均《齐春秋》之拟《公羊》、令狐德棻《周书》之拟《汉书》等为例，来说明他们只是生硬地“编次古文，撰叙今事”，不可能准确地反映历史面貌。像这样“貌同而心异”的模拟，当然不足为训。他又举干宝《晋纪》、裴子野《宋略》之拟《左传》等为例，来说明“貌异而心同”的模拟。“非如图画之写真，镕铸之象物，以此而似”；其所以为似者，主要在于“取其道术相会，义理玄同”，这就是要求结合实际，从精神实质上学习古人，而不是机械地搬用古书的语言。只有做到了神似，才是“模拟之上”。

---

① 刘知几《史通》卷六《言语》。

② 见于《左传》、《汉书》。

③ 见于《三国志》、《晋书》。

刘知几的这些理论，对后来我国史传文学和叙事文学的发展，产生过有益的影响；对后来古文家的文论，也起过奠基的作用。韩愈在《答刘正夫书》中所说的为文“宜师古圣贤人”，但当“师其意不师其辞”，“能自树立不因循”；在《樊绍述墓志铭》所说的“惟古于词必已出，降而不能乃剽贼”，与《史通》中的“貌异心同”说就颇有近似之处。其他如写作方法、批评鉴赏、语言运用，对后人也曾产生过广泛的影响。刘知几在史传文学理论方面作出了新的重要贡献，遗憾的是，他自己的写作并未能完全实践他自己的理论，骈体文对其写作的影响也还是较深的。

皎然《诗式》蠡谈

一

唐代诗歌理论，在盛唐诗歌创作大繁荣的高潮之后，又有了新的发展，着重从艺术上总结诗歌创作经验的理论著作纷纷出现，其中独具特色影响较大的，当推皎然的《诗式》。

皎然，诗僧，本性谢，字清昼，又称昼公，浙江吴兴人，谢灵运十世孙。生卒年不详。主要活动于天宝、大历、贞元时期。辛文房《唐才子传》谓其"初入道，肄业杼山，与灵彻、陆羽同居妙喜寺"①。后与当时名士颜真卿、韦应物、李阳冰、顾况等互相唱和，"声价藉甚"，时号"江东名僧"。贞元中，湖州刺史于頔奉集贤殿御书院之命，集文士编其诗文为《杼山集》十卷（即今四部丛刊本《皎然集》），并为之序。《全唐诗》"皎然小传"谓"贞元中敕写其文集入于秘阁，诗七卷"②，盖就《杼山集》前七卷而言，因八、九两卷为文，而第十卷则为"联句"。

皎然论诗著作，据昔人著录有《诗式》、《诗评》、《诗议》、《中序》等数种。但历来众说不一，如《崇文总目》仅载《诗式》五卷；《新唐书·艺文志》、《通志·艺文略》除《诗式》五卷外，尚载《诗评》三

---

① 《唐才子传》卷四《皎然上人》。

② 《全唐诗》卷三十。

卷;《直斋书录解题》除《诗式》五卷,尚有《诗议》一卷;而《澹生堂书目》则仅载《诗议》一卷、《中序》一卷、《诗式》二卷;顾龙振《诗学指南》则分皎然诗论为《评论》、《诗式》、《诗议》三种。综观诸书著录,仿佛《诗式》、《诗评》、《诗议》、《中序》都各自成书。然据陆心源《十万卷楼丛书》所辑五卷本《诗式》,与顾龙振《诗学指南》所录《诗议》、《诗评》、《诗式》两相对校,则《诗议》为五卷本《诗式》所无,而《诗评》则大半与五卷本《诗式》相同,至于《中序》,不过是五卷本《诗式》中的一篇序文,并不能单独成书。

今传《诗式》,有一卷本与五卷本两种,如《唐宋丛书》、《学海类编》、《历代诗话》所收,都为一卷本,《中序》以后便不录。只有《十万卷楼丛书》所收,为五卷足本。《诗学指南》所收,与一卷本、五卷本又互有出入,次第亦不相同。皎然的诗论著作,在编纂上确实存在着一些混乱现象,除《诗评》大多与《诗式》雷同外,冯惟讷《诗纪别集》所引《诗议》又多同于《诗评》,而且《诗式》五卷本中篇目之排列也有不当,例如卷一多为其论诗的宗旨和基本观点,理应把《论卢藏用陈子昂集序》、《齐梁诗》、《复古通变体》、《立意总评》诸则列入卷一,而竟分别散见于卷三、卷四、卷五之中。为此,《四库全书总目》说它"殊参差可疑"①,也不是毫无根据的。

关于《诗式》五卷本的成书经过,皎然在《诗式》卷一《中序》中有如下叙述:

> 吾将深入杼峰,与松云为侣,所著《诗式》及诸文笔,并寝而不纪。……至五年夏五月,会前御史中丞李公洪……移为湖州长史……言及《诗式》……因命门人检出草本……公欣然,因请吴生相与编录,有不当者,公乃点而窜之……勒成五卷。

① 《四库全书总目》卷一百九十七"诗式"条。

这段序文，清楚地说明《诗式》的原稿并非五卷，五卷本《诗式》系湖州长史李洪在其门生吴某协助下编录点窜而成。然《四库全书总目》“疑原书散佚”，今所传乃“好事者摭拾补之”，此说则未必尽然。因《诗式》卷五《小序》有云：“时在吴兴西山，殊少诗集，古今敏手，不无阙遗，俟乎博求，续更编次。”则知此书并非在“原书散佚”后“摭拾”补辑而成。

二

《诗式》一书，比较全面地探讨了诗歌创作的法则，总结了“两汉已降，至于我唐，名篇丽句，凡若干人”的艺术经验，初步接触到了诗歌的内容、形式、风格、意境、继承、创新等问题，虽然它还只是对一些“名篇丽句”作条分缕析的理论升华，只是一些虽说深刻但还比较片断的理论材料，但只要我们把它们联系起来略加考察，便可以看出，它的诗歌理论也已经相当完整而系统。

《诗式》虽侧重在总结诗歌创作的艺术经验，但皎然并没有忽视诗歌的思想内容。他在卷首小序中，开宗明义便叙述了诗的政治伦理的教化作用。他说：

> 夫诗者，众妙之华实，《六经》之菁英，虽非圣功，妙均于圣。……洎西汉以来，文体四变。将恐《风》、《雅》寖泯，辄欲商较以正其源。今从两汉已降，至于我唐，名篇丽句，凡若干人，命曰《诗式》，使无天机者坐致天机。若君子见之，庶有益于诗教矣。

皎然把诗置于崇高的地位：诗竟然是《六经》的精华！其社会作用等同于“圣功”！皎然说明他之所以要撰写此书，总结两汉以来诗歌创作的艺术经验，让人们懂得作诗的法则，目的还在于“有益于诗教”。

《皎然集》中有些诗篇，也反映出他对诗教和儒学的重视。例如在《答苏州韦应物郎中》[1]诗中有句云：

> 诗教殆沦缺，庸音互相倾。忽观《风》《骚》韵，会我夙昔情。

在《妙喜寺达公禅斋寄李司直公孙房都曹德裕从事》[2]诗中又云：

> 我祖传《六经》，精义思朝彻。方舟颇周览，逸书亦备阅。墨家伤刻薄，儒氏知优劣。弱植庶可凋，苦心未尝辍。

这说明皎然虽是诗僧，但其儒家宗经的思想也并不那么淡泊。他不满于那些诗格不高的平庸诗风，强调要继承《诗经》、《楚辞》的传统，这一点与陈子昂、杜甫也有近似之处。正因为如此，所以在他的诗集中，也有相当数量反映现实的诗篇，以至采用乐府诗的形式来写《从军行》、《陇头水》和《塞下曲》等现实性较强的诗歌。在《诗式》中，皎然对王粲《七哀诗》描写汉末战乱中人民流离、白骨蔽野的悲惨景象，寄予深切的同情，称赞王粲诗"语与兴驱，势逐情起，不由作意，气格自高"，表明他主张继承《风》、《骚》传统，并非完全是一句空话。

在这种"诗教"思想的指导下，皎然在《诗式》中曾提出了"诗体"论与"诗德"论，来论证诗道之重要。他把诗体分十九个字来概括，其中属于思想内容方面的，有如下九种：

> 贞　放词正直曰贞。
> 忠　临危不变曰忠。
> 节　持操不改曰节。
> 志　立性不改曰志。

---

①② 《皎然集》卷一。

德　词温而正曰德。
诚　检束防闲曰诚。
悲　伤甚曰悲。
怨　词理凄切曰怨。
意　立言盘泊曰意。

属于艺术风格方面的，有如下十种：

高　风韵朗畅曰高。
逸　体格闲放曰逸。
气　风情耿介曰气。
情　缘境不尽曰情。
思　气多含蓄曰思。
闲　情性疏野曰闲。
达　心迹旷诞曰达。
力　体裁劲健曰力。
静　非如松风不动，林狖未鸣，乃谓意中之静。
远　非如渺渺望水，杳杳看山，乃谓意中之远。

皎然认为，这样的概括是"风律外彰，体德内蕴"，"其一十九字，括文章德体风味尽矣"（《辩体有一十九字》）。他关于诗歌思想内容的概括，封建儒家的思想观念是表现得相当明显的。

所谓"诗德"，实即作诗的准则。《诗式》分"诗有七德"，并以"识理"为首要之德（《诗有七德》），反对"以虚诞而为高古"，"以诡怪而为新奇"（《诗有六迷》），他强调写作的严肃性，认为"文章天下之公器，安敢私焉"。诗人应该使自己的诗歌"高其气"、"正其体"、"贞其貌"、"古其词"、"深其才"、"婉其德"，"上蹑《风》、《骚》，下超魏晋"，这样"所作诗"才能"发皆造极"（《文章宗旨》）。

当然应该指出，皎然的诗歌主张虽然曾受到儒家“诗教”思想的一些影响，但他与一般儒生还是有区别的。比如他认为先祖谢灵运所以能在诗歌上获得高超的成就，就是由于得到了佛学之助(《文章宗旨》)。其《题秦系山人丽句亭》[1]诗中有句云：

独将诗教领诸生，
但看青山不爱名。
满院竹声堪愈疾，
乱床花片足忘情。

这种淡于功名利禄的出世观念，在皎然思想中占据了主导方面，对他的诗歌理论无疑是有重要影响的。

三

皎然强调诗的思想不能赤裸裸地写出来，而必须把它融化为诗人的情性，并通过一种意境或形象，来艺术地加以表现。他说，“诗情缘境发”[2]，就是要求诗歌必须寓思想感情于艺术形象之中。真实的情性，是铸成诗的意境的基础。没有真实的情，就不可能产生动人的境，也就不会有抒情的好诗。皎然所说的诗境之情，并非指一般世俗的情欲，而是出于诗人艺术个性的具有理想性的情，是植根于诗人的气质、经历、教养、理想等而形成的。因为如此，所以他往往“情”、“性”并提；而这种强调“情”与“性”的统一，又往往是诗与诗人感情的社会性与诗歌所具有的思想性相统一的。《诗式》中论“诗格”时，举出“越俗”、“骇俗”、“淡俗”、“戏俗”四格，说的都是要求诗歌所反映的思想感情必须弃绝凡俗，要求诗歌应该反映

---

① 《皎然集》卷三。

② 同上卷一《秋日遥和卢使君游何山寺宿扬上人房论涅槃经义》。

一种更崇高、更集中、更典型、更理想的境界。但这决非意味着皎然追求诗人感情的怪僻。他说,“虽有道情,而离深僻”;“虽尚高逸,而离迂远”(《诗有四离》)。他要求诗中感情应该“至险而不僻,至奇而不差”(《诗有六至》),反对“以诡怪而为新奇,以烂熟而为稳约”(《诗有六迷》)。他在评价谢灵运的诗歌时说,“真于情性,尚于作用,不顾词采,而风流自然”(《文章宗旨》)。这就是皎然艺术标准的最高要求。

皎然在《诗式·诗有七德》中所说的“高古”、“典丽”、“风流”、“精神”,都是属于风格的范畴。他认为诗歌只有在艺术上达到了这样的境地,才称得上是“造其极妙”的“高手述作”(《明势》)。他称诗为“众妙之华实”,为了阐明这“众妙”之所以为“妙”,在《诗有四不》、《诗有四深》、《诗有二要》、《诗有二废》、《诗有四离》、《诗有六迷》、《诗有六至》等口诀中,他对不少艺术问题作了明确的规定,把“怒”、“露”、“暗”、“疏”、“滞”、“直”、“苦涩”、“怒张”、“深僻”、“迂远”、“轻浮”、“虚诞”、“缓慢”、“诡怪”、“烂熟”、“气少力弱”等作为有损于艺术美的禁忌。比如在《诗有四不》中,他就认为“怒则失于风流”,“露则伤于斤斧”,“暗则陟于拙钝”,“疏则损于筋脉”。这些都是很好的艺术经验的总结。皎然在艺术上追求“文外之旨”,把“但见情性,不睹文字”看作是“诗道之极”,才称之为作诗“高手”(《重意诗例》)。而他的上述各种口诀,都是为了达到这个“诗道之极”而发的。

皎然强调诗歌必须自然。他说:“沈约云:‘不傍经史,直率(当作“举”)胸臆。’吾许其知诗者也。如此之流,皆名为上上逸品者矣。”(《王仲宣七哀》)《诗式》中“诗有五格”之分,把“不用事”列为上品“第一”。所谓“不用事”,即不用典故之谓。他反对“诗人皆以征古为用事”,就因为这种“用事”之法有损于诗之自然。他认为“以征古为用事,不必尽然”,不如“尽入比兴”。其实,皎然在这里所谓的“比兴”,已寓有新的涵义。他说:“取象曰比,取义曰兴,义即象下之义。凡禽鱼草木,人物名数,万象之中,义类同者,尽入比兴。”(《用事》)他所说的“比兴”,已不单纯是一种修辞手法,而是属于意境的范畴，它与诗人的创作思想紧密联系，这实际已在一定程度上接触到了诗歌创作运用形象思维的问题。

皎然提倡自然，反对诗歌创作中的矫揉造作，丝毫也不意味着他主张质木无文，不要文采，不要求艺术上的千锤百炼。他说：

> 或云："诗不假修饰，任其丑朴，但风韵正，天真全，即名上等。"予曰："不然。无盐阙容而有德，曷若文王太姒有容而有德乎？"又云："不要苦思，苦思则丧自然之质。""此亦不然。夫不入虎穴，焉得虎子。取境之时，须至难至险，始见奇句。成篇之后，观其气貌，有似等闲，不思而得，此高手也。有时意静神王，佳句纵横，若不可遏，宛如神助。不然，盖由先积精思，因神王而得乎！"（《取境》）

这里，他批判了两种片面理解所谓"自然"的错误论调：一是把"自然"完全等同于"丑朴"；一是排斥诗歌创作中艰苦的艺术构思。对于前者，皎然明确主张，诗歌创作必须"有容且有德"，即既要注意内容，同时也应重视形式。所以在《明四声》中，他既反对沈约"酷裁八病，碎用四声"的偏尚形式，而在重内容的前提下，又认为"韵合情高，此未损文格"。在《诗有二废》中，他说："虽欲废巧尚直，而思致不得置；虽欲废言尚意，而典丽不得遗。"他认为诗应该"至丽而自然"（《诗有六至》），而韵律、辞藻，对于诗歌来说，却也是废它不得的。对于后者，皎然十分强调创作过程中艺术构思的重要作用，认为诗歌在艺术上要获得成功，就必须"真于情性，尚于作用"（《文章宗旨》），进行艰苦的构思。所谓"不入虎穴，焉得虎子"，就是说的进行艰苦构思的必要性。皎然认为"取境之时，须至难至险，始见奇句。成篇之后，观其气貌，有似等闲，不思而得，此高手也。有时意静神王，佳句纵横，若不可遏，宛如神助"。这与他在《诗评》中所说的"当绎虑于险中，采奇于象外，状飞动之趣，写真奥之思。……但贵成章之后，有易其貌，若不思而得也"，可以互为补充。这两段话，都是皎然对诗人从"诗思初发"，到取"境"，到取得完美的具体形式的生动叙述。诗人在整个构思的全过程中，有时“须至难至险，始见奇句”，有时则“意静神王，佳句纵横”，但都是诗人进行艰苦构思的作用。皎然称此为“苦思”，实即刘勰《文心雕龙》所说的“神思”。而这并不是什么神秘的东西。即使“佳句纵横，若不可遏，宛如神助”，也是由于“先积精思，因神王而得”的结果。这说明了长期思考酝酿对于创作的重要性。这里特别值得重视的是，皎然要求把“苦思”与“自然”和谐地统一起来，即要求经过艰苦构思后写成的诗篇，不应使人觉察到艰苦构思的痕迹，所谓“至苦而无迹”（《诗有六至》），“成篇之后，观其气貌，有似等闲，不思而得”（《取境》）。这个要求当然是很高的，但也是任何一首成功的好诗所必须具备的。

四

《诗式》卷五《复古通变体》一则，论述“复古”与“通变”的关系，对于理解诗歌的继承与创新问题，具有一定的启发作用。他说：

> 作者须知复变之道，反古曰复，不滞曰变。若惟复不变，则陷于相似之格，其状如驽骥同厩，非造父不能辨。能知复变之手，亦诗人之造父也。……又复变二门，复忌太过，诗人呼为膏肓之疾，安可治也。……夫变若造微，不忌太过，苟不失正，亦何咎哉！如陈子昂复多而变少，沈、宋复少而变多。今代作者不能尽举，吾始知复变之道，岂惟文章乎？在儒为权，在文为变，在道为方便。后辈若乏天机，强效复古，反令思扰神沮。何则？夫不工剑术，而欲弹抚干将太阿之铗，必有伤手之患，宜其诫之哉！

皎然反对把诗歌创作完全纳入复古主义的轨道，强调诗人必须“通其变”，有自己的独创。否则，模拟古人，千篇一律，都“陷于相似之格”，是断然不可能写出好诗来的。他认为当时诗界值得注意的问题，是复古“太过”，已被“诗人呼为膏肓之疾”，不宜再加以提倡，因为，“后辈若乏天机，强效复古，反令思扰神沮”，堵塞了创作生路。为此，他呼吁提倡创新的重要，认为诗歌只要在内容上“不失正”，创新就“不忌太过”。这种主张自立新意，复古而能“通于变”的思想，是有其积极意义的。但是，皎然论诗，由于较多的是从诗歌形式的发展着眼，因而他批评“陈子昂复多而变少”，称赞“沈、宋复少而变多”，把陈子昂和沈佺期、宋之问相提并论，认为他们之间的差异，只是复变多少的不同，这说明他对陈子昂诗歌在复古口号下所表现出来的革新意义，是认识不足的。

有人认为，在唐代诗歌发展史上，陈子昂、李白提倡诗歌革新，都对齐梁诗歌采取否定的态度，只有杜甫肯定齐梁也有优秀诗人，而皎然在《齐梁诗》一则中，也明确肯定齐梁诗，因而认为皎然在这个问题上高出于陈子昂、李白。这种看法当然是值得商榷的。

皎然在《诗式》卷四《齐梁诗》中主要谈到了三个问题：一是对齐梁五言诗的看法，他反对“降杀齐、梁”，并举出谢吏部“大江流日夜，客心悲未央”，柳文畅“太液沧波起，长杨高树秋”，王元长“霜气下孟津，秋风度函谷”等诗句，来说明“五言之道，惟工惟精”，不“减于建安”；二是对“建安不用事，齐梁用事，以定优劣”之说表示异议，认为如王筠“王生临广陌，潘子赴黄河”，庾肩吾“秦王观大海，魏帝逐飘风”，沈约“高楼切思妇，西园游上才”等诗句，“格虽弱，气犹正，远比建安，可言体变，不可言道丧”；三是批判大历中诗人皇甫冉、严维、张继素、刘长卿、李嘉祐、朱放，认为“诗道初丧，正在于此”，他们的成就远不及“齐梁作者”。从皎然所论及其所举诗例来看，他实际是以“文外之旨”、“言外之情”作为论诗的标准的。他对齐梁诗歌评价的片面性，也正是从这里产生的。陈子昂、李白和杜甫，他们对待齐梁诗歌的态度则不然。陈子昂反对齐梁体诗的“彩丽竞繁”、“兴寄都绝”以及在它影响下的初唐诗风，有针对性地提出恢复“兴寄”和“风骨”这两条革新诗歌的主张①，在唐代诗歌的发展中，起了开一代新诗风的作用，这个历史功绩，皎然当然是无法比拟的。李白虽然有“自从建安来，绮丽不足珍”②的诗句，反映出他好像轻视齐梁；其实他很重视对建安以后文学的学习，对阮籍、刘琨、鲍照、谢灵运、谢朓、陶渊明等诗人，他都表示过推崇，杜甫就曾以庾信、鲍照比李白，并说他的佳句“往往似阴铿”③。元人陈绎曾说：“李白诗祖《风》、《骚》，宗汉、魏，下至鲍照、庾（信）、徐（陵），亦时用之。”④这反映了客观实际，皎然自然也不能和他相比。至于杜甫，那就更不必说了。他“不薄今人爱古人”，肯定齐梁也有优秀诗人，而且比李白更清楚地看到齐梁诗歌在形式、技巧、声律等方面也有可以继承之处，因而主张“转益多师”⑤，这对杜甫写近体诗所以能取得那么巨大的成就，是起了重要作用的。所以清初冯班说：“千古看齐梁诗，莫如杜老，晓得他好处，又晓得他短处。”⑥这话也说得颇有道理。这些事实说明，硬要把皎然与陈、李进行类比，并认为在对待齐梁诗的问题上皎然高出了他们，是不恰当的。

五

对诗人及其诗作的评价分析，不是《诗式》的重点和精华所在。皎然对诗人及诗作的评价分析，有些是不恰当的。除了前述对陈子昂、沈佺期、宋之问等的提法不当外，他把十世祖谢灵运的诗，说成是“诗中之日月”，也显然是推崇过高。《诗式》的精华，主要在他

---

① 陈子昂《陈伯玉文集》卷一《与东方左史虬修竹篇序》。

② 李白《李太白全集》卷二《古风五十九首》之一。

③ 杜甫《分门集注杜工部诗》卷八《与李十二白同寻范十隐居》。

④ 陈绎曾《诗谱》。

⑤ 杜甫《分门集注杜工部诗》卷十六《戏为六绝句》。

⑥ 冯班《钝吟杂录》。

探讨艺术表现的理论部分。尽管这些理论还比较零散，而且语多玄虚，有时甚至流于微妙，但它仍具有内在的系统性。尤其是它关于论述诗歌风格和造“境”的理论，总结前人的艺术经验，颇多创见。

从诗歌理论的发展来看，皎然的有些理论，可能曾受到他的前人和同时代人的一些启发和影响，比如戴叔伦曾说，“诗家之景，如兰田日暖，良玉生烟，可望而不可置于眉睫之前”①，就和皎然的某些理论极相近似。又如刘禹锡说，“片言可以明百意，坐驰可以役万景”，“义得而言丧，故微而难能；境生于象外，故精而寡和”②，也与皎然诗论有相通之处。而皎然在诗歌理论史上起了开创作用的，则是他的以禅论诗。他虽然受到过儒家“诗教”思想的一些影响，但毕竟身在佛家，是一个皈依佛法的诗僧，如他在《诗式·中序》所说：“终朝目前，矜道侈义，适足以扰我真性，岂若孤松片云，禅坐相对，无言而道合，至静而性同哉！”这种生活，使他在论诗时参以禅理，亦自然之势。他在《文章宗旨》中说：

> 康乐公早岁能文，性颖神澈，及通内典，心地更精，故所作诗，发皆造极，得非空王之道助邪！

在《重意诗例》中又说：

> 两重意以上，皆文外之旨。若遇高手如康乐公，览而察之，但见情性，不睹文字，盖诗道之极也。向使此道尊之于儒，则冠《六经》之首；贵之于道，则居众妙之门；崇之于释，则彻空王之奥。

---

① 司空图《司空表圣文集》卷三《与极浦书》引戴叔伦语。
② 刘禹锡《刘梦得文集》卷二十三《董氏武陵集》。

这两则诗论都以康乐公谢灵运为例。灵运通佛学，主顿悟，曾整理《大般涅槃经》为南本，所以说他“及通内典，心地更精”。皎然在这里论诗时参以禅理，并不完全因为谢灵运信佛，诗道得到佛学之助，而主要在于他自己熟谙禅理，能把禅理与诗理相沟通。

皎然开以禅论诗之端，对后来颇有影响。严羽《沧浪诗话·诗辨》所谓“大抵禅道，惟在妙悟，诗道亦在妙悟”之说，便是从皎然“彻空王之奥”所出。皎然所谓“文外之旨”、“言外之意”，实亦为司空图“味外味”、严羽“言有尽而意无穷”及王士祯“神韵说”之源。诗之有品，固然始于梁代钟嵘，但重在从艺术方面进行探索的司空图《二十四诗品》，似曾以《辩体有一十九字》论风格十种形似（象征）之言为蓝本。至于皎然主张“放意须险，定句须难”之说，对苦吟诗人贾岛的“两句三年得，一吟双泪流”，恐怕也不无影响。

就诗说诗及其他
——小议《石林诗话》

南宋叶梦得的《石林诗话》，是一部在宋代诗歌理论中具有较高审美价值的诗话。作者从个人的审美趣味出发，主要对北宋诗坛的诗歌创作从艺术上进行了探讨研究，同时也记述遗闻轶事、艺林掌故。虽然仍没有完全摆脱评点式谈艺、消闲式记事的框架，也还谈不上系统的诗歌理论和明确的诗艺标准，但从其品评诗歌的审美倾向中，可以清楚地看到他重内容，轻形式；贵自然，反雕琢；重气格，反纤弱；贵创新，反因循；贵含蓄，忌显露等一系列可贵的诗学见解。

可是，对这样一部诗话的评价，却长期存在着一些来自本书以外的因素的干扰，认为作者以"元祐党争"的眼光写诗话，使此书蒙上了党争色彩。元人方回在《瀛奎律髓》中就批评《石林诗话》"专主半山（王安石），而阴抑苏（轼）、黄（庭坚），非正论"。清人所编《四库全书总目》进而说叶梦得"为绍述余党"，论诗有"门户之私"，故"推重王安石者不一而足"，"而于欧阳修、苏轼皆有所抑扬"。这种观点，在我们今天的学者中也还有一定影响。有人就认为"绍述余党叶梦得著《石林诗话》"，"推崇王安石"，"阴抑元祐派"，"可视为绍述派之代表说"，等等。

其实，细读《石林诗话》，便不难发现，上述诸说多属捕风捉影之谈，是查无实据的。

《石林诗话》全书三卷九十则，不足两万字。论及欧阳修、苏轼、司马光、黄庭坚、王安石的合计五十则，其中苏轼十七则，王安石十六则，欧阳修九则，黄庭坚七则，司马光一则。综观以上各则，大多就诗说诗，少有述及政事者；间或偶有涉及，亦往往不仅无贬抑之意而反有同情之心。苏轼和司马光，都是被《元祐党人碑》列名的重要人物，且看叶梦得在《石林诗话》中对他们所表示的态度。

“乌台诗案”是苏轼在元丰年间遭遇的一场著名的文字狱，他因作诗而获罪，几遭杀戮，后贬谪黄州。《石林诗话》中有一则记载关于宰相王珪向神宗皇帝密告苏轼写反诗的记载。诗话说，时相王珪举苏轼《桧诗》中“根到九泉无曲处，世间惟有蛰龙知”二句，向神宗作挑拨性的解释说：“陛下飞龙在天，轼以为不知己，而求之地下之蛰龙，非不臣而何?”神宗回答说：“诗人之词，安可如此论？彼自咏桧，何预朕事!”王珪哑口无言。幸有章子厚从旁开脱，“遂薄其罪”。叶梦得在这则诗话的末了还说，这事是章子厚亲口告诉他的，而且说章子厚把此事告诉他时还“以丑言诋时相”，说：“人之害物，无所忌惮，有如是也!”从这则诗话来看，恰好说明叶梦得对苏轼遭诬陷迫害的同情，而对打击迫害苏轼的当权派深表不满，否则他又为什么要巧妙地借他人之口来斥责这种“无所忌惮”的害人勾当呢?《石林诗话》中还有一则关于苏轼题程筠墓诗句遭人曲解而叶梦得为他驳正的记载。有些学者指责苏诗“木杪见龟趺”句“为语病”，“谓龟趺不当出木杪”。叶梦得便批评说这种话的人“殊未之思”，并说苏轼此诗系“题程筠墓归真亭”而作，“东南多葬山上，碑亭往往在半山间，未必皆平地，则下视之龟趺出木杪，何足怪哉!”按程筠属元祐派人物，生前反王安石新法，不避权贵，苏轼美之以诗，且有“君为赤县有古风，政声直入明光宫”之句。叶梦得对他为题程筠墓作诗，不仅无丝毫指责之意，且对诬解苏诗者加以驳正，也可见他说诗实事求是，对苏轼并没有什么成见。《石林诗话》中评说司马光的虽然只有一则，叶梦得也并未因为他是元祐派的首领而大加挞伐，而是称赞他“所存旧业惟清白，不负明君有朴忠”，对其诗歌的“言怀”之作深表赞赏；认为司马光的“出处大节，世固不容复议”；甚至说司马光虽因政见不合贬官外放，而神宗皇帝却对他“眷礼之意愈厚”。仅此三则，便足见《石林诗话》并无“阴抑元祐诸人”之意。至于“专主半山”、一味“推崇王安石”之说，也并不符合实际。《石林诗话》论诗条目，论苏诗者就多于王安石，可见并非“专主”。且《诗话》对王安石也不是没有批评，例如对王安石早年诗作，就批评说“以意气自许，故诗语惟其所向，不复更为涵蓄”；又如对他的诗句“莫嫌柳浑青，终恨李太白”，《诗话》也批评说“以古人姓名藏句中”是“以文为戏”；有人说集句诗诗体始于王安石，《诗话》则说“权德舆已尝为此体”。总的来说，《石林诗话》对元祐派诗人和王安石诗的评价，是就诗说诗，比较客观的，说不上有什么出于“门户之私”的偏见。

论王夫之的诗歌理论

王夫之是明末清初杰出的唯物主义的哲学家，又是卓越的经济学家、史学家和文学家。他在学术上的成就是多方面的，对于文学，他不仅有丰富的创作经验，而且总结了较为系统的诗歌理论。他研究《诗经》作的《诗绎》、评论历代诗歌的《夕堂永日绪论·内编》，丁福保曾辑入《清诗话》而合称为《姜斋诗话》。今人民文学出版社出版的《姜斋诗话》，比前书扩大了内容，增补了评论诗歌、时文的《夕堂永日绪论·外编》和记录师友遗诗片段的《南窗漫记》。王夫之论诗之要旨，虽主要见于《姜斋诗话》，但在《船山遗书》所收录的《古诗评选》、《唐诗评选》、《明诗评选》[①]等书中，也有一些零散的论诗之语。他关于这方面的理论，对明代坛坫自雄、标榜成习的门户陋说，起了摧陷廓清的冲击作用，能使人耳目一新。他对我国古代诗歌所发表的许多精湛的艺术见解，总结了前人长期积累的宝贵的艺术经验，很值得我们借鉴和学习。

一

“文以意为主”，这是古代作家和文学理论家们所曾经反复进行阐述的论题。王夫之论诗，也强调“以意为主”。他说：

---

① 这三种《评选》，均见民国二十二年（1933）上海太平洋书店铅印本《船山遗书》，其他版本的《船山遗书》均未收录。

> 无论诗歌与长行文字，俱以意为主。意犹帅也。无帅之兵，谓之乌合。李、杜所以称大家者，无意之诗，十不得一二也。[1]

他把作品中的"意"比之为军中主帅，把没有立意的作品比之为乌合之众，这个比喻是很贴切的。在文学批评史上较早提倡"以意为主"的，《后汉书》的作者范晔算是一个，但他所谓"以意为主，则其旨必见；以文传意，则其词不流"[2]，还只是一般地说明写作中立意、文辞与表达情志的关系；晚唐杜牧所说"文以意为主，以气为辅，以辞彩章句为之兵卫"[3]，也从"意"和"辞"的关系来说明"意"的决定作用；倒是元代程端礼的论述，与王夫之比较近似，他说："作文，以意为将军，转换开阖，如行军之必由将军号令。句则其裨将，字则其兵卒，事料则其器械，当使兵随将转。"[4]他论述"以意为主"的原则，取譬也很形象，从中可以明显地看出，王夫之这个理论与他们之间的继承关系。只是王夫之不仅从正面肯定"意犹帅也"，而且从反面指出"无帅之兵，谓之乌合"，说得更加明快果断。他肯定李白、杜甫所以称"大家"，就在于他们很少作"无意之诗"，说明他是把诗"意"作为评价诗人成就的重要标志的。

王夫之主张诗歌应该有助于教化，他说："诗本教也。"即便是"长言永叹，以写缠绵悱恻之情"，也应该注意及此。为此，他对苏轼因乌台诗案"远谪穷荒"，"三木加身"，而"不能昂首舒吭以一鸣"，反去写"圣主如天万物春"那样的阿谀诗句，就直率地斥之为"可耻"，告诫人们万不能学这种"轻薄圆头恶习"[5]。他赞赏"古人修辞立诚"之说，认为"下一字即关生死"[6]。无论"景语"、"情语"，

---

①⑤ 王夫之《夕堂永日绪论·内编》。

② 范晔《狱中与诸甥侄书》。

③ 杜牧《答庄充书》。

④ 程端礼《学作文》，《程氏家塾读书分年日程》。

⑥ 王夫之《夕堂永日绪论·外编》。

都应该将“经营国事之心曲，写出次第”，以“达情之妙”。只有“曲写心灵，动人兴观群怨”，才有可能打破诗坛“门庭”，“使陋人无从借支”①。

他在强调“以意为主”的前提下，也重视“势”，所谓“以意为主，势次之。势者，意中之神理也”。他所说的“势”，并非指人们通常所说的气势的“势”，而是指“意中神理”，一种“宛转屈伸”的意境。他重视“势”，是为了更好地表达“意”，所谓“取势宛转屈伸，以求尽其意”。他反对有些作家在写作时“把定一题、一人、一事、一物，于其上求形模，求比似，求词采，求故实”，认为这就“如钝斧子劈栎柞”，是难以奏效的。他说：“论画者曰‘咫尺有万里之势’，一‘势’字宜着眼。若不论势，则缩万里于咫尺，直是《广舆记》前一天下图耳。”这种尺幅万里的意境，他认为在五言绝句中“唯盛唐人能得其妙”，“墨气所射，四表无穷，无字处皆其意也”②。王夫之这种论“势”之语，与王士祯的有些诗论极相近似，如《渔洋诗话》推重白石“辞尽意不尽”之语，实即“意中神理”、“咫尺有万里之势”的意思。可见王夫之对于“意”在诗中，贵含蓄蕴藉而不贵刻露，贵婉而多风而不贵排比铺陈。所以他对历代诗的趋尚是，取汉、魏、晋、宋（尤重陶渊明、谢灵运）、盛唐（特以李白、杜甫为主），不取中唐，尤不满宋人。他在《夕堂永日绪论·内编》中批评白居易诗“如决池水，旋踵而涸”；批评苏轼诗“萎花败叶，随流而漾”，原因正在于此。

王夫之论述诗歌的社会作用，很重视兴、观、群、怨的原则。这些理论原则，本是孔子在体会《国风》、《小雅》精神实质的基础上总结出来的。但一提出以后，其对后代的文学创作与文学批评，便产生了极其深远的影响。例如钟嵘《诗品》在阐述社会环境对诗人的感召时，就以具体的事例，突出地说明了“群”和“怨”特别是“怨”的作用。钟嵘主张诗歌应该反映现实的理论，在齐梁形式主义诗风泛滥的时代，是有其历史的进步意义的。此后如陈子昂、白居易、

①② 王夫之《夕堂永日绪纶·内编》。

韩愈、梅尧臣等,都从不同角度继承或发展了这些理论。这里须要指出的是,王夫之对兴、观、群、怨这些理论原则的论述,大大发展了前人的观点:第一,前人以兴、观、群、怨论诗,只看到这四者各自独立的作用,而王夫之则结合这四者的相互关系作了精辟的阐发。他说:"于所兴而可观,其兴也深;于所观而可兴,其观也审。以其群者而怨,怨愈不忘;以其怨者而群,群乃益挚。"[①]也就是说,诗歌如果能在"兴"之中体现"观"的作用,在"观"之中看到"兴"的意义,在"群"之中寄之以"怨",在"怨"之际出之以"群",就能收到更好的艺术效果。在这里,他不但提出了进行诗歌创作要兴寄深远,观察细致,感情真挚,给人以永不磨灭的印象;而且指明了诗人如何才能达到"深"、"审"、"不忘"和"益挚"的艺术境界。第二,历来解释兴、观、群、怨的人,都只是从诗歌创作的角度,来说明它们是现实的反映,而王夫之则从鉴赏的角度,把它们作为评价诗歌的重要标准。他说:"'诗可以兴,可以观,可以群,可以怨',尽矣。辨汉、魏、唐、宋之雅俗得失以此,读《三百篇》者必此也。"[②]他赞叹孔子对诗歌社会作用的概括非常完美,认为把它作为文学批评的标准,对研究《诗经》固然十分必要,对于辨析汉、魏、唐、宋诗歌的"雅俗得失",也是不可或缺的。在他看来,凡是运用比兴手法,反映时政得失、风俗盛衰,可以使人们从中得到感染与启迪作用的,就是雅,就有得于诗之正;反之,就是俗,就有失于诗之义。他以此作为评价诗歌的标准,无疑将有利于提高那些富有现实主义精神的诗篇的社会价值。这与他在《夕堂永日绪论》中所反复强调的"以意为主"的思想,是完全一致的。在这种思想的指导下,他专门研究《诗经》而撰的诗话《诗绎》,把《诗经》完全作为文学作品来评价。这就打破了历来道学家们所横加给《诗经》的种种附会,使人耳目一新。虽然,把《诗经》作文学作品读,并非从王夫之开始;但从文学眼光来看,对《诗经》确有真知灼见的,王夫之无疑是较早的一人。

---

①② 王夫之《诗绎》。

二

王夫之论述诗歌创作必须“以意为主”，曾多次涉及诗歌中“言”和“意”的关系问题。就这个问题进行剖析，将有助于弄清王夫之诗歌理论的主要特点。

“言”、“意”之辨，本是魏晋玄学中的主要论题之一，但它对于中国古代文学理论，尤其是诗歌理论影响至深。中国诗歌理论从魏晋以后开始摆脱经学的束缚，理论家们开始从诗歌本身的特点去探讨诗歌创作的规律，回答如何将“意”用“言”来完美地进行表达的问题。陆机在《文赋》中说：“恒患意不称物，文不逮意。”刘勰《文心雕龙·神思篇》也说：“意翻空而易奇，言征实而难巧。”都是说的作家在创作中言辞不能完全达意的缺憾。钟嵘每以“滋味”论诗，赞赏“文已尽而意有余”[①]，对后世诗论有较大影响。司空图提出“韵外之致”、“味外之旨”，不是意尽于言，而是要求诗人在现实的景物面前运用神思去驰骋想象，所谓“近而不浮，远而不尽”，“千变万状，不知所以神而自神”[②]，这是道出了中国诗歌艺术的某些特点和规律的。严羽《沧浪诗话》强调“妙悟”、“兴趣”，主张“言有尽而意无穷”，从字句之外去体会旨趣意象。这理论上虽有不少缺陷，但在当时以文字为诗，以才学为诗，以议论为诗的不良风气下，强调诗歌特殊的艺术规律，还是有其积极意义的。王夫之对“言”、“意”关系的论述，比较广泛地继承了前人的观点，但对他影响较大的还是严羽。《沧浪诗话·诗辨》说：“诗之极致有一，曰入神。诗而入神，至矣，尽矣，蔑以加矣！惟李、杜得之。”对严羽以入神为诗的最高境界，王夫之也非常突出地强调，他在《夕堂永日绪论·内编》中说：

---

① 钟嵘《诗品序》。

② 司空图《与李生论诗书》。

含情而能达，会景而生心，体物而得神，则自有灵通之句，参化工之妙。若但于句求巧，则性情先为外荡，生意索然矣。

自五言古诗来者，就一意中圆净成章，字外含远神，以使人思；自歌行来者，就一气中骀宕灵通，句中有余韵，以感人情。

《诗绎》中说：

句绝而语不绝，韵变而意不变，此诗家必不容昧之几也。……尽古今作者，未有不率尔繇乎此；不然，气绝神散，如断蛇剖瓜矣。

显然，王夫之也是以入神作为诗歌的最高境界的。在他看来，"言"、"意"是否得体，就看它是否入神。假如只求言辞的工巧，而不能"体物而得神"，那样的诗，就势必"生意索然"。诗歌不论长短，能做到"字外含远神"，"句中有余韵"，就是好诗。他论诗有"大家"、"小家"之分，凡"内极才情，外周物理，言必有意，意必由衷"，"唯意所适，而神气随御以行"者，为"大家"；反之，"意不逮辞，气不充体，于事理情志全无干涉"者，即为"小家"。他反对"合古今雅俗，堆砌成篇"，要求诗人字字"从心坎中过"①，有自己的性情、兴会和思致，即"意中之神理"。

为此，王夫之认为，诗人创作时对言辞的选择运用，应该完全服从于表达思想内容的需要。他说：

非此字不足以尽此意，则不避其险。用此字已足尽此义，则不厌其熟。言必曲畅而伸，则长言而非有余；意可约略而

① 王夫之《夕堂永日绪论·外编》。

传，则芟繁从简而非不足。[①]

言辞的选择，篇幅的长短，都应随思想内容的需要为转移。只要能更好地状难状之景，达必达之情，选字就可以不避险俗，篇幅就可以不拘长短。假如“避险用熟而意不宣”，“厌熟用险而语成棘”，或者意单薄而故意延长篇幅，意未尽而匆促收笔，就必然如“扣朽木”、“学鸟鸣”那样枯燥无味，如“折腰之蛇”、“短项之蛙”那样丑陋难看。因而，他主张“以意求言”[②]，“意至而词随”，“意在言先，亦在言后，从容涵泳，自然生其气象”[③]。

王夫之以“字外含远神”、“句中有余韵”作为诗歌的最高境界，对王士祯神韵说的形成有一定影响，对纠正明代诗歌自身缺乏神气情韵的弊病，也不失为是一剂良药。

三

在王夫之总结诗歌创作的艺术经验中，他关于“情”与“景”关系的论述，有不少极其精辟的见解。

首先，王夫之认为一切写“景”的好诗都离不了“情”。在《夕堂永日绪论·内编》中，他说：

> 情景名为二，而实不可离。神于诗者，妙合无垠。巧者则有情中景，景中情。

> 夫景以情合，情以景生，初不相离，惟意所适。截分两橛，则情不足兴，而景非其景。

---

① 王夫之《夕堂永日绪论·外编》。

② 王夫之《唐诗评选》卷一。

③ 王夫之《诗绎》。

> 不能作景语，又何能作情语邪？古人绝唱句多景语……而情寓其中矣。以写景之心理言情，则身心中独喻之微，轻安拈出。

在《唐诗评选》卷一评岑参《青门歌送东台张判官》时，王夫之也说：

> 情景事合成一片，无不奇丽绝世。

《诗绎》中又说：

> 兴在有意无意之间，比亦不容雕刻。关情者景，自与情相为珀芥也。情景虽有在心在物之分，而景生情，情生景，哀乐之触，荣悴之迎，互藏其宅。

他肯定情和景在诗篇中的“妙合无垠”，是艺术升华入神的最高境界。这种境界，由于情景交融，已很难分辨哪是写景，哪是抒情。而这种“妙合无垠”的境界的产生，关键在于以“意”贯之，所谓“烟云泉石，花鸟苔林，金铺锦帐，寓意则灵”[①]。有了“意”的寄托，景物才能获得生命，才能在作品中“活起来”。王夫之认为情与景一在心一在物，原来都有相对性和独立性，但客观景物往往能触发人们内心的思想感情，因而使诗人笔下的景物，抹上了各种不同的感情色彩；甚而使有些难以言喻的复杂感情，也能通过“以写景之心理言情”，把它巧妙地描摹出来。王夫之在《唐诗评选》卷三评王绩《野望》时说：“当其为景语但为景语，故高。”也就是说，景中有情又不能把情写得太实，太死；应该空灵不滞，所谓“兴在有意无意之间”，不能强为比附牵合。当然，如果把情、景“截分两橛”，没有“寓意”统率，那样就“情不足兴，而景非其景”，自然就谈不上创造出入神的艺术境界。所以王夫之说：

---

① 王夫之《夕堂永日绪论·内编》。

诗文俱有主宾。无主之宾，谓之乌合。……立一主以待宾，宾无非主，主宾者乃俱有情而相浃洽。①

这里所说的“主”，即指诗人主观的思想感情，而“宾”则是客观景物。“立一主以待宾”，说明诗歌中一切景物的描写，都应该是为达情而设的。“以乐景写哀，以哀景写乐”，“天情物理，可哀可乐”，而作为主宰的都是诗人当时的思想感情。即使是似乎纯粹写景的诗句，也不能例外。王夫之这种情景一体之说，是对我国传统艺术长期积累的创作经验的概括，它比后来吴乔在《围炉诗话》中所说的以情为主、以景为佐，似更符合抒情诗创作的艺术规律。而王国维“一切景语皆情语”的理论，显然是曾经受到王夫之的影响的。

第二，王夫之认为要写出情景交融的好诗，诗人必须有丰富的生活体验。他说：

身之所历，目之所见，是铁门限。即极写大景，如“阴晴众壑殊”、“乾坤日夜浮”，亦必不逾此限。非按舆地图便可云“平野入青徐”也，抑登楼所得见者耳。隔垣听演杂剧，可闻其歌，不见其舞；更远则但闻鼓声，而可云所演何出乎？前有齐、梁，后有晚唐及宋人，皆欺心以炫巧。②

他列举那些脍炙人口的名句，来说明诗人只有对客观景物身历目见，有深入的体验，即景会心，情景相生，才有可能写出真切动人的诗歌，所谓“会景而生心，体物而得神，则自有灵通之句，参化工之妙”③。假如王维不到终南山，不可能捕捉“阴晴众壑殊”那样倏忽变化的自然景象；杜甫不登岳阳楼，不可能勾勒“平野入青徐”那样有气魄的壮阔画面。创作固然如此，即使是评论杂剧的演出，也应

①②③ 王夫之《夕堂永日绪论·内编》。

该耳闻目见，否则，勉强写作，就只能是“欺心以炫巧”。根据这个道理，王夫之认为“科场文字之蹇劣”，就因为考生“名利热中，神不清，气不昌，莫能引心气以入理而快出之”；唐诗中的优秀诗篇，往往都是诗人们在“仕宦后所作”，因为这时诗人们“阅物多，得景大，取精宏，寄意远，自非局促名场者所及[①]。王夫之重视诗人身历目见的实际体验对于创作的重要作用，这固然是他自己创作经验的总结，也是和他“知必以行为功”、“行可有知之效”这种唯物主义的认识论分不开的[②]。

第三，王夫之也承认灵感在文学创作过程中的作用，认为情景交融的境界，在“神理凑合时自然恰得”，诗人必须善于把握一刹那间的感觉，捕捉写作时机，以免让灵感“才着手便煞，一放手又飘忽去”[③]。他的这些理论，和后来神韵派的说法有相通之处，但它并不是和“理”完全无涉的。他要求诗人“内极才情，外周物理，言必有意，意必由衷”[④]，这比《文心雕龙·体性篇》所说的“情动而言形，理发而文见”，对“理”的要求还更为具体。他反对王世懋“诗有妙悟，非关理也”的说法，认为“非理抑将何悟”？诗人观察世界，不但要得其物态，而且要得其物理，这样写出来的诗，才有可能“情相若，理尤居胜”[⑤]。这表明他既承认灵感在文学创作过程中的作用，同时又认为文学创作决不能排斥理性的活动，认为只有对事物有了正确的认识，才有可能创造出动人的艺术形象。清人潘德舆在《养一斋诗话》中说：“理语不入诗中，诗境不可出理外。”这与王夫之的说法是一致的。他们都是既反对片面地“以理为诗”，同时又主张纠正只讲“妙悟”而忽视“物理”的偏向。他们都已经认识到，诗人的思想感情必须凝聚在诗歌完整的艺术形象之中，诗人必须让形象本身来达意，而不是借

---

①④ 王夫之《夕堂永日绪论·外编》。

② 王夫之《尚书引义·说命中二》。

③ 王夫之《夕堂永日绪论·内编》。

⑤ 王夫之《诗绎》。

助抽象的说理来补充形象所没有完全表达出来的东西，致使诗人的思想感情游离于作为有机整体的艺术形象之外。这是符合诗歌创作的要求的。

四

王夫之论诗，强调一个“意”字，重视一个“势”字，不赞成作诗守死法与定格。

他反对诗歌立“起承转收”之法，认为初盛唐诗人就没有一个“株守此法”；这种“陋人之法”，“用教幕客作应酬或可”，要用来写诗，就必然束缚诗人情致和神思的驰骋[①]。

他反对死守平仄音律，认为“当以穆耳协心为音律之准。‘一、三、五不论，二、四、六分明’之说，不可恃为典要”。他举杨慎名句“谁起东山谢安石，为君谈笑净烽烟”为例，说如果因“‘安’字失粘”，便把它改为“谁起东山谢太傅”，则“拖沓便不成响”。因此他认为，“凡言法者，皆非法也”[②]。

他反对“撮弄字面”，把“浮枵语”、“含糊语”、“肥腻语”、“卖弄语”等“惊为好句”，反对“填砌浓词”、“虚字”，反对“作诗但求好句”。认为诗歌的遣字造句都必须适合内容的需要，所谓“有意之词，虽重亦轻，词皆意也。无意而着词，才有点染，即如蹇驴负重，四蹄周章，无复有能行之势”。所以他要求“作者必须慎重拣择”，应该“意至而词随”，“勿以俗尚而轻泚笔”[③]。他所说的“有能行之势”，其实也就是他要求诗歌“字外含远神”、“句中有余韵”的另一说法。

他反对遵命写应酬诗，认为那种“应上官之征索”与“受主人之雇托”写出来的诗歌，往往“千篇一律，代人悲欢；迎头便

①② 王夫之《夕堂永日绪论·内编》。

③ 王夫之《夕堂永日绪论·外编》。

喝，结煞无余”，虽然作者“自诧全体无瑕”，而实际上“透心全死”，“浊秽无加”。对写这类诗的人，称其为诗人，倒毋宁说是“诗慵”①。

他反对立门庭宗派，认为“立门庭者必饾饤，非饾饤不可以立庭”。那些“自诩为‘大家’为‘才子’”的“艺苑教师”，“立门庭使人学己”，他们的诗歌，就“但有其局格，更无性情，更无兴会，更无思致，自缚缚人”。他告诫“有才情”的诗人们，应该很好地发挥自己的才情，切莫“立门庭故自桎梏”②。

以上种种，说明王夫之反对作诗守死法与定格。但他也并非全不讲法，比如他说“法莫要于成章”③，“无法无脉，不复成文字”④。何谓“成章”？“一篇载一意，一意则自一气，首尾顺成，谓之成章”⑤。他认为古诗“自有天然不可越之矩矱”，“所谓矩矱者，意不枝，词不荡，曲折而无痕，戍削而不竞之谓”⑥。他把能使作品完美地表达“意”、“气”，并使之“合辙”，视为诗法的第一要义。他所谓的“矩矱”，也就是法。这种“法”，既是诗人都必须遵守，不可逾越，但又求其“天然”，即内容和形式“自然恰得”。他所说的“法”，确实与他反对的那些死法与定格不同。他反对的只是“画地成牢以陷人”的“陋人之法”，因为那些“死法之立”，都只能桎梏诗人的才情，窒息诗歌的生机，就如他在《夕堂永日绪论·内编》中所说的：“死法之立，总缘识量狭小。如演杂剧在方丈台上，故有花样步位，稍移一步则错乱。若驰骋康庄，取涂千里，而用此步法，虽至愚者不为也。”这个比方，很能说明他为什么要在诗歌创作中坚决反对拘泥死法的原因。

正是因为这样，所以王夫之对江西诗派、前后七子及竟陵派等诗人，都采取猛烈攻击的态度。他批评宋人作诗，把“齐梁绮语”“抟合成句之出处”，“而不恤己情之所自发”，完全是“小家数”；说

---

①②③⑥　王夫之《夕堂永日绪论·内编》。

④⑤　王夫之《夕堂永日绪论·外编》。

黄庭坚堕入了“以险韵、奇字、古句、方言矜其饾饤之巧”的窠臼，“于心情兴会一无所涉”；他们“寻出处”，“夸字学”，错误百出，“荒谬止堪嗤笑”。他批评李梦阳、何景明、李攀龙、王世贞、钟惺、谭元春等人，“诗文立门庭使人学己”，都不过是“艺苑教师而已”。他嘲讽那些“才不敏、学不充、思不精、情不属”的人，为求得“文坛巨子”们的青睐，以抬高身价，因而不惜“作李（梦阳）、何（景明）、王（世贞）、李（攀龙）门下厮养”，“欲吮竟陵之唾液”。这些人，只要“买得《韵府群玉》、《诗学大成》、《万姓统宗》、《广舆记》四书置案头，遇题查凑”，便什么诗都写出来了。王夫之认为，像明代前后七子和竟陵派那样搞宗派门户，是诗人们缺乏才情，没有真才实学的表现，是不利于诗歌的发展的。他说，李、杜并世，“杯酒论文，雅称同调，而李不袭杜，杜不谋李，未尝党同伐异，画疆墨守”，对诗歌创作作出了巨大贡献。他认为从建安开始有人“建立门庭”以来，这正反两方面的经验和教训，都是应该总结吸取的[①]。

王夫之不仅对前后七子和竟陵派等诗人进行猛烈的攻击，对明代从万历以后的文学，也几乎采取了完全否定的态度。他批评隆庆、万历之际的文风，“一变而愈之于弱靡，以语录代古文，以填词为实讲，以杜撰为清新，以俚语为调度，以挑撮为工巧”；批评当时“良知之说充塞天下，人以读书穷理为戒”，“人士皆束书不观，无可见长，则以撮弄字句为巧，娇吟蹇吃，耻笑俱忘”；“万历以后，恶习熺然，流及百年，余焰不熄”[②]。这些批评，切中时弊，比较符合当时文坛的实际情况，对纠正当时文坛的不良风气是有进步作用的。但这里应该指出的是，王夫之对民间文学所采取的态度，却是非常错误的。在明代文坛一片污浊的喧嚣声中，民间文学由于它“不效颦于汉魏，不学步于盛唐，任性而发，尚能通于人之喜怒哀乐

① 此处引文均见王夫之《夕堂永日绪论·内编》。

② 此处引文均见王夫之《夕堂永日绪论·外编》。

嗜好情欲"[①],因而引起人们的重视。李贽就曾批判过去封建正统文人对民间文学的贬抑,而重视它们的文学价值[②];卓人月称民歌为明代一绝,可与唐诗、宋词、元曲并美[③];李开先甚至赞"风出谣口,真诗只在民间"[④];而冯梦龙还专门从事民间文学的搜集和整理工作,认为"有假诗文,无假山歌",它们"借男女之真情",可以揭发封建礼教的虚伪性[⑤]。但是,王夫之完全不是这么认识。他虽然提倡写诗要有真情实感,却把起自晋宋的《清商曲》、盛行于明代的《劈破玉》、《银纽丝》,一概斥为"里巷淫哇",认为作《懊侬歌》、《子夜歌》、《读曲歌》等为"不惜廉隅"[⑥];认为有"博大弘通之才"的作家们,应该"竖大义,析微言",决不写那样"俗陋"的"下劣文字"。他攻击"李贽以佞舌惑天下,袁中郎、焦弱侯不揣而推戴之","故万历壬辰以后,文之俗陋,亘古未有"[⑦]。王夫之对李贽、袁中郎等如此深恶痛绝,正反映了其文学思想中正统的儒家思想的消极面仍然相当严重。明代中叶以后,随着资本主义的萌芽,思想界就产生了个性解放的要求,要求摆脱封建束缚;这反映在文学上则是反对摹拟,要求独抒性灵,提倡通俗文学。王夫之在文学思想上反对"依傍门庭",反对死守作诗之法,主张"曲写心灵",这与李贽和公安三袁的主张比较近似,是符合时代发展对文学所提出的要求的。但李贽反对"咸以孔子之是非为是非"[⑧],是对儒家传统思想的公开挑战;三袁中名声最著的袁宏道,便是李贽的弟子,他继承了李的思想,这却是王夫之所不能容忍的。因为在王夫之眼里,儒家始祖孔子的形像及其经典仍然相当高大,他的思想言行,是以不损伤

① 袁宏道《序小修诗》。
② 李贽《童心说》。
③ 陈宏绪《寒夜录》引。
④ 李开先《市井艳词序》。
⑤ 冯梦龙《序山歌》。
⑥ 王夫之《夕堂永日绪论·内编》。
⑦ 此处引文均见王夫之《夕堂永日绪论·外编》。
⑧ 李贽《藏书·世纪列传总目前论》。

孔子的形像、崇奉儒家的经典为准则的。他不能允许人们“以酸寒器竞之心说孔、孟行藏”，坚守儒家“经义固必以《章句》、《集注》为准”，“不可背戾以浸淫于异端”[①]。这自然都是王夫之的缺陷。

① 王夫之《夕堂永日绪论·外编》。

略论徐钪的《词苑丛谈》

清代的词论，比之词的创作，成就要更大一些。而在浙派词人占统治地位的清初词坛，徐钪的《词苑丛谈》，可说是在“家白石（姜夔）而户玉田（张炎）”的一片卑弱的词风之中[①]，透露了一点要求补偏救弊的呼声；对后来兴起的常州词派，在思想和理论上产生过一定的影响。

徐钪（1636－1708），字电发，号虹亭，江苏吴江人。据朱彝尊《徐电发南州集序》及《清史稿・朱彝尊传》载，徐钪于康熙十八年（1679）与朱彝尊等同试博学鸿词，并同授翰林院检讨，纂修《明史》。徐钪与朱彝尊不仅同入史馆，而且“又僦舍同居”，在“两人相继罢官”之后，也一直保持着联系。但他们彼此在词学主张上却是存在着分歧的。

徐钪能填词。他在《词苑丛谈》卷五中有一段记载说：“余旧有《菊庄词》，为吴孝廉汉槎在宁古塔寄至朝鲜，有东国会宁都护府记官仇元吉题余词云：‘中朝寄得《菊庄词》，读罢烟霞照海湄。北宋风流何处是？一声铁笛起相思。’”《四库全书总目》引《江南通志》亦有类似记载，并谓“钪于倚声一道，自早岁即已擅长，故于论词，亦具有鉴裁，非苟作也”。钪还著有《南州草堂集》和《本事诗》。而《词苑丛谈》专辑词家故实，分“体制”、“音韵”、“品藻”、“纪事”、“辨证”、“谐谑”、“外编”七门，采摭繁富，援据详明。徐钪“为之条分缕析，别为诠次，傍及词之源流正变”，“略为申论”[②]。其中“体制”、

① 朱彝尊《静志居诗话》。

② 《词苑丛谈・自序》、《凡例》。

“品藻”两门，尤为可观。全书十二卷，有《四库全书》本、《海山仙馆丛书》本和《丛书集成初编》本。

清初词坛，在浙派词人的统治下，词被认为是只宜摹写“宴嬉”、歌颂“太平”的玩艺儿。因而，像辛弃疾那样抒写豪情壮志的词作，不仅得不到重视，甚而遭到那些有影响的词人们的厌弃。例如作为浙派词人最主要的代表的朱彝尊，他在所作《水调歌头》（送钮玉樵宰项城）中就公开地说：

吾最爱姜（夔）、史（达祖），君亦厌辛（弃疾）、刘（克庄）。

而徐釚却不然。他对辛弃疾和他的词作不仅不厌弃，相反却给予极高的评价。他在《词苑丛谈》卷四中引黄梨庄的话说：

辛稼轩当弱宋末造，负管、乐之才，不能尽展其用，一腔忠愤，无处发泄。观其与陈同父抵掌谈论，是何等人物！故其悲歌慷慨，抑郁无聊之气，一寄之于其词。今乃欲与搔头傅粉者比，是岂知稼轩者！

他认为辛词具有深厚的爱国感情和广阔的社会内容，不能将辛词与那些“娱宾遣兴”的作品同日而语。为此，他对当时贬抑辛词的不良风尚，也表示了极大的愤懑与不平。他说：

予谓有稼轩之心胸，始可为稼轩之词。今粗浅之辈，一切乡语猥谈，信笔涂抹，自负吾稼轩也。岂不令人齿冷！[①]

把对辛词的贬抑，直斥为“粗浅之辈”的“猥谈”，其推尊辛词可见。

徐釚在谈到辛词的艺术成就时还说：

---

① 《词苑丛谈》卷四。

> 词至稼轩，经子百家，行间笔下，驱斥如意。[①]

辛词在一定程度上冲破了词体的格律，以文为词，议论风生，不论经、史、诸子，都可以入词，这就不仅使词的风格可以多样化，而且有利于表达更为丰富而复杂的思想意境。徐釚言简意赅地道出了辛词在艺术上的创造，也是符合词作发展的历史实际的。

在辛弃疾之前，苏轼是冲破词的狭隘藩篱，拓展豪放词风的重要人物。前人论词，往往以苏轼《念奴娇·赤壁怀古》与柳永《雨霖铃》作比，来说明他们的词在风格上迥然不同。例如俞文豹《吹剑续录》中就有一段记载：

> 东坡在玉堂日，有幕士善歌，因问："我词何如耆卿？"对曰："郎中词，只好十七八女子，执红牙板，歌'杨柳岸晓风残月'；学士词，须关西大汉，铁绰板，唱'大江东去'。"

这段记载，对苏、柳词以形象取譬论风格，未分轩轾。但徐釚认为，"'残月'、'晓风'，'大江东去'，'铁板'、'红牙'，褒讥千古，特是优伶之口，未免强为差排"，有必要"以己见"重新给予"品藻"[②]。因而，他据此大发议论，说：

> 苏东坡"大江东去"，有铜琵琶、铁绰板之讥；柳七"晓风残月"，谓可令十七八女郎，按红牙檀板歌之。此袁绹语也。后人遂奉为美谈。然仆谓东坡词自有横槊气概，固是英雄本色。柳纤艳处亦丽以净耳，况"杨柳外"句，又本魏承班《渔歌子》"窗外晓莺残月"，只改二字增一字，焉得独擅千古！[③]

---

① 《词苑丛谈》卷四。
② 同上《凡例》。
③ 同上卷三。

其褒苏抑柳之意甚明。苏、辛词在意境风格上比较相近，徐釚苏、辛并尊，这是很自然的事。比较而言，徐釚对豪放悲壮的词，要比对婉约的"艳词"更为欣赏。比如他在谈到《六州歌头》时说：

> 《六州歌头》本鼓吹曲也。音调悲壮，又以古兴亡之事实之，闻之使人慷慨，良不与艳词同科，诚可喜也。[①]

他喜爱像《六州歌头》那样"音调悲壮"能反映"兴亡之事"且"使人慷慨"激昂的作品，就因为它们"不与艳词同科"。这就说明，他推尊苏、辛词，喜爱悲壮豪放之作，与他不满于浙派词人统治下的卑弱词风，是有一定的关系的。

徐釚论词，强调词必须抒写真性情，他说：

> 词贵于言情矣。予意所谓情者，人之性情也。上自《三百篇》以及汉、魏、三唐乐府诗歌，无非发自性情。故鲁不可同于卫，卿大夫之作不能同于闾巷歌谣。即陶、谢扬镳，李、杜分轨，各随其性情之所在。古无无性情之诗词，亦无舍性情之外别有可为诗词者。若舍己之性情强而从人，则今日饾饤之学，所谓优孟衣冠，何情之有？唐人小令善于言情，然亦不为《懊侬》、《子夜》之情。太白《菩萨蛮》为千古词调之祖，又何尝不言情？又何尝以《懊侬》、《子夜》为情乎？予故言：凡词，无非言情，即轻艳悲壮，各成其是，总不离吾之性情所在耳。[②]

提倡诗歌应该抒写性情，这可以说是从《尚书·尧典》、《礼记·乐记》、《毛诗序》以来代代都有人论述的老问题，并非徐釚创见。但是，徐釚在此时此地来强调填词也应该抒写性情，却有其独特的时

① 《词苑丛谈》卷一。

② 同上卷四。

代意义。如所周知，明末清初比徐釚早二十余年的黄宗羲、顾炎武等人，都曾强调“诗以道性情”，他们是从自己所经历的国破家亡之痛和强烈的民族感情出发来论述这个问题的。但是，当明朝亡定、清朝的统治已经稳定之后，有些词人对词的要求便出现了新的变化。作为浙派词人开派人的朱彝尊，就公然宣称：“昌黎子曰：‘欢愉之言难工，愁苦之言易好。’斯亦善言诗矣。至于词，或不然，大都欢愉之辞工者十九，而言愁苦者十一焉耳。故诗，际兵戈俶扰、流离琐尾，而作者愈工；词，则宜于宴嬉逸乐，以歌咏太平。此学士大夫并存焉而不废也。”[①]朱彝尊对词的这种要求，代表了浙派词人的一种总的倾向，实际就是要把词的创作，引进一条脱离现实、粉饰太平的死胡同。徐釚强调“词贵于言情”，这种“情”，既可以是“轻艳”婉约，也可以是“悲壮”豪放，而其要，则在不“舍己之性情强而从人”；他认为“古无无性情之诗词，亦无舍性情之外别有可为诗词者”。针对朱彝尊认为“愁苦之言易好”是专指诗而言，“至于词，或不然”的说法，徐釚甚至还直截了当地指出：“诗非穷不工，乃于词亦然。”[②]这种理论，对风靡一时的浙派词人的偏见，无疑是具有针砭作用的。

徐釚虽比较喜爱豪放的苏、辛词，但他并不排斥抒写了真性情的婉约之作，所谓“轻艳悲壮，各成其是”。而他对词的基本观念，也还是认为婉约为“词之正宗”，以豪放为“词之变体”。比如他说：

> 李氏、晏氏父子、耆卿、子野、美成、少游、易安，至矣，词之正宗也。温、韦艳而促，黄九精而刻，长公丽而壮，幼安辨而奇，又其次也，词之变体也。词体大略有二：一体婉约，一体豪放。婉约者欲其词调蕴藉，豪放者欲其气象恢宏。然亦存乎其人，如秦少游之作多是婉约，苏子瞻之作多是豪放。大约词

---

① 朱彝尊《曝书亭集》卷四十《紫云词序》。

② 《词苑丛谈》卷三。

体以婉约为正，故东坡称少游为今之词手；后山评东坡如教坊雷大使舞，虽极天下之工，要非本色。[1]

“词为艳科”，“诗庄而词媚”，这是婉约派词人对词的基本观念。徐釚列举的李煜、二晏、柳永、张先、周邦彦、秦观、李清照等词人，都是婉约派的代表人物。他们的词，以委婉闲雅的笔触，来抒写缠绵悱恻的情思，无论是伤春、悲秋、离情、别绪，都能写得十分迷离惝恍，柔靡虚华，确乎有他们共同的特点。徐釚说他们成就最高，称之为“词之正宗”，其实这也是沿袭前人的传统观念。词分“婉约”、“豪放”两派，并以“婉约”为“正宗”，“豪放”为“变体”，这是在南宋时就已形成的看法，批评家们对此并无多大歧议；而词坛论辩，大多还是在对词人或词作的评骘方面。比如温庭筠和韦庄的词，徐釚把他们与苏轼、黄庭坚、辛弃疾之词同列为“词之变体”，这是沿袭明人王世贞的说法。而此说与徐釚同时代的王士祯就已给予驳正，他说：“弇州谓苏、黄、稼轩为词之变体，是也；谓温、韦为词之变体，非也。夫温、韦视晏（殊）、李（煜）、秦（观）、周（邦彦），譬赋有《高唐》、《神女》而后有《长门》、《洛神》，诗有古诗、录别而后有建安、黄初、三唐也；谓之正始则可，谓之变体则不可。”[2]王士祯反对把温、韦词列为“变体”，言颇有理。这不仅因为温、韦作词尚处于词形成之初，难以言变，且温庭筠还是婉约词早期最有影响的“花间”派鼻祖。徐釚沿用王世贞旧说，是很不恰当的。关于词派的论述，《四库全书总目》中有一段议论颇为精当，言曰：“词自晚唐、五代以来，以清切婉丽为宗，至柳永而一变，如诗家之有白居易；至轼而又一变，如诗家之有韩愈，遂开南宋辛弃疾等一派。寻源溯流，不能不谓之别格，然谓之不工则不可。故至今日尚与‘花间’一派

---

① 《词苑丛谈》卷一。

② 王士祯《花草蒙拾》。

并行，而不能偏废。”[①]这样评论和叙述词派的流变，似比徐釚所论要更符合历史的实际一些。

徐釚研究词学，比较讲求实际。他反对从明人杨慎开始的调名原起之说，如说《蝶恋花》取梁元帝“翻阶蛱蝶恋花情”，《满庭芳》取吴融“满庭芳草易黄昏”，《点绛唇》取江淹“白雪凝琼貌，明珠点绛唇”之类，徐釚就不以为然，他说：

> 宋人词调不下千余，新度者即本词取句命名，余俱按谱填缀。若一一推凿，何能尽符原指？安知昔人最始命名者，其原词不已失传乎？且僻调甚多，安能一一傅会载籍，自命稽古。学者宁失阙疑，毋使后人徒资弹射可耳。[②]

他认为单纯去研究各种词调名称的原起，很容易失之穿凿附会，给后人引为笑柄。他说：“大率古人由词而制调，故命名多属本意；后人因调而填词，故赋寄率离原词。曰‘填’，曰‘寄’，通用可知。”[③]这个解说，看来还可能比较符合实际。他批评有些词人因宋人以《黄莺儿》咏莺，《迎新春》咏春，《月下笛》咏笛，《粉蝶儿》咏蝶，等等，因而也就把它作为矩矱，死守为定法。他认为这好比是“窦中窥日，未见全照”；而词之“工拙之故，原不在是”。他引胡应麟《艺林学山》中的一段话说：“诸词所咏，固即词名，然词家亦间如此，不尽泥也。《菩萨蛮》称唐世诸调之祖，昔人著作最众，乃无一曲与词名相合，余可类推，犹乐府然。题即词曲之名也，声调即词曲音节也。”[④]他这样要求挣脱一些不合理的填词旧章，无非是为了使词这种文学样式，能够被词人们用来更为自由地抒写自己的真性情。这对于词的发展，当然也是有利的。

《词苑丛谈》中关于填词的艺术技巧的论述，也有一些精僻的见解。比如徐釚在谈到词的用字时说：

---

① 《四库全书总目》卷一百九十八“东坡词”条。

②③④ 《词苑丛谈》卷一。

盖词中有生硬字用不得。须是深加锻炼,字字敲得响,歌诵妥溜,方为本色。①

填词不仅切忌用字生硬,而且要求字字音响合度,宜于歌唱。所谓“歌诵妥溜”者,即歌唱时宛转圆润,丝毫不觉拗口。这是词对用字的特定要求。

他又说:

词与诗不同。词之语句有两字、四字至七八字者。若惟叠实字,读之且不通,况付雪儿乎?合用虚字呼唤。一字如“正”、“但”、“任”、“况’之类,两字如“莫是”、“又还”之类,三字如“更能消”、“最无端”之类,却要用之得其所。②

词在句式、叠字、虚字等方面的用法,与诗相较都有所不同。这也是为了适合唱的需要。因为,如徐钪所说:“词有定名,即有定格,其字数多寡、平仄韵脚较严然。中有参差不同者,一曰衬字,文义偶不联畅,用一二字衬之。”③除了词牌、格调、字数、平仄、韵脚,能用衬字,这也是词与诗明显不同之处。

前人填词,往往喜欢征引故事。徐钪认为,“词中用事最难,要紧著题,融化不涩”。他说:“东坡《永遇乐》云‘燕子楼空,佳人何在,空锁楼中燕’,用张建封事。白石《疏影》云‘犹记深宫旧事,那人正睡里,飞近蛾绿’,用寿阳事。又云‘昭君不惯胡沙远,但暗忆江南江北。想环珮月下归来,化作此花幽独’,用少陵诗。此皆用事不为所使。”④所谓“用事不为所使”,亦即“融化不涩”,天衣无缝,使所引故事完全融化在词的意境之中,丝毫不留下斧凿痕迹。而要做到这一点,徐钪非常称赞俞少卿的总结,“取形不如取神,用事不若用意”⑤。这两句话,言简而意明,确乎概括了很好的艺术

①②③④⑤ 《词苑丛谈》卷一。

经验。

综上所述，徐釚虽与浙西词派的首领朱彝尊为同年好友，但他的词论却与朱彝尊有明显的区别，而与他身后才形成的常州词派则比较相近。常州词派是打着反浙派词风的旗号发展起来的，他们重视在作品中表现作者真实的思想感情，赞扬"稼轩不平之鸣"，"有英雄语"，认为"南北两朝，实无其匹"[1]。明显地可以看出，这些理论与徐釚的某些词论，是有着一定程度的联系的。

---

① 周济《介存斋论词杂著》。

黄子云及其诗论《野鸿诗的》[①]

在我国古代诗歌理论中，以袁枚为代表的“性灵说”，是清代文学理论批评史上较有影响的一个流派。这一流派的形成，主要是为了反对雍正、乾隆时期影响极大的以沈德潜为代表的“格调派”。袁枚的思想是比较自由解放的，他对当时统治学术思想界的汉、宋学派都有所不满，主张作诗要有真性情，要有个性，反对沈德潜等人的提倡复古，侈谈格调。而黄子云关于诗歌方面的一些理论，可以说是袁枚“性灵说”的先驱之一，他与吴乔、尤侗等人一样，对袁枚诗歌理论及其诗派的形成，也具有一定的奠基作用。

一

黄子云(1691—1754)，字士龙，号野鸿，江苏昆山人(一说吴县人)。其父贞定先生，世居昆山真义镇，“笃志读书，著述甚富”。黄子云“少颖慧”，能诗，善书法，他亲手裁定的《长吟阁诗集》，保存了其所作古今体诗千余首，“皆寓意深而取材博”。他的书法，“潇洒遒拔”，在吴中也为一时之冠，“故征索咸知珍贵”[②]。黄子云为人放诞，当时“吴中诗极盛”，他却目空一切，“以弟畜之，若无与抗行

---

① 此书有《昭代丛书》本、丁福保校刊《清诗话》本、中华书局 1963 年排印《清诗话》本。

② 萧抡《〈长吟阁诗集〉序》。

者”。他论诗宗主杜甫，仿佛除了杜甫，就都不屑一提，“见人诗，无他语，唯痛诋而已”。因此人们对他敬而远之，他也因而“以傲自困”①。

据沈楙真《〈野鸿诗的〉跋》记载：

野鸿先生布衣能诗，家贫好客。客至，具鸡黍；有留榻者，则父子必终夜读，曰：“我父子只有一被供客，无以为寝，故且读书耳。”有某中丞聆其名，求见不可，题一联云：“空谷衣冠非易觏，野人门巷不轻开。”品极峻峭，可揣而知。中年后，成《诗的》一卷……其大旨宗尚社老，确有师承。

《野鸿诗的》卷首有作者小序一段，自云：

自成童以迄于今，奔走海内外，罹三十寒暑，未尝一日风雅离。殚虑研精，上下千百年风人意旨，窃自谓有获。今老矣，将优游草墅以终焉矣……用是摅其所得，公之同志。

《文献征存录》卷十“黄子云”条又云：

（子云）布衣，少有俊才，作诗不轻下笔，必苦吟而后成，经营惨淡，往往得之有意无意间，人谓可压倒元、白。

从这几条材料来看，黄子云家境贫寒，品格清高，不阿谀权贵，作诗态度甚严谨，而阐述他作诗理论的《野鸿诗的》，乃是他毕生对诗歌探研的结晶。

《诗的》论诗，涉及方面甚广。但主要是阐述诗歌创作的理论，诗人的修养，以及对历代诗家的评骘。由于作者自己是个大量从

---

① 汪缙《汪子文录》卷九《吴黄两先生传》。

事诗歌创作的诗人，有丰富的生活阅历和社会经验，因此他对诗歌所发表的有些见解是相当精辟的。

二

黄子云生当康熙、雍正、乾隆时期，正是清王朝的“盛世”。他见过在诗歌创作中提倡“神韵说”的已近暮年的王士祯，而和倡导“格调说”的沈德潜、倡导“性灵说”的袁枚，曾在同一个社会中生活过几十年。黄子云在诗歌理论上不赞成王士祯和沈德潜的主张，而和后起的袁枚在理论上却有着密切的联系。黄子云比袁枚大二十四岁。他们理论上的共同之处，主要表现在他们都认为诗应该是诗人自己抒写性灵的东西。袁枚曾说：“诗者，各人之性情耳。”[①]他反对诗歌的平庸呆板，千篇一律，重视诗歌情趣的真实和形式的新颖活泼，认为只有实际感受，才是产生想象的基础。而黄子云在袁枚之前，早就提出了这样的理论，他说：

> 一曰诗言志，又曰诗以导情性。则情志者，诗之根柢也；景物者，诗之枝叶也。根柢，本也；枝叶，末也。[②]

又说：

> 诗不外乎情事景物。情事景物，要不离乎真实无伪。一日有一日之情，有一日之景，作者若能随境兴怀，因题著句，则固景无不真，情无不诚矣。不真不诚，下笔安能变易而不穷！

这些理论，显然和袁枚是完全一致的。袁枚认为诗的创作可以因

---

① 袁枚《小仓山房文集》卷十七《答施兰垞论诗书》。

② 见《野鸿诗的》。以下引文未注明出处者均见此书。

人而异，因时而异，黄子云的主张也正是如此。而这一点，又正是他们与主张诗有定格的“格调派”诗人所不同的主要之点。

袁枚在诗歌创作方面提出比较系统的理论并开始有一定的影响，主要是在他三十三岁(1748)辞官常居南京附近小仓山的随园之后①，而《野鸿诗的》则为黄子云中年时所作，《诗的》小序作于乾隆二年(1737)，成书当亦在此前后。黄子云的理论早于袁枚，这是可以肯定的。黄子云寓居昆山，袁枚寓居南京小仓山，两地近在咫尺，两人的理论如此相似，袁枚在理论上曾受到黄子云的影响，也是毫无疑问的。当然，黄子云的理论也并非都是他自己的创见，比如关于“诗言志”的理论，《毛诗序》就已说过；诗本乎情的理论，白居易在《与元九书》中也已说过；而公安派还曾经提出过“独抒性灵，不拘格套”的口号。但是，在王士祯的“神韵说”，尤其是沈德潜的“格调说”在诗坛风靡一时的时候，上述理论已不被诗界所重视。黄子云又首先重提了这些早已为诗人们所忘怀的理论，而且经过袁枚的大力倡导，逐渐形成为一个新的诗派，这是有其积极意义的。

当然，我们也还应该看到，黄子云提倡“性灵说”，他这方面的理论并没有像后来的袁枚那样完整；他不赞成王士祯的“神韵说”，但反对它也不如袁枚那么坚决，甚而在他的理论中还夹杂着王士祯的残余影响。王士祯的诗歌理论基础是禅宗的哲学理论，他所谓的“神韵”，即司空图《诗品》所说的“不着一字，尽得风流”，也就是严羽《沧浪诗话》所说的“羚羊挂角，无迹可求”，因而他讲求架空的“超脱”和迷离惝恍的“境界”，主张从“兴会”、“妙悟”等方面去用功夫。黄子云《诗的》中也有类似的理论，比如他说：

---

① 清人方濬师撰《随园先生年谱》云，袁枚生于“康熙五十五年丙申(1716)”，卒于“嘉庆二年丁巳(1797)，享年八十二岁”。“乾隆十三年戊辰(1748)先生三十三岁”，“秋，解组归随园”。据《年谱》所载，袁枚的文学活动主要在辞官居随园之后，如“编诗十卷”，“作《续诗品》三十二首”，“仿元遗山论诗得六十人”，等等。辞官以前，未见其有重要的文学活动。

> 诗有禅理，不可道破。个中消息，学者当自领悟。一经笔舌，不触则背。诗可注而不可解者，以此也。

从中可以看出，黄子云明显受到了他的前辈曾在诗坛上称雄一时的王士祯的理论的感染。但是就其总的理论的倾向来看，他不属于“神韵派”，而是属于后起的“性灵派”。王士祯推崇唐诗，主要是王、孟、韦、柳一派，杜甫、白居易等则为他所“酷不喜”；而黄子云却偏偏酷爱一个杜甫，对杜诗推崇备至，这也可以看出他和王士祯的重要分歧所在。

至于提倡“格调说”的沈德潜，年纪比黄子云大十八岁。黄子云对他的诗歌理论，虽不像袁枚那样深恶痛绝，但反对“格调说”的态度还是明确的。比如沈德潜主张以“三唐之格”作为诗的一种标准，认为写诗必须学古，必须论法，必须“摩取声调，讲求格律”，虽也说“诗贵性情”，但指的却是符合封建正统观念所要求的所谓“温柔敦厚”的思想感情。而黄子云却不然，他说：

> 初学诗，无论古今体诗，一题在手，先安排法局，然后下笔。及工夫粹精，随事随物，流出胸臆，自成确当不可易之格，自有独造未经道之语。

很显然，他认为初学作诗要注意方法，但他是不主张写诗完全为“法”所死死束缚的。至于“声调”，他也不赞成因袭“摩取”，认为作诗时如果单讲究“就韵构思”，“小弄新巧”，则“不能成大器”，而“和韵最害人诗”，“以此而斗工”，那是最无意义的。

黄子云不赞成如沈德潜所提倡的那样的“格调说”，但也并非主张作诗不必讲格律。他说：“体裁题义，不可不讲。”但更重要的还在于必须注意意气排荡，对偶灵活，情景真新，有作者气象，如果只是“踵前人步伐，不能流露性情，均无足观”。也许正是因为基于这种观点，他对在诗歌创作中重视严整的格律的杜甫，不仅没有在这方面提出过任何指责，相反，却表示了热情的赞扬。对于“永明体”开创人之一的谢朓，他也极力称赞说：“元晖句多清丽，韵亦悠扬，得于性情独深。虽去古渐远，而摆脱前人习弊，永元中诚冠冕也。”“永明体”是标志着我国诗歌从比较自由的“古体”走向格律严整的“近体”的一个重要阶段。但谢朓的诗歌，依然能写得那样清新秀丽，“好诗流转如弹丸”，他创造性地运用格律，“摆脱前人习弊”，情韵悠扬，具有自己独创的风格，因而才博得了黄子云的赞誉。

三

关于诗人的修养问题，黄子云在《野鸿诗的》中也发表了较为系统的理论。他认为伟大的诗人所以能高出别人，主要就在于他们眼高、气充、胆大、看问题深刻，他说：

> 眼不高，不能越众；气不充，不能作势；胆不大，不能驰骋；心不死，不能入木：此四者，作诗之大旨也。

这里所说的眼高、气充等等，并不单纯是一个练习艺术技巧的问题，而是包括了诗人洞察事物的能力，道德文化的修养，以及写作的态度等诸方面的因素在内的。所谓“眼高”，就是要求诗人必须锻炼观察事物的能力，提高思想修养，站得高，看得远。所谓“气充”，这个“气”，就是孟子所说的“我善养吾浩然之气”的那个“气”，亦即韩愈《答李翊书》中所说的“气，水也；言，浮物也”，“气盛则言之短长与声之高下者皆宜”，这个“气”，既指作者品格才气的修养，也包含着作品的内容和气势。提倡“胆大”，主要指诗人应有创造性，跳出前人的窠臼。最后是说诗人看问题必须深刻，这样，诗歌才能写得入木三分，精辟有力。黄子云的这一段话，言简意赅，是说到了诗人修养的一些根本问题的。

黄子云认为，有成就的诗人的诗作，一般都具有自己的独创性，而诗人观察事物，体察物理，也必然是比较深刻的。他这样说：

“词意要必由中而发，不拾先进唾余”，就如“咏物，不达物之理，即状物之情；物理易明，物情难肖。有唐咏物诸什，少陵外无一可者，唯玉谿差得二三，然少全作。大抵才识浅者，不能刻入正面，取其省力易为，或比拟，或夹写，如是而已。虽雕文镂采，曼声逸韵，恶能切其綮而哜其胾哉！”黄子云认为唐人咏物诗写得好的只有一位杜甫，并贬低“比拟”、“夹写”对咏物诗的作用，这自然是一种偏见。但他强调诗人深入体察事物对于作诗的重要性，指出有些诗人所以只能玩弄文字游戏，写不出好诗篇，其病根往往就在于对事物体察不深，这是很有见地的。

在黄子云生活的时代，由于沈德潜“格调说”的影响，诗坛上拟古复古的空气极盛。黄子云针对这种不良倾向，曾就如何正确地学习古人，提出了自己的主张，他说杜甫的七律，“其意之精密，法之变化，句之沈雄，字之整练，气之浩汗，神之摇曳”，确乎是值得学习的，但要真正学到他的精神，必须“先扫去胸中秽恶字调，培养元气”。这就是说，学习古人如果只停留在表面字句或格调的模拟阶段，那是不可能有成就的，学习古人还必须和提高自己的根本修养结合起来，摒弃陈词滥调，这样才会有所长进。他批评当时社会上有些诗人不能注意这一点，单纯从诗歌的形式或字句方面去学习杜诗，结果反而弄得不伦不类。他说：

> 后之不如少陵七律者，病有多端：起无气，句无调，字不坚牢，意不排荡，对偶不灵活，情景不真新，当句自解，归结无致，句中不见作者气象，使事不免笔端拘滞，此数条所当猛省。

这里指出的关于学习杜诗中所存在的种种弊端，虽表现不同，其实都是缺乏真情实感勉强模拟别人作诗常易犯的通病。由于作者“培养元气”不足，因而内亏则形羸，气虚则体卑，不仅陈词滥调，言不由衷，而且必然缺乏诗歌应有的情致和韵味。求其形似尚不能，要得其神髓，自然就更谈不上了。

黄子云认为，向古代优秀的诗人学习，应该有明确的目的性。

诗人如果针对自己创作中的弱点，有选择有重点地学习一些古代优秀诗人的诗篇，是可以从中得到裨益的。他说：

> 凡诗有不足之病，即以前人对病之法治之：病在怯弱，疗之以陈思（曹植）；病在蒙晦，疗之以记室（陈琳）；病在清癯，疗之以光禄（颜延之）；病在陈腐，疗之以宣城（谢朓）；病在沾滞，疗之以参军（鲍照）；病在鲁钝，疗之以简文（萧纲）；病在浅率，疗之以开府（庾信）。若此者，不可悉数，在学者审择所处而已。

诗人根据各自创作中所存在的不同弱点，对症下药，有选择地向前人学习，这本是古人学习的一条经验，黄子云把它概括得更加明确、更加具体了。虽然，黄子云在上例中所举出的一些作家是否尽当，也有可以商榷之处，但作为一种学习方法来看，还是可以参考的。

对于六朝文学，黄子云认为其中固然有许多值得学习的好东西，但也有不少糟粕必须扬弃。他说：

> 六朝中有不可学者四：不细意贴题，而模棱成章者，一也；行文涣溢，而漫无结束者，二也；不本性灵，专以典故填砌，而辞旨不能融畅者，三也；对偶如夹道排衙，无本末轻重之别，可存可削者，四也。

他针对六朝文学中所存在的弊病，举出四条，要人们在学习时引以为戒，这说明他对于学习古代文学遗产，也是主张采取批判地继承的态度的。

黄子云认为写作的艺术技巧，对于一个诗人来说，也不可忽视。这也是诗人提高其修养的一个重要方面。任何一个诗人，在写作时都应该认真对待这一问题。所以他说：

作诗用苦心，不待言。造句时尚须用全力，以助其气，庶字字立得起，敲得响。纵极平常浅淡语，以力运之而出，便勃然生动。

他认为一首诗有了好的内容，还必须在炼字造句上下苦工夫，认真推敲，务使作品内容能得到最完美而生动的表达。这样，诗歌不仅有内容的美，而且有形式的美，才称得上是一首真正的好诗。

文学是语言的艺术。对于诗歌来说，语言的运用就更为重要。黄子云也深深懂得这一点，他说"诗之浅深，有在一两字内见者"，"一字之间"，往往"风气顿殊，妍丑迥别"。因此用字造句，不可不慎。

黄子云认为炼句对于作诗有着极其重要的意义，但他告诫诗人们不应孤立地对待炼句，而必须把它和炼气联系在一起，这样炼句才有成效。他说：

晚唐后专尚镂镌字句，语虽工，适足彰其小智小慧，终非浩然盛德之君子也。韩、柳之文，陶、杜之诗，无句不琢，却无纤毫斧凿痕者，能炼气也；气炼则句自炼矣。雕句者有迹，炼气者无形。

黄子云指出晚唐后镂镌字句之弊，及韩、柳文与陶、杜诗的琢句有成，其成败关键就在于能不能炼气。他把能否炼气视作炼句成败的关键，这个见解是很精辟的。

当然，如果一个诗人只是在诗的形式上下工夫，写出来的诗内容上没有一点诗味，那也自然是不行的。所以黄子云又说：

诗不难乎起，而难乎气；不难乎结，而难乎神。

确实，诗要在形式上写得像一首诗，毕竟是比较容易的，但是要使一首诗写得有诗的气味和情致，却不是一件很容易的事。因而，对于一个诗人来说，他的修养应该是多方面的。如“格调派”诗人那样的模拟因袭，是很难写出不朽的好诗来的。

四

黄子云对古代诗人，突出地推崇杜甫。他对杜诗确实作过精湛的研究，《野鸿诗的》头一条即评价杜诗：

> 能鼓汉、魏之气，撷六朝之精，含咀乎《三百篇》之神者，唯少陵一人！

认为中国文学史上真正能在诗歌创作中发扬汉魏风骨，吸取六朝精华，且在精神上与《诗经》一脉相承的，只有杜甫一人。这个评价很高，但却是有根据的。杜甫继承《诗经》的现实主义精神，把诗歌中的现实主义推向高峰，早为人所公认。而他对遗产的善于学习，从他的《戏为六绝句》中可以看得很清楚。他说：“别裁伪体亲《风》《雅》，转益多师是汝师。”历史上有许多人反对六朝文学，但他却认为其中也不乏可以学习的东西。他对于庾信，就盛赞其“凌云健笔”。至于屈宋和汉、魏风骚，更是他所推仰备至的了。黄子云说：“学古人诗，不在乎字句，而在乎臭味。字句，魄也，可记诵而得；臭味，魂也，不可以言宣。”而杜甫对前人的学习，黄子云认为正是因为他学到了“汉、魏之气”，“六朝之精”，“《三百篇》之神”，而并没有停留在对表面字句的学习上，所以他伟大。因此黄子云说：“孔子兼尧、舜、禹、汤、文、武、周公而成圣者也，杜陵兼风骚、汉、魏、六朝而成诗圣者也。”黄子云虽认为杜诗及其对待遗产的学习态度都值得后人借鉴，但他也昭告后人：时代发展了，诗人的环境也和杜甫不同了，学习杜诗也应该是“师意而不师其辞”，要力戒生搬硬套和形式上的模拟。

就杜诗的全部作品而论，黄子云认为也并非所有诗篇一概都好。他指出，杜甫“早年所作，瑕疵亦不少”，如《题张氏隐居》、《早朝》、《送张翰林南海勒碑》等篇就非佳作，“盖公于是时学力犹未醇，至入蜀后，方臻圣域”。他批评有些坊家选本，“录其前而弃其后”，使较差的作品“口相诵述”，而佳作“反湮灭而不闻”，这是非常遗憾的。东坡说过，北宋人学杜诗，仅得其粗俗而已。黄子云指出，这种情况之所以产生，主要就在于对杜诗“患在太粘滞于早年之作，若熟读其入蜀以后诸诗，而味其神理，便无此病”。黄子云批评杜诗中亦多瑕疵，这表明他推崇杜甫而并不迷信。这种态度是正确的。但是黄子云认为杜甫最好的诗篇产生在入蜀以后，就艺术纯熟来说虽无不可；然而忽视了他在战乱流离时期所作的如《北征》、《羌村》、“三吏”、“三别”等重要代表作的意义，以偏概全，就未为恰当了。

前人评诗，往往把李商隐和杜甫作比，称“杜陵殁后，义山可为肖子”。黄子云极力反对这种看法，认为这两家根本不能相提并论，他说：

> 人皆谓杜陵殁后，义山可为肖子。吁，何弗思之甚耶！彼之浑厚在作气，此之浑厚在填事；彼之风喻必指实，此之风喻动涉虚；彼则意无不正，此则思无不邪。风马之形，大相径庭，奚待一一量较，而后知其伪哉！

把李商隐完全和杜甫并提当然不妥，但黄子云完全否认李诗在某些方面曾受到杜甫的影响，也未免失之过激。比如李商隐直接反映民生疾苦的代表作《行次西郊一百韵》，无论表现方法或思想内容，就异常明显的曾受到杜甫五言古诗如《北征》、《石壕吏》等的影响。杜诗七律，对李诗也有较深的影响。这些事实是不应该否认的。

从《野鸿诗的》来看，黄子云对李商隐确实没有一点好感。他认为李商隐“以美人香草为护身符帖”，“倡为妖淫靡曼之词”，是“《三百篇》之罪人”。其实在黄子云笔下，遭受贬抑的还不止一个李商隐。就如白居易、韩愈、陆游等大诗人，黄子云虽肯定他们有一定成就，但评价总嫌不足。他批评白居易诗“失之浅”；韩诗“盘空硬语，以文入诗”，不是“正道”；陆游诗“流于浅弱，而无高浑磊落之气”。这些批评，情绪上的偏激是很明显的。

黄子云对历代诗人的评价是有这样一个总的思想作指导的：

> 康乐谓：世间才共一石，子建八斗，我居一斗，余则散之天下。今也不然。子建、子山、子美各得三斗，余以散之大历已上诸公，下此不得染指。

从黄子云对这“一石才”的分配，明显地可以看出他推崇曹植、庾信和杜甫，挤掉了自认为有才一斗的谢灵运。更值得注意的是，他对余下一斗所作的分配：大历以后诗人“不得染指”！这么说来，从中唐直至清代，那么多的诗人，竟没有一个诗人被他看得上眼。这实在是一个莫大的偏见！关于这一点，后来的袁枚就比他客观多了。

黄子云《野鸿诗的》中的某些理论，虽然在方法论上存在着一些主观片面的缺点，但总的来看，他的理论在当时社会中，对纠正诗歌创作的不良倾向，是具有一定的积极意义的。黄子云出身贫寒，社会地位不高，不可能在诗坛上直接与当时拥有政治势力的沈德潜等相抗衡，然而他仍不失为是袁枚“性灵派”正式形成之前值得注意的人物之一。

必须辨明原意

在我国丰富的文艺理论遗产中，有一些理论，往往由于作者出于一时的艺术感受，缺乏具体的说明，再加上古今语言的差异，时代背景的不同，使我们很难一下就确切地把握它的原意。为了辨明原意，有时需要我们联系它的时代，它所论述的对象，乃至作者的全部著作，进行反复的考察。如果望文生义，往往就很容易牵强附会，有失原作的本意。

最近读到几篇文章，其中对王国维《人间词话》中有一段话的解释，似乎就有可以商榷之处。王国维说：

> 诗人对宇宙人生，须入乎其内，又须出乎其外。入乎其内，故能写之；出乎其外，故能观之。入乎其内，故有生气；出乎其外，故有高致。

有一篇文章这样解释说：

> 所谓“入乎其内”，意味着了解人生。对人生有深入的理解，才能创造有“生气”（形象鲜明有生活气息）的艺术境界。所谓“出乎其外”，意味着高于生活，比现实站得高，才不致成为爬行的现实主义，才能创造出有“高致”（具有充分典型意义和独特风格）的艺术境界。

又说：

> 既“入乎其内”，又“出乎其外”，既轻视外物，又重视外物，都是王国维对诗人与现实的关系问题的理解，显示出他的美学思想具有朴素的唯物的因素和初步的辩证的观点。

另两篇文章的解释，也大致与此相似。

这样的解释，如果把它孤立起来看，似乎是没有什么不妥的。但是，假如我们把它与王国维的整个文艺思想联系起来看，那就可以发现它与原作的本意是有出入的。

王国维曾深受康德美学无功利论的影响，认为从事文艺工作，必须“使吾人超然于利害之外，而忘物与我之关系”[①]。因而，他在《人间词话》中提倡无论是“有我之境”或“无我之境”，都必须忘却物我之间的利害关系，提倡文艺必须表现物我两忘的神秘境界。他割裂地理解文艺的内容与形式，认为“一切之美，皆形式之美也”[②]；而文艺内容则为我之主观意志，即所谓“赤子之心”，不是外物与我之关系的反映。他在《人间词话》中说：“自然中之物，互相关系，互相限制，然其写之于文学及美术中也，必遗其关系限制之处。”“遗其关系”，即遗物与物，物与我之关系。因为在他看来，“艺术之美所以优于自然之美者，全存于使人易忘物我之关系也”。

而且，对于这种境界，王国维认为如非天才人物是不可能达到的[③]。在他的眼里，这种天才人物，既不同于常人，也不同于政治家，天才诗人和常人的境界是截然不同的。他说，“诗人之境界，惟诗人能感之而能写之”。“诗人之眼”和“政治家之眼”不同：“政治家之眼，域于一人一事；诗人之眼，则通古今而观之。”因此他主张“词人观物，须用诗人之眼，不可用政治家之眼”，而且认为“感事怀古等作，当与寿词同为词家所禁也”[④]。这种观点，清楚地表明王

①③ 王国维《〈红楼梦〉评论》。

② 王国维《古雅之在美学上之位置》。

④ 王国维《人间词话》。

国维反对以"政治家之眼"来观察事物,认为这是一种实用的功利观点,不适用于艺术,而只有摆脱了功利观点的所谓"诗人之眼',才能符合于艺术的创造。他把"诗人之眼"与"政治家之眼"对立起来,说明他所要求创造的,只是一种与政治无关的所谓无功利的艺术品。当然,真正与政治无关的所谓无功利的艺术品是没有的,王国维这种观点的本身,其实就意味着他的另一种功利。

王国维在《人间词话》中竭力推崇李煜、纳兰性德等人的词,决不是一个偶然的现象。他认为李煜"生于深宫之中,长于妇人之手",是"词人所长处",因为他"阅世愈浅,则性情愈真",他以"赤子之心"作词,所以写出了好作品。他认为"纳兰容若以自然之眼观物,以自然之舌言情,此由初入中原,未染汉人风气,故能真切如此。北宋以来,一人而已"。这些观点,说明王国维之所以赞赏他们,就因为他们能"超然于利害之外,而忘物与我之关系",能够写出他所谓的物我两忘的境界来。他所推崇的其他作家,也几乎都是他认为写了些能超乎人生利害关系的作品的人,很少见到他对现实主义作家表示推崇。虽然他也曾说到什么"客观之诗人,不可不多阅世",而且举了《水浒传》与《红楼梦》的作者为例,但实际上他是从使"材料丰富"出发来谈这一点的。在《〈红楼梦〉评论》中,他竭力宣扬作家应力求"解脱",认为《红楼梦》的作者以"厌世解脱之精神"来对待人生,故能"得解脱之道"。这也表明了他所谓的"多阅世"的真正涵义。

根据这些简要的考察,可以看出,王国维所主张的"诗人与现实的关系",至多也不过是若即若离的关系。所谓"入乎其内"云云,不过是从中取得一些形式的材料,并不"意味着了解人生",更不意味着要"对人生有深入的理解"。而所谓"出乎其外"者,也不过是主张艺术家超脱现实社会生活,摆脱物我关系,追求物我两忘的神秘境界而已。这怎么能说"出乎其外"四个字是"意味着高于生活,比现实站得高,才不致成为爬行的现实主义"呢?显然,认为王国维的那段文字"显示出他的美学思想具有朴素的唯物的因素和初步的辩证的观点"的说法,是不符合客观实际的。相反,它倒是说明了王国维的美学思想是以唯心主义为基础的。那几位同志对《人间词话》中那段文字的解释,实际上是以我们今天对作家的要求去理解古人的文艺理论的。我们要求作家深入生活,了解生活;要求他们在反映生活的时候,应该“高于生活”,比现实站得更高。站在封建地主阶级立场上、同时又受了西方资产阶级某些思想影响的王国维,是不可能对艺术创作有这样的认识的。

当然,《人间词话》中也确乎蕴藏着一些珍贵的创作经验和卓越的艺术见解,需要我们批判地总结和继承。但是,在这个过程中,如何辨明它的原意,却还是一项值得我们大家注意的工作。

“以意逆志”辨

《孟子·万章上》篇中有这样几句谈理解诗的方法的话：

> 说诗者不以文害辞，不以辞害志；以意逆志，是为得之。

话虽说得简单，却很有意思。它说明理解一首诗，不能因为个别的字句去曲解整篇的原意；而应该根据整个篇章，探索作者原来的本意，去领会诗篇的主旨所在。

“以意逆志”在孟子这段话中是表明论点的很重要的一句，但是历来对它却一直存在着不同的理解。分歧在于：到底是以作者原来的本意去理解诗篇的主旨呢，还是以读者主观的体会去推测诗篇的意思呢？汉代的赵岐、清代的焦循，对《孟子》是很有专门研究的，但他们都认为这个“意”指的是读者的意，即“以读者之意推测作者之志也”。朱自清的《诗言志辨》、黄海章的《中国文学批评简史》以及有关《孟子》的几种新选本，也都持这种见解。而清代的吴淇，在《六朝选诗定论缘起》一文中，却认为是“以古人之意求古人之志，乃就诗论诗”。王国维在《玉溪生诗年谱会笺序》中，也认为是以作者之意去理会诗篇的主旨。这两种见解，虽只是一字之争，却是大有出入的。

孟子的原意是什么呢？请先看他提出这一论点的上下文：

> ……咸丘蒙曰：“舜之不臣尧，则吾既得闻命矣。《诗》云：‘普天之下，莫非王土；率土之滨，莫非王臣。’而舜既为天子

矣，敢问瞽瞍之非臣，如何？”

曰：“是诗也，非是之谓也；劳于王事而不得养父母也。曰此莫非王事，我独贤劳也。故说诗者，不以文害辞，不以辞害志；以意逆志，是为得之。如以辞而已矣，《云汉》之诗曰：‘周余黎民，靡有孑遗。’信斯言也，是周无遗民也。”……

这一问一答之间，清楚地可以看出，孟子所谓“以意逆志”的“意”，指的是作者的原意，而并非指读者之“意”。如果这个“意”指的读者之意，那么解诗就可以有主观的随意性了。而孟子回答咸丘蒙的一番话，目的正是在于纠正咸丘蒙由于未能按照作者原意去理解作品而产生的误解。

对“以意逆志”这一句的论争，实际是应该如何研究诗歌的方法论的论争：是尊重客观实际，按照作品本身的实际内容去解说作品呢？还是无视客观实际，凭主观想象随意牵强附会呢？在中国学术史上，这种论争是长期存在着的。我们今天学习了唯物主义辩证法，一看就知道后一种方法的错误。这种方法也确乎害人不浅。比如《诗经》中《关雎》这首诗，本来明明白白写的是一位青年男子思慕一位女子的事，有的封建文人由于不按照诗的原意去理解，而是按照自己的想象去附会，不就有人把它说成是赞颂什么“后妃之德”吗？《诗经》里还有一首《鄘风·柏舟》，本来写的是一位女子不怕母亲阻拦，坚定地爱着她自己看中的情人的事，有一些维护封建礼教的士大夫们竟把它说成是一个贵族妇女死了丈夫，母亲逼她改嫁，她誓死要为丈夫守节。一首强烈反抗封建婚姻制度的诗篇，竟被附会为维护封建礼教的典范，这是多么大的出入！这样的例子在过去是很多的。如果读诗都可以脱离了作品的原意按各人自己主观的推测去解说，那就势必是仁者见仁，智者见智，公说公有理，婆说理犹长，没有了客观标准，当然也就不可能有什么正确的结论。

有些关心古代文学理论的同志，一提到孟子，总少不了要提到他的“以意逆志”说。但看来对“以意逆志”的理解，还必须要注意以意逆志，防止主观主义。

再辨“以意逆志”

【前记】一九六三年十一月九日，我在《光明日报·东风》副刊发表了一篇“读书札记”，题目叫《“以意逆志”辨》。唐兰先生不同意我的看法，在同年十一月十六日《东风》上发表了《〈“以意逆志”辨〉辨》。当时我读了唐先生的文章，感到不敢苟同，便写了这篇《再辨“以意逆志”》，准备与唐先生商榷。但文章排出清样以后，由于种种原因，未予发表。现在，时隔近二十年，唐兰先生虽已作古，但翻阅旧稿，仍感到有就这个问题阐明我的观点的必要。为此，特将拙作发表于后，以祈能进一步得到专家和广大读者的指正。

孟子“以意逆志”的“意”到底应该作什么样的解释，表面看来似乎只是个别字义的训诂问题，但实际却直接关联到对孟子解诗方法的理解问题，关联到如何研究孟子这一重要论点的方法论问题。如何理解孟子的这一论点，历史上长期存在着争论。这一争论，我认为实际上也包含着两种不同的方法论的争论。

唐兰先生在《东风》副刊发表的文章，不同意我在《“以意逆志”辨》一文中对“以意逆志”的理解。对唐先生的观点，我经过反复研究，现提几点商榷性的意见。

唐兰先生说：“决不能把‘意’字解释为‘作者的原意’，而必须解释为‘读者之意’，即‘读者的思考’。”我认为这与《孟子》的原意是并不相符的。有必要再看一看《孟子·万章上》的原文：

……咸丘蒙曰:"舜之不臣尧,则吾既得闻命矣。《诗》云:'普天之下,莫非王土;率土之滨,莫非王臣。'而舜既为天子矣,敢问瞽瞍之非臣,如何?"

曰:"是诗也,非是之谓也;劳于王事而不得养父母也。曰'此莫非王事,我独贤劳也'。故说诗者,不以文害辞,不以辞害志;以意逆志,是谓得之。如以辞而已矣,《云汉》之诗曰:'周余黎民,靡有孑遗。'信斯言也,是周无遗民也。"……

咸丘蒙在读过《诗经·北山》后所以向孟子提出这样的问题,主要是由于:(一)不了解原诗的本意,完全脱离了"作者的本意"而根据自己的意思去牵强附会地理解诗篇;(二)不懂得诗的特点,望文生义,把诗句直接当作理论文字来断章取义的引用。孟子对咸丘蒙的问题回答得很好,不仅根据诗的特性,纠正了咸丘蒙对《北山》诗理解的错误,而且教给了他理解诗的根本方法。他教咸丘蒙读诗时不能望文生义,必须揣摩诗人写作的本意,并以此去理解诗的主旨,这样才不至于有错误。

从唐兰先生的文章来看,唐先生对《孟子》这段原文的理解,前后是有矛盾的。唐先生说,《北山》中"普天之下"四句,"从辞句表面上看,可以理解为土地人民都为统治者所占有,但这并不是诗人的原意;孟子指出诗人是在发牢骚,说谁都是统治者的臣下,为什么单要我来效劳呢?"(这后两句正好是"诗人的原意")唐兰先生的话,正好也说明了孟子要咸丘蒙按"诗人的原意"去理解《北山》,而不能望文生义按"读者之意"去进行牵强附会的解释。然而,唐先生上文肯定了孟子要咸丘蒙按"诗人的原意"去理解《北山》,而下文却又认为"决不能把'意'字解释为'作者的原意',而必须解释为'读者之意'即'读者的思考'"。这样,显然就有些不能自圆其说了。

如果说,"以意逆志"的"意"一定只能指"读者之意",那么咸丘蒙不正是完全按"读者之意"去理解《北山》,因而才闹出了那样的笑话吗?

如果说，“以意逆志”的“意”一定只能指“读者之意”，那么孟子对诗的理解方法，和咸丘蒙还有什么根本不同呢？他还有什么可以指导咸丘蒙的呢？

孟子和咸丘蒙理解《北山》这首诗在方法上的一个根本不同，关键就在于孟子认为必须按“作者的原意”去理解，而咸丘蒙则按“读者之意”去理解。他们对《北山》理解的正确与谬误，就正是从这里开始产生的。

事实上，脱离了“作者的本意”去理解作品的主旨，是不可能不犯错误的。文学作品中的“志”与“意”，有着不可分割的密切关系。作者的“志”（主旨），必须通过作品的“意”（思想内容）才能表现出来。没有作品的“意”，就不可能有作品的“志”。而要了解作品的“志”，就必须通过作品的“意”。不通过作品的“意”，是根本无法正确了解作品的“志”的。咸丘蒙由于脱离了“作者的本意”去理解《北山》，固然造成了谬误；其实，经学家们之所以往往曲解《诗经》，有许多也正是从这里开始发生的。

唐兰先生认为“决不能把‘意’字解释为‘作者的原意’，而必须解释为‘读者之意’即‘读者的思考’”，而在讲到孟子的“知人论世”时，又说要“探索到作者的原意”，认为“不去作知人论世的工作，就未必见得能探索到作者的原意”。这两者有没有关系？是个什么样的关系？唐先生的文章是含混不清的。我个人认为，孟子的“以意逆志”是和他的“知人论世”紧密联系在一起的。因为我们要了解一首诗的主旨，必须了解诗的本意；而要了解诗的本意，就不可能不了解诗人写诗时的生活、思想和他所处的时代环境。脱离了“知人论世”，既不可能正确了解作品的本意，当然也就无法正确了解作品的主旨。这说明“以意逆志”必须在“知人论世”的客观分析的基础上进行，才有可能得出正确的结论。孟子和咸丘蒙谈他对《北山》的理解，就是把“以意逆志”与“知人论世”紧密结合在一起的。

当然，孟子解诗时往往也以道德仁义来渲染，涂上了浓厚的儒家色彩；而且在有些诗的解释中，也不免有断章取义的毛病。但总的说来，他的“以意逆志”与“知人论世”的解诗方法，能够注意到从作品的客观实际出发，而不是从“读者之意”出发，这却是非常可贵的。

我不同意唐兰先生把“以意逆志”的“意”“必须解释为‘读者之意’”，并非不承认读者的想象和思考在解诗过程中的重要作用。但是，读者在解诗过程中的想象、思考和作品本身——即主观和客观——究竟是一个什么样的关系？我个人认为，任何读者在解诗的过程中，都必然会有自己的想象与思考。但从根本上说，读者在解诗时所产生的想象与思考，都必须根据诗篇的本意，都必须以诗篇的本意为基础，读者只有使自己的想象与思考符合作品本身的客观实际，这样主客观的正确结合，才有可能正确理解作品的主旨。

我们就孟子“不以文害辞，不以辞害志；以意逆志，是为得之”这四句的结构来看，孟子在这里显然是把“文”、“辞”与“意”、“志”对举来用的。“文”、“辞”指作品的语言形式，“意”、“志”指作品的思想内容和主旨，它们也都主要是指作品本身而言的。如果把一个“意”字孤立地抽出来当作“读者之意”讲，也显得颇为不妥。

汉、宋两代有不少儒家学者是主张把“意”字解作“读者之意”的，后来也有一些人深受这种看法的影响。其实，对汉、宋儒生的那种看法，清人吴淇早就提出过批评。他在《六朝选诗定论缘起》一文中说：

> 诗有内有外。显于外者曰“文”、曰“辞”，蕴于内者曰“志”、曰“意”。……汉、宋诸儒以一“志”字属古人，而“意”为自己之意。夫我非古人，而以己意说之，其贤于蒙之见也几何矣？不知“志”者古人之心事，以“意”为舆，载“志”而游，或有方，或无方，“意”之所到，即“志”之所在，故以古人之“意”求古人之“志”，乃就诗论诗，犹之以人治人也。

吴淇把“以意逆志”完全简单地归结为“就诗论诗”，虽也有不够全面之处；但他看到了“意”与“志”在同一作品中的内在联系，并以此批评汉、宋诸儒把“以意逆志”的“意”完全解释为读者“自己之意”的不当，这却是很中肯的。

八十自述

从江阴县城东行约六七十华里，便抵达一个名叫占文桥的小镇；镇的南侧是一座三峰并峙南北横亘的笔架形山脉，名曰稷山。相传在唐代安史之乱时，曾有一位名叫薛稷的高官寓居于此。他把山中的自然景观加以修整，有“稷山十景”之美誉。故以其人命名，既称“稷山”，亦称“薛山”。山之东麓是一个名叫南庄的山村，傍山聚居着七八十户农家；村前有河，名白蛇港，南北蜿蜒，北通长江，南接运河，有舟楫交通之便利。绿水绕青山，景色分外宜人，这就是我的家乡，生我养我的地方。村中居民多“吴”姓，亦有姓“蒋”、姓“黄”的，但为数不多。

我的祖上世代务农，相传曾出过几代名医，持有秘传专治咽喉疑难杂症的药方和医术。后医道中衰，便以务农为生。据说到我祖父晚年，久已失传的医药秘籍又被发现，我父亲遂因此又得以重继祖业。虽然刚开始时遇到的困难很多。为了糊口，祖传的几亩薄田，他还得亲自耕种，甚至还得兼做塾师，以贴补家用，所以我的童年生活是在艰难中度过的。但由于父亲有较高的文化修养，能刻苦钻研医术，后来又拜名师进修，得名师指点，医术精益求精，因而医道蒸蒸日上，一天天兴盛起来，上门求治的病人由门可罗雀到门庭若市。家庭经济情况从此有了好转，使我得以从高小、初中到高中都可以住校读书。

父亲理想中的好医生即所谓“儒医”：既有本领能治好危重病人，而且很有学问。他就想以这个模式来把我培养成他将来的接班人。他不惜斥巨资把前清的老秀才请到家里来教我读四书五经，要求我能用文言文写出一手好文章，他说中医开处方不同于西医，中医在处方前写的医案，是中医显示其真才实学的重要窗口。父亲曾多次鼓励我继承其志，做一名好医生。靠着父亲名扬海内的金字招牌安心“守业”，白花花的银子就会每天有人送上门来。

由于父亲总感到我对他的想法不那么顺从，在我高中行将毕业前夕，便想方设法要把我羁留在他身边，他采取了两条措施：一是让我暂停上高中，留在家里，在他手把手的指导下，把我推到看病的第一线，不仅看门诊，而且很快便放手让我出诊，独立操作。病家因我是“得了秘方真传”的嫡长子，也都乐意让我看。我则“初生牛犊不怕虎”，也就真的撒开手脚干了起来。现在我还清楚的记得，有一次我到距家二十余里的泗港镇上去出诊，是坐着轿子去的，在那里看完病，开完用毛笔写的处方，病家还以丰盛的酒席招待我，回到家已是夜深人静，天空还下着濛濛细雨。

大概是在时隔半年以后，父亲可能认为他对我采取的这招比较灵验，接着便又施展他的第二招，让我提前完婚。我五岁时，父亲师从名医施彩庭进修，他曾在师母的说服下同意把她家侄女与我订了“娃娃婚”。所以当父亲提出这件婚事时，我坚决不从。但师道尊严，父亲不敢得罪老师和师母，只好在我身上做文章，他软硬兼施，我体谅父亲的难处，便屈从了。但这是一场悲剧，结婚当晚，按乡间老式婚礼习俗，要跪拜父母天地，岂料在此紧要时刻，新娘已泪流满面，因为她患有先天性风湿性关节炎及心脏病，四肢僵直，关节粗肿，不能屈伸。我顿时便大吃一惊，问父母，他们也瞠目结舌，无言对答。新娘比我大两岁，小学文化，五岁丧母，继母待她不好，有病不给治，十二岁随父去上海袜厂当工人，后因病情加重，失业回乡家居。结婚第二天，父亲便让我和姐姐陪同新娘乘轮船去无锡找名医治病，岂料医生诊察后便摇头叹息，示意已无回天之力。这件事对我是一个沉重的打击。从此我便决心要离开这个家，走自己想走的路。父亲深知我内心的痛苦，对我的管束似乎也不再像以前那么严格。

1945年冬季，抗日战争时迁往广西桂林的无锡国学专修学校迁回无锡学前街原址复校招生。这是一所已培养了众多国学专家的名校。我就近报考，以较高的考分被录取。在该校本科就读一年后，因略感该校所设课程有些不太适合时代潮流，便于 1946 年冬转学考入东吴大学国文系。这是一所与无锡国学专修学校截然不同的教会大学，外籍教师多，学生生活洋派，人称“贵族化大学”。我转学到这所学校，主要倒不是因为追求这所学校的“洋派”，而是因为我们家乡有几个著名的“大人物”据说都是东吴毕业的，我想以自己也能进东吴来杀杀他们的威风。

乡下子弟进东吴自然不可能像富家贵公子那么阔气。我记得我到东吴去报到时，身穿一件粗布长衫，脚上穿的是母亲做的黑棉鞋，肩上扁担挑着随身带来的行李。刚到校门口，迎面便是“养天地正气，法古今完人”十个大字的一副对联，令人肃然起敬。接待新生报到的接待站就设在校门口的传达室，从里边走出一个人来，看了我一眼，便迟疑地问：“是干什么的？”“是来报到的。”我随即便把录取通知书递了过去。他会心的向我笑笑，表示欢迎。随后便帮我拿着行李，陪送我到维格堂 212 室住下。和我同住一室的是一位来自常熟姓翁的同学，当时正忙于对着镜子用银针做双眼皮，顾不上和我打招呼。

我转学东吴的事，对父亲的思想有些触动。他认为能进东吴是“檐高三尺”，是一件令人扬眉吐气的事，因此他对我在东吴上学非常支持，再也不提要我继承医业之事了。他知道东吴是所“贵族化”的大学，花费开销大，对我的正当开支，他尽量设法给予支持。在东吴三年，我在生活上还比较简朴，儿时父亲叫我读《朱柏庐先生治家格言》，其中背诵得烂熟的“一粥一饭当思来处不易，半丝半缕恒念物力维艰”、“宜未雨而绸缪，毋临渴而掘井”等名句我一直铭记在心，作为自己生活的信条。在东吴学习之余，我在报纸上编副刊，写文章，跟随进步同学搞学生活动。后来申请为工读生，在学校图书馆当管理员，在校长办公室当抄写员，并在青年会职业夜校教高中语文。我感到每天的生活很充实。

1949 年 4 月 27 日，苏州解放，锣鼓声，鞭炮声，整个校园都沸腾了起来。有的同学参军南下了,有的同学直接走上工作岗位。我和同班同学陶剑琴,因为已提前读完规定学分,被宣布大学毕业,授予文学士学位并发给毕业证明书。她被分配在苏州人民广播电台工作,我被分配去新华社苏州分社准备筹办《新苏州报》。不久,因听说华北大学为培养俄文人才正在上海招生,我经苏州市学联保送考试后被录取,北上入华北大学。

1950年9月,中国人民大学正式宣告成立,我从华北大学调入中国人民大学国文教研室,先做研究生,1952年2月开始登上大学本科讲台讲课。在人大先后讲授大学语文、中国古代文学史、中国文学批评史等课程三十余年,并培养研究生多名。

在人大,我经历了历次政治运动。所见所闻,值得回忆的往事不胜枚举,至今想来,心情仍不能平静。1957年春夏之交,我在人大新闻系任教师,兼任新闻系工会主席。四五月间开展"整风反右"运动,组织上布置群众"大鸣大放",由工会组织出面主持。当时我因为正忙于所著《柳宗元评传》一书的修改定稿工作,便把群众"鸣放"的组织领导工作委托给系工会副主席兼组织委员。他也主动表示愿帮助我多做具体工作。当时采访"鸣放"的各报记者往来如梭,尤其是《文汇报》记者活跃异常,他都热情接待。但为时不久,6月8日的《人民日报》便发表了题为《这是为什么?》的重要文章,动员反击"鸣放"中的"右派"言论,整个政治风向发生了重大变化,《文汇报》那位活跃的女记者受到了批判,听说后来被划为"右派"分子,并被开除公职。原来每天在校园经常可以见到的工会副主席后来也不知去向。五十年前的往事不堪回首,白云悠悠,令人感叹。

我并不认为"一心埋头做学问,两耳不闻窗外事"都是正确的好事,但在有一些特定的情况下也不一定全是错事。这里仍然想说说我在"大鸣大放"中所遇到过的一些往事。大家知道,林希翎(原名程海果,人大法律系女学生)是"大鸣大放"中的著名人物,我因为对此人品性早有所了解,因此她的言行举止引不起我的关注,但校内各级党政干部对此人却非常注视。一天,林希翎又在人大海运仓大礼堂发表“鸣放”讲演，听众人山人海，我依然反锁着大门在家修改文稿，没有去参加。但一会儿便有人敲门，是支部书记的声音：“老吴，我知道你在改稿，林希翎在海运仓讲演，听的人很多，咱们也去听听吧！快开门，你是工会主席，应该关心政治。”不由分说，我只好把门打开，跟随他去了海运仓，礼堂里早已挤得水泄不通，连所有的窗台上也都爬满了人。一阵阵鼓掌声，还有喝彩声。我们挤在最后的墙角边站定，我耳背，根本听不清林希翎发言的内容，脑子里仍然在思考有关改稿的事。第二天上午，照例是各单位继续开小组“鸣放”会，但小组会一开始，组长却宣布：“昨天在海运仓礼堂听林希翎发言时鼓了掌的同志请举手。”会上约有近一半的人举了手，组长把名字一一都记录在本上，我因为未鼓掌当然不举手。有人就说，林希翎那么精彩的发言，工会主席怎么连掌都不鼓？支书便说：“他站在我身边，确实未鼓掌。”这句话是多么重要的证言啊！刚过两天，组织上又布置下来：“凡是那天听林希翎发言时鼓了掌的人要认真写一份思想检查，挖思想根源。”为此又折腾了好几天。后来，其中有些人就被划成了“右派”。这件事现在想来仍令人感到不寒而栗。

“文化大革命”是人类历史上一场史无前例的大灾难。在这场灾难中，知识分子的尊严可以说被扫地殆尽。“文革”初期，因为进驻人大的军宣队、工宣队都集中在西郊校本部，我们居住在张自忠路宿舍的教师和职工每天都得到西郊去，听候宣传队的安排进行活动。一天早晨，我刚离家出门，六七个红卫兵便闯进我家，先是把桌上的电话线剪断，而后便乱翻书架上的书籍，说是要找我的银行存折和钞票。接着又翻开我的铁床，用拿来的一根既粗又长的铁丝在铁床的管子里捅，并侧着耳朵倾听捅进去的声音，当时我的孩子一个人在家，看他们的行为鬼鬼祟祟，急中生智，便把一只盛满水的热水瓶从我办公室的窗台上扔了出去，“砰”的一声巨响，惊动了邻居们，朝着扔热水瓶的窗口喊话。红卫兵们听楼下人声嘈杂，便手忙脚乱地草草收兵，随手带走我刚编完的一部近200万字的《韩愈资料汇编》的手稿，从房顶天台上扬长而去。中午，我从西郊回来，听说韩愈资料被抄走，顾不得吃午饭，便赶忙到红卫兵总部要求归还手稿，这在当时的情况下当然是不会有结果的。直到“文化大革命”结束，人大清理抄家物资，我才在一间阴暗潮湿的仓库里，找到了这部散失多年的手稿。由于泥地潮湿，屋又漏雨，手稿有将近一半已经霉烂，对此我泪水涟涟，痛心万分。

在“文化大革命”中，有一些年轻同志因为受极“左”思潮影响，失掉理智，做了一些不该做的事，这是可以理解的。但令人痛心的是，我们竟还有一些参加革命数十年的老同志，在“文革”中也随波逐流，不能坚持党性原则，甚至也做出了一些有损人民群众利益的事，这是非常令人可悲的。记得在人大教职工行将去江西五七干校的前夕，驻校军宣队领导曾向教职工们说过这样的话：“你们去干校要做长期打算，你们在大学住红楼，一杯茶、一支烟的书斋生活，今后是永远不会再有了。该带的东西都带走，不带的东西就准备丢弃。”因此我在准备去干校的行装时，便把有的木器家具廉价卖了，重要的书籍我基本上都装箱带走。起初我们的住处被安置在余江刘家站北边的小镇锦江，我们所带的行李书箱全都先运到这里。不意天空乌云滚滚，眼看要下大雨，我怕大雨把木箱中的书籍淋湿了，这时正好原新闻系的某领导过来，我央求他找人帮我先把书箱搬进屋去，没想到他竟不理不睬。一场瓢泼大雨下了起来，整整下了半天。我急的没有办法，只好打着一把伞坐在一只书箱上，眼巴巴地看着其余的书箱被大雨淋透。他打着伞过来，轻描淡写地说了一句：“书读多了没用，被雨淋湿的书等天好了晒晒吧！”我没有再理他。过几天等我把书箱打开，很多书籍也都霉烂了。

在干校，我被安排在三连养牛，当牛倌。三连有四头牛，养牛的人除了我，还有原中文系党总支书记俞圣祺，原中文系美学教研室主任马奇，他们俩年纪都比我长，当时身体的健康状况也不如我，所以养牛这个班子的工作便主要由我负责。牛棚建在距连队驻地约一里许的山坡上，牛棚旁边有一间非常简陋的小屋，我一个人住宿在那里，每天凌晨四点钟便得起床喂牛，夜里狂风怒号，野狼嚎叫，挺吓人的。但日子久了，慢慢也就适应了。也正因为如此，连里组织活学活用毛主席著作讲用会时总要安排我发言，让我讲怎么一个人敢在荒山野地里坚持住下来的。我自然讲这都是学习毛主席著作给我的力量。所以我曾多次被评为活学活用毛主席著作的积极分子，不断受到表扬。翌年，我便和俞圣祺一道被借调去余江县委宣传部，帮助他们的赣剧团做剧本文字的修改工作。八个月后，因北京有关单位的工作需要，我便被提前调回北京，结束了我的干校生活。

1974 年我被北京市委宣传部抽调去整理所谓“法家”著作，前后三年多，与其他同志合作，完成了新校点本《柳宗元集》（四册）的整理工作，后由中华书局出版，学术界反响良好。

1978 年 6 月，中国人民大学复校，我又回到了人民大学中文系，继续担任中国古代文学教研室主任。翌年夏，首批获得“中国文学批评史”专业研究生的硕士学位授予权，并开始招收攻读硕士学位研究生。这时我的老友、山东大学教授牟世金同志来北京看我，当晚住在我家，深夜屈膝谈心，互诉衷肠。我们围绕着中国文学批评史这门学科的建设问题谈得很多很多，我们设想在人大或山大建立一个研究所，两校合作培养这门学科的高级研究人才，编纂和整理有关这门学科的重要著作和文献资料。第二天上午，我便带着这些想法去找系主任汇报。不意他对此竟毫无兴趣，牟世金得知后并未泄气，并表示可回山大争取。大约半个月后，牟世金给我来信，说办研究所的事山大校长已初步同意，但一定要设法把我也调到山大去。为此事我特地去了一趟山大，不意山大其他友人对我调山大之事都表示善意劝阻，此事便暂时搁置了下来。

一天，忽接程千帆先生从南京来信，对我拟调山东大学一事感到惊讶，并表示南京大学和他所在的古籍研究所都欢迎我去。我当即给程先生写了一封简短的回信，感谢他的关怀，并表示了愿去南大的意向。半个月后又接到程先生信，说我的复信他已交校长和书记看过，他们都已在信上批示“速办”，并已送交校人事处经办。大约一个月左右，程先生便告诉我，档案已到南大，让我收拾行李准备启程南下。1984 年 4 月前后我到达南京，便直接到程先生府上拜访。程先生对我表示欢迎，并恳切地对我说，他之所以调我来南大，是希望我能帮助他编好《全清词》，当个副主编；说他老了，将来古籍研究所的工作也想考虑由我来接替。听了程先生这一番情词恳切的谈话，我沉思了好久，程先生看我面有难色，便很委婉地询问我有什么意见？我犹豫了一会儿，便只好实话实说："我很愿意在程先生身边工作，向程先生学习。但我对清词没有做过专门的研究，《全清词》副主编的重任恐怕担当不起来。"

晚饭后我到中文系主任包忠文同志家串门，我的老同学张熙瑾和江苏教育学院中文系主任丰家骅同志到包忠文同志家来找我，告诉我说江苏教育学院毛系瀛院长想找我谈谈。第二天上午我便到了毛院长的办公室。刚坐下，寒暄了几句，毛院长便直截了当地询问我："调南大的事进行得还顺利吧？"我如实回答："档案已调过来了，但暂时还没住房，要稍等。程先生要我搞清词，我对清词未做过专门研究，要我当副主编我担心搞不好，担当不起来。"毛院长接着说："我们这里有房子，下午陪你去看看，你可以在我们这里先住下。"下午，毛院长和丰家骅、张熙瑾等同志陪我到 11 楼打开房门看了住房。毛院长一边走，一边和我说："教院也很需要调进一些好教师，你如果愿意来，我们不仅可以提供宽敞的住房，教学负担不会很重，主要帮我们带带青年教师，培养研究生。"这些话，我听了觉得比较悦耳。因为我这次调动，主要就是为了想找个比较安静的环境，坐下来好好做做学问，把原来计划要编的书编出来，要写的著作写出来。我年纪已近花甲，时不我待，决不能再虚度大好时光。江苏教育学院虽不是名校，但这里人事关系不复杂，教学负担不繁重，有充分的时间可以搞科研做学问。这就是我后来决定调入江苏教育学院的重要原因。

我 1984 年 9 月调入教院，至今已整整 21 年。这 21 年来，已出版学术著作有：《中国文学史大事年表》（精装三册）、《中国古代文学理论名著题解》、《中国古代著名文学家评传·柳宗元》、《中国古代文论家评传·柳宗元》、《世界文学名著文库·柳宗元选集》、《名家注评古典文学丛书·柳宗元诗文选评》、《中国古典文学基本知识丛书·韩愈》、《柳宗元大词典》、《柳宗元诗文十九种善本异文汇录》、《五朝诗话概说》、《宋诗话全编》(精装十册)、《辽金元诗话全编》(精装五册)、《明诗话全编》(精装十册)等。共12种,合计约3000余万字,其中五种获省级以上优秀图书奖。

我个人的经验和体会是,搞学术研究要多出成果,出好成果,关键在一个"勤"字,勤读书,勤研究,勤思考,勤写作,勤修改。古人有云:"勤能补拙。"韩愈在《进学解》中说:"业精于勤荒于嬉,行成于思毁于随。"也都很强调"勤"的重要,要实践这个"勤"字,就是要抓紧时间不放松,分秒必争。

我经常对学生说:一个人应该学会珍惜时间,有效地利用时间、节省时间,假如你每天能有效地多工作1小时,10天就是10小时,360天便是360小时,等于36天,相当于1个多月,10年就是将近11年,竟多出来1年。你活80岁就等于88岁。你想你的有效工作时间比那些虚度时光的人多出了好几年,你的工作自然就会出更多的成果,怎能不超过别人?可见有效运用时间和节约时间的重要。

我早年编韩愈、柳宗元资料汇编时,天天跑图书馆,早去晚归,因为上千部书都等着要去看,根本就没有时间偷懒。我每天给自己定工作量,定工作计划,每月的工作计划、进度都填在自己的表格上,经常登记检查。我自己规定工作量和进度只许超越不能拖拉,因此我自定的工作量和进度计划从来都是超额和提前完成的。我是个急性子的人,有时对自己也很苛刻,为了工作往往废寝忘食。这样时间久了,所以身体的健康状况便日见衰退。

1987年,我在完成360万字的《中国文学史大事年表》之后,自觉健康状况还比较良好,因此便决意把主编多卷本《中国历代诗话全编》的计划提上日程,以了却我平生夙愿。在学术界同仁群策群力的共同努力下,近800万字的《明诗话全编》(精装十册)先期编成出版,即荣获第十一届中国图书奖、首届华东地区优秀古籍一等奖。接着760余万字的《宋诗话全编》(精装十册)继续出版,荣获第二届华东地区古籍优秀图书特等奖。但是,在1999年《辽金元诗话全编》编纂完成并给江苏古籍出版社交稿之后，我却忽然在2000年11月16日患了脑梗塞（小中风），左侧手足偏瘫失灵。这对我无疑是一个沉重的打击。我躺在省人民医院干部病房的病床上思绪起伏，反复思索着一个问题：左侧手足残废了，今后还怎么生活？怎么工作？医生来查病房，告诉我我的血压和各项血液化验都基本正常，这时我仿佛在黑夜中看到了一线光明。我北京的儿子和女儿来了，上海的姐姐、妹妹和妹夫来了，单位的领导来了，同事来了，亲戚和朋友来了。他们都安慰我要心情愉快，病是一定可以治好的。一天吃午饭时，我想起右手既可以拿勺子吃饭，大概也就能握笔写字。下午康复科的戴玲医生来看我，要我在赠他的一本书上签名，不意右手竟严重颤抖，握不了笔，写不成字。我大吃一惊，害怕右臂也得病了。后来我在医生的指导下加强对右手的锻炼，终于恢复了右手能握笔写字的功能。此后，我便开始考虑每天继续写作，既锻炼用手，又锻炼用脑。一天我忽然收到一封从韩国大田中国诗话国际学术讨论会上寄来的信，信是安徽大学一位出席会议的朋友写的。他告诉我会议讨论的很热烈，对我所编的《宋诗话全编》和《明诗话全编》反响很好，但个别人在发言中，认为“诗话是诗话作者的个人专著”，“从诗文别集、随笔和史书、类书等各种典籍中辑录论诗之语而成的书应该称‘诗论’，不能称‘诗话’”。对这种说法，我感到有必要撰文给予答复，为此我在中风尚未康复之际，便在医院的病房里，写了病中的第一本书《五朝诗话概说》，后由黄山书社出版。

脑梗塞（小中风）是当今老年人中多发性的危重病，切不可对它掉以轻心。我患病迄今已经五年，且十几年前便患房颤，已由阵发性转为持续性，两年前安装了心脏起搏器。但我长期养病的体验是，对待这种病确实须要采取既重视又渺视的态度。重视就是要注意按时服药，禁烟限酒，合理饮食，心情开朗，适当锻炼；渺视就是不要把疾病当包袱成为精神压力，禁锢自己。

2002年8月，湖南永州召开柳宗元国际学术讨论会，我是中国柳宗元研究会的会长。他们热情邀请我去参加，我开始很犹豫，请示给我治病的专家，他们都表示“最好不要去”。后来永州方面一再来信来电，他们的诚意很使我感动，因此我就想试试，考验考验我病体的情况，便决定前往。由我夫人和雇工小王陪同，他们带着轮椅、氧气瓶和各种必要的急救药物。我们乘的软席卧铺，经过三天两夜的长途跋涉，安全抵达永州。在永州前后八天，召开理事会，与永州市委书记刘爱才等共同主祭柳宗元、主持大会开幕式并在大会讲话、接待各报社和电视台记者的采访、参加分组讨论会、与同行朋友们交谈，等等，活动频繁，头绪很多。有时中午因为给朋友写字，也得不到很好的休息。虽有时也感到疲劳，但是我感到生活很充实，精神很愉快。八月底，我们平安回到南京。到家后第一件事便是打电话报告给马文珠主任：“我已平安从永州回来，在永州没有发病。”马主任很为我高兴。永州之行，解除了病魔套在我身上的精神枷锁，从此自己的生活可以比以前更自由一些了。

2004 年，广西柳州市主办第三届柳宗元国际学术研讨会，虽然柳州比永州的路程还略远一些，但我仍决定去参加。因为这次理事会换届，我考虑到自己年事已高，决定退下来，让年轻的同志当会长，事事都要安排商量，所以工作也相当繁忙。我与谢汉强同志主编的《柳宗元大辞典》分赠与会代表后，深得代表们的欢迎，尤其是我把珍藏多年的一部宋刻蜀本《柳集》“百家注本”复印本赠送给柳州一事，更引起了柳州各界人士的关注。这次柳州归来，我的心情当然也是非常愉快的。我体会到参加社会活动，在某种意义上说，也是一种运动。只要不过量，是会有益于身心健康的。所以在近几年中，除了到永州、柳州出席学术会议，我还安排时间回江阴老家扫墓，参观全国著名的华西大队和三房巷村，并去江阴、上海探亲访友。自 2004 年得病以后我连续写了四本书，除了前面提到的《五朝诗话概说》和《柳宗元大辞典》，还应三秦出版社之约，为该社“名家注评古典文学丛书”撰写了《柳宗元诗文选评》，并应黄山书社之约，编撰了《柳宗元诗文十九种善本异文汇录》。

我抱病写作，几乎所有登门看望我的亲朋好友，无不规劝我“应该放下笔来好好休息养病”。但我口头上应承，实际却很难真正做到。虽然自己有时也觉得写得很苦,并不那么潇洒,但总感到写作在我内心能激起一种莫名的快乐。下辈子选择职业,我可能还会选择干这一行。今年我虽然年已八十,已是夕阳西下的时光,但我仍然要把今后的每一分钟过得很有价值。我还要继续努力,再写一本或两本书,使今天的每一分钟都胜过昨天的每一小时,最后的也是最好的。

多谢诸位亲朋好友对我八十岁生辰的祝福!愿大家都健康长寿!美满幸福!

2005 年 7 月 8 日于北京潘家园

(原载顾明、郑国铨、张熙瑾主编《吴文治教授八十华诞纪念集》,2005 年刊行)

萤窗吟稿(选录)

【作者附记】《萤窗吟稿》是我早年的诗词习作。其中大多曾刊载于无锡国学专修学校编印的《国风诗社选集》,也有的曾在报刊上公开发表,家乡编纂《周庄镇志》时,也曾从中选录了有关诗词若干首。此处所录,聊充雪泥鸿爪,追忆往昔而已。

故乡南庄竹枝词

一

白蛇港贯运横河①,舟楫交通便利多。
长短板桥前后架,行人疏落两三过。

二

稷山岃嵛崎天空②,山下陂田辟几弓。
山芋芊绵山径曲③,山隈时驻牧牛童。

三

村中望族合推吴④,曰蒋曰黄德不孤。
声应气求融芥蒂,同舟共济赖相扶。

---

① 村前有水名曰白蛇港。
② 村后有山名曰稷山。
③ 本地居民多种山芋。
④ 村中姓吴者居多。

四

环村住户百余家,淳朴成风力戒奢。
耕读常留先世泽,闲来聚处话桑麻。

五

经商逐利终赢余,既贩棉纱又贩猪。
南北西东常跋涉,敢因劳瘁滞家居。

六

甃石为墙似铁坚,居民高枕尽安眠。
一般惯作穿窬者,莫事蒙庄胠箧篇。

重到周庄中学有感

一别母校四十春,旧地重临百感生。
小鸟枝头应识我,隔窗曾和读书声。

思　乡

江路迢迢江水长,桂花何事更飘香。
年年八月十五夜,独上高楼望故乡。

春日杂咏

东风吹散一池烟,带雨扬丝分外妍。
香絮楼台萦好梦,红情绿意杏花天。

送友人回里

飞絮红英舞夕阳,江干送别折垂杨。
家山亲友如相问,漫道旅人忘故乡。

二十述怀

一

年华易去苦难留,我到人间廿度秋。
多少沧桑尘世事,等闲付与水东流。

二

一盏青灯数卷诗，客中何事起尘思。
年来自觉关心处，都在梦回午夜时。

三

年华风柳共飘萧，知己天涯太寂寥。
我为功名心自悔，愿将事业付渔樵。

客中卧病

他乡又是一春残，卧病伤怀感百端。
为怕高堂添白发，家书犹是说平安。

夜 读

夜长如海复如年，独对青灯理旧编。
四野鸡声啼不住，欲明还晦五更天。

咏 梅

数枝斜出竹篱边，不染尘埃似散仙。
历尽风霜无限苦，春来独占百花先。

梁燕二首

一

画梁燕燕两雄雌，添得新雏喜可知。
羽翼长成飞去也，忘恩有负翳勤斯。

二

今年燕即旧年燕，今岁人非去岁人。
恸惜三郎年十二[①]，墦间宿草几回新。

---

① 小弟，名文惠，乳名三郎；年十二去世。

中秋不见月

佳节年年感客情,今宵无月倍凄清。
浮云遮尽人间丑,为怕嫦娥慧眼明。

竹陂晚翠

家余半亩园,新种二分竹。
持卷立陂头,夕阳照人绿。

春暮感赋

浓荫成幕翠成帏,小立怡情对夕晖。
海外烟云游子意,天边鸿雁故人违。
花残纸上无心管,春去江南有梦归。
惆怅廿年尘世事,红英香絮一时飞。

重九感怀

一

香飘桂子隔帘闻,秋色三分已二分。
正是橙黄橘绿时,离人愁绪乱纷纷。

二

芳草斜阳年复年,良辰美景奈何天。
等闲莫把秋光负,且看黄花到处妍。

三

寂寞凭栏夜未央,满城风雨过重阳。
万千愁绪消何处,半入诗肠半酒肠。

读杜诗有感

后学吟哦好斗奇,诗家奇病最难医。
欲知子美高人处,只要寻常语作诗。

刻意搜罗枉费功，天然一语自然工。
况兼诗籍冰霜骨，好句多生感慨中。

沪上别友人

十里长亭复短亭，骊歌一曲晓风清。
春申江水深千尺，不及卿卿爱我情。

读岳武穆传有感二首

一

痛饮黄龙愿已虚，冤沉二字恨何如。
江山半壁终难保，早识和戎计太疏。

二

朝廷飞诏谩相催，历尽风波不见回。
正气长留千载下，氍毹爨演有余哀。

端节口占

榴花吐焰端阳届，解粽开筵酒合欢。
为念忠臣荆屈子，精灵终古拥江干。

姑苏杂咏

狮子林

玲珑石首万奇钟，巧夺天工有奇峰。
处处蜂房叠矗落，居然迷眼失行踪。

平门外

帆影轻如推晚风，寒山夜半不闻钟。
诗人借问今何在，桥似长虹月似弓。

读项羽本纪

匹夫挺剑起流亡，独有千秋号霸王。
逐鹿羞资功狗力，沉舟气慑祖龙狂。

由他神器归亭长，难得名花殉战场。
寂寞长陵飞野雉，乌江抔土至今香。

读红楼梦传奇感赋二律

一

读罢全书泪欲波，忍将好事付南柯。
红绡帐里情痴甚，黄土陇中命薄何。
幻梦通灵频得失，因缘木石已蹉跎。
从今始解红楼梦，衰草枯肠好了歌。

二

繁华事散逐流尘，犹忆当年富贵春。
玉树香亭园大观，金钗宝髻梦中人。
深思感报唯弹泪，怨债偿清好脱身。
浊世狷披无净土，大荒山上是仙真。

小桥钓月

月亦池中物，清宵钓几回。
银蟾愁中饵，跳上画桥来。

高阁看云

朝看云出山，暮看云归壑。
悠悠千载心，孤寄在高阁。

同舟共济

风声怒号浪排空，篙橹难凭巧计穷。
莫谓惊虞惟此地，狂澜无处不相同。

咏　兰

一

偶随春意露行藏，误使人人羡国香。

到底出山违本性，东风枉费护持方。

二

天留清供与山家，春到湘沅自作花。
兰阁�帘人对坐，一瓯香荐雨前茶。

同陆持伦晓行话别

茅店鸡声催客行，碧天月落晓霞生。
班荆歧路言难尽，回首家国意转萦。
树树露珠皆别泪，村村烟缕系离情。
消魂曾记江郎赋，尔我今朝不忍赓。

乙亥元日书怀

每拟朝正醉绮筵，壮怀空历古稀年。
愁看镜里颜频改，羞与窗前梅斗妍。
腊雪已消樽酒下，春风旋到砚城边。
笔耕偏较农耕早，只恨年年是石田。

秋日旅怀

芭蕉萧瑟满庭秋，一枕新凉动客愁。
露滴阶前蛩唧唧，风来天际雁悠悠。
疏林籁静砧声断，孤馆窗虚月影浮。
乡梦强将随化蝶，何堪鼓角遍城楼。

澄江道中

底事年年作远游，常将书剑伴孤舟。
烟横极浦迷乡曲，雪满寒江酿客愁。
叠浪遥连蓉水渡，乱山斜抱雉城楼。
乘风本是男儿愿，览胜何妨到白头。

雨窗夜饮

幽斋旋觉夕阳回,投辖风流宴又开。
四座芝兰忘旅况,半天风雨把诗催。
夜深分得青藜丈,谈剧频倾金谷杯。
醉倚雕阑愁气爽,数声蕉叶戛庭梅。

绿牡丹

为骄凡卉性情孤,色相难凭问有无。
滴露共怜倾国貌,英飘争惜坠楼珠。
偶怜蕉叶偏多韵,若补苔痕正不殊。
姚魏也应知自逊,繁华敢与斗新图。

消寒杂咏

寒衾

檐角彤云欲雪天,绳床转侧未成眠。
寒宵真觉衾如铁,独客难度夜似年。
梦待寻春蝴蝶杳,足先警冷鹭鸶拳。
扶头强约梅花睡,已听晨钟到枕边。

寒砚

石友平生最耐寒,盟心与结古人欢。
棱棱圭角锋能敛,烈烈冰霜气自完。
几席常陪名下士,囊装耻逐热中官。
青毡枯坐应怜我,诗债文逋逼岁阑。

寒柝

霜月澄空万象低,柝声敲梦过桥西。
劳人役苦愁如诉,倦客心烦听易迷。
一阵遥惊村犬吠,五更并入晓鸡啼。
野庐巡徼浑闲事,但愿瀛壖息鼓鼙。

旅返阻雪

风戛疏棂雪满天，客中转觉夜如年。
几声晓鼓人都起，还抱寒衾带醒眠。

重过伞墩堤

曾记当年杨柳肥，伞墩堤上试春衣。
于今极目皆衰草，为问寒烟几度飞。

晤金懋鼎

樗栎何堪遇鲍知，数年南北几想思。
却惭落魄无投赠，相见重赓饱德诗。

晓行澄锡道中

瘏马嘶残月，长途破晓霜。
疏村烟细细，平麓树苍苍。
薄劣堪多瘁，功名只自伤。
朔风吹短袂，回首望朝阳。

寄无锡沈绍祖

似水韶光去，天涯鱼雁稀。
应知人海阔，浑觉貌躬微。
放眼前程远，伤心往事非。
河梁分袂处，回首犹依依。

养疴自遣

闲来底事费吟哦，客里光阴病里过。
天下青钱无眼少，世间红粉误人多。
穿身且喜前程远，顾影无如后悔何。
长短浮生同一梦，休嗟岁月易蹉跎。

集唐人诗句成一绝

柳叶千枝复万枝,劝君惜取少年时。
自从一闭风光后,云雨荒台岂梦思。

集句赠别

五里青山十里溪,鹧鸪声里夕阳西。
劝君更尽一杯酒,此别愁眉又复低。

集曼珠上人句

秋风海上已黄昏,寂对河山叩国魂。
欲寄数行相问讯,江南花草尽愁根。

忆同年诸旧友

无端离合恨偏多,博得愁城唤奈何。
记取花阴斜月夜,咿唔听唱懊侬歌。

浪淘沙　秋情

楼上绣帘招,桂子香飘。新秋暑气已全消。偏是恼人眠不得,风雨潇潇。　　懒把炷香烧,暮暮朝朝。怀人两地梦魂邀。别绪离情千万缕,无奈今宵。

江城子

小窗人静意阑珊,感孤单,月光寒。千里故园东望路漫漫。何事双鱼偏不寄?愁与恨,上眉端。　　别时容易见时难。黯江关,几春残。多谢东风吹梦到家山。愿寄相思今夜月,千里外,共相看。

如梦令

愁听枝头啼鸟，怕见楼前芳草。随意绿油油，不知春光将老。休道，休道，万事何如归好。

一剪梅 思乡

烛泪抛残夜已阑，风一番番，雨一番番。风风雨雨伴无眠。愁上眉山，梦断关山。　　憔悴天涯年复年，慈母针寒，游子心寒。杜鹃彻夜唤春还，春也留难，人也归难。

西江月（集句） 夏日

兴到行歌秀野，倦余坐听流泉。北窗凉趁好风眠，梦抱冰壶一片。　　晓起云飞翠幔，晚来雨洗苍岩。枚风小定绿萝间，好景夕阳无限。

江城子

十年漂泊一闲身，黯乡魂，恼情根。夜夜除非梦里一温存。碧瓦朱楼当日事，人不见，一灯昏。　　重来回首隔年春。宝钗分，惹啼痕。飞絮落花往事逐香尘。如此清风明月夜，谁伴我，把金樽？

临江仙 庭院

庭院深深人寂寂，玉阶露冷秋空。檐前铁马响叮咚，孤灯怜瘦影，疏雨滴梧桐。　　旧约佳期今已误，天涯望断归鸿。珠啼粉怨忆春风，画眉人去后，香梦白云封。

鹊桥仙 七夕用秦少游韵

金风扇拂，银河浪尽，时序暗中偷渡。流萤明灭夜悠悠，怎生遣乱愁无数。　　良宵苦短，佳期难永，何处鹊桥仙路！须知天上一年期，不过似人间旦暮。

画堂春　重九用黄庭坚韵

年年佳节过重阳，茱萸美酒浓香，黄花满地柳丝长，一样凄凉。　　点景还无佳句，遣怀唯有琼章。西风吹梦到江乡，无限思量。

满江红　忆同年徐忠炳

似水韶华，匆匆过，良辰佳节。最无奈，后庭花谢，子规啼血。欢去已将风貌改，忧来落得愁肠结，大万千离绪满孤怀，凭谁说。　　相思意，梦魂热。怕回首，河梁别，更春山云树楚天空阔。雁足难传千里梦，灯花落剩三更月。待何时，把臂话前尘，情怀切！

满江红　观象棋

楚汉风云，疆场里群雄簇簇。看到处兵车纷扰，驰骋南北。墨守输攻双斗智，沉舟破釜共争逐。问斤斤何事角生死，拼荣辱。　　翻复手，终难服。胜负数，频相属。徒森严戒备，有心即鹿。得失从来靡的据，江山万古同棋局。看几成失败几成赢，空忙碌！

（原载顾明、郑国铨、张熙瑾主编《吴文治教授八十华诞纪念集》，2005年刊行；参考作者《芸窗汇稿》手稿校改）

《校释译评文心雕龙读本》序

《文心雕龙》是一部我国先秦至南齐时期文学理论的集大成之作。我国古代文学理论的发展，经历了先秦的萌芽、两汉的发展，到魏晋时期正式开始对文学本身作逐渐深入的研究，产生了一批颇具卓识的单篇文论，这是刘勰作《文心雕龙》进行理论探讨得以继承的丰富的思想材料。刘勰不仅继承了前人的优秀成果，而且随着社会现实的不断发展和文学创作经验的日益丰富，把文学理论研究大大向前推进了一步，标志着文学理论自觉时代的正式到来。

魏晋以来的文论，都存在一定的缺陷，刘勰在《文心雕龙》中曾指出："魏《典》密而不周，陈《书》辩而无当，应《论》华而疏略，陆《赋》巧而碎乱，《流别》精而少功，《翰林》浅而寡要。又君山、公幹之徒，吉甫、士龙之辈，泛议文意，往往间出，并未能振叶以寻根，观澜而索源。"(《序志》)刘勰归纳魏晋以来文论的共同问题是"各照隅隙，鲜观衢路"。他是带着突破上述局限性的自觉目的来写作《文心雕龙》的，因而，"体大思精"、"弥纶群言"便成为《文心雕龙》的显著特色。就体系之完整，结构之严密，论述之精当，思想之深刻，探源之详核，影响之深远来说，《文心雕龙》不仅是六朝时期文学理论的高峰，也是中国三千余年封建社会中文学理论的高峰。南齐以前的文学理论著作固然没有一篇可以和《文心雕龙》相提并论，南齐以后直到清末的我国文坛上也未曾产生过像《文心雕龙》那样规模宏大、体例周详、论旨精深的杰作。它真可以称得上"前无古人，后无来者"，这是其重大历史意义所在。

为了具体认识刘勰《文心雕龙》在我国古代文学理论史上的地

位和作用,我们不妨作一些具体的分析:第一,我国古代文学经历了一个发展过程。大体上说,先秦两汉是一个历史阶段,六朝时期则进入了一个新的历史阶段。在先秦两汉阶段,由于当时人们对文学特点的认识尚未摆脱时代的限制,由此,反映在文学理论上有其特征,这就是较多地论述和探讨文学与政治、道德、哲学等外部的关系。进入六朝以后,情况有了变化,随着人们对文学特点认识的深入,逐渐开始在文学理论上论述和探讨文学创作内部的关系,诸如创作规律、创作过程、创作方法等问题,逐步一一提出来了。而真正对上述文学创作内部诸关系以深入系统说明并奠定坚实理论基础的,则是刘勰。第二,我国古代文学理论是在长达三千余年的封建社会中孕育、产生、递变、发展的,中国社会历史的特殊性决定并影响了中国古代文学理论的特殊性。这种特殊性的表现之一是它形式生动活泼、短小精悍,内容切合实际,针对性强,但同时也带来了一定的缺点,即缺乏像西方文学理论那样的体系完整和论述严密。然而也有例外,这就是《文心雕龙》。我们曾经说过,《文心雕龙》无论就体系之完整、结构之严密、论述之精当,还是就思想之深刻、探源之详核来说,都足可与西方历史上任何一部杰出的文学理论著作相比而毫无逊色。这决不是过誉之词,而是完全符合实际的。在我国古代文学理论中,《文心雕龙》独树一帜,以"体大思精"、"笼罩群言"为其显著特色,它对推进我国古代文学理论发展的贡献,当是不言而喻的。第三,刘勰首创史、论、评三者结合的体制,在吸收前人成果的基础上,对于文学理论的许多重大问题进行了全面深入的论述,对于文学创作的具体技巧问题提出了不少精辟、独到的见解;对于历史上许多重要作家、作品的思想艺术特色的探讨,发表了许多富有启发性的有价值的意见。刘勰的这些思想,不仅在当时起到了廓清唯美主义、形式主义不良文风的积极作用,对于后来长期封建社会中文学理论的发展起了某种有益的影响;而且直到今天还值得我们继承和借鉴,汲取其中的精华部分,为发展、繁荣社会主义文学事业服务。

正因为《文心雕龙》是一部文学理论遗产中的杰作,产生一千多年来，一直发生着重大的影响，故历代不少理论家视刘勰为知己，对《文心雕龙》的思想多所继承，对它的意义和价值也高度肯定，极力称誉。早在唐代，史学家刘知几就把《文心雕龙》当作能正确指导创作和评论的典范；宋人黄庭坚高度赞赏《文心雕龙》对于诗歌创作补偏救弊的积极作用，十分赞同刘勰论文章之难的观点。明清两代，对《文心雕龙》作高度评价的人就更多。著名诗人兼理论家谢榛认为刘勰的创作论“明诗至要，非老于作者不能发”①。胡应麟赞赏刘勰的评论，认为“刘勰之评，议论精凿”②。章学诚赞誉《文心雕龙》“体大而思精”、“笼罩群言”③。叶燮肯定刘勰关于“风骨”的论述是“为能探得本源”之说④。刘熙载还曾具体指出皎然《诗式》关于比兴的见解渊源于刘勰⑤。在历代许多文学理论家中，有些人虽然意见与刘勰相左，但是在他们的理论中往往也蕴含着刘勰文学思想的某些成分。

正是由于《文心雕龙》在我国文学史上影响巨大，因而历代不断有人对它进行研究和评注。《文心雕龙》研究的历史，可以说从它问世之后不久就开始了。不过，千余年来虽有不少论者对它作过极高的评价，主要工作还只是一些校勘和评注；在现存大量序跋中，虽时有精论妙语，也往往点点滴滴，且失之笼统。从 20 世纪初到一九四九年前的半个世纪，《文心雕龙》研究有了较大的发展。黄侃的《文心雕龙札记》和范文澜的《文心雕龙注》是这个时期的重要成果。《札记》的出现，标志着《文心雕龙》正式研究的开始，它在“龙学”史上的重要意义是不可低估的。范《注》集前人之大成，直到现在，仍是《文心雕龙》研究的重要基础。不过，这个时期理论上的研究是薄弱的。当时的论者笔下，有的认为一部《文心雕龙》不

---

① 谢榛《四溟诗话》卷四。
② 胡应麟《诗薮·内编》卷一。
③ 章学诚《文史通义·诗话篇》。
④ 叶燮《原诗·外篇上》。
⑤ 刘熙载《艺概》卷二。

外讲文体和修辞二事，有的则把《文心雕龙》视为总括全体经史子集的一部通论。

当代《文心雕龙》的研究者，经过一九四九年后初期学习马克思主义和毛泽东思想，使《文心雕龙》的研究出现了一个全新的面貌。杨明照的《文心雕龙校注》和刘永济的《文心雕龙校释》，是一九四九年后二十余年中《文心雕龙》研究的重要收获，在国内外都有深远影响。

由于《文心雕龙》全书是用骈文写成的，文字上的阅读障碍较大，在广大读者的迫切要求下，张光年、陆侃如、周振甫等都曾致力于今译工作。张光年的译文就曾在《中华文史论丛》上发表，周振甫也出版了《文心雕龙选译》。

一九四九年以来，《文心雕龙》愈来愈受到学术界的重视，出现了不少研究论文和专著，取得了不少成果。经过研讨，对书中问题的认识日益深入，有些问题趋向明朗，有些问题则还存在着分歧意见。《文心雕龙》文句比较深奥，加之全书用骈文写成，句式简短，整齐匀称，有时会造成意义上的模糊和理解的歧异。在运用马克思主义文艺理论分析解释的过程中，也存在着一些不够实事求是的现象。这是形成分歧意见的两个比较重要的原因。

我的同事周明教授，多年研究《文心雕龙》，关心当代学界对《文心雕龙》研究的动向和成果，并广为收罗近代、当代各种《文心雕龙》的校注本、注译本，他深感现在已经出版的这些本子，尚未能尽如人意，校勘和译注亦未臻于完美。因而他萌发了深入研究《文心雕龙》的念头，决心想搞出一个尽可能理想的本子。他欣赏刘勰在《宗经》篇中说过的两句话："后进追取而非晚，前修久用而未先。"他决心奋力进取，力求能后来居上。这种精神是很令人钦佩的。

作者把此书定名为《校释译评文心雕龙》。顾名思义，这是一部经过校勘、带有注释、译文和评论的适合广大读者所阅读的《文心雕龙》普及本。像这样专为广大读者写作的普及性读本，在学术界尚不多见。写好一本普及性的《文心雕龙》读物，并不是一件轻而易举的事。周明教授为撰写好这本著作，呕心沥血，刻苦钻研。他对文本反复校勘，又发表了一些专题论文，作前期准备工作。在书中，他力图从宏观高度统揽全书，把刘勰提出的理论原则与他对作家作品的评论联系起来作微观的考察，把刘勰的理论批评与南朝文学思潮、文学状况联系起来思考，阐明刘勰文学思想的原来面貌，力求能在对解决《文心雕龙》研究中某些分歧的问题上，发挥一点积极的作用。

通读全稿，我发现该书无论校、释、译、评，都不乏作者独特的创见，会让读者耳目一新，多受启发。就正文的校勘而言，由于《文心雕龙》年代久远，各种版本异文颇多，本书不是校勘专著，故作者在可靠版本中择善而从，又慎重吸取前贤的研究成果。其有标新立异或自作判断之处，均有本书内证和情理分析，决不妄加臆断。本书对原文的注释力求简洁，对于旧注均加考辨，作出自己的判断，决不人云亦云。比如本书在《定势》、《体性》、《熔裁》等篇中，对于"本"、"体"含义的注释，结合全文考虑，就颇有创见，避免了流行诸书中注释"本"、"体"之失。其译文多采用直译法，基本上按原作骈文句式翻译，力求字字落实，做到文意准确完整，这样可以使读者领略刘勰骈文的对偶之美、辞采之美和比喻之美。本书各篇注、译之后的评，是这部著作用力最多的地方。他评论刘氏得失时的指导思想，是企图给《文心雕龙》准确定位，还它本来面目。他认为《文心雕龙》是一部指导学童学习写作的写作学著作，其中还有很多关于文学的精辟见解。过去"龙学"界在研究中也有不适当地拔高刘勰理论的倾向，把它现代化了，有人对刘氏的局限又多曲意回护，这些偏颇不利于读者准确认识和理解《文心雕龙》。所以他在"述评"中对刘勰的高明之处充分肯定，对刘氏的失误，也大胆地批评（如关于"风骨"概念的界定）；对"龙学"界的许多分歧也发表了自己的意见。这些研究自可作为一家之言，供读者参考。

周明先生在此书成书之际，嘱为作序。我虽在早年对《文心雕龙》曾有所涉猎，然并无深入研究，实不足以担此重任。且久病初愈，力不从心。然因不敢辜负先生之重托，故勉为数语，以应先生之命。

2005 年 11 月于南京

《柳宗元柳州诗文选读》序

正当举国上下喜气洋洋地迎接中华人民共和国成立五十周年的时候，老友谢汉强同志给我送来了他们注译的《柳宗元柳州诗文选读》(以下简称《选读》)书稿，并嘱为作序。我从内心为他们高兴。数十年来，我从事“柳学”研究，接触柳宗元诗文选本，各种各样，不下数十种，但由柳州人自己注译柳宗元在柳州的诗文，这却还是第一次。这本《选读》注译诗文 66 篇，是从柳宗元在柳州期间所作诗文 100 余篇中遴选出来的，大体反映了柳宗元在柳州时整治地方、关心国事、抒发忧愤的事迹、思想和情怀，体现了他忧国忧民、勇于改革的可贵精神，以及他身处逆境中的复杂心态。阅读这些作品，可以对柳宗元在柳州的生活、活动和精神世界，获得直接的、具体的和全面的了解。

读完全稿，我感到此书充分发挥了柳州市“柳学”研究者在地理条件等方面的优势。它具有以下三个方面的优点：第一，对诗文中涉及的地理、文物、史迹、风土人情等，注释得比较贴切，纠正了一些过去长期以讹传讹的解说。如《柳州二月榕叶落尽偶题》中的榕树，过去各种选注本注释时多是引用《南方草木状》“叶又茂细，软条如藤”等语，说成是常绿的小叶榕，柳州的同志经过长期的观察并与园林专家研讨，得出了在冷尾暖头的二月，树叶全部落尽而另发新芽的是大叶榕的结论，澄清了许多注本似是而非的说法。《酬曹侍御过象县见寄》的象县，过去有些选本注为今广西象州县。柳州的同志经过细考，肯定了唐时的象县是柳州的一个属县，在今柳州市东北的一带地区，大部在今鹿寨县境内，而现在的象州县当时则是由象州管辖，当时称为阳寿县。这样，就对一些误注作了纠正。对于诗中一开始就提到的破额山，前人注释时有认为是在湖北黄州，后人有所怀疑，也只是说“疑当在柳州界”，柳州的同志经过实地考察，证实了形如一刀破额的高山就在今柳江县白沙乡紧靠柳江的地方，揭开了这一问题的真相。再如《柳州山水近治可游者记》中的石鱼之山一段原文，有的版本说是“尤多秭归，西有穴，类仙弈”，柳州的同志经过实地长期考察，认为“在多秭归（的仙弈山）西，有穴，类仙弈”的表述才比较贴切。他们在注释中都做了比较详细的说明。这些，对研究柳宗元在柳州的诗文而又难于亲自前往当地考察实情的学者来说，应该是很有帮助的。第二，所选篇目具有代表性，可以代表柳宗元在柳州所作诗文的成就，从多角度反映了柳宗元在柳州期间的思想和活动。第三，注释深入浅出，通俗易懂，译文亦明白晓畅，符合原作本意。这样的注译本不仅适合作为广大读者的普及读物，就是对柳宗元的研究者来说，也是具有参考价值的。

柳州是一座历史文化名城，有柳宗元的史迹和文物，柳州人民对柳宗元仿佛具有一种特殊的感情。他们不仅对涉及柳宗元的史迹、文物倍加珍惜，表现了对先贤的崇敬和景仰，而且广泛地开展柳宗元的学术研究，普及柳宗元在柳州的有关文化知识，把它作为地方精神文明建设的一项重要内容。他们成立了柳宗元学术研究会，近十几年来，积极开展活动，已先后编辑出版著作八种，编印汇集国内外有关信息的《柳学研究动态》四期。1983 年，全国首次柳宗元哲学思想讨论会在柳州召开；1993 年，又在这里举办了首届柳宗元国际学术讨论会，成立了全国性的柳宗元研究会，并决定研究会的会址和秘书处设在柳州的柳宗元纪念馆，由在柳州的常务理事负责日常会务工作。柳州的同志不负重托，多年来，他们为开展全国性“柳学”研究的学术活动，加强与国内外学者的经常交往，促进和联系学会年会的召开，不辞辛劳，做了不少具体工作。这表明，柳州实际上已形成为全国“柳学”研究的中心，令我们感到特别高兴的是，在柳州，爱好“柳学”和从事“柳学”研究的队伍中，已经形成了一支生力军，他们都是三四十岁的中青年，朝气蓬勃，治学刻苦严谨，出了不少成果。这本《选读》，就是他们在主编谢汉强同志的带领下完成的。“柳学”研究后继有人，使我深深地感到欣慰和鼓舞。衷心祝愿他们能在“柳学”研究的领域中，不断开拓进取，作出更大的贡献。

《柳宗元旅游思想研究》序

陈老雁谷先生是柳学研究的著名专家。由于长期在永州从事文化教育工作，熟悉永州的史迹文物和民情风俗，在地理条件等方面具有特有的优势，因而对柳宗元的研究，往往能结合对永州史迹文物的考察，提出自己独到而中肯的见解。这部新著便是他多种研究成果中一种。在这部著作中，雁谷先生从“美感效应”阐述了柳宗元关于自然美与社会美“交相赞”的精辟论言，论证了柳宗元关于“观游”是“为政之具”的命题，并借柳宗元所作《零陵三亭记》、《訾家洲亭记》考察了建设陆地、水地观游景点的意义。探幽发微，创见迭出，颇能给人启迪。末二章，又从研究柳宗元旅游思想，联系到“开发永州旅游业”，“走向世界”，亦足见雁谷先生对永州建设事业的关切。陈老以年近九十的高龄，犹潜心于学术研究工作，笔耕不辍，实令人钦佩！且陈老对柳学界事亦热心有加。一九八一年十月，第一次全国柳宗元学术研讨会得以在永州召开，就有赖于他与当地贤达的共同努力。近几年，到永州考察柳宗元史迹文物的中外学者仍然纷至沓来，他都不辞辛劳，热情接待，给予必要的引导和帮助，故深得柳学界同仁的敬重。最近，雁谷先生因新著即将付梓，特将文稿寄我，嘱为作序。余读而喜之，聊书数语，以表贺忱，并颂陈老健康长寿！

二〇〇〇年八月十八日于南京

《曾巩年谱》序

李震同志是一位在学术上有造诣的年轻学者，治学勤奋刻苦，在大学读书期间便致力于曾巩研究，早年所撰《曾巩研究的历史和现状》一文在《文学遗产》(1986 年第 3 期)发表后，就曾得到学术界的好评。近十余年来，他虽然担负着繁重的教学和教育行政工作，但仍能安排好时间，孜孜不倦地潜心于曾巩的研究工作，寒窗面壁，锲而不舍。他系统而深入地钻研曾巩诗文，并到南京、北京、上海、沈阳等地图书馆，广泛查阅各家诗文集、诗话、笔记、史书和类书，沉浸于文史典籍的爬梳考索之中，搜集曾巩资料，以摸清历代学者对曾巩研究的底细。这本《曾巩年谱》，就是他在翔实地掌握了大量曾巩资料的基础上，经过多年研究考订后写成的。

为曾巩作年谱，最早者当推南宋大学者朱熹。惜其谱未传，仅存谱序。旧有曾巩年谱，现在所能见到的，有清人姚范《南丰年谱》、杨希闽《曾文定公年谱》及近人王焕镳《曾南丰先生年谱》、周明泰《曾子固年谱》等数种。然大都仅具轮廓，简略殊甚。王谱虽较姚、杨、周谱为详，然反映谱主活动仍嫌不足，诗文系年亦欠详备，且多舛误武断之见，尚难为研究者作知人论世之据。李震新撰此谱，不仅广泛吸取旧有诸谱优长，而且广征时事，详列交游，考次谱主行事及集中诗文，皆取史传以为参证，于旧谱、旧注及前人记载中之讹误，亦一一加以订正，辩诬证实，去伪存真；对前人评述曾巩的重要资料，谱中亦择要引录。故手此一编，既可从中校核谱主事迹之先后，亦可鉴定其流传之真伪，并得以从中了解历代对曾巩评述之概况，信为颇具匠心之作。

研究曾巩，作好对其生平、交往及文学创作活动本身之整理研究，是一项基本工程，没有这一扎实工程作基础，要做好对曾巩的全面研究是不可能的。以此而言，则李震此书将成为今后研究曾巩所必备之书，是有其学术价值的。

在本书行将出版之际，李震同志嘱为作序。余嘉其用力之勤，并冀其百尺竿头，更进一步，在学术上不断取得新的成就。

一九九六年八月于南京倚石斋

《四季春诗稿》序

甲子季春，余执教江苏教育学院，得有机缘与沭阳毛系瀛院长相识。尔后时有交往，情谊日笃。系瀛院长雅爱咏吟，每有所感，辄赋诗寄情，数十年间，积稿盈箱。以行将致仕，同仁恋其旧，为选编《四季春诗稿》，俾永其传。付梓之日，嘱余为序。余读是编所选，举凡疆场纪事，盛世祝颂，漫游抒情，胜迹杂咏，众体皆备。读其诗，既概见其阅历，亦深感其情真，所谓"诗如其人"者，洵不诬也。是编佳作颇多，而记游抒怀之作，风调清深，尤富情韵。如《峨眉道上》、《夜宿万县》、《庆云寺》、《游桃花江》、《上庐山》、《含鄱口》、《飞车湖滨》、《醉翁亭》、《秋菊颂》(之三)、《燕子矶头》、《白梅花》、《虎门》(之四)等篇，状物态，抒性情，融情入景，美不胜收。至于诗中佳句，更是随处可得，诸如"伏波叠彩峰擎日，玉带青萝浪击天"(《岭南风光》)；"白帆点点青天外，飞浪滔滔逐海鸥"(《洪湖颂》)；"塔高四顾心飞远，古渡咸阳渭水滨"(《大雁塔》)；"愿逐清流三百里，乘风破浪桃花江"(《游桃花江》)；"收尽庐山千万景，此身已在九重天"(《五老峰》)；"丰年桃李花潮日，一朵花开一句诗"(《忆桃园》〔之二〕)；"傲霜吐艳清姿雅，独占三秋压众芳"(《颐和园菊展》)；"六朝豪华风与月，烟波不是汉时秋"(《金陵赋》)等，灵心妙语，得之于自然，足以发人情思。夫咏吟之事，虽属一时兴会，然思发于心，翰藻之手，要能千汇万状，不知其所以神而自神，乃味极诣。至乎此，非天资、学问、笔力三者赅备不能。系瀛院长既有之，而平素犹欿然不自足，盖深味乎《易》之谦谦之道也。是为序。

戊辰正月江阴吴文治谨序于南京

《永恒的思念》与《情丝絮语》序

一

辛巳秋九月，李立群同志带着由她口述，女儿藜潇帮她整理的长篇散文《永恒的思念》未完稿来舍间看我，要我帮她看看，提意见修改。在她把文稿递交给我时，便声泪俱下，悲痛之情难以控制。李立群同志的爱人张台明同志，生前任南方金属研究院副院长，是江苏省有突出贡献的中青年专家，高级工程师。因患肝癌，于2001年3月10日逝世，享年49岁。英年早逝，李立群同志痛失亲人，她的悲痛是可以理解的。她写这本《永恒的思念》，原只是用抒情散文笔调写给她亡夫的一封信，信中诉说她对亡夫眷恋思念之情。读此信，仿佛谛听他们恩爱夫妻间的亲密对话，既有回忆往事柔情蜜意的夫妻恩爱，也有记录张台明生前忘我工作、忠于职守的真实写照，更有记录张台明与肝癌病魔进行顽强搏斗的动人情景。如泣如诉，其缠绵悱恻之情，动人心弦。我屏息凝神，一口气把它通读了一遍，深感张台明其人之不凡，也深为李立群真挚的爱夫之情所感动。我掩卷无语，沉默良久。是小李凝噎的话语打破了沉寂："这篇文稿寄托了我对丈夫的怀念和哀思，宣泄了我压在心底已久的惆怅和悲痛。因为这六个多月来，我的心一直被巨大的悲伤笼罩着，似乎又重新走入了那段不堪回首的岁月，难以自拔。"多少次，她悲痛得无法写下去。我忽然想起了中医常说的"堵塞不如开导”的道理。考虑到小李的写作,有助于发泄她内心的苦闷,使体内阴阳得以平衡,气血调和。这是一种对妇女生理调节平衡有益的“宣泄法”,也是女性的一种特殊的健身之道。因此我鼓励她能写就写下去,太伤感的地方可以通过自己口述,由女儿记录并执笔整理的形式,把积聚在心头已久的郁闷和悲伤都宣泄出来。

李立群同志是一位较有才华的女性,她的女儿张藜潇是南京师范大学文学院99级文科基地三年级的高材生,也颇有才气,这一些原来我并不了解;读了她们母女写的《永恒的思念》以后,我不仅感到她们都有较强的驾驭文字的能力,而且文笔清新,颇有文采。有人说,散文是从感情中流淌出来的。小李母女的文笔似乎就较适宜写这种宣泄情感的抒情性散文。当然,要在这方面写作有成,也还须要加强锻炼,不断努力。

二

立群同志的长篇散文《永恒的思念》问世后,得到了读者的好评。该书从去年八月出版到现在,时隔不过十六个月,立群同志又带着她的新作短篇散文集《情丝絮语》来看我,要我帮她看看,提意见修改,把写得不太满意的篇章撤下来。这不仅说明她写作极其勤奋刻苦,也反映她对自己的作品和广大读者严肃认真的负责态度。

《情丝絮语》共收散文五十篇,包括《乡情篇》、《亲情篇》、《友情篇》、《爱情篇》四个部分,都是紧紧围绕着一个“情”字做文章。前人有言,小说是做小说的人做出来的,而散文是从丰富的情感中流淌出来的。立群同志是一位富有生活阅历,情感也非常丰富而细腻的中年女性,又具有抒写这种丰富情感的文学才能。因而读她的散文,就仿佛篇篇都燃情似火,令人共鸣和赞叹。

《乡情篇》八篇,顾名思义是抒写对自己故乡的情思。例如《家乡的皂角》,写她家乡“六月六”,妇女们用皂角泡水洗发的习俗,回忆了她在少女时代的风情;《银杏果》回忆孩提时在爷爷身旁偷吃白果的情趣;《别情依依》忆念在农村插队时的知青生涯,刚进村时老队长领着她在乡间小路上的情景;她的腿被插秧机轧伤后,社员们争着送她去治病、换药;和雪琴师傅一道在大田旁竹楼里值夜班看瓜果,同吃夜宵绿豆汤……都充满了乡土之情。

在《亲情篇》中,写得最为激动人心的,当首推她已发表的长篇散文《永恒的思念》,但在她的短篇散文中,也不乏动人的佳作。例如《妈妈的眼睛》一篇,其实并非单纯写她妈妈的眼睛,而是借题发挥,比较全面地反映了她家的穷困和极为不幸的遭遇。家境一贫如洗,但母女的骨肉亲情,却使她感到母爱的幸福。正如她在《感受母爱》一文中所说的:“母爱至高无上的伟大,那是世界上没有任何一份情感能代替的爱,是一种只知付出,不求回报的爱。”《黄色康乃馨》写她在母亲节前夕收到女儿君君从南师大送来的一束康乃馨,以及干儿子施志城从盐城通过手机发来的祝福短消息,这双喜临门的亲情,使她激动得不能自抑,止不住热泪滚滚。

《友情篇》包括《岁月有痕》、《紫竹林》、《祝你生日快乐》、《我眼中的凡石》等九篇散文。这些散文,体现了立群同志“严以律己,宽以待人”的交友原则。她为人真诚、坦率、大度,也非常能体谅人。其中,写凡石的两篇,前者采用书信体,祝贺凡石的生日;后者则描述从八二年初秋认识凡石以来的友情,由于她真正了解凡石,所以无论是对凡石的外形描述,性格和爱好的刻画,都能恰如其分,入木三分。她赞赏凡石“清清白白做人,老老实实做事”的处世原则,称赞他“在这个复杂的社会中,在浑浊的商海里,依然保持着一种难能可贵的纯洁和真诚。尽管付出过沉重的代价,仍学不会圆滑势利”。她认为凡石是一个平凡中见伟大的人,能和他成为“蓝颜知己”,感到非常欣慰。

《爱情篇》二十篇,占了将近本书的一半。比较而言,立群同志写这类题材的散文,似乎比前三类更为娴熟,这不仅表现在其中抒写的感情比前三者更细腻动人,文字风格也显得优美流畅,这自然与立群同志在这方面具有真切而深刻的体验有关。她有一位很知心的朋友,共同走过最艰难的日子,有过心与心的碰撞。由于诸多因素，在爱情中遭遇过挫折和磨难，尝过艰涩的苦果。正因为如此，所以她在《思念》一文中，能把对人的思念写得那么生动感人。她说“思念”，富有一种哲理。比如她说：“你曾经以为，思念是甜的，因为世上至少有一个人值得你去思念。然而，天长日久才悟到，思念是苦的，是一份牵肠挂肚，是一种欲罢不能的痛。自己知道上当了，可心甘情愿。”这种深切的感受，如果没有身临其境的体验，是绝不容易体会到的。《爱与孤独》一文，可以说充满了辩证法。她说：“孤独也是一种爱。”“爱和孤独是人生最美丽动听的两组乐章，两者缺一不可。无爱的心灵不会孤独，未曾体会过孤独的人，也不可能懂得爱。”“怀着爱的希望，孤独才是可以忍受的。”这是立群同志在爱情上遭受挫折后的感叹，是自怨自艾，也是对自己的一种慰藉。

读完《情丝絮语》文稿，我掩卷沉思，忽然想起清代著名学者王夫之在《夕堂永日绪论·内编》中的名言：“无论诗歌与长行文字，俱以意为主。意犹帅也，无帅之兵，谓之乌合。”“身之所历，目之所见，是铁门限。”立群同志的这部文稿，由于所写都出自“身之所历”和“目之所见”，故能“披心腹，见情愫”，情文并茂，令人读而钦羡。

2003 年 12 月 17 日于南京

缅怀老友蒋和森

和森逝世已经快两个月了。当我从北京打来的电话里得知这个噩耗时，我简直不敢相信自己的耳朵，我震惊，我万分悲痛！我痛惜失去了一位真挚坦诚情同手足的老友，学术界失去了一位卓有才华的著名红学家！

记得三个月前，南大吴新雷教授给我来电话，告诉我和森住医院的消息，说是可能因爬高取书而摔坏了腿。当时我便给他去了信，询问病情，并寄去去年春节在他家照的照片。信发出后一直未见回音，我原以为腿摔坏不会出什么大事，揣测他可能忙着到全国政协开会去了。后来因为我自己也有病住院，未能顾得上再去信。我本打算等出院后回北京时再去看他，在一起好好叙谈叙谈，谁知而今竟成了永别。

我与和森是50年代中期开始相识的，至今已整整40多年了。那时他在《文艺报》社当编辑，我是中国人民大学新闻系讲师，被聘为《文艺报》的社外评论员，有机会经常在一起开会，对一些文艺问题、社会问题，我们的见解比较相近；那时他住在北京鼓楼附近，我住在东城铁狮子胡同一号大院，相距不远，因而我们时有往来，逐渐结成为知交。

和森是复旦大学新闻系毕业的，但却与文学结下了不解之缘。他最早在《人民文学》杂志连续发表的《贾宝玉论》、《林黛玉论》、《薛宝钗论》、《探春论》等研究《红楼梦》的系列论文（后来都收入他的《红楼梦论稿》，由人民文学出版社多次出版），都反映了他横溢的才华，可以说是他的成名之作。人们称赞他的这些论文是精雕细刻的艺术珍品，不仅思想深刻，立意新颖，而且构思奇特，富有激情，文采斐然，以致有些青年人读了他的文章如醉如痴，不能释手。

和森也创作过反映农民起义的长篇小说，其实这原来并不是他生平计划中打算要做的事，是时代和环境的一些偶然因素促成的。记得那是在中国社会科学院文学研究所从河南信阳“五七”干校撤回北京以后，原来已经被“砸烂”的文学研究所还要不要恢复，众说纷纭。大家赋闲无事，人心动荡。有一天晚上他来我家，忽然提出了一个新的话题，他感到文学所去向不明，闲居无聊，很想找点事来做做。我支持他这个想法。但是做什么事好呢？“文革”摧残后的文坛一片荒芜，知识分子普遍心有余悸，舞文弄墨是很容易惹出是非灾祸来。我们陷入在沉思之中，希望能找到一个万全之计。他提出想搞搞古典文学研究资料，但大大小小的图书馆都还贴着封条，哪里有图书馆可供查阅？我们都很崇敬周恩来总理，他提议和我合作写一个关于周总理的剧本，但细思后发觉史料不足，又怕触犯“禁律”；我建议他不妨写写在“五七”干校亲身经历过的生动故事，来反映“文化大革命”的一个侧面，他最初觉得有点意思，但后来也因为怕“风险”而作罢。当时我给他半开玩笑地说了一句，要不犯“禁律”，又不担“风险”，那就只好写历史小说农民起义了（当时姚雪垠写的《李自成》正在读者中风靡一时）。谁知我这一说却引起了他的极大兴趣。当晚就从我的书架上翻检出了二三十本载有农民起义史实的书，兴冲冲地装在自行车上满载而归。此后他又广泛收集史料，经过认真的阅读、钻研、思考，他终于确定创作一部以“黄巢起义”为题材的长篇历史小说。这就是他后来出版的著名小说《风萧萧》和《黄梅雨》创作的前因后果。

和森在事业上有执著的追求，治学谨严刻苦，对工作精益求精。他习惯于夜间写作，一般都得到凌晨才搁笔休息，年深月久，因而他的身体显得很单薄孱弱。他爱吸烟，而且烟瘾颇大。我多次劝他切莫阴阳颠倒，嗜烟成癖，但他总是嘻嘻一笑，始终改不过来。他待人真挚诚恳，极重情谊。每到我处聊天，总得过午夜才走，也不知那时哪来那么多话好谈。他患有胃溃疡，胃痛时便吃几片饼干，继续谈笑。我把他送出大门时，铁一号大院往往已经上锁，得把门卫叫起来开门。他对门卫态度和善，门卫也知道他叫“蒋先生”，毫不介意。在国内掀起批判“修正主义”的大潮中，他研究《红楼梦》的论著也受到了批判，心里觉得很苦闷，几乎每晚都要到我家谈谈。他不认为自己的治学道路有什么错误，对自己的学术观点并不动摇。他说他不怕学术观点受批判，怕的是有些原来的朋友对他不理解。记得有天傍晚他到我家时，一进门就擦眼泪，后来方知是有位比较势利的朋友冷淡了他，他感到很委屈。去年我在他家，知道他还有写历史小说第三部的计划，并接受语文出版社的约稿，准备把《红楼梦》改编成缩编本，供广大工农读者阅读。然而这一切，如今都永远消逝在无边无际的茫茫宇宙之中了……

惊闻噩耗传　涕泪沾衣襟

——悼念老友谢汉强同志

近半个多月来，电视台连续直播抗震救灾的新闻，使人们的心弦都绷得紧紧的。5月21日下午，我那平日比较寂静的书斋，忽然传来一阵急促的电话铃声，接过话筒，知电话是柳州的朋友打来的："谢老，他，他走了，前天，19日晚上。"我简直不敢相信对方所说的"走了"是永别。为了把情况问清楚，我匆匆给柳州柳学会的陈琼光、程朗和谢老的女儿卢红拨通了电话，才知道谢老早些天已因肾脏有病住院治疗。汶川大地震发生后，他忧心忡忡，非常焦虑，当晚，在家吃过晚饭，看了一会抗震救灾的电视报道，感到有些不舒服，准备返回医院治疗，谁知病势发展极快，虽经急救人员全力抢救，但已回天无力，遂于19日晚20时20分辞世。

谢老于1930年生于广西柳江县，是地道的广西人。他虽然比我小五岁，但我们彼此以"老"相称，他称我"吴老"，我也称他"谢老"，彼此关系非常亲密。他长期从事党的新闻工作，曾任《柳州日报》社总编辑兼党委书记、主任编辑。1984年被评为全国优秀新闻工作者。他的业余爱好是研究柳宗元，我也喜欢研究柳宗元，所以两人到一起，就有说不完的话，谈得非常投机。

谢老和我是1974年开始认识的。那时我从中国人民大学借调到北京市委宣传部，与几位同志一起，借住在地安门一处僻静的院落里，校点整理新发现的宋刻蜀本《百家详补注唐柳先生文集》(即后来由中华书局出版的《柳宗元集》四册)。一天下午，汉强同志和两位年轻人一齐走进我的办公室，待他们说明来意后，我们便亲切地交谈了两个多小时。此后便鱼雁往来，书信不断，建立了经常性的联系。

为了使柳州更多的同志能更好地研究柳学，我曾两次应邀到柳州作辅导性的报告。柳州人爱护与重视保护地方文化遗产，很重视对柳宗元的研究，他们热情好学，使我深受感动。

由于谢汉强和其他几位研究柳宗元的积极分子的发起和筹划，在柳州市委和市政府领导的重视和支持下，1985 年 8 月，柳州在全国率先成立了柳宗元学术研究会，谢汉强同志被选举为会长。我当即去信表示祝贺。

柳州市柳学会的成立，标志着柳州市的柳宗元研究已步入了一个新的阶段。柳州柳学会建立二十多年来，据初步统计，柳州学者在柳宗元研究方面已发表文章 600 余篇，出版专书 16 本，并编辑出版了柳学研究动态 5 期。谢老作为会长，很重视国内外柳学研究的信息和动态，他以此作为依据，制订学会每年的研究计划，因而他们写出来的研究文章，都能做到言之有物，不说空话。谢老和柳州市柳学会的同事们还很重视把柳学研究与柳州市的经济文化建设紧密地联系起来，弘扬传统的优秀文化和民族精神，提升柳州的文化氛围，促进柳州经济文化的腾飞。他们经过认真的调查研究，积极向市领导建议修葺柳州旧城东门城楼，恢复柳侯祠的清代风貌，打造柳宗元人文旅游品牌等，受到市委、市人大、市政府和市政协的重视，并已列入市政建设计划，准备创造条件，逐步实施。这些成绩的取得，都是与谢老的领导有方分不开的。

谢老办事认真、乐于助人，特别热心柳学的研究和发展。在全国性的中国柳宗元研究会成立以后，他任副会长兼秘书长，主持日常工作，主动表示愿意把学会的会址和秘书处设在柳州，以便能更好地开展工作。在全国柳宗元学术研究会的领导下，永州和永济两地，也先后成立了地方性的柳学研究会。柳州、永州、永济三地的柳学研究会，成为全国柳学研究会下的“三驾马车”，三地轮流做庄，先后召开了四次国际学术讨论会，广泛地结识了一批国际上的学术同行，在国内也壮大了研究队伍，大大增强了研究实力，发表了一批质量较好的研究论文和学术专著，开创了1949年以来柳学研究的新局面。谢老在协助会长全面策划做好学会领导工作的过程中，表现了非凡的组织能力和领导才干，他很重视学会与国内外学术同行们的沟通与交流，也注意保持与其他兄弟学会的接触与联系，及时了解柳学研究的信息与动态，注意掌握柳学研究的资料、文物，派专人认真地收集、整理、保管，搞好基本建设。以便将来在条件允许的情况下，三地共同建设一个具有权威性的柳学研究的资料基地。谢老平时保持与会员（尤其是理事）的广泛联系，听取他们的意见，重视在会员中发现人才和培养人才，把有才干的人选拔进理事会和领导岗位上来。他曾说："理事会的理事必须能理事，只挂名，理不了事的同志就不要当理事。"话虽有些刺耳，但还很有道理。为了工作，他几乎每年要到南京来一次或两次，交流情况，协调工作，我们合作得很默契。可以说柳学会能有今天的规模和成绩，与谢老的辛勤努力是分不开的，谢老对柳学的贡献功不可没。

和谢老最后一次会面是去年在永济。2007年10月16日至18日，山西永济召开第四届柳宗元国际学术讨论会暨首届河东柳氏文化交流会。为了召开这次会议，谢老不辞辛劳，先后九次去永济协助他们做筹备工作、策划修缮河东柳氏遗迹和文物，新建"柳园"，安排会议日程。这次会议开的非常成功，出席国内外代表（包括韩国、日本等）120余人，收到论文60余篇。会议期间还开了理事会，决定下次（2009年）在永州召开第五届柳宗元国际学术讨论会。

这次会议在永济市电机宾馆召开，我和谢老都住在迎宾楼一层，他住在我的隔壁，因而每天都能有机会在一起聊天。他爱喝酒，喜抽烟，我曾多次劝他戒烟限酒，但他都表示好像比较困难。按照会议的日程安排，我们曾一起去参观了开元时期的黄河大铁牛，一同登上鹳雀楼的最高层远眺黄河的入海口，还游览了被誉为"爱情圣地"的普救寺，重温崔莺莺和张生的恋爱故事。会议结束后，我们同乘宾馆的大巴到西安，然后改乘火车分别回柳州和南京。在西安车站分手时，我们依依不舍，亲切话别，互赠珍重，相约两年后在永州再相聚。万万没有想到，就在四川汶川大地震发生刚七天的5月19日，谢老竟不辞而别，匆匆离我们而去！我们去年在永济的生离，竟成了死别，心中的悲痛无法言说！从此柳州失去了一位柳学研究的领路人，我失去了一位相知多年的老友。谢老，安息吧！您开创的事业后继有人，您关心和热爱的柳学研究一定会世世代代永远延续下去，发扬光大。

2008年5月24日于南京

讲究实学　不尚空谈

——推荐《明诗话全编》

傅璇琮

1991年冬至1992年春，在匡亚明同志领导下，我曾参与制订全国古籍整理出版“八五”计划和十年规划，当时江苏古籍出版社所报的重点项目中，即有吴文治先生主编的《中国历代诗话全编》。1992年5月，在北京香山召开古籍整理出版规划会议，全国有一百余位专家学者参加。在讨论中，曾有人对书名提出疑问，认为既然所辑大部分并非传统意义中的诗话，而是辑自诗文集、笔记、史书、类书中论诗之语，则似改为“历代诗论”较为合宜。那时规划的修订工作是由我具体主持的。我觉得，这一意见有一定道理，但我总感到，文治先生这样做，对古代文学思想特别是诗歌理论研究含有一种创新开拓之意，是很值得思索和倡导的，因此经过一番解释，仍按原名列入规划。现在又经过五六年，由“八五”转入“九五”。这一全编中的明代卷即将问世，作为古籍整理园地的一名耕耘者，也作为文治先生多年之交的好友，对此我确有一种“来之不易”的欣慰之情。

大家知道，诗话是我国古代诗歌理论批评的一种特有形式，这种形式在北宋中期创立后，不但对中国，而且对一些友邻国家如古代朝鲜、日本等都产生过极大的影响。这一文学现象本身就很值得探究。诗话是一种笔记体。宋人许顗在《彦园诗话》中曾对其内容作过这样的归纳：“诗话者，辨句法，备古今，纪盛德，录异事，正讹误也。”后来章学诚在《文史通义》的《诗话》一章中，则又把历代诗话分为“论诗及事”与“论诗及辞”两大类。自宋至清，诗话本身也有其发展过程，由最初的“资闲谈”而逐步演进为辨理之作。但不管如何，中国古代诗话，其本身即有一种极大的艺术感染力，人们读诗话，不一定即想从中得到某种知识的传递，而是在不经意的翻阅中不知不觉地获得一种美的启悟，一种诗情与理性交融的快感。这种中国特有的对审美经验的表达，是十分丰富的，是当之无愧的有在世界上的独特的地位。

但也应该看出，作为文学批评、诗歌理论的一种样式，诗话本身也有它一定的局限性，这种局限性，最主要的是，诗话终究是一种笔记体、随笔体。这种自由随意而每一则文字又甚少的写作方式，对于完整表述文学思想，总使人感到缺乏系统性和思辨性。中国古代文学发展的事实也昭示我们，不少作家、文论家，他们是采取多种方式表达他们的文学思想的，除了常见的议论之外，还有如序跋、书信以及史传文等，有些诗人似更喜欢在诗作中表露其创作见解。我们现在应当从整体来研究古代文论，不受诗话体的局限，对有关著述予以全面的收集、梳理，并作有机的整合、建构，这应当是我们当代文论研究科学化、思理化的要求。80 年代以来，在理论研究方面，史的叙述方面，已经逐步深入开展，这就要求我们在史料的辑集与整理上应有相应的较高学术层次的格局。

现在文治先生从我国诗歌理论发展的总体上加以把握，把“全编”工作上起先秦，这是有眼光的。清人杭世骏《榕城诗话》的汪沆序就曾提出：“予惟诗话之作，滥觞于卜氏（按即子夏）《小序》，至钟仲伟（嵘）《诗品》出，而一变其体。”在系统收集诗话体著作的同时，又广泛搜辑其他文体中的论诗篇章，这就不仅突破了文体结构，而且对调整我们研究者的知识结构也是很有益处的。八九十年代，我国古代文论研究取得重大的进展。由古代文论的研究发展为当代文艺理论的建设，正是传统文化现代化的一项有意义的课题。我们一方面要加强理论阐发，一方面要有计划地规划史料工作。

我总觉得，我们现在要进一步推动文学史研究、古代文论研究，最主要是要提高研究者的素质，而要提高研究者的素质，就要讲究实学，不尚空谈。就目前文学史研究的实际状况看，我认为，加强史料学的研究，恐是当务之急。在这方面，文治先生的这套《中国历代诗话全编》，正能起正本树标的作用。因此我希望，在继明代之后，其他各卷在今后几年内也能陆续印出，这才是真正的传世之作。

吴文治的韩学研究

张清华

吴文治先生是著名的“韩学”研究专家,1992年,中国唐代文学学会韩愈研究会成立时,卞孝萱先生任会长,我为副会长兼秘书长,基于吴先生的学养与在学界的威望,推举他为第一副会长。后我为会长,聘请先生为顾问。2009年6月3日,先生因病辞世,我怀着沉痛的心情,赋《桃源忆故人》词,悼念先生。词云:

闻说旧雨驾鹤去,是梦是真无数。遥指大江烟雾,泪洒金陵路。　　尊韩敬柳师名著,桃李香花满树。刻苦谨严著述,学界人崇慕。

先生研读刻苦,治学谨严,平生尊韩敬柳,研究韩、柳,著作富赡,为同辈称道,后学仰慕,是一位好学者,好导师。

文治先生一生学术成果多多,仅就“韩学”研究,主要有三:一是资料编辑的基础研究,二是宋版《韩集》的探讨,三是韩愈诗文解读。

先说资料编辑的基础研究。1983年,中华书局出版了吴文治先生编辑的《韩愈资料汇编》,全书四册,1136千字,可谓洋洋大观。这是先生从上世纪50年代中期,花费了大量时间和心血,从中唐至“五四”一千一百余年间,有代表性的评述五百三十余家,包括诗文集、诗话、笔记、史书和类书近六百种书籍中搜集、整理,按时代先后顺序汇编而成的。看似平平的资料搜集编辑,实则没有高深的学养,要读懂文本,断句标点已属不易,况且辨别文本版本本身就是一门专门学问。记得我的导师高熙曾与其好友涂宗涛先生给我讲做学问的方法时说:“如能读一万本善本书的序言,就有了研究的基础。”涂先生还说:“你老师高先生在北图搞善本书展览时,就读了不少古籍善本的序言。”怪不得高先生提到版本、目录时那样得心应手;惜未编著成书出版;有幸的是,不久前师妹高力力来电话、来信讲发现先生一些版本、目录及古代刻工方面的遗稿,有待整理。可见吴先生重视古籍版本是多么有见地,他这方面的学养也是丰厚的。这一点当是基础研究的基础。掌握材料对教学、研究至关重要。吴先生在“治学漫谈”《搜集韩柳资料的一点体会》里深有体会的说:

> 我们今天来研究柳宗元和韩愈,应该在前人已有的基础上有所前进。而要做到这一点,就有必要比较全面而系统地摸清前人研究的底细,详细占有这方面的材料。因为从这些材料中,我们可以了解到哪些问题在前人研究中已经得到解决,哪些问题前人存在着分歧,哪些问题前人还没有很好地进行探讨,等等。……通过搜辑这些材料,也确实使我打开了眼界,感到在韩、柳的研究工作中,比原来心明眼亮多了,钻研问题的思路,似乎也不再像先前那么枯涩了。我深切体会到了掌握资料对学术研究的重要。

这只要看一看他写的《韩愈》一书及《韩愈研究述评》、《略谈宋版韩愈文集》、《韩集刍议二题》那样得心应手地运用古籍资料,就可以看出他掌握材料的优越性。搜集整理材料是要下苦工夫的,没有持之以恒的决心和刻苦奋斗的精神是难以做到的。在这方面先生以资深学者的体会,给后学者指明了道路,教之以方法,做了表率。我从自己切身体会里认识到吴先生这话是他一辈子做学问,搞研究的心得,可慕,当学。1960年,我留校当助教时,幸有高熙曾师和涂宗涛先生指导。当时我进修古代戏曲,高先生要求我每学一部戏,都要作校勘、注释,搜集古今人的评论(做卡片),写作家传记和该戏的评论文章。1984年，季镇淮先生指导我搞“韩学”研究，也叫我这样做。季先生去世后，任继愈先生指导我，对我提出了新的要求。由此也可证明吴先生讲的，都是老一辈硕学大儒的至理名言。先生的文章还特别强调，要搞好搜集整理材料，必须事先熟悉研究对象，注意抓住重点，选择好的版本。

吴先生的《韩愈资料汇编》不仅给后学传授了做学问的经验、治学的路子和方法，让我们看到了一位资深学者可爱可敬的形象；还为后学者提供了进入“韩学”之门的基础。我就从这部书里向先生学习了不少东西。他和季先生让我先读通《韩集》文本一样，是我进入“韩学”之楼的阶梯。我曾经在《资料》的基础上，进一步搜集材料，再分类编辑成册。这部未正式成书的《韩愈研究分类资料》就成为我的案头必备。

还值得赘述的是先生在有些条资料后的“编者按语”。这些按语不仅体现了先生的编辑识见，也见先生学识博，有见解。如该书156页苏辙“诗人咏歌文、武征伐之事”条，按：“此则所引‘克密’、‘克崇’二诗，系《诗经·大雅·皇矣》第六章、第八章。所引‘克商’一诗，系《诗经·大雅·大明》末章。”又在“唐人工于为诗，而陋于闻道”条云：“日人近藤元粹评此则云：孟郊仅得一第，则曰：‘春风得意马蹄疾，一日见(看)尽长安花。’是其狭中无为可知耳。前贤多论之，子由之驳，可谓确矣。”吴先生在《体会》里说：“即在古代一些较好的刻本中，也往往难免会存在一些讹、脱、衍、倒的谬误。”先生审慎地做辨析校正时，就是为避免以误传误，贻害读者。先生审慎地辨析、校正，既下工夫，也见学力。

再说先生对宋版《韩集》的探讨。此举共有两篇文章：一为《略谈宋版韩愈文集》，是覆美国纽约州立大学中文系主任蔡涵墨教授的信，为未刊稿；二是在信的基础上写成的论文《韩集刍议二题》，发表在1983年第3期的《江汉论坛》上。如先生说：“不久前，读到一篇国外朋友的论文《宋版韩愈文集书目提要序》，序文对宋版韩集作了比较系统的研究，发表了一些很好的见解，但其中也有一些问题，值得进一步探讨和商榷。”关于韩集最早的编者，吴先生说：

“序文作者引宋人邵博《邵氏闻见后录》的一条材料为论据，提出了‘《韩愈文集》在韩愈生前就已经由他自己编成’的看法，而且认为这个看法是‘无可置疑的’。”先生对无可置疑提出了置疑和商榷。先生先摆出“序文作者”的论据《邵氏闻见后录》卷十五原文：“长安安信之子允为予言：旧藏韩退之家集第二十六、二十七二卷，茧纸正书，有退之亲改定字。后为张浮休取去。”还举出元人陆友仁《研北杂志》卷上记载的不同处：“为予言”作“为邵泽民言”；“旧藏韩退之家集二十六、二十七二卷”作“旧藏韩退之家集二十六二卷”。指出：“这两条材料如确属可信，我认为用来说明在韩愈生前就已经有多卷本韩集存在，这是可以的。因为：第一，卷数多达二十六、二十七卷；第二，‘有退之亲改定字’。但是，这两条并不能证明此书一定是韩愈‘自己编成的’。因为书中‘有退之亲改定字’，与他‘自己编成’此书，毕竟是两回事，不能混为一谈，误作论据。”指出了“序文作者”论据与论点的悖谬。经先生对元明清文献考察，证明韩愈生前并未编成自己的文集，所有的只是“自选平生所为文二十六篇，题曰《韩子》”的选本。此本元时尚存，失传的时代，当在清初以前。而《昌黎先生集》这个比较完备的本子，当是李汉在韩愈卒后编成的。除去目录为四十卷，今存宋本大体保持了李汉本的原貌。且在李汉所编《韩集》前，韩愈在世时《韩退之家集》已经存在。先生认为，李汉作为韩愈“最厚且亲”的门人和女婿，在韩愈去世后为他编文集，理当以已有的“韩退之家集”为底本，再“收拾遗文”，使之“无所失坠”，当是在这个底本原有的基础上进行的。先生甚至认为，那部“韩退之家集”，也很可能是在韩愈的首肯下，由李汉具体编辑而成的。并认为李汉之所以编辑《韩集》“很可能与他曾编过‘韩退之家集’有关”。吴先生最后总结说：“唐人编韩集最早者，似当推李汉；谓韩集‘在韩愈生前就已经由他自己编成’的说法，恐难成立。”这说法大体符合《韩集》编成的实际。至于“韩退之家集”的编辑，言之未详，尚有进一步探讨的必要。

关于韩集的两种宋刻蜀本，吴先生说：“宋刻蜀本是在韩集早期诸刻本中较有影响的本子。但韩集蜀本，在宋代有天禧蜀本（即欧阳修校本)和嘉祐蜀本(即苏溥校本)两种。到底其中哪一种蜀本曾得到流传并产生过较大影响,人们却往往分辨不清。"又说:"《宋版韩愈文集书目提要序》的作者,笼统地认为后来所传蜀本,便'是欧阳修的版本',此说未为恰当。"认为:"后来所传宋刻蜀本,并非欧阳修所校天禧蜀本。"其理由有三:一曰世传宋刻蜀本是个较完整的本子,而欧阳修所得《昌黎先生集》,是个仅存六卷的残本,不过占全书的七分之一,而且'脱略颠倒无次第',错乱十分严重;二曰经欧阳修"补缀校定"而成的这个本子,虽因欧阳修的地位和声望,曾引起过一些人的重视,但并"没有镂版,所以流布不广";三曰历来著录韩集版本的书籍,从未发现有人称引和传述此本。先生以此三点颇有说服力的证据,证明后来所传蜀本非欧阳修所校天禧蜀本。吴先生说,嘉祐蜀本比天禧蜀本大概晚出四十年。虽此书南宋后已佚,却产生过较为深远的影响。南宋方崧卿说此本即蜀人苏溥所校刘、柳、欧、尹四家本。后来他校韩集时,便主要以此本及祥符杭本、馆阁本定去取。方氏又取刘煜所录二十五篇及石刻所增编为外集,此本在后世产生了深远影响。所以吴先生得出结论:"后来得到流传并产生过较大影响的,是苏溥所校嘉祐本。"以平平语言,讲出了为学界共识的道理,得出了令人信服的结论。值得称道的是先生对材料的认真解读,不但指出了蔡涵墨教授结论的错误,也解析了蔡教授运用材料的错误。这不是简单的运用材料的事,而是治学态度是否谨严的问题。为什么有的看似有理的大篇文章,会被人以所据一二条材料的不当,就否定了呢?正如吴先生驳蔡教授一样。所以,从先生的述论里,我们不但得到知识,还可以学到治学态度和方法。还需补充说明的是,欧阳修本不仅因其地位高,名气大;还因其校勘的用心,可信,而被刘煜汲取后,作为北宋早期之重要一家而为学界所知,所重。

三说先生对韩愈诗文解读。先生在2000年第6期《古典文学知识》上发表的《谈谈韩愈的散文》里说:"他的散文,无论议论说理、记人叙事、言志抒情,都具有很强的表现力,能产生强烈的艺术效果。读韩文,当洞察其丰富而深刻的思想内涵,并揣摩其在表现艺术上的创造与开拓。”谓韩愈的论说文，“或谈政治，或谈哲理，或谈教育，或谈文学，或谈治学经验，都能有的放矢，切中时弊”。如《师说》从虚到实，又从实到虚，有破有立，虚实结合得很好。谈理论，却不是空发议论；举事实，也不是罗列现象。文章不蔓不枝，很有说服力。在风格上具有雄健明快，汪洋恣肆的特色，气势异常充沛。在语言上创造性地运用排偶句式，使文章的气势如波浪滚滚，汹涌不绝。《进学解》构思奇妙，笔调幽默。大量对偶句式和散文句法交错使用，整齐之中又有变化，使文章更加显得活泼生动。用韵转换变化，音节流畅，避免了骚赋、骈文的缺点，成为艺术性很强的新体散文。韩愈的记叙文，也体裁各别，写法多样，善于选取题材，运用简洁凝练的语言，把纷繁多样的人物、事件，写得形象鲜明，生动可感，富有文学性。韩愈的抒情文，多见于祭文。如《祭十二郎文》打破了祭文多用四言韵语或骈文的传统模式，以自由抒的散文形式，尽情地倾吐自己内心的悲痛，表达对亡侄的哀悼。全文如泣如诉，凄楚哀婉，读来回肠荡气，催人泪下，为祭文中千古绝调。他还提出韩文写作的一个“变”字，总结了韩愈散文的四大特点：一曰气势充沛，雄健奔放。韩文无论叙事、论说或抒情，都有一股风发云涌、江河流转、一泻千里的气势。韩愈散文成功的奥秘，就在于“炼气”。正如清人黄子云所说，韩愈之文，“无句不琢，却无纤毫斧凿痕者，能炼气也；气炼则句自炼矣。雕句者有迹，炼气者无形”（《野鸿诗的》）。二曰说理透辟，逻辑严整。如《讳辩》作者先从儒生们都不敢怀疑的“经”、“律”、“典”中找到充分根据，而后以子之矛攻子之盾，层层批驳，把依据避讳这种陈规陋俗压抑人才的社会现象，揭露批判得体无完肤。又如《论佛骨表》，论证“佛不足取”，凿凿有据，放言高论，令人不容置疑。三曰取譬工巧，想象丰富。他说理抒情，善用比喻；记人记事，工于刻画。《说马》通篇说马，其实无处不在说人。以马喻人，比喻贤才难遇明主，寄寓作者的不平。《毛颖传》则纯以虚构想象笔法，把毛笔拟人化，借毛笔始见用、“以老见疏”的经历，讽刺统治者的刻薄寡恩。四曰语言生动，富于独创。他主张“唯陈言之务去”，善于创造性地从古代典籍的语言中吸取营养，推陈出新；也善于从当时口语中吸取精华，进行提炼，熔铸新词。

吴先生在文章里提出韩文乃“新体散文”，“富于文学性”的概念，用刘大槲之论强调韩文之“变”的“变”字，符合韩文实际。然韩愈以古文之变，创作出“新体散文”，是中国文学史的新创，它已不仅仅是“文学性”的问题。我在上世纪曾出版过一部《唐宋散文：文学散文的结构范型》的专著，认为韩愈把秦汉奇句单行的古文与魏晋辞赋、骈文的文学自觉意识结合起来，创造了中国文学散文的结构范型。从此，中国有了文学家自觉创作的“文学散文”，为千余年来的作者遵从。中国古代文学史所谓“文”，没能提出“文学散文”的概念，文论依然。近世受西方文艺理论的影响，才在文学理论著作、文学史里把散文与诗歌、小说、戏曲一样，作为文学艺术的一个专门种类单列出来，这是文学史、文艺理论的进步。因此，吴先生提出“新体散文”，正合我多年来的思考，也有见地，故我肯定之。实则奇句单行的自由挥洒，加文学艺术性，已经成为散文家共识的写作原则。这是由中唐韩愈对文的变轨以来，为历来，特别是近世散文家遵守，且代代传承下去。韩愈举起“修辞以明道”的文学革命旗帜，就在于他不赞成干巴巴的说理，平淡无味的说明，认为只有以修辞加强艺术性的文，才能说服人，感动人。这一点连柳宗元、李汉，特别是宋儒都没能理解韩愈“修辞以明道”的用意，而把文看成如柳宗元所提“文以明道”，李汉所谓“文，贯道之器”，到宋儒而成了“文以载道”的单纯宣道的工具。相反，欧阳修却能正确接受韩愈的观点，提出“道盛文至”的思想，所以，他成为韩愈“古文运动”的真正继承人，高扬了“文学散文”，为后世所肯定。这一点吴先生似未摆脱传统“文以载道”（按：吴先生在《韩愈研究述评》中把韩愈提倡的“修辞明道”写成了“文以载道”）说法的影响。然他高张韩文之“变”，提出“新体散文”的观点，我非常赞成！

2012 年 6 月 21 日于郑州百花书屋

摸清历代韩愈研究的底细

——评《韩愈资料汇编》

石家宜

由中华书局组织编纂的《古典文学研究资料汇编》，已出十余种，影响很大，广受欢迎。最近问世的《韩愈资料汇编》（吴文治编，以下简称《韩编》），以其引人注目的特点，赢得了学术界的称道。在如何使我们的资料搜集工作更具有系统性、科学性和学术性方面，这部长达百三十余万言的《韩编》，是有其功力和独到之处的。

一

比较之下，《韩编》的最大特点就是它的全。为了“摸清历代学者对韩愈研究的底细”，作者纵横搜索，精心鉴别，终于把迄今能找到的、有影响有见解的大家名家的著述悉采无遗，即使并非大家名家而确有见地有价值者，也都广为罗致，辑录了从中唐到“五四”一千一百余年间有代表性的评述凡五百三十余家，引用书目达六百种之多，包括诗文集、诗话、笔记、史书和类书等。这样广泛的收录，是前人从未有过的。

所谓全，也不仅表现在这部资料内容的丰富和齐备，还包括对韩愈哲学思想、政治思想、社会思想，以及他的诗文成就、风格和文学观点，他在文学史上的贡献和地位，乃至有关其生平、交游、轶闻、作品本事的评述；而且，有些资料没有直接提到韩愈的名字和韩愈作品的篇目，不是行家固然很难看出它与韩愈研究的联系而极易遗漏；对于为数不少、看法相当偏颇然而仍不丧失某种认识价值的材料，如果缺乏冷静的、尊重历史的态度，或为习见、时见所囿，或以个人观点和感情去作取舍，也很容易略而不计，从而使我们的研究离开历史土壤。此外还有一个不因人废言的问题。比如曾国藩和钱谦益，从他们的文学观点看，不能说他们对韩愈缺乏研究和了解。读一读曾国藩的集子，可以发现他对韩愈文学观点的评价，颇有一点历史的眼光，如《云桨山人诗序》云："自韩愈氏有言：'欢愉之词难工，穷苦之音易好。'欧阳公效之，亦称'诗必穷而后工'。后之论者，大率祖述其说，以谓宫音和温，准于耸听；商音凄厉，易以感人。故盛世之巨公，其诗歌往往不及衰世之孤臣逐客；而庙堂卿相，例不能与穷巷憔悴专一之士角文艺之短长。"如果人弃而言废，我们的研究就会失去历史的比较，很难谈摸清历史研究的底细了。由于编者求实的态度，使《韩编》尽量保持了历代韩愈研究的真实面貌。

但所谓全，也不是有言必录。全而不杂，恰恰是《韩编》的又一个特点。从中唐到"五四"千余年间，评韩资料极丰，编者为免庞杂而又不失其历史全貌，采取了有效的科学筛选方法。比如凡后人评述与前人重复或无甚新意者，一律不收；全书确定以评述资料为主，对于个别字义疏证及生平事迹中无关紧要的部分，或对今天已无多大意义者，概不收录；辑录的资料一般都散见于诸书之中，为读者不易搜寻者，其单独成书又较为易见的大篇幅专集也不予收录。正因经过了反复鉴别和筛选，才有今天这样较为精粹的本子。

《韩编》在版本选择上也比较讲究。有的书有好几种版本，几部丛书都曾收录，编者就尽量找好的版本，找当时的刻本和距离作者年代更近者。像常见的《唐文粹》，版本很多，颇多错漏，甚至连篇目亦有出入，编者经过比较，选用了四部丛刊影印的明嘉靖刊本；《欧阳文忠公文集》刻本也很多，编者选用了上海涵芬楼元刊本；《梦溪笔谈》版多错多，编者选取稗海本；《东坡题跋》用津逮秘书本，以免它本以误传误。类似的例子很多，如《孙公谈圃》之用百川学海明弘治本，《孔氏杂说》之用宝颜堂秘笈本，《九华集》之用四库全书珍本初集本。《浮溪集》因原刻本错字多，而用较好的上海涵芬楼武英殿聚珍本;《墨庄漫录》丛书集成排印本有误,结果用稗海本;而《昌黎文式》则用精钞本,因钞者已校过;方回《桐江集》因刻本错字太多而选用了旧钞本,等等。有时即使是好的版本,也有局部的错处,编者尽量用各种本子比较校勘。从《韩编》收录书目所用善本和罕见佳本之多也可以看出,正因版本的精良和校勘的用心,增添了这部资料荟集的可读性。

在编排上,《韩编》也有其匠心独运之处。因为篇幅大,从各方面衡量下来,自然不便按问题分类,只能以时代顺序排列。这样排列的好处是便于收录,又能清晰地看出韩愈研究的历史线索;缺点是翻检不易,对于初学者和一般读者来说,更感大海无处捞针。因此,编者精心撰写了前言,对历代研究韩愈的底细,作了系统而扼要的介绍。这样从横的方面按问题来梳理之后,就大为提供了翻检的便利,也增强了洋洋百万言汇编的内在联系和层次感。

值得注意的是《韩编》对征引资料所加的按语,都根据需要对某些资料作出鉴别和说明。有的后人意见与前人相近或新意不多,就在先见资料下加按语说明;有的同一资料多见,也予说明并作必要的异同考辨;有的是对资料来源的必要交代;有的是对前人误引的匡正说明;有的是对引文中所涉及到的部分内容与不为一般读者熟知的人物和作品的简介,这些按语都有助于读者对所引资料的理解,它们是《韩编》中很有特色的不可分割的组成部分。按语的撰写同样是很繁重的工作,比如相同的资料见于不同时代的不同著述之中,只有经过认真细致的鉴别比较之后,才能择其可信与齐备者而用之。可见《韩编》不仅收罗不遗其力,收罗之后的鉴别更是务求精当。这种求实的精神是值得赞赏的。

二

《韩编》的问世,为韩愈研究提供了大量的新材料,提出了不少值得深入探讨的新问题,而这些新材料、新问题的提出,自然可望给今后的韩愈研究带来生气。

历代学者对韩愈的思想和文学活动研究的资料非常丰富，在一系列问题上各种意见的对立与论辩，编者在前言中已经作了扼要的勾勒。像对韩愈排佛问题的争论，历来就有肯定其有积极意义、持否定态度和认为韩愈对佛学有所取等三种不同的看法。对他的政治态度的评价，誉之者有之，责其保守、躁进者也有之。对于韩诗的评价，肯定的人说它另辟蹊径，扩大了诗歌表现领域；否定者则讥其只知一味险怪，甚至于诗"本无解处"。韩愈的阳山之贬，是由于上疏论宫市，还是因关中旱饥，请免田租之敝，或是"为韦、王之党所排"？关于韩愈散文的渊源，宗经还是宗史？祖于孟子还是本于子长？等等。这些问题上的争执可以说历代延续不绝，直到今天。这样，《韩编》不仅使我们对历代韩愈研究的成就与不足，有了比较全面的了解，也使今天的研究有了更加明确的目标。

比如，李汉在为韩愈编集子时曾称是"收拾遗文，无所失坠"，但韩愈给大颠和尚的三封信却没有收入，这样做可能出于他为韩愈"隐恶扬善"的苦心，这自然是李汉胆识之所限。后人为此起了很大争执。欧阳修以为"非退之莫能此"，而苏轼却认为"其词凡陋，退之家奴仆，亦无此语"。朱熹则力证欧说之可信，并从语意文势的深味中确信"非他人之所能作，无疑"，此说一出，复又引起后人不断诘难。元和十四年(819)韩愈以言佛骨被贬潮州，但为什么在被贬潮州以后却与和尚们频繁来往呢？有人认为一贯排佛的韩退之到潮州以后转了向，袁宏道说韩之排佛不过是"攻其皮，嗜其髓"而已，方回又认为韩愈"于佛不喜其说而喜其人"，王守仁甚至认为这是"后世佛氏之徒张大其事"，以此来诬陷排佛的韩愈。看了《韩编》所录各种意见的争辩，则可以帮助我们打开思路。其实，我们从韩愈自己给孟简的信中对他与大颠交往所作的辩解来看，说他"于佛不喜其说而喜其人"并无不可，问题是我们不应孤立地看韩愈与大颠们的交往，不能仅仅从韩愈个人的境遇来解释这种复杂的社会现象。方回在《名僧诗话序》中说："三代无佛，两汉无佛，魏晋以来无禅。禅学盛而至于唐……李、杜、韩、柳、欧、王、苏、黄，排佛好佛不同，而所与交游，多名僧，尤多诗僧，则同。”他甚至认为“士大夫婴于簪跋，不有高人胜流为方外友，则其所存者亦浅矣”。这些看法是大体可信的，从《与孟尚书书》及《与大颠书》中我们可以看到，如果不是喜其“识道理”，喜其“论甚宏博”，韩愈是不会把这个老僧接到家里一住十几天的。从这里我们又不能说韩愈只喜其人而完全不喜其说。司马光早就对韩文公“不喜佛，常辟之”的说法提出过疑问，认为韩愈是“尝遍观佛书，取其精粹而排其糟粕”①，他的看法很值得我们重视。若以表面现象的矛盾为怪，把辟佛看作是绝对排斥，就会作出曲解韩愈的评述了。

又如韩愈与柳宗元的关系问题，《韩编》中收有柳宗元的《与韩愈论史官书》，批评韩愈不愿做史官的想法，对他所谓“为史者，不有人祸必有天刑”之说也作了批驳。从后来的行动证明，韩愈是接受了柳宗元要他做一个正直史官的意见的，在《顺宗实录》中就用直笔记载了不少朝廷黑幕，他对宦官恶行的如实记录，从宦官们攻击《顺宗实录》之凶猛，就可见是如何触到了他们的痛处。我们如果只注目于他们对于天说和史职的争辩，而忽视了他们对历史、社会看法上的实际沟通，就不会对他们的关系作出如实的评价。特别是一涉及社会观与文学观，他们息息相通之处就更引人深思了。韩愈对柳宗元的为人和文学成就是评价很高的，他甚至认为，柳宗元如果不是被贬，而是留在京都做官的话，就不会有这样高的文学成就，这是很有见地的。柳宗元在韩愈的《毛颖传》受到责难，时人“笑以为怪”的时候，他慧眼独具地看出了《毛颖传》的深微寄托，一再肯定它的“有益于世”。因此，不仅看到他们的分歧，更多地注意他们的共同之处，对我们的探索是大有益的。前人对此也多有评述，能给我们不少启发。

韩愈的生平事迹、社会关系、交游，资料很多，很复杂。他与哪些人接触，关系深浅如何，凭一两条资料是不易看得清的。如李

① 司马光《温国文正司马公文集》卷六十九。

翱，都知道他是韩愈的学生，有说是同辈，但把更多的资料进行比较以后，我们发现李翱不仅是韩愈的学生，而且确实还是他的侄女婿，多了一层亲戚关系，那么我们对韩愈的行状为什么由李翱来写就不会感到奇怪了。又如韩愈与孟郊和张籍的关系，他们到底是怎么结识的，一两条资料也不足以完满地回答这个问题，而全面地探究一下就知道，原来张籍是经孟郊介绍才得与韩愈结识的，韩愈见了张籍以后很赏识他，张籍要向韩愈学古文，韩愈还找了房子给他住，可见韩愈与孟、张的关系是不一般的。张籍和孟郊穷苦潦倒，很不得意，《韩编》中有不少这方面的材料，从这里我们就可以较为深切地理解，韩愈为什么能在《送孟东野序》中提出"不平则鸣"的观点，他之所以得出"欢愉之辞难工，而愁苦之言易好"，乃至"文章之作，恒发于羁旅草野"的普遍结论，不仅是自己，也是孟郊、张籍包括柳宗元他们甘苦经验的总结。如果把《韩编》中有关资料联系起来读一读，就会进一步全面地理解韩愈文学观点和社会观点的现实内容和进步性，那么，我们对"守道君子"韩愈的认识，会全面而深刻得多的。

《韩编》自然也收录了不少历代文人学者对韩愈作品的系统评述，使我们从相当集中的背景材料和艺术评析中得到不少启发，为我们进一步深入研究韩愈的创作和理论，提供了可贵的材料。如苏轼在《跋退之送李愿序》中把韩愈的《送李愿归盘谷序》尊为天下至文，云："欧阳文公尝谓：晋无文章，惟陶渊明《归去来辞》一篇而已。余亦谓：唐无文章，惟韩退之《送李愿归盘谷》一篇而已。平生愿效此作一篇，每执笔辄罢，因自笑云：'不若且放，教退之独步。'"读读前人这样生动的艺术感受文字，真是十分难得。以往读《调张籍》的时候，总以为是针对元稹而发。元稹为杜甫写墓志铭时，对老杜推尊备至，而韩愈认为李、杜两家都是光焰万丈不可妄分高下的。但《韩编》中有不少资料说明他与元稹的交情相当好，李翱的《韩公行状》详细记载着长庆二年(822)镇州兵乱，时年五十有五的韩愈，以兵部侍郎受诏前往叛军营中"宣抚"，众人都以为韩愈此去难回，元稹更为韩愈的安危担忧，并上奏请免，惊呼"韩愈可惜"。

不少材料都证明他们是友情深笃的。况且,韩愈完全可以坦率地与元稹交换彼此的文学见解,何必以“蚍蜉”相讥其为“不自量”?诸如此类的问题,正好比为今后的韩愈研究打开了一扇扇窗口。

三

金无足赤。“求全”,固有苛责之嫌,但对于一部资料汇编来要求,仍不免有白璧微瑕。举例来说,清代郑珍《巢经巢文集》有《〈与大颠三书〉读后记》一文,其中有一条考证材料是有价值的。洪兴祖《韩子年谱》确认韩愈是三月二十五日到潮州的,郑珍从里程计算,从韩愈途中赋诗时间去推断,认为韩愈从正月十四日被贬出京,直至四月二十五日才到潮州,比洪说的七十余天旅程多一个月。朱熹《韩文考异》早就对此提出考辨,认为三月二十五日到潮州之说不可靠,但没有正面回答究竟何时到,而郑珍的考证解决了朱熹没有完全解决的问题。《韩编》没有收录这两则材料,可能是一个疏忽。像考证精到的《韩文考异》和有权威性的《韩子年谱》,虽因系大部头成书而不便收录(《年谱》只收其序和后记,《考异》则只字未采),读后总觉得若有所失。是否可以把其中某些突出而重要的材料穿插在按语之中?又如冯班的评述,只收其《沧浪诗话纠谬》论诗体一条,而把有十一卷之多的《钝吟杂录》割弃未顾,也使我们失去了更多了解冯班观点的机会。还有,后人对韩集所作的题解、批语,分量不小,有些也并非缺乏新意,虽然对于评点式的批语,在收录上有困难,毕竟《韩编》对此有注意不够之处。更应指出的是,《韩编》在标点方面用力尚嫌不足,尤其是清代部分存在不少谬误,虽有一些客观因素,但毕竟显出仓促和不够郑重,这是需要在再版时加以补救的。

还有两句题外的话。中华书局组编这套古典文学资料丛书,对于古典文学研究来说,实在是一件功德无量的大好事。但因为是各方专家独自辑录的,辑录的幅度还很不相同,有的由于出版得早,收录的家数也少,作为一套丛书,最好在辑录范围和幅度乃至体例上，都有大致统一的要求，而且从史料价值来说，更宜乎强调辑录的完备性，这大概不算非分的要求。《韩编》晚出，在这方面是做得比较好的。

我们要感激《韩编》提供了如许丰实的资料，使我们看到了学术史上韩愈研究的轨迹。实际上《韩编》的辑录并不限于韩愈的文学活动，而是涉及到学术史、思想史、文学史、批评史、文学思想史等各个领域的问题，它的学术价值是多方面的。有了这样系统而详尽的整理，摸清了历代研究的底细，也就是说，了解了前人提出过和没有提出哪些问题，解决了和尚未解决哪些问题，分歧和症结在何处，再加上弄清一九四九年以来研究的底细，那么，就会使今后的韩愈研究目标更明确，有利于我们的研究找到新的起点，有利于有的放矢地提出新的见解，有利于探索长期韩愈研究中的许多复杂问题，从而促使韩愈研究向更为深广的领域推进。惟其如此，笔者和读者一样，期待着作者全面记载韩愈一生并作出科学评价的《韩愈评传》早日问世。

吴文治先生的柳学研究及其贡献

尚永亮

吴文治先生专治中国古代文学史和批评史，在这两大领域都做出了突出的成绩。其于上世纪 90 年代以来相继主持《宋诗话全编》、《辽金元诗话全编》、《明诗话全编》等大型项目，被誉为“体制宏伟”(罗联添语)、“功在艺苑”(钱仲联语)；而其始于上世纪 50 年代初的唐代作家研究、特别是关于柳宗元的研究，以及围绕“柳学”建设而进行的多种卓有成效的努力，更是历时绵远、硕果累累，为他带来了不朽的学术声誉。

吴先生的柳宗元研究及其对“柳学”建设的贡献，大致体现在如下几端：

其一，知人论世，率先对柳宗元其人其诗其文做学术评传。早在中国人民大学读研究生时，吴先生即以《柳宗元评传》作为题目，撰写了数十万字的学位论文，其后于 1962 年由中华书局出版。这是一部全面考察柳宗元一生行迹和文学创作的专著，既有深度，复具广度，在柳宗元生平研究中具有开先河的功用。70 年代末，他又由博返约，提要钩玄，在中华书局推出了字数少于前书而内容更趋精湛的《柳宗元简论》。至 80 年代，吴先生由京返宁，仍潜心柳学，先后在山东教育出版社、中州古籍出版社出版《中国历代著名文学家评传·柳宗元》、《中国古代文论家评传·柳宗元》，从不同方面对柳宗元进行了研究和介绍。

其二，立足文献，对柳宗元相关史料予以竭泽而渔式的搜集。吴先生治柳，最重视资料的全与精。为了全面掌握历代学者关于柳宗元其人其诗其文的评说，他曾花费深心大力，从图书馆将相关书籍一板车一板车地拉回家中，逐本逐卷地翻阅，大海捞针，采铜于山，相继编成《古典文学研究资料汇编》之《柳宗元资料汇编》、《韩愈资料汇编》，这两部煌煌巨著，不仅为吴先生研治柳学提供了第一手翔实的资料，也成为此后研究柳、韩者不可舍之绕行的重要参考。其有功于柳、韩之学，有口皆碑。

其三，精研版本，点校柳集，为学界提供权威文本。吴先生研治柳学，除大量搜集与柳学相关的资料外，另一个大的贡献在于从版本学入手，择善而从，以成书于宋光宗绍熙元年(1190)以前的"百家注本"为底本，并将16种宋元明清刻本作为主校本和参校本，主持完成了《柳宗元集》的整理校点工作。这部由中华书局出版于1979年的四卷本柳集，是迄今最精当的一个本子，为众多研究柳宗元者提供了莫大的便利。此后，吴先生持续对柳集版本进行考察，直至2002年，还发表《谈谈〈柳宗元集〉的版本问题》等文，并整理出六十余万字的《柳宗元诗文十九种善本异文汇录》(黄山书社2004年版)，将相关问题进一步推向深入和细密。

其四，注重知识性、学术性、普及性及三者的结合，扩大柳学研究的范围和影响。吴先生的柳学研究是有一个系统计划的，他先是立足于学术，打牢根基，而后便以此为中心，予以多层面的扩展。本世纪初，吴先生已年逾古稀，仍以老骥伏枥的精神系心柳学，笔耕不辍，与谢汉强先生邀集国内数十位柳学专家，主编了《柳宗元大辞典》，从生平家世、作品提要、人名地名、名句、研究著作、研究学者诸方面入手，对柳宗元及其相关研究情况作了全面整理和介绍，成为关于柳宗元的第一部综合性和专业性兼而有之的大型辞书。与此同时，吴先生又在早年整理柳集并为之作注的基础上，精选各体诗65首、文63篇，于2004年出版了《柳宗元诗文选评》一书，为柳宗元诗文走向大众，做了很好的普及工作。

其五，投身学会，为中国柳宗元研究会的健康发展，做了大量的组织、领导工作。吴先生是1999年担任中国柳宗元研究会会长的，此后近十年间，他以广西柳州、湖南永州、山西永济等柳学重镇为依托，广泛联系海内外治柳同仁，或编大辞典，或办研讨会，或关注各地与柳学相关的文化建设，不顾疾病缠身，兢兢业业，无怨无悔。在他和其他学者的共同努力下，国内柳学研究气氛浓烈，柳学地位日益彰显。

吴先生一生以研治柳学为主，柳宗元与他结下了不解之缘，他也为柳宗元做出了远超前人的巨大贡献。直到去世前两年，他还以八十高龄抱病参加了 2007 年在永济召开的第四届柳宗元国际学术研讨会，到柳氏故里亲自考察，得偿夙愿。由此而言，研治柳学而硕果累累的吴文治先生始于斯，终于斯，冥冥之中似有一种造化的安排，其人生之旅也因研治柳宗元而获得了大功德和大圆满。

把握文学整体 再现历史真实

——读吴文治《中国文学史大事年表》

朱崇才

吴文治先生所著《中国文学史大事年表》(250 万字),最近已由黄山书社出版。这是一部凝聚着作者三十余年心血,填补中国古典文学研究领域一项空白的力著。这部书的出版,不但为我们的古典文学研究提供了一部体系完整、资料丰富、方便实用的参考书;而且,它还以其颇具特色的研究方法,为文学史研究以及文学史观的建构,提供了许多有益的启示。

一

研究古典文学,首先便会遇到如何从整体上把握文学的全部历史这一问题。所谓把握文学史整体,一般地说,是指对于文学历史的各个方面各个过程尽可能完整而详尽的了解掌握;深入一步说,则是指在宏观整体上对于整个文学历史的观点、看法和评价,即“文学史观”这一问题。相对于文学史整体来说,每一特定的研究对象,都不是一个静止的孤立的事物,它必然有其产生发展的前因后果及阶段过程,都与其所在的那个历史时代的各种环境背景因素有着复杂广泛的相互联系;因此,文学史中任何特定对象,都是文学史整体的一个部分,对于文学史整体的掌握,以及如何看待这一整体,便会直接影响到对于文学的每一细部的研究。所以,古典文学研究作为一门现代学科,它的任一研究对象,必须置于文学史发展长河中,并与其相关的各种社会文化因素加以参照对比,才能得以正确地认识。但是,掌握文学史整体并非是一件轻而易举的事。中国古典文学源远流长,作家多如繁星,作品浩如烟海,与这些作家作品相关的环境背景的信息量更是大得惊人,而这些作家作品及其背景信息又是以散见于成千上万卷古籍的形式而存在着的;这样,就产生了有限的信息掌握手段和几乎无限的待搜寻的信息范围这两者间的矛盾。为解决这一矛盾,我们就必须有某种科学而有效的把握文学整体的中介手段,就必须有某种将几千年来的文学历史及其背景信息浓缩凝聚于一个有限载体上的信息工具,某种可以借之从有限主体到达无限客体对象的过渡桥梁。中国文学史是从本世纪初开始形成的现代学科,就其某种功能来说,就是这种手段、工具和桥梁。研究古典文学可以有理论体系上的、解释学的、再现的三种可能方式。相对应于这三种把握方式,中国文学史这门学科,在把握历史整体这一方面,便可以有三种可能的文本形态:一种是偏重于史事归纳和理论探讨的章节体"中国文学史",一种是以现代观点及语言解说、注释对象的条目式中国文学辞典,还有一种则是偏重于再现文学史原初形态,将文学史资料按一定标准及顺序加以选择、浓缩,编排的表谱式文学编年史。

这三种把握文学整体的方式及其相应的文本形态呈现着极不平衡的发展态势。自本世纪初至现在,我们已经有了不下几十部的章节体中国文学史,有了十几部分量质量不一的中国文学辞典,相比之下,年表体文学史却不怎么景气。连同吴著在内,近一个世纪以来,一共只有三四部书问世,而且其中有的是断代史,有的仅有开头而无下文,真正称得上年表体文学通史的,只有一二部而已。是不是年表体这种把握方式功能低下,不那么重要,对于文学研究并非是必需之物,所以才如此落寞呢?当然不是,章节体、辞典体、年表体这三种不同的文本形态,对于文学史整体的把握,各有各的用途,各有各的长短,它们可以相互补充,而不能相互代替。甚至可以说,年表体文学史对于文学研究和文学史观的建构,处于一种更为基础的地位。年表体在把握文学整体、再现历史真实方面,比之另外两种方式有着自己的不可替代的长处。这主要表现在它的较大信息容量、连贯整体感、失真度较小这三个特性上。

首先，从历史信息的单位容量来说，年表体能够在相同长度的载体上容纳更大的历史信息量。章节体文学通史和条目式文学辞典，虽然能够从理论概括的高度，以现代意识去归纳梳理整个文学史，并描画出文学史的整体轮廓，但是，由于体例本身的限制，它们无法达到一定的信息密度。章节体文学史需要突出重点，只能以举一反三及理论概括的方式，粗线条地描述文学发展的大致过程，而不可能详举所有值得一提的作家作品和文学史事；而辞典体对于那些主观上认为是次要的东西以及那些无法或不够立目的文学史实，则只好弃而不论了。相比之下，年表体由于能够直接而简要地收录文学史信息而不需要作叙说、解释及评论，因而有可能在相等长度的载体中容纳更多的历史信息，并有可能在一个可接受的篇幅内完整而又比较详细地叙述或再现整个文学的全部历史。以吴著《年表》为例，该书计二千余页，与一般的章节体文学史和古代文学辞典的篇幅相等或稍大，但其所容纳的历史资料却要比后二者多得多。吴著共收作家五千余人，作品三万余目，文学史事及其背景史事近十万条；而新版《辞海》中国古代文学部分仅收条目近三千个，篇幅最大的广西教育出版社《中国古代文学辞典》也仅收条目约五千条。至于章节体文学史所涉及的文学历史信息就更少了。当然，这里存在着某些不可比因素，因为章节体文学史的主要目的不是收录历史资料而是传达研究主体对于文学史的理论观点。但如果仅仅就历史资料信息的录存而言，年表体则无疑地具有更大的优越性，在对于文学史的整体把握中，它具有独特的、不可替代的作用。

其次，年表体能够为读者提供更好的时间连续性和空间完整性。章节体着重的是理论阐述和史事归纳，只能以某些特定的问题为中心展开论述，其每章每节所论述的是很难有连续性的若干个不同的论题；而辞典体的条目，一般都是按其外在语言标志来次序编排的，因而就文学的历史发展这一连续性事物来说，文学辞典更难体现这种连贯性和完整性。年表体不同，它是以严格的不可移易的时间顺序来编排的，能够用始终如一的语气格式连贯而匀称地叙述整个文学的历史进程，它所呈观的是一个从过去到现在具有严格时间次序感和浑然无间的历史全景。当然，再现文学历史全景，这只是文学年表所应该达到的理想目标，能否达到这一目标，那是另外一回事。吴著《年表》在这方面比它种文学年表及一般的表谱之作处理得要更好一些。吴著《年表》以年、月、日分条记载从春秋至“五四”二千七百年间的文学大事及其相关时事，每事一条，前标时间，后述事件，每条一二十字，简短扼要，二千七百余年一事接一事按时间顺序源源道来，呈现了一条连续性的历史长河，毫无间断之感。其中每一年都分为左右两栏。左栏记时事，涉及整个社会文化环境，包括政治、经济、哲学、军事、艺术、教育等各方面；右栏记文学大事，包括作家生卒，主要作品之写作、文学家之间交往、作家行止、文学各流派各体裁的发生发展、国际间民族间文学交流乃至文坛轶事等，无不一一在录。左右两栏，构成了一个完整的文学—环境大系统，给人以较完美的空间整体感。

再次，年表体与其他二体最大的本质上的不同之处还在于其功能的差异。年表体的功能是再现历史真实，描绘历史原貌，而章节体文学史和文学辞典的功能却在于给出一个关于历史的现代理论体系和现代的解释评论。章节体文学和文学辞典所把握的文学历史，除那些客观的历史资料之外，都是编著者“眼中的”和“心中的”历史，是现代所整理、综合、抽绎过的“历史”，它代表着现代接受者对于文学历史的观点、看法和评价；因而，它的主要内容，并不是严格意义上的那个确实存在过的“历史”，而是现代人对于历史的一种接受，属于现代文化的范畴。它是进入历史殿堂的说明书，而不全是历史本身。它不能代替对于历史信息本身的掌握。年表体与此不同，它所要达到的目标是再现历史原貌，它所收录的就不应是现代人眼中或心中的历史，而应该是真实的原本的历史以及当时人心中和眼中的历史。它的体裁规定它必须尽可能符合历史原貌，而不必用现代人的眼光去评论解释历史。因此，为了历史的真实性，就必须在年表体中尽可能地避免或减少现代意识给历史信息所带来的失真。吴著《年表》正体现了这一历史主义原则。它的绝大部分内容都是一种经过核对、比较，准确可靠的客观"实录"，其间的解说评论，也尽量引述当时人的观点意见。书中只有极小一部分内容属于本书作者的观点，这主要表现在作家、文论家卒年的总结性述评中。这种述评既有历史客观情况的引述，也有作者的简评。为了严格其界限，不致使人误解，作者在《前言》中特地申明，这只是"一管之见，未必尽当"。当然；所谓"历史真实"也只是相对的，历史资料的收录只能来自前人的记述，而这种记述本身也不可避免地存在着一定程度的失真。吴著《年表》为了避免或减少这种失真，作出了很大的努力。例如，对于一事有两说或多说者，作者尽量不以已意臆断，而在暂取一说的同时，也对它说加以客观介绍；对于一般的文学史实，则尽量从可靠正史中以及今人古人的众多公认成果中取材，对于不甚可靠而又有录存必要的，则酌加"疑"、"传"、"约"等字样以示慎重。

以上我们对比上述三种把握文学史整体的方式的长短。陆侃如先生在《中古文学系年·序例》中曾把文学研究分为朴学、史学和美学三个层次。朴学与史学是文学研究的基础部分。它所注重的是再现出文学历史的原初形态，这种再现是任何文学研究工作都必不可少的。年表体文学通史的编著正是属于朴学和史学的范畴。它把浩瀚的历史资料集约化、条理化，使我们得以在有限的时间内便可以在一定深度上把握文学史的整体。文学年表既然有如此功能和长处，那么，为什么它一直不甚景气呢？这就需要对文学年表的发展历史作进一步的考察。

二

年表一体，在历史学领域中可谓源远流长。它的特点，一是编年体例，二是表谱形式。孔子所编《春秋》是现存的第一部编年史。

编年体“以事系日，以日系月，以月系时，以时系年，所以记远近、别同异”①。其长处在于能够条理清楚地表现史实发展的时间关系，能够方便地找出一个事件的前因后果以及与它事件的相关关系。先秦各国史书大都采用这种体裁。表谱形式也是先秦史籍所普遍采用的资料编排方式。现存辑本的《世本·周谱》就是这一类形式的史书。这种形式的长处是整齐清晰，便于翻检、索引、对照。司马迁《史记》合编年、表谱二体之长，创“年表”一体。年表又称年谱，表、谱为一声之转。该体后来成为历代史家所效法沿用的一种重要的史籍体裁，是传、表、志这三种史书的主要形式之一。在杂史、别史及许多专门史中，年表也有广泛的应用。据杨殿珣《中国历代年谱总录》，仅人物年谱就有 3015 部之多。但是在中国史学史中，文学史一般只是正史的一个部分，以艺文志、经籍志及有关人物传记的零散形式存在着，还不是近代意义上的完整独立的文学史学科，因此，编年表谱这种形式也就无从应用于作为整体的文学史中。本世纪初，近代意义上的各学科专门史开始陆续出现，中国文学史也成为一门新兴的历史学科而登入了学术殿堂。于是，将编年表谱这一中国史学的重要体例形式用之于作为整体的文学史，便成了有可能实现的必然要求。但是，由于种种原因，特别是由于这一工作特别的繁复浩大，而学术界又一直存在着轻视朴学的倾向，因而从本世纪初到现在，文学年表这一体裁所取得的成绩，远不如章节体文学史和文学辞典。在吴著《年表》之前，我们所能见到的文学史年表只有可数的几种。1935 年，敖士英出版了《中国文学年表》。这一《年表》原计划分六编，收录自古至今所能见的作家作品以及文学史事和背景材料。但这部《年表》只出版了第一编，从屈原至唐初，以年为单位，录存了这段时间的文学史事及作家作品。敖氏的计划没有实现，也许这一计划过于庞大，因为越往后可系年的作家作品及文学史事就越多，如全部照录并给出

---

① 杜预《春秋经传集解序》。

详细的原始资料，那么，这部书的篇幅就会不知要大成什么样子。敖氏之后，文学研究界再没有了编著中国文学年表的尝试，只是出了几部断代年表和专门年表。陆侃如先生自1937年起，开始编著《中古文学系年》，十年后始完成初稿，解放后又经多次修改补充，直到1978年先生逝世为止。1985年，人民文学出版社终于出版了这部力著。《系年》约80万字，以年为单位记述了公元前53年至公元340年约400年间的152位作家的生平事迹和作品系年。它虽涉及作家较少，但征引丰富，考订详密，对于研究中古文学史，确是一部具有较高学术价值的著作。可惜的是，它仅仅是断代文学史，对于把握文学史整体的理想目标，还有相当的距离。另外，还有1983年出版的郑方泽《中国近代文学史事编年》和1979年出版的姚奠中《中国古代文学家年表》。郑《编》也是断代史，以年为单位，以史事类别为编排次序，因而不是传统意义上的系以年、月、日的《春秋》体年表。姚《表》侧重于文学家，仅收1089人，比较简略。在吴著《年表》之前，只有这四种表谱式文学编年史，这一形式之不景气可想而知。

吴著《年表》与上述四种均不同。它是第一部完整而全面的年表体通史。与上述四种文学年表相比，它不论在内容的收录还是在形式的编排上，都取得了大的突破：（一）吴著《年表》上起春秋下迄"五四"，覆盖了整个中国古代文学史，在这一点上，它完成了敖氏《年表》所未能完成的宏愿。（二）吴著《年表》不再以年为纲、以人或事为目，而是以尽可能精确的时间为编排顺序，一个时间记事一条，十余万条浑然一体，再现了历史长河的连续性。这也正是从《春秋》开始直到现在仍然在历史学中广泛运用的那种"正统"的系以年、时、月、日的表谱体。（三）吴著《年表》内容极为丰富、完整、全面。举凡文学的社会、政治、经济、文化等环境背景，文学家生卒年、重要事迹，主要作品，文学家之间的交往，朝政有关文坛的重要措举，国际间、民族间的文学交流，文学流派、文学样式的发生发展等等，《年表》都已择要录入。其信息容量远远大于任何一种已出版的文学史著作，以及文学辞典和其他几种文学年表。

年表体施之于文学史研究,从世纪初到现在,走过了漫长而艰难的道路。从事这一工作,除了要有相当的学识功底,还必须有几十年如一日埋头苦干、孜孜以求的恒心和毅力。吴先生从 50 年代即开始撰写此书,三十多年来,几易其稿,增删无算,参考查阅的史籍数以千计,到现在,终于使年表体文学史的编著产生了根本性的突破——中国文学研究史上第一部完整的文学史年表,以比较成熟的形态诞生了,它必将为表谱之业在文学史研究中的进一步应用,乃至整个文学史研究,产生积极的影响。

三

如果说把握文学的整体,再现历史的真实,这是编著文学史年表所应追求的理想目标的话,那么怎样才能达到或接近这一理想目标,则主要取决于编著者文学史观的是否科学、深刻。文学的客观历史是一种过去了的、绝对的、不可变更的存在,这是一回事;但是,用什么样的方法手段,把这种客观存在表述、再现到什么样程度的真实,则是另外一回事。对于编著者来说,有什么样的文学史观,用什么样的眼光去看待去理解历史的真实,就会写出什么样的"历史"来。即使他们所写出来的都是历史事实,但选择哪些史实,不选哪些史实,怎样表达这种史实,却无不对这些"历史"的整体性和真实性产生深刻的影响。

怎样才能写出尽量完整而真实的历史?仅仅罗列历史事实是远远不够的,因为你不可能罗列所有的史实,即使在技术高度发达的条件下有了这种可能,也不一定就是本来的历史。真实的历史有它自己的逻辑、主次和时空秩序,任何后来人的再现工作不但必须在事实的列举上,而且还应在这些事实的取舍、编排、叙述上体现出这种逻辑、主次和时空秩序来。这就需要站在更高的历史高度和更深刻的逻辑深度来处理这些历史事实。吴著《年表》在对于文学历史的真实性与完整性的把握理解上有着自己的独到深刻之处。从它二百余万字的丰富内容和井然有序的编排结构中,我们处处可以看到它在努力体现着这样一种观点，这种观点认为，必须从“历史—文化”的整体结构这一高度去审视、理解、把握文学历史的整体性与真实性。这种“历史—文化”观的要点有两个：其一，它认为，文学史是“历史—文化”这一立体结构的不可分割的一部分，只有从文学史的上一级层次即“历史—文化”这一层次出发，才能对文学历史的整体性有更深刻的理解，只有从文学与整个历史、整个社会文化的广泛联系中才能对文学史的真实性有更深刻的把握；另一方面，这种观点又认为，文学对象与它的文化环境包括各种社会存在与社会意识之间，文学历史的各个阶段各个对象之间，存在着极为复杂的微妙的网络状联系，有时甚至是一时难以言传而只可意会的联系。任何简单化、单向性和单线条的观点，都会给历史的真实性与整体性带来损害。我们常常批评现有的一些章节体文学史和条目式文学辞典带有庸俗社会学的痕迹，批评它们往往将文学与其文化背景间的关系作了简单化的处理，以致最终影响了对于文学历史的整体性与真实性的把握。但是，我们也要看到，章节体与辞典体无疑是从某种特定的理论体系和某些特定对象出发的，因而它就不得不在整体性的把握和真实性的再现上有所牺牲。这种功能性的欠缺，正可以由文学史年表来加以弥补。

广义的文化，是包括一切社会存在与社会意识的整体。“历史—文化”这一整体则意味着文化的历史过程与文化的各个横向方面的立体结构。吴著《年表》正是在这一意义上力图再现这一立体结构与文学之间的复杂关系以及文学在这一结构的地位与位置。它用了相当的篇幅列出了朝政、战争、祭祀、宗教、职官、政区分合、国际关系、民族关系、哲学、教育、科举、艺术、科技、经济、贡赋、户口乃至外祸内乱、重要轶事等等“文化”观象，并希望能够从这些文化现象与文学本身的对照中找出或体会它们之间的错综复杂的关系。但是，《年表》本身却并不指出也不想去暗示这种种关系的具体细节，这无疑是一种比较明智的做法。这与那种以具有很大局限性的社会政治观点去选择编排文学史料，并从这种选择与编排去体现社会对文学的作用的方法相比，应该说确实是一个进步。吴著《年表》还力图从文学本身的内部联系中体现文学史的整体性与真实性来。在《年表》中，文学家之间的交游、流派文体的形成发展，文学家成长的关键阶段，文学家之间的承传等等能够体现“关系”的史实，都被提到了一定的高度加以叙述。还有一点值得指出的是，吴著《年表》把“心理结构”也作为“历史—文化”的一个部分来反映，它所录载的不但是客观的绝对的历史存在，而且也忠实地录载了历史上“人心中的历史”即古人对文学的观点、看法和态度。这些都是文学历史主体的心理结构的外在反映。《年表》把这种心理结构及其外在反映作为一个重要内容加以选录以至突出，收载了大量的诗说、文论以及对于文学本身的观点看法、并试图通过古人的评说来反映文学历史。这就在更深的层次上接近了历史的真实与完整。

有人曾预计，90 年代将出现一个“大文学史”的高潮和大型文学辞典的高潮。有许多大部头的文学史、文学辞典正在编写中。能否有一大批文学通史乃至专门史的表谱之作在 90 年代问世呢？我们似乎还没有这方面的消息。但我们确实需要多种版本的《中国文学史年表》，需要《中国文学批评史年表》，需要《中国诗歌年表》、《中国散文年表》等等大批的达到把握文学整体、再现历史真实的中介、工具或桥梁。吴文治先生的《中国文学史大事年表》是一个令人鼓舞的开端，我们的希望也许不是奢求。

基石与突破

——吴文治先生在古代文论领域的学术成就

朱崇才

吴文治先生在古代文论领域的学术成就，主要表现在三个方面：其一，编纂历代诗话全编系列大型丛书，为古代文论研究的基础资料建设，贡献了一块厚重的基石。其二，写作《五朝诗话概说》等专著，《皎然〈诗式〉蠡谈》、《刘知几〈史通〉的史传文学理论》等论文，拓展了古代文论的研究空间，加深了对古代文论若干理论问题的认识。其三，提倡并践行"历史与逻辑相结合"的研究方法，在方法论层面上，为古代文论研究提供了具有启发性的学术资源。以下分别论述之：

一　诗话全编系列：古代文论研究的一块基石

自上一世纪 20 年代中国文学批评史成为一门学科以来，古代文学理论资料的搜集整理，一直是该学科建设中最为重要的基础性工作。中国古代文学，向以诗歌（包括诗、词、曲、赋）为大宗，而古代的诗歌理论，自然是古代文论的核心部分，其中尤以诗话、词话更显重要。词话，已有唐圭璋先生 1936 年出版《词话丛编》，后历经补充再版，成为词学研究不可或缺的参考材料。而诗话，因其家数众多，规模庞大，搜集不易，自 20 年代以来，有志从事搜集整理者，承宋佚名《唐宋分门名贤诗话》、阮阅《诗话总龟》、明杨成玉《诗话》丛刊、清何文焕《历代诗话》、丁福保《历代诗话续编》、丁福保《清诗话》等汇编辑佚传统，又历经数十年努力，已有郭绍虞《宋诗话辑佚》、郭绍虞等《清诗话续编》等可观成果。吴文治先生在学界既有成果的基础上，又经五十余年努力，终于成功编纂出版历代诗话全编系列大型丛书，从而为古代文论研究的基础资料建设，贡献了一块极为厚重的基石。

历代诗话全编系列大型丛编，现已出版《宋诗话全编》(江苏古籍出版社 1998 年版)、《辽金元诗话全编》(凤凰出版社 2006 年版)、《明诗话全编》(江苏古籍出版社 1997 年版)三套。与前贤及时人同类诗话资料汇编相比较，文治先生此套丛书有三个特点：

(一)规模大。资料汇编讲究“竭泽而渔”，应收尽收。吴先生这三套诗话全编的具体做法是，先从各个渠道搜集诗话书目，凡有线索，即前往寻找，或委托当地学者检读，确认后即编入工作书目。有了较为齐全的书目，然后再确定体例，物色整理人选，分工合作，最后汇集统稿。在这一长达数十年的艰辛过程中，海内外数百名先后参与其事的专家学者，或提供线索，或考证辩驳，或经眼验证，经集体力量不断修订补充，最终成就这一宏业。据初步统计，上述三套书收诗话 1100 余家近 2000 万字，其家数、字数，均超过海内外任何一种现存的诗话资料汇编。

(二)收录全。这三套书收集的诗话资料，与同类他书比较，另一个特色，就是“齐全”。三书均包括三种类型的诗话资料：一是现仍存世的成卷诗话，如宋代严羽《沧浪诗话》等；二是原有其书，然今已散佚，但在相关各文献中可辑录出若干条目者，如宋代《洪驹父诗话》原有此书，《遂初堂书目》、《宋史・艺文志》等文献曾予著录，但早已失传，后经郭绍虞先生辑录而成；三是原无其书，但其人有若干话诗资料，可供今人辑录出若干条目者，如明代《宋濂诗话》，并非是历史上有《宋濂诗话》一书，而是由吴先生主持编纂《明诗话全编》时，从宋濂的文集中辑录其有关诗歌的话语条目而成。因此，这三套书实际上是传统意义上的诗话的“扩展版”。虽然对于诗话的定义有广狭不同之争，而将话诗条目辑录为卷而题以“某某诗话”之名，这一做法本身也还可以继续讨论，但就资料汇编来说，吴先生这三套书将大量谈诗论诗的资料从浩如烟海的历代文献中辑录出来,无疑给今天的读者提供了极大的方便。这在电子信息时代具有特别的意义。因成卷诗话比较“集中”,只要不是稀见本,读者在图书馆或互联网上均可较方便地寻获,而那些湮没在文本海洋中的散见话诗材料,即便是最方便的电子全文检索系统,对此也无从入手,而吴先生的这三套诗话全编,却可以提供较为完整、方便实用的资料或线索,即便是在信息手段业已现代化的当下,仍有着不可替代的文献工具价值。

(三)较规范。吴先生历代诗话全编系列的编纂,严格地遵循文献整理学术规范,并取得了一定的成绩。三套书以人为纲,以“话诗条目”为目,加以现代标点符号,将纷繁复杂、形式多样的古代诗话材料,整理为规范的条目或论文编排格式,在尽量保留古代诗话原貌的前提下,又赋予其规范有序的现代结构形式,从而极大地方便了读者。

诚然,由于参与人手众多,编辑力量有限,特别是吴先生以一己之力,独自承担近2000万字书稿的定稿工作,这三套丛书也程度不等地存在一些整理、校勘、标点、排版等方面的缺陷和失误。读者自有权苛求编纂者精益求精,但吴先生数十年如一日伏案校读,对于该稿的学术质量孜孜以求,几耗尽生命而不止,于己于人,总属圆满。先生惟一的遗憾,是没有能够完成《清诗话全编》、《近代诗话全编》、《民国诗话全编》。先生生前多次谈及这几部诗话全编的编纂设想,并为此作了大量的准备工作,但因规模过于庞大,任务过于繁复,先生又已年过古稀,身体欠安,而终未能如愿。好在海内外学术界从未放弃过努力,近来已有专家学者在清诗话及民国诗话的整理、研究、编纂方面,取得了可观的成就。假以时日,这三部诗话全编或能问世,从而使得诗话全编系列成为完璧,又或有汇集汉字文化圈诗话资料的“海外诗话全编”问世,则更可锦上添花。

二 研究著作及论文:古代文论研究空间的拓展

在阅读大量搜集、整理、阅读古代文论基础资料的基础上,吴先生发表了30余篇有关古代文论的学术论文,出版了3部有关古代文论的研究专著。这些论文专著从不同侧面,拓展了古代文论的研究空间,加深了对于古代文论若干理论问题的认识。《略谈古代文学理论中的现实主义问题》(《学术月刊》1979年第12期),针对笼罩古代文学理论研究领域的极“左”思潮和教条主义思想方法,提出不能用恩格斯致哈克奈斯信中有关现实主义的论述,来定义或概括一切时代、各种形式的现实主义,并提出了自己对现实主义的定义及阐释——吴先生认为,“现实主义是一个历史的、发展的概念,各个历史时期不同的文学样式,都可能具有自己不同的特点”,而现实主义的基本特征,则是“真实地准确地描写实际生活来反映现实”。在当时“乍暖还寒”的政治及意识形态氛围中,提出这一问题需要一定的勇气和胆识,论文发表后,在古代文论研究界引起了很大的反响,一些学者并就这一问题展开了激烈的争论。《皎然〈诗式〉蠡谈》(《文艺理论研究》1981年第4期),在改革开放新时期较早地注意到了历来被视为“形式主义诗论”鼻祖的《诗式》,实事求是地介绍评价了皎然《诗式》对于诗歌理论的贡献和对于我们今天的古代文学研究的启示。这对于当时在文学研究领域的拨乱反正,有一定的示范意义。《刘知几〈史通〉的史传文学理论》(《江汉论坛》1982年第2期),从中国古代“文史一体”的历史事实出发,分析研究了历史学家刘知几的史传文学理论,为从一个侧面弥合历史学与文学在现代的裂痕贡献了一份力量。

诗话全编系列陆续出版的同时,先生还利用搜集整理的历代诗话资料,主持编撰《中国古代文学理论名著题解》(黄山书社1987年版)、写作出版《五朝诗话概说》(黄山书社2002年版)等研究专著。《中国古代文学理论名著题解》约请数十位专家学者撰稿,系统地介绍了中国古代的文论、诗话、词话、戏曲理论、小说理论等各类文学理论著作 146 部，是一部学习研究古代文论的入门参考书。《五朝诗话概说》(以下简称《概说》)，则以平实的话语，介绍叙述了宋辽金元明五朝诗话的概况，论述了诗话产生并发展繁荣的背景、原因及意义。这部研究专著具有独特而鲜明的学术品格：第一，《概说》是在详尽掌握中国历代诗话全貌的文献资料基础上撰写的，因而，在宏观上，《概说》以"一览众山小"的气度，对五朝诗话进行了全面而从容的概括叙述；而在微观上，则能够抓住具有典型意义或在诗话发展史上有关键作用的个别对象，从这些对象与历史文化背景及相关诗话的关系中，得心应手地对这些对象进行既全面又细致的分析阐述。第二，由于吴先生在写作《概说》之前，已有《中国文学史大事年表》(黄山书社 1987—1993 年版)等涉及中国文化史、中国文学史的著作问世，因而《概说》能够自觉地将五朝诗话置于中国文化、中国文学的广阔背景下，加以广泛而深入地探讨，并从中国政治、中国文学的特殊性中，探讨诗话具体对象的产生原因、发展机制及其所以能够对于后代文学产生影响的特殊原因。第三，在《概说》写作出版之前，先生已是著名的韩愈、柳宗元研究专家，具有对韩、柳等具体对象进行深入个案研究的学术基础，因而，《概说》处处体现出对具体研究对象的深入而细致的个别把握，并在此基础上对具体对象之间的关系进行整体的观照。

另外，应该说明的是，作为韩愈、柳宗元研究专家，吴文治先生编纂有《韩愈资料汇编》、《柳宗元资料汇编》，并在此基础上对于韩、柳的文学理论有深入而独到的研究，发表、出版了数十篇关于韩愈、柳宗元的研究论文和多本研究专著，其中有相当一部分是对于韩愈、柳宗元古文理论及诗歌理论的阐述研究。因这方面拟另文专论，本文从略。

三　研究方法的启示：历史主义的研究方法

吴文治先生对中国古代文论研究的独特贡献，还在于提倡并践行"历史主义"的研究方法，在方法论层面上，为古代文论研究提供了具有启发性的学术资源。

在文学研究领域里，“历史”标准是“美学—历史”这一“最高标准”不可分割的一部分。文学事件的产生、发展，自有其原因与后果，这些事件必须置于文学史的长河中才能得到比较正确的解释和比较准确的评价。没有历史感的文学研究是见树不见林，是盲人摸象，这种“研究”必然要陷入肤浅的片面性之中。历史主义是文学研究的基石之一。

吴文治先生的古代文论研究，首先是将历史主义的方法落实在工具层面的积累与建构上。先生以数十年的时间，辑录撰写了《韩愈资料汇编》、《柳宗元资料汇编》、《中国文学史大事年表》这三部总计近千万字的有关文学史及古代文学理论的资料长编，不但为研究者提供了方便实用的文学研究工具，而且为研究主体自身的学术结构积累了历史主义的丰富元素。

韩、柳资料汇编，辑录韩、柳当代以至近代对于韩愈、柳宗元的重要记述及评论，是韩愈、柳宗元研究不可或缺乏的工具书。《中国文学史大事年表》上中下三巨册，上起春秋，下迄“五四”，以公元纪年和朝代纪年为顺序，分两栏分别记叙了文学背景和文学大事。举凡文学的社会、政治、经济、文化环境、文学家的生卒年岁、重要事迹、主要作品系年、文学家之间的交往、朝政对文坛的重要措举、国际间民族间的文学交流、文学流派和文学体裁的发生发展，以及文坛轶事等等，本书皆“钩玄提要，以简驭繁”（该书程千帆先生序中语）地采录于中。有了《汇编》、《年表》等基础，先生在以后的古代文论资料的汇集、整理及研究中，就有可能得心应手地使用所需资料，能游刃有余地驾驭纷繁复杂的文学现象，能鞭辟入里地剖析、解释乃至重构相关的古代文学理论。《五朝诗话概说》等论著之所以能够在亲切平实的叙述中引导读者进入古代文学话语的特定情境与氛围之中，与吴先生的历史素养是分不开的。

历史主义方法不仅对吴先生的研究有实际的学术意义，对后学者也有方法论方面的启示。对当代的后学者来说，历史主义有没有能力或资格作为一种独立的研究方法继续存在并发展下去？

我们认为，我们对历史的认识水平还处于一个初级阶段，我们对历史的掌握手段也还处于一种“近代”的水平上，我们每一个人还都不能说我们已经完整而方便地掌握了必要的历史信息。同时，文学研究本身以及各种综合的或横断的研究方法在客观上又要求研究者对历史材料有更高更现代化水平的掌握或调用。因此，在这种情况下，历史主义方法只应被恢复、发展、强化、完善而不应当被忽视、削弱、抛弃。因此，吴文治先生对于历史主义方法的重视与强调，对于我们今天的古代文论研究，仍然具有方法论层面的指导意义。

如同吴先生的同时代人一样，吴先生也有受到时政、时代思潮影响的论文及理论观点，也有在今天看来不那么合适的特定表达方式。时过境迁，原先的争论、观点、倾向，或已变得不那么重要，或已湮没于历史长河之中，甚或已经成为新的时代思潮所嘲笑、批判甚或不屑一顾的对象，而经十年、二十年、百年的大浪淘沙，那些风行一时的课题、论文、专著、理论、观点、方法，或许都将随风而逝，成为过眼云烟，而吴先生所坚守的学术信念，以大半生精力为古代文论所作出的学术贡献，吴先生为古代文论界贡献的历代诗话全编等基础研究，将以其实在的内容及品格而永彪史册。

吴文治先生的学术道路及其治学特点

——纪念吴文治先生学术生涯六十年

蒋成德

吴文治先生，江苏江阴人。早年入读无锡国专、苏州东吴大学，专攻古代文学，以韩、柳研究享誉海内外。曾任中国人民大学、江苏教育学院中文系教授，是粉碎“四人帮”后首批获得招收“中国文学批评史”专业硕士研究生的导师。吴文治先生不仅在韩、柳研究方面成果卓著，而且在中国文学史、中国文学批评史方面也成绩斐然。他著作等身，从 1947 年发表第一篇论文以来，60 年间，已出版著作 23 种，发表学术论文近 200 篇，超过 3000 万字。他在学术研究领域树起一块块学术丰碑，是韩愈研究专家，是柳学研究大师。

一

吴文治先生的学术生涯已有 60 余年，回顾先生的学术道路，可以分为三个时期。

第一个时期为建国以前(1947 年—1949 年)。

这个时期先生还处在大学时代。从无锡国专到东吴大学，在朱东润、冯振心等名师指点下，学习中国文学史、中国文学批评史，着重钻研古典文学。但他发表的第一篇论文却不是古典文学而是文学理论方面的，题目是《文艺天才论》，刊于《江声》1947 年 10 月号，随后又在 12 月号的《江声》杂志上发表了《文艺的使命》。这两篇论文都是论述文艺问题的，吴先生在文中主张文学家“对于不平一定要鸣，对于黑暗自然要攻击”；宣扬文艺要“为人类的真理自由而呼喊”，“写下这一辈中国人民的希望与悲伤、遭际与奋斗”；认为“天才的文艺家”，应该“对那些被压抑的痛苦加以有力的描写”，使自己的作品“迎合着时代”，并“符合大众心理”。这时正是黎明前的黑暗，先生并没有因为喜好古典文学而忘记现实，他接触了一些进步的文学书刊和政治读物，知道了作为一个文学工作者应该走出象牙之塔，走出“古典”，应该把自己的工作与当前的政治斗争结合起来，因而这两篇长文就带有了那个时代的烙印。抓住时代脉搏，关注社会现实，可以说是吴先生一开始投入文学研究的鲜明特点。从他后来所发的几篇文章也可以看得出来，《论新现实主义文学》(《东吴新闻》1949 年 4 月《葑菲》副刊第 50 期)、《“庙堂文艺”与“大众文艺”》(《东吴新闻》1949 年 12 月)两篇论文继续提倡文艺必须反映现实生活，为现实斗争服务。而《中国学生运动的历史道路》(《东吴新闻》1948 年 5 月 4 日)是纪念“五四”运动的一篇长文，又是紧密配合校内外轰轰烈烈学生运动开展的专论。1948 年中国社会各界都掀起了反对国民党专制独裁统治，要求民主自由的热潮，反饥饿、反内战的学生运动也风起云涌，吴先生的文章正是那个时代的呼声。

在吴先生早年的文章中，有一篇很值得注意。那就是发表于 1948 年 1 月 5 日《正气日报》副刊上的论文：《论师道——读柳宗元〈答韦中立论师道书〉》，这是我们目前所知道的吴先生论柳宗元的第一篇论文，其后吴先生在柳宗元研究方面出版了一部部专著，发表了数十篇论文，建立了柳宗元研究会，确立他在中国的柳学大师的地位，正是以这篇文章为起点的。

第二个时期为建国后到“文革”结束(1950 年—1976 年)。

这个时期吴先生已走上大学讲台，讲授中国文学史、中国文学批评史。时代已进入新中国，社会已冲出黑暗走向光明，吴先生学生时代的呐喊也已变为对新生活的赞颂。1949 年 10 月新中国刚成立，他就在上海的《展望》杂志第 4 卷第 13 期(1949 年 10 月 15 日出版)上发表了专论《教育回到生活来》，文章论的是教育，迎接的是新生活。随着新中国的成立,吴先生也就把他学术研究的重点转到了他早年喜好的古典文学上来,从而,一位年轻的柳宗元研究专家为学术界所认识。

由于教学工作和编写教材的需要,吴先生于1955、1956年间在《文艺报》、《教学与研究》等著名刊物上发表了评几部颇有影响的中国文学史的长篇论文,受到文学界和学术界的好评,被《文艺报》特聘为社外评论员。他还与北大著名教授游国恩等人合作撰写了《中国文学史》,至今"游本"文学史仍是大学中文系的通用教材、考研必读书。这些文章和教材的写作体现了先生视野开阔和气魄宏大的特点。20世纪80年代后,吴先生撰著《中国文学史大事年表》、《中国历代诗话全编》,一出手就是上百万上千万字,这样的鸿篇巨制,在他50年代纵评中国文学史时就已初露端倪,而那时他才刚刚30岁。当然真正确立他学术地位的还是柳宗元研究。

解放后,吴先生所写的第一篇有关柳宗元的文章是发表于1958年3月号《新建设》上的《柳宗元无神论思想初探》,随后比较重要的则是《柳宗元文学理论初探》(《光明日报》1960年2月21日)这两篇论文一谈哲学,一谈文学理论,虽曰"初探",但所论都是大问题。最能体现吴先生这个时期柳宗元研究成就的一是资料的汇编,一是评传的写作。由中国近代成立的最有影响的出版社中华书局出版的《古典文学研究资料汇编·柳宗元卷》(二册)于1964年10月问世。40年后,此书又重印,改名为《柳宗元资料汇编》。这是吴先生走向柳宗元研究的最扎实最厚重的成果,共辑录从中唐到"五四"一千一百余年间有代表性的评述四百六十余家,引用图书四百八十余种,可以说有关柳宗元的资料已囊括无遗。这是一项浩大的工程,非一时一日可就。出版时先生还不到40岁,可见入手之早。事实也是如此,先生还在50年代初于人大读研究生时就开始了。为了使研究能在前人的基础上有所前进,有所突破,不详细占有资料肯定是不行的。于是,他利用北京各大图书馆藏书丰富的有利条件,就前人对柳宗元的评述,作了比较全面而系统的普查,终于弄清了前人研究的底细,从而为今人的研究打下了坚实的基础。

《柳宗元评传》的写作虽早于《柳宗元卷》(资料汇编)的出版,但正如前文所说,《柳宗元卷》资料的搜集则早在50年代就开始了。《评传》实际上是在手头已有《柳宗元卷》(资料汇编)的基础上写成的,于1962年8月由中华书局出版。而在此之前一年,吴先生就与人合作为中华书局出版的《中国历史小丛书》写了《柳宗元》小册子。这可看作是《柳宗元评传》的刍形。《评传》不仅是小册子在内容上的扩充,更重要的是前者是普及性的,后者是提高性的;前者是知识性的,后者是学术性的,因而《评传》也就成为1949年后第一本全面系统地介绍和评价柳宗元一生的著作,内容涉及柳宗元在中国思想史、中国文学史、中国政治史诸多方面的一些重要问题,比较客观准确地肯定了柳宗元作出的重要贡献和他在中国思想史、文学史上的地位。正因为是在大量详细占有资料的基础上写成的,所以也就形成了该书的一个鲜明特色,就是材料翔实。诚如吴先生在《评传》的"后记"中所说:"书中的每一句话,每一个结论,作者都是实事求是,有所根据,不违背历史事实。"这正是朴学的风格,尽管四十多年过去了,《评传》的基本内容仍然经得起时间的检验,基本观念仍然是正确而富有启发性的。当然,作为第一部,总难免有不足之处,比如扬柳抑韩的倾向,吴先生后来也引以为憾事。到再写《柳宗元简论》就客观的多了。

1949年以后政治运动不断,"文革"期间更无学术可言,而吴先生却于"文革"后期"评法批儒"运动中意外地又与柳宗元相遇,整理了四卷本的《柳宗元集》。此书虽于1979年出版,但工作却是在1974年开始的。"评法批儒"抢救了柳宗元("文革"十年中把三千年的文学都当作了封建主义文学而批判),也抢救了吴先生,此时吴先生正在江西余江县人民大学五七干校劳动呢!因为柳宗元被"钦定"为法家,于是这位柳学专家就被北京市委宣传部抽调去整理所谓的法家著作,前后三年多。在与其他同志的合作下,终于完成了新校点本《柳宗元集》(四册)的整理工作,中华书局出版后,学术界反映良好。值得一提的是,吴先生虽奉命整理"法家"柳宗元的著作，但他本人却并不认为柳是什么“法家”，所以他不跟风，不趋时，没有写过一篇有关柳宗元是法家的文章，保持了一个正直的学者的风范，也体现了做学问应有的严肃的态度。

第三个时期为粉碎“四人帮”后至今(1977 年—2009 年)。

这个时期是吴先生成果最丰、成就最大的时期，他在中国文学史、文学批评史(诗话)、柳宗元研究方面全面开花，出版学术著作 14 种，逾 3000 万字，其中有五种获省级以上优秀图书奖。同时还在《古代文学理论研究》、《文学遗产》、《唐代文学》、《江汉论坛》、《文史哲》、《文献》、《中国哲学史研究》、《苏州大学学报》、《光明日报》、《中国散文鉴赏文库》、《古文鉴赏大辞典》、《中国文学名篇鉴赏辞典》、《先秦汉魏六朝诗鉴赏辞典》、《唐诗鉴赏辞典》、《金元明清词鉴赏辞典》、《爱国诗词鉴赏辞典》、《中国古代爱情诗歌鉴赏辞典》等国内最具权威的杂志、报纸、辞书上发表了百余篇学术论文和赏析文章。而这时先生已是六十开外，一步步走到八十的老人了。尤其是 2000 年后，先生患小中风，仍顽强笔耕，在四年的时间内连出了四本书约 200 余万字。其学术成就惊人，其学术研究的执著精神尤为惊人。

综观吴先生这个时期的研究，可从以下三个方面来看：

一是韩愈研究。

第一点是《韩愈研究资料汇编》。研究作家先从资料入手，这是吴先生的学术特点。该书四册，200 万字，于 1983 年 9 月由中华书局出版；不到一年，1984 年 4 月，台湾地区学海出版社又精装(二册)出版。《汇编》辑录了从中唐到“五四”一千一百余年间有代表性的评述五百三十余家，引用图书近六百种。像这样广泛地荟集韩愈资料是前所未有的。因而《光明日报》在一篇评述 1949 年以来韩愈研究的文章中高度评价这一工作，认为此书是“1949 年以来研究韩愈上的重大成就”。在海外，日本、美国、新加坡的学者，对吴先生的学术著作也都给予了很高的评价。

第二点是学术专著《韩愈》。此书先是作为《中国古典文学基本知识丛书》之一种，后又列入《历代名家与名作丛书》，由上海古籍出版社于1997年和1998年出版。

第三点是韩愈研究论文与韩愈诗文赏析。这方面有40余篇文章，其中《论韩愈的古文理论》(《唐代文学》1981年第2期)、《韩愈研究述评》(《苏州大学学报》1982年第2期)、《关于韩愈受佛教思想影响的几点质疑》(台湾地区中国唐代学会编委会《第二届国际唐代学术会议论文集》〔上册〕，文津出版社有限公司1993年6月出版)是几篇比较重要的文章。在上述的一些辞书中，吴先生还就韩愈的诗文作了一些赏析文章。这项工作是名人评名家，于普及古典文学知识功莫大矣！

二是柳宗元研究。

这是上一个时期相关研究的继续、拓展与深入。

就诗文评赏来说，除在一些辞书、文库中所写的柳诗柳文的赏析文章60余篇外，由三秦出版社1998年2月出版的《名家注评古典文学丛书·柳宗元诗文选评》最有代表性，它体现了吴先生于柳诗柳文全部的鉴赏态度，和对柳宗元深入诗心文心的理解。其特点表现在选目精当，注释简明，评析切要，多有创见。

就论文专著来说，涉及柳宗元文学创作的艺术风格、文学成就、文学思想、哲学思想、禅理诗、散文等方面，这些论文都在一些重要刊物上发表，在学界有一定的影响。比较特别的一篇论文是《〈柳宗元集〉版本源流考》，最早发表于《文学论集》1979年第二辑，后来《柳宗元集》书后所附《校点后记》即根据此文压缩改写而成。此文发表后，1981年曾被美国《中国文学》(CLEAR)译成英文发表。日本京都大学著名汉学家清水茂教授在《冯平山图书馆金禧纪念论文集》中发表的《日本留下来的两种〈柳宗元集〉版本》一文中，认为吴先生对《柳宗元集》版本的论述，“说法很对”。他说，1979年4月他陪吉川幸次郎师访中国，曾以《日本留下来的两种〈柳宗元集〉版本》为题，在北京师范大学做学术报告，后来看了1979年中华本的《柳宗元集》及其《校点后记》，以至使他“不得不重新改写论文”，使论文的“一半改变了面目”。吴先生关于柳宗元研究的专著方面有以下几种：山东教育出版社出版的《中国历代著名文学家评传·柳宗元》(1983 年 6 月出版)、《中国古代著名文学家·柳宗元》(1986 年 9 月出版)、中州古籍出版社出版的《中国古代文论家评传·柳宗元》,而由中华书局 1979 年 5 月出版的《柳宗元简论》则是文学、文论兼而评之的一部专著,该书言简意赅,论点鲜明,材料翔实,行文流畅,出版后深受读者欢迎。

就词典汇录来说,吴先生为了使柳宗元研究能够更深入地开展,让更多的人认识柳宗元、研究柳宗元,主编了《柳宗元大词典》并撰写了《柳宗元诗文十九种善本异文汇录》这两种大型工具书。

《柳宗元大词典》由黄山书社 2004 年 10 月出版,总 70 万字。从编写方案的审阅修改,到《前言》、《凡例》、《版本》条目的亲自撰写,吴先生在年近 80,且已患中风的情况下,都亲力亲为,从不马虎,甚至对经过初步统改的一批条目释文,都查阅有关典籍加以核对,一条条逐句逐字审改,从而保证了词典的质量。《柳宗元诗文十九种善本异文汇录》也由黄山书社 2004 年 12 月出版,总 70 万字。是吴先生二十多年前主持校点整理《柳宗元集》时原始文献资料的再整理,是一部文献资料性的学术著作,对柳宗元的研究者,具有极重要的工具性作用,对柳宗元的再整理、再研究有"一本在而众本备"的功效,可以说是一本不可多得的专著。

三是文学史与诗话。

这是两项难以想象的十分浩大的工程,仅从字数来看,《中国文学史大事年表》总 360 万字,《中国历代诗话全编》已完成的三卷总 2000 万字,此外尚有一部大型的《中国古代文学理论名著题解》。

《中国文学史大事年表》分上、中、下三册,由黄山书社 1987 年 12 月出版上册,1993 年 12 月续出中、下册。这真是一部学术巨著,是吴先生花三十余年呕心沥血完成的力作。它填补了学术界的一项空白,为学习和研究中国文学史提供了一部极为重要的参考书。《年表》上起春秋,下迄"五四",收录文学家万余人,文学史事数十万条,以公元和历史朝代为顺序,分"时事纪要"和"文学大事"两栏,前者简要地提供当时文学的社会、政治背景;后者则详列文学家的生平、年岁、重要事迹、主要作品系年、文学家之间交往、朝政对文坛的重要举措、国际间民族间文学交流以及文坛重要轶事，等等。内容丰富，史料详实。著名学者程千帆教授为此书作序，给予了很高评价，称“此书上起春秋，下迄近代（后延至“五四”——引者注）二千年之文学源流，作者行迹，莫不慎加采录，粲然著明。承学之士览之以为研治我国文学史之助，庶几事半而功倍，其为用大矣”。该书上册一出版，就于第二年（1988 年）在成都召开的全国古籍图书出版工作会议上荣获“全国古籍优秀图书二等奖”。上海《书林》杂志也在这年的第 10 期发文介绍，称此书“史料可靠，观点稳妥，取舍公允，编排有序，是一本具有很高学术价值和资料价值的重要参考书和工具书”。

中国文学批评史、文论史也是吴先生学术研究的一个重要领域。事实上他早年步入学术研究领域也正是从理论入手的，只是由过去的现代文学理论研究转入现在的古代文学理论研究。据粗略统计，从 60 年代以来，他发表研究古代诗论和文论的文章近六十余篇。而《中国古代文学理论名著题解》应是他在批评史方面的集大成之作，该书于 1987 年 2 月由黄山书社出版。此书由吴先生任主编，邀请全国近百位学有专长的学者撰稿，深入浅出地介绍了中国古代文学理论名著一百四十六部，为学习和研究中国文学理论的同志提供了一部案头常备的参考书。

吴先生晚年最宏大的一部著作就是《中国历代诗话全编》，它上起先秦，下迄近代，分为六卷，现已由江苏古籍出版社出版了《宋诗话全编》（精 10 册，1998 年 12 月）、《辽金元诗话全编》（精 5 册，2005 年 12 月）、《明诗话全编》（精 10 册，1997 年 12 月）三卷总 2000 万字，可谓卷轶浩繁，规模宏大。从文学批评史上看，我国古代的诗话著作极为发达，据统计，可考的历代诗话书目有一千四百种之多（见蔡镇楚《荟诗话珍本　传诗国文脉》，载上海古籍出版社编《古籍新书报》2005 年 2 月 29 日第一版）。为考订诗话文献和汇编诗话著作，学者们曾做过大量工作，但是大都局限在诗话专书的层面上，而古代诗话理论著述，除了专集外，尚有大量论著散见于浩如烟海的诗文集中。而在吴先生所编的《宋诗话全编》中，收录宋代诗话五百六十二家，其中原已单独成书的诗话仅为一百七十余种；新辑录的散见诗话就达400余万字，约占该书全部的三分之二，近四百家原先无诗话辑本传世的诗论家，从此有了专辑本；即使原先已有诗话专著传世的一百七十余家经补充辑录散见的诗话后，内容亦更充实。可以说，古人诗话成果，不捐细大，尽数囊括入全编，成为迄今最为完备的诗话宝库。如此诗话研究的开拓、奠基工程，必将把古代诗歌理论研究推向深入。中国古籍整理出版领导小组副组长、著名学者傅璇琮先生称吴先生主编的《中国历代诗话全编》"对古代文学思想，特别是诗歌理论研究含有一种创新开拓之意"，"从我国诗歌理论发展的总体上加以把握，能起到正本树标的作用"。正因为有这样的价值，当《明诗话全编》先期出版，就荣获第十一届中国图书奖、首届华东地区古籍优秀图书一等奖；《宋诗话全编》出版后，也获第二届华东地区古籍优秀图书特等奖、江苏省第七次哲学社会科学优秀成果一等奖。

五朝三卷诗话的推出，同时也催生出《五朝诗话概说》一书(黄山书社2002年11月出版)。由于《宋诗话全编》和《明诗话全编》出版后，韩国大田中国诗话国际学术讨论会上对两种书反映很好，但也有人在发言中，认为"诗话是诗话作者的个人专著"，"从诗文别集、随笔和史书、类书等各种典籍中辑录论诗之语而成的书应该称'诗论'，不能称'诗话'"。为此，吴先生撰写了《五朝诗话概说》给予答复。该书全面叙述宋、辽、金、元、明五朝诗话的概况和诗学流派，对这一段的诗话著作，进行了史的梳理和理论的评价。在全面审读诗话文献资料的基础上，带着研究界存在的问题，有针对性地进行了论述。如诗学理论的发展轨迹，诗学流派的兴衰演变，诗学的横向联系和纵向承袭，尤其是那些在历史上矛盾对立的理论体系之间的交叉和互补现象，吴先生都细加辨析，多有发明。全书简洁精练，内容丰富；眼界宏阔，理论精警；思虑绵密，功力深厚，是诗话研究的一部重要著作。

二

纵观吴文治先生60年来的学术道路，可以很清晰地看出他治学的显明特点，这就是一“勤”、二“通”、三“精”。

勤。如此大部头的著作，如此浩繁的卷轶，如此厚重的总量，不勤，是绝对成就不了的。吴先生在他的《八十自述》中谈到治学的经验和体会时就说：“搞学术研究要多出成果，出好成果，关键在一个‘勤’字，勤读书，勤研究，勤思考，勤写作，勤修改。古人有云：‘勤能补拙。’韩愈在《进学解》中说：‘业精于勤荒于嬉，行成于思毁于随。’也都很强调‘勤’的重要，要实践这个‘勤’字，就是要抓紧时间不放松，分秒必争。”他早年编韩、柳资料，就是天天跑图书馆，早去晚归，翻看摘录上千部书，完全靠一人之力独立完成，其“勤”可见。

通。就是把上下历史打通，然后才能作全面的把握，宏观的描述。他的《中国文学史大事年表》上溯春秋，下迄“五四”，上下二千年，一气贯通。《中国历代诗话全编》也是起自先秦至于近代，只是由于健康的原因，唐以前的资料已备，尚没有出，构架也是一通下来的。由此而写成的《五朝诗话概说》由宋至明，论述周备，非通不能成其文。就是韩、柳两部资料集也都从“五四”一直上溯到中唐，把一千一百年间的有关韩、柳的资料搜集殆尽，因而在此基础上写成的专著才能立论坚实，左右逢源。

精。精是以“通”作基础的。精就是要精严专深。以搜集研究资料来说，要全面，各种不同见解的材料都应该掌握，如同到一个池塘里打鱼，不管大鱼还是小鱼还是虾米，都要把它们捞个干净。他的多部韩、柳研究专著正是在竭泽而渔搜集资料的基础上的专精之作。其《中国文学史大事年表》虽是对史料的编撰，但并不是简单的史料罗列，同样体现了吴先生的匠心，如对文学史事的真伪，史事间因果顺序的关系，不同观点不同史料的取舍，作家作品的评述，文学史事与其背景之间的联系，都做了扎实的考辨和研究。这就需要在对文学史全面把握贯通的基础上作专精的研究了,因而才使得《年表》成为富有创造性的学术研究,成为“通”与“精”相结合的产物。

吴文治先生的学术生涯已走了整整六十个春秋,他的等身的著作是对中国现代学术事业的巨大贡献,并将垂之后世,嘉惠后学。衷心希望吴先生能继续完成《中国历代诗话全编》的另三卷,使其成为全璧而有功于学林。

吴文治先生著述目录

一　著作要目

1.《柳宗元评传》,中华书局 1962 年 8 月出版。

2.《柳宗元简论》,中华书局 1979 年 5 月出版。

3.《古典文学研究资料汇编:柳宗元卷》(二册),中华书局 1964 年 10 月出版;2004 年 1 月重印,改名为《柳宗元资料汇编》。

4.《韩愈资料汇编》(四册),中华书局 1983 年 9 月出版;2004 年 1 月第 2 次印刷;台湾学海出版社 1984 年 4 月精装(二册)出版。

5. 新校点本《柳宗元集》(与他人合作)(四册),中华书局 1979 年 10 月出版,2000 年 1 月第 3 次印刷。

6.《中国历代著名文学家评传·柳宗元》,山东教育出版社 1983 年 6 月出版。

7.《中国古代文论家评传·柳宗元》,中州古籍出版社 1988 年 8 月出版。

8.《中国古代著名文学家·柳宗元》,山东教育出版社 1986 年 9 月出版。

9.《世界文学名著文库·柳宗元选集》,人民文学出版社 1998 年 2 月出版。

10.《名家注评古典文学丛书·柳宗元诗文选评》,三秦出版社 2004 年 7 月出版。

11.《柳宗元大词典》(与他人合作),黄山书社 2004 年 10 月出版。

12.《柳宗元诗文十九种善本异文汇录》,黄山书社 2004 年 12 月出版。

13.《中国古典文学基本知识丛书·韩愈》,上海古籍出版社 1991 年 12 月出版;1998 年 6 月又列入《历代名家与名作丛书》出版。

14.《中国文学史大事年表》(精装上、中、下三册),黄山书社 1987 年 12 月出版上册,1993 年 12 月出版中、下册。

15.《中国古代文学理论名著题解》,黄山书社 1987 年 2 月出版。

16.《五朝诗话概说》,黄山书社 2002 年 11 月出版。

17.《宋诗话全编》(精 10 册),江苏古籍出版社 1998 年 12 月出版。

18.《辽金元诗话全编》(精 5 册),凤凰出版社 2005 年 12 月出版。

19.《明诗话全编》(精 10 册),江苏古籍出版社 1997 年 12 月出版。

20.《中国古代文论研究论文集》(与他人合作),上海古籍出版社 1989 年 2 月出版。

21.《中国文学史》(与主编游国恩等合作),人民文学出版社 1963 年 7 月出版,多次再版。

22.《林庚文艺思想批判》(与他人合作),人民文学出版社 1958 年 10 月出版。

23.《中国历史小丛书·柳宗元》(与陶剑琴合作),中华书局 1961 年 10 月出版,多次重印。

二 论文要目

1.《文艺天才论》,《江声》1947 年 10 月号。

2.《文艺的使命》,《江声》1947年12月号。

3.《论师道——读柳宗元〈答韦中立论师道书〉》,《正气日报》1948年1月5日副刊。

4.《中国学生运动的历史道路》,《东吴新闻》1948年5月4日。

5.《“庙堂文艺”与“大众文艺”》,《东吴新闻》1949年12月。

6.《论新现实主义文学》,《东吴新闻》1949年4月《葑菲》副刊第50期。

7.《教育回到生活来》,《展望》第4卷第13期,1949年10月15日出版。

8.《评〈中国文学简史(上卷)〉》,《文艺报》1955年第7号。

9.《胡风的“自我批判”是虚伪的!》,《文艺报》1955年第9—10号。

10.《评〈中国文学史略稿〉》,《教学与研究》1956年第3期。

11.《“套公式”和“贴标签”》,《文艺报》1956年第7号。

12.《柳宗元无神论思想初探》,《新建设》1958年3月号。

13.《必须重视古典文学教学中两条道路的斗争》(上、下),《光明日报》1958年7月13日、7月20日。

14.《“五四”文化革命的主将——鲁迅是正确继承文学遗传的光辉典范》(与赵侃合撰),《教学与研究》1959年第5期。

15.《柳宗元的文学理论初探》,《光明日报》1960年2月21日。

16.《“以意逆志”辨》,《光明日报》1963年11月9日。

17.《必须辨明原意》,《光明日报》1964年7月5日。

18.《婉约派词研究中的几个问题》,《光明日报》1964年8月30日;已收入华东师范大学中文系古典文学研究室所编《词学研究论文集》,上海古籍出版社1982年3月出版。

19.《不能用这样的自我批评回避政治问题》,《光明日报》1966年1月13日。

20.《坚持统一反对分裂的赞歌——简谈柳宗元的几首爱国

主义诗篇》,《山东文艺》1975 年第 1 期。

21.《论柳宗元文学创作的艺术风格》,中国人民大学语言文学系《文学论集》编辑组编《文学论集》第一辑,中国人民大学出版社 1979 年 6 月出版。

22.《黄子云及其诗论〈野鸿诗的〉》,中国古代文学理论学会编《古代文学理论研究丛刊》第一辑,上海古籍出版社 1979 年 12 月出版。

23.《〈柳宗元集〉版本源流考略》,中国人民大学中国语言文学系《文学论集》编辑组编《文学论集》第二辑,中国人民大学出版社 1979 年 12 月出版;后进行修改,题目改为《谈谈〈柳宗元集〉的版本问题》,刊发于《零陵学院学报》2002 年第 1 期;已收入蔡自新主编《柳宗元国际学术研讨会论文集》,珠海出版社 2003 年 8 月出版;王渼海、郑向东主编《柳宗元研究 1980－2005》,南海出版公司 2006 年 4 月出版。

24.《略谈古代文学理论中的现实主义问题》,《学术月刊》1979 年 12 月号。

25.《略论唐代前期的古文理论》,吉林省文联文艺理论研究室编《文艺论稿》第二辑,1980 年 12 月刊行。

26.《试论中国古代文学理论中的现实主义问题》(与成复旺合撰),中国人民大学中国语言文学系《文学论集》编辑部编《文学论集》第三辑,中国人民大学出版社 1980 年 6 月出版。

27.《论王夫之的诗歌理论》,《文学遗产》1980 年第 2 期。

28.《柳宗元有"两结合"的文学思想吗?》,中国人民大学中国语言文学系《文学论集》编辑组编《文学论集》第四辑,中国人民大学出版社 1980 年 7 月出版。

29.《略论韩愈的古文理论》,西北大学《唐代文学》编辑组编《唐代文学》第一期,1981 年 4 月刊行。

30.《略论徐釚的〈词苑丛谈〉》,《江汉论坛》1981 年第 2 期。

31.《三谈古代文学理论中的现实主义问题——答张少康同志》,《学术月刊》1981 年 5 月号。

32.《唐代前期诗论述评》,吉林省文联文艺理论研究室编《文艺论稿》第四辑,1981 年 10 月刊行。

33.《皎然〈诗式〉蠡谈》,《文学理论研究》1981 年第 4 期。

34.《关于佛学对柳宗元的影响及其"禅理"诗的评价问题——与邓潭洲先生商榷》,《文史哲》1981 年第 6 期。

35.《刘知几〈史通〉的史传文学理论》,《江汉论坛》1982 年第 2 期。

36.《韩愈研究述评》,《苏州大学学报》1982 年第 2 期。

37.《关于柳宗元文学成就的述评》,《文献》第十一辑,书目文献出版社 1982 年 3 月出版。

38.《韩集刍议二题》,《江汉论坛》1983 年 1 期。

39.《文章奇峻　百世之师——简介柳宗元及其散文》,《散文》1983 年 2 期。

40.《柳宗元哲学思想述评》,《中国哲学史研究》1984 年 4 期。

41.《试论马克思主义文艺理论的民族化问题》,《文艺理论研究》1985 年 2 期。

42.《隋唐文学理论述略》,《江苏教育学院学报》1985 年 1 期。

43.《文起八代之衰的韩愈》,《文史知识》1985 年第 5 期。

44.《搜辑韩柳资料的一点体会》,《文史哲》1986 年 1 期。

45.《韩愈和白居易之间的交往》,《光明日报》1986 年 6 月 17 日。

46.《关于韩愈受佛教思想影响的几点质疑》,《江苏教育学院学报》1990 年第 1 期;已收入台湾地区中国唐代学会编辑委员会《第二届国际唐代学术会议论文集》(上册),文津出版社有限公司 1993 年 6 月出版。

47.《韩柳研究》(与朱崇才合撰),中国唐代文学学会等编《唐代文学研究年鉴 1989—1990》,广西师范大学出版社 1991 年 9 月出版

48.《驳正〈柳宗元事迹的一点辨正〉——谨答周凤章先生》,《文学遗产》1994 年第 1 期;已收入梁超然、谢汉强主编《国际柳宗

元研究撷英——'93柳宗元国际学术讨论会论文集》，广西人民出版社1994年11月出版。

49.《苏洵》（与肖今合撰），山东大学文史哲研究所主编《中国历代著名文学家评传》续编二，山东教育出版社1997年9月出版。

50.《郑光祖》（与焦雨石合撰），山东大学文史哲研究所主编《中国历代著名文学家评传》续编二，山东教育出版社1997年9月出版。

51.《谈谈读柳宗元的散文》，《古典文学知识》2000年第1期。

52.《谈谈读韩愈的散文》，《古典文学知识》2000年第6期。

53.《略谈怎样读韩愈的诗》，《新语文学习·中学教学》2007年11—12月。

54.《怎样读柳宗元诗》，《新语文学习·中学教学》2008年3—4月。

55.《关于古代文学中的浪漫主义问题》（未刊稿）。

56.《谈谈中国古典诗歌的几种类型及其写作方法》（未刊稿）。

57.《再辨"以意逆志"》（未刊稿）

58.《略谈宋版韩愈文集——覆纽约州立大学中文系主任蔡涵墨教授的一封信（摘要）》（未刊稿）。

59.《论柳宗元的"文以明道"》（未刊稿）。

60.《略谈柳宗元的骚体赋》（未刊稿）。

61.《就诗说诗及其他——小议〈石林诗话〉》（未刊稿）

三　赏析

1. 韩愈《谒衡岳庙遂宿岳寺题门楼》赏析，《唐诗鉴赏辞典》，上海辞书出版社1983年12月出版。

2. 韩愈《进学解》赏析，《中国文学名篇鉴赏辞典》，山东大学出版社1992年9月出版。

3. 韩愈《师说》讲解，中央人民广播电台文教科学编辑部编

《阅读和欣赏》第四集(古典文学部分),北京出版社 1963 年 11 月出版;已收入中央人民广播电台文艺部编《唐宋八大家散文》,百花文艺出版社 1983 年 8 月出版。

4. 柳宗元《答韦中立论师道书》赏析,《中国散文鉴赏文库》,百花文艺出版社 2001 年 9 月出版。

5. 柳宗元《种树郭橐驼传》赏析,《中国散文鉴赏文库》,百花文艺出版社 2001 年 9 月出版。

6. 柳宗元《敌戒》赏析,《古文鉴赏大辞典》,浙江教育出版社 1989 年 11 月出版。

7. 柳宗元《溪居》赏析,《唐诗鉴赏辞典》,上海辞书出版社 1983 年 12 月出版。

8. 柳宗元《秋晓行南谷经荒村》赏析,《唐诗鉴赏辞典》,上海辞书出版社 1983 年 12 月出版;《唐诗大辞典》,江苏古籍出版社 1990 年 11 月出版。

9. 柳宗元《雨后晓行独至愚溪北池》赏析,《唐诗鉴赏辞典》,上海辞书出版社 1983 年 12 月出版;《唐诗大辞典》,江苏古籍出版社 1990 年 11 月出版。

10. 柳宗元《中夜起望西园值月上》赏析,《唐诗鉴赏辞典》,上海辞书出版社 1983 年 12 月出版。

11. 柳宗元《登柳州城楼寄漳汀封连四州》赏析,《唐诗大辞典》,江苏古籍出版社 1990 年 11 月出版。

12. 柳宗元《晨诣超师院读禅经》赏析,《唐诗大辞典》,江苏古籍出版社 1990 年 11 月出版。

13. 柳宗元《渔翁》赏析,《唐诗大辞典》,江苏古籍出版社 1990 年 11 月出版。

14. 柳宗元《别舍第宗一》赏析,《唐诗大辞典》,江苏古籍出版社 1990 年 11 月出版。

15. 柳宗元《与浩初上人同看山寄京华亲故》赏析,《唐诗大辞典》,江苏古籍出版社 1990 年 11 月出版。

16. 柳宗元《酬曹侍御过象县见寄》赏析,《唐诗大辞典》,江苏古籍出版社 1990 年 11 月出版。

17. 柳宗元《江雪分赏析》,《唐诗大辞典》,江苏古籍出版社 1990 年 11 月出版。

18. 柳宗元《送薛存义序》赏析,《古文鉴赏大辞典》,浙江教育出版社 1989 年 11 月出版。

19. 柳宗元《捕蛇者说》赏析,《历代名篇赏析集成》(上),中国文联出版公司 1988 年 12 月出版。

20. 阮籍《咏怀》(其五)赏析,《先秦汉魏六朝诗鉴赏辞典》,三秦出版社 1990 年 6 月出版。

21. 郭璞《游仙诗》(其五)赏析,《先秦汉魏六朝诗鉴赏辞典》,三秦出版社 1990 年 6 月出版。

22. 谢灵运《游南亭》赏析,《先秦汉魏六朝诗鉴赏辞典》,三秦出版社 1990 年 6 月出版。

23. 袁宏道《竹枝词 · 雪里山茶取次红》赏析,《金元明清词鉴赏辞典》,南京大学出版社 1989 年 4 月出版。

24. 袁宏道《竹枝词 · 时阻风安乡河中》赏析,《金元明清词鉴赏辞典》,南京大学出版社 1989 年 4 月出版。

25. 吴绮《望海潮 · 金陵怀古》赏析,《金元明清词鉴赏辞典》,南京大学出版社 1989 年 4 月出版。

26. 欧阳修《醉翁亭记》赏析,《唐宋八大家散文》,百花文艺出版社 1983 年 8 月出版;《中外散文名篇鉴赏辞典》,安徽文艺出版社 1989 年 8 月出版。

27. 范仲淹《苏幕遮 · 碧云天》赏析,《中国古代爱情诗歌鉴赏辞典》,黄山书社 1990 年 11 月出版。

28. 叶梦得《贺新郎 · 唾起流莺语》赏析,《中国古代爱情诗歌鉴赏辞典》,黄山书社 1990 年 11 月出版。

29. 吕渭老《薄幸 · 青楼春晚》赏析,《中国古代爱情诗歌鉴赏辞典》,黄山书社 1990 年 11 月出版。

30. 吕渭老《选冠子 · 雨湿花房》赏析,《中国古代爱情诗歌鉴赏辞典》,黄山书社 1990 年 11 月出版。

31. 吴文英《莺啼序·残寒正欺病酒》赏析,《中国古代爱情诗歌鉴赏辞典》,黄山书社 1990 年 11 月出版。

32. 元好问《送张君美往南中》赏析,《古代言情赠友诗词鉴赏大观》,陕西人民出版社 1994 年 8 月出版。

33. 辛愿《临江仙·河山亭留别钦叔、裕之》(谁识虎头峰下客)赏析,《古代言情赠友诗词鉴赏大观》,陕西人民出版社 1994 年 8 月出版。

34. 揭傒斯《哭王十良仲》赏析,《古代言情赠友诗词鉴赏大观》,陕西人民出版社 1994 年 8 月出版。

35.《诗经·黍离》赏析,《爱国诗词鉴赏辞典》,南京大学出版社 1992 年 5 月出版。

36. 刘琨《重赠卢谌》赏析,《爱国诗词鉴赏辞典》,南京大学出版社 1992 年 5 月出版。

37. 江阴女子《题城墙》赏析,《爱国诗词鉴赏辞典》,南京大学出版社 1992 年 5 月出版。

38.《史记·鸿门宴》赏析,《语文自学讲义》1978 年第 5 期。

39. 姚鼐《登泰山记》赏析,《艺谭》1981 年第 2 期。

40. 董必武《红岩村题诗四首》(选其一、其二)赏析,《中国无产阶级革命家诗词鉴赏》,中国广播电视出版社 1993 年 6 月出版。

41. 董必武《九十初度》(1975 年 3 月 5 日)赏析,《中国无产阶级革命家诗词鉴赏》,中国广播电视出版社 1993 年 6 月出版。

四　序跋、前言、后记

1.《金懋鼎诗文集序》,陕西旅游出版社 1996 年 4 月出版。

2.《民国人物联话序》,南京大学出版社 1993 年 5 月出版。

3.《曾巩年谱序》,苏州大学出版社 1997 年 12 月出版。

4.《柳宗元研究文集序》,广西人民出版社 1993 年 7 月出版。

5.《柳宗元柳州诗文选读序》,西安地图出版社 1999 年 12 月出版。

6.《柳宗元旅游思想研究序》,香港新风出版社 2000 年 12 月出版。

7.《永恒的思念序》,中国文史出版社 2002 年 8 月出版。

8.《情丝絮语序》,中国文联出版社 2004 年 7 月出版。

9.《四季春诗稿》序。

10.《校释译评文心雕龙读本序》,《南京师范大学文学院学报》2006 年第 3 期。

11.《柳宗元评传 · 前言》,中华书局 1962 年 8 月出版。

12.《柳宗元简论 · 后记》,中华书局,1979 年 5 月出版。

13.《中国文学史大事年表(上) · 前言》,黄山书社 1987 年 12 月出版。

14.《中国古代文学理论名著题解 · 后记》,黄山书社 1987 年 2 月出版。

15.《中国文学史大事年表(中、下) · 校毕后记》,黄山书社 1993 年 12 月出版。

16.《柳宗元选集 · 前言》,人民文学出版社 1998 年 2 月出版。

17.《宋诗话全编 · 前言》,江苏古籍出版社 1998 年 12 月出版。

18.《明诗话全编 · 前言》,江苏古籍出版社 1997 年 12 月出版。

19.《柳宗元集 · 校点后记》,中华书局 1979 年 10 月出版。

20.《古典文学研究资料汇编:柳宗元卷 · 前言》,中华书局 1964 年 10 月出版;2004 年第 2 次印刷,改名为《柳宗元资料汇编》。

21.《韩愈资料汇编 · 前言》,中华书局 1983 年 9 月出版,2004 年 1 月第 2 次印刷;台湾学海出版社 1984 年 4 月盗印出版。

22.《五朝诗话概说 · 前言》,黄山书社 2002 年 11 月出版。

23.《辽金元诗话全编 · 前言》,凤凰出版社 2005 年 12 月出版。

24.《柳宗元诗文选评·前言》,三秦出版社 2004 年 7 月出版。

五　杂俎

1.《柳宗元散论》,《唐代文学研究年鉴 1986》,陕西人民出版社 1987 年 9 月出版。

2.《填补空白的力作——读〈中国文学的对句艺术〉》,《汕头大学学报》1990 年第 2 期。

3.《韩昌黎集》(版本介绍),《文献学辞典》,江西教育出版社 1991 年 1 月出版。

4.《柳河东集》(版本介绍),《文献学辞典》,江西教育出版社 1991 年 1 月出版。

5.《近十年来唐代散文研究综述》(与卞孝萱合撰),中国唐代文学学会等编《唐代文学研究年鉴 1991》,广西师范大学出版社 1992 年 8 月出版。

6.《缅怀老友蒋和森》,《新华日报》1996 年 6 月 26 日

7.《增广注释音辩唐柳先生文集》(简称"音辩本"),《柳宗元大辞典》,黄山书社 2004 年 10 月出版。

8.《新刊诂训唐柳先生文集》(简称"诂训本"),《柳宗元大辞典》,黄山书社 2004 年 10 月出版。

9.《新刊增广百家详补注唐柳先生文集》(简称"百家注本"),《柳宗元大辞典》,黄山书社 2004 年 10 月出版。

10.《五百家注柳先生集》(简称"五百家注本"),《柳宗元大辞典》,黄山书社 2004 年 10 月出版。

11.《重校添注音辩唐柳先生文集》(简称"郑定本"),《柳宗元大辞典》,黄山书社 2004 年 10 月出版。

12.《世彩堂本河东先生集》(简称"世彩堂本"),《柳宗元大辞典》,黄山书社 2004 年 10 月出版。

13.《济美堂本河东先生集》(简称"济美堂本"),《柳宗元大辞

典》,黄山书社 2004 年 10 月出版。

14.《游居敬本柳文》(简称“游居敬本”),《柳宗元大辞典》,黄山书社 2004 年 10 月出版。

15.《蒋之翘本柳河东集》(简称“蒋之翘本”),《柳宗元大辞典》,黄山书社 2004 年 10 月出版。

16.《中华本柳宗元集》(简称“中华本”),《柳宗元大辞典》,黄山书社 2004 年 10 月出版。

17. 清何焯批校《王荆石先生批评柳文》(简称“何批王荆石本”),《柳宗元大辞典》,黄山书社 2004 年 10 月出版。

18. 何焯批校《增广注释音辩唐柳先生文集》(简称“何焯校本”),《柳宗元大辞典》,黄山书社 2004 年 10 月出版。

19. 宋乾道永州郡庠本《柳柳州外集》(简称“永州本外集”),《柳宗元大辞典》,黄山书社 2004 年 10 月出版。

20.《惊闻噩耗传　涕泪沾衣襟——悼念老友谢汉强同志》,《柳宗元研究》第 11 期,2008 年刊行。

(本目为吴文治先生本人所编,苗怀明教授核对并进行增补)

集后感言

文治去世已经三年多了。在这段特殊的日子里,我整理他的遗物和书稿,思绪久久不能平静。当那些尘封的纸箱、泛黄而卷边的稿纸、写着密麻蝇头小字的卡片……如此集中地呈现在我面前时,我不仅为之震惊,更为之动容!我感叹生命的容量竟有如此之大。众所周知,曾经逝去的岁月,真正能用于学术研究的时间并不很多,而当时相对落后的书写方式,更增添了文字工作者的艰辛。眼前这成千上万字的书稿,那字里行间跳动着的一个个字符,出自一位身患多种疾病的高龄学者之手,这意味着什么?这是一种坚持!是一种以生命为代价的拼搏!今天当我重新捧起这些书稿时,除了怀有一种久违了的亲切感之外,更多的还是对逝者的一份由衷的敬意!

先生自幼生长在江阴农村,父亲是当地的喉科名医。早年的他,本可继承一份家业,守着祖传的秘方和医术,过着衣食无忧的生活。可他却执意不听从父亲的劝导,置家族的厚望于不顾,毅然决然地走进了文学的殿堂,而且一经入门,便如痴如迷,几十年教书育人,著书立说,不改初衷。“文化大革命”中,知识分子受到了冲击,斯文扫地。当时,在大专院校里,改行者有之,卖书者有之,但他却毫不理会。他坚信中国是一个文明古国,几千年璀璨的学术文化是不可能被抛弃的。“运动”中,造反派曾查抄了他的部分书稿,堆放在阴暗潮湿的仓库里,几年无人过问,直到他从五七干校回来后才退还本人。看着自己呕心沥血、辛勤著就的几十万字手稿,因受潮霉变而结成饼块,先生心痛之极,不禁泪水涟涟。后来经过逐页剥离、修复、重抄和补写,才得以完稿付印。这就是后来出版并受到广泛好评的《韩愈资料汇编》四册。当时也确有一些人不满知识分子的清贫和寂寞，下海一试身手，也确有人发财致富了。亲友们每每谈及至此，先生总是一笑置之，说人各有志，不可强求。他自己却以特有的定力，依然心无旁骛地坐在三尺桌前读书写作，不为所动。他常对学生说，人生应有坚定的目标和方向，专业一旦选定，就要全身心地投入，朝三暮四，心猿意马，将一事无成。每个人应立志在自己研究的领域出成果、出精品，在学术上占有一席之地。他最讨厌那些不勤奋、不刻苦，只空谈理论的人。他认为无论当今社会流行什么新方法、新理论，学术研究归根结底都必须要从研究第一手材料出发，因此，掌握扎实的基础材料是最为重要的。这些年来，他一直在古典文学的园地里，默默耕耘，搞基础工程的建设，重点是韩、柳领域，其次是古代文论领域。所谓基础工程建设，不外乎是资料的发掘和整理，版本的考订和研究，原始著作的简要解读、提示以及文学研究方法论层面的新探索等等，这方面的耕耘可以说是硕果累累。诸如上个世纪 60 年代至 90 年代先后出版的《古典文学研究资料汇编》之《柳宗元卷》、《韩愈卷》、《柳宗元集》、《名家注评古典文学丛书 · 柳宗元诗文选评》、《柳宗元大辞典》、《柳宗元诗文十九种善本异文汇录》、《中国文学史大事年表》、《中国古代文学理论名著题解》等等。这些书的共同特点是资料翔实、观点明确可信，为广大的研究者提供了可靠的第一手依据和有益的启示，因而出版后获得了学界的广泛认同和好评。其中如韩、柳资料汇编，不仅大陆出版社多次印刷，而且台湾出版商也曾进行翻印。先生与他人合作精校的《柳宗元集》则是迄今为止已经面世的柳集中最为权威的版本。此书已被中华书局多次重印，目前已是第 6 次印刷。至于从 90 年代开始主编的中国历代诗话全编，其规模之大，收入诗家之多，均是空前的。该书最鲜明的特点是一个“全”字，其体例不仅涵盖了诸多诗家业已成书的诗话，而且还辑录了他们散见于各种笔记、小说、杂记、史书中的有关诗论。这是全编最有难度、也是最具价值的部分。从一九九一年至二〇〇六年，在全体参编人员的共同努力下，终于完成了《明诗话全编》、《宋诗话全编》、《辽金元诗话全编》三部巨著，取得了阶段性成果。该书出版后，反响热烈，先后获得不同级别的多个奖项。《宋诗话全编》还获得了江苏哲学社会科学一等奖。

能在晚年主编这样一部具有很高学术价值的系列丛书，是先生的幸事。为此，他投入了数倍于常人的艰辛。该书篇幅大，参编人员多，出书周期长，资料浩如烟海。组编工作面临着资料搜集、人选物色、经费筹措等诸多难题。加之人手缺乏、编辑力量薄弱，先生承受着巨大的工作压力。但他是一个实干家，他任主编，绝不挂虚名。从编制书目、拟定凡例、写出样稿，到发放选题，乃至登记收发稿件，最后的集稿、统稿、定稿，甚至是看校样，每一个细节他都要过问，亲力亲为，一丝不苟。有时遇有特殊问题，还要特殊处理。比如怎样与图书馆打交道？如何才能看到善本原件？如何跨地区组稿，使两地作者既有分工，又有合作等等，这方面他出了很多主意，表现了巧妙的应对能力。各地参编的学者们，其实他们的任务也并不轻松。首先，访书、查书是一大难题；其次，还要面对图书馆这道关卡。住在偏远地区的作者，往往在当地难以找到所需的图书，或虽有书但版本不好，这样就不得不出差到省城或其他周边市里去。遇有当天看不完而又不允许外借的书，只好每天往返于两地之间，或者就地住下。更加令人沮丧的是，往往费了九牛二虎之力借到了一摞书，访查的结果，材料却寥寥无几，致使付出的劳动与收获不成正比，这也不免引起个别作者的抱怨。应该说，古籍整理确是一项费时、费力，而又报酬相对微薄的工作。出版社承接这样大的项目，风险、压力当然很大。国家虽有拨款，钱也不多，因此稿酬自然也不会高。依据所签合同的标准是：辑录部分每千字 15 元，标点部分每千字 11 元。明代卷是最早签约的，标准还要更低一些。统计下来，当时所发稿酬，超过千元的作者没有几个。最少的甚至只有几元、十几元。尽管如此，全国几百位参编的专家学者们，仍能以参与这一盛事为荣，不计个人得失，任劳任怨，如期完成所承担的写作任务。他们的精神，令人感动！

自主持这项工作以来，先生几乎是放弃了所有的娱乐和休息时间，春节长假，他也只肯休息一天。为此，他不得不谢绝与亲友们的交往和应酬，也不得不冷落孩子和家人对天伦之乐和团聚的渴望。十数年来，日以继夜，呕心沥血，带病坚持。特别是在编辑力量不足的情况下，他以一己之力，独自承担了两千万字的定稿任务，并为三部诗话全编撰写了总数近八万字的前言。其工作总量和强度都是惊人的！可以想见，这种长期超负荷的工作压力，必然消耗了他的元气和精力，使病情进一步恶化。他几乎是越来越依靠速效救心丸和氧气来支撑每天的工作和生活。速效救心丸本是急救药，现在却被当常规药使用，每日必服，一日数次。病情严重发作时，竟要用到15粒到20粒之多。不这样，症状无法缓解，工作也难以继续进行。主管医生马文珠主任不止一次告诫他说，这样熬下去很危险，必须马上停止工作，入院治疗。可他执意不肯，说现在几百万字的定稿任务等着我呢，忙完这一阵再说吧！终于，健康危机爆发了。二〇〇〇年，在如期完成《辽金元诗话全编》交稿任务的第二天，他因发病不得不住进了医院。接着，就引发了脑中风，左侧肢体偏瘫，生活不能自理。面对如此残酷的现实，他的情绪一度跌入了低谷，整天躺在病床上沉思不语。经过一段时间的治疗和休息，病情渐趋稳定，心绪也逐步好转。他说张海迪、傅小石肢体都有残疾，但他们的人生依然有所作为，为什么我不可以呢？他下定决心：生活一定要照常，写作一定要继续。眼下第一步要下地练走路，第二步要练写字。住院期间，一早一晚，在护工的帮助下，他几乎走遍了住院部的每个角落，进行康复锻炼。回到病房则练习写字。起初自然是很艰难的，双手都不听使唤，后来依靠着镇尺把纸压住，另一只手才能勉强地写起来。从字体歪斜，大小不匀，到工整、清晰，这是一个艰苦的锻炼过程。当看到往日的字体又重现于纸上时，他的精神也为之一振，信心大增地对亲友们说：感谢老天爷的眷顾，给我留下了右手，让我既能吃饭，又能写作，我已经很满足了。大家规劝他出院后要认真治疗和调养，切不可再大意了！对于别人的这番好意，我想他只会心领，而决不会照着去做的。他虽然表面上也谈身体，说治疗，但看得出，他想得最多的还是诗话，还是今后的学术生涯。他早就盘算了：像诗话全编这样的大型丛书，今后是无法再搞了，但几十万字的小书，仍然可以再写。他常抱怨说，自己是一个不会休息、也不习惯休息的人，整天养病，无所事事，非常无聊！每天他都要习惯性地坐在书桌前摆弄书报杂志，总想弄点什么，写点什么。此种情况引起了家中小保姆的不解，她困惑地问道：吴教授，你名也有了，利也有了，现在身体有病，为什么不好好休息调养，还要忙着写书呢？先生笑着对她说，人生在世，不能白来一趟，离开这个世界时，应该留下一点东西，留下自己的足迹。这是他的心迹，也是他的追求！事实一如他所言，养病期间，他并没有闲着。四年中，他忍受着疾病的折磨，用一只手艰难地写作并出版了四部新著：《五朝诗话概说》、《柳宗元诗文选评》、《柳宗元大辞典》、《柳宗元诗文十九种善本异文汇录》，总篇幅一百八十余万字。除此，他还坐着轮椅，带着氧气，在家人的陪同照料下参加了三次国际性的学术会议。他想，如果身体情况允许，今后还准备做几件事：一、修订自己初入文坛的处女作《柳宗元评传》。这些年来，柳学的发展与研究，积累了很多成果，急待补充到著作里去。为此，他又考虑，是否还要先写一部《柳宗元年谱长编》，以作资料和结构上的准备。事实上，此后的几年直到去世前，他一直都在断断续续地做这件事。二、准备把自己历年来发表的几十篇学术论文结集成册，以便于保管和查阅。三、他还想为历代诗话全编后续的几卷本，找一个"婆家"，向出版社推荐合适的人选和单位，以完成他未完的工作。总之，他面前永远摆放着宏伟的规划，永远有做不完的工作。他就是不愿停下自己的脚步，不愿考虑自己的疾病和健康，更不愿提及身后之事。记得当时有些亲友，才六十多岁，就忙于买墓地、刻墓碑。他们说生前把墓地买好，墓碑刻好，名字描红，死后一抹黑就万事齐备而无后顾之忧了。先生听后，既觉得可笑，又觉得不可思议。他说人活着就要想活着的事，死后如何，不用考虑。任何人都不免一死，殊途同归。以后的事，管它做什么！据说，当时在老年人群中还流传着一个什么顺口溜，叫做：六十岁告老还乡，七十岁打打麻将，八十岁晒晒太阳，九十岁躺在床上。先生听了以后,连连摇头,不以为然,对这种不积极、不作为的人生态度很不欣赏。他随即提笔另写了一首,寄往《益寿文摘》编辑部。词云:六十岁生活工作照常,七十岁开辟新的战场,八十岁连连拿回奖项,九十岁唱歌跳舞喜洋洋。这里描写的,其实就是他自己的精神风貌。

人们常说,性格决定人的一生。有时,一个人过于倔强和执著,也往往会事与愿违,甚至造成无可挽回的损失。先生是江阴人,此一特点在他身上有鲜明的体现。他性子急,做事讲究大刀阔斧,高效,快速。这一方面固然是铸就了他事业的成功,但缺点和不足是过分看重了自身的主观能动作用,缺乏对事物主客观条件的科学考量,致使产生的压力超越了自身所能承受的极限,最终把自己压垮,工作也难以继续了。这是令人遗憾的!以主编历代诗话全编一书为例。记得签约的当时,各方高度肯定这一选题的学术价值和历史价值,对先生鼓励赞许有加;他自己也充满自信,处于异常兴奋之中。而我,作为先生的家人和帮手,却在喜悦之中不免怀有一丝隐忧:先生当年已年近七十了,此前又已查出患有严重的心脑血管疾病,而身边没有得力的研究生辅佐,也没有一个固定的团队和班子参与其事。仅凭现有的人力、物力要去完成历史跨度如此之大、史料如此浩瀚的恢宏巨著,谈何容易!我估摸着,倾其全力,编一两卷或许还行,要编完七卷本,断无这个可能!果不其然,随着三卷诗话的相继出版,先生的健康状况也与日俱增地恶化了。由心脏病引起了脑中风,造成部分肢体偏瘫,生活不能自理。尽管此后他还带病延年数载,做了不少工作,但是整个人已是元气大伤,情况大不如前了。毋庸讳言,这十数年的辛苦、劳累和拼搏,可以说是致命的一击。我想,如果当时能多一点考量,多听一些别人的劝告,或适时放慢脚步,使之既能有序推进工作,又能兼顾着自身的休息和治疗,可能情况就会是另一种样子。然而这一切都已无可挽回了,现在重提这些,无非是觉得有些惋惜而已!也许从另一个角度看,我们却能感悟到这恰恰是他的可贵精神之所在。因为先生毕竟是以学术为生命的人,他只注重自己的学术价值和学术品质，而不考虑其他。他是注定要以自己的生命去殉他所追求的事业。为此，他无怨无悔！今天，在这种精神面前，我们还能再说什么，唯有保持崇敬和怀念而已。

文治已经远去了。你所钟爱的事业，自有后来之人薪火相传，绵延不绝地进行下去。你未能完稿的遗著《柳宗元年谱长编》，已遵嘱交永州柳学会长翟满桂教授，请她组织人力，共同完成；你为历代诗话后几卷编制的书目和资料，也已随捐赠书籍一起交由南大文学院图书馆保存。今后如有使用者需要，可去那里查找。值得告慰先生的是：你生前未及编辑出版的学术论文集，经过一年多的努力，现在业已集稿完毕，不日即交付出版。在此，我要衷心感谢南大文学院的领导和同志，感谢他们在人力、物力上所给予的支持和帮助，使先生的宿愿最终得以实现。我还要特别感谢具体负责这项工作的苗怀明教授，是他在繁忙的教学和科研工作之余，周密策划、细致安排，使集稿工作得以顺利进行。特别是在整个暑假期间，他放弃了休息，冒着酷暑，独自承担了几十万字文稿的录入工作，任务繁重而辛苦。在此，谨向他致以深切的谢意！此外，我还要感谢文治的生前好友李灵年老师、丰家骅老师以及先生的门生弟子梁道礼、朱崇才等同志，他们为文集的出版出谋划策，提出过诸多的建设性意见；陕西师大霍松林教授以九十高龄为文集作序，令人感动！在此一并表示深深的谢意。

文集所收论文，数量不是很多，主要写作和发表于上个世纪七八十年代。90年代以后，先生的全部精力就投入到了历代诗话全编的主编工作。这些论文的学术价值如何？自由学界评说。结集的目的是便于保存和查阅，也是对逝者的追忆和怀念。

为主编历代诗话全编这一大型丛书，先生曾与江苏古籍出版社（今凤凰出版社）有过长达十五年的合作关系。这次文集得以在该社出版，应该说，对双方都是有纪念意义的。

赵　琴

二〇一二年十月于南京

编后记

有幸参与整理吴文治先生的文稿，对我来说，是一个意外的机缘。说意外，是因为我虽然很早就知道吴先生的大名，并购藏了其多种学术著述，但因治学领域不同，尽管同在南京这座古都生活了好几年，竟一直没有当面请益的机会，自然也从来没有想到自己能有机会整理先生的文稿；说机缘，是因为虽与吴先生从未谋面，却在其去世之后，和他老人家发生了更多的联系。

事情还要从 2011 年夏天说起，当时我陪罗书华兄去拜访李灵年先生，大家在一起聊天时，李先生谈及他的好友吴文治先生，说吴先生去世后，家属将遵照其生前遗愿，把个人藏书捐献给公共藏书机构，以供学术研究之用，目前正在寻觅合适的单位。我素来喜欢藏书，听到这个消息之后，很感兴趣，觉得吴文治先生的藏书如能捐赠给南京大学文学院，应该是个很好的归宿。于是马上向院领导徐兴无、董晓等汇报，两位领导也同样感兴趣，委派我处理此事。我即转托李灵年先生向吴先生的夫人赵琴老师说明南大文学院的意愿。经过友好协商，很快达成捐赠协议：赵琴老师代表吴文治先生家属向南京大学文学院捐赠吴先生的全部藏书；南京大学文学院将妥善保存，并设专柜，供广大师生教学科研之用。双方还商定，南京大学文学院将委派专业教师负责整理吴文治先生专书以外、散见于各类报刊的学术论文及未刊文稿，编为文集一册，予以资助出版。于是整理文稿这个任务的具体工作就顺理成章地由我来承担。

老实说，起初心里还是有些忐忑的，此前虽早知吴先生的大名，但对其了解并不深入，再说自己的研究领域主要在古代通俗文学方面。尽管如此，还是愉快地接受了这个任务。对个人来说，正好通过整理吴先生的文稿，获得一次难得的学习机会。于是从头做起，从搜集、阅读吴文治先生的著述开始，慢慢有了头绪。

整理工作进展得颇为顺利，之所以如此，与赵琴老师的大力支持和帮助是分不开的。她将吴先生文章的原发报刊一一找出来，并整理好，为文稿的录入和校对提供了很大方便。文稿整理期间，她经常询问情况，并帮助解决问题。其间很多事情都要麻烦她，她的身体不太好，但仍克服困难，努力配合，为文稿的整理编排提供各种帮助。我的研究生朱泽宝也协助录入了几篇文稿。文稿的录入、校对、编排等虽然比较辛苦，但整个过程还是相当愉快的。

本书所收主要为吴文治先生在各类报刊上所发表的散篇学术论文及部分个人创作，并收录了几篇未刊稿。同时，本书也收录了一些吴先生门人弟子及好友的纪念、评述类文章，以增加读者对吴先生学术成就与治学特点的全面深入了解。全书所收文章，基本据原发报刊，有几篇文章根据吴先生本人的批注作了少数文字上的改动，大体上以类编排。

吴先生生前曾有整理个人文集的意愿，遗憾的是他手头事情太多，未能着手。这个意愿在他去世后，由大家一起努力实现了。但愿他老人家对本书还能满意。

苗怀明

2012 年 8 月 2 日